失乐园 复乐园

主编 陈旭光 陈 均

北京大学『创意写作』课程作品选 2017

贵州出版集团
贵州教育出版社

图书在版编目（CIP）数据

失乐园/复乐园：北京大学"创意写作"课程作品选：
2017 / 陈旭光，陈均主编. —贵阳：贵州教育出版社，
2019.9
　　ISBN 978-7-5456-1192-2

　　Ⅰ.①失… Ⅱ.①陈… ②陈… Ⅲ.①中国文学—当
代文学—作品综合集 Ⅳ.①I217.1

　　中国版本图书馆CIP数据核字（2019）第185103号

失乐园/复乐园：北京大学"创意写作"课程作品选：2017
陈旭光　陈　均　主编

出 品 人：玉　宇
责任编辑：徐开玉
出版发行：贵 州 出 版 集 团
　　　　　贵州教育出版社
地　　址：贵州省贵阳市观山湖区会展东路SOHO公寓A座
　　　　　（电话：0851-82263049　邮编：550081）

印　　刷：河北盛世彩捷印刷有限公司
开　　本：710mm×1000mm　1/16
印　　张：29.75
字　　数：460千字
版　　次：2019年9月第1版
印　　次：2019年9月第1次印刷

书　　号：ISBN 978-7-5456-1192-2
定　　价：78.00元

序：以思想照亮细节[1]

王一川

　　我们北京大学艺术学院本科毕业生应当有着怎样的艺术人素养？在培育过十多届毕业生后，我们确实需要有所总结和反思。

　　我想简要谈论的是，我们北大艺术学院的课程和其他相关环节，都是要具体落实或兑现我们为毕业生设定的人才培养目标的。这目标应能符合我们的办学定位。俗话说："一方水土养育一方人。"道理很简单，有什么样的学科专业环境，就会生长出什么样的人才苗子。全国有不少单科性或全科性高等艺术学府，它们在艺术学科专业上都有自己的无与伦比的独特优势，这些是我们综合大学艺术学科专业需要学习、借鉴的，但又不能简单地仿效。因为，作为综合大学的艺术学科专业，我们没有必要去重复单科或全科艺术院校的路，而是需要依托自身的独特优势，发挥自己的潜能，走出自己的育才道路。北大的学科专业环境的特点，可以简括为三点：一是人文底蕴丰厚，二是文理专业汇通，三是为思想的园地。正是这种专业环境特质决定了我们的专业毕业生应当具有与其他艺术学府不同的独特气质。

　　这种属于我们北大艺术人自己的独一无二的气质，在我个人看来，可以

---

[1] 本文原为在第10届学院奖颁奖暨影视专业毕业作品展映10周年庆典上的发言，略有改动。

有下列特征：

一是新奇的创意。周圣葳同学的《巴别塔》片长只有4分17秒，对古老的巴别塔神话作了新的诠释。两声庄严的钟声过后，一团圆形的泥巴快乐地分离成两块——男人和女人，他们两人都因为吸收了红色心形图案而先后发明了铁锁和钥匙、牙膏和牙刷以及铅笔和铅笔刀。瞧这三对现代文明装置之间各自相互匹配，世界一度多么和谐！但是，当他俩生下小孩后，却不愿承担对小孩的义务，将之抛弃，于是他俩开始了争吵、打架，相互间充满了敌意。先后分别孕育出的铁锁与铅笔、牙刷与铅笔刀以及牙膏和钥匙之间，发生了怪异的匹配。其后果可想而知：它们因为相互不匹配而只能以自相残杀而告终，世界重新回归到一个浑圆的圆形泥团。这个故事以新奇而独特的创意告诉我们，人类创造的任何一种现代文明装置都可能蕴藏着它的自反性力量，从而必须对自己的创造物（哪怕是文明杰作）保持应有的警觉和自省。今天的全媒体、互联网及"互联网+"等等新技术已经很牛了，但是，它们难道不正潜伏着自反的或异化的因子？这样的新奇创意点到了我们现代文明的命门，可谓发人深省。我想，这样的创意作品，特别是这样的创意人才正是我们所期待的。

二是展现跨学科拓展素养及想象力。入选大学生中国梦微电影十佳作品的2011级本科生孙可同学执导的《时间贷款》，讲述拥有时间静止能力、号称"游戏王"和"学霸"的男生牟为止，通过使用特异功能而获得的惊人成绩以及随之而来的麻烦，故事简短却寓意丰富。影片从编剧到演员、摄制、剪辑等都是由艺术学院的学生自己合作完成的。影片讲述的是大学生自己的日常生活，但由此反思的却是我们这个国度所有公民都可能面临的当代社会伦理或社会责任问题，体现了北大学子的跨学科拓展素养、想象力和社会关怀。

三是传承"思想自由"的道统。北大人的艺术品是应当善于表达独立的思想的。陈宇老师执导的《星空日记》大胆地同以往大学精神传播的说教式的老套路相诀别，精心刻画个人青春梦想与家庭及周围环境发生激烈冲突的过程，有力地传达了北大人"思想自由，兼容并包"的精神传统或道统，诠释了北大人的理想主义精神。周圣葳同学的《变形记》以古老的西西弗斯神话为叙述框架，通过向卡夫卡、加缪和库布里克等文艺大师致敬的方式，描绘了当代人在电话机、铅笔、铅笔刀、纸张、橡皮擦等众多现代文明装置之间无休止地重复劳动，直至精神崩溃和平复的图景。当这些重复的信息及动作宛如无孔不入的红色电波以变形的方式钻入个体的身体及心灵时，当无所不在的苍蝇以其令人厌恶的声音不断烦扰个体时，当堆积成山的废纸向我们袭来时，当所有这一切都变形为红色巨浪几乎要把我们吞没时，我们在《蓝色的多瑙河》的旋律中还能做什么？结尾，当讨厌的苍蝇缀满电视屏幕一样的天空时，一切似乎又重新回到了开端，主人公安静地坐在电话机前，重复着那注定还要过下去的无聊的日子。这样的故事足以让我们思考：当代人应该怎样度过自己的人生，怎样追求人生的幸福？是西西弗斯式的推石头，抑或柏拉图式的人生意义叩问，还是儒家式的"依仁游艺"、道家式的"乘物以游心"或佛家式的"磨砖作镜"？每个人可能都有自己的答案。总之，它本身的反思的力量是意味深长的。

当然，我上面说的或许只是主要的几点特征，大家不妨见仁见智，任我想这几方面应当是不可缺少的。有同学可能会感叹，怎样才能成为有创意、有跨学科素养和有思想的北大艺术人呢？我想，事在人为。在这里，我向各位推荐作家王汶石的一段话。他说："常常因为没有探索出生活事件的深刻思想意义，我们虽然有了大量的素材，它们还是静静地堆积在生活的仓库里动也不动，鼓不起创作冲动；有时即使想写它，也鼓不起劲头。可是，当我们一旦明白了它的内在意义，获得了一个深刻而新颖的思想，找到了主题，情况就不同了。思想的火光一旦燃起，所有的生活事实、细节，都被通统照亮，活动了起来，向主题思想的光点聚焦，各找各的位置，各显各的面目；一个作品的轮廓就明显起来，形成起来。"（王汶石：《漫谈构思》，《论短篇小说创作》，人民文学出版社1979年版，第136-137页）我想这话说得很有道理：只要坚持不懈地探索和寻求，终究能捕捉到我们要的东西。思想的火光或者说创意的火光一旦燃起，所有的生活细节都会被点亮，向着这个光点聚集，生成为完整的富于形象魅力及思想蕴藉的艺术品。

　　浏览收在这本集子里的创意作品，我欣喜地看到，作者们已经自觉地走在北大艺术人应走的道路上了。相信只要这样坚持不懈地走下去，终会顺利抵达自己的目的地。衷心地祝愿各位年轻朋友，自觉地长期坚持艺术修养，勇于成为有思想的艺术人、有思想的艺术家！

写于2016年劳动节

导论：理解 "创意写作"

陈旭光

要理解 "创意写作"，自然需要对 "写作" "创意" "创意写作" 这三个关键词进行梳理和阐释。

一 关于 "写作"

写作是什么？人为什么要写作？

在我看来，首先，写作是一种语言的 "炼金术"，一种语言文字的艺术，进而，写作具有某种寄托精神、弘扬主体灵性的形而上意义，甚至一定程度上，特别是在某些诗人、作家、艺术家那里成为他们生命的寄托、生命价值的实现方式和精神的家园。

诗人西川在《炼金术士之歌》里曾经对于自己所从事的诗歌写作进行了诗性化的阐述：

我要把高山、大海炼成一锭黄金 / 风吹雨打不变形 / 让上帝在上面行走，赞叹我的艺术 / 让那些小气的天使们也心怀嫉妒 / 清除垃圾靠的是一场大火 / 我熔化了一切让孤独惩罚我 / 一条条大河流泻水银 / 一座座村庄生满罂粟 / 遍地矿石皆备于我，我的劳动 / 挽救上帝习以为常的人心的堕落 / 黄金不是疯狂也不是赞美 / 黄金是静止，是同归于尽 / 最终的静止 / 没有呼吸，没有光合作用的静止 / 最终的辉煌 / 没有舞蹈，没有歌唱的辉煌 / 让时间崩溃，

没有腐朽 / 让完美胜利，没有亵渎 / 让夜像密密麻麻的爱情之鸟 / 围住我窗台上的小灯 / 千奇百怪的物质回归元素……

西川在诗中以充满激情和想象力的语词，把诗歌写作对于语言的提纯比喻成"炼金术"，他对诗歌写作的溢美之词溢于言表。

在技能的层面上，写作还是一种"与语言的搏斗"。

高尔基曾经说："我的失败常常让我想起一位诗人所说的悲哀的话，世上没有比语言的痛苦更强烈的痛苦。"

诗人南野曾借用诗歌的形式来表达这种"与语言搏斗"的痛苦：

我关上房门，弹奏一架巨大钢琴 / 额头怀找思想者的倨傲，与全世界 / 赤手较量 / 而我持枪的手痛苦颤抖 / 打不中那飞鸟如鼓的的胸脯……（《孕育诗歌》）

早在一千多年前，南北朝时候的文论家刘勰就曾在《文心雕龙·神思篇》中道出了创作过程中一种言不及义的痛苦："方其搦翰，气倍辞前，暨乎篇成，半折心始……"这是说，在写作者那里，笔下实现了的篇章往往仅只达到原先想表达的一半。什么原因呢？因为"意翻空而易奇，言征实而难巧也"。就是说，无论在提笔动手之前创作主体的"意"可以如何海阔天空、竭尽想象之能事，但最后表达成型的"言"却是实实在在的，来不得半点虚假和乖巧。这也正如古人常说的"书不尽言，言不尽意"。

明代画家沈颢也在《画尘》中写道："胸中有完局，笔下不相应，举意不必然。落楮无非是机之离合，神之去来，既不在我，亦不在他。临纸操笔时，如曹瞒欲战若罔欲战，头头取胜矣。"就是说，画画之前，即便胸有成竹，下笔之时也未必能如愿以偿，画出自己之所想。最为关键的，是在创作过程中掌握操笔落纸时的"机之离合，神之去来"，一旦落笔，身不由己，结局会如曹阿瞒的战术那样变化无穷、玄妙莫测。这的确是极为准确地道出了艺术家创作时的实际状况。

究其实，无论艺术家在艺术体验和艺术构思阶段怎么样进行海阔天空式的想象，但从根本上说，艺术家若是不把他的所思所想所想象付诸"手中之笔"，通过具体的艺术媒介和手段凝定成艺术文本，则这一切还都是空的。若是仅仅停留在想象阶段，可以说人人都是艺术家。但之所以有人是艺术家，有人成不了艺术家，正是因为，人人都得经受艺术语言这一"试金石"的检验。

正如 A. 雷诺阿（A.Renoir）说的："一个人是在一幅画面前，而不是在一片美景面前立志要当画家的。"

写作常常是写作者的精神寄托，乃至成为写作者的某种"精神家园"。

精神家园的意义可以从艺术创造主体来看，正是通过创作过程本身，艺术家可以净化生活的苦难所导致的"恐惧""绝望"和"悲剧感"。在这里，写作或创作往往成为艺术家寻找自我、肯定自我、实现自我、宣泄自我的无可替代的方式。这种自我肯定的方式按曹丕的说法就是"……寄身于翰墨，见意于篇籍，不假良史之辞，不托飞驰之势，而声名自传于后"（《典论·论文》），就是说，写作可以不假其他人，而独立发表自己的见解，并借凝定的作品形态而流传下去且流芳千古。曹丕也正是在这种意义上，相信文章乃"经国之大业，不朽之盛事"，从而昭示了魏晋南北朝时期"文的自觉"意识的觉醒。

不同时代的艺术家对艺术创造、写作有着打上鲜明的时代印痕的不同寄寓。

有的高亢、昂扬、壮怀激烈。

雪莱："诗人是世界上未经公认的秩序的立法者。"

巴尔扎克："拿破仑用剑未能完成的事业，我要用笔来完成。"

有的冷静、清醒，对人的"囚徒"窘境了然于胸而又慨然担当荒诞。

卡夫卡："写作维持着我，我这样说不是更正确吗？写作维持着这一种生活？当然我的意思并不是说，要是我不写作，我的生活会更好。相反，不写作我的生命会坏得多，并且是完全不能忍受的，必定以发疯而告终。"

显然，随着人类从童年、少年而盛年、中年、暮年，随着"认识你自己"的不断深入和成熟，人类面临的种种问题也越来越严峻甚至惨烈。人类的问题在作为人类灵魂的代表和良知的艺术家、作家、诗人那里，首先表现为对"艺术为何存在""艺术家为何创作""为何写作""写作为何"等本体论问题的深沉思索。

存在主义作家、思想家加缪曾清醒地认识到："在我们以前的艺术家所感到的怀疑是同他们本人的才能有关的。而今天艺术家感到的疑虑则与他们对艺术的不可缺少性，进而对自身生存的必然性有关。"

存在主义哲学家、文学家萨特在他著名的论著《为何写作》中深入地探究了"为什么写作"这一关涉艺术家存在的意义的"生命本体论"问题。

萨特认为："艺术创作的主要动机之一当然在于我们需要感到自己对于世界而言是本质性的。"也就是说，外在世界原本是没有意义的，只是因为人的存在，需要人的意识的介入和投射才能获得"存在"，因此写作是人的主体性之外射和发挥的一种重要方式。真正的艺术创造欲望不是外加的，真正的艺术创造，也不是在画布上或纸上的客观，而是"来自我们内心最深处的冲动"，是自己的欢乐与爱情、烦恼和孤寂，是自己的一种别无选择的谋划和自由选择，因为在创造过程中，"主体在创造中寻求并且得到本质性"。总而言之，"写作既是揭示世界又是把世界当作任务提供给读者的豪情。写作是求助于别人的意识以便使自己被承认为对于存有的总汇而言是本质性的东西；写作就是通过其他人为媒介而体验这一本性"。

当然，如果说上面所述的写作偏于某种精神性的形而上意义，对于写作者个体而言，写作还具有一种中间层次的意义：自我慰藉、自我寄托、自我升华乃至自我把玩。就此而言，写作就是个体人对语言媒介的掌握和征服，是让语言文字为我所用，表我之情，达我之意。当年，阿斯特吕克曾经热情洋溢地宣称一个电影人征服了摄影机媒介的"摄影机如自来水笔"时代的来临。写作，则无疑是对语言文字媒介的征服。当然，写作还具有实用性的"形而下"的意义。写作成为我们生存、工作、表达实用、安身立命的重要工具。这一点不用赘言。

二 关于"创意"

在目前全球化时代的艺术文化领域中，创意文化或文化创意产业正日益成为文化热点、产业热点和学术热点。近年来，"创意"的风潮亦在我国方兴未艾，在艺术、文化、经济和学术领域都成为关键词，成为热门话题。无疑，在未来世界各国文化的整体发展中，"创意"将日益成为关键的决定性因素，因为正是新创意才能衍生出无穷的新产品、新市场和财富创造的新机会，是推动文化产业经济成长的原动力。"创意写作"，也由此应运而生。

事实上，"直到十七世纪末期，人文主义意义上的'原创'一词才出现"。法语中首次出现 orginalite 是1699年。而在英语中，"原创"一词则出现得更晚，original 出现于1742年，create 则晚在1775年。

在汉语里，"创意"一词则出现较早。东汉章帝元和三年即公元86年的《论衡·超奇》中，王充论《春秋》时提到："孔子得史记以作《春秋》，及其立义创意，褒贬赏诛，不复因史记者，眇思自出於胸中也。"其后，唐朝李翱（772—841，贞元进士）在继承韩愈"唯陈言之务去"的观点的基础上，提出了"创意造言，皆不相师"之说。清朝的学者方东树在《答叶溥求论古文书》中说道："及其营之于口而书之于纸也，创意造言，导气扶理，雄深骏远，瑰奇宏杰，蟠空直达，无一字不自己出。"王国维《人间词话》有言："美成深远之致不及欧秦，唯言情体物，穷极工巧，故不失为第一流之作者。但恨创调之才多，创意之才少耳。"郭沫若《鼎》："文学家在自己的作品的创意和风格上，应该充分地表现出自己的个性。"

最初的"创意"主要是指文学上的创新和立意，也许因为文学和艺术是创意汇聚、创意体现的最佳方式。直到20世纪90年代中期，创意才摆脱专业用语的角色，甚至成为一种新的经济、社会话语通货，这与创意产业（creative industries）在西方的提出、发展以及在中国的传入、翻译、影响力的扩展等不无关系。

在这种变迁之下，"创意"这个词汇的意义也发生了巨大变化，尤其是进入"创意产业"这个语境之后，它的定义、概念都成为理论界研究的焦点。

"创意经济"的提出者约翰·霍金斯这样定义创意："'创意'就是催生某种新事物的能力，它表示一个或多人创意和发明的产生，这种创意和发明必须是个人的、原创性的，且具有深远意义的和有用的（personal, original, meaningful and useful），简称为 POMU。"

约翰·霍金斯认为"创意"其实可以被简单地定义为"有新点子"，在上述定义中他用了四个标准来衡量一个新创意，即"个人的""独到的""有意义的"和"有用的"。

他提出："'创意'必须是根据这些标准，创作一幅油画、发明一个新的装置、解决交通堵塞以及是黑人和少数民族能充分参与经济生活都是或可以是同样富有创造力的。"

他还概括出"创意"的六项特质："它是生命的一项基本要素"；"创意是普遍性的才赋"；"创意其乐无穷"；"竞争意识"；"若干可辨识的人格特质"；"令人惊讶"。

通过这样的研究和定义的树立，约翰·霍金斯将"创意"的范围扩展到了几乎人类可以涉猎的所有领域，因为在他看来，任何一个范围内的任何一个有"新点子"的行为都可以是"创意"，并且可以带动一种创意经济的起步和发展。

英国威克大学的学者克里斯·比尔顿的创意观则主张："'创意'实质上是一个复杂得多的、异常艰巨的过程，而不是简单的凭'灵光'乍现或沉溺于片刻偶发得来的聪明点子。……创意需要我们兼具非理性与理性的思维，跨越不同思维方式的边界，不仅要有新点子，还要拥有与之相关的资源与偏好。"比尔顿进一步结合了霍金斯和伦尼的理论，并结合产业实践中的具体问题进行了深入探讨。他所强调的不仅仅在于"灵光一现"的"想法"和"点子"，更重要的是一种来自于理性世界对于这种非理性的头脑风暴的调控。

伦敦城市大学教授安迪·普拉特关于创意的定义注重媒介的传达与创意的媒介化实现。他认为："创意是一个包含创意工作者、知识、网络与技术，以让新的想法与背景脉络得以交互联结的过程。"在他看来，创意并不能够单独存在，它不能够仅仅依靠一个"点子"存在，也不能够完全依靠理性对"灵感"的调控和管理，而是要强调它必须依存于一个"交互链接"的网络平台上，或者说它存在于一个能够达成迅速"沟通""交互"的环境里。这个时候，"创意"就已经不再是局限于"想法""点子"或是一种对于脑力与灵感的管理，因为它自身必须包含一个连接、传输新想法的过程。

从约翰·霍金斯的"新点子"到比尔顿的"理性管理"再到普拉特的"交互连接"，我们可以看到"创意"的概念已经在这个梳理、讨论和碰撞的过程当中逐渐地发生了改变，含义不断驳杂和丰富，越来越明显地与产业、经济等背景发生重要关联。但创新、创造、别出心裁、创造效益、效能和价值等意义、功能或价值则基本没有什么大的变化。

三 关于"创意写作"

在对上述关于"写作"，关于"创意"的概念、内涵、意义等的梳理的基础上，我们试图给出一个关于"创意写作"的参考定义。

"创意写作"，是一种具有创造性的写作，一种在头脑、思想上有新意，在写作表达上有创新，能产生感染力、影响力和现实效应的创造性的写作活动。它以语言文字为主要传达媒介但又不仅仅限于语言文字，它既涵盖传统的各个文体的写作，又适应文化产业新发展的趋势和需要，是一种有可能指向文化创意产业，有可能产生巨大的文化生产力的新型写作活动。

说到我们这门"创意写作"课程，乃是艺术学院在教学改革中新设立的课程，也是艺术史论、戏剧影视文学和文化产业管理三个专业的同学都必选的专业基础课。我们通过"创意写作"的教学，试图给各个专业的同学以必备的技能和相关的理念。北大近年的教学改革目标之一就是建立"通识教育与专业教育相结合"的本科教学模式，使本科教育成为"师生共同探索、发现和创造之旅"。而写作，高扬创意理念、创新追求的个体写作训练，一种既见思想也考量语言文笔表达功力的创意写作，不正是同学们非常需要的一种重要素质或技能吗？而那种课上课下的互动、点评、修改、碰撞也是一场老师、同学、助教携手进行的话语、文本和思想的探索、发现之旅。

"创意写作",正是有创意的写作,是培养创意能力,培养通过写作表达创意的能力与技法,在写作中交互创意,是有新思想、有新意、有力量的写作。

那么,较为成功的创意写作的标准是什么?我认为,严格的标准不好说,大体的标准则不外乎:新颖有创意,表达合适,能引发共鸣,能产生现实效应,能产生影响力。而最理想的状态,就是追求"艺道合一"的境界。

中国古代艺术理论中,有一种对艺术与世界的本源性关系的看法,即把艺术作品看作为不无神秘色彩的"道"的一种体现或外化。这也就是刘若愚所概括的一种"形而上"的文学理论观念。老子在《道德经》中把"道"看作化生万物的始源:"道生一,一生二,二生三,三生万物。"以故,道的状态是一种混沌的初始状态:"有物混成,先天地生,寂兮寥兮,独立而不改,周行而不殆,可以为天下母。吾不知其名,强字之曰'道'。"

从哲学层次上的"道"与世象万物的关系,延及文学艺术与"道"的关系,就形成了中国艺术理论史上独特的"艺"与"道"的关系。

宗白华在《中国艺术意境之诞生》一文中借庄子在《养生主》中关于"庖丁解牛"的故事来说明"道"与"技""艺"的关系:"庄子是具有艺术天才的哲学家,对于艺术境界的阐发最为精妙。在他是'道',这形而上原理,和'艺',能够体合无间。'道'的生命进乎'技','技'的表现启示着'道'。……'道'的生命和'艺'的生命,游刃于虚,莫不中音,合于桑林之舞,乃中经首之会。音乐的节奏是它们的本体。所以儒家哲学也说:'大乐与天地同和,大礼与天地同节。'《易》云:'天地氤氲,万物化醇。'这生生的节奏是中国艺术境界的最后源泉。"

宗白华先生最后的概括就是:"中国哲学是就'生命本身'体悟'道'的节奏。'道'具象于生活、礼乐制度。'道'尤表象于'艺'。灿烂的'艺'赋予'道'以形象和生命。'道'给予'艺'以深度和灵魂。"

在中国古代,刘勰是这一观念的集大成者。《文心雕龙》的开篇《原道》就是探讨这一最根本的问题的:

　　文之为德也大矣，与天地并生者，何哉？夫玄黄色杂，方圆体分；日月叠璧，以垂丽天之象；山川焕绮，以铺理地之形。此盖道之文也。仰观吐曜，俯察含章，高卑定位，故两仪既生矣。惟人参之，性灵所钟，是谓三才。为五行之秀，实天地之心。心生而言立，言立而文明，自然之道也。

　　傍及万品，动植皆文；龙凤以藻绘呈瑞，虎豹以炳蔚凝姿；云霞雕色，有逾画工之妙；草木贲华，无待锦匠之奇。夫岂外饰，盖自然耳。至于林籁结响，调如竽瑟；泉石激韵，和若球锽。故形立则章成矣，声发则文生矣。夫以无识之物，郁然有彩，有心之器，其无文欤？

　　人文之元，肇自太极，幽赞神明，《易》象惟先。庖牺画其始，仲尼翼其终。而《乾》《坤》两位，独制《文言》。言之文也，天地之心哉！若乃《河图》孕乎八卦，《洛书》韫乎九畴，玉版金镂之实，丹文绿牒之华，谁其尸之，亦神理而已。

　　……

　　爰自风姓，暨于孔氏，玄圣创典，素王述训，莫不原道心以敷章，研神理而设教。取象乎《河》《洛》，问数乎蓍龟。观天文以极变，察人文以成化。然后能经纬区宇，弥纶彝宪，发辉事业，彪炳辞义。故知道沿圣以垂文，圣因文而明道，旁通而无滞，日用而不匮。《易》曰："鼓天下之动者存乎辞。"辞之所以能鼓天下者，乃道之文也。

刘勰在这里的大致意思是，自然界的纷繁景象，文学艺术的多姿多彩，都是"文"的种种表现。而文是以人为中心的，人为万物之灵、天地之心。而无论"天文""地文"还是"人文"，都是"道"的一种体现，是"道之文"，是"道"的神秘的内在的理路和秩序的外化。人类文章的开端，就起于天地未分之前的那一团元气，也就是"道"。好的文章要符合自然之道，言下之意，矫揉造作、华而不实都是违背自然之道的。符合自然之道的文章才能产生"鼓动天下"的力量。

　　愿大家经过各体写作的练习，经过各位我们专门请来讲授各体写作名家名师的言传身教指点，能妙笔生花，不仅能经世致用，也足以自我欣赏沉醉，更内蕴为"鼓动天下"的力量，进而如马克思在对美的本质进行阐释时所悬拟的那样，在"他所创造的世界中直观自身"，实现"人本质力量的对象化"。

　　若能如此，则幸甚矣！

2016年4月3日

目录

第三辑　　校园记

第四辑　　同题小说之一：如果大雪封门

第五辑   同题小说之二：到世界去

第六辑   "湖"的幻景

第七辑　　　冷风景里的思考

附　录

第一辑
家族史

卢家旧事

周寒晓

明末清初张献忠盘踞四川的时候，烟火相望，丁口稀弱，湖广人大规模地迁往四川。有一支卢姓入蜀，定居成都大邑新场。清末，卢家有位公子弱冠为官，娶侯家小姐为妻，卢家以此为荣，建了牌坊，刻"卢花龙门子"王字。一日，卢家公子前往邛崃买药材，归途路过桑园镇，见众人围观行刑。刀起头落，有围观者穿草鞋，断头滚至草鞋边，竟一口衔上鞋头草绳，蹬踹不可脱。公子大惊，匆匆折返，又淋了场暴雨，回家后大病一场，梦魇缠身，不久竟死去。卢侯氏时年十八岁，有孕。

卢家大院族长富裕而不善治家，族人私下称其为"卢暴君"。除夕夜百户族人从丑时到巳时依次赴族长家拜年，来者皆得汤圆一碗，又按辈分远近发压岁钱。晚辈得五银元，远房亲戚得三二银元不等。家败，又不幸遭遇火灾，房屋并牌坊毁于一旦。

卢侯氏孀居叔伯家，不久得一子，取名御宽。卢家三叔不悦，在猪圈边搭床，起居饮食都怠慢卢侯氏。几年后，三叔又逼卢侯氏改嫁，只留独子御宽。卢侯氏不从。新场皆知侯家小姐善针线，卢侯氏落难，便有世家雇卢侯氏做女红。卢侯氏做黑缎勒子，把玉佛珠子、红宝石串在娃娃帽上，绣花栩栩如生，不久后便有了自立门户的资财，带着御宽搬出了三叔家。除了接针线活，卢侯氏另设一爿小店，卖棉线等杂货，昼夜忙碌只为独子将来能宣振亡夫的家业。

卢御宽自幼聪明，口才好、文采佳，写得一手劲挺的毛笔字。学成后告别卢侯氏，独自步行至成都，应试成都粮食局。考官问起名字、身世、学问，卢御宽皆对答如流。应试结束，考官合书停笔，见他眉清目秀，顿了顿又问道："你上楼走了几格台阶？"御宽从容回答："九格。"遂在粮食局就业，司税务。御宽为人谦和，兢兢业业，不久后又得到升迁，派遣至重庆彭水。

大邑黄土桥有个李姓大家，主人叫李湘恒，是个医生，常年外出。李家闺秀唤作晴霞。小姐长得高挑白净，一脸书卷气。李湘恒软弱又多情，在外面悄悄养了个女人，不久后败露。李家女主人性格坚强，断然要求分居。李湘恒只好迁到歇马店，独自开了个私人小诊所。有媒人撮合李家和卢家，卢侯氏见李家女子有骨气，答应了亲事。卢御宽娶得李家小姐也很欣喜。

晴霞一生为御宽生了七个孩子。头胎是个女孩，取名蕙兰。蕙兰半岁出麻疹夭折了。随后晴霞又生了两个男孩和一个女孩，取名为钟麟、炳麟和紫英。紫英诞于一九四二年。几年过去了，三个孩子又生麻疹，卢御宽那时候还在重庆。钟麟和炳麟染病后相继夭折，紫英高烧不退。御宽的朋友李云蓬写信："一切尚好，只是你家苑庭中三朵花萎谢了两枝，还有一枝奄奄一息。"御宽大惊，连夜赶回大邑。晴霞连失两子痛不欲生，紫英气若游丝，用尽了药材，只好将那小女孩和着衣服平放在水缸下面退烧。民间传，麻疹是"烧三天，现三天，免三天"——发烧三天之后那疹子才出来，疹子要等三天后才渐渐消退，而消退又要历时三天。几日后，紫英醒来要水喝，又要吃发糕。御宽和晴霞悲喜交加，把这个小女孩当成掌上明珠。紫英死里逃生，御宽又迎来了人生的春天。

卢御宽从重庆调遣至宜宾。把妻子晴霞、母亲卢侯氏、女儿紫英也接到宜宾。卢家那时候资财丰裕，有仆人和轿夫。母亲卢侯氏在一生的最后时光里，在铜桥置地二十亩，又在新场置地一百亩。她料想太平岁月不长久，把纸钱藏在墙缝里，银元则用布料包裹起来悬于床下或藏在空的泡菜坛子里。母亲卢侯氏死后，御宽守孝三年，又在新场买了一幢房屋，专门囤积上好的木材，打算修建"卢公馆"，重振家业。御宽又托猎人在多山的重庆得了一张虎皮，人家说："卢家的虎皮铺在床上，那床上正对的瓦顶都不会有积雪。"

紫英顽皮，腕上一天要戴两个玉镯子，上午玩耍磕坏一个，下午再从首饰盒里拿一个新的来戴；去铁匠铺子买剪刀没带钱，索性拿玉镯子来换一杯铁剪子。在紫英之后，晴霞又生了三个儿子：卢百明、卢黎明和卢艺明。

好景不长，那囤木材的屋子被国民党二十四军所毁，木材也在乱世中流失了。临近一九四九年，御宽念及"树高千丈，叶落归根"，从宜宾迁回了新场。家中的仆人、轿夫爱他好人品，执意跟他回新场，御宽见时过境迁，一一辞退。又想起母亲生前购置的土地，出于对"收租子"的不屑和某种不安的预感，他明智地将其全部出售。一九四九年后，地方亟需经济人才，御宽接受了三个月的培训，开始在税务局工作。紧接着又是如火如荼的"三反五反""肃反运动""反右斗争"，御宽多次被调查。调查小组说："历史是清楚的，但并不清白。"却只是捕风捉影地找到了些传闻。他一如既往从从容容上班，闲暇时为新场的居民代笔写红白喜事的请帖。

临近一九六〇年，紫英即将成人，御宽在紫英身上看见自己年轻时候的一点影子，聪明、大方、伶牙俐齿。新场的太阳依旧慵懒地照着街坊和田野，只是在一些突兀的、匆忙的脚步声里含着某种无可名状的躁动。一日黄昏，晴霞告诉御宽有媒人来访。御宽没有答话，脸色阴沉了很久，晚饭后回到卧室问起晴霞的嫁妆。待妻子絮絮说完，御宽说："与其让紫英现在就嫁人，不如用这些积蓄送她去出国。我有朋友去了英国，若是紫英去英国，或许还能照顾她。"晴霞坚决不同意，她从前在桑园镇附近见过美国的伤兵，那洋人有着玻璃珠子似的蓝眼睛，头发红得像着了火一样，晴霞只觉得可怕。她又迷信得要命，每逢整十的数字就觉得不吉利，买米从来都精确到九斗，绝不买一升；如今见着这年岁逼近整十，御宽又盘算着要送女儿出国，她只觉得大祸临头。从来不同御宽发火的晴霞头一回同御宽吵架。御宽在妻子决定绝食的第二天早上打消了送紫英出国的念头。

紫英最终去了新都念幼儿师范。到卢御宽家中做媒的人逐渐多了起来。紫英中学时候的历史老师姓吴，他向卢家介绍了一名在广东做政治教员的青年。有照片邮寄过来，黑白的两寸照片，边框的齿状花纹裁得整齐又妥帖。那男子相貌堂堂，眼里满是热情。晴霞见紫英喜欢这男子，虽然顾虑广东地处遥远，还是允许紫英同他通信。然而六个月后，紫英把一沓写着工整蓝黑墨水字迹的信件付之一炬，又锁在房间里大哭一场，吓坏了三个弟弟。事后晴霞悄悄问起缘由，紫英说："他几乎要向我求婚了……却说吴老师出身有问题，政治成分不好，要我同吴老师断绝关系才肯娶我……我是喜欢他的……却没有料到他人品这样坏。"御宽知悉了此事，心底却暗自庆幸。

紫英有个好朋友，叫何菱君。何菱君是紫英大姑爷家的幺女，也是这小镇上为数不多的念完了高中的女孩子。菱君身材清瘦，脸上有雀斑。不幸菱君家里被划成富农，没有人来娶她。那时候举国饥荒，新场也是实行低标准，紫英大姑爷来御宽家讨要食物，说几天没有吃饭了，结果一口气吃了半钵芋头，吃完后竟被撑死。菱君的母亲更是着急把女儿嫁出去，终于有一个生产队长同意了亲事。新场人讲，富农家的女儿能找生产队长做丈夫，好歹也是"大红山遮身子"。菱君就要出嫁了，她说："紫英，你也要常常来找我玩啊！"后来菱君回到新场好几次，说是逃回来的，边走边哭泣，说那男人喝酒，经常殴打她。人家都说："何家幺姑娘可怜，娘屋没人。"菱君每次逃回新场，就径直去御宽家，找紫英哭诉。李晴霞不敢收留她，只能给她做面，做玉米馍馍。问她："幺姑娘要去哪儿呀？"菱君只是流眼泪。

菱君后来还是被夫家的人接走了。

紫英不久后也出嫁，嫁给了周姓人家。媒人叫王寿堂，原先是共产党员，后来成了大邑县的第一任县长，是卢御宽的朋友，又敬仰他有学问。王寿堂"三反五反"的时候蹲过监狱，平反后在新华书店工作，每年过年都来卢家，端来酒米饭和黄水卤肉。紫英的先生在刘文彩的庄园做修裱和建筑维护，是个温柔老实的男子。公公倒是个颇有故事的人，年轻时在四川军阀的手枪连任职，在前往重庆追击红军的途中突然生疮，干脆当逃兵一路走回了安仁镇，整理了行头，在地主家做起了账房先生和司仪，积蓄丰裕起来，也购了土地和商铺，所幸划分成分的时候是中农。

御宽生命的风浪逐渐平静下来，他一直在税务局工作到了退休。即使在"文革"时期，也只不过被红卫兵抄过两次家。头一回是抄了两箱书籍，里面有他喜欢的《杜诗百首》和《元白诗选》。紫英听说红卫兵来抄家，赶回父亲家同这些年轻人理论："《杜诗》是毒瘤，杜甫草堂呢？有能耐把成都的杜甫草堂烧了啊！"那年轻人见紫英泼辣，又没法反驳，只好把《杜诗》退了回来。第二回来抄家，把《杜诗》又抄走了，一同抄走的还有那张虎皮，一只帽筒，几只江西瓷的花瓶。唯独幸存的是藏在屋梁上的一套《红楼梦》。

卢御宽活到了九十二岁。入殓时家人没有找到一张照片，他为数不多的相片，穿着长袍站在妻子身后的、在照相馆里穿着西装的，早在"文革"时期就全部烧毁了。

卢家后人找来一名画像的匠人。匠人用炭笔涂涂写写，像画成了，街坊邻居都来看，都说画中那男子和卢御宽长得一模一样。

"那么何菱君呢？何菱君后来怎么样了呢？"

"菱君姐姐，再也没有音讯了呀。她最后一次来，就是我妈妈给她做玉米馍馍的那一回。"

"卢侯氏呢？她去世后埋葬在哪儿的呢？"

"我奶奶的坟迁过一次，就在新场后山的竹林里，倒是没有和她早逝的先生葬在一起。当时迁坟的时候，捡她的骨殖，还看到了一只玉镯子和一枚金戒指。"我奶奶回答。

我的奶奶就是卢御宽的女儿紫英。

张家小戏儿

张馨元

张厨子与张家菜

黄河中游的支流——渭河，把陕西关中分为南北两部分。这里的人们习惯上把渭河以南称为河南，渭河以北则称为河北。我的老祖先就住在河北，具体是在距唐王陵墓不远一个叫"黑张"的村子。黑张村中多数人都姓张，张氏家族算得上是村里的大家族，旧时张氏家谱记载家族人丁兴旺，好不热闹。

清朝嘉庆年间，黑张村里有一位有名的做菜高手，人称"张厨师"，他因家中遭遇变故，于是只身携带两把菜刀，离家来到河南，靠自身厨艺谋生。而后又到长安、户县，再到周至，居无定所。后来，由于张厨师手艺好，为人厚道，被周至一大户人家长期雇用，便在周至安定下来。张厨师不仅受雇于人，同时还为当地办红白喜事的人家做宴席，因厨艺好而广受好评。在家乡传统宴席的菜谱中有一道叫"肉麦饭"的菜，便是张厨师留给后人的一道特色菜，也有人干脆把这道菜叫"张家菜"。

张箱主与张家小戏儿

张厨师在这大户人家打工几年，自己有了点积蓄，便离开东家，置田产、娶妻室，定居南集贤，就是现在的周至县集贤镇集贤村。

张厨师天资聪颖，性格开朗，爱热闹，天生的一副好嗓子，尤其喜好戏曲，在东家打工期间，时常边干活边唱秦腔，手中的菜刀、锅碗瓢盆都成了他的伴奏乐器。东家了解他的这个爱好，在他离开时赠送他一套铜器家伙（秦腔伴奏的乐器），加上张厨师手巧，能够自己雕刻皮影，于是他便购买木偶戏箱，联合附近会唱戏和爱唱戏的人组成了一个戏班子，表演皮影戏[1]和木偶戏[2]。这种表演形式演出人员少，一人身兼数职，边敲边唱或者边演边唱，成本费用较低，在当地很受欢迎。从此，张厨师几乎不再为人做菜，成了一个戏曲艺人，人称"张箱主"，张厨师便是第一代"张箱主"，以后代代相传。

皮影戏表演形式　　　　　　　　　　木偶戏表演

[1] 皮影戏，俗称灯影戏，是中国最古老的戏剧形式之一，相传起于汉文帝时期，盛于唐代，历史悠久，制作技艺繁复，需要将上等牛皮或驴皮，经削、磨、洗、刻、着色等24道工序，再手工精雕细刻3000余刀，方能制成。其艺术风格汲取了中国汉代帛画、画像石、画像砖和唐宋寺院壁画的造型，古朴淳厚。在表演时，需用光照射，隔着亮布进行表演，艺人们在布后操纵戏曲人物，配以陕西特色的秦腔讲述故事，辅之以打击乐器和弦乐伴奏，具有浓厚的秦人气息。《海阳竹枝词》中有首描写皮影戏演出的诗："张灯作戏调翻新，顾囊徘徊知逼真。环佩姗姗连步稳，帐前活见李夫人。"

[2] 木偶戏，又称托棍木偶或杖头木偶，源于汉，兴于唐。木偶戏在木偶头部及双手部位各装操纵杆，头部为主杆，双手为侧杆，演员操纵时左手持主杆，右手持侧杆，举起木偶操纵其动作。头以木雕，内藏机关，使嘴、眼可动；主杆为木、竹制，各派长、短不同，手杆与手、肘相接，宽袍大袖，便于表演戏曲程式，动作灵活，栩栩如生。操纵木偶者的步伐、动作与大戏表演者的一致。

至第四代"张箱主"时，张家小戏儿已发展到两个戏班。祖传的戏班叫头班箱子，后设的戏班叫"二班箱子"。二班箱子于1946年前后卖给鄠县（今西安市鄠邑区）甘河镇丁村曹家，头班箱子在"文革"中遭到破坏，现仅留下木偶人头。

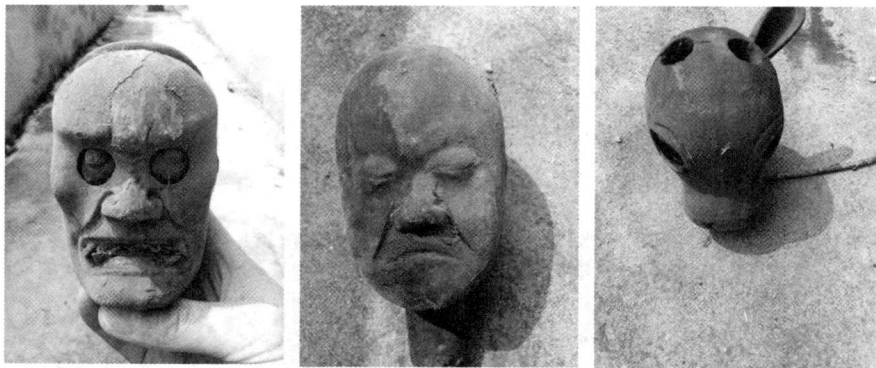

头班箱子遗留的木偶人头

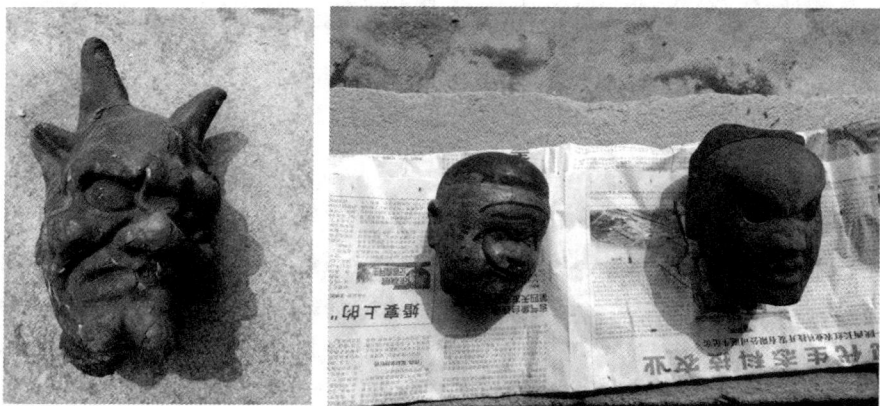

现存的木偶头，尽管破旧仍可见雕刻精细，表情生动，栩栩如生

几代张箱主领的戏班子都没有正式的班社名称，但经几代相传，声名远扬，世人皆称为"张家戏"或者"张家小戏儿"，到高祖父即第五代箱主时，兄弟四人，家中二高祖父当家，戏班由他带领，人称"张二家小戏儿"，此名流传至今。

曾祖张百儒

曾祖父张百儒生于清光绪二十二年（1896年），是第六代"张家小戏儿"的传人和第六代箱主。他生于戏剧世家，虽目不识丁，但天赋极好，悟性极高，学艺极快，将张家小戏儿发展壮大。曾祖父时期，张二家小戏儿能演出秦腔剧目二百余本，表演的《孙膑坐洞》《七剑书》《下河东》《双驸马还朝》《孙庞斗智》《剪红灯》等经典剧目在当地非常有名。曾祖父也因表演的木偶戏、皮影戏技艺精湛，有"关中第一杆"之称。这时期，是张家小戏儿发展的鼎盛时期，在夏收以后的农闲时期，村里人有富余的钱粮，经常邀请曾祖父去演出，演出过后用粮食来当作酬劳，经常是几马车的粮食拉向曾祖父家中。

1957年冬天，曾祖父代表周至县参加省文艺会演，在西安易俗社剧院演出，历时二十多天。他与秦腔表演艺术家袁克勤配合演出《辕门斩子》，把杨彦景的复杂心理表现得栩栩如生；演出《杀生》剧目，人偶合一，活灵活现，表演的吹火堪称一绝，那火看起来真的仿佛是从木偶口中吹出来的，十分逼真，甚至能够一口气表演吹火十几次，受到专家评委、同行及观众的高度评价，被推荐代表陕西参加1958年进京演出。只可惜，曾祖父于1958年农历正月十七病故，未能代表陕西进京演出，终成遗憾。

曾祖父兄弟二人，二祖父少年时离家出走，一去杳无音信。

祖父的愿望

祖父生于民国十六年农历腊月二十五日，是第七代张家小戏儿的传人和第七代箱主，是家中独子。因为曾祖夫妻二人皆抽大烟，积攒的家底被迅速消耗，祖父出生时家中并不富裕，祖父被寄予厚望，由曾祖父亲自教导训练，带到戏班里学习打板。曾祖父对祖父的要求十分高，近乎苛刻，每当祖父板路出错，便会遭到曾祖父用木棍打手的惩罚，而后祖父仍要撑着被打肿的手继续练习。

也许是严师出高徒吧，祖父的演出技艺十分高超，既能耍杆子唱木偶皮影戏，又能打板，是有名的司鼓高手。祖父一生演出过近二百本戏，对六十余本戏烂熟于心，又吃苦耐劳，只凭一己之力支撑着张家小戏儿。

祖父打烂的鼓，是他声名最好的见证

好景不长，"文化大革命"的热火延至集贤，张家小戏儿的戏箱子作为"四旧"的典型，遭到红卫兵抄家，被没收、损坏，无法进行演出，张家小戏儿一度濒临解散的边缘。

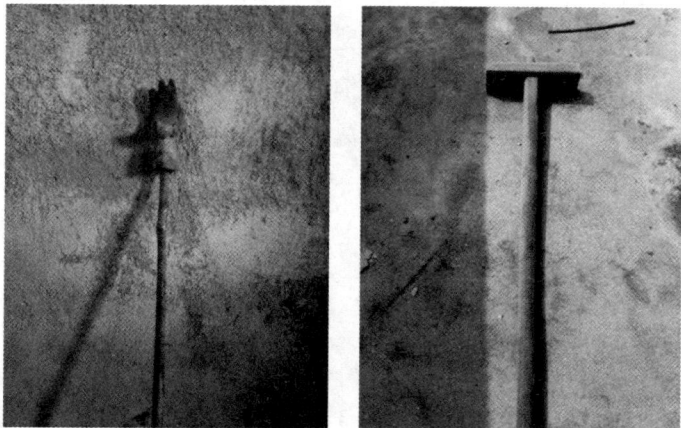

残存的木偶的手、身子部分

为拯救戏班子，祖父四处奔波，积极寻求出路。当时大唱革命样板戏，《三世仇》《血泪仇》《智取威虎山》等剧目盛行，祖父便和几个艺人筹钱对木偶头进行粉刷，将其面部刷成红色，又添置了现代戏的服装，在家乡演出，戏班得以留存下来。

现存的样板戏时期的木偶和服装

改革开放后，文艺事业百花齐放，传统戏开始恢复演出，现代戏失去市场，而传统戏的箱子早在"文革"时期被毁坏，适应了样板戏表演的木偶不再受欢迎。祖父在改革开放后的早期仍继续样板戏的表演，但很快难以为继，不得已，张家小戏儿木偶戏的演出被迫停止。

虽然木偶戏无法演出，但皮影戏仍可继续，祖父靠着仅存的几箱皮影维持戏班的生存。然而最终在一次演出时，箱子被人偷窃，十几副皮影丢失，祖父曾经多次催要，仍无法全部追回，损失惨重，至此，张家小戏儿彻底解散。

戏班解散后，祖父并没有失业，祖父的名声还在，他常被别的戏班邀请去四处演出，以此维持家计。在冬季鲜少演出的时候，也会去别的村进行教学，培养了一批徒弟。

祖父母有两女四儿共六个孩子，但无人继承他的衣钵。许是体会到做艺人的辛苦，不忍让自己的孩子再受苦，又或许是意识到文化的重要性，祖父执意让孩子们都去念书，家境再难也没有中断孩子们的学业。最终所有孩子都至少是高中毕业，这在当时的村里是相当了不起的。

祖父虽然没有将"箱主"传给子女，但他仍想将张家小戏儿传承下去，在他晚年时，总想着重新置办木偶戏箱，联系艺人继续演出，但由于种种原因未能如愿。父亲兄弟四人无一人从事此行当，2007年农历四月二十四日，祖父带着遗憾离开了我们。在祖父的葬礼上，祖父的老友、徒弟支起戏台，敲锣打鼓，轰轰烈烈地唱了几天几夜的皮影戏，送他最后一程。

后记

旧时候的戏子，属于下九流的行当，社会地位低下，不被人瞧得起，而我的先祖，凭着一腔热爱，投身于自己喜爱的舞台，又凭着极高的艺术水平，得到了广泛的认可和尊敬，最终发展成为家族行业。在今天看来，对传统戏曲的传承，对传统文化的保留和弘扬，都具有重要意义。

虽然父亲一辈无一人从事这一行当，但对于戏曲的热爱却是只增不减的。父亲兄弟四人，从小在戏班长大，每年暑假，都随着祖父四处演出，有时甚至还上台客串。二伯父对皮影戏和木偶戏十分有研究，至今还在继续；父亲则是秦腔爱好者，熟悉各种经典曲目，自己也喜欢不时来两句，甚至能达到专业水平。虽然现在兄弟四人不住在一起，但逢年过节时，总要聚在一起，看着戏台上咚咚锵锵，激起一片叫好声，回忆儿时与皮影、木偶相伴的日子。

值得欣慰的是，虽然张家小戏儿没有流传下来，但是秦腔戏曲在周至集贤被很好地传承至今，逢年过节仍有大戏上演。集贤鼓乐也被纳入世界非物质文化遗产，集贤还被誉为"中国鼓乐之乡"，继续演奏着"中国古代的交响乐"。

张家小戏儿，也随着历史的进程，随着社会的发展，永远地成为我们最深的记忆，这正是：

五尺戏台且说且唱演今演古今是古
三根竹棍能文能武装人装神人胜神

郑氏一脉的家族史

郑雨绮

在来到北京上大学之前，我一直生长在余姚这个依山傍海的小城市。在我的童稚时期，我的祖父、外祖父两家老人，甚至我那时的所有亲戚，也无一定居在外。世界对于我而言，不过是那眼下生活的一隅小天地。

应该说，我认知范围内所能了解到的家族发展经历，纵使也有一些波澜，总体来说还是平平稳稳的。她鲜有影视、戏剧中的曲折冲突，也缺乏小说、文学中吸引人的情节，但却有着自己独特韵味的历史厚重感，平淡似水，而香醇若茶。

追根溯源

"我们的祖辈从河南荥阳过来，就是现在的新郑，"父亲曾经和我说，"南宋时候伯一公才迁到这里来。"

荥阳在西周时期曾是郑国的封地，如果上溯起来，我们真正的姓氏应是姬姓。在《新唐书·宰相世系表》中有记载，韩灭郑后，国人改姓为郑，我们的郑姓最初便是源于此。

我家这支血脉世代在荥阳一带定居直至北宋末年，第一代南下迁入余姚的是祖先郑炳，也即父亲口中的"伯一公"。对于这段历史，我们的郑氏族谱中收录有《宋开封府尹特进右柱国正治上卿列甫公传》一文，文中有比较详细的记载：

> 公[1]少负异才，有胆识，博通经书，尤精于易义。政和间以进士历官开封府尹，补偏救弊政绩不凡。后见时事不可为，引疾去。靖康年间，公家居，北向痛哭曰：君父蒙尘，岂臣子高卧日耶。会高宗征诏致仕名臣，共济时艰。公慨然应诏。在廷上直言对金兵宜击不宜避，慷慨激烈忠义之气勃发。上颔之有难色。既而上南渡，公洒泪以儒生仗剑护驾南下，备尝艰辛。定都后因护驾之功特进右柱国正治上卿。公数言恢复江山之事，会执政者定和议，数力争而不报，公知忠言不入，乃渡曹城江得余姚之烛溪安阳里。

族谱中的伯一公郑炳的画像

根据族谱所述，郑炳是政和年间的进士，官至开封府尹，在金兵入侵时主战不成。北宋落败后，只得护驾随高宗南迁到都城临安。宋高宗赵构认为臣子郑炳忠心可鉴，又有护驾之功，于是册封他为右柱国正治卿。

此后的郑炳数次进言要求恢复旧河山，却没有得到主上的回应，满腔的慷慨之志却无以报国，也是我的这位先祖生平一大憾事。南宋建炎元年（1127年），郑炳告老退居，从睦州遂安县（今杭州市淳安县）迁居到了余姚县烛溪乡安阳里。因其在家中为长子，又是迁姚始祖，而且官高位尊、功绩显赫，后世都尊称其为"伯一公"。

对于南迁入姚始祖及其曾居于河南的先辈，族谱也有相关记载：

> 公讳炳，字列甫，行伯一，其先安陆人。
>
> 六世祖讳獬，官翰林学士知制诰，以直节著于朝。
>
> 高祖父讳凝道，以进士任歙县县令，居于歙。

---

[1] 即郑炳。

　　曾祖父讳自牖，字孟纳，举进士，在殿中侍御史。复迁徙睦州，遂为睦州人。

　　祖父讳安敦，不仕。

　　父讳海，字通渊，官保和大师。

可见伯一公以前，郑氏一脉以为官作宦者居多，家族也算兴盛，颇具门面。

郑炳有四子，其中两个是进士，除了长子后来又迁居至临安，其余三子的后代大都在余姚这一带安居繁衍。随着郑氏族群的扩大，大家也就把这一族人的聚居地改名叫作郑巷，这一名字一直延续到了今天。目前这一带还以郑姓居民占多数，他们都是同一个祖先郑炳的后代。现如今，虽然子孙辈都已经搬到城区居住，但我的祖父和同辈的老人们仍旧坚守在郑巷，祖父家在郑巷一个名叫五星村的村庄里。

如果以郑炳为迁到余姚的第一代来算，传至我祖父的时候已经是第二十七代了。这一详细的记录是由祖父在早年亲自整理郑氏族谱、装订成册最后排列出来的。这期间虽然时局动荡起伏，但整个家族还算是安稳地繁衍下来了。家族中不乏一些科举得意的进士和官员，也曾兴盛一时。

祖父整理的我家一脉郑氏族谱书

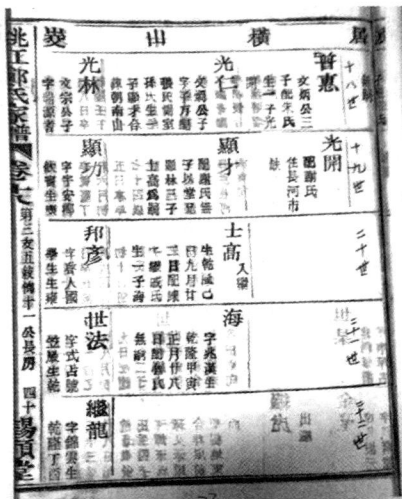

祖父整理的我家一脉郑氏族谱书

勤勉的救赎

据祖父的回忆，我们郑氏这一脉直到"继龙公"一代，家境还称得上殷实。自他往上四代，即生活在嘉庆、道光年间的祖父的高祖父（郑琢成）与曾祖父（郑恒彬）这两辈，均嗜好抽大烟，也就是那时横行一时祸害百姓的鸦片，致使家族辛辛苦苦积累了许多代的田地财产被挥霍一空，以至于最后连基本的吃穿用度都很难满足，经历了一段格外潦倒窘迫的时光，整个家族几乎走上了绝路。

祖父的祖父名叫郑贻章，汲取了前两代抽鸦片没落的教训，秉着节俭持家的原则，一分一厘地省钱、积攒，才好不容易又挣回了一座居住的茅草房。整个家族才刚刚显露出从谷底回升的初步迹象。

高祖父虽一生勤俭，但得子较晚。他长子早夭，直到四十四岁才又有了一个独生子，即我的曾祖父郑东友。1925年，当自己的父亲因为长年的劳累去世，将家中所有的重担都交到自己一个人头上时，曾祖父尚是一个年仅十九岁，并没有丰富人生阅历积淀的孩子。高祖父离世前，虽然家里的境况略有所好转，但仍改变不了极度清贫的事实。

"务农为本，勤俭为上"，这是先辈一代代口耳相传下来的家训，也是旧时中国社会根深蒂固的思想意识体现。为此，曾祖父继承了他父亲勤勉辛劳的品格，一生务农，用积累的资产一点点地买房置地，将家族从水深火热之中一步步拯救出来。

曾祖父身材高大、体格健壮，饭量在当时也是出了名的大。他干起活来不遗余力，比别人拼命许多，再加上正值青春年壮，虽然挑起整个家庭重担时未及弱冠且父兄早亡，却凭借一种格外的坚毅品格，用了短短几年的时间，就把原先的几间破旧狭小的草房逐渐变成三间大砖瓦房和若干小砖瓦房间，将几分薄地拓展到几十亩良田，还重修了祖坟，成了远近村子里相对富裕的一家。这些积累的地产为他的后代即祖父等提供了生活的物质基础，也险些毁了后代——在中华人民共和国成立以后的土地产权划分时，险些被划入富农阶层受批斗，最后经过反复计量才安下了"上中农"的称号，免遭不测。

出生在贫寒的农民家庭，曾祖父从来没有上过学，也不曾读过多少书，但在其父亲的严格管教之下，对于那些传统的"美德修养"却是很严格认真地继承下来了。这其中既有男权社会下沉甸甸的家庭责任感，也不免有一些封建化的旧思想。例如每当家庭吃饭时，他有着专门的座位。如果他没有坐下，其他人就不允许坐下，更不论动筷子了。饭桌上的每一道菜也必须先由他下第一筷以后，其他人方可以用。这种有些古板的旧社会的家长制在他身上得到了很好的体现，但这些旧思想并非个人所强行灌输或普及的。虽然清王朝早已倒台，所谓的民国政府早已成立，但至少在当时的农村，尚未走出旧时的桎梏。

曾祖父生性倔强，又颇有些江湖"侠肝义胆"之气，在当时的村子里有着比较高的威信。那个动荡的年代里，常常有很多土匪来到村子里抢掠钱粮。为确保村子的安定，曾祖父组织了当时村子里一些和他一样身强力壮的热血年轻人，背起大刀来共同守护村庄。当然这种具有淳朴气息的勇敢也并非所谓无限度的张扬，中国传统社会被剥削阶级往往以最忍让的退步换取最大可能的和谐与相安无事。抗日战争期间，有一天中午时分，曾祖父在吃饭时家中闯进了两个"日本鬼子"，闻到有酒的味道，就逼迫他拿酒给他们喝。

正好当时家中仅有的一些酒也喝完了，实在没有多余的，这两个日本兵恼羞成怒地狠狠打了曾祖父一耳光而后扬长而去。对于向来在家中做家长的、极注重自己权威的曾祖父来说，这等在家中妇孺面前从来没有过的侮辱可以说是穿心刺骨的了，然而这一次他却选择了忍气吞声，这既是形势所迫，或许也是出于尽最大可能让一个家庭在乱世中处于一个相对安稳环境之下的权衡考量。

我虽不曾见过曾祖父一面，但他的遗照作为祭祖之用高悬在祖父家正厅高墙之上，逢年过节祭拜祖宗时我偷偷看着照片，那眼里有一种无声的亲切与威严。亲切在于我意识到冥冥中我们血脉相通，威严在于曾祖父的人生往事与为人原则，这一脉传承下来的两代衰败和两代奋斗崛起，无一不向后代输送着"勤俭"二字的真谛。

祖父的丰富人生

祖父（后排右三）参军时士兵班的合影

曾祖父有不少子女，连同我的祖父在内一共有三男四女七个孩子，祖父排行第五。祖父名叫郑志康，生于1941年8月，一改往代不习书文的习惯，从小开始读书认字，毕业于余姚第五中学——现在已经改名唤作低塘中学。1960年，19岁的祖父就去往舟山入伍参军，习得了发电报等技术，并担任了通讯班的班长。

退伍后，祖父又任大队民兵连长。因为具有一定的文化水平，随即又转赴余姚五星学校担任教师，因为工作出色，还升任了五星学校的校长。在当时，这所规模不小的学校有6个分小学和一个中学部。虽然任职期间经历了"文革"的动乱，学校停课，一些老师受到批斗，但祖父仍偷偷地保护他们，有一次还将一位被追审的老师藏在自家的阁楼顶上好多天。暑假里正逢"双抢"农忙，学生都放假了，老师们还不得空，除了白天的日常事务等工作，祖父还负责为生产劳动及其成果和个人事迹撰写宣传报道，每日连夜赶工，第二天一大早发表出来。1977年高考恢复以后，该校的许多学生考上了各地的大学，现今不乏颇有成就者。

1980年，改革开放的春风气息也渐渐浸染了这座沿海小县城，祖父受人民公社的指派，筹办了余姚城北中学校办厂，并成了首任厂长。为期十年的校办厂的经营，为改革开放时期家乡的教育事业筹集了不少的资金，也有力促进了家乡的教育事业发展。1990年，祖父回到中学任教，直到退休。

祖父在1965年经媒人介绍与祖母结婚，祖母黄杏娟是清末余姚一带有名的地主后裔、农民起义领袖、十八局总头黄春生的嫡系曾孙女，也是个念过小学的知识女性。她与祖父生下了三个儿子，我父亲排行第三，长子在四岁时因去溪水中游泳不幸溺亡。

年轻时的祖母

生下我父亲后，祖母带着年幼的他前往余姚梁弄镇一所师范进修学校学医。那段时间公社单位被取消，重新分了村，祖母成了村里的妇女主任并兼任乡村医生，当时人称这种职业为"赤脚医生"，就是背着箱子登门走户帮人们看病的基层医生。祖母医术很好，长期看病和接生又积累了充分的经验。有一回一个村民突然肚子疼，看遍了乡村的卫生院也看不好，幸亏祖母及时发现确诊为急性阑尾炎并转送去市区医院手术，没有让病情进一步恶化。祖母行医多年，在村里的名气也非常大，大家对祖母也往往非常信任。祖母的医术和丰富经验，还在后来祖父癌症的及早发现上起了作用，也为祖父能够恢复健康提供了可能。

祖父身板瘦瘦的，却给人硬朗的感觉。或许是受曾祖父为人气质的影响，又或许曾经担任班长、校长、厂长等职务，他有时会给人一种威严感，在他的身上偶尔能够看到旧时大家长权威的影子。据说祖父做校长的时候甚是威严，全校从学生到老师都对他有些惧怕和敬畏。然而影子终究是影子，对于受过现代教育的他来说，曾祖父身上那种严重的旧封建思想和明显的重男轻女意识已经不在。祖父有自己的传承观念，他会很大程度保留自己所认为应当继承下来的家族教育理念，如敬老尊长，会时时要求我们从年纪小时就开始为老人盛饭，会有一系列"规矩"教导后代应该做什么而不能做什么。

在他之前几代，郑家忙于务农而丝毫不关心读书学习，也不认为那样做于己于家有何利，可祖父却很热爱钻研、学习，在他身上能够真正看到"活到老，学到老"的真谛。祖父会写一手很好的毛笔字，不仅自己喜欢时常练字，还在我父亲和伯父很小的时候就督促他们每日练字，我父亲后来也格外钟情于书法，或许与这种启蒙式教育不无关联。祖父还喜欢下象棋，但不是那种纯粹的娱乐，他经常用纸笔记录一些残局，时常琢磨如何破解，甚至到忘我的地步。祖父还阅读研究甚至整理了大量关于民俗文化、地方志、佛教庙宇等的书籍，一谈起这些都能口若悬河。祖父的宗族意识非常强烈，又或是出于兴趣，曾经特地搜索了很多资料，为我们现在的族谱做了几大本详细的归类整理，并编制了我们新一代的族谱。当我翻阅这部凝结了祖父许多心血的族谱本的时候，发现自己成了出现在族谱名单之上的第一代女性时，油然而生一种自豪之情，一种冲破封建思想旧的藩篱束缚的思维在小小的册子上得到了反映。

在外人看来，祖父性格直爽凌厉、亦严亦和蔼，真正了解他的人会发现，最突出的还是他的乐观精神。2001年的时候，祖父被查出患有肺气肿，在省会的医院住院很久，两三年后，又被查出患有食道癌——这消息对于整个家庭来说尤如晴天霹雳。确诊的那一晚，我的父亲和伯父陪着祖父坐在餐桌前，吃不下一口饭，而祖父却格外泰然自若，如同什么都不曾发生一样，甚至吃了两大碗水饺。"轮不到你着急的事，你再慌张也没有用。""不管碰到什么事，该吃还得吃好，该睡还得睡好。"这样教育后代的话在祖父这里成了一种言传身教的训示。在后来的不断治疗中，祖父都是以同样的坦然心态面对着一切。或许命运格外垂青乐观者，时隔多年，癌症病魔没有击败坚毅的祖父，而近年来虽然随着年龄的不断增长，祖父时有病症发作，但依旧用那一如既往的平静对待生命。有时谈及这段往事，我的伯父总要对祖父开玩笑说："你往阴曹地府走了一趟，阎王爷一看名单里没有你的名字，说什么也不肯再收留你了。"

凭着这种坚韧豁达的性格，祖父传承着家族的家风祖训，也于无声之中教育着我们为人处世之道。

父亲口述的故事

汪雪倩

"文化大革命"的余烟（1972 年 9 月 1 日至 1977 年 6 月 31 日）

父亲的故事要从小学生活讲起，那时正是"文化大革命"后期，父亲进入民办的无名小学就读。许是当时的国家太过喧嚣，活动游行太过猖狂，铺天盖地的大字报太过夺目，竟让当时年仅六岁的父亲至今还对发生的故事和场景记忆深刻。国家的政治、经济、文化、教育等各领域还处于"文革"的破坏中，但这并没有导致教育的全面暂停。那时的小学普遍被称为"抗大"小学，当地人戏称为"凉拌小学"。上学时学生需要自带桌子和凳子；每学期放假时，家长还得把桌子、凳子带回家。为了不搞错，奶奶就在桌凳的底面用毛笔写上"潘萍孩"防止弄混。在当时的社会环境下，学校的条件尤其是硬件设备自然很简陋，仅有的一点活动场所没有安放任何设施，场所大小也仅可供一个班上体育课。教室的墙壁是老师们用石灰浆滴上蓝墨水调制的"涂料"刷的。下课时能听到用铁榔头敲击挂在树枝上的铁板发出的清脆声音：叮当……叮当……叮当。校门口总能看到因某位老师"犯错被批斗"而张贴的大字报或小字报。学校对面的马路上仅有一二层楼的矮房子，一些墙壁上粉刷着："打倒一切牛鬼蛇神""将无产阶级文化大革命进行到底""全世界无产阶级联合起来"。

经历一、二年级民办学校动荡的两年，三年级时父亲总算进入了正规小学——贵阳甲秀小学读书。当时开设的课程有算术、语文、大字课、体育、美术、算盘等。每天上学的时候除了背书包外，父亲还会带几样特殊的物品，有时候是算盘，有时候是红缨枪。每天课间操学校都会在操场上演练红缨枪，由三好生在台上带领大家做动作呐喊："1，2，3…向反动派杀！杀！杀！"当时站在台下的父亲自是十分羡慕的，站在主席台带领大家练红缨枪竟成了所有孩子的梦想，想必那三好生心中也是无比自豪和神气的了。

虽然学校条件较为简陋，但课外活动还算是较为丰富的，学校还是会举行打算盘大赛、拔河比赛、广播体操比赛、红缨枪比赛，等等，这些都是父亲那个年代深受学生喜爱的集体活动。学生比赛时要穿着标准的白衬衣蓝裤子。比赛每学期举办一次，每次也要进行相应的考核评比，类似于现在，获得一、二、三等奖的班级会获得学校颁发的奖状和奖旗，因此受到各班格外重视。

经济枷锁

在父亲的记忆中，六七十年代的生活是极为贫困的。那是一个割资本主义尾巴的年代，所有的物品都必须经过国营商店、国营菜场、国营饭店等国营单位才能进行买卖，而个人若买卖东西则被定罪为"投机倒把"（以买空卖空、囤积居奇、套购转卖等手段牟取暴利的犯罪行为）。那时也是商品匮乏、购买力低下的年代，当时家里的家具就只有两张床，两个装衣服的木箱，一个用炮弹箱改装的茶几和几个吃饭用的小木凳。大部分的生活用品都是凭票供应的，如买米要用粮票，尤其珍贵的是全国通用粮票；买糖要用糖票，买布要用布票。像父亲这么大的孩子当时很少有零花钱或是零食。家里当时能提供的最好的食物就是酱油、猪油拌饭，因此每年春节也变成了孩子们最为欢乐和期待的时刻，那是一年中唯一能有糖吃、能放鞭炮、能敞开吃肉的时候。当时的半肥瘦猪肉0.76元一斤，肥猪肉要0.82元一斤，糖则要1元一斤。

听说有一次过年前，大爸爸十岁的大伯和二伯为了买到好肉可以多榨一些猪油，头一天晚上就带着小凳子去国营猪肉店排队，在冰天雪地中排了一晚上，可是第二天在快要排到时却卖完了，两人因为没有完成奶奶交代的任务垂头丧气，甚至还回到家大哭了一场。而年龄还小的父亲生活则相对单纯得多，据奶奶回忆，父亲还曾经在过年期间吃糖到噎食，放鞭炮放到半夜才一个人脸青面黑地回家。现在听来虽感好笑，但也足以看出当时条件的艰苦及孩子对于糖果玩具和鱼肉的渴望了。

旧时代的吃喝玩乐

虽然条件艰苦，但生活上的改变也在悄然进行，大街上开始出现吃喝的小商小贩。听父亲说，每次一放学，同学们都会涌到冰点铺去买冰棍。家庭条件好的学生兜里会揣上一角至五角不等的零花钱，当时的菠萝冰棍4分钱一根，豆沙冰棍和牛奶冰棍5分钱一根，父亲最喜欢菠萝冰棍冰冰凉的感觉，时常在放学时买上一根，一路舔着和小伙伴回家。

课余时间，父亲也会集邮充实生活，这与家族里浓厚的书香气息有着重大关系。据父亲回忆，爱好集邮的人在当时是极为少见的。奶奶当时在贵州省团委工作，经常接触到全国各地寄来的邮件，而信封上总是贴满了各式各样花花绿绿的邮票。当时家里条件有限，没有玩具，也没有什么娱乐活动，奶奶为了给孩子们"找玩具"也顺便培养他们的高雅情趣爱好，就开始教孩子们集邮。每天父亲和两个哥哥写完作业后，爷爷奶奶就拿出白天从单位各个科室收来的废旧信封，带着他们谨慎而小心地剪下上面粘贴的已经没用的邮票，往脸盆里倒上水，再将邮票一张张地放进去浸泡。约一个小时后，糨糊逐渐融化，邮票就浮在水面上，而牛皮纸信封的残部则开始沉入水底。然后用毛笔彻底清洗邮票上软软的糨糊，再用流水漂洗干净，最后将这些邮票一张张晾晒在干净的白纸上，准备工作就算是完成了。"成品"生产出来的那一刻是全家最为高兴的时候。接下来大家会兴致勃勃地去寻找配套邮票，趣味性丝毫不亚于如今我们积攒的游戏卡。对他们而言，能凑成一套完整的邮票是一件非常有成就感的大事，而将它们夹进集邮本的那一刻也是极为神圣而意义非凡的。没有凑齐的不成套邮票则专门放在另一个柜子里，等待下一次和新的收集来的邮票配对。而对于重复的邮票，则用专门的集邮册收藏好，定期会和爱好集邮的小伙伴交换邮票和集邮心得。父亲曾笑谈当时用糖换邮票的故事，但也有一些意外发生。他曾看到楼上小朋友有一张黄山22分的特种邮票，非常喜欢，就拿出4颗春节珍藏的水果糖换了回来。晚上奶奶回家后无意间发现了，硬叫上爸爸把邮票还给了小朋友，结果水果糖也没有要回来。也算是有趣的经历了吧。从小的家庭熏陶让他得以一直保存集邮的爱好，积攒下的邮票已有几千张，成套的集邮册有二三十本，其中不乏一些珍贵的特殊邮票。如今父亲还是会定期去邮局买纪念邮票套装，纪念币、连号钞票、毛主席像章、烟纸盒等都成了他收藏的宝贝，这样有意义的锲而不舍的举动让我这个"略有些文化"的晚辈自愧不如。

教育的艰难探索——混乱的初高中（1977年9月1日至 1982年6月31日）

1976年的时候，父亲12岁。他特意提及了这个悲伤的年份，因为共和国的三大伟人：周恩来、朱德、毛泽东相继去世，但也就在这一年，祸国殃民的"四人帮"终于被全面粉碎。学校的广播里开始传来"科学的春天"的声音。原来大街上白底黑字的标语逐渐被换成了红底黑字的"打倒四人帮""拨乱反正"等标语，广播车也经常在大街上循环播放一些祖国的政治新闻。

1977年，高考制度恢复，"为实现四个现代化而努力奋斗"的标语陆续出现，"读书无用论"开始被别人唾弃，人们读书的积极性逐渐高涨，百废待兴。当时主张社会发展奔向未来的呼声很高，父亲画画功底不错，又满怀着一腔热血，挑灯夜战创作了画作《奔向2000年》，还被发表在了《贵州日报》上，在当时可谓是家族内的一大荣耀，如今还为父辈们津津乐道。

由于教育体制在"文化大革命"期间遭到了极为严重的破坏，新兴的教育规划缺乏完整的体系构建，时常变动。父亲在五年制的甲秀小学读了一年的初中，而这样的教育规划竟只此一届，这种在小学读初中的怪异安排被称为"戴帽中学"。父亲在学校的功课念得很好，虽然爷爷奶奶在六天工作制的制约下，忙于工作无暇顾及儿子的学习生活，但他仍于1977年6月以优异的成绩考入了当地最好的中学——贵阳一中，并在贵阳一中读完了高二、高三。

进入贵阳一中对于父亲而言是一大幸事，因为他赶上了中国走向伟大复兴的第一班车。在父亲那一代老一中人眼里，一中是个教书育人的好地方，因为它学风正、师资强、成绩卓越。父亲受此影响，学习的积极性越来越高，贪玩的天性也逐渐被敛去，开始全身心投入学习中。奶奶对父亲的要求也很严格，每个假期除了假期作业外，还要背诵大量的文言文、英语单词，写毛笔大字。因为这时候大伯已顺利考上贵州大学中文系，二伯也已经考入贵阳医学院。在当时那个年代，大学录取比例极低，能考上大学是非常光宗耀祖的事，奶奶也一心想实现家里培养三个大学生的心愿。父亲受到学校学术风气的熏陶，再加上奶奶的引导和两个哥哥优秀成绩的鞭策，发奋读书，顺利考入贵阳一中高中部。

教育体制的改变无时无刻不在发生，在父亲那个年代高中普遍实行两年制教学，但到了他这一年，也就是1980年，国家开始把高中两年制改为三年制，但是被老师认可的成绩非常好的同学则可以在征得父母同意后依然选择两年完成全部学业参加高考。这也是中学里两年制、三年制高中共存的唯一一年，也是国家拨乱反正以来新老政策交叉产生的独特现象。奶奶认为两年读完高中可以早一点考入大学、早一点参加工作，节省出宝贵的一年时间到社会打拼，遂决定让父亲两年学完直接高考。那时候高考的录取率很低，大约是4%，另外由于大学毕业后国家包分配，能考上大学就意味着有了稳定的工作，而且基本上都是待遇不错的单位。特别是农村考出来的大学生，可以分配到大城市工作，户口也能从农业户口转为城市户口，所以千军万马过独木桥，竞争非常激烈。当时全国统一试卷，文理分科。父亲是理科生，当时理科考试科目及分数占比为：数学（100分），物理（100分），化学（100分），生物（50分），语文（100分），政治（100分），英语（30分）。贵阳一中的老师很负责，通过各种关系在全国各地收集高考复习题，然后用20世纪

60年代的油印机加班加点把复习题印刷给大家，还免费给学生补课，讲解习题。

　　1982年7月8日，"激动人心"的高考开始了。也许是从来没经历过如此重大的考试，再加上缺乏合理的心理疏导，父亲太过紧张，严重失眠，将近凌晨4点才入睡。这严重影响了他的正常发挥，第一科数学考试就不出意料地考砸了，后来公布高考分数时才知道仅获得56分。再加上爷爷奶奶上班路远，中午不能赶回家，高考期间只能安排当时在贵阳中医学院任教的二伯临时照看他。中午父亲垂头丧气地回到家，向二伯讲述数学考试的解题经过，二伯默默地煮了一碗香喷喷的面条给父亲，让他放下包袱轻装上阵。也许是头一天没有正常休息好，父亲昏昏沉沉地睡了一下午，身心得到了恢复，接下来的几科考试发挥渐渐正常。功夫不负有心人，父亲获得406分的总成绩，超过一本线26分。但由于数学考试没有及格，只能被降分分段录取，父亲最终和上海同济大学城市规划系失之交臂。虽然后来录取时国防科技大学、南昌航空大学招生官都来人动员父亲报考，但爷爷奶奶考虑到父亲年龄太小，到深山中做科研实在危险，最终让16岁的父亲很不甘心地进入了贵州大学化学系就读。

重新战斗（1982年9月1日至1986年6月31日）

　　高考的不如意给父亲造成了很大的打击，整个七八月份他就闷闷不乐地待在家里不出门，并婉言谢绝了同学们的游玩邀请。看着同学们纷纷进入外省名校就读，父亲感到无比遗憾。但也就在这时，他的心中燃起了熊熊烈火——这辈子一定要靠自己的努力离开贵州，到理想的大城市发展、生活、定居（20年后他做到了，当然这是后话）。不过虽然父亲没有进入国内一流大学，但却是以贵州大学录取成绩前几名的身份进入的。因为成绩突出，一进贵州大学化学系他就被指定为系学习委员，这为他今后综合能力的培养打开了通道，也奠定了基础。父亲在学校学习很刻苦，宿舍晚上10点30分熄灯后还经常拿凳子坐在走廊上看书，成绩每年都保持在前3名，连续3年任学习委员，还连续拿了3年的甲等奖学金（每次28元）。有了这些钱，父亲每个假期都和同学出去旅游，1983年暑假去了云南昆明，1984年暑假去了北京，1985年暑假则去了广西桂林。

他进校时正是1982年，实现四个现代化的宏伟目标传遍祖国大地，到处都是一派欣欣向荣的景象。祖国建设方向也从以阶级斗争为主转向以经济建设为主。虽然生活水平比"文革"期间有了很大程度的改善，但还是相对低下，刚进校时大学里一个月的生活费也就20元左右。大学里的饭菜很便宜，但品种较少，一份白菜鸡蛋汤5分钱，一份炒土豆丝5分钱，一份番茄炒蛋1毛钱，一份小炒肉丝3毛钱。化学系宿舍在理科红楼的3楼，每间宿舍有四张上下铺铁床，8人一间，非常拥挤。宿舍里有4张8人用的小桌子，没有衣柜，个人的衣服只能装在箱子里塞在铁床下面，唯一的一个没门的柜子用来放保温杯和铝制饭盒。虽然条件简陋，但大学生活还是丰富多彩。学习之外，父亲在没课的下午经常和同学们去踢足球，并且担任足球队的左边锋。父亲还利用小时候的素描基础、毛笔字基础在业余时间学习水墨山水绘画技法以及艺术刻章，他创作的《江水多娇》等4幅山水画还被学校永久收藏。此外，父亲在不识五线谱的情况下，还自学了弹奏古典吉他的技法，每年化学系的迎新生晚会都有他的精彩演出。最令人激动的是每周六晚上学校大礼堂放映的精彩电影，由于父亲是学习委员，管理着电影票的发放，因此最受女孩子欢迎。但当时父亲入学年龄太小，而奶奶告诫父亲不能找比自己大的女孩谈恋爱，要好好学习，实现他的抱负，所以他在刚满17岁进大学至21岁毕业的4年时间里没有谈过一场恋爱。

当年祖国建设需要大量人才，为了满足社会发展的需求，贵州大学化学系开设了选矿、有机合成、仪器分析等多种专业，1985年9月父亲选择了自己喜爱的植物化学为自己的专业，并于1986年2月前往中国科学院昆明植物研究所实习，研究强心药物的课题。父亲四年的综合成绩排名年级第一，按当年的规定年级第一名可以任意选择学校提供的用人单位，如贵州省地质局中心研究室、贵州省烟草科研所、贵州省轻工学校等条件好的单位。1986年6月毕业后，他以年级第一的身份被分配到贵州科学院理化测试分析研究中心工作。

支教的故事（1987 年 8 月 15 日至 1988 年 7 月 31 日）

进入贵州科学院理化测试分析研究中心（现名：贵州省理化测试分析研究院）实现了父亲多年来想当"科学家"的梦想。但是当时求贤若渴的单位却有一个规定——需要为单位工作五年才能报考研究生，这也基本堵上了父亲继续深造的道路。1987 年 8 月，贵州省政府组织贵州省直机关、科研院所近两年分配来的大学生到基层锻炼，支援贫困地区的教育工作。父亲因此和科学院的两位男大学生（浙江大学、华东化工大学各一位）被派往贵州省安顺地区紫云苗族布依族自治县猫云区（现猫云镇猫云村）中学教书。

紫云县是目前全国唯一的苗族布依族自治县、国家新阶段扶贫开发重点县。猫云区人民政府驻地猫云村，距县城约三十公里，距安顺市约四十七公里。猫云区中学离区政府约五公里，建在半山坡上，只有初中部。学校很简陋，教学楼是一层平房式建筑，泥土地面，里面有十多间教室、两间教师办公室、一个烧柴火做饭的简易食堂、十多间学生宿舍。学校的操场完全是泥土的，仅有几个水泥乒乓球桌、一个篮球架。学生都是附近几十个村寨的少数民族子女，学校雇用了 3 位厨师给他们做饭，学生自己每周从家里背米到校交给食堂。他们家里一般都很贫困，每月只有 2~5 元伙食费，但是他们的脸上却总是挂着灿烂的笑容，渴望走出山里的眼神中充满了希望。

为了给父亲他们提供尽可能好的条件，紫云县教育局安排他们住在离学校一公里的一个村寨。这是一个只有五百多米长依乡村公路而建的小村寨，在路的两边稀稀落落住有两百多户人家，很多上了年纪的老人只会讲当地的少数民族语言——苗语、布依族语，不会讲汉语。父亲的住所位于格坝水库下游三公里的猫营大河河道旁，该河全长约八公里，水面宽约十米，水质清，水源好，便于他们挑水做饭。在村卫生所所长的帮助下，他们被安排在原卫生所停用的手术室居住。这是一栋两层小楼，一楼住着一对少数民族夫妻和他们的一对儿女，父亲时常能听到丈夫吼骂妻子、儿女的声音；二楼则住着他们三位大学生。虽然已经是 20 世纪 80 年代，但这里依然是一副贫穷落后的面貌，没有自来水，电力供应也不稳定，经常一整天一整天地停电。特别是有时晚上需要备课、批改作业，只好点蜡烛照明，父亲大学毕业时1.5（旧视力表）的视力变成了1.2。他支教时教的课程是化学和政治，虽然很苦，但却是在做一件有意义的事情，他们教的班级是三个初中毕业班，有一半的学生考上了省里的中专或技校，创造了猫云中学当时的一个奇迹。他们三人的平日分工十分有趣。父亲因身材瘦小被安排烧菜做饭，另两位烧水、洗菜、洗碗。由于平时在家里很少做家务，又对于做饭不太精通，父亲就经常去卫生所游所长家学习烹调方法，做饭技巧得到了极大的提高。记得有一次为了帮一位老师办结婚酒席，父亲一早上杀了7只公鸡并清理干净，动作十分娴熟，口感极佳。他还学会了制作宫保鸡丁、鱼香肉丝、盐菜肉、八宝饭、糟辣鸡块等拿手好菜，直到今天我还经常能回家享受父亲做的美味佳肴。

这一年父亲完全融入了当地人的生活当中。当地少数民族聚居方式各异，民族文化习惯不同，民族风情浓郁，民族文化异彩纷呈，每年的重大节日或民族节日到来时，各族人民纷纷自发组织起来聚集在猫营镇开展丰富的拔河、篮球、地戏、腰鼓、秧歌、耍龙等娱乐活动。当地三月三日是四大苗族的重要节日，有"吃油粑"之意。四月八日也是苗族的传统节日，用来纪念先辈打仗胜利赢得的功绩。这天到来时家家杀鸡、煮红蛋、做花糯米饭。苗家人不拿牛耕地，也不打骂牛，而要喂它精料，用枫香叶煮水来洗刷牛的全身，还要在牛角上包一团糯米饭。

改革开放的春天（从珠海到上海）（1990 年 8 月 1 日至 1993 年 12 月 31 日）

深圳、珠海经济特区成立于1980年8月，在整个八九十年代是中国当之无愧的两座明星城市，曾被誉为中国最有希望的现代化城市，这也是父亲心中向往的地方。1990年盛夏，父亲（还有二伯、化工研究所谢镇等）历时两年参与研究的课题《透明质酸的工艺研究》取得成果，在《中国生化药物杂志》《工业生化杂志》等国内一流杂志陆续发表了多篇轰动性的文章，并获得了两项发明专利。该项成果的公布，被中外合资企业珠海亚利生物工程有限公司看中，他们非常感兴趣，经过多方打听联系到课题的相关人员。此时正是国家大力提倡科学技术转化为生产力的时期，经过几次接洽，课题组决定和该公司合作，南下珠海。为此，父亲在单位办理了借调到珠海亚利生物工程有限公司工作的手续，前往改革开放的前沿阵地——珠海经济特区。珠海亚利生物工程有限公司地处珠海香港区，离拱北海关仅仅几公里，每天从这里过关的香港、澳门人络绎不绝。在珠海国内最早的免税店里，可以买到世界各地的免税商品，用港币发的工资可以自由兑换人民币，每个内地来的青年人都为会讲粤语感到自豪。在珠海生活的一年中，父亲看到拔地而起的高楼大厦，感受到了经济特区巨大的经济、文化活力，当地人开放的思想、为发展而奋斗的精神让人心潮澎湃。特别是当时在原单位月工资只能领到不足100元，可是在珠海月工资奖金可以拿到700港币，这在当时的确是一个巨大的差距，这也为父亲日后下决心决定下海打拼打下了心理和物质基础。

父亲科研需要的透明质酸广泛用于制药、化妆品等，当时国际市场上能卖到6万元人民币一公斤，但是其生产原料——人脐带却难以收集，一是需要得到大型医院产科的帮助才能完成，二是生育数量必须达到一定量才能满足生产需要，三是大量收集到的脐带需要冷藏保存。珠海是一个年轻的城市，人口生育率很低，医院也难以配合完成相关收集、保存工作。鉴于此，他们决定使用提取透明质酸的另一种原料——公鸡冠。经过一年多的实验室研发工作，他们成功地从巴西进口的公鸡冠中提取了符合化妆品生产质量要求的透明质酸，先后得到永芳化妆品公司、上海家化公司等多家公司的认可。亚利公司非常重视，决定扩大实验，但受制于珠海相关科研生产条件及环保的要求，公司领导再三考虑后决定选择上海作为继续实验的基地。一是上海科研基础雄厚，能在上海解决全部科研问题；二是上海松江有正大鸡养殖基地，可以解决原料问题；三是上海有大量国内知名化妆品生产厂家，可以解决销售问题。几番考量下，公司决定马上联系上海方面有关单位，最终获得了中科院上海生物工程研究中心中试基地同意，整个科研人马全部迁往上海。

1992年初，父亲一行人来到中科院上海生物工程研究中心，而这时的上海才刚刚开始有了开放的气息。父亲所在的研究中心地处上海漕河泾新兴技术开发区，属于上海的城乡接合部，周围还是一片未开垦的荒地和农田。为了方便工作、起居，父亲他们被安排在研究中心的招待所居住。中试的工作是艰难的，因为以前父亲的科研以实验室小试为主，天天和瓶瓶罐罐打交道，工艺参数都是500克内的投料得来的，加热用酒精灯，冷却用自来水，一般30分钟可以解决，非常得心应手。可是中试和小试却有天壤之别，一次中试最少也要100公斤，蒸汽加热，循环水冷却，来回一次至少3小时，任务艰巨。在经过无数次通宵达旦的加班、无数次的失败、无数次的工艺参数修改后，透明质酸的中试生产终于获得了成功。到1993年底中试的工艺完全成熟，开始正式投产。

也正是这时，忙碌的父亲开始冷静下来思考人生未来的规划。重大的人生课题摆在他的面前：户口在贵阳，关系在珠海，工作在上海。长此以往，原单位是去是留？婚姻、家庭如何解决？经过长时间的考虑，见过世面、有了胆量、有了经验和经济基础、天不怕地不怕的父亲终于做出了下海的决定。

改革开放的春天（从江苏到贵阳再到昆明）（1994年1月1日至2001年7月）

父亲下海服务的第一家公司为中外合资的贵州康运药业有限公司，他担任该公司的江苏省经理，负责该公司的拳头产品——戒烟乐、舒眠乐在江苏市场的开发工作。1994年春天刚过，父亲怀揣梦想踏上了征程。那时的苏州、无锡、常州、镇江、南京等城市已经非常发达，全国百强县前十名中苏南地区占了7席（锡山、张家港、江阴、昆山、常熟、吴县、武进），个体经济、乡镇企业如雨后春笋般纷纷出现。为此，父亲把江苏市场分为三个步骤进行开发，先以苏南市场为主，一个一个城市精心耕耘。3个月时间里父亲不分节假日，一人跑遍了苏南12个城市，最终确定了9个城市进行销售，并将产品送入了几百家销售网点。第二步，他选择了苏北地区交通相对发达的几个大城市。那时候从苏南到苏北过长江的交通工具相对较少且落后，一种方法是从南京坐长途到扬州，另一种则是从苏州坐渡轮过去。父亲克服了交通的不便，经过了又一次3个月马不停蹄的奔波，苏北市场也得到了成功开发。第三步是他将目光瞄准了边远地区和交通极其不便的小城市。他的工作有条不紊地进行着。在开发市场的时间里，每天早上6点钟，睡在小旅馆的父亲就可以听到楼下店铺拉开卷闸门的声音，勤劳而聪明的江苏人民这时已经开始了一天的奋斗。受此感染，父亲也越发勤奋。

由于连续出差时间较长，为了节省开支，苏州的教育旅社、无锡的地下防空洞、常州的站前小饭店都成了父亲的暂住点，2元一碗的雪菜面、3元一碗的蛋炒饭就是他的佳肴。当时康运公司处于建立初期，能提供的促销手段少得可怜，一个城市仅能提供15块宣传牌及3000份宣传彩页，宣传牌发到当地的医药公司，再由父亲租上三轮车一个一个网点去送。宣传彩页则要求拿到人流密集的街头去发放。刚开始父亲没有经验，彩页发出去后前来了解的人很少，效果也不是很好。回到驻地，父亲认真分析了原因，终于找到了问题的最佳解决办法——征得当地经销公司同意，在所发的彩页上加盖当地经销公司的联系方式，让消费者可以咨询购买。此方案一成型，每天晚上，旅馆里南来北往的旅客都在休息、游玩，父亲则拿着刻章一张一张地盖好彩页、风干油墨，第二天再到热闹的街道、居民区去发放。这个看似很小的改变却让父亲率先将拥有40万人的苏州市场成功打开。更为幸运的是，由于苏州和新加坡合作建立了苏州—新加坡工业园区，江苏全省特别是苏州地区以新加坡为模板，大力提倡戒烟，戒烟乐销售量节节攀升。苏州市场的成功为父亲拿下整个江苏市场树立了信心、奠定了基础。

虽然说这些时候父亲的表情很轻松，但销售工作却是十分辛苦的。父亲常常是带着冬天的衣服出差，穿着夏天的衣服回家。功夫不负有心人，经过两年的努力打拼，父亲获得了丰厚的回报，同时连续两年荣获公司销售冠军，得到总经理的赏识，于1996年7月升任公司全国销售经理，回到贵阳总部工作，一年后兼任总经理助理。

市场的变化日新月异，竞争产品层出不穷。贵州康运药业有限公司仅有的两个产品——戒烟乐、舒眠乐从市场的导入期、市场的成长期进入市场的衰退期，后续产品的研发和上市没有任何进展，父亲为此从专业的角度多次向港方提出寻找更为适销对路的产品，加大新产品研发投入，加快新产品的上市时间。但由于经营理念上的巨大差距，在多次沟通无果的情况下，父亲决定放弃丰厚的薪酬离开该公司。1999年5月父亲来到云南昆明，负责浙江震元医药有限公司云南市场的开发管理工作，这也是自从父亲1986年离开中国科学院昆明植物研究所后，时隔13年再次来到昆明。

之后，父亲来到北京创办了公司。

白云苍狗

——外公和他父亲的故事

王雅涵

　　高考是一场公平的考试，同样的卷子、同样的标准针对每一个人。高考把人按照分数分为三六九等，决定了教育资源的合理分配。但是，我的外公告诉我，他参加的高考，并不公平，甚至连分数也不公布。在还没有坐进考场前，人就已经被分为了三六九等，标准是个人的出身和成分。班上的两个红二代，北京、上海的名校稳进；家里没有不良成分，学习优异的一位同学，被分进了西安交大；而外公，有不良成分，但学习成绩优秀，被分进了江西师大；不良成分太严重的同学，甚至都难以跻身被分配的行列。

　　外公去了江西师大，读了一个月之后就辍学进工厂去当工人赚钱养家了。

　　我得知这个故事的时候正值高考，对于获取优质教育资源的迫切，对于教育改变人生的信念相当强烈。我问外公："当时为什么不想方设法把大学继续读下去？是否接受过高等教育，人生是完全不一样的。"

　　的确不一样，完完全全不一样，这谁都知道，更何况是学霸外公呢？但是外公的父亲含恨去世，剩下五个孩子——三个男孩，两个女孩，吃饭都成困难，怎么会有钱供外公上大学？而且外公也说："感觉就算读完了大学，也没什么用。"所以作为家里老大的外公和老二、老三两个弟弟进工厂当工人，每个月15块钱的工资，45块钱要养活六口人。

真可惜，自己是在写一个非虚构的家族史，而不是在编故事，否则我一定要把外公的身世改得平坦些。奈何，历史的车轮、人生的命运又岂是个人意志可以改变的？

外公的父亲，我的太公叫作刘凤舞。他曾经是国民政府时期江西省南昌市西湖区的副区长。一开始他只是一位普普通通的老师。能成为老师，还是因为家里的大哥不愿意读书，就让排行老二的凤舞去读书。他读书很开窍，考上了师范，后来被分配回乡做老师。这时候，日本人入侵中国，其他的学校都散了，学生们也都不上课了，但是太公还坚持上课。为了保护学生们的安全，他带着学生们挖防空洞，进行空袭演习。此外，他还教学生们唱抗日歌曲，宣传抗日。他是热血沸腾的爱国青年、兢兢业业的教育模范，不仅在自己的岗位上恪尽职守，还在日寇入侵时坚守岗位。他的事迹见诸报端。领先的思想觉悟让他践行先锋教育事迹，他也因此受到当时教育部的嘉奖，提拔为校长。1940年的时候，太公被举荐为乡长，1947年被选举为副区长。一介平民，完完全全依靠自己的思想觉悟、工作热情、爱国信念、个人能力成了副区长，多么励志而感人的故事！本来我的家族史应该是个人奋斗的中国梦，鞭策激励我们这些后代们，但是这一切都在历史更迭中覆灭了。

1949年，解放战争即将结束，国民政府不复存在，太公不仅没了工作，没了工资，太公的社会地位还从副区长成了国民党残余势力。人到何时，命到何时，再苦再难，一大家子人也总要活下去——太公去拖大板车，干体力活来养家。那个时候，太公已年近四十，每天超强的体力负荷怎么能受得了，更何况内心的悲郁难以在时间的流逝中排解，反而愈加强烈。有的时候，还要被喊去问话，交代各种情况。身体的痛苦和精神的打击化为回家见到妻子的无言，咬着牙还是要撑下去。

最后，1958年，太公高血压发作含恨去世了。我写在纸上，可能只有"含恨"两个字，但是这其中包含着多少辛酸血泪啊！热血青年，积极上进，从乡村教师变成教育模范、校长、乡长、区长。就个人而言，太公在竭尽全力做好自己，紧跟时代，创造人生的辉煌。但当他追随着时代处于巅峰之时，汹涌的时代巨浪又将他无情地拍倒，无力再爬起，也不可能再爬起。

命运被改写的，不只是太公，还有外公。整个上学期间被贴上标签，戴上帽子，被剥夺了本该属于他的"三好学生"称号，被剥夺了好学生该有的奖励，被剥夺了上好大学的权利。这一切的原因，不是外公读书不努力，学习不进取，而是因为家庭的成分不好，因为父亲曾经是国民党的官员。

我问外公，有没有因此而感叹过，有没有因此而抱怨过，有没有因此而悲伤过，因为，听完这个故事的我正强烈地感叹，强烈地抱怨，强烈地悲伤着。年近八十的外公平静地否认了。

的确，按照理想，外公考入名校，读完大学，开启了和现在完全不同的精彩人生；又或者次之，外公去读江西师大，毕业后被分配当老师，又是一段截然不同的人生。无论哪一种都比到机械厂当工人强吧！外公摇摇头，说自己的两个同学，一个考上了大学，一个师范毕业当老师，在"文革"中都被折磨得很惨，后来也没了消息。"而我，至少平稳地度过了这一生。"外公微笑着说。外公总是这么平和，处事也总是这样随遇而安，逆来顺受。

一滴水身处时代洪流之中，又怎么能认清洪流的方向？任凭个人将自身意志发挥到极致，把自己做到最好，也始终处于时代历史的裹挟之中。新政权自然要将旧政权连根拔起。谁也没法预见未来会怎么样，也没这种能力预见，但是最后的结果，就是这样，无力改写，无力辩驳。

太公性格积极热情，人生经历大起大落，最后含恨而终；外公性格平静温和，与世无争，一生平平稳稳，儿孙绕膝。

我深深地感受到了一种无力感，一种微小的个体存在于这个世界、这个时代而难以掌控自己命运的无力感。"命运掌握在自己手里""努力奋斗定能成功""一分耕耘，一分收获""不忘初心，方得始终"，这些一直被奉为金玉良言的座右铭瞬间变得苍白无力。我们能做什么？我们只是被命运裹挟着的芸芸众生中的一员，仅此而已。

当我认识到这一点之后，悲叹无奈之余内心反而多了几分平和。有很多东西，不是人力所能控制的，尽力了、问心无愧了也就够了。在每个节点顺从自己内心最真实的想法，做出符合自我的选择，不失为一种积极而又可行的处世态度。至于结果，可能真的不是我们个人的力量所能预知的吧！

二十年家庭记

陈晓雪

一

2017年春节期间。

"晓雪，快换上衣服下来，我们和爷爷奶奶一起拍一张全家福！"爸爸突然在楼梯间里冲正在楼上看电视的我喊道。

"现在？去照相馆拍？"我赶紧起身，穿上那件新买的军绿色呢子大衣，系上腰带，仔细地梳了梳头发，然后一步并作两步地跑了下去。

只见家门口并排放置了两把高背椅，爸爸正在教特地请过来帮忙照相的姑姑怎么取景。呵，原来就是在家门口照全家福啊。

"你妈怎么还不下来？"爸爸看到我问道。

"妈——"这回换成我在楼梯间喊了。

爷爷奶奶从一楼的房间里慢慢地走出，都穿上了似乎许久没穿过、看起来很新的棉袄，然后在两张高背椅上坐下，还时不时地低头理理衣服。妈妈也涂了平时基本不用的口红，戴了一条碎花围巾，不停地对我说自己发型还没弄好。

"好了，都坐好了，笑一笑！"——"咔嚓。"

于是，我们就这样在家门口照了一张像模像样的全家福。按照爸爸的意思，之所以不去照相馆拍，是因为想以我们的新家为背景。对，这是我们的新家——在原址上将老家推倒重建的一栋四层小洋房。

照片洗了，我把它装进我那本厚重的破了封皮的相册里。从前翻到后，我惊异地发现，除了这张新照以及约莫二十年前我周岁时的家庭合照，全家福再无其他。

二

我出生在镇子里，并在那儿生活了十三年。

镇子里的人按姓氏聚居，每家都有一栋独楼，是在当初上一辈搬迁到这里分配得到的地基上陆陆续续盖起来的。我们陈姓这一块儿的人家都不算富裕，相对而言我家的家庭条件算是上层的了。我家的三层楼是前后左右楼房里最好的，当年率先在外面的墙壁上贴了花砖，在阳台上安装了蓝色的铝合金玻璃窗。

我家里的人都是知识分子，甚至常有人说我家是书香门第，这实在是过誉了。爷爷、奶奶是当年的知青，后来爷爷在药店谋了职，奶奶在一所小学教书。爸爸从小成绩好，只是高考失利，考了个二流大学，但最终还是走了出去，在政府里做着公务员。妈妈也是一名小学教师，说起来她的同事有很多都是奶奶当年的学生。

在镇子里的十三年，我们一家五口人都生活在同一个屋檐下，但爸爸妈妈当时都拼劲十足，一心谋事业，所以我主要还是爷爷奶奶带大的。

我小时候上过三个幼儿园，都是爷爷、奶奶为我找的，同样也是他们替我换的。我永远记得当时上幼儿园坐在爷爷自行车的后座上从街上驶过去的那个拉风劲儿。爷爷现在应该是骑不了自行车了，他已经八十高龄了。

小学的时候，家里有两个老师，自然也对我产生了潜移默化的影响。外公在村里做着木匠，为我打了一套红漆的桌椅，这就是我放学后的"战场"。趁着天还未暗，我就把它们搬到门口，"啪"地坐下开始写作业。这套桌椅整整陪伴了我六个春夏秋冬，幸运的是，它们还没有丢，爷爷奶奶把它们留到了新家里。可是如今我再看，它们真的好小啊，红色的漆有的剥落了，露出了里面暗黄色的木纹，余留下的那部分有些发黑了，还依稀可见我当时直接画在桌面上的歪扭的笔迹。

小时候每逢生日，我总是很期待。我不期待爷爷从街上买回来的小蛋糕，当然蛋糕也非常有，也不期待妈妈煮的长寿面，唯独期待爸爸能给我带回一个生日礼物。生日那天，估计是爸爸下班快回到家的时间了，我就赶紧跑到临街的楼房的墙根下，缩着身子偷偷地往街上望。但是没有看到爸爸，我只好先回家。可是过不了一会儿，突然听见几声长长的咳嗽，是爸爸的！我拔腿就跑，再次缩在那个墙根下偷偷地往街上望。

爸爸终于回来了，可是他一副什么都不知道的样子。我只好跟着他，试探性地问："爸，你今天有没有带什么东西回来？""没有啊，你想要什么吗？"我便不再问了，他应该是知道我的生日，但他不觉得一定要给我带什么生日礼物，更不知道我心里对一个惊喜的渴望。然而，我从不放弃，我感谢人一年内有阳历和阴历两个生日。我依旧这样，在每年的这两个日子里怀着期待，失望着，也希望着。

三

13岁那年，我终于要走了，和爸爸、妈妈一起，离开这个镇子，离开这个家，离开爷爷、奶奶，去城里的商品房里住。

我们的房子不足一百三十平方米，在这个新建的小区里其中一栋楼的第七层。爸爸妈妈都在城里有了新的职位，就像这个城市一样，我们的家也进入了一个"快速发展"的阶段。

爷爷时常会来城里看我们，但通常都是上午来，下午就走，从不多耽搁。为了不麻烦我们，他总是自己一个人搭公交车来。从镇里到城里，再从车站转车，大约要花两个小时，他才能到达我们楼下，然后爬七层的楼梯，按响门铃。

一次我对妈妈说："我觉得爷爷脸上的老年斑更多了，颜色也更深了。""这很正常，老人嘛。"可是，我无法想象当时七十多岁的身材瘦小的爷爷是如何在车站熙熙攘攘的人群中挤进挤出，他会被中青年人推搡吗？他会被车上的女售票员不耐烦地应付吗？他会遭别人的白眼吗？他不小心摔倒了怎么办？

我至今也不知道爷爷往返城镇一路上的经历，我唯一知道的是，爷爷真的老了。当我在客厅向着在厨房里洗菜的他喊了一声时，时间安静得好像静止了一样。"你上前去说吧。"妈妈对我说。

所幸的是，爷爷身体很硬朗，一直没什么疾病。可是，奶奶的身体就大不如从前了，高血压、心脏病、类风湿，一直在折磨着这位老人。听姑姑们说，当我们在城里的时候，一次奶奶突然倒在家里了，得亏赶紧送镇里的医院抢救才捡回一条命。

在城里的这六年，我们也偶尔回到镇里看看老家以及守着老家的爷爷奶奶。镇子逐渐发展起来了，一些地块已经被开发商选中建起了城里的商品房。周围的人家也跟紧脚步把自家的楼房翻修或重建，比以前要多加一两层楼，样式也更新潮了，家家户户墙外都贴上了时新的砖面。其实大家心里都盘算着什么时候开发商瞧中咱们这块地，自己家里就可以多赔几套房子。与整个大环境相比，我们的老家真的落魄了，它的三层高度和周围的楼房相比已经矮了一截，它当年风光一时的砖面已经发黄发黑了，蓝色的铝合金玻璃窗更是布满了灰尘，每次一推动，就发出刺耳的吱呀声。

老家老了，爷爷奶奶也老了，而我长大了。

四

上了大学后，我只有寒暑假可以回一次家。爸爸、妈妈的工作也发生了变化。爸爸提出把老家的房子推倒重建，然后我们再从城里搬回去，和爷爷奶奶一起住。于是，2017年的寒假，我回到了镇上，住进了新房里。

这个寒假过得很不寻常，我家隔壁一位大伯得肺癌去世了，紧接着不到两天，又一位邻居家里的老人也离开了。镇里的丧葬习俗这么多年来都没怎么改，总之结果是一连五六天我家门前都笼罩着这种气氛。爷爷奶奶会出门看看，我站在一边很担心，不知道他们在想些什么。可是，他们神态自若，偶尔和门前路过的人说说笑笑。直到有一天晚上，在他们的房间里，我听见奶奶对爸爸说，以后我和你爸就不要搞这么大排场了，简单点好，这些事其实也没什么意思。

我想，这密集发生的两件事对爸爸的打击最大，我时常看见他一个人在一楼客厅里踱着步，抽着烟，头低低地埋着。他在沉思什么呢？

我第一次如此郑重地思考了死亡这件事。我一向觉得自己很幸运，跟同龄人相比，我几乎是唯一一个爷爷奶奶、外公外婆至今都还在世的人。我一直觉得，因为有了爸爸、妈妈，所以我有了依靠，我还是一个孩子。因为有爷爷、奶奶、外公外婆，爸爸、妈妈才有了依靠，他们才能继续做孩子。是啊，爸爸、妈妈其实也是孩子啊，我无法想象老一辈的离去对他们的打击，也无法想象他们对未来必经的分离持有怎样一种心情。时间总是无情的。

"假如有一个时光通道，你想通过它去到未来还是回到从前？"

曾经的年幼的我一定会毫不犹豫地选择去到未来，可是现在，我会无奈地笑着说，如果可以的话，我一定要回到从前。

五

一年365天，如今我在家里的时间已经不超过60天。离家一千多公里，每次回家，岁月给爸爸妈妈带来的改变都深深地刻在了我的心上。我不想承认，可我必须承认，我好像变成家里的熟客了。我开始不自觉地采用一种旁观者的角度，来看家里的爸爸、妈妈、爷爷、奶奶。我想象着，当我不在他们身边的时候，他们是怎样过每一天的生活的。

我曾对爸妈说，以后我成家了，就把你们接过来一起住。可是他们不愿意，说以后会住进一楼现在爷爷、奶奶的房间里去，上面几层就留给我将来带着自己的小家庭回来住，我默然。

我把2017年春节在新家门口拍摄的全家福放在了手心。奶奶一如往日的安详，爷爷的眼睛里闪着光，爸爸依旧是一本正经，妈妈头稍偏，显示出一位女教师的干练以及一位家庭女主人的满足。

爸爸的灯

钟晓艺

我的爸爸出生于1970年，己酉腊月初五。在此之前，奶奶已有过七个孩子，有四个夭折了，剩下我的三位姑姑。

我的曾祖父、爷爷、爸爸、妈妈，都是家里最小的孩子。曾祖父曾是民国时一个保安团团长，在一次处理土匪绑架案时被杀害。那时爷爷一岁。曾祖奶奶改嫁后，曾叔祖父们便轮流抚养着大叔祖父、大姑婆和爷爷。那是在重庆永川区罗汉场的事情。后来国民党抓壮丁，大叔祖父被编入缅甸远征军，当了一个连长，回来以后落户贵州独山。因为这段经历，他在"文革"时被造反派诬陷"担任职务期间对老乡实行偷牛偷鸡的罪恶行径"，劳改了十几年。爷爷则被分配到陕西充当正规国军。解放战争结束，国军解散，他戴着这顶不光彩的帽子，去投靠在重庆荣昌县石河乡高庙村的大姑婆——她刚在第三次土改期间分到一座房子。罗汉场、高庙村这些名字，奶奶、爸爸他们聊天时常常提到，我挺喜欢，觉得它颇有点市井味儿，有点江湖气息，还有点传奇色彩。然而罗汉场到底是和哪位罗汉有什么关系，这我不得而知，而高庙村的确有座建在山坡上的小庙子。爸爸说到这庙子，说"门前有一棵大黄果树"。他对这棵树念念不忘吗？就好像我小时候住的院子外有一棵瘦樟树，小学门口有一排桄果树一样。

奶奶本是高庙村一个大地主家的童养媳。这位大地主，人称黎幺子，据说人也不坏，不过土改时也拉去枪毙了。房主人死了，留下房子田地，手下的人吃住还有所仰赖。大姑婆当时是村里的妇女代表，认识了奶奶，便给她和爷爷做了媒人。1952年，奶奶二十岁，生下了第一个孩子——我的大姑。爷爷、奶奶不过是想要个男孩，于是奶奶努力地生产。爸爸有过一个哥哥，不过他若健康地成长起来，大概就不会有爸爸了。

生产队的作息早出晚归。每天六点出"早工"，干一个小时，可以吃早饭。农忙时晚上加班。钟声整日"当、当、当"地敲，喊着"出工了""收活路了"，那么热闹，那么单调。那时按工分分配粮食，男人干一天的活十分，女人六分，未成年人一分半，一头牛无论干不干活也有四分。算起来，养牛比养人、养猪划算得多。喂了猪，生产队是要登记的，杀完之后一半得上交食品站。上交一百斤猪肉，补贴几十斤粮食。奶奶总乐于谈起1958年粮食丰收的景象，说，山上有挖不完的红薯，南充菜满坡都是。1959年，二姑出世。但从这年下半年开始，日子便不好过了。随后便是三年困难时期。经久不衰的干旱，人想要吃草也实在没有，只能铤而走险去吃土。有一种白色的黏性泥土，本是用来做起灶的黏合剂的，吃了让人严重便秘。然而村人慷慨地予其美名曰"仙米粑粑"。他们就靠这仙米粑粑和水一样的稀饭熬过了三年。

然而即使在平常的年岁里，粮食也并不富余，直到爸爸小时候，还得常吃烂红薯。每年农历二三月，正是青黄不接之际，这时就只能靠头年十月挖的红薯过活。那红薯收来堆在地上，有老鼠来啃；放在竹林的地窖里，怕人来偷。总之，烂红薯的味道在奶奶和爸爸的味觉中枢里根深蒂固了；他们现在都还对红薯敬而远之。

烂红薯虽然难吃，但幸而也吃不坏肚子。更让人退避三舍的"食物"，该数"尖角糖"一类的。这是一种四面体形的蛔虫药，表面的糖衣倒是很甜，可惜里面藏着吃了头晕发闷的"炮弹"。山坡上没有大树林，没有煤矿，燃料总成问题，就算烧成了开水，也找不到瓶儿来装，只好喝井里的生水。肚子一痛，上厕所总拉出一条一条长长的虫来。对付这种虫有一种土方子：吃马蹄草。在路边扯一把生的，到稻田的水里洗洗，嚼烂，又苦又涩，但很见效。我小时候，也喝过生水，不过是喝着玩儿。我肚子痛，也没拉出虫来，到医院去，讨到两颗"糖衣炮弹"。不过我吃的炮弹是球形的，而且就像真的糖一样好吃。那样的糖我此后也没再见过了。

1976年9月，爸爸上小学。以前入学需要"面试"，从一数到一百，能数下来的即可入学。爷爷、奶奶并不识字，爸爸的名字也是一名赤脚医生给起的。然而爸爸的学习成绩一直很不错，五年级的时候，他在统一选拔中考到石河乡的中心小学石河小学，一年后考上双河中学读初中，之后在荣昌中学念高中。爸爸念的大学是一个普通师范，但是据他们的揣测，爸爸的报到书是被人掉了包了——这种事情在当时屡见不鲜。他本可以上个好许多的大学，不过那会儿，考上大学就是件难得的喜事了，家里也没人懂，谁管那么多呢。

小学的教室没有桌椅，爸爸就从家里搬去小木凳，和邻居同学合用他们的小方桌。教室漏雨，泥地上总是坑坑洼洼，桌子得用碎瓦片垫着。一个老师，叫张昌珍，教了爸爸四年所有的科目：语文、数学、音乐、体育。老师给学生的惩罚，往往是用竹鞭打手板心。学校有一张乒乓球台，一个水泥地的小操场，还有一个天然的石坝子。

上学路上是很赶的，到考上中心小学，路就更长，边走边跑，也要四十分钟。冬天早上，天蒙蒙亮，就要出发。有一回爸爸在路上摔了跤，裤子湿了。等到了学校，一个同学的爸爸刚好是那儿的老师，他就把自己的裤子拿出来给爸爸换上。而小孩子们最高兴的时候莫过于在放学路上。他们在泥路上玩"拍烟盒""走弹丸"，还喜欢偷偷到池塘里去游泳——不会游也要去。这被大人知道了免不了一顿暴打。大人们也很聪明，他们在你身上一抓，要是能抠起白条儿来，准是裹了池塘里的泥浆。回到家里，爸爸就拿个背篼去割草：猪草、牛草。猪和牛互相不喜欢吃对方的草，这也好，省得它们打架。平时牛吃青草，到了收水稻时，就要把稻草割回来晒干，堆谷垛，也叫码草树。冬天的时候，小孩们喜欢钻到里面去暖和；或者，他们就在教室里"挤热和儿"，下课时，一个挨一个地挤到墙角去。

稻草，可以有很多用处：铺在床垫上，软软的，还有一股清香；像枕芯，也用稻草装。爷爷的手巧，他会编竹篓、背篼、草帽，想必还有很多我没见过的东西。要不是爸爸那时人小手没劲儿，他一定也能学成一个巧手匠。当然，他现在的手也是很灵巧的：他能修各种东西，做晾衣竿和剥柚子器，给我做手工的木房子，还炒得一手好菜。

　　小学没有食堂，学生得自己带米去蒸着吃。爸爸有个捡来的搪瓷盅装米蒸饭。它一角漏水，但是拿一粒米堵上，也能把饭蒸熟。噢，我忘了说，爸爸在上学路上虽然很赶，但还有闲心搞点"破坏"，顺手摘个瓜、几把扁豆、一个马铃薯，中午放在饭里一起蒸。但这比不上拿了一分钱，去商店买一包豆瓣酱或者酱油来下饭吃。

　　石河小学的老师很喜欢爸爸，对爸爸很关照。等爸爸到镇里读初中，就开始住校。住校最惹人心烦的就是没有水，得自己提了桶去井里打。爸爸没有塑料桶，只有一个套了搪瓷的铁桶，提着它爬坡过马路，瓷片磕磕碰碰地掉了，铁皮就生锈了。住校的饭蒸好一盆，用竹片切成八块，一人一小块。爸爸用自己带的咸菜下饭，咸菜放到发霉了，就不吃菜。同学们大都也处于长期的半饥饿状态，一天到晚思考着如何找东西吃。偶尔有了五六分钱，就买个馒头心满意足地啃。爸爸每星期能从家里拿到一角五到两角的生活费，除去学校加工饭菜的费用，还剩半毛到一毛钱。他每星期回家路过镇里路边的小书摊，要是还剩下一两分钱，一定要花在看小人书上面。只有在很饿的时候，他才拿钱去买馒头。

　　在初中的第一个学期，爸爸因为喝生水得了痢疾，拉了一个多星期肚子。已经是十二月，临近期末，他没精神上课，学期成绩就一般般了。但是从第二学期开始，他就能保持在年级的前三名了。学校后面有个松树坡，他到那儿，一边背书，一边听风吹松针的声音。松叶幽幽的香气围绕着他。到初三的时候，他迷恋化学，总是到田里冒泡的地方，拿搜集来的玻璃瓶子收集天然气。在瓶口一点火，就听见"砰"的一声。我们初中也做过类似的实验，不过用的是氢气，还须在老师的看护下进行。

　　寒暑假回家，爸爸照样得帮家里干事情。鹅仔子一身毛茸茸，赶在坡上，亮黄亮黄。油菜田里有它们要的"鹅儿肠"草，油菜花开的时候，也是亮黄亮黄的。暑假，天气终于不像寒假一样冷了，爸爸在田里筑起泥堤，把里面的水舀光，就能捉到十条八条鱼。收获颇丰的时候，能有四五斤。捉回家去，有时会挨骂，理由是煎鱼浪费了家里的油；有时直接煎来吃；有时吃不完拿来晒鱼干，晾到房子上面被猫偷了，追到它又不能打死。他还去竹林里摸鸟蛋，放到猪草里面煮来吃，很快就能熟。爷爷犁田的时候，经常捉到一些黄鳝，用南瓜叶包起来放到灶里烧，那正是："鸡肉蛋面，不如火烧黄鳝。"

20世纪70年代，已经流行起电视电影。秋收以后，很少下雨，是看露天电影的最佳时节。乡里若有下到村里来放电影的，即便走五六公里夜路，也是逢场必到。电影后面要加演一部动画片，《渔童》这部片子，爸爸看了不下二十回了。村里人最喜闻乐见的是打仗的电影。有一阵子，《少林寺》风靡全国。电视剧方面，则有《虾球传》《敌营十八年》《霍元甲》。

高中生活和初中大体上是差不多的。那时改革开放比较明显了，更多潮流就有了，爸爸还未来得及一一细说。我知道他上大学的时候，很钟爱武侠小说。看了书，就爱守在别人的店里看电视里演的。小学有个冬天，我脚冷睡不着觉，他就把吹风机伸到被窝里给我烘。我不想睡觉，想请他讲故事，他有时便讲起那谁谁和谁谁比武，其实《天龙八部》里最厉害的是扫地僧。我读一年级的时候，2003年版的《天龙八部》首播。每天中午他来学校接了我，匆匆赶回家做饭。他做饭时，叫我早早把台调好，我们一边吃饭一边看——这在其他任何时候都是绝对不允许的。但是长大之后，我就很少听他再说起什么武侠小说里的人物了。

爸爸考上大学的那年，爷爷因为食道癌去世了。他在师范读了数学，毕业以后在重庆一个初中当了会儿教师。当时大批的同乡正往广东闯荡。校长胆大开明，鼓励爸爸保留教职，到广东碰碰运气。就这样爸爸来到了广东顺德。他先是在伦教镇仕版的一个叫永丰的鞋厂仓库里工作，那里云集了重庆去的老乡。在那里，我热情开朗的妈妈看上了这位老实勤快、还算得上帅气的同乡。不知怎么的，爸爸就被妈妈的殷勤俘获了。机缘巧合，伦教的翁祐中学招聘教师，妈妈认识的一位贵人，一位和蔼热心的老伯伯，当时是伦教书记，便帮忙斡旋，给爸爸争取了面试机会。过不了多久，爸爸的编制就转到广东来了。那是1993年，从此他就一直当着初中的数学老师。先是在翁祐中学一直干到2005年，后来转到顺德区大良一中实验学校。2010年，他不满意学校的管理制度，又申请到公立的顺德一中初中部干了一年。然而公立学校的学生颇让人费工夫，他当班主任，实在累不过来，就辞了职，在家休息了半年。那是爸爸比较心灰意懒的一段时间。我想人到中年，总有需要这样对自己重新思考一番的时候。不过才过一学期，顺德一所有名的初中就苦口婆心地把他又劝去当老师了。爸爸似乎想了挺久，最后决定再去试试。这一来又是七年，我感觉他要在那所中学落脚了。那也是我的母校。

爸爸大约是有那么几个高级或者特级教师的头衔，不过我们从不过问，他也不说。他当老师，不怎么爱说话，也从不布置额外的作业。学生们都怕他，但是又都很喜欢他。我每次看到学生给他送花、写信，就能很好地体会到我自己的老师们的心情了。

爸爸平时不怎么听歌，也从不展现自己。但是他曾经听到《星星点灯》，就大声地跟着唱起来。他当时的模样，的确有点痴狂。妈妈的解说很直白，说爸爸当年出来打工混的时候，大街上就唱这首歌。我叹服，还有点向往他们的经历。颇有点市井味儿，又有点江湖气息，还有一些传奇色彩。待到闲暇时，我要再到灯下把他们的故事一一道来。

老　把

虎丽涛

　　家，家人，是世界上最温暖的字眼。家，家人，是我这一辈子最宝贵的财富。有家，有家人，有我，就足够。

　　我姓虎，此"虎"非彼"虎"，虽写作"虎"却要念作"猫"，至于为何虎姓要念作猫姓至今似乎还没有明确的解释。据说是源于古老的虎图腾信仰，属图腾信仰避讳改音为姓氏；也有说是源于姬姓，出自远古"八元"，据史籍《风俗演义》《左传》等记载，"八元"即远古传说中八个具有才德之士，其中之一为伯虎，其后裔以先祖名字为姓氏，称虎氏。但我更愿相信是前者，这有一种说不出的神秘感。

　　虎姓是一个特殊且人数稀少的姓氏，据我了解，北大近十年来就我一个姓虎的学生和一个姓虎的老师，说起来我和这位老师还是老乡。可见，我算是为我们家族争光了，对此我还是颇为自豪的。最初，中原是没有这一妵氏的，是西域人入居中原后在此繁衍分支的。

　　我是回族女孩儿，是一个穆斯林，信仰伊斯兰教，信仰真主安拉，接受着真主安拉通过穆罕默德所晓谕的启示，遵循"逊奈"——圣行，穆罕默德之路。这是一种不可选择的信仰，也是一种潜移默化的信仰。这与我现在接受的唯物主义教育不相符，但我却无法割舍，这是家族世代流传下来的东西，只有尽量去融合二者，找到一种平衡。老把（回族人对爷爷的称呼）说，我们家族是很纯粹的回族，没有与其他民族通婚的现象。

小的时候，听老把和奶奶讲述他们以及他们的父母，也就是我的老祖们（我们把奶奶或者老把的父母都称为老祖，只是在性别上对此加以区分，唤作女老祖、男老祖）的故事与经历是我最喜欢的事情之一。一到下雨天，我老家就特别容易停电，雷电多的时候，会一连几天停电，晚上只好点上一支蜡烛，家人团坐在一起，奶奶就会和我们（更多时候是和我）讲述以前的事情，时间长了，很多事情会反复地被讲述，但我喜欢听，喜欢去了解他们的世界。

曾有幸听到么书仪老师谈论她写《寻常百姓家》的初衷，她说："对于'家'这个概念，我有一种特别奇妙的想法，对于我来说，和父母在一起经历的那短短二十年左右的家才是真正的家，而后来我生活了四十多年的那个有丈夫、有女儿的家，我就像是一个寄居者。"么老师对于家的这一定义，是她对父母以及那个有父母的家的无限缅怀与思念。

现在的我，还没有能与现在这个家相比较的那个以后的家，无法像么老师那样去比较、去诠释。但现在这个有奶奶、有老把的家，却将成为我这一生最无法忘怀的家。

我愿意用我拙劣的文字去书写奶奶、老把的世界，去接近他们的世界。

老把出生于1951年的腊月二十九，赶在一年的尾巴上，是个极好的日子，第二天便是除夕夜，意味着可以不用饿肚子，好歹能过一个幸福点的生日（虽然他从没有过过生日）。只是云南除夕时节时不时会迎来寒潮，这时可不是一个"冷"字能形容得了的。他是家中的第四个孩子，也是最小的儿子，老把有两个哥哥、一个大姐以及一个妹妹。老祖将他取名为虎良宽。

我家祖籍在云南，这里说的祖籍只能从近七代人来说，至于在这之前的，至今已无人知道，虽住址有小距离的变迁，但都是在曲靖市内。老把说，自他的老把的老把那一辈起，我们家族就从云南威林大龙潭地（不能确定是不是，或许不叫这个名字）搬到了现居地曲靖市会泽县新街回族乡。

老把上几辈人都是农民，一直积贫积弱，到了我的老祖那一辈已经是和其他大部分农村人一样的贫困潦倒了。中华人民共和国刚成立不久，国家百废待兴，国力微弱，城里尚且有很多人食不饱穿不暖，更何况是农村。

1954年春，老把三岁，我男老祖，也就是老把的大（回族人对父亲的称呼）就归主（回族人对同胞去世的说法）了。奶奶说他是生病，一天夜里肚子突然痛了起来，第二天早晨就归主了。在那样的年代里，人的生命真是格外脆弱，死亡来得猝不及防。老祖的归主无疑是火上浇油，家中失去顶梁柱，失去经济与劳动的重心，彻底地击垮了这个家庭，当时小姑奶奶尚在襁褓中，老把也不过才三岁而已。

女老祖一个人带着五个孩子，一切都得精打细算。当时已经是集体化时代，各地相继建立合作社，划分为各生产队。女老祖带着大姑奶奶和大爷爷出去干活，起早贪黑，挣工分，二爷爷在家领着老把和小姑奶奶。

这样的日子困难而且日复一日。老把渐渐长大，也慢慢地追随着母亲及哥哥、姐姐去干活，年龄大一点可以拿到半个工分，上山捡柴，田里挖野菜……

老把十五岁时已经学会扶犁耕地，那时每个生产队会有几对耕田的公牛，称为犁牛，也会有专门负责耕地的男子，秋收过后，耕田耙地。老把的耕地本领是大爷爷也就是他的大哥教的。耕地是体力活也是技术活，如何让牛听你的指挥口令，如何让犁头插得不深不浅刚好合适，这都是有讲究的，可不是随便一个人就可以把地给犁好。老把这一生别的不敢说，就耕地与竹编品技术却是极好的。

大概也是在那个时候，他学会了抽烟、喝酒，像其他男孩子一样。虽说这是件很正常的事，但在我们的民族中却很不光彩。《古兰经》中有明确说明，穆斯林同胞喝酒、抽烟等同于吃猪肉（大家应该都知道我们是忌讳和不食用猪肉的），所以回族人抽烟、喝酒是万万要不得的。回族人信仰伊斯兰教，相信真主是存在的，自然也相信死后使者的审判。我们相信生前所做的一切将在你死去的时候得到相应的惩罚与奖赏，这和基督教中死后是升入天堂还是坠入地狱是相通的说法。可老把喝了近五十年的酒，也抽了近五十年的烟，我不知道他是怎么想的，或许这是现在回族人面临的信仰尴尬吧，至于这其中的是非对错，我当然不好评价什么。

这时，老把的大姐已经结婚了，夫家是邻镇的林家，大爷爷也已订婚，不久后也结了婚。

老把没有上过一天的学，活了快一辈子，连自己的名字都不会写，这是那个时代的悲哀，也是穷苦农民的悲哀。

21岁时，老把与奶奶结了婚，老把是奶奶招亲过去的。在我们那里，一般家中有三个及以上的男孩子都会考虑招一两个出去，毕竟儿子太多家产分不过来。老把和奶奶是一个乡的，两家的村子隔得不远。在农村，同乡结婚是很常见的。父母都不愿自己的女儿嫁得很远，所以很多人都是在自己的乡镇寻找结婚对象，大家都觉得，近一点方便办事与来往。

奶奶本家姓张，名叫张金兰，她的老把是个地主，家境很好，有自己的土地，还有仆人，还有一套砖房，比大多数农民的土房好几百倍。奶奶的父亲读过好几年的书，算得上一个地区知识分子，后来去了当地的清真寺念了五年的经文，成了一个穿衣阿訇。对我们回族人来说，除了读书以外，还有念经当阿訇这一条路，人们都会把家中有一两个阿訇当作一种极其荣耀的事情。所以出生在地主家里，受过教育，而且还是一个阿訇的老祖在当时是人人羡慕的一个人。大概也是因为这些，他脾气不好，易怒易暴，骨子里大少爷的秉性一直根深蒂固，即使是后来遭遇种种苦难。

奶奶一岁时，遇上了农民斗地主的高潮期，她的老把不得已离开了家，到外面避难，直到归主都没回到家乡，没能埋在自己家的祖坟里。老祖们过后打听，找到了他尸体埋葬的地方，才为他好好修整了坟墓，在祖坟地里重新为他修了一座坟，不过这座坟里只有他在世时用过的东西罢了。在找寻奶奶的老把无果时，人们把矛头指向了不是地主的老祖，遭人陷害与举报，老祖被抓，被人们关了起来，长达十八年。

抓人的人还把家里值钱的东西都带走了，奶奶和女老祖在亲戚朋友的帮助下，盖了两间小小的厢房，母女俩相依为命，过了十八年。

男老祖被放回来的时候，奶奶十九岁，回家的男老祖脾气更暴躁了，动不动就发火，经常辱骂殴打女老祖。他很少对人说他被抓后发生的事情，想必是身心乏力吧。

媒人来替老把说亲，老祖要求老把做上门女婿，当时奶奶家就她一个孩子，指望着她养老。两家很快便商定好了亲事，奶奶和老把在年底结了婚。

婚礼很朴实，奶奶家陪嫁了一个一米五高、三米宽的橱柜，是奶奶的父亲亲手做的，涂上了红色的油漆，雕刻了一些花纹，很漂亮。这个橱柜现在还在老把他们的家中放着，时间久了，颜色已经变得暗黑。

1974年腊月，作为长子的父亲出生了，跟着奶奶姓，取名为张良有。第二年春，奶奶的弟弟出生了，父亲比自己的小爸（我们叫父亲的弟弟为小爸）还大几个月。他们俩一起长大，一起读书，一起睡觉……辈分上是叔侄，却更像兄弟。

奶奶说，他们俩从小到大从来没吵过架，天天黏在一起，一直到现在。

父亲的妹妹——我的小姑，父亲的弟弟——我的小爸，相继出生。日子一如既往，四个大人在生产队中干活挣工分，养着四个孩子，日子还是一样的贫困，还是一样的食不饱穿不暖。奶奶生过五个孩子，而现在只有三个。小爸跟我说，他本来还有两个弟弟，一个在一岁时死于疾病，一个被老把送人了。我很好奇我的那个出生不久后被送人的叔叔在哪，奶奶从来没跟我提起过，大概是一件伤心事吧。我问小爸知不知道他被送到了哪里，小爸也不清楚，只知道他被卖到了外地，再也没了消息。这种感觉很奇妙，或许我曾在某一个瞬间与我的亲叔叔擦肩而过，又或许他已不在人间。想着自己还有另一个亲人，心里暖暖的。他是个被无奈抛弃的人，但愿他能过得很好吧。

父亲上小学的时候成绩很好，在班上一直名列前茅。他喜欢读书，而小爸读书时却很调皮，他胆子很大，随了老把的性格，整天惹是生非，书不好好读，打架闯祸的功夫倒是一流。小姑更是不喜读书，老把用赶牛的鞭子打都打不去。这样家里四个孩子读书的问题倒是解决了，大人们商量好让父亲和小爷爷继续读书。老祖是受过教育的人，所以对儿子和孙子的教育很重视，他们把小爸送去念经，因为念经是不用出钱的，但他还是跑回来了。

一切计划得很好，然而人算不如天算，父亲五年级的时候生了一场大病，差一点要了他的性命。正在课间玩耍的父亲突然倒地昏迷，不省人事。小爷爷慌乱地跑回家去叫老把，老把急忙背着父亲，把他送到乡里的医院。医生看了看父亲，摇了摇头说"做好心理准备"，叫老把带着父亲到县医院去看一看。

父亲得的病在当时被人们称为小儿病，很多小孩子会患此病，十有八九是治不好的，即使治好也会变成傻子或者失去语言能力。

老把叫来了当时开着拖拉机收购玉米的大爹——老把二哥家的大儿子。大爹把满满的一车玉米从车上搬下来，开着车拉着老把和父亲去了县城。他们没有去县医院，而是去了一家私人医院，找到了一个姓吴的医生。这位吴医生医术很好，在当地很有名气，中医西医都精通。奶奶是第二天跟着男老祖一起进的县城，当时小爸也在生着病，高烧不退。女老祖带着小爸在村里的医院打针，在家带着其他三个孩子。

或许是父亲命大，或许是吴医生真的医术高超，父亲在第四天睁开了眼睛，开口叫了守在病床边上的奶奶："妈。"这把家里人悬着的心给叫了下去。

每每说到此事，奶奶都一副心有余悸的神情，大概真的被吓坏了吧。

之后的半年，父亲都待在家里养病，没能赶得上小学毕业的考试，从此与学习再无缘分。小爷爷看着父亲不去上学，他跟老祖说他也不去了，而且态度坚决。大人们拿他没有办法，只好作罢。

同年，老祖和奶奶他们分了家。他嫌奶奶有三个孩子负担太重，而且当初招老把做女婿也不过是因为没有一个儿子罢了。女老祖不同意，但任何的反对也是无济于事的。

土地在这一年也放了下来，按人头分配，连着分家一起，把土地也分了。

老把个性刚强，自然受不了老祖的行为，他毅然把父亲他们的姓改了过来，给父亲取名为虎恩友。

十五岁时，父亲离开了家，来到了云南的省会昆明打工。父亲很能吃苦，性格也好，从来不多说什么，他在一家饭馆里工作了四五年，在后厨煮肉。这家饭馆生意很好，来吃饭的人很多，规模越做越大，每天都要煮很大的一锅牛肉，父亲个子不高而且很瘦，刚开始时连装好肉的大锅都抬不起来，也煮煳过一锅肉，被老板扣了两个月的工资。

慢慢地，随着年龄的增长与煮肉时间的增加，父亲煮的肉越来越好，工资也越来越高。

母亲与父亲也是通过媒人介绍认识的。母亲姓马，名叫马邓花，是家里最小的女儿，外婆很疼她。我有三个舅舅和一个姨妈。我的外公有点势利，订婚时要求老把出两千元的彩礼钱。在当时，两千可不是一个小数目。老把他们没有那么多钱，有了退婚的打算。最后还是我那个开拖拉机的大爹拿出钱来让父亲去订婚。

结婚后，父亲带着母亲去昆明做起了生意。他们租了一个铺面，煮红烧肉和凉片（牛肉煮熟后切成片称为凉片）卖。

我家是在一个叫白沙坡的小山坡上，房子依山而建，坡下是一条蜿蜒而过的小河，常年河水流淌不断。坡上只有三家人，是老把、奶奶的弟弟以及奶奶的三爸家。山坡上有很多的常青松，有大片的果树，苹果、梨、板栗、核桃、葡萄、李子、杏树、桃树，种类多样，这一片果树承载着太多我小时候的记忆与快乐。春、夏、秋、冬各季都有独特的风景，美丽极了。我最喜欢的还是我家厢房旁边的那一篷茂盛的竹子，喜欢在炎炎夏日搬上一个椅子，坐在竹篷下乘凉；喜欢看着老把用竹子编织各种竹编品，感觉很美妙。

在这个小山坡上，老把盖了三次房子。

农村有广阔的土地，盖房子自然比城市方便得多。过去，在乡下盖房子基本都是自己动手，找一些亲戚好友帮忙，只需为其提供一些饭食就可以。这时也是考验一个人的人气的时候，一般在村子里德高望重或者为人处世很好的人都能找到很多人帮忙。

老把是个热心肠的人，待朋友亲戚都是极好的，甚至很多时候把自己的事情放下去帮其他人办事。为此，免不了遭受奶奶的抱怨，老把不以为意。老把性格豪爽，是个直肠子，有话就说，从不掖着藏着。老把喜欢喝酒，有许多酒肉朋友。我们那里虽是个回族乡，但汉族同胞还是占了一半左右。回汉杂居，使得我们的回族传统许多都被淡化，渐渐趋于汉化。

汉族人的节日我们是不过的，比如春节、中秋、端午等一系列的传统节日。我们有自己的节日，叫古尔邦节，也称开斋节，是在每年的农历九月份。由于我们长期与汉族人相处，所以现在我们也会跟着汉族人一起过节，只不过没有汉族人那么讲究罢了。

老把与许多汉族人称兄道弟，经常在家中摆宴招待他们，特别是近十年生活状况大大改善，家中每年都有能力宰头牛。我们宰牛不像汉族人宰猪，我们是在每年的九月末到十月份宰牛，要过了霜降节气，因为霜降之后天气变冷，牛肉不容易变坏。腌制半个月的新鲜牛肉在十月中旬出缸，这个季节秋高气爽，天气晴得格外好，非常适合晒干巴。每年宰牛时，老把都会叫奶奶去集市买很多菜，叫上很多亲戚朋友来家中吃饭，大家也相当捧场，都会放下手中的事来赴宴。我喜欢这一天，因为家中会很热闹，会有很多同龄人在一起玩耍。

久而久之，老把有很多忘年之交的好朋友。

老祖与老把他们分家的时候，老把他们只分得一间五十多平方米的厢房与一间牛棚。对一个五口之家来说这空间是远远不够的。于是老把决定在原来的房子旁边盖一间差不多大小的厢房，尽管他们没有任何的余钱。

没钱也没关系，老把叫上一些好友，自己动手，没花一分钱就把一间新房子给盖好了。木材是自己种的树，不用花钱买，当时盖的是土房子，一般都是用河床上沉积多年的沙土，老把找的人都是村子里的壮汉，力气极大，每个人用背篓轮流去河里背土回来砌墙。

第二次盖房子是在我妹妹出生的那一年，也就是我将要满两岁的时候。

这一年，老祖和老把、奶奶因为一些事情闹了很大的矛盾，到了大打出手的地步，他叫人把奶奶他们当时住着的房子给拆了，把有用的材料全部拿走，去给小爷爷盖新房。老把无奈，只好与在昆明做生意的父亲商量，让父亲拿出一点钱，他们在家里找一些人帮忙，盖几间像样的房子。当时父亲的生意才刚刚起步，养我和妹妹又要花好多钱，能拿出来的钱十分有限。

老把把被拆得支离破碎的老房子全部推倒，夷为平地，在旁边搭了一间临时的活动房，作为临时住房，开始第二次盖房。这次的房子盖了半年之久，不像第一次那样的容易，毕竟这一次要盖大房子，也算是与老祖赌气，自然不想被他人看了笑话去。奶奶带着我住在那个简陋的活动房里，从早到晚招呼着盖房子的工人和亲友，为他们烧水做饭。老把白天帮着他们一起干活，晚上吃完饭，把工人送走就出了门，那时老把养了一匹红马，有一辆马车，他驾着马车东奔西跑，到处去借钱，半夜才会回来。当时亲戚中有钱的人不多，日子都颇为贫苦，很多人想帮也无能为力，所以大多数时间都是空手而归。

在老把每天晚上都出去借钱的努力下，房子在半年时间里终是盖好了，有三间堂屋，两间厢房，一间烤烟房和两间牛棚。不过内部并没有装修，没有水泥地，墙是原生态的样子，没有用腻子粉粉刷。本来盖这么一个房子是不需要半年的，一般只需要三个月左右的时间就可以完成了，因为借不到钱，买不到材料，所以很多时候开不了工，只能半途停工，这样就耽误了很多时间。

第三次盖房是小爸结婚那年，我读六年级。严格来说，这一次不算盖房子，因为只是对内部进行装修，把屋内外的墙粉刷了一遍，用水泥打好了水泥地，买了一套全新的家具，把原来破旧的东西换一遍罢了。

三次盖房子可以说是历经了千难万苦，多少冷暖、多少辛酸只有老把和奶奶才能真正体会。我们以后工作想必都不会回老家，以后也会在外面买自己的房子，不过在我的心里，那个老把前后盖了三次的房子，永远是最温暖的，即使它现在已经破旧。

1998年农历九月份，我出生了，坐标昆明市双桥村。很自然的，我成了家里的长女，老把的长孙女。

我开始成为老把和奶奶故事中的一分子。大概是我太想出现在他们的生命里，我早出生了一个月，是个早产儿，大概因为这样，我从小就瘦瘦小小的。

我的脐带是奶奶剪的。农村女人生孩子是不需要去医院的，她们常年劳作，身体素质往往比城市女人好很多，找一个有经验的老人帮忙接生剪脐带，通常是没有什么问题的。奶奶说，我生下来的时候像只大猫一样。我的性格和我小姑很像，在我们那里，有一个说法，小孩子出生后，除了父母和接生人之外，与第一眼见到的那个人性格很像，这说法很唯心，但我信了。

2000年正月，妹妹出生。同年，老把和奶奶盖第二次房子，妹妹的年龄与老房子的房龄是相同的。

2002年三月，可爱的弟弟也来到了我们的家里。

弟弟是超生儿，落户时被罚了几千块钱。因为是在农村而且又是少数民族，处罚不会太重。

一岁半时，我死缠烂打地跟随着老把回到了老家。肯定有人会说，一岁半的孩子知道什么，怎么会死缠烂打。但就是这样的。老把去昆明带了我一个多月，他回老家那天，母亲背着我，我哭个不停，还一直扯她的头发。老把抱着我时，我不哭不闹，很快便睡着了。无奈之下，老把抱着我上了回老家的班车。老把说，我从上车后就开始睡觉，一直到家才醒。人们都说，父亲是女儿上辈子的情人，我想我上辈子的情人大概是我老把吧。

就这样，我童年是在老家与老把和奶奶一起度过的。回家后的半年，大多数时间是小姑带着我，她待我如亲生女儿一般。那时我很不乖，经常生病，整日整夜哭个不停，一到晚上就要人背着出去走动。每次感觉我已经睡着，打算带我回家睡觉，一跨过门我又开始哭，好像着魔了一样。因此，大半夜不睡觉背着我站在门外的事经常发生。如今每每议论起来，总觉得好笑又愧疚。

我两岁时，小姑就结婚了，但她还是会把我带到她结婚以后的那个家里。

我只是偶尔去昆明找父母，每次最多一个月就吵着要老把和奶奶。后来，干脆就不去找他们了，他们也只有过年的时候才回家。时间一久，与他们就很生疏了，以至于妹妹回来读书的第一次见面，我都不敢去认她，感觉像个陌生人一样。她皮肤水嫩，像个小公主，而我皮肤黝黑，像个村姑。

我和父母感情从小就不深，现在想亲近也觉得别扭。渐渐地，成了一种习惯，就好像父母不存在一样，直到今天，这种感觉依然存在，尽管近两年双方都在努力靠近，努力去弥补过去分别的时光，只是，既已成习惯，改变很难吧。

父亲那一辈的人，很多后来都发达了，成了大老板，或有了固定的工作，父亲和小爸却没成什么气候，这样不免受很多人的冷嘲热讽。大概是想让我们姐弟三人帮他们争一口气，父亲和老把格外看重我们的学业。

我上三年级的时候，父母生意不好做，回家种了两年的地。想着以后我们三人上学要好大一笔钱，在家种地根本就提供不了我们读书的费用，他们权衡再三后决定去昆明打工。在十年的打工生涯里，父母换过几种不同的工作，探索彷徨，反复无常，每天都要承受着失业的压力。有过委屈，有过心伤，但都默默承受，不曾与我们言说，一切只为我们能出人头地，走出大山，走向远方。

2004年至2010年，我在老家读小学。日子不紧不慢，现在想来，这六年确实是天真无邪、欢乐无比的。每天早早地起床上学，中午放学回家吃饭，晚上放学后在马路上玩游戏，然后回家，每天晚上和奶奶睡。和奶奶睡觉是一件极其幸福的事，她每天把我的脚放到她的肚子边，暖暖的，很舒服。

家中没有什么特殊的事情发生，老把、奶奶也还年轻，一切都还好。

2010年，我小学毕业，开始上初中。

我上初中时是住校，两个星期放一次假。印象最深的便是每次回家奶奶会把专门给我留的牛干巴焯给我吃。因为我不喜欢吃肥肉，她会把每块肉上最瘦的肉割下来留给我。

2013年，我进入我们县最好的高中读书。

一个月回家一次的我还是每次都能吃到奶奶为我留下来的牛干巴。

这六年，我在追求梦想的道路上努力奔跑着。失落时，高兴时，迷茫时……奶奶和老把都在我的身后，家都在我的心中。奶奶和老把慢慢变老，我依然深爱着他们。

老把和奶奶这一生都在与土地打交道，他们没上过一天的学，但他们却深知教育对改变一个人命运的重要性，对我们寄予厚望。

因为我从小与他们生活在一起，几乎所有做人做事的道理与方法都是他们教给我的。他们对我没有知识上的教育，却给我很多精神上的教育。在他们身上，我学到了乐观、朴实、诚信、友善。

去年，我幸运地考上了北大这所全国最好的大学，最高兴的应该是老把和奶奶吧。他们满是皱纹的脸上的笑容或许才是我努力这么久所取得的最好的回报。

来北京的前一天，老把做了肾结石的手术，他没能够亲自送我坐上火车，却一直打电话叮嘱我到北京要好好照顾自己。火车开动的那一瞬间，我挂了电话，回到车厢哭了很久很久。

老把、奶奶不再年轻，不再健步如飞，腰板不再挺拔，再也不能像以前一样背着我、抱着我。那么就让我来保护他们，让他们幸福地度过余生。

我爱家，也爱家人。

假日所闻

张艺璇

2016年国庆，这是我考上北大后第一个回家的假日。

休沐

"妈？家里发下的沐浴露都是2010年的，过期了。"

"咳，我和你爸洗澡又不用这，你等一等，用完再买吧。"

妈妈修了修旧家漏水的管子，如是说。

我看了看因返潮而翘起的墙面，吞下了"扔了再买"的话，匆匆洗完澡，打量起了这套一百二十平方米的房子。房子位于爸妈单位附近，上班、买菜、回家一趟线不出十分钟，爸妈就能连挑菜、讲价、打包都拾掇好，回家便能见到刷着微信朋友圈等待午饭的我。但是在八个月前，一切还不同，我们称市中心十七公里外的一间四十平方米的小房子叫家。

早在六年前，也就是爸妈所在的单位还逢年过节发"安利"牌的沐浴露时，家里就做了一个决定——"咱们要租房子让孩子在太原五中上学"，当妈妈说出这句话时，爸爸的眉头皱起。这不难想象，当一个家庭在辛辛苦苦攒了十多年钱，刚从六十多平方米的小屋搬到一百多平方米的大房子之际，又要因孩子上学，而重新蜗居在距离父母单位车程近一个小时的更小的房子里，这对于勤勤恳恳工作了十几年的父母来说，是一眼望不到头的难熬岁月。

还记得在我上小学时，一家三口平平静静地度过了在"安居楼"里的岁月。那是父母的婚房，在我安睡过12年的床头，挂着父母年轻时笑靥如花的结婚照。他们时常向我提起，当时影楼的衣服哟，那西装里面可是只有一层衬衫领子，是没有衬衫的，以此来教育我要感恩现在吃饱穿暖的好日子。我总是似懂非懂地点点头，转眼就在单元楼门口院子里的小花园前摔了个跟头。

三个小房间混杂着生活气息。记忆里，幼儿园时、小学时画画，我总是趴在低矮的餐桌上，常常好不容易画完一幅"大作"，画纸上却印有一圈水杯印子，又或是一沓一沓的旧草稿纸罩在被油烟机熏黑的窗口。窗前的牵牛花开了一茬又一茬，窗口的冰花也在我的日记本上融化又凝固。

十二岁庆典的烟花在窗前绽放了那么一刹那，当公务员和教师的爸妈辛辛苦苦上班十几年终于攒够了钱，搬离了小楼房，换到了近一百二十平方米的大房子。但对我来说，随着小升初的到来，升学压力骤增，更大的房间里，空气却更密密层层让人喘不过气。爸妈总是用"要好好考啊"的眼神，在一个又一个考场门口徘徊踱步，又用"不给你压力"的语气替我背起沉重的书包回家。那时，我认为小升初是我第一次提起真刀真枪和考试的巨龙搏斗，细细想来，巨龙不过是疲于奔命的爸妈为年少的我摆的皮影戏，他们却用未来在和真正的魔王交换赌注。

那个赌，就是"去五中上学"的决定。

他们赌上了刚搬进去的宽敞明亮的大房子，和魔王交换了不能洗澡的四十平方米的学区房；赌上了走路上下班的几分钟，和魔王交换了上班疲惫了一天之后近一个小时的挤车劳顿；赌上了全家围坐着吃热腾腾的饭菜，和魔王交换了早晨匆匆留下的冷包子、中午食堂的三菜一汤；赌上了轻轻松松简单完成的作业纸，和魔王交换了堆积成山的练习册；赌上了流畅的无线网络、高清电视、智能手机，和魔王交换了节衣缩食仍舍不得换的诺基亚；赌上了麻将桌上肆意挥霍的周末时光，和魔王交换了送我去辅导班在车上枯坐的几个小时；赌上了中年人朝九晚五的宽松作息，和魔王交换了早晨六点起、深夜十二点睡的黑眼圈……

是隐忍，是代价，是为了魔王一句不肯明说的承诺。勤勤恳恳工作了几十年的酬劳，瞬间化成压在赌"知识改变命运"这句话上的筹码，面对着魔王神秘莫测、不愿给出承诺。面对着叛逆任性、不愿乖乖配合的我，爸妈也摸索出了忙里偷闲的迂回之策。傍晚时我昏昏沉沉的晚自习，于他们而言，是迎泽公园翩翩起舞的回忆；夜幕下迟迟的等待，于他们而言，收获的是和家长交流如何疏解压力的心得。

那是高三的隆冬，高强度的生活节奏使我的学习压力骤增，二百多的排名滑落，是自主招生的拱手送人，是物理、数学不及格的重重焦虑。我在小花园里抑制不住地痛哭失声："考不上大学怎么办？我干脆复读吧。"那时我仿佛在深不可测的旋涡旋转，挣扎着难以逃出。急急坐车赶来的妈妈，静静听我发泄完这一切，用细细的眼袋上那亮晶晶的眼睛看着我，不假思索地道出她心中的故事——不要在冬天砍树。

小区花园里的树木积了一层厚雪，枯叶堆了一地泥污，你说：冬天的来临不是让落掉树叶的树木枯死，而是让他们积蓄力量在春天到来的时候焕发新的生机，不要在冬天砍树，再忍忍，再等等，一切都会好的。看着刚下班还来不及放下背包的母亲，任性的"我等不下去了"突然无法说出口，那学习上遇到的涡流，不过是命运向爸妈投石时，边缘泛起的涟漪。

命运不可能因妈妈的一句话而松开扼紧的喉咙，高三的成绩起起伏伏，全家人的心也跟随着漂移不定，名次却总是没有长进。随着自招初审通过的消息传来，春日如约而至，高三的下半学期反而放低强求的姿态平平静静地等待命运的安排。6月的高考和自招落下帷幕，还记得出考场的那一瞬间，仅为考场上的一时失误落了一滴眼泪，便放肆地大笑，拉着爸妈奔跑起来，仿佛能跑出这场六年的蛰伏。

高三也是赌约的最后期限，亦是自由的不日来临。早在初三时，爸妈便为这一刻的解放而做着越狱般的准备。看到同事、亲友们纷纷搬进高层，每每上下班路过街边的高层住宅区，爸妈也总是克制地露出艳羡的目光。周末，我埋首书桌，他们便悄悄起身到姥姥家附近寻找下半辈子的安身之处。精打细算地比较着这家没有大红本、那家多会儿能建成、借钱交完全款还是首付、离公园近不近、几层、格局……终于在2013年4月凑齐首付，在2015年7月交齐全款，拿到了森林公园旁新房的钥匙。

在高三最紧张的时候，爸妈仍然紧锣密鼓地开始装修、买家具，在春节前后，一个温馨明亮的新家落成，九十多平方米的两居室里粉嫩的壁纸、高大的顶柜、柔软的床铺，处处饱含着爸妈不愿再风雨兼程、起早贪黑地蜗居在小房子里，而是安享生活的渴求。

命运却又和爸妈开了个玩笑，不可预料的疾病夺走了爷爷的生命．5月初的一曲哀歌打破了爸妈的高层梦，他们只能回到原来一楼的大房子里照顾八十高龄的奶奶。新房再一次刚被打理好，便闲置着落灰。爸妈的生活就在女儿和父母间延宕，仿佛一只不曾停歇的钟表，却不曾为自己而转。

藕盒

吃了一个学期的食堂，回到家里，最熟悉的还是家常便饭的美味。撩开姥姥家的门帘，扑鼻而来的是藕片和肉末的香味，忍不住尝了一口还是生的肉馅，嗯，还是小时候的味道。

抬头一瞥，才看到姥姥仍然在小二楼楼顶上辛苦地收割着最后一茬蔬菜。看我来了，姥姥擦净沾满泥土的手，下楼来炸藕盒子。

"现在的菜都打了激素了，家里种的最安全了，多吃点。"

"这个莲菜也是家里种的？"我问。

"这个不行啦，买的。"姥姥的目光飘向远方，像在回想遥远的往事。

姥姥低下头不说话。妈妈的声音带着些许自豪，携着回忆传来……

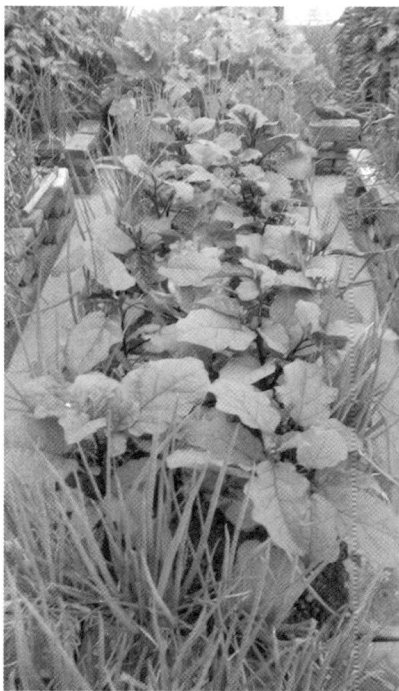

姥姥家楼顶的菜园

姥姥在中华人民共和国成立后一年出生在介休县的中农家庭，但生下来便被生父给到二叔家，成为养父家的长女。夹在两个家庭缝隙间生存，未曾享受两个父亲的疼爱，却承担了身为长女照顾两个家庭的重担，让姥姥养成了"少碎嘴，多做事"的性格。穷人家的孩子早当家，割麦子、摘棉花、打猪草，样样能干的姥姥无论在大跃进还是三年困难时期，都处处不落人后。

1960年大饥荒，刚满十岁的姥姥，只得四处采野菜吃，偶然间摘得几朵槐花，生着拌进饭里，竟也尝得"苦中有乐"。热爱土地、热爱劳动的种子也早早在少年时种下，时至今日，姥姥最常说的一句话就是"人哄地皮，地皮哄肚皮"。

日子尽管清苦，但尚可自给自足；家里尽管清贫，姥姥还是争取去村里的高小（相当于初中学历）上学。每每回忆起"文革"，姥姥说，她穿着工装，拿着介绍信和班上的同学步行五天到千里之外的太原搞大串联。姥姥背着的干粮在路上小心翼翼舍不得吃，在桥洞下睡了一晚，醒来就丢得一干二净，那个着急劲啊，姥姥现在说起来还会拿布满老茧的手抚过裂开的嘴角。但说起大串联时，拿着介绍信去饭馆便会受到热情招待，姥姥又会皱纹叠起，眉眼弯弯。

高小毕业时的一张老照片就充分展现了那时的少年，内心如花般娇嫩，自尊又如入土般扎根。

"姥姥，看上去数你最好看、穿得最时尚了，万绿丛中一点红。"

"哈哈，哪儿啊。"

原来在20世纪60年代末期，的卡布料做的灰蓝色制服才是潮流，当有钱人家争相穿上新衣服的时候，面对拍毕业照的摄像师，我仿佛看到那个只能穿粗花布衣裳的穷人家女儿，低下头去努力翻出白衬衣的领子时隐含的眼泪，在面向镜头的瞬间变成灿烂如花的笑脸。

艰苦却无忧无虑的岁月不曾持续太久，生父与养父因为新盖的房子如何分意见不合，兄弟阋墙，夹在中间的吃力不讨好的姥姥也万般无奈。清贫、薄凉的家没法再供一个丫头片子上学，1969年经姨姨介绍，姥姥终于下定决心远嫁他乡，来到了大串联时的目的地——太原。没有全部享受到那时候流行的彩礼四大件"三转一响"——自行车、手表、缝纫机、收音机，只收下

姥姥高小毕业照片，二排右一为姥姥

了一辆姥爷借钱买的自行车和一台缝纫机做嫁妆，就嫁给了当时务农的姥爷，在赵庄村开枝散叶。

那时姥姥一家，落户在旧村，"稻花香里说丰年，听取蛙声一片"全来自姥姥能干的双手，模范媳妇的美誉更是家喻户晓，姥爷则是生产队的队长兼第一拖拉机手。妈妈指着现在还挂在家里的上面绣着红艳艳的"幸福"两字，下面是青山绿水的白色门帘自豪地说，那时家里虽然穷，但是从来没有人说咱家不体面。深夜里姥姥总是在干了一天农活之后，给妈妈和大姨的粉裙子绣上漂亮的小花，旧衣服摇身一变成为班里同学老师竞相询问从哪买的"爆款"。那时劳动光荣，妈妈总是得意扬扬地说"妈妈给做的"，在同学羡慕的眼光中抬起下巴看书……

兴许是"文革"时劳动模范的荣誉奖励，兴许是从小吃苦耐劳的天性使然，村里的干部来找姥姥做村子里的会计，姥姥总是自嘲地笑着说"我可干不了这个"，就转身挽起裤脚去莲叶田里摘莲蓬，丝毫不想靠投机而去争取那别人挤破头想干的肥油差事，只是专心于自家的一亩三分地、一门三口孩。

时间过得飞快，转眼到了1978年，在改革开放的推动下，家庭联产承包责任制推行，姥姥更是有了勤劳致富的积极性，家庭在姥姥的精心打理下，姥爷毫无后顾之忧地成了村里第一个个体运输户。姥爷从一个刚认识姥姥时，骑车带她去商场买衣服都不顾没坐上后座，闷头拼命骑的愣头青，变成了在全国各地奔走运输钢铁的老司机；姥姥也从一个羞涩的没坐上后座也不敢喊人停下的花姑娘，变成了三个孩子的妈，打理全家五口人的生活都井井有条。夫妇俩走南闯北几年下来，攒下不少积蓄，就把姥姥养父一家迁到太原新店，尽了为人儿女之责。

当钢铁厂蒸蒸日上时，亟待扩建的厂房征用了旧村的土地建废水处理厂。1988年开始，家里的水稻田耕地面积少了三分之一，姥爷率先尝试开出租车，成为当地走上土地非农化道路的第一人，姥姥却一人始终坚守着家里的土地，春种秋收，一季不落保证家里吃喝不愁。与其说姥姥选择了土地，不如说土地选择了像姥姥一样、最勤劳最淳朴的人。

直到1993年，太钢征地办工厂的动静越来越大，土地面积一缩再缩，乃至举家搬到了新的赵庄社区里的小二楼，家里只剩下了村头的一排土地。尽管家里靠姥爷的收入也能维持基本开销，姥姥依然不辞辛苦地浇水种地，深信土地不会背叛勤劳的真理……在我记忆里，小学时住惯了机关楼房的我最期待的，就是放假到姥姥家的菜地里，幸福地撒欢。姥姥总爱骑着二八自行车带我穿过七拐八折的土路，来到写着"赵庄村28号"的小菜园。从开始时自行车上总是担着两大桶水，到后来村里通了自来水，我都爱沿着水渠行走，看清水蜿蜒入土，看植物盘旋生长，常常指着一个灰不溜丢的土疙瘩满脸嫌弃，回家却缠着妈妈快点炒土豆丝；常常摘下爬满墙的小黄花别在头上，因傻傻分不清是路边迎春花还是田里丝瓜花而向姥姥讨骂……

姥姥总是教育我们，一口粮食都不能浪费，因为挑食而打手板是常有的事。只要家里有剩饭，不管多久前的，姥姥都会想法子自己再吃，闹了几回肚子也始终顽固不改，全家人怎么劝也不听，只得争取人人多往肚子里塞，免得有饭菜剩下。

直到2003年，连那一排土地都被收走，姥姥终于离开了陪伴她五十年的土地。还记得那时无所事事的她每日仍然凌晨就醒，只能翻来覆去地打扫庭院，然后枯坐在电视机前，病痛也袭上腰间。那段时光可以说是姥姥最清闲又最心慌的岁月。姥爷年纪也大了，不再当驾校教练，没有稳定的收入来源，家里考虑在院子里建些平房靠租金赚些收入。当房屋拔地而起时，姥姥把家中的花搬到楼顶，竟发现那边风景独好。当下说干就干，用水桶、砖头围起一片土地，骑着自行车去附近的废弃田地里用袋子拉回泥土，撒上鸡粪，将种子播撒上。自此，姥姥终于摆脱了能将她压弯腰的空虚，照旧有规律地浇水施肥，营造出了家中的绿色菜园。

兴许是自被收养就如影随形的清贫历练了姥姥吃苦耐劳的性格，兴许是自小不愿被人瞧不起的一口气迫使着姥姥从不搭落人口舌的便车，兴许是无依无靠的童年使土地成为姥姥最大的安全感来源，兴许是勤劳肯干融进了姥姥的骨血，兴许是大自然一分耕耘一分收获的道理最亘古易懂，姥姥的一生都踏实在园子里，充实在田野间。

Vacation

"vacation，二姨，这个词啥意思？"

在帮大姨家的弟弟辅导功课时，妈妈被问这个问题。节假日，一家只有妈妈有正式工作可以休息，在我上大学后，大姨便将二胎托给妈妈照顾，自己像陀螺一样忙着挣钱。

"假日""腾出房子""辞去"，三个含义，隐隐道出了妈妈的一生，渴求稳定假日，搬出农家院子，辞去农民身份。

妈妈出生在1972年，与她1970年出生的姐姐只差了两岁，但二人却是千差万别。一个外秀，有花开堪折直须折的芳华尽展；一个内强，梦种深埋灌厚土终结硕果。

早在小时候，两人被姥姥送去上学，每到五一、十一都总是在田野里羡慕地望着市民家的孩子，不用插秧割稻，自己完成作业也不能出去玩，只能吭哧吭哧地面朝黄土背朝天，灰头土脸是常有的事。每当这时，大姨总是会干到一半就放下手头的活计，开动起灵活的头脑，想着怎么能多和伙伴玩耍；妈妈却深感身份的不同，更加卖力地做完农活后，就闭起门窗，不理呼朋引伴的玩闹，埋首书桌，一遍又一遍地复习、思考，渴望能借知识改变命运。

1989年时，妈妈的刻苦学习有了回报，一纸"太原师范"的录取通知书寄到家里，仿佛是一张市民的准入证，一个吃喝不愁的保险箱——每个月都能领上几十斤的全国粮票，骄傲地送到姥姥手上。大姨则初中毕业后不再上学，而去纺织厂当女工，1990年时，凭时髦的眼光、亮眼的身材在天龙大厦卖衣服，摆脱了农活便一脸满足，但不曾卸下农民身份。

1992年师范毕业时，面对去城里还是在离家近的邻村工作的选择，妈妈还是舍不得离开家太远，乖乖去镇上当了一名小学教师，一辆自行车开始了两点一线的生活。每个月固定的166元工资，让姥姥也感到欣慰，不用耕作劳累，还有固定的节假日，那是身为农民、嫁给农民的姥姥一辈子不敢想的事，每逢假日都盼望着女儿回来。彼时，大姨已是天涯海角各处闯荡，哪里货便宜就去进，哪里客流量大就去卖，精明能干的她不曾吃过一点亏；并在太钢征地建工厂时，赶上村里回迁，以赵庄村民的身份，分到一套姥姥家旁的小二楼，俗称"女儿户"，结识了会做买卖的大姨父。

1997年经我大姑介绍，还在下兰村教小学的妈妈和在机关工作的爸爸结了婚。两个人都有着稳定的工作、市民的身份、般配的家庭，两人的结合也成为村里人人称道的美好姻缘。在爷爷的资助下，两人在上班单位的附近买了套小楼房，妈妈终于搬离了住了二十多年的农院，住上了有便捷下水管道、不用烧煤供暖、不用提防落叶雨雪的楼房，并在1998年生下了我。同年，大姨和大姨父找到了小村庄缺乏服务业的商机，在村里率先开起了小餐馆。

2013年，作为独生子女，我上中学时，爸妈辛苦凑钱买来的新房被闲置，每月仍从工资里抽出一大笔钱为我就近上学租下学区房，爸妈自己却将下班后的时间都用在从单位到"家"的路上。大姨却带着儿女跟随大姨父到北京，住在简陋的公寓里，为了学到更赚钱的烹饪和管理技巧，只能忍痛将尚小的弟弟关在家里，终日与电视为伴，学校也换了好几家。

……

花开两朵，各表一枝，那一代的年轻人汲汲于逃离黄土，或像妈妈一般认准稳定长远的目标，踏踏实实地积蓄着力量；或像大姨紧盯眼前的利益，分毫不让，迎头赶上时代的潮流。而当每一个人都渴望摆脱繁重的农活，急功近利地不愿从事低效的农业时，当大棚菜、激素肉的出现让那一代人又感到心慌时，唯有回望家中守着那一方菜园的姥姥，两人才都找到了些许的安慰——勤劳勇敢、宽容正直的家风吧。

喇叭

"2016年赵庄村整村拆迁补偿安置方案：（一）产权置换，居民……"放假时来到姥姥家，一入村中便听到村里那个公布过"妈妈喊你回家吃饭"的村委会小喇叭承担起了宣传政策的要务。每日早中晚饭时间重复无数遍的机械女声萦绕在姥姥和大姨家，时刻警醒着你，这个自我生下来就充满无数田园记忆的鱼米之乡，即将随着城市化进程的加快，从太原的地图上抹除……

闭口不提乡愁情怀，张嘴不含乡音语调，整个家的人聚在一起，吃着村委会补助下发的饺子，悄悄讨论着政府的新政策对老百姓生计的各方面影响。

姥姥家分到了与小二楼三百五十平方米面积等值的高层房产或现金或商铺；大姨家分到三百二十平方米的等值补偿。

"农民户口""村委会登记居住""赵庄房产"，三者不可缺一的补尝政策，在一瞬间将爸妈信奉半辈子的"知识改变命运"的论调打回原形，魔王的赌注还在，只是将兑换时间在他们身上推迟到了遥遥无期。

前半生为了摆脱农民身份而努力考上师范，为了脱离村庄的房子而努力找到稳定的工作供楼房，为了不再毫无意义地将生命浪费在农田里而刻苦读书汲取知识的爸妈，在多年的安安稳稳的奋斗下不知为何竟离起点越来越远。

舅舅小声地说："家里数二姐吃亏了。"

吃亏在辛苦攒了二十年的钱，抵不上拆一间小房子补偿的几十万元；

吃亏在用照顾老小还要勒紧裤腰带买的一套养老高层，守着家里一亩三分地的农户轻而易举就得到了同等平方米数的几套房；

吃亏在读到师范、师专的书本知识，抵不上农民大字不识一个，只要会等值换算就可以在回迁房产证上签下的名字；

吃亏在遥遥无期的延迟退休政策下，那个为"养老"却远离单位的高层，不知几时能有幸住上。

兜兜转转二十年，一家人还是一家人，还是在同一座高层上住。

爸妈买了一套。

大姨赔得三套。

姥姥拆得五套。

爸妈靠学识在鲤鱼跃龙门的一瞬有着漂亮的翻身，却发现尽管前半生困难重重、浪卷滔滔，越过"龙门"，仍是一片农民挽起裤脚免被沾湿的莲池。但他们还是在用亮闪闪的眼睛望着我，追问未名湖是不是片海洋。

大姨奔波在脱贫致富的第一线上，不知疲倦地追赶着当下的每一个契机，然后紧紧握在手中，不曾抬头规划路线，时刻用行走的双脚丈量地图。

姥姥的菜园荣耀了一生，终于还是一点一点被城市的推土机挤向边缘，挤向高处，最终挤向天边。与全家人紧紧盯着要房要钱、要回迁要高层，姥姥的那点"要菜园"的愿望早早就被挤得支离破碎，只剩下"以前地养人，现在人养地"的余音萦绕在怕被金钱冲昏了头脑的儿女耳畔。

我的手机，朋友圈里每天疯狂地转着"我上了985、211，才发现自己一无所有""清北毕业生买不起学区房，学历何用"……我查了查"十一"该返校的时间，打开百度，输入"假日"，百科的一个词条吸引了我的注意。

"假日：天空同时出现三个太阳的一种奇异的现象。在天空出现的半透明的薄云里面，垂直地悬浮着许多细小的正六角形冰柱，偶尔它们会整整齐齐地垂直排列在空中，就会发生非常规律的折射现象。光线从冰柱的一个侧面射入，又从另外两个侧面射出，产生了反射和折射。这三条光线射到人的眼睛中，所以反映出多个太阳的奇景。而六角形冰柱有规则地排列在天空中的情况极少出现，因此，这种三日同辉的大气光学现象就极为罕见。"

三日同辉。

我还不曾见过三日同辉呢。

昨日？今日？明日？

姥姥守着昨日，大姨守着今日，妈妈守着我的明日，三日不易同辉。

暮阳？午阳？朝阳？

姥姥的天空暮霭迟迟引人回望，妈妈头顶骄阳烈烈使人皱眉，我的眼前朝阳冉冉令人遐想，三日不可同辉。

木曜？土曜？金曜？

书本、土地、金钱，仿佛悬浮在空中的细小冰柱，却交错纵横，在每个人眼前都不可能尽善尽美地呈规则排列，三日何能同辉？

尽管每个人都不曾见到三日同辉，但家族将我们汇集在一起，一代一代历史熠熠生辉，便是灿烂千阳。

这是我的假日所闻。

假以时日，愿每人眼中得见假日。

失乐园 / 复乐园——致罗美伊

王雅婷

美伊阿姨：

　　刚才给你写邮件来着，打字实在走不了心，手写吧。我可能以后很长时间里不会有机会再把这些事情记录下来，趁着我还记得，写下来吧。

　　我才发现我陷入这个模型里再没有出来（现在我再打一遍，有些你已经知道的内容，有些背景需要交代一下，防止别人看了感觉我是乌有之村的乌有少年）。我家住在山东烟台，多丘陵，就在海边。奶奶家是在烟台市莱山区樗岚村，1998年那会儿，相当于一块城中的农村飞地。我仅仅住在这里，爸爸、妈妈在市里有房子，但为了照顾我还是住在奶奶家。我日常活动都在城中，幼儿园也是上的最好的幼儿园。这有些奇怪，我到底算不算农村人呢？现在已经旧村改造，更名为黄海城市花园了，是个住满老外的高档小区。我爷爷家是樗岚村的，世世代代；奶奶是从十几里地外的南塘嫁过来的。我们家的老房子，是爷爷、奶奶结婚后不久建的，大概是20世纪60年代的事情了。老房子是一个平房，很大，有大院子。我的爸爸、妈妈和爷爷、奶奶一起住在老房子里。我从小由爷爷、奶奶养大。老房子是我的家。

老房子

我六岁的时候，旧村改造，他们把我们的老房子夺走了。你能理解吗？你怎么能理解到这么残酷的事情？我那时正好幼儿园毕业。

小时候，爷爷骑着自行车载着我，穿过村子里的果园，沿着乡间小路，眼看着旧村改造的高楼已拔地而起。啊，又到城市了！小小的我坐在一摇一摇的自行车后座上，仰着头看高楼，了无心机地感叹道。要是散步完又回到家，我就会感叹，啊，又到农村了……爷爷也学我，啊，又到城市了！啊，又到农村了！两个人一路上如此，乐此不疲。

但你知道那意味着什么吗？那了无心机的话语背后，我想，爷爷在学我的时候，心里恐怕在滴血吧？就要遗弃住了一辈子的老房子，去住高楼了，世世代代的村子就要被毁掉了，再无樗岚村了。啊，又到城市了。

有一天，我从幼儿园回家，妈妈跟我说，雅婷，我们的房子就要被占了，咱家要搬到楼上住。

楼就是"城市"呗。我知道，但我还没住过高楼呢！真是不敢想象未来的生活会是怎样啊！因为我每天都在上幼儿园，不上幼儿园的时候，在家画画，在顺着梯子爬平房的房顶，站在房顶上啊，看家家的袅袅炊烟、金红的夕阳，盼望回家的爸爸，因为爸爸回家的时候一般就是电视里《哪吒传奇》开始的时候了（我那时不会看表哎）！还跟小鹦鹉玩，在院子里养的，或者玩泥巴，用泥土调制出板蓝根……一个人安安静静，乐趣横生。有一天早上，爷爷要去村委会抓阄看我家分了楼之后能住几楼，一共有12层楼，住几楼好呢？

我想，六层比较好。可以看风景，电梯坏了的话走上楼也不是很累。

我说，爷爷，六楼！

下午我从幼儿园回来，爷爷宣布，他真的抓到了6。"我闭着眼瞎摸了张纸，打开一看，是6！心想，管谁也没有我这个号好，六六大顺，他们都说，玉山叔，跟你换换吧，我一看是3，可不换……"

我高兴极了。

然后有一天，爸爸说，我们要搬家了，今天晚上你就可以和妈妈、奶奶、爷爷搬到楼上住。我今天住老房子，把一些东西看好了，明天就一遭都搬过去。咱附近这几家邻居都搬了……是这样，我的邻居们越来越少。

我很坦然和兴奋地接受着命运的安排（儿童都是坦然地接受所有迎面而来的命运的）。

啊，这是我第一次坐电梯啊，楼上是装修好的精致的家具，什么家具都有，卫生间（两个！）安的是坐便器（我以前都没有用过！），白净净的，瓷的。洗手池也是亮晶晶、白净净的，像天鹅一样。还有木地板啊，可以光着脚走，可以躺着打滚，我还有了自己的房间和席梦思床垫，上面有成套的床单、被褥、枕巾，还有落地窗……

我欢喜极了。

但我那时怎么能想到在我心无旁骛地画画之时，你们已经在筹划多时了，何时遗弃那个家，新的家应该怎样布置，我是生长在一个即将被遗弃的老宅里，即将被夺走的老宅里，怎么没有人提醒我一下呢？那我会在我儿童冷酷无情的头脑里再多珍存它几分，多看它几眼。

就这样被逐出了伊甸园。我的伊甸园被毁掉了。无论是物理意义的还是象征意义的。

住了几十年的老房子，很高的门槛、掉漆的朱门、门外的辟邪石兽、我的小鹦鹉、我的葡萄架，一并被夺走了。

你能懂吗？

我的美妙的童年，冬天的时候，冰激凌那样厚厚的雪堆在石兽的小脑袋上，可爱极了。

奶油一样的厚雪堆满了苍褐色的雪松，就在门外。

初秋的时候，爷爷、奶奶在看电视，我潜入沁凉的夜，月华如水，庭院里爷爷的高大的金橘树盆栽金珠碧玉，长得辉煌灿烂，我将发育成熟的金橘一一摘下，攒在手心里，藏在身后，跑到客厅里——"给你！爷爷、奶奶，你们吃吧！孝敬你们啦！""啊！"爷爷心疼地看着小金橘（是观赏植物啊），"你这个小顽皮！"还有我家可以烤地瓜吃的炉子，溪边洗衣服捶衣服的妇女，嘭嘭嘭嘭嘭——奶奶回家吃饭啦！

啊，还有爷爷带着我去苗圃串门，苗圃是村里的植物园，养了孔雀，蓝绿色的，我第一次去的时候，大概跟孔雀一样高。回到家后一直用深深的蓝绿色油画棒画画,直到把那个油画棒用完。油画棒是哪里来的呢?爸爸扮圣诞老人,半夜三更在我的枕边塞礼物——日本的油画棒哎!被我发现了,但我懒得拆穿他,眯着眼看着一切,不知不觉地又睡过去了。还有奶奶,在我不想上幼儿园的一天,和奶奶在床上玩游戏,一下子跌下了床,后脑勺着地,我看到的最后一个画面是离我越来越远的床和奶奶吃惊的脸,随即一片漆黑。待我再睁开眼,已经躺在床上了。不仅仅是这些呢,闷热的中午,本来要哄我睡觉的奶奶却自己仰着酣眠,我爬到梳妆台上,好心把上面的水果刀合上,却掰着刀刃合上,刀刃切进手指,下一个画面是奶奶抱着我疯狂地往诊所跑,我手上缠的布浸透红色。我还看到自己从幼儿园回家,兴冲冲地登上院子里的小板凳,宣布"我的画在比赛里得了一等奖",没等我把"跟你们讲一个好消息"说完,没站稳就一个跟头栽下去,头上肿了好大的包,奶奶急急忙忙地给我额头上敷上蛋清。更早的记忆,晚上,我躺在炕上的专属小窝里,含着奶瓶不动声色地,很专注地看着空白的墙,听见自己咕咚咕咚的声音,超然物外——记忆中,我第一次有了自我意识,第一次意识到我在观察这个世界,而我在以旁观者的身份观察自己。

所以,你们也是很舍不得吧?不由分说地被搬到了高楼里。那个新家,静候很久了吧?命运?

而我像一个旅客一样,说走就走,再不回头,毫不留恋。葡萄架、小金鱼、小鹦鹉,虽有不舍,但是儿童毕竟是冷酷无情的动物。

葡萄架、小鹦鹉、门口的石兽、地瓜炉子,你们现在去哪了?也不见有人为你们送别。

是爸爸守了最后一夜,老房子。

第二天爸爸来楼上,空着手。奶奶惊诧,大衣柜呢?啊?都卖掉了?不是让你搬上来吗?都是跟了一辈子的东西,从老辈儿就有了,怎么扔了呢?没场儿放?怎么没场儿放呢!她气急地指着四周,这新房住得多宽敞,不能放吗?爸爸只是一脸落寞。

我当时听着,只觉得有一股说不清道不明的感情流入心头。

大衣柜、电视机、面板、擀面杖、洗脸盆,都被你们卖掉了吗?也不见你们得到守护。

　　我家的老房子再也没有出现过了，它被毁掉了。什么时候毁掉的呢？我哪知道呢？儿童是坦然接受命运只会向前看的单纯的动物。我只知道，老房子、奶奶的炕、我的墙上的画、苗圃、孔雀，都被挖掘机拆解、强暴，最后很不堪地掩盖在灰土里，从世界上消弭了。

　　那一天我问妈妈：妈妈，人死了都会被埋在土里吗？是呀。但是那样的话脏脏的怎么呼吸啊？而且要一直一动不动地躺着，怪不舒服的……那时候就不会呼吸了。

　　妈妈，我死了的话不想埋在土里，我想随着一阵大风被刮到天上，再也不回来了……

　　拜托，为什么不让他们随着一阵大风刮到天上呢？

　　很多年后，我看《百年孤独》，想起了很久以前的事情，我们被连根拔起又置于高楼中，而故壤从此灰飞烟灭。

　　或许，老房子也没有走，它以不同形式封印在我们每个人的记忆里，或许它藏匿在奶奶卧室大抽屉的相片簿里。有时，吃晚饭时，谁说了一句"真怀念在老房儿的时候……"话匣子就打开了……像是缅怀一位不辞而别的亲人。总之，我失去了老房子——我的伊甸园。

　　是我们自己遗弃，也是他们夺走。

　　幼儿园毕业的暑假，我跟妈妈说：妈妈……我不想长大。

果园

　　好在，我们家在郊外的山头上还有果园。

　　小学时代，每个周末我和雅琳妹妹（爷爷的女儿英梅姑姑的孩子）全家到果园里耍闹，葡萄架换作樱桃树，泥巴还是照样玩，更别提爱丽丝漫游仙境般的植物：荷花丛似的芋头地、幸运草似的花生田……几个小仔在沟壑里头戴着树枝头冠——我妈妈编的，因为她也喜欢玩——玩游击战，草垛为堡，树枝做枪。

　　我跟你讲一讲到果园怎么走啊。在山里，要爬一阵子山，羊肠小道，路边的野酸山枣可不能采，可酸了！走路要注意脚下，有很多山沟，向下看，树影幢幢，黑压压莽苍苍一片。我还是度过了比较美好的小学时代。

但是呢？你问。

但是，我长大了。谁还爱那荒郊野外呢？我有好多特长班，上了初中之后，作业也多了起来，周末也就是跑书店、逛街。我家住一中附近，也不怎么回奶奶家了。最重要的是，奶奶家没有网。

"王红啊……"有一次我们回奶奶家吃饭的时候，爷爷吃完饭，在沙发上休憩，他扇着扇子，跟妈妈说，也不用给雅婷报那么多特长班，好好把学习搞一搞，让她多放松放松，周末有空可以去果园玩一玩……

爷爷是老虎一般的面孔，浓眉大眼，英气十足，因为年老而慈眉善目，脸盘更圆了。爷爷从来不过问我的事情，我想做什么，他都支持。我是爷爷养大的，我们之间的感情恐怕要超出我和爸爸、妈妈许多（对我来说是这样，不知爷爷认不认可），他是最爱我的人，也是我最爱的人。爷爷勇敢、坚毅、乐观、果断、远谋，在村中是英雄一般的人物，也是能把我们家协调得这样幸福温暖的领袖。在我心中他是完美的人。我们互为骄傲吧。

有一天傍晚，我坐在爷爷、奶奶卧室的窗台上看万家灯火，卧室很昏暗，爷爷躺在床上歇息。

"雅婷啊，"静谧中，爷爷说，"你也不用怎么努力，不用给自己太大压力……"

不久，爷爷、奶奶去安装了宽带，爷爷还定期去电信营业厅缴网费。但是呢？但是我和雅琳妹妹回奶奶家后更黏在电脑前了。爷爷、奶奶去卖樱桃啊，三点钟就要把樱桃摘下来，五点钟就要骑着摩托车把樱桃送到农贸市场，卖给樱桃贩子，早上的樱桃才能卖上好价钱。初中的时候，我听他们说，要修路，要占地，北面和东面的果园，还有我们盖的房子都被占了。加上爷爷、奶奶年纪也大了，我们也不爱去了，不如把果园租出去吧？别操这份心了。我现在也不知道爷爷那时心里是什么滋味，搞了一辈子果树种植，对这个最有感情，樱桃树就像他的孩子一样，被别人说占就占了，可怎么办呢？

兴味索然，身心俱疲，爷爷、奶奶出租了果园，我大概有意避之，这些事情都没有过问，恐怕老房子在我心里留的阴影太深。

总之，我又失去了果园。

与其说失去，不如说是我们自己遗弃。

爷爷

我初中的时候，大概果园荒芜太久，已盖了一层层粗粝如浪的杂草，大概是对他的果树有瘾，大概是不甘心曾经的伊甸园如今如此冷清，爷爷说他要在仅剩的1.5亩的院子里再盖两间房。

一次家庭聚餐上，爷爷——哦，我小时候的玩伴，用自行车载着我去海边看海王子（海豚充气堡）的爷爷，曾经头发乌黑现在头发花白的爷爷，他说，你们周末可以有一个放松休闲的去处，国胜（爸爸）和英梅（姑姑）带着孩子、朋友到山上玩玩，也挺好。爸爸、奶奶都是反对的，搞了一辈子果树种植实在不想操这份心了！妈妈却很支持，她最喜欢大自然了：我就是看中你爷爷家那个大院子和葡萄架才跟你爸结婚的！哈哈哈哈哈，她笑得跟罪犯一样。但大家都是很尊重与理解爷爷的，七十岁的老人也要有充实的生活呀。

爷爷是雷厉风行的人，列出盖房子的必要材料，又骑上他的摩托车，穿梭在建材市场与郊外的果园了。

哈，爷爷，我现在写这些，你会怎么说呢？你有没有想起我当年那句："啊，又到城市了。啊，又到农村了，到农村就意味着回家了。"

然后呢，你问。

然后，房子的骨架就要完成了，安装好最大的房梁那天，爷爷早上走得很早，5点就骑着摩托车赶往果园。

房子就要完工了！那天你走在去果园的路上，有没有想起——"啊，又到农村了！"我奶声奶气的感叹？

爷爷死了。爷爷死在了去果园的路上，死在了骑着摩托车早上五点兴冲冲为果园房子完工的路上。

爷爷被车撞死了。他和摩托车都飞出去好远，最后落到地上。

他没有到果园，他没有回家，是爸爸、妈妈、奶奶、姑姑、姑父到医院去接他，最后一次，把他送到殡仪馆。

我没有见爷爷最后一面，因为妈妈说爷爷平日里最大的心愿，就是我好好学习。妈妈后来跟我解释，他们去医院的时候，爷爷已经没有意识和机能了。我错过了与老房子的告别，也错过了和爷爷的告别。

这样，我失去了爷爷。也是我疏冷，也是他们夺走。那是2012年10月9日，噩梦一样的星期二，降温，阴雨，大风。

果园

葬礼上，躺在鲜花里的爷爷就像下午躺在床上歇息一样，安安详详。

之后的几个月里，我们都非常擅长陷入回忆，大家彼此缄默不言，但是一旦提起，各自的回忆都涌了上来，回忆一个亲人，就像回忆老房子那样。

雅婷，还记得小时候爷爷带你去海边看海王子吗？妈妈手托着腮，笑着问我。哎呀，光自行车后面的小座（儿童椅）就带坏了三个……奶奶这时候总是接上这句话。

怎么会忘呢？

我最后悔的，是2012年的清明节，本来已经答应爷爷和他一起上山扫墓了，但是我临时变卦，要写欠的作业，当天说什么也不肯去。爷爷很伤心，一个人上山了。我跟他说，没事儿，明年我一定陪你去。但是第二年的清明节却是我上山去扫爷爷的墓。刚刚过去的清明节，妈妈说她和爸爸在爷爷祠堂的格子里放上了蓝色的勿忘我。高一的某一天，爸爸说，又要占地了，仅剩的果园也不知道什么时候要被占掉。多久呢？

不确定啊，修路都修到家门口了。

爷爷去世后，果园成了罪魁祸首，爸爸和奶奶都想把果园卖掉，但是我不想让他们卖。

恰逢大姨父查出糖尿病，生命危急，出院之后，瞬间戒掉了麻将和泡面，圆硕的体形也一瞬间变成瘦猴。为了减肥，他跟我妈说，王红，你也是要卖果园，不如卖给我吧。这是2013年秋季的一天。

2014年春天，妈妈开车带我穿行在郊区的公路上，整齐的绿化带、一望无际的平原、新修的马路，都让我超然物外：这曾是灰头土脸的农村啊……

科技园、新型工业区、高架桥、隆隆驶过的高铁……

妈妈把车子拐进绿化带，突然停在辅道上。

王雅婷下车。妈妈解开安全带。

你干吗？荒野停车是最要不得的，总让我警惕。

到果园了呀！

这是我家的果园？沥青公路绿化带旁的一片小树林？

那让我迷路的回旋九曲的山路呢？那树影绰约深不见底的山沟呢？那酸山枣树呢？

它们都去哪里了？也不见有人送别。

它们都去哪里了？也不见受到守护。

我望着一望无际的平原，交叉的公路，辽远的高架桥上货车穿行，恍若隔世。倘若你撬开沥青路的硬壳，掘地五十米，你就能看到婀娜的山腰，倘若你搭上性命，再向下挖个五十米，你就能寻见那幽邃的山沟，俏立其中的野酸山枣树，还有枝头的竹节虫和蜜蜂。

倘若你沿着沥青表皮下的周遭走上一圈，就是我家的果园——历史是一个不断平面化的过程——你看到了码齐的蜂箱，你拾起了沟壑中掉落的树枝头冠、带有余温的树枝枪，你听见我跟你大声说："快跑啊！敌人来了！他们打过来了！我来掩护你，你快跑！"

你跑不掉啊，因为沥青如潮水一样漫过来了，而你双脚陷在泥潭里动弹不得，看着命运不由分说地向你碾来，酸山枣树怎么能躲过呢？注定要被浸没的。果园里的房子怎么能躲过呢？注定要被浸没的。但此刻你站在一望无际的平原上，用记忆凿刻出性感的山腰、交响乐般的山脊、山峦结实的肌体，就在你脚下，你用记忆之手抚慰着它。

你走到马路对面的公交亭，那是我家果园的房子所在。

真是有趣了，十年前我在这房子里听山风吹雨，十年后我站在公交亭与工业园的工人们等公交。城市蔓延是种癌症。

总之，被疏离的最终都要被夺走，你也别在这里消费悲情了，王雅婷。

　　果然，我是那个最伤春悲秋哭哭啼啼没完没了的无用之人。因为走到果园里一看，姥姥家的一众干将早把果园收拾得干净利落了，怎么说呢，简直是低配版度假村，麻雀虽小五脏俱全。

　　田间的杂草、黄鼠狼窝、马蜂窝、蜘蛛网被一齐端掉，我像检阅部队的帝王一般视察我的果园：茄子方阵、秋葵方阵、西红柿方阵、花生田、黄瓜架……

　　从茄子丛里探出一个脑袋，是姥姥：哟，少东家来了？

　　哈，什么呀，姥姥好。

　　我们这些做长工的都是给你打工的，这果园要是不占，几十年后都是你的。

　　什么呀。

　　他们真的干得一包带劲儿的，每个周末家庭聚会一般，大姨妈家、小姨家、我家，三辆车开过来，全家老小齐上阵，姥姥、姥爷、哥哥、妹妹、姨父、爸爸，谁也不落下。樱桃成熟的季节，我们都要忙着收樱桃。晚上，劳累了一天了，我们就在果园里搞 BBQ（烧烤大会），大家坐在葡萄架下——你能想象吗，一家老小，听着虫鸣鸟叫。

　　我妈妈是最怀念老房子的："雅婷，你还记得老房儿的葡萄架吗？"怎么会忘了呢。我们都在以不同的方式追寻着故去的亲人。

　　不过，我们不用像爷爷那样早上五点去卖樱桃了。我们怎么卖樱桃呢？下午五点，男女老少锦衣华冠奔赴水果市场，几辆私家车后备厢齐齐打开，亮出十几箱亮晶晶、红宝石般的樱桃宝藏，我们高傲地靠在车门旁，宛如海盗家族在黑市霸街。

　　总之，是挣了不少钱。估计那些逛市场的没见过这样豪气的阵势，估计他们没见过我大肥鹅一般可爱的大姨妈亲热地大喊大叫：美女帅哥尝尝我们家的樱桃吧！别的果农就不会这招。

　　是姥姥家让果园失而复得，是果园让我们两家（姥姥家、奶奶家）更紧密地联系在一起。爷爷的心愿成真了。

爷爷

　　你恐怕不会相信，最后我们迎来的，是爷爷。

你相信灵魂的存在吗？

你相信死去的人他们的灵魂会在世上漂泊一段时间，十几年或者几十年，才会轮回转世吗？你有感受到你爷爷的灵魂存在吗，王雅婷？我们都感受到了爷爷的灵魂存在，他的确在保佑我们，以各种形式——连续的梦境，化险为夷的事情，会向我们点头的竹林，一次又一次。

你恐怕不相信，我也不想细讲，很多有趣的奇事。

我感到作为灵魂的爷爷在与我并肩作战。

有一个作为灵魂的家庭成员，不是很好吗？

最后

失乐园，复乐园；失乐园，复乐园……

假如你问这将近二十年来有什么变化，那就是城市变大了，农村变小了，物质生活更好了。自然，爸爸、妈妈变老了，大姨妈、大姨父也变老了，姑姑姑父也是。我更爱他们了。

奶奶却好像还是很年轻。

自然，爷爷走了，其实这期间，两家的老姥姥、姥姥姥爷都走了，家庭树最高的枝丫已经离开。南京的舅姥爷得了阿尔茨海默病，他去年回来长久地游玩了一次，他说，在他还清醒的时候，回来最后看一次故乡，让它从此印在我的脑子里。我考上了北京大学，大家都很开心，但是爷爷没有看到。

我还是一个农村思维的人，我已经永久地停留在六岁以前了，不想长大。我留在了老房子里，永远永远的。他们拆掉它的时候，我留在了里面，再也不会出来了。永远永远的，怀念我的伊甸园里的童年。永远寻找能够回去的路。去给小朋友们画绘本也好，去儿童基金会工作也好，去做城乡规划也好，我想永远以一种方式找到回去的路，接近它……

爷爷走了，这是我最难过的。

失乐园，复乐园；失乐园，复乐园……

王雅婷，2017年4月某日，北京，晴。

我的伯伯

季　镇

　　"我过完年就去深圳做生意，明年一定要赚五百万……"摆满了鸡鸭鱼肉的饭桌前，一位中年男子喝着酒，红着脸，扯着嗓子，旁若无人地哗叫着。而坐在桌边的其他人，包括我，都低头不语，丝毫没有被他所迸发的热情感染。在这个城市里已经禁止燃放烟花爆竹的大年三十，这些所谓新年的豪言壮语在寂静的夜幕显得是那么单薄无力，而数十年来不断被重复咀嚼的噱头早已失去了对他人的吸引力。

　　每当到了大年三十，伯伯就会成为晚间的年夜饭时刻的主角，这是他对自己倍感得意的时刻，或许这是他一年之内唯一一次能够在我们面前展现得意的时刻，或许这是他在一年之中唯一一次如此得意的时刻。十年前的大年三十，在乡村老家火热的爆竹声中，我的记忆里便印刻下了这些始终火热的、催人奋进的口号，那时年仅十岁的我万分仰慕说出这些计划的伯伯，把他当作人生奋斗的榜样。就这样十年过去了。十年间，我清晰记得每一次大年三十他都会说相类似的话，出差地点依旧是那些闻名全国甚至全球的城市，人生的目标也从五十万飙升到了五百万。只是我不知道为什么过完年后伯伯就会音讯全无，于是我时常在新的一年里多次问父亲关于伯伯的现状，父亲总是摇摇头含糊其词。只是我后来知道，每一年伯伯的状况都在原地踏步，甚至一年不如一年，那些曾在我们面前说起的豪言壮语不过是一时的冲动罢了。

我抬头看了看伯伯年将六十的面颊，那是一张已过中年的、失去红润色泽的面颊，皱纹不再是五官之间的条条小溪，而是布满了整张面颊的千沟万壑，停顿喘息间的神情似乎和对面的爷爷相比还要显得疲惫不堪，唯有那双讲到动情处还能够不时放光的眼睛稍稍流露出他年轻时作为军人的威严。

过完年后即将弱冠的我，已经告别了高中依赖在父母身边的稚嫩时期，独自品尝了半载大学生活的激情与困苦，当再次听见伯伯这段熟悉的话时，许许多多的记忆涌了上来，那是一番前所未有的体悟。

我在老家爷爷的柜橱里看见过伯伯年轻时期的照片，虽然是黑白照，但他眉宇之间流露出的锐利成就了一名意气风发的年轻人，他戴着军帽穿着军装的端庄诠释了青春的踌躇满志。听父亲说，当他还在十岁出头时，伯伯就早早参加了部队，凭借着胆识和谋略很快就升了上去，不久后参加了对越自卫反击战，可谓是履历颇丰，回到家乡后便成为村里模范式的人物。

我的家族都是土生土长的浙江义乌人，祖上好多代早已在义乌扎下了深厚的根基，当然，老家人同改革开放之前的大多数义乌人一样，住在偏远的农村。义乌虽然只是一个县级市，但因为是举世闻名的国际商贸城所在地，所以在全国乃至世界都享有一定的盛名。而国际商贸城的建立绝非一朝一夕，其来源于义乌深厚的"鸡毛换糖"文化。

那时正值1979年，改革开放的浪潮席卷了全国各地，义乌"鸡毛换糖"在改革开放之前被压抑的火苗终于开始熊熊燃烧起来，成为百姓们脱贫致富的首选。伯伯在参加完对越自卫反击战后照例回家探亲，年轻时期的敏锐让他发现了小商品买卖这块方兴未艾的巨大市场，于是在几年兵役结束之后，他即刻回到家乡义乌，重新登上了新的战场，成为"鸡毛换糖"大军中的一员。

所谓"鸡毛换糖"，最开始是指在义乌的小商小贩以红糖、草纸等低廉物品，换取居民家中的鸡毛等废品以获取微利的做法。随着中国掀起改革开放的巨浪，头脑精明的商人自然不再将目光局限于廉价的手工产品，而是放眼到了衣物饰品、电子五金等工业商品，伯伯也不例外。凭借着自己丰富的人脉资源、圆滑的处世态度与灵活的商业头脑，伯伯很快在五金领域站稳了脚跟，成为各大五金店中的"一霸"。经过几年的苦心经营，伯伯积累了相当的财富，成为我们村里面率先从农村生活过渡到了城市生活的人，带着妻子与我那个刚出生的堂姐搬到了城里居住，不但使一家人坐实了城市户口，还渐渐和政府官员靠上了关系，可谓是一出道便顺风顺水，毫无阻拦。

对于仍住在山村中的爷爷来说，伯伯那时的生活简直就是他认定的成功的标本，他为儿子的成才感到自豪，而还未成年的父亲也是对伯伯钦佩有加，羡慕他过上的幸福日子。但是"雄心壮志"这东西总是不能使一个有抱负的人满足于现状，伯伯自然也不例外，他始终渴望着能够开辟更大的市场，因此对仅仅局限于五金行业而难以寻求突破感到困扰。细心观察义乌市场一段时间后，伯伯发现一个新兴的行业——物流行业有更大的利润可图，于是他开始琢磨起了转行做托运生意的念头。可是在当时，越是新兴的、越是有利可图的行业，越容易引发大规模的竞争冲突，何况在当时市场经济的法律法规还不完善的情况之下，义乌的小商品市场实在有一种"乱世出英雄"的感觉。三十年前的义乌，与当时的大城市相比，可以说是一个科教文卫极其落后的"蛮荒之地"，资本市场的运营完全不成体系，用"帮派""地盘"等词汇来渲染义乌小商品之都的兴起毫不为过，更别提控制着商品进出的物流行业，一团混战的局面是新一代义乌人难以想象的。只是由于现代化浪潮更新换代的速度太快，那段混乱不堪的时光早已淹没在历史的长河之中，既没有明确的记载，新一辈人也很少了解，便仅仅成为老一辈人茶余饭后的谈资与消遣。

凭借着几年辛苦打拼积攒下来的资金与在官场、市场上发展的人脉资源，伯伯很快就召集到了新的一帮生意伙伴，加上原先的可靠兄弟，成立了一家托运公司。但由于市场监察体制完全没有跟上，再加上社会主义民主法制没有百分百恢复，对于物流业这种没有固定经营范围的生意，市场竞争有时靠的就是武力与人多势众，大规模的打斗与谋杀屡见不鲜。当然，生活在今天的我们很难想象当时的情景，毕竟我们都会认为快递公司扩大市场份额的关键在于其服务与质量，而在当时，仅靠服务与质量是完完全全不能生存的。

我没法让伯伯直接叙述当时的场景，因为让他亲自揭开自己的伤口是一件残酷的事情。我的父亲比伯伯小了八岁，在正式成为一名中学教师之前，他也时常帮伯伯去外地"拉货",我仍然清晰记得父亲在谈论那次让他永生难忘的冒险时惊悸的语调:"那次我们拉了整整一大卡车货去衢州,货架上的空隙间也塞满了我们的人,大家手里都抄着'家伙',因为通往衢州的途中要经过一个'关口',那儿也有和我们干同一行的人,一碰到一起就为了'抢生意''抢地盘'打起来……都是真刀真枪地干架……随后经过关口的时候,对方有好多辆车和我们相向或向背穿插而过,由于关口两侧的路都特别窄,车辆走得很慢,肯定是会遇到挑衅,还没说几句就拔出家伙打了起来,不知道对方全是一伙的,还是分好几伙,反正只要不是自己车上的,就打……那次很多人都'挂了彩',好歹冲了过来。我那时不算大,就躲在货架中间不敢出去,怕被刺到……其实大家都是抢生意,你抢我的我抢你的,没有谁对谁错……只有活下来的才有资格说'这块地盘是我的',因为没有'地盘',根本没机会谈生意……"尽管我无法完全想象出当时的情景,总觉得约莫和电影里面黑帮火并差不多的吧,只能通过电影来映照那惊险的画面。

多亏伯伯有过参军的经验,又有一帮可靠的当兵弟兄,加上自身的号召力,因此他所管辖的托运公司"战斗力"较为强劲,在激烈的市场洗牌当中存活下来,而且越做越大。越是这种带有黑道性质的生意,往往越是能够催生出所谓的"暴发户",几十笔生意做了下来,其中包括几笔超长途运送,伯伯所积攒下来的资本如雪球般越滚越大。再加上由于没有遭受什么太大的损失,又顺便打压了几次竞争对手的气焰,伯伯已经不再局限于"城里人"的身份了,而是成为少有的"万元户",很快搬进了新的豪宅之中。那时他的事业可谓是如日中天,成为大家羡慕、嫉妒、憎恨的对象。

然而常言道"出来混总是要还的""常在河边走,哪能不湿鞋",像这种不够合法的生意,一次不幸运的失败就有可能葬送几百次的幸运,而"大手笔"生意的失败更会一招致命。不幸的是,由于参与物流行业的人数一年年增多,伯伯在随后几年的生意途中遭遇到不止一次的失败,或许是安逸富足的生活导致了生存麻痹。至于是什么样的挫折,我们都不太清楚,大抵推测也应该是被人给"黑"了吧。后来也隐约听说那个"黑"他的势力被警方打掉了,在数十年前的义乌算是一场大地震。由于牵涉人员过于复杂,档案一直被雪藏不被公开,核心真相也愈发模糊,最后烂在了上一辈人的心中。更为要命的是，中国社会主义市场经济体制的日益发展与完善也让这些在过渡时期捞上一笔的"灰色地带"生意链条的发展空间越来越狭窄，公正化与公开化的交易方式占据主流是社会历史发展的必然。而伯伯显然没有意识到市场经济体制的巨大变动，没有意识到靠势力吃饭的年代开始一去不复返了。而靠价值规律经营与靠"义气"做生意完完全全是两码事，当前者开始取代后者，在引领义乌小商品市场真正走上正轨的九十年代，伯伯却没有抓住时代变革的潮流，不但不考虑转行干正务的事，而且因为年轻时期的成功与享乐麻痹了奋斗的神经，不断吃着以往的老本，能过一天是一天。由于开销的不断扩大与入不敷出，他的财富消失殆尽，接着就开始欠债，越欠越多，深陷泥潭之中难以自拔。

我的妈妈在对我提到当年我出生时的一幕时，实在是难以启齿。她说伯伯那时真的是走投无路，由于有好几个人因为他的债务而到他的住处寻死觅活，他变卖了所有家产仍然不能偿还清楚，只好借着我出生的契机向我的爸妈借钱。这样的场景在过去真是没法想象，爸妈也不愿承认曾经在义乌大地上风生水起的伯伯竟然落到了这步田地，东拼西凑了好久才帮他借上所需。自然，最后的债权人是我的爸妈……由于伯伯偿还过于不力，一拖就是十几年，我的妈妈每次对父亲谈起债务的时候总是饱含着愤懑、唏嘘与无奈。

客观地说，对于一个不惑之年的男人来说，从零开始、白手起家绝不算晚，何况他还曾经拥有非常辉煌的经历，更别提世纪之交那段宝贵的时光，正是义乌真正步入高速发展的黄金时期的起点。如果在那时能够抓住机会从头来过，一切不至于无法改变。

但是他没有。

当父亲对爷爷谈到伯伯的堕落时，无奈地说，尽管伯伯确实仍有改变自己现状的决心，但由于年轻时期的成功来得太容易，对他而言，他已经不屑于从小钱开始赚起了，要赚就要赚大的。可是谁都知道，没有小钱的累积，一夜暴富不过是个黄粱美梦罢了，更何况他连小钱都没有。还有，靠兄弟"义气"吃起来的饭，在现代社会的适用范围已经很小了。世界已经变了样，而伯伯却没有变。

听说后来为了生存，伯伯也干了很多各式各样的工作，当过长途司机、开过酒吧、开过鱼店、当过中介，等等。但是，他都不愿意长期做下去，过的都是吃了上顿没下顿，混一天是一天的生活。在我的印象里，我似乎只去过他家几次，他的家都是出奇的小，应该都是租来的。我的两个堂姐都已经出嫁了，不知道伯伯会不会到亲家那儿去住上几天。

父亲说，自从托运公司倒闭之后，伯伯一年中的大多数时间都是在漂泊，要么就是东躲西藏，躲债躲仇人，要么就是借酒浇愁，不省人事，好像只有在大年三十这天，才会穿上像样的衣服，出现在我们面前。大概仍是坚持要面子吧，他在大家面前宣扬自己鸿鹄伟志的习惯没有变，数十年的腔调，数十年的梦想，都没有变。先前他得意之时，大家是羡慕敬佩的；后来失意了，大家是同情鼓励的；现在摆烂了，大家是无奈叹息的。当他失意的那几年间，我们劝他不要再订不切实际的计划，希望他能够踏踏实实地从点滴做起。他总是带着以往的豪气推说我们"不懂生意"，仍然沉浸在他以往成功的记忆当中，盲目认为一切失去的财富会由同样的、熟悉的方式重新回来。他年复一年地说着计划，大家年复一年地劝着，后来大家也就习惯了，不再劝说了。再后来大家就当听笑话，迎合他的豪言，希冀能够给予他一点安慰。再后来，大家就沉默了，不再说了，不再笑了，只剩下轻微的叹息。到了现在，就连最后的叹息也不复存在。

尽管进入了大学，我有了自主使用手机的机会，我和伯伯的联系仍然是一如既往的少，一年似乎也就过年的时候大家在爷爷家聚一起时，我才有机会在脑海中记住伯伯的面庞，录下他的声音。后来我也听惯了他的说辞，甚至能够准确猜出他下一句要说的内容，有点搞笑，有点讽刺，有点无奈，有点厌烦，有点同情，有点悲哀。

那时我只能用孩子的眼光看待自己的长辈，不知道该摆出什么表情。每次问起父亲关于伯伯的故事，父亲依旧是含糊其词，有一句没一句地告诉我。"脚踏实地"，父亲每次都会以此作为结尾，"人要踏踏实实地做好每一件事，千万不能好高骛远"。

现在在大学，我终于能够独自生活了，一些记忆、一些念想，默默地涌上心头，迸发出以往从未有过的思考。我有时也会细细咀嚼伯伯的故事，告诉自己这将是生活的一部分。

我的母亲

任珑韵

对于我的母亲，父亲的评价是："她这个人嘛，一直都还是比较努力的。"

他说这话时是2015年的夏天，我的母亲正在美国布朗大学做访问学者。太平洋的另一边，我正在南京的家中吹着空调，百无聊赖地度过酷暑。2012年高考过后，我们一家三口搬到了这个新房，住在南京大学仙林校区旁。虽然离市中心远得多了，但房间宽敞整洁，曾经住惯了五十平方米小屋的一家人都很满意。只可惜，已经去北京读大学的我只有在寒暑假的时候才能短暂回家，三室两厅的布局竟一直给我一种陌生感。那天我带着恶作剧的心情，走进了母亲的书房，把她书架上的书一本一本地检查过去。几大柜子的书，几乎全都是西方哲学、马克思思想和女性主义之类，理科生的我只看书名便觉得头昏脑涨。意料之外的是，在一个书柜的最底层，我发现了许多老照片，以及一封字迹潦草的信。写信的，是十八岁时的母亲。

"我考上了××师范学院，将开始人生中新的一篇。虽然这个学校我并不太满意，然而我只能去上，别无他法。每当我把通知的学校告诉同学们时，他们都显出惊讶的神色，以为我不应该上这个师范，虽然它是本科，但还不如那些铜陵财专、马鞍山商专之类，给我安慰、鼓励的人很少。我只有暗地里垂泪，一度灰心丧气，打不起精神来。但另一个念头涌上我的心头，我要在四年的大学里勤奋地学习，让知识充实我的头脑。我相信，我会做出成绩的，并不比他们差。"

我有点难以相信写下这些文字的就是我的母亲。在那一刻我发觉，尽管我已经快要到我母亲生育我的年龄，我对她仍然缺乏了解。她写道："也许是因为年轻人的缘故吧，我对什么知识都感兴趣。我分的是政教系，现在我还不知道它包括哪些科目，据别人说是挺枯燥的。可我觉得我还是喜欢哲学。"我反反复复地念着，"可我觉得我还是喜欢哲学"。母亲今天已经是哲学教授，而她曾经就是这样一个偏执地喜欢着哲学的小女生——有些梦想是真的不会被辜负。父亲走进房间，看着我手中的信纸笑了笑。他说："你妈妈这个人嘛，一直都还是比较努力的。"

也许就是"努力"二字，让我的母亲从一个安徽小县城的女孩，一步步靠近了学者的目标。1968年，我的母亲降生在皖北的小镇上。她是家中的第四个孩子，有一个大哥和两个姐姐，后来又添了一个妹妹。外公在单位供职，外婆是护士，但抚养五个孩子还是显得吃力。母亲提起小时候，总是说"馋得不行，好像有个'草包肚子'，永远吃不饱，树上的叶子、地下的虫子，什么能吃的都要往嘴里塞"。

幼年时物质的匮乏也许是母亲忘不掉的底色，体现在她平时的自律上，也体现在她对我的严厉教育中。我想起幼儿园的时候，有一次和父母逛街，看到路边的地摊上有一个漂亮的瓷做的小篮子，就很想要，父亲已经准备买下，然而母亲却阻止了他，大声对我说："不要买！买这些小玩意儿有什么用？"我几乎要哭出来，只好摇头说不要了。后来母亲反复念叨的就是，小时候牵着我外婆的手，想吃一块糖，"从巷头哭到巷尾，都没有给我买"。我知道，母亲总是提起这个细节，想教育我的是我的"幸运"，降生在一个衣食无忧的知识分子家庭。但她讲述这个故事时的神色，让我仿佛体会到当年那个小女孩吃不到糖果的痛苦。

我的母亲自信她所拥有的一切都是她自己用双手换来的，对"读书改变命运"深信不疑。她的人生简历确实是这样一个成功的案例：十八岁考上师范学校，毕业就留校教书，和父亲结了婚，生下我。二十六岁考上研究生，后来又读博、留校，讲师、副教授、教授，从小镇到省城，一步步走来。而她的兄长姐妹，有的参军，有的唱戏，有的开小饭店、服装店，有的开出租车，无一不在小镇上度过大半生。每次看到我犯厌学情绪，抱怨作业太多、考试太难，她都显得不屑一顾，我只好暗暗生气。难道作为命运的强者，就会对小孩子的感受一点同理心也没有吗？

母亲研究的是女性主义，因此对于性别偏见等概念，我也有所耳闻。但不论如何，在我心中，母亲是真正的女强人。她身材高挑，足足比我高十厘米，也只比爸爸矮二厘米。她一贯白皙纤瘦，常穿长裙，十足的文艺女青年的模样。然而，柔顺的外表之下是内心的刚强。在她怀着我的时候，就参加了研究生考试；在南京读研时，不得不狠心把刚断奶的我留在老家；在我四岁时，她前后奔波，帮助父亲在南京找到了工作，使得一家人终于得以团圆。也许是由于身高的差距，我从小就怕她，从不敢忤逆她的意见。

相比之下，我与父亲要亲昵许多，因为我知道父亲宠我。和母亲高敧文静的形象相反，父亲是胖乎乎的音乐教师，总是笑着。在青春期的一段时间里，我曾经鄙视过父亲的人生，因为母亲常在我耳边数落他"不求上进"，一直都是一个教书匠。但后来我渐渐明白，父亲对于声乐和钢琴怀有真挚的热爱，对于小孩子怀有自然的亲切，他完全依靠自己的选择过着快乐的生活。母亲对父亲的指责是"爱之深责之切"的表现，而我则暗暗觉得两人的性格和职业选择形成了很好的互补——虽然并非是完全常规的搭配。与父亲相识相恋的故事，他们二人提起都是一阵微笑，说："结婚就是'发昏'啦！"他们在师范学校的时候，住得很近。母亲说，"抬头不见低头见，根本绕不开！"他们相识在当时流行的交谊舞舞场，二人一起上课上学，去上海进修，留下了不少旧照。在旧照里的容颜中，我感受到的是两个年轻人的活力，以及相投的志趣。从那些磁带、诗集和书信看来，当时他们的生活里，的确充盈着诗歌、音乐以及轻飘飘的理想主义。

很多时候，婚姻的结合是女性社会地位提升的重要手段。然而作为一个知识女性，母亲所面对的是相反的情况：爱上了一个农村来的憨厚穷小子，除了会唱歌、力气大，似乎一无所长。让母亲"发昏"的，不过是一种单纯的快乐。我总觉得，这样就够了。

身在异乡的城市，不管是做学问的困难、衣食住行的艰苦，还是抚养我上学读书的种种事宜，似乎都没能难倒母亲。每天只见她早起把家中收拾一遍，晚上还去操场跑十圈。家中各处都散落着她复印的英文论文，上面画满了笔记。她似乎无时无刻不待在书房，面对着电脑上的 Word 文档。在晚餐餐桌上，讨论的话题常常是不负责的学生、申请不上的基金、同事孩子的学业。在这样的家庭环境下长大，我对大学校园之外的事情知之甚少，对学术圈之内的事情又太过熟悉以致浑然不觉。自己上了大学之后，才渐渐能从客观的角度审视曾经熟悉的生活和生活中的人，从知识分子的自尊和自傲中理解各种人的人生。

我不能否认母亲这一路走来的幸运之处。她作为20世纪90年代还很稀罕的研究生，在有才学又有影响力的导师的指导下，选择了发展很快的学术方向，做出了一些成果，洗去了本科出身的劣势，在圈内站稳了脚跟。说起来容易，可是读硕、读博这样的选择那时又有几人能够有勇气做出呢？我还记得刚搬到南京时我们一家挤在筒子楼的小房间里，做饭都是在楼道的公共炉灶，几年内反复搬了几次家，家具都以可折叠可拆卸的为主。一边读书，一边生活，一边教育和抚养我，能同时做到这些，凭借的也许只有"努力"二字。另外，一些夫妻间的理解也很重要。母亲在南京读书时，父亲为了照顾年幼的我，放弃了在上海的学业回到老家。虽然我的父亲并不认为这是一种牺牲，但确实是他毫无偏见的支持，才能使得母亲的路走得更远。

我的母亲热爱生活、重视虚荣，这点十分可爱。放假回家的时候，她总想带我出去逛街，在百货大厦里一逛一天都不会累。她怂恿我穿裙子、穿高跟鞋、烫头发，被我拒绝后一脸不可置信的表情。她在美国的时候，给我和父亲买了许多名牌折扣的衣服鞋子，还给所有亲朋好友都带了礼物。过年如果回老家，她一定要亲自帮我梳头，监督我涂上比平时更白的粉底、擦上比平时更艳的口红，叮嘱我要精精神神的，鞋子上不能有一丝灰尘。当我们被乡音包围，我才感到母亲是通过多少努力，过上了不一样的生活。

好像有人说过，"虚荣是最健康的情绪"。如果不是对美好的事物有一些虚荣的追求，又为何要日复一日地劳作？追求理想的人，可以珍视奋斗的意义，无视人生的虚无，他们是幸运的。我拥有这样的母亲，也是幸运的。

父　亲

朱　也

写在前面的话——为什么写父亲

从来没在父亲面前叫过他父亲，因为我都喊爸爸（绝大多数情况）、老爸（开玩笑或生气或想叫就叫）、爸比（撒娇）、爹地（撒娇）。不习惯父亲的称谓，所以，请原谅我在"写在前面的话"中保留喊爸爸的习惯，之后在正文中，我将本着严肃认真负责任的态度写下父亲的故事。

我是个从小喊着"我爱妈妈"的孩子。小时候总有人问我，你是喜欢妈妈多一些还是爸爸多一些。不假思索，是妈妈。喜欢蹭在妈妈软软滑滑的臂弯里撒娇，而爸爸总喜欢拿自己的胡子茬刺疼我嫩嫩的脸蛋，我只想逃跑。另一边却逮着机会就去亲亲香香的妈妈，爸爸要是亲了妈妈一下，我绝对有亲妈妈十下的霸气。然而逃不掉嘴馋的命，即使别人家里都是妈妈掌勺，我们家偏偏是爸爸管吃的，有种寄人篱下只得低头的挫败感。"爸爸我想吃螃蟹。""亲我二十下。"看了看爸爸一嘴围的胡子又舔了舔嘴巴，我闭着眼睛乱亲一通，为了螃蟹出卖了我的尊严这是好汉不吃眼前亏，但是就算受了贿赂、就算老爸连续糖衣炮弹的攻击我还是选妈妈。爸爸也有吃醋发火的时候，扬言要把我丢到窗户外面去，我笑爸爸的幼稚。我现在十八岁，这是十多年前。

之后，大了些，发现有些东西，妈妈懂不了，爸爸懂。虽然我还是爱和妈妈亲亲抱抱，但是不知不觉，我也爱上了和老爸两人单独逛商场逛超市，跟着老爸买菜看展览，甚至蹭着老爸书法大赛的评委身份两个人去旅行。我知道，我应该写写我的父亲了。文章对父亲的口头访谈予以记录，受篇幅限制，下文主要截取了父亲从童年到中师求学的一段经历，一是好奇在不充斥着电子产品的年代里，孩子的童年会有着怎样不同于当代的有趣经历；二是带着一种缅怀的心情追忆那个永远留在历史里的中师年代。

童年在澄弯

"朱总司令"

父亲出生的村子叫堰东村，也就是我户口本上写着的那个户籍所在地。这是个沿河而居的村落，河是鉴湖的一条支流，大约在河中游的地方筑有一个土坝，传说是大禹治水的时候留下来的，叫作仁让堰。于是，堰的西边出现了堰西村，那是母亲的家；而堰的东边出现了堰东村，那就是父亲的家。沿着河再往东一直走，又是一个新的村子——澄弯。那是奶奶的娘家，是过年去看望"太太"（绍兴土语，即外曾祖母）的地方。奶奶嫁到了堰东，再回澄弯，就是客了，而那个跟在奶奶屁股后面的小屁孩自然跟着成为生在澄弯的孩子们的客人。20世纪70年代的村子还是原始的那个村子，村子里的人也是原始的人，热情好客，父亲每次去，一大帮孩子从家里跑来，喊着："朱总司令来了！朱总司令来了！"玩游戏时的优待也只能是父亲一人的。然而内敛、老实、只能被人欺负的父亲从来不是孩子王，朱总司令的威名仅仅是淳朴孩子向客人表达的尊敬，也因为这份热情好客，澄弯而不是堰东成了父亲童年最深刻的记忆。

很嫩很嫩很鲜很鲜的红菱

绍兴是水乡。堰东、堰西、澄弯都是沿河的村子，将近夏天的时候，各家种的红菱熟了，叶子是一蓬蓬绿色浮在水面上，却像花。菱角是藏在水下的，拨开密集地漂浮着的叶子，才露了出来。摘红菱的姑娘往往携一个木桶，将自己装进木桶里，小船样地浮在水上，缓缓划到水面中央，轻轻翻开菱叶，摘下菱角放入木桶中。刚成熟的红菱红得娇俏，极惹人馋。

最馋的当然是孩子。

因为红菱是人家种的，只能趁没人的时候，大伙偷溜着出来，拖一柄极大极长的鱼钩，去够水面中央浮着的菱叶，够着了，便拉扯过来。钩爪极大，钩一次，能够上二三十蓬的红菱，从水里捡到岸上，一边摘一边剥了吃，父亲感叹那红菱很嫩很嫩很鲜很鲜，爽极了。最可怜的是那柔嫩的红菱丛，被鱼钩给糟蹋了。

打滚在草籽田

没有柏油马路，临河的村子家门前都是一大片水，那草籽地就成了父亲和他外婆家小伙伴们的活动基地。草籽，以前低贱得给猪吃，现在城里菜市场卖得贵。长得密密麻麻的草籽像厚厚的毯子，父亲和他的小伙伴们就在那摔跤打仗，就算倒了下去也是舒服的，还愿意在草籽上翻滚几下。父亲身上那件奶奶给挑的红色毛衣背心，翻滚之后，成了绿色。

这一片草籽地就像那片红菱都不是野生的，而是农家自己辛苦种下的，就为了防这些熊孩子，农家主人不时到田地里巡逻。还真的撞上了一次。父亲正打滚打得欢呢，远远地便有身影奔来，还有阵阵骂声。别的孩子都是在这块撒野惯了的，一溜烟就起来拍拍屁股跑了。父亲是蒙的，正玩在兴头上，一眨眼寻不见了伙伴，只听见"快跑快跑"的吼声，不自觉迈腿，却栽倒在草籽地上，一下子，父亲被抓住了。"你是谁家的孩子？""大……大木鱼（爷爷小时候也是老实巴交被人欺负，像和尚手里的木鱼总是被敲打，由此得了这个绰号）家的。""谁家？"早就逃脱的那一帮"混世魔王"也重情义，并不自顾自跑，怯怯地在远处叫阵，"放了他！""他是客人！"也幸得澄弯的农家不知堰东的人家，没处找大人讲理去。那农家没了办法，也只得作罢，放了父亲。

"老虎太"钓到了，太外公走了

四十年前的水很清，有一阵子，父亲对钓虾着了迷。有两种虾，带籽虾和老虎太。带籽虾是母虾；老虎太是公虾，个子大，钳子大，带着老虎的气势，便得了这绍兴地方的叫法。钓虾的钓具要自己做，取一根缝衣针或一枚大头针放在火上烤直至可钳弯头部呈钩状；刨土，抓来蚯蚓穿进钩里作诱饵。蚯蚓引来的，常常不是虾，而是一种叫"癞巴巴"的小鱼，带着笨笨的执着劲，咬住蚯蚓便再不松口，闹了笑话，道是"该来不来，不该来偏来"，由此恼得人火。

着了迷的事情便容易生出事端。总在那一片水钓虾，收获甚微，听说外田畈桥边有很多虾，父亲和他的小伙伴便铆足了劲儿要去。渡过河，穿一片田，才到外田畈。那河没有桥，父亲还不会游泳。孩子中间有水性特别好的，让父亲骑在肩上，将自己没入河面，踩着河床走，通一管芦苇出水面呼吸。又扯一杆的芦苇在水面浮着，由另两个水性好的牵着游，父亲手搭芦苇保持平衡，就这样渡过了河。河那边的虾也不笨的，费了千辛万苦也没多钓上几只。路远，归时天已暗，村里的人都着慌了，一整天未见小魔王们在村里玩闹的身影。儿子不见了，奶奶被娘家从堰东叫回了澄弯。刚踏进门，父亲的屁股就挨了打。

挨打归挨打，虾还是得钓的。太外公病危时，亲人围在床边守护，父亲在家门口河边钓虾。五六岁的孩子不知死亡。大人们看着情形不对，希望小孩子能最后喊几声外公，父亲手捏着钓竿不愿放下。爷爷从兜里掏出两毛钱，递给父亲。拽紧这两毛钱，父亲飞也似的跑进屋："外公"，又飞也似的跑出屋，又拿起钓竿。钓竿动了，动得有力，猛一扯，一条硕大的"老虎太"在空中跳动！"那是我这辈子钓到的最大的虾！"这是父亲的原话。拽着钓竿，抓着"老虎太"像端着奥斯卡的奖杯奔进屋,父亲却呆住了,漫天的哭声涌来,太外公走了。

为了留级走后门

父亲是慢热的性子,反应慢,像奶奶。初一的时候其他学科成绩尚可,数学六十。姑婆虽是小学老师,但与初中老师多少有人情往来,关系也不错,便传来消息说本来是不及格的,顾及情面才扣上了那条及格线,初一如此,初二、初三便更担心了。当时即使成绩很差,也是不予留级处理的,好歹托姑婆去来来往往了一番,硬生生地再读了初一。只因慢热,不是笨,又学了一遍,就在年级遥遥领先了,又任班长,大名鼎鼎。但到初二第二学期,新的内容,数学成绩又明显下降。姑婆说:"没办法,要么再留一级。"这句话是真吓到父亲了,留级毕竟不是什么光荣的事,便痛下决心,学习也主动起来。暑假笨鸟先飞,终于找到自信,迎头赶上。适逢教育改革,中师提前招生,于是阴差阳错,为跳出农门,吃国家皇粮,先过素质考,再经文化考,待劳动节时,其余同学还在痛苦背诵备高考时,父亲已悠哉拿到中师录取通知书偷乐闲逛了。这是后话。

中师年代

那一代中师生

父亲说,他们那一代人有个特殊的群体叫中师生。20世纪80年代的中国,刚刚走出"文革"阴影,教育事业刚刚步入正轨,师资却极度匮乏。因此从1985年开始,刚毕业的高中生在上大学之外有了读大专成为中学教师的第二选择,而刚毕业的初中生在上高中之外有了读中师成为小学教师的第二选择,甚至是更优选择——中师包分配,直至现在包分配都是学校吸引生源的一大优势;读中师,农业户可跳出农门,迁农业户口为居民户口,不光是长了面子有了出息，也意味着粮票等各种票的直接分配。

　　而中师也不是什么人都可以去读的，当时的中师，主要还是成绩中等偏上的人的选择，甚至到了中师成立的后几年，班主任总是将报考中师名额的橄榄枝首先伸向班里最好的学生。母亲初中毕业就赶上了那个时候，是外婆接了母亲班主任的电话，虽然母亲的家族早成了居民户，但听着老师的话母亲也就去了。父亲生得早些，虽不是班上最好的学生，但也不差，过了文化考，素质考还加了分，也是妥妥地拿到了中师的录取通知书。绍兴那时有三所中师学校，按录取分数高低排，诸暨师范、上虞师范、嵊县师范。母亲去了诸暨师范，父亲去的是上虞师范。

　　不料中师风靡的时代极其短促，没几年后，读高中上大学的热潮又回来了，中师冷落了。父亲常感慨他们这一代中师生，成绩优异，响应国家号召，却由于提前工作，失去了读大学的机会，成为被时代裹挟的人。他们之中，有些人将一辈子站在讲台前即使心有遗憾，比如我母亲；有些人不甘于此，弃了粉笔做起了生意；也有人像父亲一样，解开了束缚，去顺应自己的追求，或书法，或其他。

高瘦的父亲

　　现在的父亲，一米七八，体重一百六十斤；中师刚毕业的父亲，一米七八，体重一百斤不到。我常常盯着那张挂在父母床头的结婚照缅怀父亲当年的"高瘦与英俊"。父亲苦笑，中师三年正值长身体的时候，因为严重营养不良，所以长不出肉来。

　　父亲中师一二年级的时候，食堂实行排队买饭的制度。父亲不善运动，跑不过身强力壮者，教室离食堂又远，地理位置落后，他又专注书画练习，是温顺忠厚的性子，不愿与人争抢，也不屑插队，索性就故意迟了一些去（终于知道了我读高中时面对奔去食堂的千军万马毫不动容径自排到末尾的淡定是从哪来的了），待到去时也买不着什么带些荤味的菜了，每每只有加了几滴油几粒盐花的清炒大白菜。初时父亲还觉得这清炒的大白菜味道不错，再后来就有了看到大白菜就想呕吐的辛酸史。我不由得又想到自己上幼儿园被逼着喝了三年带焦味的豆浆后，直到十二年后的大学生活才重新鼓起勇气接受了豆浆，惊讶于自己的生活在不经意间都会出现父亲的影子。若是某个学期遇上良心教务排上午第四节为体育课，便乐得开花，能早些到食堂，算是改善伙食。

中师最后一年，也就是父亲三年级的时候，学校终于意识到了食堂机制的弊端，于是进行了改革，食堂里放起了一张张的八人方桌，每桌放三大砂锅的菜，大家轮着添饭添菜，总算能吃得安心了些。每一桌都是男女搭配，女孩子挑食吃得又少，父亲也由此享了些好处。

上完晚自习通常是饿的，去校门口买一听可乐和两毛钱一条简装的饼干做零食是父亲特别享受的事情，然而他从来没有想过有一天他会像厌恶食堂的大白菜一样厌恶可乐和饼干。

中师是住宿的，周末回家，都会带些自家做的吃的来。父亲带的总是茶叶蛋，有嵊县的同学总是带来嵊县年糕，又长又硬，也被很开心地分着吃。其间出了件很尴尬的事情，这一点我也是随了父亲，尴尬过后的记忆总是特别清晰。父亲对面下铺的室友有一个生锈的饼干箱，放了他从家带回的糙米粉，同宿舍的室友在分食。一旁的父亲看了看觉得那量很足，且想着平常那人也常吃自己带来的茶叶蛋，便未曾多想，也过去伸手抓了些装进了自己的口袋，主人刚巧回来，便喝声道："怎么可以拿？"父亲茫然无措，颇觉尴尬，将刚装进口袋里的糙米粉掏了出来放回盒子里，又被喝道："拿了就不用还了，咋还放回去？"父亲像是做坏事被抓了正羞愧难当，本是个老实巴交的人，只管将东西物归原主。这算一桩青涩时期的趣事。

父亲的老实巴交还带来一件尴尬的事。生物课学到嫁接植物，生物老师号召同学把家里的花瓶带来，一起栽种，可共享劳动成果。亲眼见到上长番茄，下生马铃薯，整个班级都很激动，都嚷着，我家有几只花瓶，我都拿来。父亲内敛，少言少语，喜先做再说，虽然不曾开口许诺，但心中早已暗暗牢记，拿了花瓶来，结果成为唯一一个带去花瓶的人。父亲描述当时自己的震撼，也经常以此教导我轻诺必寡信，言行须一致。

父亲与书法

提起父亲，不得不提书法。我惊愕地发现，父亲已是年近半百的年纪，而他手中的毛笔从拿起那一刻起，就再没放下过了。从书法老师到跳出教育系统，在绍兴非物质文化遗产中心下成立越社——绍兴地方第一个书画界人士的平台，编《越社》，办展览，这是父亲现在的工作，他干得不亦乐乎。写字让他静心，有时父亲待在书房里就是一整天的光景。我是很自豪的，因为别人问我父亲是做什么的时候，我会说，书法家。

跟书法结缘，是在中师。

由于中师的培养目标是小学教师，除了开设传统的文化课，还设有书法课、绘画课、声乐课、舞蹈课等，相比文化教育，素质教育在中师教育中有着更加重要的地位，至少在父亲的眼里，当时谁能写得一手好字，画一幅好画，谁就能成为大家崇拜、尊敬、羡慕的偶像。

中师刚报到的时候，学校组织去上虞剧院看电影，清朝时候的故事，有个写圣旨近景镜头，毛笔触在纸上，那是父亲第一次清晰地看到运笔的整个过程，感觉很舒服，很过瘾，内心就对书法存了一份神圣与崇拜。初中的时候，父亲是学校里公认写字写得比较好的，负责出黑板报；到了中师，老师问及谁有出黑板报的经验，父亲就把手举得高高的，难得有样很自信的事。等到了真正一块去出黑板报，才发现山外有山人外有人，父亲便受到了同伴的讽刺嘲讽，暗下决心努力练习，二三年级的时候，便赶超了，这是后话。

走书法的路，不是一开始就决定好的。开学不久，在操场上举行的全校迎国庆篝火晚会上，父亲和另一个同学合作了一段相声，自编自导，眼睛近视，得以不惧场，也加上本性真情流露，歪打正着，博得满堂彩，取得很好的现场效果。一时间，大家都知道父亲说相声说得好了。又一次全校的演出，校方出面，邀请父亲和他的同学参加，没有好的剧本，也没受过什么训练，偶然的成功只是偶然，经不起检验的。相声的路没能走下去。

父亲也学画。中师后，父亲继续深造，是美术本科毕业。读中师的时候，父亲参加绘画兴趣小组，画水粉、素描，那时候西方的东西都是好的。有一回暑假，美术老师组织学生去山里写生，父亲真的喜欢画，当然很想去，但画画的开销是比较大的，颜料贵，家里拿不出钱来。不是不懂事的孩子，但没有道理不坚持自己的梦想。小舅公家是做生意的，稍富裕些，父亲跟奶奶说，能不能向小舅公借些，等大了工作了挣了钱就还。这一说，惹了奶奶一脸泪。终是去成了。可惜西画一直没找着感觉，就改画中国山水，到了自己民族的领域，逐渐得心应手起来。书法一直贯穿始终没放下，不过是自己练，并未有兴趣小组，也无人指点。后来自觉加入了上海中华书法协会之后，书法的路越走越宽，先在第二届"文明杯"全国写字段位大赛中荣获学院组二等奖，又在师范校园首届书法篆刻大奖赛中，单人夺了毛笔、硬笔两个一等奖。恰逢学校成立书法社的契机，当选为学校书法篆刻社理事长、学生会宣传部长。

父亲常说，练好了字，那是一辈子的事。是的，可以说，父亲中师毕业后，得以顺利留在老家柯岩镇校任教，就是字的功劳。关于此，父亲有文《一"俊"掩百"丑"》记叙：

"毕业前夕，学校组织回乡实习，我回到了自己的母校——柯岩镇交联系实习事宜。新校长对我这个说话腼腆的青年很不欢迎，接待时冷若冰霜。我回校后，写了一封信给新校长，告诉他我是一个书画爱好者，想在回乡实习期间举行一个个人硬笔书法展，并办一个短期的硬笔书法培训班，以开阔学生视野，提高学生书写技能。

校长看了我的信后，竟然完全改变了对我的看法，不仅对我表示热烈欢迎，而且还将我的信给其他老师传看，并给老师们每人发了一支美工笔，要求他们空余时间都能练习钢笔字。

原来当时正值绍兴市、县、区硬笔书法比赛热潮，柯岩镇校毛笔书法的名声不小，被县文联命名为'书画之乡'。但是对于开辟硬笔书法这块新领域，正处于一筹莫展、无计可施的境地。我的信刚好'雪中送炭'，怪不得新校长由冷漠转为热情。由于这，我回乡实习成绩达'优'，分配时，我也因此被校长留在柯岩镇校任教。"

结语

中师之后的父亲，工作、和母亲结婚，然后便有了我。我出生时按老祖宗留下来的规矩，去算了一卦，说我命里旺"父亲"。我不太信命的，但是有时候命运告诉你不得不信，我出生后不久，父亲连拿了全国好几个书法大赛的金奖，名气传出了省外。他说，那时候省内的名气远比不上省外的，我笑笑，觉得是夸大其词。等到高二暑假来北大参加夏令营的时候认识了一个北京的朋友，他父母得知我是浙江人，会书法，便来询问道，浙江有个朱勇方，你知道吗？我说，那是我爸爸。我不再笑，只是觉得很自豪。

第二辑

老物件

一块表的重量

周若瑾

妈妈收藏贵重物品的小柜子里有一块小巧精致的手表。虽很少见她戴，但却一直小心地收着。小时候，我还不懂事，只是觉得它精致可爱，时不时央妈妈取来"把玩"；后来长大了些开始记事，才逐渐听懂了妈妈讲的这块表背后的那些故事，也才慢慢懂了这小小的一块表的分量。

这块表其实是1993年妈妈还在上学的时候，她那自1949年起便久别未见的舅舅终于返乡的时候带给她的礼物。这表是什么牌子、有多名贵等从来不足以衡量其价值。如今再

舅公带给妈妈的一块表

取了它出来看，表链已经生了不少锈迹，表针早已记不清何时停在了九点三十七分，只表盘还是足见其精巧。而至于这表之分量，则是因了妈妈的舅舅那不大寻常的半生经历。

关于这位舅公（我的陕西老家这边多称呼"舅姥爷"或"老舅"，我更习惯于称"舅公"），妈妈其实至今并未与他谋面，但打小儿就听姥姥、姥爷讲起他。1993年舅公返乡时她也因在外求学未能回去见上一面，只留这一块

表留作纪念。然妈妈和舅公亲缘虽在，却难免因世事到这一辈上生疏了些，故而后来也联系不多，这表背后的故事也大多是妈妈和我的舅舅听上一辈讲，然后我又从他们那里听了来。具体细节算不上详尽，但这些传下来的故事已足以令我感到那小时候被我爱拿来摆弄的小小手表背后的分量了。

舅公的故事要追溯到1949年了。那年他还只是十八岁左右的年纪，因为当年妈妈的姥爷在青岛谋生，便到青岛去寻他。偏巧造化弄人，世事时局扭转，国民党败退台湾。当年败退的国民党在离开大陆时除了搜刮大量民脂民膏外，更是抓了不少的"壮丁"带去台湾，我那赶巧到了青岛的舅公便是这众多无辜"壮丁"中的一员。从此他的人生便因为这时局之扭转而随之书写出了巨大的转折。

据妈妈和舅舅回忆当年所听闻的事情，舅公当年被抓去台湾后又因生计无奈参了军，虽不曾经历什么枪林弹雨的大战争，却也是在国民党统治下的军队里受了不少的苦。作为背井离乡的"外省人"，舅公一人飘零、无依无靠，在台湾谋生也是受尽了排挤，十八岁左右的年纪正是男儿一番打拼的好时候，却无奈承受了命运的当头一棒。想想当初家乡虽也有熬着过的苦日子，可至少亲人都在身边，如今流落异乡，为生计奔忙，何处为家？乡愁是真的被拉扯出海峡两岸的长度，这长度带来的无奈又在心里酿成苦酒，再调和上一次次试图返乡或联系亲人无果的期望、失望的恶性循环，这些通通只有他一人独自承受……

海峡的这边，舅公的双亲一时间痛失爱子，因为从当年的局势看来，他们是几乎确定不可能再见到儿子了。故乡这边的亲人也是纷纷为之痛惜，舅公的双亲最初更是日日以泪洗面。而当年亦是熬不尽的穷苦日子，山东老家又遭了饥荒，老人家最后也被逼无奈地辗转来到陕西，跟着我的姥姥一家定居在了陕西澄城县。山东老家的亲人故交也所剩无几了，大都逐渐迁至外地。

大陆这边几乎寻不得什么门路找寻被带去台湾的亲人，舅公身处台湾还曾多次通过现在所谓的"中介"借助书信联系亲人，虽说国共两党当年互不往来使他返乡的机会渺茫，但在乡愁和恋土情怀驱使下想要联系上亲人报声平安的念想却从未断过。只是世事无常变迁，近几十年的一次次尝试最终都等不来任何回音。

时局到了20世纪80年代后期才逐渐有了明显的缓和，返乡之路才逐渐得以开放。舅公也是直到1985年才终于托人辗转联系上了山东老家的故人，之后又是一番波折联系上了已迁往陕西的亲人，终于有了书信的往来。而这时候舅公的母亲早已故去，舅公的父亲已是八十多岁的高龄了，虽未听闻老人家当年具体是做何反应，但姑且以亲子间永远难以割断的亲缘深情去揣测，老人家会是何等惊喜和激动以至于勾起对儿子更深的思念之情便不难想象了。可怜八十高寿的老人家终于在希望之火熄灭的多年后等来了一封家书，而这家书不仅带来的是儿子平安的喜讯，更勾起了一个家庭被命运阻隔的持久而深入骨髓的痛啊！如今我作为一个后辈，仅仅是听妈妈讲述这些久远的故事，都仿佛能够看到老人家捧着家书颤抖的双手和老泪纵横的面庞……

舅公到台湾后由于生计所迫参了军，根据国民政府的规定未退役的军人不能回大陆探亲，这可谓是骨肉重逢的又一重阻隔。可舅公的父亲已然是八十岁高龄，他再无更多充足的时间一直等下去了——人生又有几个三十六年呢！舅公为了尽早见到父亲，终于在1987年联系好各方，让我的舅舅把老人家送到香港，再托人将老人家从香港接到台湾，父子一别三十八年，几经波折这才终于骨肉重逢了！

这时候的舅公，当年那个说好了亲事还没来得及正式成家的小伙子乜早已在台湾娶妻生子，三十来年也算是在与故乡隔绝的异乡扎下了根。父子重逢固然是大喜事，只是这互相缺席的三十来载岁月又该向谁、向何处讨寻？舅公成家、立业都缺失了亲人的见证，几十年来外省人难免尴尬的身份又如何自处，更有"子欲养而亲不待"之深深愧疚和浓得化不开的乡愁的折磨；更是可怜舅公的父亲初值中年便经历人生大悲大痛，而这一痛便是三十来年扯不断的悲戚……

再后来，1993年舅公正式退役，终于可以返乡，他便立时回到了故土，只是大抵当年时局仍不完全开放，他只回乡待了三天便又重新返回了早已成家立业扎下根的台湾。妈妈虽因求学在外未能得见，但也收到了舅公不远万里带来的小小礼物，那块手表的来历和背后承载的故事便是这样了。

如今认真写下这块表和它背后的故事，作为后辈的我仿佛于脑海中重新走过了舅公他们一路波折一路坎坷的人生之途。当然，我笔下这些自是远不及个中波折艰辛之一二，毕竟只有真正亲历之人才最懂得被海峡和时局生生隔开的骨肉分离和流落异乡之大悲痛和辛酸。见证了这些悲痛和辛酸的手表又怎会仅仅是一份微不足道的礼物而已？

从前上课听历史老师讲中国近现代发展史，听政治老师讲海峡两岸的关系，从来不会像听了这些故事之后感受其温度。因为从前，那些只是大至国家的历史和时事，如今才深切感受到家国一体相关的命运脉络。在历史面前，连国家都是无比渺小的——大陆与台湾又何尝不是一个母子分隔的家庭？一个个渺小的家庭又如何逃得过这样分离的宿命？而也正是因为无数个与舅公相似相近的家庭之遭遇凝结成了国家、民族历史长卷上无法忽略的一笔，正如当今中国之崛起也不过是由一个个小至父亲的烟、母亲的发这样的点滴变化而编织起来的。

故言，一个人的过去，是记忆；一个国家、民族的记忆，便是历史。

我们应当铭记这些过去的故事，它让我们明白，我们每一个人、每一个家庭，其实都与国家、民族之命脉息息相关，一个人、一个家庭的"记忆"亦可成为"历史"。它也让我们懂得去关怀更多小至一个家庭的命运，同时更去深度体味大至一个国家、民族的足迹。

我们应当感谢这些流传下来的手表或是其他什么物件——它们是一种纪念，是一种记忆，是一种能够提醒你所谓"传承"的沉甸甸的存在，更是一个民族一段历史的见证。

这便是一块手表的分量，是一个青年背井离乡、孤苦漂泊半生的分量，是一个家庭骨肉分离、互相缺席几十载的分量，更是一个民族分割、分隔多年的难以轻易愈合之伤的分量。

这样沉甸甸的分量，是注定要一生珍藏的。

和濡之美，漾人间甜蜜

——我家的砚台的故事

胡宛若

砚，研也，研墨使和濡也。

——刘熙《释名》（卷六）

我家有一方砚台，在花梨原木桌上，在玉白生宣纸边。笔墨亲近它，笔肚轻轻地蹭它，墨痕自在地徜徉。在我出生以来的十八年间，宣纸换了一叠又一叠，毛笔去了一支又一支，依恋它的墨水也换了浓淡气味。只有它远在那里，厚重，像一座小山峦，清静，那是一方有莲花莲子荷叶的池塘。帏，袅袅升起……

从六岁起，外公教我书法，于是愚笨的我也与这砚台有了绵长的缘分，我记得很多次，外公握着我的小手，控制着我的力度，完成基本的笔画，使这撇不轻飘、捺扎实平稳、横筋力不断、竖风骨坚毅。外婆的视力已经很差了，但她会经常看着我们祖孙二人一起完成"大作"，非常安详幸福地微笑着。可很多时候我发现她出神望着的，还有那方砚台，那是一个极其克制的神情，淡淡的甜蜜？或是留恋和追忆？而外公对待这方砚台的态度也极其珍视，洗砚时用莲蓬或是皂荚切片除去滞墨，每次等水干尽才滴入新水保证它的鲜洁，严寒酷暑，从未变过。从那时起我知道，这方砚台背后有很多故事、很多回忆。

南宋的张九成写过："端溪古砚天下奇，紫花夜半吐虹霓。"我家这方砚台也属于端砚，既坚而韧，亦润而泽，涩不拒笔，滑不留墨。它细腻、坚实、娇嫩，而这些美好的特质我也是和它当了十多年的朋友才那样了然于心，才敢说自己懂得它的好。

我记得上艺术史课时，老师讲战国的十五连盏铜灯，像一棵枝叶繁茂的树，主干矗立在镂空夔龙纹底座上，树下有三只口衔圆环的猛虎，树干上横斜出七节树枝，枝上托起十五盏灯盘。老师说，想象所有的枝干上烛火摇曳，软红的薄纱被风吹起，美丽的少女舞动着腰肢，一位身居高位的老者在这样烛火摇曳和美人起舞的情氛下似乎回到了青春时代的浪漫轻盈。这是多么动人的场景啊！我想，当我们的全身心都能感受到一个物件带给我们特别的情致韵味时，它已经不再是一个单纯的物件，不是被我们思想置于玻璃橱柜的艺术品，而是寄托着我们的情感、经历、体验的载体。比如在一个安心练字的午后，阳光活泼又热情，而棉麻窗帘又欲拒还迎，挑挑选选，留下几束最柔最暖的，笔墨纸砚有了暖意，四周的玻璃书橱也泛着细碎柔美的光彩。或是自己悬腕练习，或是外公在身旁指导，在那样的情景下，似乎可以和周围的一切建立起亲切真挚的联结，看着那刻画着莲花图饰的砚台，能追寻到它经过锯石、围璞、磨璞、光身、雕花、打磨、染墨、退墨、上蜡、退蜡的过程，更觉它的珍贵，心里似乎也绽放出一枝莲花。

"砚，研也，研墨使和濡也。"不禁再次想起和濡这个词，和濡，是水与墨的交融，是相互的渗透感知。我喜欢这个词，因此愿意将它理解得更宽广一点，夫妻之间的相濡以沫也是不断和濡的过程吧。

相濡以沫，砚台的故事变得甜蜜了。

……

那是五十多年前的一天，有一个女孩叫玉，有一个男孩叫源。

印象中的玉总是精神气高昂。她聪慧，是年级的学习委员；美丽，生得一双顾盼生辉的眼睛，自觉过滤掉所有她看不上的人事；活动能力强，是老师最器重的学生；家境殷实，父亲是当地笃信天主教的著名医生，且书法水平一流。

印象中的源在校园里也是个特别的存在，生得丰神俊逸，高大帅气。也不知道从哪里学会了二胡、小提琴、手风琴、钢琴……严重偏科，对数理知识一窍不通，醉心于训诂、诗词。更重要的是有一手令喜爱书法的老师们都惊喜的好字。一个清瘦的源，穿梭在校园里每一个可以看书的角落，认出他，很简单——最高最帅干净清瘦的那个。可能实在是太穷了吧，一年四季都只能换洗着一条薄薄的灰黑长裤，也经常有优秀的女孩子向他倾诉幽情，但了解到他家五口人挤在一个木板床上的悲惨事实时，大都退缩了。

五十年后的玉毫不掩饰地告诉她的外孙女，当时，是她追的他呀！

"源，你给我站住！"玉瞪着圆鼓鼓的眼睛挡住源的去路，"这么冷的天了，同学都穿大棉裤了，你还穿着这条薄裤子，你要不要身体了！我给你做了条裤子，不是用的家里的钱，是我攒了三个月的早饭钱……你，收下好不好……"清瘦干净的少年眼里有幸福的泪光，但他十八年来拼搏出的优秀让他的骨气不得不拒绝这番好意。"我不冷，你什么意思，瞧不起人吗？"

那个二十岁的少女已经初显泼辣的潜力，一听这话，气急败坏，转头就跑。源望着这集结着他清浅的喜欢和他内心叫嚣着"不可能"的抗拒的背影，也有些怅然若失，转过头，在寒风中颤颤地离去了……

时至今日，我仍在感喟，为何外婆的勇敢品质没有遗传到我的身上，当我面对我喜欢的男孩子时，敢不敢有那样英勇的作为？原来外婆早已料想好，去最近的水龙头那里接一盆水，便是哗啦哗啦地往外公裤子上一泼。

哗啦，哗啦……

哗啦，哗啦……

如今回忆起来颇具浪漫色彩的这一瞬间在当时却凝结了时代背景给予少男少女的许多无奈，但庆幸的是，他们在一起了。那一条不得不换的裤子成为幸福的联结。

当然，同学的闲言碎语，学校的通报批评，玉的父母最初坚决的反对，自是躲不掉的艰难。但是当两个热情似火又无比坚定的少男少女真心地爱慕着彼此时，一切的阻碍都变成他们享受游戏通关的过程。

而通关的最后一步，即是玉父亲的意愿……

濡也，儒也，濡是融合的宽容，儒也是。儒还是文人的情意互通。东晋郗鉴发现王羲之不同于他人的精神气质，把女儿嫁给了他。这在今天看起来似乎很任性逍遥的故事其实蕴含着独到的慧眼、文人惺惺相惜的珍贵情感。在那样一个奢谈风骨的贫穷年代，外婆的父亲对外公也的确难得地有了这样一番欣赏，外婆的父亲赏识这精神清澈、书法俊美的男子，同意了外婆与外公的婚事，并把一方砚台赠予他们当作结婚礼物。那方砚台，是外婆的信奉天主教的父亲为一个广州的巨富商人免费医治好在当时看来几乎是不可能医治成功的肺炎时，商人含泪感激，送上的珍宝。

或许就是一个狭小的空间，单薄的床板，简单的窗帘，绣着鸳鸯图案的枕头，几个陶瓷盆，每个月定量的猪油、白糖、红糖……那个大学生被下放到乡村当老师的年代里，一方名贵的砚台为这物质匮乏的生活带来多少美好诗意的向往、多少雅致精神的支撑，是今天的我难以想象的。

我不知道那时外婆是不是个娇羞安静地在外公身旁磨墨的贤妻，但我知道那时的她生了三个孩子，在节衣缩食中强大地生活着。我也不知道那时外公是否也像今天一样，每天在看书写字上消磨大半的光阴，但我知道那时的他依旧为外婆烹制用钓来的鱼和泡椒泡姜做的酸辣鱼汤，为外婆写诗……充盈整个家庭的暖意……

这是外婆外公经常在我耳边念叨的老故事，也是我很愿意向朋友们分享的故事。因为它真实，虽然有苦难，但更让我感到人间向善的真情和对幸福婚姻的笃信。

还是这方端砚，你看它见证了多少往事却默默不语。它那平展的四周阴勒着粗线，莲花池斜削深挖，莲叶叶筋隆起，莲子缀在不显眼的地方，莲花娉婷地绽开着。

我喜欢这砚台上的图案，有莲花、有莲叶、有莲子，对我来说这似乎意味着有芬芳的诗意、有幸福的庇护、有生机与蓬勃，与我十八岁的期待是那样吻合，引得我常常倾心地凝视。看着它的图案，我觉得好幸福！也许是外公外婆的故事濡染了这方砚台，又或许是它本身的特质勾起我无限的联想。记得小时候，每当老师问同学们喜爱哪种花时，我总会想到梅花，清高孤傲，卓尔不群，顶天立地，像个误入凡间的仙子。那时的我对什么桃花呀、牡丹呀都有着"俗气"的定义。时至今日，我依然赞赏梅花，但桃花粉粉带给我娇俏的春意融融，牡丹雍容让我感到淌着蜜的幸福。我诧异于曾经无知给它们下以"俗气"的定义，不去理会它们在世俗的人间播撒自己仙气的美好。莲更是这样，它的美可以有梵境的高妙，也可以有莲子象征世世代代子孙的福泽绵长，这不正是我们心灵底色的向往吗？

而对待这方端砚，我也是同样的心理趋向。古时的人讲它平直正义、玉德金声。他们取了它的忠义之意，而我想取它的幸福之意，腻若琼脂，润泽如玉，和濡着伴我十二年的墨与水，和濡着五十多年的真情。

古人说，文人之有砚，犹美人之有镜，一生最相亲傍。

我说，相濡以真情，辅磨合与清洗，自是人间甜蜜。

阁楼上的青茶壶

潘洁馨

　　小时便记得阁楼上有一把神秘的青茶壶，它被高高地放置在茶柜上，小小的我总是没有办法触及。自打我记事以来，总是听奶奶絮絮叨叨地说着这把茶壶的来历，总之这只茶壶经历了中华人民共和国的成立、"文革"，还有饥荒，然后一直流传下来，用它的身躯盛满甘甜的茶水滋润了三代人的心，最后束之高阁，变成角落里被遗忘的时光证人，尘土渐渐将它埋没，遮住了它原先精美细致的花纹，瓷面不再光鲜亮丽，变得斑驳，布满泥垢，手覆上去一种黏腻感会袭来，但是我还是想讲述它的故事。

　　如今这把青茶壶占据着我桌上的一角。回忆起老茶壶和我的第一次见面，那时充满了探险意味和好奇。那是一个阳光明媚的日子，也许正是因为阳光明媚所以奶奶才要求我陪同，一起扫阁楼……以前人家的房子都是土木结构，家中人经常将不常用的东西搁在阁楼上，阁楼上也不曾打扫，落满灰尘。踩上阁楼古老的楼梯，发出一阵吱吱呀呀的声音，仿佛是一段来自远古的乐章。暗灰色的木质结构，不少木刺从木板中生长出来，狰狞而诡异。极力安抚下心中的不适感终于来到阁楼，阁楼被黑暗笼罩着，唯一的一束光亮来源于朝南的雕花圆窗，不过所带来的光明也少得可怜。阁楼中充斥着一股浓重的霉味，让人无法呼吸，湿漉漉的。突地看见一个青色的老茶壶静静地站立在废弃的柜子上，犹如一个不倒的战士。在日光的笼罩中，它微微地发光，宛若琥珀般透明，像翡翠一样温婉透亮。我的手不自觉地抚上它，一股浓重的历史感向我袭来，再次摊开手时已是满手的尘埃。这是我和这把青茶壶的第一次见面。

年少的我总是喜欢追求世界的真理，便从奶奶口中探得这把茶壶背后的那段故事。现在每每回想起来都觉得不可思议，我竟然可以看出它掩藏在青绿色下的淡淡悲伤。我记得奶奶讲这个故事时我内心的感动和波澜。这个茶壶仿佛代表了我太奶奶的一生。

一把茶壶送青梅

太奶奶是大地主家的女儿，前小半辈子过着地主家女儿清闲富足的生活，也喜欢追逐文人墨客，喜欢用一把青茶壶泡上一壶茶，然后端坐在一方静静地品上半天。嫁给太爷爷之后，仍保留着这种习惯。奶奶说太奶奶爱茶和太奶奶的"青梅竹马"有着千丝万缕的关系。

太奶奶的青梅竹马是她的表哥，起先太奶奶并不认识这位传说中的李公子，因为一次机缘巧合便在家中巧遇了这位富家公子哥。李公子对太奶奶一见钟情，太奶奶对年轻俊朗有才华的公子哥也毫无抵抗力，在李公子的软磨硬泡下算是成为风花雪月下的一对才子佳人。而李公子最终喜得美人归的方法，就是送给了太奶奶一把精致的青茶壶（就是后来家中那一把）。他们在闲暇的时间里总是坐在一起品茶，从诗词歌赋谈到人生哲理，然后打发一下午或是一上午的闲暇时间。太奶奶欢乐的日子也就是那几年，青茶壶陪伴着太奶奶度过了最无忧无虑的几年。那时青茶壶经常被精致的茶叶浸泡，听着太奶奶和李公子被配成对，整天挂在双方大家庭的嘴边，然后任由茶叶在自己的身体内缓缓地舒张，渐渐溢出茶香，蕴出浅绿的茶水。

青茶壶似乎也听惯了那首采莲曲"江南可采莲，莲叶何田田。鱼戏莲叶间，鱼戏莲叶东，鱼戏莲叶西……"当时太奶奶在饮茶尽兴时总是喜欢用她细腻恬淡的嗓音，轻轻地吟唱那么一首小曲给自己的情郎听。都说小曲是秦淮河上歌女唱给嫖客听的，但是太奶奶从来不这么认为，她觉得有一个男人愿意听她唱歌是一件幸福的事。然而，谁也逃不掉曲终人散的命运，那一年中华人民共和国成立了，太奶奶17岁，是青茶壶在她身边的第二年。1949年的那个冬天变得十分漫长，从前的富贵人家变成了过街老鼠，吃不饱穿不暖，到处遭人白眼和指责。太奶奶的父亲被抓走了，被定性为地主阶级，没有人知道他的命运，只是留给后人一处荒凉的衣冠冢。太奶奶和她的母亲以及她的兄弟姐妹们，从那座精致的住宅里搬了出来，搬进村里最破旧的泥土屋，只为不再让人惦记着他们不同常人的身份。太奶奶什么也没有带，只是悄悄地将她那把茶壶藏在了旧衣服堆里。

岁月悠长一杯茶

年少的时光悠悠，还没有享受几年韶华时光，劳动的负担和世人的辱骂便接踵而来。爱情就如同流向海里的水，即使以往再清甜，如今已是满嘴苦涩。李公子娶了别的女人，再也不见太奶奶一面。太奶奶等了他一年，那一年里她将那把青茶壶摸了一遍又一遍，仿佛情人的脸就在面前。她曾经好几次想要扔掉那把茶壶，就好像是要将那男人从心间剔除，但是往往茶壶就要滑落时，却又伸手紧紧地将它拥入怀里，然后痛哭一场。最后太奶奶下嫁到我们家里。说是"下嫁"貌似有些说不过去，那时太爷爷是"贫农"身份，1952年"贫农"是一个香饽饽，他们是那片革命天空下最坚贞的无产阶级革命战士，所以太奶奶委实算是"上嫁"了。

令我惊讶的是，太奶奶嫁给太爷爷竟是因为两斤猪肉，说是两斤猪肉成就的姻缘不为过。当时太爷爷已经到了适婚年龄，可是方圆几里的村子硬是找不出个媳妇儿。他听说隔壁村有个地主的女儿，便起了好奇心，心中也有了娶她的打算，某天便提着两斤猪肉去拜访这个以往风光无限的地主人家。太爷爷到了太奶奶家，便被眼前家徒四壁的情景惊讶到，家中单薄得什么也没有剩下，唯一值钱的可能就是那把高高摆在茶柜上的青茶壶，但是它也沾满了岁月的尘埃，遗留在那里，谁也没有留心擦它。太奶奶一家人围在灶炉边吃着木薯面。一锅满满的沸水，撒上两把粗粝的木薯面，水将面烧开，变成一种糨糊的形状，一家人便开始大快朵颐。太爷爷来家中做客时不好意思还吃得那么寒碜，便将太爷爷带来的肉切了约莫四只手指那么宽，剁成细小的肉末丢入锅中和面糊一起拌熟。这次探望也加深了太爷爷要娶太奶奶的决心。

太奶奶自是不愿意的，但是太奶奶的家人极力劝她"下嫁"，只因为接受了别人的猪肉，如果没有点东西来还，必然会被说闲话，这个家庭本就艰难的日子只会更艰难。我想太爷爷当初定然没有考虑那么多，只是想尽早找到个媳妇儿，却没有想到给这个家庭带来如此大的困扰。太奶奶嫁给了太爷爷，带着她的青茶壶和她折翼的爱情。

太爷爷是老一辈最憨厚朴实的农民，他总是习惯对别人好，尽管太奶奶对他不屑一顾，但是太奶奶仍是村里面最舒服的媳妇儿，太爷爷从来不要求太奶奶做过多的事情。太奶奶也知道太爷爷的好，但是那个年代总是羞于向别人表达自己的感激之情，还有一个原因便是那放不下的青涩爱情。太奶奶总是在夜深人静的时候将青茶壶掏出来一遍又一遍地抚摸，却从不往里面沏茶，茶壶也因为久不得茶水的滋润变得黯然无光。太爷爷知道那把茶壶对太奶奶的意义，却从来不多说一句，也从不触碰那把茶壶。

为你沏一杯茶

太奶奶虽然嫁给了贫农，但是"地主阶级"的身份是抹不掉的，在阶级斗争成风的年代，"地主阶级的女儿"自然是逃不掉的。那时每天夜晚的批斗大会是农民们一天农忙之后最愉悦身心的事情，寂静的村子总是需要一点"刺激"。太爷爷一天农忙之后回到家中，却不见太奶奶的身影，见家中的灶都熄火了，便知道太奶奶又被生产大队的人给抓走了。赶到生产大队时便看见太奶奶被五花大绑地捆在柱子上，又被挂上了那块"地主阶级"的牌子。太爷爷便冲过去将太奶奶背走了，不管生产大队那帮人丑陋的嘴脸。这时应该是这个庄稼汉子最有男人味的时刻，在太奶奶心中也如此。那天晚上回到家，太奶奶大哭了一场，因为她知道这个男人为了她将一村子的人都给得罪了。哭过之后，太奶奶默默地拿出那把茶壶。将茶壶用水清洗了一遍又一遍，最后用布擦干。然后用家中的粗茶叶给太爷爷郑重地沏了一杯茶。太爷爷颤巍巍地接过那杯茶，太奶奶忍不住嘟哝一声"没出息"。老一辈的农民并不懂得这种资产阶级的调调，只是热衷于耕地犁田，初尝这种文雅到不可接触的东西时，老农民的心里当然是心惊胆战的。不过太爷爷心中是喜滋滋的，那把无人触碰的茶壶终于可以为他沏出一杯热茶。那天晚上太奶奶和太爷爷围着小圆桌坐了一个晚上，两个人都选择静默，没有说一句话。但是那把茶壶终于又有了茶水的滋润，虽然不再是以往精致的茶叶，可粗茶也是别有一番风味。

让它留在你身边

太爷爷从来不打这把青茶壶的主意，直到那件将生活打入深渊的事情发生。1959年大跃进，浮夸成风，村里的生产队为了应付上面的检查，硬是将几十亩地的禾苗搬到一亩地上，称之为"禾苗搬家"。可是搬了家的禾苗再也回不到地里重新生长了，都死掉了，接下来便是1960年的大饥荒。那时候山上的树皮和田里的草根都被吃光了，田里的青蛙和泥鳅也少得很。我记得奶奶曾经和我开玩笑说"那时日子苦，我和你小舅公身上的衣服破得就像布条一样，下到河里可以勾起一串的螃蟹"。公社食堂再也拿不出一两米，成为摆设，上学的孩子们每天只能分到一碗面糊糊，再也没有其他东西可吃，饿了只能咬手指。祸不单行，太爷爷的母亲病了，但是家里却拿不出一分钱来给她看病，公社里的医生也束手无策，于是家中的日子更加窘迫。太爷爷好几次将目光放到那把茶壶身上，但是又生生忍住，哪有拿女人的陪嫁当钱的。太奶奶将这一切都看在眼里，某天夜里太奶奶将那把茶壶递到太爷爷的手上，告诉他，将它当掉补贴家用和给母亲看病。太爷爷颤巍巍地接过那把茶壶，泪水浸湿了庄稼老汉的眼。将茶壶递给太爷爷之后，太奶奶再也没有看那把茶壶一眼，转身去哄孩子了。那天晚上太爷爷将那把青茶壶从茶柜上拿下来，用他粗糙的手抚摸了一遍又一遍，似乎要将青茶壶的每一道纹理都深深记入心中。不知不觉这把青茶壶已经成为家中不可分割的一部分，自己心中竟然也会惦念那把青茶壶冲出的粗茶。

第二天，太爷爷便将那把青茶壶通过黑路子换得了一些钱，算是解了燃眉之急。青茶壶的事谁也不敢多说一句，就怕惹了太奶奶心头的晦气。太爷爷用那些钱治好了老太太的病，日子又恢复得像往常一样平静。但是太爷爷心头总是有一根刺，他知道那是关于青茶壶的，他既希望青茶壶永远也回不来，又不愿望见太奶奶独自伤神。最终狠了狠心，在山中倒腾了近两个月的山薯，卖了钱换回了那把青茶壶。那天晚上太爷爷很晚才回家，太奶奶心中着急得不行，因为那时融安的深山老林里还是会有老虎等可怕的觅食者。伴着月光太爷爷终于进了门，他手中的破布仿佛包裹着什么珍贵的物件，但是太奶奶看出来了是那把茶壶。太奶奶欣喜地将太爷爷手中的茶壶夺了过来，忙用抹布将它擦干净，最后用那把青茶壶给爷爷沏了一壶茶。那天晚上两个人坐在庭院中，一张矮桌，两把椅子，一壶茶，两个人一起喝到了天明。一壶茶我想更多的是一种感激之情，或者已经多了些许味道的亲情，那年少断了线的爱情在这粗茶一遍又一遍的冲洗下变得越来越淡。

故事说到这里，也许很多人都会问我太奶奶到底爱不爱太爷爷，我觉得他们已经超越了爱与不爱的境界，太奶奶在这个家中一直默默地奉献自己，照顾自己瘫痪在床的婆婆，为太爷爷生下两男一女。虽然怀念年少时的爱恋，却终究使用那把青茶壶给太爷爷泡了一辈子的茶，最后将这把茶壶交给奶奶，变成奶奶的陪嫁。在我看来，这把青茶壶已经不再局限于它物质形态的存在方式了，更多的是一种精神力量的存在，它已经成为家中的一分子。它的身上承载着太多的心酸与感动和荡气回肠。时间将它束之高阁，但我很庆幸可以将它放置在我的书柜里，和我的书一起，成为一个有故事的存在者。这就是那把青茶壶的故事。

老挂钟

曹镜珉

家里有一只老式挂钟，高八十厘米。钟身是一种木质的材质，呈浅棕色，两侧刻有浮雕，是支柱的样式，顶部的造型是一屋顶的样子，两端各有一个小型宝塔的突起，底部为了视觉上的对称效果，设计成了一个大的宝塔尖儿的形状。整个造型我觉得特别的简单，但却不失美感，朴实无华却又古色古香，线条简约明了，另外，钟罩门的立柱浮雕也给使用带来了便利，可以抓住立柱将门轻易地拉开。钟罩门上的玻璃总是让奶奶擦得一尘不染，透亮透亮的，能非常清晰地看见里边泛黄的白色表盘，不过这只钟的表盘不是用阿拉伯数字标记的，而是采用了罗马数字，下面的钟锤儿是黄铜的。

这种要定期上发条的、机械式的钟摆挂钟，在20世纪90年代以前是非常常见的。只要定期上紧发条，挂钟就会嘀嘀嗒嗒地左右摆动，永不停歇。每逢整点，还会当当当地报时，只是现代人们很少用了，因为比较麻烦，还要拿钥匙上发条，还要忍受整点吵闹的报时声，还存在挂钟走着走着时间就会比正常的时间慢几分钟的问题，所以除了收藏或是有特殊的原因，基本上老挂钟已经消失在人们的日常生活中了。可我家的这只老式挂钟自打我出生之日起就挂在家里客厅的墙上。虽然中间还搬过几次家，但老挂钟都始终坚守在它的岗位上！家里的东西换了一茬又一茬，可我家人就对这只挂钟情有独钟，不，更准确的表达是矢志不渝。为何会这样呢？

据说这只挂钟是爷爷奶奶结婚时唯一置办的家用，因为当时正赶上战乱，物资也匮乏，爷爷奶奶婚后不久，爷爷就应征入伍参加战斗去了，奶奶大着肚子每天听着老挂钟的报时，心里数着爷爷离开的日子，盼着自己心爱的丈夫早日归来。后来奶奶说当时她脑子里别的杂念都没有，一心就是照顾好自己和肚子里的孩子，等着爷爷平平安安地回家，然后一家人能安安稳稳地过最普通的生活。是啊！战乱中的人们唯一企盼的就是和平，与家人团聚，也许这是生在和平时代的我们无法体会的感受。老挂钟陪着奶奶度过了人生中最艰难的时期，看着老挂钟每天周而复始地运转，使奶奶坚信生的希望，对未来还抱有憧憬。那段时期每次给老挂钟上发条时，奶奶说她都会感受到活下去、坚持下去的动力。人要不断地给自己加油鼓劲儿，这样困难才能迎刃而解。所以我家的老挂钟对奶奶来说，是翘首期盼丈夫归来的一个见证，同时也是奶奶坚守信念的安慰。

老挂钟与爸爸之间也有着千丝万缕的联系。首先，爸爸还在奶奶肚子里的时候，就要每天听钟摆嘀嗒嘀嗒摆动的声音，那个年代没有现在这么好的条件，钟摆的声音就算是爸爸接受的胎教音乐了。也许是从娘胎开始就接触钟表，爸爸自小就对钟摆的摆动很感兴趣，常常会盯着看很久。后来学了物理，知道了原理，懂得钟摆算是在做简谐振动。他始终不会忘却这样的画面，一个小男孩，每天踩着板凳，拿着钥匙给挂钟上发条。伴随着嘀嘀嗒嗒的声音，由原来踩着板凳变成了踮着脚，最后连踮脚也不需要了。小男孩长大了，而挂钟依然左右摇摆，丝毫不变。每逢整点，挂钟便会报时，当当当地响，一点一下，十二点就是十二下。夜里，爸爸有时会被噩梦吓醒。他怕黑，用被子捂着头，等着天亮。有时会碰巧听到挂钟报时（一般都是二或三下），便能知道距离天亮还有多久，然后便会期盼挂钟的再一次报时，因为那样距离天亮又会近些。不过每一次都会在等待中，悄悄地再次睡着。爸爸大学毕业后，找到了一家公司工作，利用工作之余专门学习了钟表修理的技术。接下来是改革开放，很多人开始自主创业，加上平时自己的喜好和已经学到手的技术，于是爸爸辞掉了工作，自己开了一家钟表店，经营着各式各样的钟表。这几年由于经济形势不好，爸爸的店也不是很景气，但是每次在橱窗前看到爸爸耐心地整理钟表、修理钟表时，他的脸上都洋溢着幸福——一个人能找到一份自己喜爱的工作就是一种幸福。所以老挂钟对爸爸来说，是他职业的引导者，是他生活中不可或缺的朋友。

再来说说我与家里这个老物件儿的"恩怨情仇"吧！我同爸爸一样也是听着老挂钟钟摆嘀嗒嘀嗒的声音长大的，还记得我刚学会看时间那会儿，总是被表盘上的罗马数字弄得一头雾水，因为我先接触的是阿拉伯数字，老也读不正确时间，那段时间这只挂钟简直就是我学习道路上一条难以逾越的坎儿。那时的我"屡战屡败"，却没有屈服，终于在我经历无数次失败后，总结出了识别的方法。当我第一次读准时间时甚是喜悦，感觉特别有成就，心里想："小样儿的！我还能让你给我难住！"现在回想起那时跟老挂钟的暗中较劲儿，就会体会到孩提时的天真烂漫，那时的我是何等的认真！看到我每次读错时间后失落却又不服输的精神，爸爸说教我看钟的方法，我硬是拒绝了！也许正是从与老挂钟的较量开始，使我逐渐养成了独立解决问题的习惯，同时，也能够直面失败与挫折，明白了"有志者事竟成"的道理。

因为老挂钟要定期上发条，所以家人决定轮流去做这件事。有一天，本应该轮到我上发条的，可是我却一时大意给忘了，结果第二天，全家人无论是上班的还是上学的，都整整迟到了一个小时。那天还正好赶上期中考试，最后害得我被老师批评，在全班同学面前读检讨，搞得我特别没有面子，灰头土脸地就回了家。妈妈看到我心情不好，就问我发生什么事儿了，我一五一十地都告诉了她，妈妈安慰我说："没事儿！孩子，人只有犯了错误才能成长的！知错就改，善莫大焉！"随后还不忘提醒我，做人要信守承诺，约定好了的事怎么能如此疏忽呢！所以我赶紧给老挂钟上了发条，通过这件事使我懂得了做事要负责，如果做不到就不要轻易地许诺他人，否则，既会给自己带来问题，也会给他人造成困扰。老挂钟之于我，是我学习过程中的"强劲对手"，也为我感悟生活真谛提供了契机。

我家的老挂钟陪伴我们祖孙三代，经历了生活中的点点滴滴，与每个人都发生过不同的故事，给予我们家每个成员不同的启发。对于我们来说，它不仅是一个年代久远的老物件，更像是我们家族的一个成员，虽然我们无法与它进行真正意义上的交流，但它却默默地承载着我们的记忆，它的存在时刻提醒我们珍惜现在的时间。时光荏苒，岁月如梭，时间如同白驹过隙一般，稍纵即逝，珍惜现在所拥有的，回顾时间积淀下来的美好记忆和片段，同时又要像老挂钟一样，不停地运转，为自己的梦想努力奋斗，不断地向前！向前！在我看来，老挂钟钟摆的嘀嗒嘀嗒声儿，正是在催促你再接再厉不断地进行自我完善，让自己成为比上一秒更好的自己。

在家人的精心呵护下，相信老挂钟会继续陪我们在生活的道路上行进，与我们同呼吸、共命运，一起经历生活的起起伏伏，共同面对命运的考验，每时每刻给予我们前进的动力，给我们指引正确的方向。老挂钟总是在提醒着我们时刻保持清醒，绝对不能碌碌无为，平庸度日，而是要把犹如黄金般珍贵的时间用到该用的地方。

我们说光阴似箭，一去不复返，可见时间的弥足珍贵；我们也说历久弥新，可见美好的东西不随时间的变化而改变。老挂钟的存在时刻警醒我们不要忘记过去美好的回忆，同时要珍惜现在拥有的快乐，憧憬未来的幸福。

金簪子·麻布包·集邮册

贾 颜

每个家族，都会有几样留传几代的老物件，它们或许金碧辉煌，也可能其貌不扬，但它们见证了一个家族的历史，传承了一个家族的品质。

金簪子

奶奶的嫁妆中，有一支金簪子，是老姥姥的姥姥传下来的。我虽未见过，却总听奶奶提起，那支簪子陪伴奶奶走过艰苦的岁月，却无法陪主人一起苦尽甘来。

由于奶奶在家里年纪最小，又勤劳能干，为家里做了很大贡献，所以颇得老姥姥喜爱，老姥姥就把簪子传给了奶奶。那支金簪子上雕了一只活灵活现的鸟儿，羽毛纤毫毕现，小嘴微张，仿佛下一秒就要放声高歌。奶奶特别珍视这支簪子，睡觉前都要拿出来看一看，摸一摸，再小心地放回枕头下。

20世纪80年代，四姑也上了小学，家里五个孩子都上学了，贫困的家庭更加捉襟见肘。爷爷在供销社当会计，为人两袖清风，从未拿过供销社一针一线，结算工资的时候遇到争执的，总是甘愿吃亏，还经常接济失明的孤寡老人。奶奶对此没有抱怨，还常常和孩子们讲，吃亏是福。在最困难的日子里，奶奶一边要照顾孩子，一边要下地干农活，还要及时赶回来做饭，生活的重担全部压在了奶奶肩上。奶奶说，忙了一天回家，看看枕头下的簪子，想起自己幸福的童年时光，就觉得生活怎么都能过下去，浑身又充满了力量。粮食不够吃，就先紧孩子们吃；学费没凑齐，去卖血……不管发生什么，奶奶从来没想过把簪子卖掉，那是贫困生活中的希望之光。

可是奶奶突然生病了，仿佛铁打的人一下子倒了下去。在找村里好多医生看了都不见效后，爷爷决定带奶奶去县城的医院看病。这一大笔钱到哪里去弄？思索再三，爷爷忍痛把家里唯一值钱的金簪子卖掉了，八十块钱。奶奶的病终于治好了，一家人都很高兴，但没人敢把簪子被卖掉的事告诉奶奶。回家后，奶奶像往常一样伸手往枕头下摸，却空无一物。奶奶怔了一会儿，立时明白了。那天，奶奶一句话都没说，第二天照常下地干农活，再也没听过她谈起簪子的事情。

几十年过去，儿女都陆续成年并参加工作了。爸爸看老房子又旧又破，就和爷爷商量把老房子拆了盖一座新的。爷爷把几个兄弟叫来一起帮忙，拆到一半，墙缝里挖出一个瓷坛子，里面装满了金银首饰。大家见了，忙跑过去疯抢，奶奶见状，拦着爷爷不让爷爷去拿。有一个兄弟抢到了一支金簪子，和奶奶那支很像，上面还镶了一颗宝石，奶奶看见了也只是欲言又止，并未做什么。后来奶奶跟爷爷说，物来则应，物去不留，不拒不迎，无欲无求。

后来爷爷给奶奶买了一支簪子，虽然奶奶早已剪去长发，没法佩戴，但奶奶还是把它视若珍宝，照例放在枕头下陪自己入睡。爷爷去世后，奶奶把那支簪子随着爷爷一起下葬了。奶奶说，让自己最珍爱的东西去陪爷爷，这样爷爷在地下也能留个念想。

奶奶的大半生都在辛苦劳作中度过，虽然生活艰辛，但奶奶总是宁肯委屈自己也要保证家人吃饱穿暖。无欲无求，人淡如菊，是奶奶一生的写照。

麻布包

在奶奶的大衣柜里，有一个发黑的麻布包裹躺在最下面的角落，爸爸说从他记事起它就一直在那里。无数次抚摸过的颜色，皱皱巴巴的样子，一如耄耋老人脸上岁月留下的痕迹。

包里有爷爷最珍爱的东西，由于深藏柜底少有示人，那种神秘感让爸爸和姑姑们小时候充满向往。包里有两种东西，一是爷爷珍藏的古旧小说，大多是书页灰黄的旧版书，有《儿女英雄传》《西汉演义》《三侠五义》等，还有一本大版面的《西厢记》连环画。爸爸和姑姑们小时候，晚上经常围在爷爷身边，听爷爷讲历史故事，什么萧何月下追韩信、明修栈道暗度陈仓、诸葛亮六出祁山、舌战群儒……有些章节爷爷甚至背诵的是孩子们似懂非懂的文言原文。那时候农村没有电灯，也舍不得点蜡烛和油灯，爷爷就搬一个板凳，坐在星空下，古老而神秘的故事与寥廓的星空构成了爸爸童年最美好的回忆。爸爸说起这件事时，我仿佛感觉到当年爷爷讲故事时的目光，暗夜里一定是神采奕奕。爷爷讲的很多故事来自这个麻布包裹，这可能是爸爸和姑姑们最初的文化印象和读书向往。

包裹里还有两本笔记，记录的都是戏词，有的还标有曲谱。奶奶说，爷爷非常喜欢看戏，但村里每年只唱一次戏。爷爷年轻时，只要十里八乡唱戏，白天干完活不管多累，晚上肯定要跑去看戏，看完把记住的歌词写在笔记本上，再标注简谱，以便闲暇时拉着板胡学唱。有时为把歌词补齐，拿着笔记本追着戏团一村一村地连着看。我虽未见过爷爷拉板胡，但在储物间发现了积满灰尘的板胡。小时候我还受爷爷经常看戏的影响，胳膊上系着毛巾当水袖，唱一曲《花木兰》片段。

爷爷出生于20世纪40年代初，中华人民共和国成立后断断续续只上过几年小学，虽然书读得挺好，但后来为补贴家用，十四岁就停止学业给村里当了会计。或许是由于上学读书少的遗憾，加上自身先天的喜爱，爷爷一生最看重的就是书本，最重视的就是学习。爸爸姐弟五人也都遗传了读书的爱好，一个接一个相继考上了专科、大学，这在那个年代的农村非常罕见，而我和弟弟也遗传了家族爱好读书的基因，从小就手不释卷。也许九泉之下的爷爷未曾想到，他的麻布包裹开启了一个家族的读书之门。

集邮册

在姥姥家的大立柜里，静静地躺着一本集邮册，黑色的封皮朴实无华。打开来，一页页地翻阅，那些花花绿绿、形状各异的邮票仿佛在述说着无声的历史。

姥姥在20世纪80年代收集了第一枚邮票。当时舅舅外出求学，写信回家，姥姥看信封上贴的梅花邮票十分好看，洁白的梅花与遒劲的枝干在雪地里呈现出一派勃勃生机。于是姥姥就小心翼翼地把邮票撕下来，放进一个铁盒子里仔细保管。就这样，姥姥拥有了第一枚邮票。

后来，邮票越集越多，姥姥就买了一本集邮册，收集和整理邮票也更方便些。

这么多邮票中，姥姥最喜爱的是一张生肖马邮票。姥姥属马，也爱马的奔腾矫健，她常说，人就该像马一样，潇潇洒洒地活在这世界上，就算前面有障碍，奋力一跃，也就跨过去了。这张邮票是姥姥过生日时，爸爸写信来祝福，信封上就贴着这张奔马邮票。姥姥一看到信，就喜欢上了这张邮票。邮票上的马四蹄腾跃，皮毛油亮，骨肉均匀，马尾飘逸，刚健豪迈。邮票四周留白，空旷的背景更显马的雄浑高昂。姥姥说，女婿懂我。

姥姥喜欢马，大概与自己的经历相关。姥爷早年好赌，一拿到工资，就去找人打麻将，回来后工资基本输掉了一半，家里的开支都是姥姥在打理。姥姥精打细算，一分钱掰成两半花，还经常做些工艺品卖钱补贴家用，也能把三个孩子拉扯大，还供他们读书。没有坚忍的意志，是难以做到的。

这本集邮册后来还"死里逃生"过。2006年，姥姥回家发现家里被翻得乱七八糟，就报了警，原来是小偷溜进姥姥家偷东西，电视、首饰都被偷走了，但当姥姥打开柜子发现集邮册还在，里面的邮票也完好无损时，姥姥抱着集邮册激动地流下了眼泪。警察以为姥姥心疼被偷的东西，就安慰姥姥说一定尽快破案，抓住小偷，归还失物。姥姥根本没在意警察的话，继续抱着集邮册流眼泪，弄得警察一脸尴尬。集邮册"死里逃生"后，姥姥对它更加珍视，后来索性放进床头柜的抽屉里，姥姥说，每天晚上打开翻一翻，就把自己的一生又回顾了一遍。

最近几年，姥姥不再收集邮票了。姥姥说，现代人相互联系都是打电话，发微信，再没有人写信了。虽然国家也在发行纪念邮票，但没有了书信承载的思念与祈盼，没有了一个人故事的片段，再好看的邮票都没有生命力。

原来，姥姥收集的不是邮票，而是故事。

小号的故事

郭兆祺

那把小号已经太久地藏在储物间里，几乎被人们遗忘。而如果被遗忘就是一种丢失，那么父亲的小号便曾丢失过。本文有关一件"失而复得"的物品。

在小号还没有丢失的时候，我经常把它从床底的盒子里取出来，把零件一一安好，举起来对着自己的嘴，右手的三根手指搭在按键（活塞阀）上，左手扶着号身，呜呜地吹几下。

父亲听见卧室里发出的声响，总会离开厨房的锅台或客厅的沙发，站在卧室门口，饶有兴致地给我讲起有关这把小号的故事。

两个月工资买来属于自己的小号

父亲1986年参加工作，那时他十七岁，在电厂当工人。干了五年以后，为获得文凭、提升岗位，父亲进入西安电力学校（后改名为西安电力高等专科学校）进修，那把小号便是在那时买下的。买这把小号花了父亲四百一十六元，这笔钱在1991年不是小数目。父亲为了买下这把小号，一定下了很大的决心。

父亲不是突然决定买小号的。工作两年后，十九岁的父亲偶然看到神木中学乐队在过年时的巡游表演，"觉得这个东西嘹亮，金光闪闪"，那时便对小号产生了浓厚的兴趣。但平时工作十分忙碌，没有时间学习，因此直到三年后父亲决定到学校进修前的假期，才借了一把小号开始自学。

1991年，学习艺术对于一名工人而言，是非常困难的事情。那个年代，社会上还没有盛行所谓"兴趣班"的艺术培训机构。在1996年毕业生包分配制度正式终止之前，艺术类院校、院系毕业的学生或被分配至各高校、中学当音乐老师，或进入专业乐团、剧团等艺术团体工作。父亲从电校毕业时，陕西师范大学艺术系一位姓杨的老师就分到学校来弹钢琴。在20世纪90年代初，如果有人仅仅出于对音乐的兴趣希望得到专业人士的培训，要么需要以私人名义聘请，要么则需要加入学校的乐队，在老师的指导下练习。我父亲当时还是工人，既没有时间也没有金钱专门聘请老师进行学习，只好自己摸索。

借来的小号吹了几十天，父亲实在是对这种乐器爱不释手，这才下狠心花四百多元买了一把属于自己的小号。据父亲回忆，四百多元大约是他两个月的工资。或许父亲的这种对音乐和乐器的喜爱在某种程度上传给了我，大一时我也花四百多元买了一把尤克里里，但同样是四百元，从1991年到2016年，其价值已经减少了太多。现在，我的尤克里里安静地躺在柜子里，前前后后只练习了不到一个月。我想，一方面我不如父亲有毅力，另一方面我也没有父亲那种对所拥有之物的强烈的热爱——为了同样的价格，我克服困难的努力绝无法与父亲相比。

电校乐队

父亲一共练了三年的小号。在此之前，父亲没有受过相关的训练，然而在两年的学习之后，他已经能在电校的舞会上伴奏了。舞会的乐队一般由七人或八人组成，大家分别演奏吉他、长号、贝斯、键盘、萨克斯、长笛等。整个电力学校只有一支圆号，有时在舞会上也能见到这支"胖家伙"的身影。

当夏日来临，年轻的学子们齐聚一厅，嘹亮的小号与雄浑的圆号共同泼洒出丰富优美的旋律，与其他乐器发出的动人音响交相和鸣，年轻的人们则在温和爽朗的夏夜里翩翩起舞，青春的幸福在歌声舞影中流淌回旋……父亲说，当时舞会的乐队由多民族同学共同组成。西安电校是当时西北唯一一家电力学校，舞会的乐队里既有汉族同学，也有藏族、回族和撒拉族的同学，大家演奏的曲目有张学友、邓丽君等人的歌曲，有部队军旅曲目，还有苏联（尤其是"二战"时期）的经典曲目，以及《啤酒桶波尔卡》。

指导老师对乐队的发展至关重要。当时电校乐队的指导老师名叫吴宁谦，年近六十，但吹起小号来气息饱满，十分厉害。他负责乐队排练的指挥，还给大家印乐谱。吴老师将演奏曲目的简谱手工刻制好，油印以后分发给乐队的同学，乐谱积攒多了之后还能装订起来存放。据父亲回忆，老师发的都是简谱，而他自己还从书店花几元钱买来"中华曲库"——《中华大家唱（卡拉 OK）曲库》，一点点自学五线谱。除此之外，父亲还买来阿尔班的小号教程，受用很大。

这里还需讲讲两个新疆人的故事。父亲在乐队里与两个乌鲁木齐的哥儿们关系最好，一个叫谭新，另一个叫苏铁竹。谭新喜欢民谣，来电校时吉他弹得就很好；在乐队期间又买了萨克斯，吹得相当了得，唱歌也好听。苏铁竹则深受崔健、黑豹乐队、唐朝乐队影响，痴迷摇滚；他的哥哥又在新疆舞厅打鼓，他的爵士鼓自然打得一流。二人和父亲是当时乐团里的"铁三角"，一到周末就一起上街闲逛，但多数时候会到排练厅去。三人还都是"委培"生，因此老师特许他们在排练间隙到后台去抽烟，抽哈德门、黄金叶、金丝猴，都是几毛钱一包。排练的时候，父亲和谭新还被允许跷二郎腿。父亲说他们已经是"老兵"了，知道如何使用气息。除了"铁三角"中的二人，电校还有几个新疆来的女同学，个个能歌善舞。

毕业后，乐队的同学们被分配到西北五省的各个电力单位，外地的同学，父亲再也没有见过，就连谭、苏二人也没再见过。毕业十年后，曾经的同学们重新相聚一堂，母校礼堂的门却紧锁着，父亲也不知道乐队是否还在。

除舞会之外，父亲还在学校的乐队里为每周的升旗仪式进行伴奏（吹奏国歌），在校运动会开闭幕等场合也有参与，这是父亲自学一年多以后的事。

"拜师"与"收徒"

父亲买下小号之后，了解到国内有一位顶尖的演奏家，他就是欧翠峰。欧翠峰生于1959年，比父亲大十岁。二十三岁的时候，欧翠峰就以小号专业学分一百分的好成绩毕业于上海音乐学院，进入中国中央乐团，后来担任首席小号手。父亲了解这位演奏家时也是二十岁出头，相同的志趣、相似的年龄，使父亲对欧翠峰十分崇拜。一直到后来，家里还能翻出父亲当时买的欧翠峰演奏曲目的 CD 光碟——这套光碟据说花了父亲三四十元。我对这套 CD 印象最深的是其中的《野蜂飞舞》——这首曲目用钢琴演奏就很困难，欧翠峰竟用小号演绎得淋漓尽致，难怪父亲崇拜他！

在电校的日子里，父亲"拜"欧翠峰为"师"，自己竟然也给别人当起了老师。父亲是工作五年之后才进电校学习，属于"委培"生。当时有一批十七八岁的年轻人高中刚毕业就进入厂里，之后立即被派去学校进修。其中有两个人，分别叫陈永红和高林峰，对乐队感兴趣，也加入进来。父亲此时自学小号已经一年，又是乐队主力，自然就成了他们的"师傅"。此外还有一个初中毕业后直接学习两年基础并进入发电专业的"小中专"学历的刘同学，也跟着父亲练。父亲教他们吐音、指法、用气，还有五线谱的基本常识，不过他们的水平始终没有超过父亲。父亲说，他们虽然跟着学，但自己没有买小号，都是用学校的，大多已经脱漆。师徒四人，只有父亲的小号金光灿灿。父亲还说，他们是"出于好奇"，自己则是"喜欢"，这也是区别。不过，虽然他们小号吹得不如父亲，但也很有"艺术细胞"。陈永红高中时喜爱书法，写得一手好毛笔字，还吹过笛子（那个年代口琴、笛子都比较便宜，学起来也方便）。其实父亲自己就很有艺术方面的天赋，小时候他很喜爱绘画。我小的时候，父亲还亲自画了孙悟空给我看，虽然不够专业，但也惟妙惟肖，当年他一定画了不少。现在的孩子们童年时参加钢琴班、油画班、舞蹈班，却未必热爱，父亲曾对艺术如此痴迷，却没有得到良好的培训，真不可谓不遗憾。

听父亲说，陈永红现在又买了萨克斯。

小号被放在储物间

事实上，父亲真正纵情音乐、徜徉艺术之海，仅限于电校时期。1994年父亲从电校毕业，为了获得更高的文凭，又到西安陆军学院学习。陆军学院有学员军乐队，父亲因为是"委培"，不能参与。军乐队的水平比电校更高，据父亲回忆，他们可以演奏《拉德斯基进行曲》，还有一些军旅曲目。但学校的管理更为严格，平时不允许吹小号，父亲只有在周末才可以私下演奏。学习两年后，父亲就回到了厂里。军乐队的同学毕业后就到部队去了，从排长到连长都有。此时已是1996年。

次年我出生。我大约三岁的时候，父亲为了让我也喜爱音乐，就买了一架电子琴放在家里。但我头脑里似乎天生就缺少音乐神经，虽然觉得电子琴很好玩，父亲以前买的 CD 很好听，但我总是没能显出多少天赋。上小学的时候，我还学过一段时间的钢琴，当时那位名叫邓亮的年轻老师对我寄予厚望，还弹《黄河钢琴协奏曲》给我听，可我最终没能坚持下来，停在了《三大纪律八项注意》这首曲子上。不知那时父亲的音乐梦是否还炽热。

高考后我回到老家，在大街上乱走，猛然看见一家挂着"邓亮艺术培训"门牌的店面，走进去看，店里墙上挂满了照片，既有小孩子弹钢琴的，也有地方领导参观的，还有学员到各地参加比赛获奖的。现在想来，如果父亲小的时候能够在这样的机构学习，或许他会进入西安音乐学院攻读小号，或许他能进入省乐团甚至国家乐团，之后还会在容纳数千人的剧场里演奏……不知父亲又会怎样想，或许是付之一笑吧……

岁月在不经意间流逝。一转眼，父亲放下那把小号已经二十多年了。虽然单位的活动室里也有乐器，但父亲拾起小号来，已经记不起当年的指法。二十多年，星移斗转，物是人非，许多意想不到的经历纷至沓来，又渐渐远去。当年的热血与梦想、青春的悸动与活力，早已与小号一同尘封在了无人问津的储物间里。如果不是这个年纪特有的焦虑与苦恼使我不得不仔细审视自己的过往，我或许也记不起那件有些陈旧的乐器。在灰尘覆盖的地方，父亲曾经用饱满有力的手指抚摸，那干燥冰冷的吹口处，也曾流连过父亲温热匀称的气息。如果命运足够温柔，或许父亲真的能在自己的逐梦之路上走得更远一些。

但既然"梦想"本身即是未能实现的期许，比起远近，或许行路本身便已无负"青春"二字！

《印象·日出》
——走进风景的印象派

任靳珊

《印象·日出》克劳德·莫奈 1872年 布面油彩 48×64厘米 法国巴黎马尔莫坦美术馆藏

引

画室有限的空间以及对自然光的遮挡极大地限制了创作的灵感。缺乏色调的学院派作品、肖像画底板、传统而普遍的巧克力色或橄榄色背景墙让年轻画家们感到窒息。他们出于对美术的热爱与追求，真诚地向大师们学习这项职业的美妙技巧，学习素描、构图，学习寻找绘画对象最完美的角度和最优雅的姿态，学习歌颂冰冷而高贵的主题。然而他们的激情让他们始终无法被这种学院派的框架说服，外面的世界充满了诱惑力。

他们的渴望并不是虚幻的未来和远方，而是走出房门，俯拾即是的、客观存在的景象——大街上、河流、海岸线、花园深处……现代生活充满着尚未探索的主题，在印象派画家眼中，并非只有画室中的模特，而是一切事物都在舞台上表演，等待着画笔的定格。1862年至1864年，莫奈在夏尔·格莱尔自1843年起组织的画室学习，同时期在此求学的还有巴齐耶、雷诺阿和西斯莱。格莱尔遵循古典题材的传统与古代文化形式准则，并不认同年轻学生们对自然真实状况的兴趣。莫奈后来回忆道："不管我们创作什么，都要按照古代风格来思考，格莱尔总是'干巴巴'地这样说……当天晚上我把西斯莱、雷诺阿和巴齐耶叫到一边，'我们离开这里吧'，我对他们说，'这个地方是病态的，这里缺少真诚'。"[1]

必须要承认的是印象派不是最早在户外绘画的流派。之前的一些画家已经做过使风景画脱离历史、文学既定的华丽，更加亲近自然的努力。而印象派，是真正颠覆一切的力量。他们将绘画重新放入人与世界的根本关系之中，脱离刻意的矫揉造作，回归真正的状态。他们带着画板、画笔、颜料，走出家门，攀上海滨的岩石，踏上蒸汽火车，乘上河中的游船，走入风景。

勒阿弗尔海岸，莫奈再熟悉不过的故乡。拂晓来到这里，随着薄雾缓缓散去，任凭慢慢清晰起来的空间将自己吞没，目及身感的，只有难以辨明的色彩，和渐渐浮现又旋即消逝的形状。画家空明的灵魂在景象中游荡，警觉的目光准备随时捕捉每一道光线。在印象派画家眼里，世界每一刻都在不断重塑、重新成型，因此，这一刻，什么都不必解释，什么都不用思考，一切都是既定的。

整幅画面是模糊不清的，莫奈放弃了传统的轮廓线，通过色彩以及色调的微妙渐变来造型。这是印象派对传统艺术规则的突破，他们强调构图中的一种"漫不经心"，通过自由剪裁来获得所需的画面。传统绘画更注重造型

---

[1] 安鲁·瓦兹沃拉：《倾听塞尚、德加、雷诺阿》，贝尔纳尔·格拉塞出版社1985年版，第36页。

的厚重感和严肃感，塑造多层次朦胧感，而印象派绘画则不同，他们简化一切，使画面趋于平面化的简洁。事实上，印象派瓦解了古典主义注重轮廓线及素描关系塑造的绘画程式。他们认为，过多追求素描关系的轮廓线，只会使画面呆板、死气沉沉、缺失生机，破坏画面整体的感觉和印象。作为一幅即兴写生，《日出》正突出了一种迅速而模糊的视角，富有一种一气呵成的、"未完成的"完整感。

印象派的光色运用特色也在《日出》中得以展现。事实上，色彩运用是印象派与传统画派的区分点之一。传统画派主要使用固有色，简而言之就是对象原本的颜色，因此传统画派的作品总呈现出棕色色调，被印象派戏称为"酱油色调"。而印象派画家主要是用与之相对的条件色，让自然光进入视野，他们将色彩融合于环境，运用环境色，追随光在环境中的自然改变。这让他们描绘的景致与物体更加生动而真实。同时，他们反对把颜色调和到不着痕迹的程度，因为事实上，画家的工作只是简单的色彩与光的真实呈现，融合光色，是人眼的任务。在这幅画中，明媚的橙色圆片淹没在蓝色里，阳光细碎地洒向水面，每一笔色彩都鲜亮，不需人为调和，在画布上叮咚作响。画家不作任何心理预设，他不知道会看见什么，画出什么，他需要现场发挥，用更多的色彩应对一切偶然。中部寥寥几笔就勾勒出暗色的小船；再远一点还有一艘，有些模糊；而第三艘已经看不出是船了。画笔没有给光线留下任何的喘息空间，温柔却热烈的粉色弥漫在远处断续的天空中。画家此时必须迅速反应，选用正确的色调付于纸上，不要谨慎不要迟疑，灰蓝的海雾仍笼着高大的船桅，而朦胧的海岸线混合了整个冷色调，绿蓝紫交织着，其中又透出晨光熹微。远处是小船模糊的影子，两笔青蓝色线条之间冒出的烟雾，不同的材质中牵引出新的组合来。这正是印象派对色彩的独特运用方式——"从印象派画家那里我们了解到他们从不使用某种颜色的颜料来表现这和颜色，例如绿色。他们不会使用由黄色与蓝色调出的绿色颜料，而是利用未混合的黄色与蓝色小点，这些小点会在我们的视觉中混合起来——这是一和印象。"[1]

---

[1] 约翰夫·阿尔伯斯著，李敏敏译：《色彩构成》，重庆大学出版社，2012年4月第1版，第43页。

在《日出》中观者还能够直接感受到崭新的阴影理念——"阴影不是色彩的消失,而是新的色彩的诞生。"[1]印象派通过仔细观察发现,物体阴影的颜色比本体本身颜色暗一些,而很有可能其中还混有其他颜色,这就从根本上打破了主观臆断中阴影总是黑褐色的理念。在画面中,物体的阴影因自然地吸收和反射光线,呈现出不同的色彩,莫奈快速而准确地捕捉到了自然阴影的色调,并将其真实地呈现出来。

颜色与光在这一秒的美妙结合转瞬即逝,为了捕捉"瞬间",印象派客观上不再可能像古典派那样追求笔法的平滑细致,而主观上,印象派画家也更为享受自由、灵动的表现手法。在《日出》中,莫奈迅速地用猪毛平头画笔在画布上留下眼睛所看见的颜色,颜料的厚薄与笔触的均匀早已不再重要,这样的运笔方式与传统一次次细致涂抹,力求颜色过渡丝毫不留痕迹相比,简洁而灵活。他用洒脱而飘逸的笔触、形状各异的色点定格住光与色的流转,然而又超脱了定格,使整幅画面看起来是流动的而非静止的。

事实上,这种灵动的表达方式产生了出人意料的肌理感和流动感,当观赏时,人的眼睛会自然而然把这些看似略显杂乱不均衡的小色块、色点融合成模糊的印象,从而获得朦胧的美感体验。远观时,通过人眼自然地对画卷色彩的融合,通过模糊的层次与渐变,似乎能够切身感受到海水流动的方向、日光洒落的角度,甚至空气走过的痕迹。而如果想要探究画家所做的努力,那么反倒应该走近观察同一画面上一笔笔各异的笔触,大胆、狂野不羁,这是新的艺术语言,展现着画家们的革命精神。

说自己什么都没有看见的人是可以被理解的,因为他们总想从中寻求自己曾在其他画作中看到的东西,一个中心或者一个主题,否则画作就没有意义。传统学院派以历史、神话、战争为主要艺术对象,并试图寻找最完美的角度来讲述主旨,这与印象派画家对艺术对象的界定有本质的不同。在印象派这里,所有的东西都可以成为艺术对象,并且可以从任何一个角度去描摹。因此,当所有都出于画家自己的印象,艺术规则被打破的时候,当作者只尊崇于短暂的难以言表的感受之时,要如何来了解眼前的这幅画?

---

[1] 宋昕:《对色彩调和论的思考》,载《美术教育研究》2014年第4期,第43页。

一切要从头开始。当莫奈来到这个海岸的那一刻，他就已经拒绝强迫眼前的景象恢复到秩序井然的状态，他就已经拒绝创作再次被定格在顺从的色彩和清晰的轮廓里。莫奈的作品从不企图传递言辞或者教训，这里没有任何东西需要理性的分析与思考，所有的理智在生命片刻的温柔中轰然崩塌。这一秒，短暂而迷人。就如同在那个遥远的清晨，日光展现出它崭新的青春炫目的姿态。就是在这个清晨，毫无知觉地，莫奈来到了这片海岸。

莫奈与日出的相遇，何其偶然，又何其必然。

为何说必然？从文艺发展的大的层面来看，绘画作为一种视觉艺术，悄然无声地预示着人类社会思想的演变，并以其强大的精神推动力，促进着新的思想观念的发展。从整体的人文发展来看，印象派抛却了传统的繁杂，视觉转向自然，使创作更为简便、自由，其主张推动了整个社会从传统先定、复杂理性到不期而遇、自然发生、直接感觉的转变，促进了西方社会精神的现代化。也就是说，"印象派画法的意义并不单纯在美术上，同时也在其引发的视觉转向上。这个转向不仅体现出人类视觉审美开始走向现代，也彰显出人类精神生活走向新一轮的递变：在对主体作为世界依据的笃信中，由先行预定转向即时生成；在对主体性精神的信奉中，由对理性主体的看重转而重视感性主体。这在印象派之后西方哲学、文学、艺术等领域体现的时代精神中有着越来越清晰的展现。"[1]

画家自己或许也不曾想到，这是文艺史上多么颠覆性的一场"日出"。

---

[1] 王才勇:《视觉现代性的诞生——印象派画法的哲学分析》，载《文艺研究》2012年第11期，第16页。

忧伤的物件

金　琪

现代人很难探讨"久远"这个概念，一切变化得飞快，太早的东西没人记得，就连近来的事物也可以拿来追忆了。因为和姥姥不住在同一个城市，爷爷、奶奶又在我上小学前后相继去世，所以很少有老人家向我倾吐过去的故事。这种成长环境导致我常常认为自己的家族没有什么历史，看什么东西都觉得是崭新的，或者其内在是空缺的。

但是，我家的老物件其实真不少。从小到大住在平房里，拆迁慢慢变成了永远不会实施的口号。放眼望去，家里至今还摆着爷爷、奶奶年轻时购置的各种各样的老家具。它们大多不算很古旧，也就是五六十年的历史。而我即将追忆的便是其中一个历史不那么悠久的老物件，一个于我而言"最熟悉的陌生人"般的存在。

提起家族的老物件，第一个浮现在我脑海里的就是那个早已被改造成书桌的缝纫机。自我有记忆以来，家里从来没人用它做过衣服，因为它的表面被铺上了一块面积刚刚合适、厚度二点五厘米、漆满了蓝绿色颗粒状纹饰的木板。由于缝纫机较宽的、朝向外侧的一边总是靠墙放置，所以与之相对的、朝向桌前椅子的一边还特意做了一些人性化的处理。在这一方的边缘，板子的下面另外添了一块一点五厘米厚的木条，用来卡住缝纫机的台板，这样整块木板不容易发生位置的移动。而且这加起来四厘米的内侧边缘还给打磨成了光滑的半圆形，可以保证坐在"书桌"前的人不会被尖锐的直角伤到。回过头来想想，那时候人们买衣服越来越方便了，缝纫机用不着又舍不得扔，如同鸡肋。与其将它闲置着，白占地方，不如改装成实用品。这种做法虽然简单，却也着实透着平常人家的节俭和机灵。

当缝纫机还是缝纫机的时候，它是属于奶奶的。但是，这段历史在我的生命里是缺位的，因为那时我还没有出生。不过如今看来它又意义非凡，因为它似乎是家里现有的唯一一件属于奶奶的、仍然在被使用的、摆在明面上的老物件了。

关于缝纫机最初的所有细节，二姑记得最清楚。当我一通电话打过去，刚刚提出第一个问题——缝纫机购买的准确年份，二姑便滔滔不绝地念叨起其中的来龙去脉。直到对话结束，我都几乎成了一个缄默的采访者，不用作提示也不需要串联，四五十年前的故事就顺畅地汩汩流淌出来了。

一切要从1965年说起，那年爸爸出生了，他是家里的第四个孩子。爸爸打小就体弱多病，给当时的全家人带来不少麻烦。1969年是个转折点，那时候，爷爷还是油漆厂的八级油工，每天准时去厂里上班；大姑十七岁，头年已经因为"上山下乡"而被派往东北插队了；二姑、三姑一个十一岁，一个七岁，照顾起羸弱的弟弟力不从心。于是，同样在厂里工作的奶奶只好担起这份责任，频频请事假，留在家里照顾爸爸。但三天两头地请假总不是办法，单位终于还是看不下去，动员奶奶辞了这份工作。

说来其实很不公平，过去家里如果有人要做出牺牲，一定是女人而非男人。所以在我的印象里，爷爷一直生活得异常精致——虽然是个干糙活儿的油工，但他特别注重利用闲暇时间培养自己的精神文化修养。他不但是资深票友，喜欢看京剧，教我唱过《智取威虎山》中脍炙人口的选段"今日痛饮庆功酒"，还写得一手漂亮的毛笔字，更可以用圆珠笔画出小白兔毛茸茸的手感。妈妈还告诉我，爷爷工作的时候是四点起床，八点上班，在中间这漫长的四个小时里，他会极其认真地洗漱、刮胡子，甚至洁癖到洗脸之前必须要把袖子彻彻底底地撸到肩膀上去才踏实，生怕衣服被水给打湿了。这样的性格很容易在老年阶段走向极端，果不其然，爷爷上了岁数之后变得特别爱较真儿，连年幼的我都有这种感觉，以至于现在爸爸身上越来越鲜明地投射出爷爷老年时的影子。妈妈和姑姑们会时不时地聊到这个话题，每每为此感到头疼，担心妈妈的老年生活。

话说回来，奶奶一失业，家里的生活更拮据了。好在没过多久，我们家所在的街道就组织起了缝纫组，一方面可以些微地改善许多困难家庭的经济状况，另一方面大工厂也有了获取大批量工装的便捷渠道。1970年，奶奶经人介绍，下定决心买下了这台缝纫机。她加入缝纫组，重新鼓起干劲儿，投入了工作。

值得一提的是，缝纫机的购买还有一个小插曲。当时国家生产的缝纫机里，上海牌是质量最好的，但也因此供不应求，货源十分紧俏。最重要的一点是，上海牌需要凭票购买。受经济条件的限制，家里只好放弃，转而选择了人气稍低但不需要凭票也能购买的北京"燕"牌。我在缝纫机上来来回回地看，怎么也找不出商标所在，有的地方破旧得掉了漆，有的地方连表面那一层薄薄的木片都裂开了。不过缝纫机的正前方仍然依稀可见"为人民服务"几个大字，想必当时的许多商品，不分品牌，都会印上这几个字吧。

总之，入手了缝纫机，奶奶的工作便重新有了起色。缝纫组的任务不复杂，由于不算正式的厂房组织，工人们甚至不必到统一的地点做工。她们只需要一起学习缝纫机的使用方法，之后就可以各自在家做工了。奶奶当时负责做工程用的布手套，她会定期去居委会领取裁剪好了的半成品带回家缝纫，二姑和三姑有时候也帮着忙活。每做完二十双布手套就可以打包成一捆，交回居委会，居委会会分别记账，到了月底再把工资统一发放下来。虽然一只手套只能挣几分钱，但聊胜于无，更何况在家做工对于看管孩子也是一种便利。手头有活干，一大家子都能融入其中，二姑回忆起这段日子，真是觉得生活总算有了前景，经济上光亮了不少，家庭的氛围也温馨了许多。

过了没两年，缝纫组的规模不断壮大，终于从街道的小组织变成了有正式编制的大工厂。二姑、三姑大了两岁，开始更多地帮着照顾起弟弟，奶奶又回到了从前正常外出工作的日子。

这就是这台缝纫机来到我家最初那些年的故事。但它早在我出生以前就被铺上木板、变作书桌了，所以我不记得自己见过奶奶用它做衣服的样子。听完二姑的叙述，倒是可以结合记忆里奶奶的面容和二姑在她家用缝纫机修补衣服的样子想象一番，突然觉得不可思议，我的心被这未曾见过的画面击中了一下子。它太生动了，让我明朗的同时也使我忧伤。奶奶是在我上小学的前夕因病去世的，我刚入学没多久，爷爷也走了。这个时间差不长，但偏偏非常重要，它让我至今还记得爷爷那可爱的艺术细胞和有点招人厌的坏脾气，奶奶却没有给我留下任何独特的印象。往好了说，这也许证明她是一个性格不错的人，至少不像爷爷那样不避锋芒。往坏了说，这对她真的很不公平，但我也确实无能为力。

这样看来，缝纫机是多么神奇的一个物件啊，它似乎成了我和奶奶之间最后的纽带。了解缝纫机就是了解奶奶的经历、了解全家人的经历。这甚至不单单是了解那么简单，都可以算是一种弥补了。很多从前属于他们的记忆兜兜转转来到了我这里，奶奶在我心中的样子再一次完整地出现。这一切只缘起于我对一个老物件的追究，多么奇妙又多么残酷，多么美好又多么哀伤啊！

现在，缝纫机已经失去了原本的功用。当它变成书桌之后，在我上学以前，都是爷爷在用。爷爷去世之后，它就归我了。在大多数时间里，它还是物尽其用地充当着书桌。尽管作为书桌，它所能提供的仅仅是最基本的写字台，没有连带的书架和抽屉，唯一的小抽屉狭长得只够装些零散的针线、温度计和备用纽扣，但那又怎样呢？不论书架还是抽屉，这些都是可取代的。但由缝纫机改造的书桌可比普通书桌要有意思得多，它有所有的书桌设计师、所有的书桌生产商、所有的书桌使用者都不可能想得到的功能设计。我总是在算不出习题或想不出写作思路的时候，习惯性地踩动下面的脚踏板，接着，右侧桌板下方的皮带轮就会随之嘎嘎悠悠地转起来，还能发出吱扭吱扭的响声。每当这个时候，我都觉得自己好像在划船——我家附近的龙潭湖公园里供人租赁的四人乘脚踏船。这段联想和这幅画面绝无仅有，只此一家，给我枯燥无味的十余年学习生活带来了莫大的安慰。市面上哪见过这样的书桌？现在想买一台古典的脚踏式缝纫机来像我一样踩着玩也没那么容易了。这是独家定制，限量发行，目前只属于我个人。世界上再也找不出比它更可爱的书桌了。

苏珊·桑塔格在《论摄影》一书中以"忧伤的物件"命名其中的一个章

节，她以散漫的语调阐释摄影师作为观看者的高高在上，以及照片对物件不留情面的霸权。仔细想想，肉眼和相机在本质上并无区别。面对老物件，人同样会生发出某种异样的情感，这不也是在用情感霸占物件吗？但肉眼和相机又有所不同。相机总是力图寻找美，肉眼却惯于熟视无睹。正如缝纫机陪伴着我一路长大，写下这篇回忆的此刻，我就坐在缝纫机前，踩着踏板。但我一直没能想起它。即便想起它意味着某种霸占，其中至少含有认可的成分。它承载着过去，接受着现在，观望着未来，它有着无人问津的宏大和壮阔。但我一直没能想起它。或许物件不只令人忧伤，它本来就蕴藏着巨大的忧伤。

在探寻缝纫机往事的过程中，我发现老物件拥有经久不衰的主权，而且随着时间越推越远，当所有人的记忆都慢慢退去，它将占据那段往事唯一的发言权。我以"忧伤的物件"来命名这篇记叙，是希望扑面而来的所有往事都能有所寄托，也希望每个老物件都能在观看者的回忆里找到情感的出口。于它们而言，这是安定的归宿；于我们而言，这是难得的幸运。我热衷于这个探索、追忆、发现的过程，我乐于陪它分担每一段故事。这份分担里包裹着的动人的回味足够绵长，值得我去迎接和承受那随之而来的苍老了的深沉的忧伤。

第三辑

校园记

记唐老

郭菁璞

推开唐老的家门，低矮的吊顶，简洁甚至有点过时的装潢，很难让人联想到这是当代音韵学大师的家，但对一位老教授节俭、沉稳的描述，似乎又在情理之中。

第一次拜访唐老，是在去年的5月。我踩着春夏之交斑驳细碎的阳光，紧张忐忑地走向蓝旗营小区。我也曾认识不少老师，他们性格各异，或严肃深沉或可爱活泼，然而他们仍是在教师岗位上努力耕耘的一线工作者。接触退休名师，甚至被邀请到家中聊天采访，我是受宠若惊的。

蓝旗营小区建成于2000年，位于四环外清北两校的中点，汇集了清华、北大多数的退休学者。坐在蓝旗营小区的小凉亭里，环视四周已有年代的高层住宅，想象着这里住着多少中国知识分子界的博学之士，余光瞥见院子里健身的老人，我都能自顾自幻想他曾经怎样在讲堂传道授业、挥洒青春。而如今，这一批曾经见证过时代变迁、文化动荡，以及现代教育体系建设的先生们，住在最普通的小区里，过着最平凡的晚年生活，但不乏勤耕不辍者，这样的人生或许是属于知识分子最圆满的正途了。

唐老和夫人住在蓝旗营小区六号楼的一层住宅里，唐老儿孙满堂，然而这一隅天地，却仅属于夫妻二人。然而就是在这样不起眼的房间里，唐老写下了对恩师王力、师母夏蔚霞的回忆，修订了无数次音韵学的考据书籍，那本中文系学生书架上必不可缺的《王力古汉语字典》也在这一方天地里，一遍遍被翻新更正着。也正是在这一方天地里，跨越历史和现实的老学者把我引向那个曾经百家争鸣、热闹繁华却难见浮躁气息的北大中文系。

唐老的恩师王力先生，20世纪20年代进入清华大学，师从清华四大导师之一的赵元任先生，毕业后辗转几年，又回到母校。"清华待了不到三年，就去巴黎留学。几年后回到清华，他就老是翻译一些法国文学，结果到了1935年还没有评教授。他就问当时的文学院院长朱自清，朱自清说，你在那干什么，你就成天翻译那些赚钱的东西！他马上下决心写论文，从事学术研究，很快评了教授。"唐老忆及恩师，语调也轻松些许。王力先生讲述这一番经历自然不是无心之举，教导学生沉湎学术，而非耽于一笔可观的收入，这简单的道理藏在王力老师对自己年轻经历的回忆之中。直到半个世纪之后，成为唐老研究生的学生，仍然会听到唐老描述王先生是怎样忙于科研、学术会议，一回到家，又立马伏在案前执笔的情景。半个世纪的前后两端，两位学者的初心却是不变的，用师承的方式逐渐延续了下去。

1927年，湖南武冈一个贫穷的家庭里，唐家的独生子唐作藩出生。父母文化水平都很低，母亲是文盲，父亲也仅仅只是读了几年的私塾。这一年，湖南正处在动荡的时代，农民运动轰轰烈烈，打击土豪士绅。乱世之际，唐父对儿子并无太多期待，只希望他能依循自己的老路，做学徒，做小生意。常年在外又有些见识的二叔说了句"还是读书好"，从此决定了唐作藩的人生。然而求学的路远比想象中艰辛，靠着亲戚朋友轮流凑份子钱，彼时的唐作藩才有了上中学的学费，但那一百一十里的路费，却只能靠着双脚来丈量了。

求学遇上战争年代，就更是坎坷，一定要经历战火中的艰难跋涉。日本人占领了家乡，学生们就跟着老师逃到湘西绥宁。初中三年级的唐作藩，就这样和家里切断了联系，直到战争结束，在外求学的游子才终于能重返家乡。

唐作藩本也不是颇具天资的神童，读书时，数理学得不好，文科的课程却是见长。1948年报考中大时，唐作藩并不知道语言学是什么，看到语言学，还以为与话剧有关，因为中学时候演过话剧，就顺理成章地报考了。直到第一节语言学概论课，他才了解到自己即将面临的学科的大致轮廓，但在语言学这条路上，他始终没后悔过。

处在时代剧烈变革的大背景下，个体的经历是不会同今天一样平稳的。念了一年书，学校罢课了，学生唐作藩又回到了家乡。湖南解放后，家乡的小学校长跑路，唐作藩和几个同乡办起了黄桥昭陵小学，给家乡子弟创造学习的机会，自己当上了校长兼任教员。到了1950年，他还作为教育界代表，出席了武冈县第一届各界人民代表会议。那一年，他二十三岁。

然而对重返大学念书这件事的执念，唐作藩却始终没放下，1950年他写信给系主任岑麒祥先生，得到"你赶紧回来吧"的答复后，终于又重回到了校园。1952年，中山大学的学生唐作藩与后来影响他一生的王力老师的命运，开始出现了交集。1952年王力先生从岭南大学来到中山大学，唐作藩成了王力先生的助教和秘书。中华人民共和国成立后的宣传部，提出了集中精力发展语言学的口号。1954年，王力带着中山大学的文学系，来到了北大，成了汉语教研室的主任。到如今，唐作藩与北大的缘分已持续了六十三年。

我试图理解20世纪50年代，穿越回半个世纪前的北大，和今日不同，"闻道有先后，术业有专攻"这句话不假，专业之间并无罅隙和高低之分。赵鑫珊先生在回忆文章《五十年代的北大生活》中写道："北大的神和气是并举的。它究竟是什么？文理科的相互交融、互相渗透，应是北大神和气的核心部分。"唐老也告诉我，那时大家对就业的犹豫、焦躁并不多，学术才是北大的正统，也是学生入学时的使命感源头。长衫先生的遗风，是大家对这个园子最根本的印象。

1954年初入燕园，王力的夫人夏蔚霞女士便特别安排唐作藩一家三口住到了承泽园公寓，在约十平方米的房间里开始了在园子里的助教时光。房间虽小，但处在校园内，唐作藩结识了不少中文系的同僚，和石安石、裴家麟这些中文系留校任教的年轻人，时常碰面交流，负责批改作文，进行小班讲授。一年后，又搬迁到朗润园，出入都经过未名湖，与住在附近的陈贻焮、陆颖华等一见如故。一群致力于学术的年轻人，也因工作成了挚友。工作虽繁忙，但年轻人聚在一起，也少不了读书写作之外的活动。交通不发达，学生常常以步代车，或者问师母借一辆自行车，唐作藩就和石安石一道进城看李少春、袁世海主演的《响马传》；或者蹬上三个小时的车，只为了到西直门外大街看一眼新建成的苏联展览馆（今为北京展览馆）屋顶上那颗精致雕琢的红星。那些曾经一起迎风蹬车的少年，如今大多已作古，但未名湖畔却成了唐老置放记忆、睹物思人的圣地。

在教研室跟随王力先生进行研究学习和教学的那些年，他由一个学生，逐渐向日渐成熟的教师转变，那些因为课程而产生的师生缘分，在晚年之际回顾，更显得弥足珍贵。唐老的家中，挂着一幅很显眼的对联"格超梅以上，品在竹之间"，是他的学生、国学研究的大师袁行霈先生在他八十大寿题下的。如今的广东省委书记、政治局委员胡春华，也曾经是唐老家中的常客，那时的学生和老师，不如说是朋友关系更贴切，胡一有不懂的问题就会立刻到老师的家中来请教。八十岁生日那年，学生们围坐在老师家里，简单地吃了顿家常饭，没有疏离的客套和尴尬的寒暄，学生们送给老师的是一本收录大家回忆与学术成果的《语苑撷英》，这样的庆祝方式，似乎也与中文人特有的儒雅书生气质相符。

但平稳的教职时光也并非仅有伏案钻研的快活和师生恩情的温暖，见证了一个新国家成立的个体，也必然见证过一些隐秘的伤痛。1954年考入北京大学的女学生林昭，曾经是唐作藩写作课上的学生，博学多思，尤其热衷于新闻写作，被称为"红楼里的林姑娘"，作为课代表，常到唐老家中运送作业。她在20世纪50年代被打为右派，后被枪毙。当我在倾听唐老简述这一段历史时，寥寥数语，夹杂的叹息却一声比一声更重。

1986年王力先生去世，唐老接过他的汉语史课程，继续王力先生未竟的汉语事业。唐老于1993年退休，被北大返聘到1999年，后又去清华大学教授过音韵学、汉语史，甚至后来到了马来西亚讲授《诗经》，躬耕于音韵研究数十载，培养了一代代的中文人。张渭毅、蒋绍愚等中文研究学者，都曾师从唐作藩先生。学术期刊数不胜数，是可以简单量化的，然而对于音韵学的研究贡献却是难以衡量的。退休之后的唐老最主要的阵地，是从讲台转移到了一方几平方米的书房内，书桌靠着面北的小窗，本就不大的房间因为摆满了各种各样的文献书籍而显得更加狭小，房间的墙壁上悬挂着那幅老者悠闲读书的画卷。那画里的老者，恰是每日在这画下读书念报的学者的真实写照。

除去仍会为音韵修订坚持工作，唐老的生活和普通的老人别无二致。晨起读书读《参考》，身体不好的时候，就跑到校医院取药；用电脑进行的简单操作也不过就是收发邮件，没什么过多的娱乐目的；下午天气好了，约着同在这个院子里的学者，袁行霈或者厉以宁，在小区里遛遛弯散散步……我去到老人家里的那天，相谈甚欢之际，陌生人打来了骚扰电话，唐老笑着说，哎，这种电话多咯。和唐老交谈，最大的印象是老先生的记忆很清楚，对时间和人名尤其敏感，随口而来的，都是一段能记录下来的口述史。"我现在读书主要是休闲，不然空虚啊。"至于"休闲"的定义，唐老拿出一本《潮起潮落：新中国文坛沉思录》，翻开扉页，指着上面的签名说："我最近休闲，买了这本书，看看这些人回忆的文章。像巴金啊，周扬、夏衍、何其芳、冯牧啊，有些是我见过的。"

唐老的学生、北大中文系的张渭毅老师，说唐老是"知识分子的楷模"，面对这样的赞誉，这位耄耋老人在我面前反而有些不好意思，一个劲儿地说："那都是他们吹出来的！"我看着老人鬓角的老年斑，努力分辨老人一些时而不清的发音，思绪飘到中华人民共和国成立前，幻想一个湖南乡村里的少年人怎样满怀欣喜地南下求学；一个在小学办公室准备教案的年轻校长，怎样对重返华南校园满怀期待，屈指数着系主任回信的日子；一个初入燕园的青年学者，如何迎来送往一批批的大学生，又如何在"文革"中帮着恩师一起敛藏典籍著作。

2015年的末尾，站在辞旧迎新的节点，唐老为中文系的学生写下了祝愿："北大不同于其他学校，它这一百多年传承下来的是对学术的钻研精神，像王力先生、林焘先生，他们这些人一辈子都在搞学术。北大的本质是学术，这是我们的根本，我们不能忘本。"我和唐老聊到现在学生在学术上的迷茫，在专业分岔路口上的困惑，问及研究冷门的语言学的意义，唐老反问我："我们自己的语言你不研究？"隔行如隔山，我请教唐老音韵学研究的内容，他认真耐心地回答我："实际上就是汉语语音的历史，从诗经时代研究它怎么变到今天的读音。它是个基础课，是学古代汉语的入门课，就好像理科的数学是物理化学的入门课一样。据说张老师开的音韵学的课，今天还有好多外系的，包括理科的同学在选。"

年轻一代面对现实纠结又复杂的想法，在唐老这里，反而不成为问题了。的确，纯粹地和学术过了七十年，经历过无数角色的转换，可变来变去，绕不开的还是学术。

唐老的一生，与中华人民共和国的建设和变革重叠在一起，到今年，唐老的人生已过了九十个年头，正向着期颐之年缓缓地迈过去。而我，一个刚刚进入大学，正对周遭一切都好奇，对未来充满期待、幻想和犹豫的少年学生，在这样的一个下午走进了唐老的人生，去窥探一下一个耄耋老人与时代一同沉浮的过往。新与旧，年少与年长，幼稚与渊博，无知与博思，甚至历史与现实之间短暂的交集，让我有种微微的不真实感。

走在回程路上，我一边感慨时间过得飞快，一边又在思考这不真实感的来源。唐作藩先生虽没有和晚清末年的学者一样，经历过大师群体命运的剧烈变迁，也很难从他个体的身上看到时代的全景再现，然而，却在我面前还原了一些被匆忙遗忘的、带着淡淡光泽的知识分子气质，或者说是——历史。

常追忆时代变迁中那些逝去的大师，怀念他们借着诗词碑文抒发的文化情怀或者人性光辉，耽于历史考据，却容易忽略了也曾见证过时代沧桑变化的、处于人生晚年的学者们。或许是因为经过炮火动荡的往昔，也享受着安逸平稳的现世，他们的身上有种更加重叠的气质，对"真理发扬，思想自由"的追求仍在，却少些高喊"呜呼"的激进，更多一份旷达和温和。

这样的阅历与气质听起来确实不那么激动人心，却也被赋予了向往的理由，正应了穆旦在《冥想》里说的那句："这才知道我的全部努力，不过完成了普通的生活。"

注：

唐作藩，1927 年生于湖南省武冈县黄桥镇（今属邵阳市洞口县），祖籍邵东。1954 年 9 月，跟随王力先生调至北京大学中文系，任汉语教研室的助教兼秘书，师从王力先生学习汉语史与音韵学。先后开设过写作、语法修辞、音韵学、汉语史、古代汉语、古音学等课程。现为北京大学王力语言学奖基金会主任委员、评委会成员、中国音韵学研究会顾问、北大《语言学论丛》编委、《中国语言学报》编委、《中国语言学》学术委员。从事音韵学、汉语史和古代汉语的教学与研究工作五十余年，在教书育人和学术研究方面都取得了丰硕的成果。

一教旁边的那块碑

曹　远

　　"快来快来！一教在这里！"那是一个晴朗的夏日，作为"燕园新人"的我和室友拿着地图、任务卡大汗淋漓地奔跑在校园中，嗅着阳光灼热的气息，努力寻找着任务卡上的地点。"咔嚓"一声，留下我们和一教的合影。隐约看到树丛、草丛间有一块不规整的石碑，来不及多想，我继续从一教向东跑，寻找下一个地点。

　　大一上学期我并没有在一教的课程，而那一眼也很快淹没在大学繁乱的学习、生活中。大一下学期，当我看到"燕园名片讲解团"的招新公告时，那块碑又浮现在脑海中，我加入了燕园名片，听哥哥、姐姐们讲述了一些，又扎到图书馆找到了那些年那个碑的故事。

　　1981年，改革开放第三年，中国渐渐从"文革"的阴影中走出，中国男排也渐渐走向鼎盛。在亚洲，日本队和韩国队已经不是中国男排的对手，从1978年亚运会到1982年世界锦标赛前，中国男排对日本队保持全胜，对韩国队仅在1981年世界大学生运动会上输过一次。1981年3月20日，风和日丽，北大学生们像往常一样正常上课。中午吃饭时，有的同学议论着正在香港举行的世界杯排球赛亚洲区预赛。当天晚上，中国男排要与韩国男排在香港伊利莎白体育馆决赛，胜者将代表亚洲参加在日本东京举行的世界杯排球赛[1]。下午，各宿舍楼的电视室里，早早就有人用小方凳占上了位子，准备晚上看中央电视台对这场比赛的实况转播。比赛从晚上七点半开始，七点多时电视室里已挤满同学。来得稍微晚一点的同学只能站着，再晚一点的只能在门口站在凳子上勉强收看。

七点三十分时，比赛开始了。第一局比赛一开始中国队就处于被动局面，我们零比四、四比十落后，戴廷斌教练两次暂停都收效不大。中国队的战术似乎被对手看破，各个位置都没有打出应有的水准。同学们越看越揪心，有的气，有的急，议论纷纷，说什么的都有，有人甚至认为大局已定，中国男排肯定冲不出亚洲了。第二局男排似乎暂时难以适应上一局惨输的结果，比分仍然落后，但差距不大。

电视另一头的中国男排被逼上了绝路，再输一局中国男排将失去参加第四届世界杯排球赛的资格。他们知道当天比赛实况通过中央电视台、中央人民广播电台向全国直播，那时体育比赛现场直播的场次很少，可见国家和人民对男排寄予了巨大的期望。就在同学们几乎放弃希望的时候，中国男排开始了力挽狂澜的战斗。教练调整战术，开导队员，队员间相互鼓励后第三局开始了。中国队一路领先，如鱼得水般地绝地反击，打得酣畅淋漓。电视室里，同学们也是越看越兴奋，鼓掌叫好已不足以抒发心中的痛快，就不停地替场上队员出主意。坐在刘志达旁边的新闻专业的周宁一个劲儿地喊："时间差！"他一喊，电视里我们的队员就真的打了一个时间差，扣球得分，弄得电视室里同学们都一个劲儿地高喊："时间差！"最后以十五比五大比分获胜。第四局比赛，中国队曾以零比三落后，追成四平，韩国队又连得二分，中国队以四比六落后。一旁的戴廷斌教练赶忙叫了暂停。之后，中国队连续拦网和反击成功，一鼓作气连得九分，以十三比六大比分领先。这时的中国队已经完全找回了感觉，打出了节奏，各项技术都发挥得得心应手，最终以十五比七拿下第四局。此时双方打成二比二平。最关键的第五局开始了。中国队气势不减，胜利几成定局，可比赛快结束时，转播突然中断。因为租用卫星的时间用完了，但电视室里的同学们都不懂为什么，等了一会儿也不见

---

[1] 参见刘志达，《"三二○"之夜》，载《百年潮》2010年第3期。

转播恢复，估计香港的比赛已经结束了，大家就陆续回了宿舍。而此时，守在收音机旁的同学已经听到了：比赛已经结束了，第五局十五比九，中国队最终以三比二的成绩赢得了这场艰苦的战斗。

电视那头，中国男排的教练和队员激动得又跑又跳，一场劫难终于结束，而他们战胜了它。

电视这头，同学们奔走相告，有人不知道从哪里搬来了一面鼓，欢快的鼓点敲了起来，有人点燃了寝室的扫把当作火把，有人摇动着红旗，每个寝室的窗户都打开了，大家激动地应和着楼下自发游行的队伍。队伍从三十二楼后面向东，由三十二楼东面直奔南大门，边走边喊着口号："中国队，万岁！"至南大门，折而往北。路东的二十五楼、二十六楼，当时是留学生楼，有外国留学生从楼上窗口往外看热闹。队伍的口号到这里很自然地就变成了"中国，万岁！"而且就这么一路地喊了下去。队伍后来顺路出了小南门，上马路向东走。不一会儿，有人带头唱起了《团结就是力量》这首歌。后来有同学和刘志达说，我们换个口号吧，最终在刘志达的建议下，"团结起来，振兴中华"的口号飞出燕园，传向全国各地。回到学校后，刘志达见门卫室前有一张三抽屉桌，就站了上去，对大家说，咱们在这儿唱个歌，然后再解散，咱们唱"老国歌"[1]！大家都一致同意。于是刘志达起了个头，打起了拍子，大家就跟着唱了起来。同学们都很兴奋，歌声整齐雄壮："我们万众一心，冒着敌人的炮火，前进，前进，前进，进！"在一阵欢呼声后，大家各自散去。已是后半夜了，但校园内并没有平静下来，还有人在欢呼，还有人用喇叭吹奏国歌的曲调。那夜，不眠的不只有男排，还有燕园里心系男排的热血青年。

第二天中午吃饭时，校广播台报道了头天晚上校园里发生的事情。广播员以激动、热情的声音说："'三二〇'之夜，同学们喊出了'团结起来，振兴中华'的口号，表达了北大学生的爱国热情。"广播里还播放了现场录音。两天后《人民日报》也刊出了有关北京大学学生"三二〇"之夜欢呼中国男排获胜情况的通讯。通讯写得并不长，但翻开报纸可以看到，在报纸第二版

---

[1]"文化大革命"结束后，国歌曾一度被换了新词，但人们心里仍烙着田汉写的词。

的中上靠右的位置，印着一排楷体大字："团结起来，振兴中华！"

1981年的排球故事还没有结束，11月16日，中国女排首夺世界冠军，"团结起来，振兴中华"的口号乘着这个喜讯再次传遍大江南北。这个园子的学子始终没有忘记那种感动，没有忘记那种拼搏和顽强。八四届学长学姐们在学校捐建了这块碑——"振兴中华碑"。1981年，将北大学子与中国排球系在了一起，岁月再也没能打磨掉彼此的情谊。

后来，这块碑听到了中国女排五连冠的辉煌，记住了中国女排的低谷期，终于又见证了中国女排时隔十二年再次夺得奥运冠军的一幕。还是一个晴朗的夏日，我坐在邱德拔体育馆里，激动地等待着郎平教练和女排姑娘们的到来。她们出现的那一刻，眼泪莫名其妙地滴落。我对排球没有过多的了解和接触，但眼泪就这样抑制不住地流，想起的竟是那块被绿树环绕的碑。郎平带着女排姑娘们与它合影。三十二年前郎平是夺得世界冠军的中国女排队成员，她也曾和当时的战友一起来到北大，来到"振兴中华碑"的身旁，32年后她已经成为中国女排队的主教练，并且带着这些姑娘们夺得了奥运冠军。照片里，郎平站在碑旁微微笑着，有一些秘密，只属于她和这块碑。

也许是因为我了解了一点关于这块传奇的碑的故事，大二整一年我有许多课程都排在了一教，每次上课、下课，走过熟悉的路，走过熟悉的碑旁，夏天它还是那样默默地藏在树丛中，冬天就藏在干枯的树枝间。燕园里每天都有一些游客，有时看到他们在图书馆前拍照，有时看到他们在未名湖边停留，有时看到他们在博雅塔下驻足，有时我还被问到"西门怎么走"，但他们几乎不会到这块碑前。带新生训练营时，我曾带大一新生到这块碑前，因为它太过于沉默、低调，平日里如果不仔细寻找，怕是真的找不到它在哪里。我想，大一的他们也会把这份属于北大人和排球独特的感情传承给以后的北大人。北大很大，每个地方都有它们自己的故事；北大也太小了，小到几十代人的默契都刻在这一块碑上、四个字中。

三十六年了，它身边的建筑不断变换着，路过的人不断变换着，中国排球不断变换着，它依旧静静地立在那里，"振兴中华"四个大字一如往年遒劲。

平淡下去

薛精华

"他们但凡昨天用点心就不至于找不着了，下课的时候去教室问问就拿回来了，也不至于今天这么麻烦。或许他们连这个老师是哪个教室的都不知道，一点都不用心。"

张老师一边烦躁地登记着，一边埋怨着。

张老师是北大的一名教室管理员，负责三教多媒体设备的日常管理，包括开锁解锁以及借出话筒等设备。到今年夏天，她在北大就度过整整十八年了，刚好是一个大一新生的年龄，一个最美好的数字。一米五多的个子显得很娇小，让人生出一种保护的愿望，除了蓝黑的工作装之外，她看上去就像是一个平常的大学生。

由于学生助管的工作失误，前一天晚上有一个老师借了话筒但是没有还，只留下了教工证，没有任何联系方式。按规定开学前两周借设备的老师都要留下联系方式以备不时之需，但是张老师和两个学生助管翻遍了这个学期的登记表也没有找到这位老师的信息。张老师的翻页动作越来越重，喘着粗气，与她娇小恬静的外表极不符合，一副随时都会爆发的样子。

这种情况之前也发生过，另一位老师的处理方式就是放任不管，老师们发现自己没了校园卡或者看到了自己不小心夹带走的话筒便会主动联系值班室。"我们只要保管好卡就行了，"当时的那位男老师这样告诉我。"估计他去吃饭的时候一掏口袋，哎，怎么只有话筒没有校园卡。"值班室的人笑成一片。

但这次显然不是开玩笑的好时机。丢了一个话筒，在张老师这里是一个严重的工作失误。她登录了北大主页，开始翻看教师信息，想要找到这位老师的办公电话。"学校的网站上一般只有邮箱，应该不会留下电话吧。"一位学生助管怯生生地说。"不知道呀，有的时候可能会放上办公室的电话吧，不然就只能打给教务了，估计比这个还麻烦。"张老师依然紧盯着电脑屏幕，没有转头看助管。"是哪个老师呀？""新闻传播学院的陈老师……哎对了，你是不是认识他？"学生提高了声音，略带惊喜地抢着回答："对呀，我认识他呀，但是我没有他电话，我在班群里问问吧。"张老师扭过了头："对对对，你赶紧问问，不然就太麻烦了。"

张老师紧皱的眉头松了下来，好像又有了平常和蔼的样子。她的柜子里总是有很多吃的，平常喜欢分给大家。上班第一天，她就捧着一大盒鲜红的草莓分给大家吃。我一时不太适应这么亲近的状态，便连声推辞说不喜欢吃草莓，对面的姑娘却没有认生，吃了一颗拿了一颗，两人便在一旁聊了起来。

"我其实还是挺喜欢跟学生们接触的，尤其是你们这些90后，感觉你们总是充满活力，跟我们这些人不一样。"

十八年不是一个说来玩玩的数字，对我们这么大的人来说，这便是我们一生的长度。很难想象十几年只待在这个略显狭小的园子里，吃着基本没什么变化的食堂菜。毕竟第三年的我对于食堂已经提不起兴趣了，但她好像乐在其中。而多媒体值班室一般又都很狭小，一教的值班室位于楼梯间，只能容下三个人并排坐下，行走都有些困难，也没有暖气。三教的条件虽然好一点，但也是位于三教走廊尽头的一个角落，常年阴暗不见阳光。空间逼仄的时候，身处其中的人便会感到烦躁，所以我在值班的时候一般都写不出什么作业，睡觉或者看剧成为常态。很难想象十几年如一日过这种生活的人。就像是无限延长了学生生涯，始终处于这种算不上忙但也总闲不下来的状态。我想，应该会是难以忍受的吧。

周三的早上我七点半上班，因为起床较晚，早上的时间都很紧张，经常带着早饭到办公室吃，自然也就没有时间化妆。但是周三又刚好要和暗恋的男生一起上课，所以一般都会带着化妆品在上班时间化妆。第一次在那里偷偷化妆，满脸都是没有涂开的粉底的时候，她就推开了门，我又刚好坐在门口的桌子上，正好被逮了个正着。感觉有点尴尬，便红着脸从镜子里偷偷看她的反应。她进门之后瞥了我一眼，先是一惊，然后抿着嘴笑了笑，眼睛也随着笑眯了起来，双眼皮却更加明显，看起来甜极了。她转身关上了门，没有再看我，径直走向了自己的桌子："哟，这怎么都化起妆来了呀。"我感觉自己连耳朵都是红的，抬头看着她，因为没有戴眼镜的缘故，只能看到模糊中她在笑着。"因为今天要和男神一起上课呀。"我回答完火速低下了头，装作认真化妆的样子来掩饰我的尴尬。她反倒不依不饶起来："是谁呀，你们院的男神吗？"我开始画眉毛，始终盯着镜子："不是，是我个人的男神。""哦……"她发出了一个意味深长的声音，然后笑出了声。"你们这些小女孩呀，小心思还真多。"我慌忙捂住了有点发烫的脸颊："哎呀，老师，你别说了。"她已经笑得合不拢嘴了，怕我害羞便收敛了一点，开始静静地看我化妆。

据我所知，她是一个不施粉黛的人，但她今天却好像打开了话匣子，跟我聊起了化妆。"有一个散粉特别不错，你可以试试，叫……悦诗风吟，对，悦诗风吟的散粉。""嗯，他们家的散粉是挺好的。"我只是应付地回答了一下，因为她提到的这个产品是一个入门级别的化妆品。"我还真是佩服你，为了变漂亮折腾这么久，我就受不了化妆。""为什么受不了？我觉得跟平常没什么区别啊。"我对她的逻辑有些不理解。"我之前去专柜的时候她们给我画眼线和眼睫毛我就觉得眼睛痒得难受，总是想要揉眼睛。不行，我一点都受不了。""我觉得还行，可能是你不太习惯吧。""反正我受不了，我就每天抹个水儿呀乳的就出门了，也挺好。"我没再搭腔，她也没再说话，只是静静地坐在桌前看我化妆。化妆用的这些瓶瓶罐罐对女生总是有着天然的吸引力，不管她们是什么类型的人。被拒之门外的人，总会有着不同程度的遗憾吧。

不知道是张老师记住了周三对于我来说是特殊的日子，还是我真的每逢周三都会看起来不一样。不管她是否看到我化妆的过程，都能准确地辨认出我今天是否要见暗恋的人。"我感觉你今天还有约会啊！"她会用这种略带挑逗的语气把我问得满脸通红，然后咯咯地笑起来。"老师你跟你男朋友见面都不打扮吗？"我一脸不服气地反问道。张老师有一个新男朋友，是一个常年出差的工程师，两人见面很少但是感情还算稳定。"我们都这么大年纪了，还打扮个什么。""那他情人节送了你什么呀？"我不甘心地继续问道。张老师笑着喝了口水，盖上盖子之后才慢慢说道："我们都不过这种节日的。"意识到气氛有些尴尬，我连忙说道："哦，那你们是那种不太黏的情侣啊。""对，我们各自都有各自的工作，平常见面也少，是比较独立的状态。"

张老师家里有四个姐姐和一个弟弟，除了她之外所有人都已经成家，只有她一个人还在外面漂泊。之前谈过两个男朋友，但都因为性格不合适没能走到一起。"什么样子算是性格不合适？""很难说，就是一种感觉，跟他在一起不舒服，总是要改变自己，很累。""那现在的男朋友合适吗？""目前来说还挺好的，感觉聊起来特别开心，是一种很放松的状态。"三十多岁还没有出嫁在农村已经算是大龄剩女了，家庭的压力可想而知。"我也想尽快稳定下来，有一个自己的家，但是这方面的事情我还是不愿意将就。""是必须要找到自己喜欢的人吗？""也不是，想找一个合适的人。"

在外漂泊是一种很奇妙的感觉。对于家庭条件并不突出的人来说，离开家就意味着逃离油盐酱醋的烦扰，拥有一个自己的世界。在新的环境中完全可以用一副截然不同的面孔来生活，但有的时候一些小事情却又总能戳中心中最柔软的地方。比如逛街的时候看到一个心仪的椅子或者梳妆台之类，流连再三也不能买下，因为宿舍不是家。几个人分享一个二十多平方米的小空间，伸展都成问题，如何安放得下这些家具。张老师一直想买一个沙发床，因为她喜欢没事的时候窝在软软的床里看看书。但是她和别人合住在电教的小宿舍里，宿舍太小，容不下她的这个愿望。有个家的感觉就是可以自己随意布置，添置一些有感觉的物件。即使是租的房子，也是一个归宿。

张老师拿起了案头的《三国志》，从我认识她开始，她就在读这本书。她看书的样子很安静，头发披散下来，身材娇小的她似乎要被这个大部头吞噬掉。没有耳机，没有茶杯，手机也不知道被塞到了哪里，桌子上就只有这一本摊开的书，半天也不动一下，仿佛睡着了一般。她喜欢读文学类的书，因为这些书节奏很慢，能给人带到一个新的世界，不用再考虑工作和生活的各种压力。不同于大多数人，手机在她这里好像并没有成为负担。她没有微博，没有 QQ，除了偶尔用到微信之外，她的智能手机与旧式手机也没什么大的区别，无非是接个电话而已。甚至有的时候她不在办公室但是手机响了起来，我和另一个同学听了半天也翻不出来她的手机。她喜欢把它随手放到角落里，然后便不再去考虑。

连续好几个学期她都会旁听一门课程，名称叫作"中医养生学"。这是她在北大最喜欢的一门课程。"讲的东西都很实用，老师人也很好，有的时候我去问他问题，他都很耐心地回答。但是这个学期我调到三教之后就找不到他的教室了，挺可惜的。"她平常会旁听很多课程，包括经济类的、政治类的，以及一些讲座等。她也会像一些女大学生一样围观魏坤琳老师，看着他的照片乐上半天。

但工作总会有磕磕绊绊，前几年有位老师不愿意每天到值班室借话筒，要求张老师每节课前把话筒放在讲桌上。"我当然不能同意啊，这是规定，放在那儿也不安全。"那位老师可能也是脾气比较差，竟然当着全班学生的面在讲台上数落张老师。"我当时直接哭了出来，感觉还挺委屈的，分明不是我的错。""那你怎么不跟他争论啊？如果是我，我绝对会跟他吵起来的。""因为老师们也没有恶意，他可能就是当时心情不好，或者不了解规定，我就只能跟他解释，如果话赶话吵起来的话，后果可能会更严重，而且下面还坐着一屋子的学生。"但其实对于这份工作她还是很热爱的，活不重，待遇也还行，"风吹不着，雨淋不着"，总比在家要好得多。

年初的时候张老师的室友突然辞职离开了北京，这对她的触动还挺大的。"毕竟我们一起生活了六年，她突然走了，我感觉我的生活也都发生了变化。"电影中总会有一个刺激因素改变主角的生活轨迹，生活中也一样，这些突发的变故正是促使我们成长的关键。而这些逻辑在张老师这里却行不通。"那老师你是不是因为她的离开也想辞职呢？"我期待着会有一大段关于工作和北大甚至是北京的抱怨，但出乎我的意料，她斩钉截铁地回答："没有。"我很不解："为什么呀？你不觉得这个工作很无聊吗？""虽然我有的时候也想离开北京，换个生活环境，但是想来想去，还是不想辞职，现在的生活状态挺好的，不紧不慢，刚刚好。""那如果，我是说如果，你辞职了，你会换一个什么工作？"张老师笑着看向了窗外："我如果真的辞职了，想好好地歇一段时间。倒也没什么特别想做的工作。""哦，这个我懂，就是间隔年呗。""是这么个意思，但是我肯定歇不了这么长的时间，三个月估计就是极限了，我是个闲不住的人。"

张老师十几岁刚来到北大的时候，是在小卖部给别人帮忙。偶然的机会认识了一个教室管理员，她要休假，便让张老师替她一段时间。"领导看我挺踏实的，就把那个女孩辞了，把我留下了。"张老师说着举起了茶杯，眼睛笑得眯了起来，颇有一种"想当年"的意味。这个工作虽然很平淡，但总比理货容易得多。教室管理员虽然清闲，张老师却总能把它做得不清闲，所以我所预料的"难以忍受"，在她这里完全不成问题。

她是一个热情极高的人。借话筒的老师刚走到门口，她就向老师问好，然后从自己的办公桌前走到学生助管借话筒的桌前，看着助管拿东西。有时候助管反应慢，她便抢走设备递给老师，顺道说一句"老师您慢走"。工作上的事情她好像格外容易着急。有一次一位老师的投影打不开，张老师让另一位管理员老师去教室手动开一下，但是这个老师一直在鼓捣自己充不上电的手机，磨蹭了大概有一分钟。张老师突然踢开了凳子，冲到储物柜前拿出遥控器，摔门而去，留下我和另一位老师一脸茫然。

"喂？陈老师吗？……哎，您好，我是三教值班室的，您昨天下午借了话筒但是没有还，所以您的卡还在我们这里，您看您什么时候有空来取一下吧。"

我抬头看了一眼表，已经十点多了，张老师考虑到周五有的老师没有课可能会休息，直到现在才打电话过去。

"他今天会来还吗？"我看张老师挂了电话，连忙问道。

"他出差了，所以昨天急着走忘了还，估计要周一才可以。昨天我两点半就下班走了，不然也不会发生这种事。本来昨天就应该打电话的，非得等到今天让我来打。"

我没再接话，这是她很用心在做的事情，出了差错而着急是正常的，等她气消了，便又是那个爱开玩笑的普通的女生，不追求卓越，不嫌弃平庸，平常就好。

作别清华园

王卓远

2016年10月21日，清华园车站停运前一周的时候，4471次列车就挤满了人，这趟绿皮车颠簸摇晃，车上的设备也陈旧不堪——曾经的卧铺车厢光秃而积满灰尘，漆皮龟裂上翻，金属的关节也生锈损坏，只留下铺的床位给乘客坐卧，神聊海吹看窗外悠悠荡过的砾石轨基、树木和低矮的房屋。看起来行将就木的这趟车仍然保留着一等座的车厢，车厢连接处的洗手间把手锈迹斑斑，用力一拧却毫不动弹。在轰隆摇晃的列车里寻至乘务员，她们都是五六十岁年纪的大妈，干脆麻利地从北京北站开始就在检票、打扫，像每一列车上都会做的寻常事一样，红色的工作服穿在身上并不显得年轻靓丽一点。她们的眼影也画得过于浓厚，以至于眨了眨眼用一口京腔回复时，会觉得她翻了个白眼："洗手间不能用了。"

一等座的座位上大多是要乘车至终点京郊的乘客，而改造后的卧铺车里不断有人来回走动，抱着单反，甚至组装起复杂的器材。还在上大学的吴泽南特地从南昌赶来北京，一个周末的时间就足够他跑一趟，带着各种专业设备，兴致勃勃地给人展示他拍过的照片。每个月他都走南闯北，往来于各式各样的绿皮车之间，所有的花费都是自己出，因此每月的生活费有时能被他压缩到两百元左右。在走廊的窗玻璃旁，他一边介绍着这一片区域火车型号的历史，一边不无伤感地望向火车来时的方向，仿佛在回忆自己即将随这条线路远去的青春。

韩梦华家住清河，2003年考入北京航空航天大学，在这条线上往返了两年，介绍起车号来嘴巴像是在打炮，一连串的数字见证着从北京北到承德这条线路的变迁，一直说道："原来这条线从来没有过这么多人，以后只怕也不会再有了。"

因为2022年的冬奥会，新修的京张高铁将从北京地下穿过。2016年10月31日的下午，清华园车站迎来最后一趟4471号列车，就将永远关闭。坐落在五道口附近，学院路周边"八大院校"的设备和用煤都要经过清华园站，这里曾经对北大清华学子来说都再熟悉不过，而现在，被称为"宇宙中心"的五道口依然繁华，闪烁着青年男女的笑意，毗邻着的清华园车站却已经老了。

这个车站由曾经的荒芜转向运输枢纽的繁盛，又随着北京交通的发展渐渐成为被人遗忘的存在，从乘务员到周围居无定所的外来移民、见证烟火气和荒凉的老北京人，串联起北京一个角落的集体记忆，又仿佛是北京城的缩影，拼凑起摇晃不定的未来。

火车上的刘大爷带着行李和吃的东西，对要停运的事情毫未听说，一听到不久就要关闭清华园车站的消息，他叹了一口气。他1995年来到北京，之后二十年一直在北京工作，这条线路是他假期回家最便捷的方式，停运之后估计要绕一大圈吧。

随着一声汽笛鸣叫，列车已经抵达清华园站，要在这里停留半个小时。这里要不是即将停运，绝对不会有这么多人，狭小的站台好像从来没有承受过这么多人。站台矮小而满是灰土，一个一层楼的平房，里面是几个乘务人员值班室，摆放着破旧的自行车和发电箱。入站口仍然有很多人排着队，等待着S2列车的到来——那是连接北京北和延庆的市郊线，是在奥运前夕开通的快车，也是很多旅客前往长城会选择的交通工具。等待列车重新启动的时间里，许多人拿起手机拍摄停着的列车。在站台上走来走去的人群里不乏情侣。一对来自清华大学的年轻人满怀深情地怀念起曾经和爱人间的点点滴滴，和朋友们一起横穿铁路回学校，周末坐火车到京郊住宿了再返回，火车把他们甜蜜的回忆留在了曾经。北京大学的谭晨昕谈起他曾经的恋人，她最爱坐火车，拉着他曾经把这条线来来回回坐了个遍。有一位中年人抱着单反相机穿梭在人群中，不断地在寻找最好的拍摄角度，他是《中国国家地理》的记者，谈起怎样拍这段火车就滔滔不绝："那边的高楼上其实是很好的取景点，但是都被人拍滥了，因为那里可以同时拍到驶来的火车和五道口的夜景。"

据工作人员介绍，站台的背面才是老的站牌，绕到房子后才看到类似于牌坊的一面墙，从右到左地写着"清华园车站"。更令人吃惊的是，转到背后才发现，站台后还有着幽深虬曲的巷落，由红砖盖成，不断分岔，在光秃的黄土地上形成了一片居住所。

往一条小巷里走，不断有人提醒里面走不出去。道路也是扭曲不堪，在路的尽头总能发现有狭窄小口通向新的方向，里面的不同区域应该属于不同的房东，从车站还是荒田的时候就拥有了房子，现在把长条的房间切分成更狭小的隔间，给不同的租户居住。一个隔间顶多十几平方米，外面在白天用布遮住门，相对的房门常常有挂着的晾洗的被单、衣服挡住道路，拨开一层往往看见里面还有不断出现的新空间。这一片民居像是魔幻的迷宫一样，看不到尽头。

走到一条路的末端，便出现了一片空地，几个租户一起在这里淘米、洗衣服，一个大妈走出来疑惑地打量起在这里她没有看到过的面孔。十年前，她搬来这里，为自己忙碌的儿子帮忙，抱起孙子的大妈格外欣慰，提到自己的儿子在交通银行上班，更是骄傲不已。说到这里的生活，她感到很满足，邻里融洽，在这块做点小生意，生活对于她来说就是这样。

十年前大妈搬来时，小巷的外面还有一个希望小学，不久就被拆了，不见踪影。这附近破落的五道口购物广场旁边曾有一个小吃城，里面卖小吃的、卖古董的混成一团，拆除后变成了一个收留违章车的停车场，2008年奥运前夕，被改造成了大厦。数年后，大厦的顶端尽是慕名而来带着单反相机的人们，站在夕阳或晨曦中，捕获4471号列车暮年的身影。

旁边一条小巷的小卖部里的赵老板从小吃城存在很久以前就一直生活在这里，他们夫妇最初住在四川，后来到河北定居，儿子上学之后又带着他来北京挣钱。对于火车站停运的事情，他们夫妇好像早有耳闻，妻子嗓门大，爱抱怨，进门的时候一声"干什么"就能把人吓退三步，她很不满地说，轨道沿线的这些平房都要拆掉，他们只能回河北谋生，也在给儿子办一些转学的手续。家里五口人一共只有两亩地，赵老板表示很无奈。零零星星地有几个孩子进小卖部买几瓶饮料，两人坐在闷热的阳光里，望着狭窄巷子出口处依稀可见的轨道出神。

忽然老板妻子又大喝一声"干什么"，急忙掩起了小卖部的门，往巷子出口走，住在周围和老板关系挺好的几家住户也有几个人出来张望。门口的摩托车突突作响，两名城管带着狐疑和不屑的眼神望着走出来的人们，叮嘱我们一定不要买这里的东西吃，"用的都是最劣质的原材料，他们装出最可怜的样子来欺骗你。"他们两个也都是大学刚毕业，和当地居民应该有一些矛盾。谈到火车站的问题，直接让我们去找当地机关。周围的居民噤声笑笑，"笑什么笑？再来就把你房子给拆咯。"说罢两人就上车突突地离开。

人群散开，各自回到住所里，平日里见惯了的生活，无非也就是鸡毛蒜皮，来了又去。

小巷里的一位居民随口谈到，这一块的平房应该都是违规建设的，前段时间他发现有文物单位的来该地考察，可能会把清华园车站作为文物保留下来。他还说，这里的居民都是住上两三年或者三五个月就走的，像那位带孩子的大妈一住十年的太少了。

"还不是为了挣钱啊，说辛苦，哪个不辛苦。"一位安徽中年妇女有点不耐烦，洗着头发说。有啥好啊，她说，平时没有休息的时间，做小买卖大概下午四点到晚上十点，才能回家再做饭。她哐哐的脚步声向前走去，消失在了一个方格里，那里面，她的丈夫正在午睡。

旁边正在串门的湖北中年人倒是挺安闲，他在这里已经住了好几年，像他一样长期居住的租户有十几家。住在这里的大多是做小买卖或者送外卖的，做路边摊贩的会和城管有些过节，小推车一被收缴就要交五百元才能赎回，不如重新买。听说火车停运的事情，他很坦然，说那大概就要搬到五环边上居住了，这些年他就是因为拆迁从三环一直搬到了这里。回到他自己的房间，里面略显杂乱，但是有取暖设备，厨房也干脆挤到了一起，有电视、无线网，他一个人住在这里，接一些送货的活。妻子在做住家家政，两个孩子都已经结婚工作了。他的生活很规律，娱乐活动就是串门打打牌，谈到自己的孩子，还会露出幸福的笑容。

在小巷里穿行，时不时地从门口的帘布往里打量，里面传来一阵阵电视剧的声音。这里的居民与全北京其他的务工人员一样，基本都是外地人，大多是经老乡介绍来北京挣钱的，在这里以短期居住为主，主要因为这里房租比较低。

赵老板说话的工夫，已经来了几个骑着单车过来的年轻人，他说他负责帮房东看着几间还没租出去的房子。他领着年轻人往小卖部的一侧里面的巷子走，最后停在一间和其他人住的别无二致的格子里，但却因为四壁徒空而有点森然可怖。年轻人摇摇头感叹太小了，就出去推着单车离开。赵老板接着介绍起这里的房子：十几平方米的每个月一千多元的房租，基本每户都有电视，有无线网，有些房间有空调，但是这里都是没有暖气的。对于冬天的寒冷，他们说扛一扛就过去了。

走出小巷的一个出口，就是些许摊贩站在左右的一条小道，连接起清华园车站和外面的大道。那里的不远处，就是五道口，可是这周围的一切，仿佛都与住在这里的人无关。

小道上的清洁工在这一片已经工作了十几年的时间，当被问起是否熟悉这一带的人们，他直接回答：不认识，住在这里的人来来去去，见得最多的还是卖东西的摊贩和来乘火车的人。

作为在这里住得最久的一批人中的一员，赵老板想了半天也想不出来这块地方发生过什么比较大的事情，日子好像静止了一样，每天人们出现又消失，奔波在生存的路上。

"哦，对了，我想起前几年有一个特别奇怪的事。"

"一个老外，特意跑到这里来，拿着一大把钱，看到住在这里的人就跑上去，一个人塞了一张一百块的票子。"

女生日记[1]

朱 也

淡入

1. 草地上 清晨 外景

江小夏手捧着《艺术学概论》认真地读着，耳边有清脆的鸟叫声和风声。

【定格】江小夏一袭白裙，坐在一片铺满落叶的绿色草地上，戴着白色耳机，手拿着书本抵住下巴，眼睛望向远方，略显迷茫。脚边放着她的外套。一片落叶缓缓飘下。

江小夏静静地躺在草地上，依然戴着白色耳机。清晰可见落在草坪上的银杏叶。

【画外音】什么是空气？ 99.03% 的氮和氧加上0.03% 的二氧化碳。

躺着的江小夏伸出自己的手朝向天空，像是想要抓住空气，张开五指又合上，却又再次放开。天空的方向有银杏树隐约模糊的影子。

【特写】江小夏眨巴着自己的大眼睛，不知望着什么。

---

[1] 本剧本为创意写作课"剧本还原"作品，根据北京大学陈宇教授导演影片《女生日记》（2011年），尝试还原剧本。

（音乐1入）

2. 未名湖畔 白天 外景【空镜头】

3. 图书馆 白天 内景

图书馆内青灯古案，令人沉静。书桌两侧列满书架。江小夏戴着黑框眼镜，两手合在书上，趴着，闭了眼睛，睡了，嘴角微微有一丝笑。她面前的灯还亮着，一叠书在她右侧，左前方一本极厚的看起来年代久远的大书还摊开着。江小夏的身后，零星地有同学在认真地翻阅书籍。

睡着的江小夏像是把自己埋进了书堆。在梦中还频频点头。

馆内的好多书都有些许年代了，有关历史、地理的书籍列满了书架。江小夏手触着书架，缓缓移动。带着历史尘封的记忆，她拿了一本书捧在手上，《新青年（第一卷）》几个朱红色的字赫然入眼，书皮裹着亚麻布，书脊在右侧，靠近书脊的地方还留着斑驳的水渍。

【画外音】什么是记忆？生物学中个体的解码、存储、检索。

江小夏翻开书，缓缓读着，有关北大及北大先辈的一幕幕在一张张黑白的老照片中浮现。

看着书架上布满灰尘、封页都已经坏了的《北京大学日刊》，江小夏是敬畏的，敬畏历史的记忆。

4. 楼梯 白天 内景

"咚咚咚"……

江小夏匆忙地奔上楼梯，甩下一个背影。

5. 教学楼走廊 白天 内景

迟到的江小夏立在教室门外，喘着粗气。

6. 教室 白天 内景

江小夏轻轻将教室后门推开一条缝，弯下身将头探进教室。

听到了开门的声音，老师和教室里的其他同学齐刷刷望向了江小夏。江小夏进到教室，众人目光的凝视让她尴尬地低下头，抿起嘴，做出认错的姿态，右手无意识拽紧了肩上的包，左手缓缓将门合上。

"砰"——

（音乐1结束）

江小夏："对不起，我迟到了。"

（音乐2入）

老师立在讲台上，右手手指轻敲了讲台几下，像在酝酿什么。

老师："宋代《潇湘奇观图》题跋的大概内容是什么？说出来你就进来吧。"

江小夏微微一笑，自信地昂起头来。边说边四下望望："先公居镇江四十年田菴于城之东圃冈上以海岳命名一时国士皆赋诗不能翰林承旨翟公楚米仙人好楼居植梧崇冈结精庐瞰赤县宾蟾乌东西跳丸天驰驻腹藏……"

同学们脸上都是大写的惊讶，盘头发的女生眯着眼睛皱起眉头望向江小夏，一个戴眼镜的男生将拳头塞进了自己的嘴巴……

老师都不自主地张开了嘴，诧异的眼神不言而喻，有些哭笑不得，也有些欣慰。

老师打断江小夏："好（音乐2结束），好了好了，你进来吧。"

捍卫尊严之战告胜，江小夏满意地笑了。

（音乐1入）

认真学习的女孩最美。江小夏托着下巴听讲，不时做些笔记。

【画外音】什么是大学？大学是以多种不同观点看待世界的专业群体。

7. 矮墙边　白天　外景

藤蔓垂挂在青石砖砌成的墙上，墙面张贴着各类海报。江小夏被一张以红色舞台幕布为背景的海报吸引，上面书写着"招募演员"。她心动了。

8. 剧场　白天　内景

"谢谢大家。"

上一位参选选手结束了她的展示，骄傲地鞠着躬，身姿婀娜地走下了舞台。导演坐在舞台下方负责认真地挑选自己心仪的演员。舞台幕布上悬挂着北京大学的校徽标识。

下一位上场的是江小夏。

江小夏是昂着头上来的，紧闭双唇，透着倔强，她的身姿由于紧张而过于挺拔。

（音乐1结束）

江小夏：我叫江小夏，（音乐3入）是艺术学院07级的本科生。

时间凝滞了几秒钟，台下的导演还在等待江小夏进一步的才艺展示。由于缺乏舞台经验，江小夏不知所措地朝观众席上望了望导演。导演左手端着一个杯子，无奈地向右手边的同伴耸了耸肩、摊了摊手。

导演："Well，say something."

江小夏还是高昂着头，重新注视正前方。

江小夏："Say what？"

导演笑了，哭笑不得，扭头望了望身边的伙伴，转过头来对江小夏说："Say why you should be the lead actress in this play."

导演的语气有些许不耐烦。

江小夏想了想，嘴角挂了微笑。（音乐3结束）

安安静静地，她哼唱起来，很纯净、甜美、空灵，唱着青春的理想和憧憬，那是带着灵魂的歌声。导演会心一笑，他找到了他想要的。

9. 天台上　白天　外景

（音乐4入）

从天台上望，远处隐约能望见博雅塔模糊的影子。

江小夏坐在栏杆上，眼睛向着天空的方向，那是诗和远方，是理想，是努力的方向。她的脸上一直挂着笑。

【画外音】什么是高音 C ？ 每秒二百六十二次的震动。

10. 楼梯 白天 内景

江小夏右肩背着一个布包，匆匆从楼梯上跑下来。

11. 阶梯教室 白天 内景

阶梯教室里坐满了人，正在进行一场考试。江小夏坐在中间紧张地答着题。

12. 水面 天快暗的时候 外景【空镜头】

水面微微荡起漾漾波纹，倒映着天空、太阳和白云。

13. 湖边 傍晚 外景

有清脆的鸟啼声入耳。湖边一把长椅上，江小夏和一个男孩坐在两端。江小夏羞涩地扭过头，抿了抿嘴，他们两人的身体慢慢靠近，脸慢慢贴近，双唇慢慢靠近……江小夏恋爱了。

14. 天空 黄昏 外景【空镜头】

太阳快要落山，晚霞将天空衬得红红的，上方却有一片乌漆漆的云，像被晕染开来的墨。黄昏的云流得很快。时间逐渐流逝。

15. 马路上 白天 外景

（音乐4结束，音乐5入）

马路上车水马龙，风吹乱了江小夏的头发。在车流中，她抱着一叠传单，不断尝试着将传单发给车主，却不尽如人意。

16. 舞台 内景

导演："One，two，three，four，stop！"

跟随着导演的拍子，江小夏赤脚穿一身黑色的舞蹈服，大跨步向前，手配合着脚步，轮换着向前伸展。

导演："Turn around！ Look at me！"

江小夏扭头盯住导演，导演却摇摇头，失望地走到了幕后。命运的喜怒哀乐总是围着圈打转的，顺境逆境也总能无缝对接。生活不总是一帆风顺的，有些东西也不仅仅是努力就可以做到。尽管江小夏很努力地跟着导演做动作，却似乎永远达不到导演的要求。与她一起共舞的伙伴也离开了，留下江小夏一个人瘫坐在地上，叹气。

17. 办公室 白天 内景

"啪"一声，一张红色毛爷爷被拍在办公桌上。

老板："走。"

江小夏："为什么呀！我不走！"

江小夏的声音带些哭腔，这句话，是喊出来的。然而申诉声换来的是不分青红皂白的暴力推搡。江小夏用力甩开老板的手，"为什么呀，你说好的……（渐出）"而老板只有一个字"走"！

【画外音】什么是社会？社会是由自我繁殖的个体构建而成的社群。

18. 舞台 内景

江小夏在舞台上跳着，泪与汗一同洒下，肢体都是痛苦的。把手合拢放在胸前，她张开嘴喘着粗气，像是用尽了生命，神情恍惚。

"Stop！"（音乐5结束）导演大喝一声，受了惊吓的江小夏抖了抖，精疲力竭地垂下头。

导演："What is this! There is no feeling, no emotion! You know all of the movements, but you have none of the understanding! How many times, I'm done!"

导演激动起来，甩开双臂来控告他的失望，走到舞台的一角，背对着江小夏。其他演员不敢多嘴一句。

江小夏浑身淌着汗，心里流着泪。是呀，社会的无情，人心的冷酷，生活的不如意，压垮了她，她累了。拿起自己的包和衣服，她放弃了，眼里闪着些泪光。

江小夏："I quit."（音乐6入）

19. 电影院　内景

电影里的男女主角爱得热烈，相拥相吻。

【回忆】

路边　白天　外景

电影是梦，生活不是梦。江小夏用力拽住男友的手，却被用力甩开，再抓住，却又被甩开。看热闹的聚了起来，在路边指指点点。

【画外音】什么是喜欢？旺盛分泌的多巴胺，期限三十个月。

她惊讶于一切变得太快，甚至最后，他竟然像那个不分青红皂白推开的老板一样推开了她。被推开的那一刻，时间变得漫长。青春的荷尔蒙丧失了原有的热情，三十个月的恋爱草草收场。

【回忆结束】

一个人的电影，江小夏痛哭流涕。

20. 宿舍　夜晚　内景

昏暗的空间下，床头的台灯散发出些许灯光。母亲病重，江小夏等着父亲的消息，头靠着墙，坐在床上睡着了。

"铃铃铃！"江小夏被电话铃声惊醒，一下坐起身来，忐忑不安地拿起电话。

江小夏："爸，妈妈怎么样？"

江小夏父亲："小夏，妈妈她已经……"

21. 食堂　白天　内景

江小夏坐在食堂里，一个人吃饭。

22. 镜子前　白天　内景

悲伤、痛苦和绝望撕扯着江小夏的心，捋开打湿了的耷拉在额头的头发，她看着镜子里的自己，不住颤抖。

23. 舞蹈厅 白天 内景

只想宣泄，江小夏来到舞蹈厅，开始一圈一圈用力地旋转，直至摔倒在地。

24. 镜子前 白天 内景

闭上眼，江小夏恶狠狠地将自己的头扎进水里，摇晃，她是多么渴望清醒啊，最近发生的一切是她的噩梦。而从水里抬起头来的一刻，世界没有任何改变，现在的江小夏只会哭，也只能哭。

25. 天台 白天 外景

"啊……"

奔向天台，对着空气，江小夏喊着，用全身的气力。

26. 天空 黄昏 外景【空镜头】

生活是灰色的，晚霞是七彩的。云还是流得快极了，就像时间的流逝。

（音乐6结束）

（黑场）

（音乐7入）

27. 校园街道里 清晨 外景

深秋，校园街道两边的银杏都黄了。江小夏骑着自行车路过。

28. 湖边 清晨 外景

湖面倒映下的红红的枫叶，斑驳的石岸，参天的树，还有骑着自行车路过的江小夏。

湖对岸传来《燕园情》的歌声，江小夏停下来，望着这一群穿着学士服的歌唱者，毕业季近了。

29. 摄影棚 内景

打光灯打出光束，江小夏的电影拍摄现场，摄影师、灯光师都各就其位。

男女主演各跪在一个方体上，伸出手想握住对方。

江小夏："停！等等啊！"

江小夏跑过去，仔细调整了男女主手的相对位置。

江小夏："稳住啊！"比划着位置的江导往后退回，"好！各部门准备！（四下看看）预备（手拿起纸卷）——开始（拍下纸卷）！"

第一次拍摄开始了。场记板上赫然标明：毕业作品。

是的，江小夏大四了。

30. 天台 白天 外景

在无数的绝望过后重生，又像曾经那个青春无畏的江小夏一样，成长后的快毕业的江小夏又一次坐在天台的栏杆上，望向天空，脸上重新荡起微笑。

【画外音】什么是时光？时光是我们穿上的衣服，却再也脱不下来。

31. 天空 白天 外景 【空镜头】

蓝天，白云朵朵。

32. 校园内 白天 外景

真的要毕业了。江小夏换上了学士服，略羞涩地低下头，院长将学士帽檐右前侧的流苏轻放到左侧，自然下垂的流苏旁是江小夏绽放的笑。

33. 宿舍内 白天 外景

被清空的宿舍显得空空荡荡，行李箱安静地待在江小夏的脚边。发呆许久，江小夏看了一眼行李箱，深吸了一口气，便拖起箱子迈开了步子。看到了空荡桌子上留存的一张海报，不由得停下，将它摊开，是那张红色幕布为背景的招募演员海报，是那张携着青春的骄傲、欢喜和成长的汗水、泪水的海报。江小夏想起了那个舞台。

34. 剧场 白天 内景

剧场内，舞台的幕布上依旧悬挂着北大的校徽，场子是暗的，却有微光笼罩着舞台。

江小夏轻拉下剧场的门，没锁，便进去了。重新站到那个洒满汗水与泪水的舞台，江小夏好想再做一回当年的江小夏。脱掉外套，再站回舞台中央，舞台的微光燃起星星点点，往事一幕幕闪过眼前，江小夏跳了起来——那当年的舞。泪光点点。

【回忆】（穿插于江小夏的舞蹈中）

场景——剧场　内景

导演："Say why you should be the lead actress in this play."

这是毫无舞台经验就敢去参加演员选拔的江小夏。

场景——自行车棚下　雨天　外景

下雨的北京淅淅沥沥的，有一股寒气。没有带雨伞的江小夏躲在道路边的自行车棚下瑟瑟发抖。

这是出门不记得带伞的江小夏。

场景——企业办公室　内景

江小夏被不分青红皂白辞退人的老板推开。

这是初入社会的江小夏。

场景——宿舍内　深夜　内景

听到母亲去世的噩耗，慢慢放下电话，江小夏止不住哭泣。

这是第一次懂得了死亡真正含义的江小夏。

场景——剧场　内景

导　演："You know all of the movements, but you have none of the understanding！"导演激动起来，不住地挥着手臂。

这是不再自信，选择放弃的江小夏。

场景——电影院　内景

一个人的电影。电影里的男女主角相吻相拥。江小夏却无法不哭泣。不是感动，是心碎。

这是结束了三十个月恋情的江小夏。

场景——镜子前　白天　内景

悲伤、痛苦和绝望撕扯江小夏的心，她看着镜子里的自己，不住颤抖。

这是把头扎进水里不愿接受现实的江小夏。

场景——草地上　白天　外景

享受清晨的阳光和芳草的清香，躺在草地上的江小夏睁开了眼睛。

这是青春的江小夏。

场景——路边　白天　外景

想挽回男友的江小夏却又一次被用力地推开。

这是被分手的江小夏。

场景——剧场　内景

导演："Well, say something."（音乐7暂停）

这是还未懂得的江小夏。

【回忆结束】

重新将双手合在胸前，江小夏眼泛泪光，她终于懂了。

【画外音】什么是美？从"知道"到达"懂得"。

（音乐7继续）

35. 星空　夜晚　外景 【空镜头】

繁星点缀星空，云在流动。

淡出

字幕：百年底蕴　人文之美
北京大学艺术学院
剧终

男生日记[1]

徐雪然

1. 北京大学百年讲堂 日 内

为合唱表演搭好的阶梯背后的阴影中，他悄悄摞起一叠椅子，一把，又一把。

演出厅灯光昏暗，指挥抬手示意，身着民国式学生装的合唱团应声开唱，"*You Raise Me Up*"那脍炙人口而温暖悠扬的曲调经由这些青春干净的声音漾开，和着简单的伴奏响彻整间大厅。

优美的歌声掩盖了他在台后搞小动作的声音。

他成功了。他摇摇晃晃、笨拙地舞着双臂登上了搭起的椅子，从最高一排的合唱队员身后露出头来。他把目光投向台下，因保持平衡而紧张的神情立时被兴奋的笑容打破，如果不是仍站不稳的话，恐怕还要雀跃起来。但这动作实在有些危险，他看起来不够敏捷的身躯愈发厉害地晃起来，紧接着朝着一边歪倒而去——台下早已准备好定时拍摄的机器恰在此时按下了快门，留下了他嘴巴大张、单手举过头顶的曼妙舞姿。

---

[1] 本剧本为创意写作课"剧本还原"作品，根据北京大学陈宇教授导演影片《男生日记》（2012年），尝试还原剧本。

2. 北京大学校园内 日 外

何晓冬（内心独白）：毕业离校之前，我要拍十五张合影，然后，我要赴一个重要的约会。

他脖挂摄像机，手提三脚架，肩扛小椅子，昂首挺胸、雄赳赳气昂昂地直奔女生宿舍而去。他要去做一件很重要很重要的事。

3. 北京大学女生宿舍 日 内

摄影机在宿管阿姨工作窗口的对面架好，他摆好姿势，正襟危坐在窗口旁边。他抬手敲了敲放在窗口下面的告示板，宿管阿姨应声挑帘张望，左看没有人，右看没有人，下看有个男生坐在那里。他一见宿管阿姨投来略略蹙眉的目光，立刻在脸上挂好了与美好生活合影留念的大大笑容。宿管阿姨还没开口问这是怎么回事，先抬头瞧见了一个支棱着的相机。

"咔嚓"，就是现在。

字幕：【与永远准时熄灯的宿管大妈】

4. 未名湖 日 外

石舫上小椅翻倒，他扑通一声掉进水里，溅起足以让摄像机捕捉到的水花。

原来掉进未名湖是这样的感觉啊——明媚的阳光照着他一身凉透的湿衣，照得他心里酥酥的，说不清是种怀念还是种焦急。

字幕：【与掉进去三次的未名湖】

5. 北京大学西门 日 外

他拎着椅子，径直凑近板着一张脸的尽职尽责的保安小哥。

何晓冬（特写）：我要和你照相。

保安：……

保安小哥盯了他几眼，没说话，默默转过身去，以此表示非暴力不配合的态度。他倒不介意，自己乐颠颠地在门的正中摆好了椅子，拍下一张与面壁保安的合影。

字幕:【与永远要查证件的保安】

6. 走廊 日 内

费尽心思找借口请来的两个女生听说是要照相,打扮得妖艳妩媚,还与他的椅子勾肩搭背地摆起了模特 pose。他手足无措,脸上的笑容都僵得有些不自然。

字幕:【与仇人】

7. 北京大学女生宿舍 日 内

软磨硬泡才混了进来,目的只是几乎人去屋空的宿舍。一只玩偶默默坐在床架子的横杆上,午后昏黄的阳光宛如旧忆从窗帘的缝隙中透入,照得这间寝室尘埃重重,仿佛是太多发生过的喜怒哀乐与悲欢离合浑浊了此刻安静的空气。

他的半边脸颊和那本高数书的标题也被照亮,成为回忆的一部分,定格于相框。

字幕:【与真正的仇人:《高等数学》】

8. 北京大学校园 日 外

他很久没有来过这里了,远远看去,小车棚还和记忆中一模一样。而靠近时,他却又情怯起来,双腿如同灌铅。他的手摩挲着脖子上的相机,目光摩挲着那辆自行车。他蹲下身,轻轻抚摸着落了厚厚灰尘、再也看不出美丽花纹的自行车。被他碰触到的灰尘剥落下去,掀开了回忆的一隅。

何晓冬(内心独白):我一直不明白,一个人为什么会花两整天的时间把一辆好好的自行车涂满花纹。

【回忆:一辆用颜料涂满了梵·高《星月夜》的自行车停在楼前的广场,女孩江小夏骄傲地立于其侧,美丽的神情充满了自信和憧憬。他蹲在车前,打量又打量,却只是讷讷不可理解。

何晓冬:这是什么?

江小夏（骄傲地）：星空！

何晓冬（仍是不可理解地吸气）：好吧……】

他没有抹去那辆车上全部的灰尘，只是让已经报废的它保持着被时光埋葬的模样，了无生气地靠在一棵树上，与它留下最后的合影。

字幕：【与那辆自行车】

9. 邱德拔体育馆前　日　外

天知道他用什么方法又凑齐了她过去四年全部的追求者。戴墨镜的、好好学习的、爱运动的、爱动漫的……穿白大褂的。

这张照片里他没有笑，很严肃地，像是向那些趾高气扬的男孩们宣告着什么。

字幕：【与所有的追求者】

10. 蔡元培雕像前　日　外

"思想自由，兼容并包"……蔡先生的名字常常被她提起，他甚至觉得比他的名字还多。

字幕：【与最喜欢的老师】

11. 实验室　日　内

他回到空无一人的实验室，带着食材，在仪器设备当中捣鼓了一下午，为了还原当年做给她的所谓"纳米级煎饼"。他每一次都拿着镊子夹起来尝，失败了几次，总算喜滋滋地把它装盘放在小桌上拍下了合影。

字幕：【与我研发的纳米级煎饼】

12. 饭店　夜　内

拍毕业照那天晚上，他请她的室友们吃饭。

女孩们学士服都还没来得及换下，却在这温情而伤感的聚餐上喝得七歪八倒，大哭着忆苦思甜，似乎完全忘记了他的存在。一个姑娘从沙发座椅上爬起来，借着酒劲似乎突然看到了他，表情一瞬间从迷蒙变得愤怒。

女孩："你混蛋！都怪你！把她放走了！"

姑娘们喝得多了，闹得够了，最后都睡了。他喝过几口，但看着她们，觉得有什么东西好像隔了一层，本就喝不尽兴，更何况还要送她们回去，于是便不再喝。他看着她们累了、睡了，才静默地摆好相机，坐在她们之中留下只有一人面对镜头微笑的合影。

字幕：【与厮守四年的舍友】

13. 舞蹈训练厅　日　内

何晓冬（内心独白）：我不明白，为什么有人眼中最完美的舞蹈演员却是个残疾人。

他到的时候舞蹈队正在训练，姑娘们穿着天蓝色的长裙悠悠起舞，就像灵巧的精灵。而他能从整齐的舞者队伍中一眼发现自己要找的人——一个同样穿着天蓝色长裙，面容干净的女孩，只不过，她娴静地坐在轮椅上，一只脚孤零零点着地。

他与她合影，那些热情的舞蹈队姑娘们在后面列成一排，非常认同他所转述的她说过的话——"完美的舞者"。

字幕：【与完美的舞者】

14. 北京大学校园　日　外

他熟门熟路地拐进了校园的角落。绿地上草长得更高了，白花青草映着青春的天空，小白猫在花间嬉戏，和他玩着捉迷藏的游戏。

何晓冬（内心独白）：我不明白，为什么有人会因为一只猫的离去而哭了一整个夏天。

【回忆：江小夏在草地上堆起一座小小的新坟，插上"小猫阿狸长眠于此"的墓碑，望之悲从中来，抽泣不止。他在旁边百无聊赖地站着，拎着根树枝漫无目的地把玩，时不时看着远方，举起手表察看。】

那片草地，望过去，满地芳草中小小的坟堆还在，作为墓碑的木牌也没有倒，只是那坟前已生出萋萋新绿。

阿狸呀阿狸，那为你哭、为你笑、为你寻找安眠之地的姑娘，此刻又在哪儿呢?

字幕:【与校园里的流浪猫】

15. 音乐厅 日 内

他走进音乐厅,那里也一样,空空荡荡。他找了个座位坐下,直愣愣地看着台上。明明没有一个人,没有一点声音,他却觉得万丈的昏暗中有一把大提琴散发着独一无二的光,那柔和而深情的声音潺潺流淌,像灵魂的和音。

何晓冬(内心独白):我一直不明白,为什么每次排练之后,气氛都会那么的糟。

【回忆:乐团排练,他满口答应陪江小夏,一定坐在下面认真地听。江小夏拉大提琴,优雅而专注,身子轻轻随着乐曲的节拍摇晃,长发如波澜微微荡漾。而每次一曲终了,他都已经呼呼大睡,放肆的鼾声落成女孩脸上蹙眉失落的神情。】

他和那把大提琴在幕布之前拍下了一张合影。

字幕:【与相伴四年的大提琴】

16. 邱德拔体育馆 日 内

他和她隔着一条过道,各坐一边。两个人各自直勾勾地盯着下面场地正排练节目的乐团,仿佛这样就能缓解无可救药的气氛。终于,他先忍不住起身要走,走出几步后,身后的她也突然站起,不管不顾地大声开口。

江小夏:你什么意思啊?

何晓冬(转回身,情绪激动,大声地):我们从来都不是一种人!

他的话音荡开在巨大的场馆中,乐音戛然而止,乐团成员纷纷侧目。

江小夏冲上前拿拳头捶他,捶到第三下就被他握住小臂狠狠甩下。

何晓冬:多久了,你想过我的感受吗?

江小夏(沉默一会儿后):原来,你从来就没懂过我。

她低声说完,转身慢慢离去。下面的乐团老师重新喊了开始,喜庆的民乐曲调热热闹闹地又响起来。

当他回到体育馆的时候,那些排练用的椅子、乐器、谱架子都还在,只是人都不在了，如同他们已经缺席的爱情。

字幕：【与我们言情剧的观众】

17. 艺术馆 夜 内

何晓冬（内心独白）：我不明白，为什么有人会在一幅画面前忘掉了时间。我真的不明白。

面前是梵·高的那幅《星月夜》，江小夏坐在长椅上痴痴地看，没注意到来来往往的观光客早已散尽，没注意到流逝的时间，也没注意到闪烁不停的手机屏幕上他焦急发来的信息。

【与此同时，他正在将要下雨的夜色中等她一起。他准备带她去一间他觉得她会喜欢的、具有浪漫气息的餐厅。】

她看着画，心里幻化出星空月色与宇宙奥秘，日月星辰都在她的思绪里和画家瑰奇的笔触一同旋转——直到他一步步寻她寻到这里，默不作声地在她身边坐下，却没看她，只拿一种看情敌的眼神挑剔而不爽地盯着那幅画。

江小夏：对不起，我忘了。

何晓冬：我们分手吧，我永远都没办法懂你。

她很平静，甚至把目光转回到那幅画上，沉默，默许。

18. 机场 日 内

机场女声：各位旅客您好，飞往洛杉矶的 CA2982 次航班即将起飞，请您尽快登机……

他倚着栏杆，看着楼下行色匆匆的旅客来而又往，奔赴未来，或奔赴回忆。江小夏垂下了学生时代一直梳成马尾的长发，可他还是一眼就从人海中将她认出。他立即动身，匆匆跑下楼梯。她推着行李车，目不斜视；他隐没在人群里，从她看不见的角度轻轻走来，从她背后与她擦肩而过，悄悄将一个信封投入了她的挎包。

或许是最后一次的擦肩而过，从此后会无期。

19. 飞机上 日 内

江小夏坐在座位上整理拎包,略带疑惑地翻出那个陌生的信封。

那是最普通不过的白色信封,上面几行寥寥字迹却如此熟悉:"江小夏:这是你的生活,是我给你的最后一件礼物。何晓冬。"

她微微蹙了眉,说不清心情地打开信封——里面是一沓照片。她一张张翻过去:他和她的宿管大妈,和她在学校势不两立的宿敌,和她那些闹出无数笑话的追求者……笑容在她脸上不自知地绽开。她看着照片上男孩傻笑着的脸,脑海里都能浮现出他拍这些照片的情景。他还是那么傻,非要站到人家合唱团的头顶上去拍照,该摔得有多狼狈呀。

渐渐地,她的目光仿佛透了那些照片,回到了她和他——他们的点点滴滴的记忆的远方。

她想起她也曾参加舞蹈队的训练,她推着单足女孩的轮椅,彼此的笑颜辉映着好像天堂。她想起她和他突发奇想要做什么"纳米级煎饼",做着做着就互相抄起面粉撒在对方脸上,还笑得好像时间都静止在那一个有太阳的下午。

原来他还记得那么多。他对那小猫的坟墓不只是漠不关心过眼即忘,对她的大提琴不只是无法欣赏当作催眠,对她的自行车不是嗤之以鼻弃如敝履,对她的室友也不是叫不上名对不上号。

笑着笑着,她哭了,而飞机还是载着她飞向了不可逆转的未来。

20. 艺术馆 日 内

与此同时,何晓冬鬼使神差地回到了那间艺术馆。他站在《星月夜》的面前,突然觉得那上面每一根线条都像翻滚的旋涡,把他卷入无边无际、甜蜜而撕裂的回忆里。

他呆呆立在那里,很久很久,压抑着声音痛哭流涕,像个做错了事的孩子。

何晓冬(内心独白):在对的时间遇见对的人,那是童话;在错的时间遇见对的人,这才是青春。

21. 北京大学校园　日　外

蓝天白云，如流光飘逝。何晓冬望着天空，听着这世界日复一日的车水马龙。

他想，或许他还是不懂江小夏，而他却有些懂了那条从心动到爱情的路。

何晓冬（内心独白）：江小夏，再见。

字幕：艺术，从知道到达懂得。

22. 艺术馆　日　内

如果有机会，何晓冬还想再拍一张合影。

就在那里，在他们结束和重新开始的地方，在那幅《星月夜》前。

他们该并排坐着，脸上挂着最为青春美好的笑容，但又不同于最初莽撞的样子，该是一种包容着未来的神色。

这幅照片该叫什么呢——对，叫作"与他"。

【在合影的画面上打出片名：男生日记】

【全剧终】

星空日记^[1]

郑雨琦

故事梗概

从小怀揣"摘星星"梦想却家境困难的男生何晓冬在父亲的责骂、老师与同学的耻笑中长大，高考进入北大却被迫报了经济专业。但没有忘记星空梦的他在一次天文课的旁听中偶然结识了王老师，并在他的鼓励下修天文双学位。在现实的残酷以及爱情的自卑面前，何晓冬放弃了梦想选择了现实，还获得了国际投行的工作，他却并不感到快乐。当他终于有勇气向儿时就爱慕的女孩江小夏表白后，却得知她爱的是那个仰望星空的男孩。最终何晓冬放下了现实，再度拾起梦想，在天文学的毕业设计展示中用模拟星空技术一举震动全场。

---

[1] 本剧本为创意写作课"剧本还原"作品，根据北京大学陈宇教授导演影片《星空E记》（2014年），尝试还原剧本。

主要人物介绍

何晓冬：男主角（下文简称男主）。一个长相普通、母亲早逝、家境贫寒却成绩优异的男生，从小爱慕女孩江小夏。对星空有执著的热爱却因此梦想被父亲责打、老师和同学嘲笑。大学期间几经波折最终还是选择了自己的梦想。

王老师：天文系的教授，和蔼可亲、善识人才，对何晓冬进行耐心引导和谆谆教诲，最终引导他向自己的梦想而努力。

江小夏：与何晓冬青梅竹马的美丽姑娘，后曾随家庭出国。是何晓冬执著努力的追求动力。不慕名利而更看重何晓冬的梦想，是何晓冬最终追求梦想的关键促成者。

正文

【场景概说】{场景详细}[旁白]加粗人物 下画线 变色，<>/镜头手法运用/（字幕、音乐）

1.

[旁白：

（背景音乐起）/北京大学标志性景观的蒙太奇镜头/在来到北大之前，我已经成功地忘掉了自己的梦想。电视剧里，像我这种痴心妄想的人，最多只能活两集。我，已经相当幸运。]

【外景，日，北京大学西门门口】

{/近景镜头/外面车水马龙，男主扛着行李包，张着嘴迷惘地痴痴凝视着写着"北京大学"的牌匾，脸上挂满汗。镜头在脸上短暂停滞。}

{切宇宙星空画面}

（此时出现电影名字：Journal To The Stars）

2.

[童声旁白：

摘一颗星星，首先，你要有一把梯子，然后，你要有一个夹子，星星很烫，不能直接用手摘。]

{承接上个镜头的暗蓝色调，夜晚，一棵树下，一个荡秋千孩子的剪影，切手摘星星的剪影。}

【外景，日，杂乱的院子内】

/院子不同角落生活用品细节的镜头蒙太奇/{画面最后定格，一个坐在沙堆边手握小铲的男孩和面向他站着的女孩，男孩正在对女孩讲话。旁白自然转化成对话。}

（此时男孩身边出现字幕：五岁，第一次因为梦想挨打。）

（男孩、女孩稚嫩脸部镜头特写）

父亲：{突然凶恶地冲上来入镜} 又玩！ {一巴掌将男孩打倒}

3.

【内景，日，中学教室。】

老师：{夸张的语调，用手指着作业，讽刺地笑} 我的理想，摘星星！

{全班哄笑}

老师：{收住笑意} 你去摘个星星给我看看，{大怒地将作业摔在讲台上} 摘一个给我看看！

【外景，日，教室门口场院。】

{男主举着双手站在凳子上，脸上画满了星星图案，低头沉默。同学们围着他转，指指点点大声嘲笑。}

（此时出现字幕：十六岁，第三十一次因为梦想被人笑。）

（背景音乐止）

4.

【内景，夜，家里的房间中。】

{灯光发黄幽暗。突出男主坐的课桌前局部}

男主：{坐在课桌前背对着父亲，低声而坚决地}我要上天文学。

（背景音乐起）

父亲：{正要出门，突然回头，狠狠地把书摔在桌子上}什么？上什么上！上什么上！{把剩下的书都向男主身上狠狠地撂打过去}

{切一盏摇晃的挂灯。}

（这时出现字幕：十八岁，母亲去世，家里欠债，大学志愿改报经济专业。）

{切男主在床上抱着母亲的遗像痛哭。}

[旁白：

我叫何晓冬，我家里很困难，我长得很困难，我的梦想让人为难。]

【外景，日，男主坐在椅子上，伸手对天空做摘星星状。】

（背景音乐止）

5.

{切回北京大学西门外停留一幕。}

（这时出现字幕：第一年，9月10日，晴。坐了一夜的火车，北京大学报到。）

[旁白：

今天起，我不会再让人笑我，北大会是我的新起点。]

（背景音乐起，节奏较为欢快）

/校园内不同场景、活动的连续快速蒙太奇，百讲三角地、图书馆等，并与旁白内容相对应/

[旁白：

我在中国最知名的大学，对钩。

我身边有中国最优秀的老师和同学，对钩。

我学经济，对钩。

我获得了校方的学费减免，自己还在勤工俭学，对钩。

我努力地把自己的生活做成一张全是对钩的表格。]

/ 操场俯拍镜头，旋转上升，画面骤止。/

（背景音乐同时止）

6.

【内景，日，大学教室内。】

{ 老师在教室前讲课，黑板上写着"经济学院入学指导" }

经济学教师：我们会拿什么来定义一个人，是他所处的位置？不是，是他前进的方向。{ 中途切几个男主在人群中认真听课记笔记的镜头。}（背景音乐渐起）你们经济学院的同学……/ 声音渐淡处理 /

[插入旁白：

我一直想忘掉星空，只是，北大有无数可以随时走进去的课堂 { 切其他教师授课的场景 }，似乎无论什么梦想都可以在这里存身。{ 切天文课堂教室的窗外，男主捧着笔记本听里面的教授讲课。} 天文课是我偶尔对自己的奖励。]

王老师：{ 深情地 } 因为这宇宙，实在是太大了，太大了！

{ 切男主劳动打工挣钱的镜头 }

[旁白：

如果梦想是一件衣服，那天文学是我穿不起的牌子。]

7.

【内景，日，教室外走廊。】

{ 下课铃声响起，男主捧着书走着，背后王老师在招手。}

王老师：同学同学，你哪个专业的？

男主：{ 停下，回头，回答 } 老师我不是天文系的。

（背景音乐渐止）

王老师：{ 笑意盈盈地 } 来，过来过来 { 不由分说一把拉住男主的胳膊往回拽，男主意欲反抗。} 就保护保护我，保护我！

8.

【外景，日，未名湖边小道上。】

{教授站在电动自行器上，男主一路小跑跟在后面。捡起匆忙间滑落的书本。}

王老师：{向前挥手，挺胸昂扬地} 前进！

{切二人在未名湖石舫上面向湖心并排站。}

王老师：{带着笑意看着未名湖} 想上天上摘星星，好啊！{男主有些吃惊地转头看教授} 那考虑没考虑过，转系，到我们天文系来？{看向男主}

男主：{望着湖惆怅地} 我答应我爸，毕了业后抓紧赚钱，天文系，对我来说太奢侈，也太可笑了。{语调缓缓下沉}

王老师：{笑了一声} 太可笑了？{转头思量一秒} 好啊，我跟你一起笑。啊，一起笑！{话音未落，转头夸张地不停哈哈大笑起来，又笑着对男主摊手，引得男主也被逗笑，突然一拍手，收住了所有的表情，男主也一下愣住了。}笑完了，又能怎么样呢？{男主默默低头沉思} 一百多年了，（背景音乐渐起）我们这些人就是在别人笑完了之后，才来到这里的。

{切蔡元培像}

（这时出现字幕：第一年，10月20日，阴。在王老师的鼓励下，辅修天文学双学位。）{切男主拖地打工，别人吹乐器、听音乐，笑着看他。}

（背景音乐音量提高）

[旁白：

王老师说"北大是中国唯一不用害怕别人笑你的地方"，谢谢，星空已经不再适合我，我已经被笑怕了。]

9.

【内景，日，男主打工的餐厅中】

{餐厅已经空荡荡没有客人。}

老板娘：{倚在桌子边看着做作业的男主，鄙夷地} 你读那么多书能当饭吃啊？{扭头不屑地笑}

{切学校食堂，男主游走在窗口，看摆放着的饭菜。}

[旁白：

像我这种生下来就没抓到一手好牌的人，只能打好手里的烂牌。{切回餐厅，老板娘拿着两张一百元纸币，用不屑的神情看着男主递给他。} 面对现实，才是我正确的路。

{切校园路上，男主默默走过正在骑自行车炫技的几个人}

10.

【内景，夜，男主打工的餐厅中。】

{男主坐在吧台上埋头看书。一个粗壮彪悍的客人拿着酒瓶边喝边走过来，突然把酒瓶重重搁在台子上，从男主面前抽走那本书，并狠狠打在他身上。男主拿胳膊挡头。}

客人：{粗暴地} 看什么书，我他妈叫你听不见啊！

餐厅老板娘：{气急败坏地摁他的头让他鞠躬，尖着嗓子} 赶紧给赔礼道歉，赔礼道歉！有你这样的吗？{客人一下把钱甩在男主脸上，扭头就走。}

11.

／以下一系列快速蒙太奇镜头／

{男主皱着眉坐在教室里奋笔疾书。

飞机起飞画面。

男主在小道上跑步。

（这时出现字幕：第二年，7月13日，阴。江小夏全家去美国，我没有送别。）

承上飞机起飞画面。

男主趴在铁栅栏上向外凝望。

童年时小女孩被爸爸领走时回眸一笑。

男孩蹲在爸爸脚边笑。

承上女孩笑着回头，慢镜头。逐渐过渡到长大后的女主在花间走过的

镜头。}

[旁白:

如果你不能让你喜欢的姑娘坐在宝马车里,你就不该打扰她,免得让人笑话。]

{远景镜头,男主站在瓦砾堆上。}

{切电脑屏幕邮箱界面,打字输入"To 江小夏的第七十八封信",男主托头犹豫,按下"保存草稿"键。}

{切夜晚,仰拍镜头,男主坐在廊边抬头凝望星空。}

(背景音乐渐结束)

12.

【外景,冬,日,北京大学红楼群】

{俯拍全景,白雪覆盖屋顶}

(这时出现字幕:第三年,12月11日,雪。感冒一周了,经济专业绩点全班第一,天文双学位论文获奖,得到冬令营资助,我放弃了。)

(背景音乐渐起)

{切海报展板面前,男主冒着纷飞的大雪慢慢停住脚步。}

{特写一张海报,内容:新年澳大利亚 Adelaide Hills 观星冬令营召集,全世界最佳最浪漫的观星地点。}

{切太空星河镜头}

[旁白:

只是,北大像一把梯子,总能让我越过生活的栅栏,看到有些比现实更远的东西。]

{切回男主面部,男主默默走过整块展板。}

(音乐音量提高)

13.

【外景,日,山上树林间】

/切几个不同角度树木和日光移动镜头,自然过渡到一座小山包上的丛

林里。/

{王老师背着登山包大步走在前面,男主吃力地跟在后面,不时扶一下树干。}

王老师:{向前一招手,轩昂地}前进!

{切山上一座临江的天文台,镜头逐渐移向江面落日。}

{切天文望远镜,夜景}

(这时出现字幕:第四年,9月30日,晴。北大的双学位体系能给我一个机会,今天,王老师问我的选择。)

{男主和王老师一起登上,来到望远镜边上,男主抬头凝视,抚摸着望远镜。向着目镜望出去。}

王老师:你可以参加我们天体物理专业本科的毕业设计。{切男主转头望教授}并且和我们本专业的学生一起,在舞台上一起进行展示,还要征服所有的评委。如果你赢了,我们保送你当研究生。可是如果你要输了的话,那很可能要影响你未来的工作。{切男主,呆呆地站着}(背景音乐停止)你敢吗?

[旁白:

我知道,这是我最后接近梦想的机会。]

(背景音乐渐起,轻)

14.

/城市高楼仰拍镜头/

(这时出现字幕:第四年,10月4日,晴。今天,我去寻求最后一个可能性。想找一个公司实习,支持我天文学研究生的学业。)

【内景,日,办公室内。】

{老板坐在办公桌后面的皮椅上。}

男主:{递上一份文件}这是我的简历。

{老板低头一看,突然狠狠地把纸撕碎了,扔在一边。}

老板:{指着碎片}现在这个不重要,{把一个玻璃杯倒满酒,指着酒}这个才重要。

男主：{看看酒又看看他}我想，喝酒不是我的工作。

{话音未落，老板用力地把酒杯一拍，打断了他的话。}

{男主犹豫着上前拿起玻璃杯，紧紧皱着眉头咽下去。}

[旁白：

我醉倒了，老板最后说："醒醒吧，别做梦了。"]

{切男主伏在计算机房电脑前睡着。}

15.

【外景，日，未名湖边石舫上。】

{王老师和男主并排面向湖水站着。}

（这时出现字幕：第四年，3月1日，阴。今天，放弃天文毕业设计和保研机会。）

{王老师遗憾地背着手转身走开。}

[旁白：

星空，再见。你好，现实。]

（新背景音乐渐起，盖过原音乐）

/ 以下均为一系列的蒙太奇镜头 /

{北京城市楼群航拍镜头。

男主敲门。

圆桌会议室，男主面对一群面试官演说。

面试官提问。

男主点头。

面试官满意地笑。}

[旁白：

我实现了自己的目标。就业中心传来的消息，我是全班第一个获得国际投资银行工作邀请的人。]

（背景音乐渐止）

/ 以下依然为一系列的蒙太奇镜头 /

{夜晚，北京城市轻轨行驶。

男主手上的通知:《应届实习生三方协议》。

男主坐在空荡的地铁上。

（这时响起小女孩清澈稚嫩的《小星星》英文版无伴奏歌唱声音。）

男主抬头看。

小女孩趴在玻璃窗边对着夜空摇晃着唱歌。

（承接歌声，背景音乐渐起）

男主，脸上表情有了轻微的触动变化。

切片头荡秋千摘星星的孩子剪影。

小女孩抬头仰望夜空。

星空镜头。

切回《三方协议》。（伴随男主颤抖抽泣的声音）

男主由抽泣变成哭泣。

轻轨驶出画面。

男主靠在观光电梯上缓缓上升。

男主靠在楼顶天台的栏杆上痛苦地放声大吼（此处抹去吼声）}

[旁白:

现在，我不用再担心有人笑我了，{切黄昏的天桥和行人的剪影}再也不用了。]

{切男主坐在街边凝视马路上的车流}

{男主坐在电脑面前望着天花板}

{同前电脑屏幕镜头，邮箱界面，输入内容"To 江小夏的第一千一百二十封信"，鼠标点向"全部发送"键。}

[旁白:

现在，我终于有资格有勇气向她表白。]

（背景音乐渐止）

{切之前女主在花朵面前的镜头。}

16.

【外景，日，未名湖边的石舫上。】

{男主身穿毕业服，面朝博雅塔站着的背影。}

（这时出现字幕：第四年，5月3日，阴。江小夏来，事先没有通知我。）

{女主自右侧优雅地缓缓走入镜头。}

[旁白：

我没想到她会来，{男主转身，吃惊地，切女主甜美的笑容}我更没想到的是，她对我说："从五岁开始，我一直在等待的，是那个仰望星空追梦的男人。"]

（背景音乐渐起）

{镜头切回小时候两人一站一坐玩沙子的画面，切荡秋千摘星星剪影。}

/ 慢镜头 / { 切女主转身离开。}

{男主凝望，上扬的嘴角慢慢僵住了。

阳光透过枝叶间的镜头，色调回暖。}

17.

【内景，夜，天文实验室里。】

{灯光偏暗，男主正在低头学习，王老师自镜头右侧走进来。男主发现后急忙站起来，教授将他按回椅子上坐下，自己坐在桌沿上。}

王老师：你好久没来上课了。

{男主低头，慢慢回头，王老师看他，又低头。}

（这时出现字幕：第四年，5月7日，晴。王老师来，面对他，我什么也说不出来。）

[旁白：

别人对我说过一千次，"别做梦了"，可王老师对我说"梦，才是最真的现实"。]

{王老师把手放在男主额头上，轻轻按了按。缓缓离开。男主抬头目光追随。}

[旁白：

我一直在逼自己长大，逼自己走正确的路，｛镜头切蓝天白云，切图书馆前，毕业生们穿着学士服拍集体照，向空中扔帽子，慢镜头｝北大不厌其烦地对我耳语了四年，现在我才听清。

｛切图书馆内景｝/ 推移镜头 / 不是现实支撑了梦想，而是梦想支撑了你的现实。]

｛切男主望着手中那份通知书，猛地撕破。｝

（这时出现字幕：第四年，5月11日，晴。放弃银行工作，开始建立动态星团数据库，作为天文专业毕业设计。）

｛切电脑屏幕。输入文字"毕业设计：Twinkle Star"。｝

（背景音乐渐止）

[旁白：

再见，现实。你好，星空。]

18.

｛快速切海报展板，主体内容：天体物理专业本科毕业设计展。｝

【内景，舞台上。】

｛红色背景板，灯光偏暗。｝

｛一位男生穿着西装，鞠躬，响起掌声，从右侧走出镜头，同时左侧走进主持人。｝

（背景音乐渐起）

主持人：｛举起话筒｝各位评委和同学，今年本科天体物理学专业的毕业设计展示就到这里。不过还有一位经济学辅修本专业的学生何晓冬也想展示一下他的毕业设计，各位评委，能不能给这位追梦的年轻人一个机会？

/ 以下为快速切换的蒙太奇镜头 /

｛男主戴着眼镜准备设计装备。

教室里男主与王老师共同研讨。

男主操作灯光。

教学楼外人来人往（快进镜头）。

男主坐在电脑面前。

电脑屏幕上的各种界面。

王老师和男主讨论。

/ 查阅书本特写和写作的重复蒙太奇 /

切回主持人画面。

切评委席画面，扫过评委。}

评委们：{陆续地} 好！同意！

{男主走上舞台，手捧操控器。环顾四周，鞠躬。}

男主：下面展示我的毕业设计。{看向台下。}

/ 插入回忆式蒙太奇镜头 /

老板指着简历碎片说："现在这个不重要。"

老板娘倚着吧台说："你读那么多书能当饭吃啊？"

老板指着酒说："这个才重要。"

爸爸拍着男孩后脑勺说："别喜欢那些不该你得的东西。"

{切回男主半身镜头，坚毅的眼神。}

/ 继续回忆蒙太奇镜头 /

中学老师指着作业讽刺："我的理想，摘星星！"同学们大笑，围着高高站在中间的男主转。

/ 蒙太奇速度加快 /

男主坐在中学教室里低头咬着嘴唇。

客人把钱甩在男主脸上。

男主脸上被画满了星星，忍受嘲笑。

{再次切回男主镜头。}

/ 再次快速蒙太奇 /

同学们指着自己的笑声。

小孩子的笑声。

王老师未名湖边的笑，一拍手："笑完了，又能怎么样呢？"

{切到台下王老师扶着眼镜满意地注视着舞台。

舞台上的男主微微笑着。}

{回忆镜头：未名湖石舫上王老师。}

[旁白：

如果人只能活一次……]

/回忆镜头人物语言打断。/王老师："一百多年了，我们这些人就是在别人笑完了之后，才来到这里的。"{切翻书镜头，历代北大名人画像。切回王老师的回忆镜头。}

[旁白继续：

就让梦想比现实，高那么一点吧！]

/快速蒙太奇/

{光束打起。

男主按下手中的操控器。

屏幕放大。

男主的眼睛。

直射灯光。

短暂黑幕。

男主眼睛特写，眼球中是星空画面。}

（背景音乐高潮，音量加大）

{切台下不同观众画面，发出"哇"的赞叹声，抬手指指点点。

台上灯光在男主头上打出一片星空的立体效果。

男主用手操控星空快速移动。

男主不同角度的展示和台下观众专注神情/重复蒙太奇/。}

/ 俯视镜头 /

{ 男主笑着望向头顶自己创造出的星空。}

{ 切台下王老师在角落笑着点头。}

/ 仰视镜头 /

{ 男主屹立在舞台上,头顶是一片灯光效果的星空。}

/ 平视旋转镜头 /

{ 男主望向一个个飘浮的星团。}

{ 切夜空,一只小手举起来摘星星。
切回最初孩子夜晚荡秋千摘星星动作剪影画面。
切长大后男主夜晚坐在树上摘星星动作。
切高中坐在场院椅子上抬手摘星星动作。
切站在天台上摘星星动作。
切回小手摘星星动作,紧紧握拳。}

{ 切回男主在舞台上注视灯光星云镜头,手上慢慢捧住了星团。
切台下,一个男人站起来,大声叫好,紧接着全场起立鼓掌。
切男主捧星团深情凝望。
切站在天台角上抬头仰望星空。镜头不断拉远并模糊化,突出画面中央人物清晰的焦点。}
　　(这时出现字幕:第四年,6月20日,晴。傍晚,在北大一角,等待星空出现。从此,感到勇气。)
　　/ 镜头拉远,人物变成小点,最后自然过渡成星空画面。/
　　(这时出现字幕:Dream,<接着上方缓缓出现>we believe in.<又出现字幕)我们相信你的梦想)

（背景音乐淡出）

{片尾按年代顺序依次出现北大历史上的著名人物照片和字幕介绍。

（背景音乐渐起）

（标题：那些曾经被笑过的人。）

（人物顺序：蔡元培、马寅初、胡适、陈独秀、萧友梅、裴文中、钱三强、卞之琳、朱光潜、邓稼先、金岳霖、俞敏洪、李彦宏。）

（结尾字幕：他们，还有很多很多……）

（背景音乐伴随结束）

=第四辑=

同题小说之一：如果大雪封门

如果大雪封门

满江红

大抵是要下雪了吧，冬夜的天色阴沉得有些空寂，风嘶嘶地吹，其间夹杂着些许的雪。"真是奇怪而高的天空呐……"林形盯紧了外头，竟想起来鲁迅的形容："却没有窘得发白的月亮。"

这是一间小屋子，炉里的火光就足够把它整个儿照亮了，青红色的焰火映在林形的脸上。把眼光移到火炉上，这火炉虽看起来有些古旧的意思，却不是红的，酒也不是新酿的——林形心下想着，却已经是站罢，要去给客人开门。

雪下起来了。

林形本是一个情感小说作家，近来却转向推理小说，其第一部转型作品《如果大雪封门》更是夺得了国内最具权威的推理作家协会奖，此时风头正劲，俨然已具一个推理大家的风范。话虽这么说，但三年前林形只是当地一所二流大学的中文系教师，进行小说创作后才声名鹊起，以致辞去教师职务，专作小说。林形今天的客人，正是三年前他的一位学生，李田。这已经不是这位学生的第一次拜访了——李田大抵上也是一位怀揣着文学理想的人吧，做学生的时候就把自己私下里写的小作品拿给林形，要其帮忙向杂志社推荐。林形开始本是不大愿意打击他的，只是委婉地提示。但无奈这位学生不改心性，在林形明确表示拒绝后，三年来仍多次联系林形要求推荐。

"这大概是最后一次了吧。"林形想着，已经站到了门口。

"不好意思，老师，打扰了。"李田打着招呼，看不清他的脸色，但从声音丝毫看不出什么不好意思的地方，倒是显得天色又阴沉了几分。林形只是"嗯"了一声，便径自走进了屋。

二人在火炉旁坐定，酒已经烧开了，嗤嗤地冒泡。"两点才会来电，边喝酒边谈着吧，暖暖身子，别染了病，剩下的明天细说。"说罢，两碗酒已经斟满。李田应了一声，抿了一口，瞥见桌上的烟灰缸，随口问道："老师您现在抽烟了吗？"还未得到回复，便开始与林形讲起来。

李田说到精彩处，神色时不时地飞扬。炉子那头的林形却并未有任何表示，只是偶尔应声，脸上被炉火照得忽明忽暗，像极了外头的天色。外头的风死命地刮，连地上已积的雪都又被带上了天，这样的景观却也引不起屋里两人的注意。

钟声响了，声音有些尖刺的感觉，大抵是这钟的年月久了吧。林形不再盯着火炉，视线转向座钟，指针刚从数字"十二"处移走。"晚来天欲雪，能饮一杯无？"李田大抵是醉了，正吟着白居易的诗以显示自己的文学底子。林形一怔，脸上却是不带什么醉色。"休息吧，你的房间在三楼。"林形叹着气道。

林形安顿李田罢，又回到小屋，一个人饮酒，胡乱地翻着手机。从窗户望出去，风已经小些，地上渐有些雪积着了，"大雪不会封门吧……"林形嘴里念叨，心里却记挂着一点的钟声。

"当——"钟声再响，林形起身。

"一点零九分"，林形摸出手机查看时间，倚在二十四小时便利店的柜台上等待。他要买的烟柜台里没有，店员已经去后面取了。给钱找钱离开到家，林形再次摸出手机，"一点二十四分"。

林形把稿子用电子邮件发送出去，待电脑提示"成功"。被杂志社编辑催促几天都毫无进展的第四章终于完成，看看桌面上的时间，"两点二十六分"，林形露出了笑，准备去睡。

　　林形是被叫醒的，单身独自住在这栋别墅里，林形已经很久没有体会过被人叫醒的感觉了。一个看上去三十岁上下的男子，两眼眯着没睡醒的样子，正直盯着他打量，林形惊问道："你是怎么进来的？"来人拿出证件："从窗户，另外我叫段中后，是一名警察。"林形只觉得像小说一样，他确认自己肯定是清醒的，但说不出话。

　　"昨晚，或者说今天凌晨，有人坠楼，你知道吗？"自称警察的来人问道，林形并未作答，似乎被吓到不能出声。只是来人没有什么停下的意思："从位置和姿势来看，死者是从你家的三楼窗户坠下的，也就是我们进来的地方。你是作家林形吧？死者和你是什么关系？你是一个人独居的吧？死者什么时候来你家的？为什么而来？昨晚发生了什么？死者睡前有什么特殊的表现？从他到你家直到睡觉之间你们在干什么？"

　　来人说罢，林形还是不能相信，便被领到屋外。现场已被拉起的警戒线包围，由于雪下了一夜，积得很深，一个人形的坑赫然可见，尸体大抵已被转移，几名警察仍然在做勘查工作，但似乎已接近完成。

　　在客厅里，林形对段中后提出的所有问题都作了答，段中后只是认真听，时不时提出新的问题补充，并不像电影里警察拿着小本一丝不苟地记录。"从死者的硬盘里发现了一篇短文，貌似有提及自杀的意愿，另外硬盘里只有这篇短文。"段中后以警察的口吻向林形告知这一情况，语气很平淡，像不太在意般，但眼睛却是盯紧了林形的脸。

　　林形从回答问题开始就一直勾着头，他把肘关节抵在大腿上，脸埋进了手里。在交谈的过程中，林形没有把头抬起来过，像是无法面对这一事实，语气极失落，大有带些哭腔的意思："对自己学生的近来情况竟一无所知，我真不是一个称职的老师！"

　　交谈结束后，段中后表达了对林形的关心。"请务必节哀，"依然不在意般的语气，"对了，可以拜读一下您的大作吗？就是那本《如果大雪封门》。"林形一脸倦容，眼眶红红的，看来是哭过了，眼神没有焦点，只是四处扫，听到这话却是迟疑了一下，"我去拿给你。"

　　段中后接过书，眼神却是和先前不大一样了。

根据法医的结论，因大雪掩埋的缘故，死亡时间只能精确到一月四日子夜一点到一点三十分，死因是脑部受剧烈撞击，致命伤旁边却另有一个钝物重击形成的创口，但亦因大雪掩埋，无法准确判断这处伤口的形成时间。

解剖结果出来后，当天下午，段中后再次敲响了林形家的门。

"真是部杰出的作品啊！我这个专业警察只看了前两章都不得不佩服呢，难怪拿了大奖。"段中后对林形的作品《如果大雪封门》大加赞赏，不过在语气和表情上却没有要赞赏的迹象，依旧是不在意的懒散样子。

"呵呵，过奖了。"

"真抱歉再麻烦您，不过对于我们来说这是必要的工作，请您理解，这次不会打搅很久。"

林形表示理解："如果能找到我学生自杀的原因的话，那就再好不过了。"

"那么请问今天，也就是一月四日的子夜一点到一点三十分，您在哪里？在干什么？"段中后没有再客气，开门见山地提出问题，不过语气和表情依旧不变。

"安顿好李田睡觉后，我就独自在一楼烤火喝酒，直到一点出门，在附近的二十四小时便利店买了一包烟，再返回到家里的时候我看了手机，是一点二十四分。"林形的语气很平静，只是仍然情绪低落。

"对时间的把握真是准确啊，不愧是杰出的推理小说家呢！"段中后再次对林形大加夸赞，听语气，像是已经产生了钦佩之情，只是神色仍然一副不以为意。

"只是座钟的整点钟声罢了，回到家看时间也是大多数人的习惯吧。"

"那是，那是。看来死者确实是自杀啊！那么打扰了。"

"哪里，对于能帮上哪怕一点忙我都是很乐意的。"林形说完，便准备关门。

"您抽烟吗？"段中后突然冒出来一句。林形愣了一下，正要说话，只看到段中后走远的背影。

段中后并未直接回警局，作为警察，应该去林形所提到的便利店确认情况。在店员那得到了确认的消息后，段中后才动身返程。

"确认我的不在场证明吗？"林形守着火炉发呆。

再次拿起《如果大雪封门》，段中后点起烟，竟觉得其中和李田留下的那篇文章有相似之处，是哪里却不好说。他痴痴地想，烟头不觉快烧到了手边，段中后连忙将烟掐灭摁在烟灰缸里。"烟灰缸吗？林形抽烟吗？"

第二天中午，段中后站在林形家门口，看到有人正离去，林形也出来送他。

林形看到了正冲他打招呼的警察，"进来坐吧。"

"那位是？"段中后不在意的语气和表情，看起来只是好奇不经意的一问。

"哦，我供稿的杂志社的编辑，负责向我约稿。"

"我今天算是以个人身份来找您谈谈吧。"段中后说着摸起口袋，像是要找烟，却只摸出一个打火机："真是倒霉啊，想抽根烟放松一下都不行呢，能向您讨一根吗？"

林形在和这个警察打交道的过程中第二次怔住。

"怎么了，林老师，不愿意吗？"

"哦，没有。你等一下。"林形从楼上取出了一包烟，打开包装，抽出一根给段中后。

段中后拿起烟，却不急点，认真打量起这根烟。

"真是少见的烟呢，没想到老师您的口味这么独特。是老师昨天凌晨买的吗？像老师这样半夜顶着大雪都要出门买烟抽的人，难道不会在买到烟后马上拆开，点燃一根先过瘾吗？竟然是刚拆开呢。"段中后点燃，边抽边不经意地说，像是自说自话一般。

林形脸色骤暗，但马上就恢复平常，应道："昨天买的已经抽完了，这是今天早上买的。"

段中后并未见怪，看起来很信服这个理由，只是"哦哦"地应着。

"咦？没有烟灰缸吗？平时老师抽烟的话怎么办呢？"

段中后懒散的声音又起，眼神却直盯着林形的眼睛。林形面露惊色，赶紧移开与段中后相对的眼睛，堪堪回答："啊——那个啊，那个前几天打碎了，便丢掉了。"

"即便如此，老师在今天早上去买烟的时候也忘记买一个了吗？"

"这种事，忘记了就是忘记了，当时确实光记着要买烟了，我这记性。"

林形的声音有些颤抖，大抵他自己也是有所察觉的，因此便索性站起身要去倒水。警察却像是什么都没发生一样地说道："不用了，我要告辞了，真是不好意思呢，连续两天打扰。"

林形没有转身，只是倒水，段中后已经走了。

"利用大雪封门构建出的孤岛模式吗？旧瓶子里却装了新酒啊。"段中后心里想着小说《如果大雪封门》，脚却往一处欧式咖啡馆走去，不得不说这确实是一本杰出的推理小说，实在难以让人相信它是一个情感小说作家的转型之作。

咖啡馆里，杂志社的编辑刘路先生正一个人坐着，他一边喝着栗子摩卡，一边仔细地检视着电脑里的稿子。

不知什么时候，刘路身边已经多了一个人，会在一大早就到咖啡馆闲坐的人大多不是什么有工作的青年。刘路只是略略地偏过头，目光没有在眼前这个人身上停留太久，在他看来，这个一身散漫样的人大抵上就是没有正经工作的青年吧，说是青年却是三十岁左右的相貌。

"您好，编辑先生，我叫段中后。"身边的人说话了，语气中一股子不在意的感觉。刘路本不想理他，但被点明编辑的身份后，不免感到吃惊。

"您好，我是编辑刘路，有事儿吗？"

"很抱歉要占用您两分钟的时间。"段中后已经掏出了证件。

"快点儿说吧，我还有要紧事要做。"刘路向来对这种事感到麻烦，但却不得不接受。

"林形老师的作品确实很不错啊，您觉得呢？"

"当然不错——"刘路正准备对这位出名的小说家是自己负责的骄傲一番，"你想说什么？"

"这篇稿子是林形老师的新推理小说的第四章吧，真是令人期待呢。"段中后用手指着刘路的电脑，眼睛还是停留在刘路的脸上，语气里却听不出什么期待之情。

"是的，说起来，好不容易才得到它呢，林形老师不愧是推理名家啊。"刘路已经不再感到什么不妥了，既然是谈自己负责的小说，刘路心里感到很快活，接着说："今天就到登出日期了，之前却迟迟没有收到林形老师的来稿，让我忐忑了几天后，林形老师果然不会让人失望啊，这篇稿子是前天凌晨两点二十六分发到我的邮箱上的。这个时间发来稿子，大概是之前一直没有灵感的老师突然才思泉涌，在构思好之后，就等着两点来电后用电脑写出来发送给我吧。说起作家有了灵感后的那种写作欲望，我大概也能理解吧。"

"请您再确定一下林形老师把稿子发给您的时间，确实是一月四日早上两点二十六分，是吗？"

"是的，因为这是他拖了很久的稿子，但是那天来电后就发过来了，这事挺能让人记住的。"

"挺能让人记住吗？"段中后喃喃道，却是准备走了："哦，再见刘先生，打扰了。"

段中后兀自走了。

段中后单身，独自去买菜，他一般借助这段时间来理清工作中产生的疑问。再次想到那本获奖的推理小说，他有种挥之不去的感受——李田硬盘里的那篇文章和《如果大雪封门》在风格上是如此接近！他大概要以为这篇文章是林形伪造的了。另外，从一月四日深夜两点到两点三十分，这段时间里到底发生了什么，明明已经有了强力的不在场证明，又何必另外多费周折？是因为怕自己不抽烟的事实被发现吗？这种事确实很难掩盖啊，就像封门的大雪，也会很快融化，大雪吗！

"看来还要再拜访我们的推理小说家林形老师啊。"

"真是抱歉再三打扰，不过这实在是工作之需，请您务必理解。"哭的警察仍然很客气的模样，不，很客气的态度，却有一点不客气的模样。

"即便如此，还是进来吧。"林形看起来正在早读，精神很好，手里端着刚泡好的咖啡，热气腾起来，拍在他的下巴上。

"真是幢美妙的建筑，我能参观一下吗？"警察提出了他的新要求。

"请便。"

段中后立在一扇窗户前，这是一扇洛可可式的窗子，华美的装饰和整栋别墅很相配。从窗户望出去，段中后眼前现出一层厚实的积雪，其间有一个人形的坑，现在却没了踪影。但段中后还是看到了他想看到的东西，虽然林形看起来并未发现这点，他还是掏出手机拍了照。段中后有一个想法，一个突然的想法，一个奇异的想法，一个完成但还不够清晰的想法。

"真是幢美妙的建筑，谢谢您，我就不便再打扰了，再见。"

"哦。"

办公室里，段中后放下小说，点燃一根烟，试着理清这一切——烟，烟灰缸，推理小说，推理小说家，学生，老师，编辑，大雪——段中后拿到了公检方批准的逮捕证。

段中后已经是第五次站在这栋欧式建筑前了，不过这次多了很多他的同事。

"又是美好的一天呐，林形老师。"段中后打着招呼，与往常一样。

"你进来吧。"

段中后又走进了这栋建筑，一个人。

"林形老师，不知您如何看待版权问题？"警察先发问了，却是不着边际。

林形并不困惑警察为什么这么问，只是答着："在现代的网络时代，真是越来越严重啊。"

"是啊，像您这样的小说家都难免侵害他人的版权呢。"

林形没有回答："请你说清楚。"

"把学生给自己品鉴的作品拿来发表，获得大奖。在受到要将此事曝光的威胁后，决定杀人灭口。真是精彩的推理小说桥段呢，林形老师。"

"对不起，虽然精彩，却不符合实际。"

"哦，是吗？那我们换个话题。又忘记带烟了，真是的——林形老师，您抽烟吗？"

"我说了我抽。"

"您不抽，林形老师！为了制造一段不必要的不在场证明，故意顶着大风雪走到距离不近的便利店买烟，实在不是一个高明的诡计呐，虽然它确实曾误导了我很久。"

林形没有说话，只是神情有些紧张。

"使用事先准备好的烟灰缸作为凶器，事后却用香烟制造不在场证明，真难相信这样的失误会发生在像您这样的推理小说家身上呢，果然不是您自己的作品吧？"

"即使家里烟灰缸不见了又怎样，我说过是打碎丢掉了吧，你的推理确实够漂亮，却没有证据。"林形迫不及待地反驳，似乎把早写好的精彩演讲稿念出来博取听众的欢迎。

"是呐，作为关键证据的烟灰缸肯定是被您打碎处理掉了，这点我从来不否认。"

林形哼了一声，双手握紧，看起来应付得并不轻松。

"不过话说回来，使用大雪和两个不在场的证明让自己脱身，确实很出色。利用大雪掩埋和气温低的条件，让尸体僵硬得更快，以至于让我们的法医对死者的死亡时间向前误判了一个小时，也就是一月四日的一点到一点三十分，制造好的不在场证明却又带有疑点，让我对这个时间更深信不疑。当我们发现真实的死亡时间实际上是一个小时之后，一月四日的两点到两点三十分，正要欢欣鼓舞的时候，而您已经拿着另一份近乎完美的不在场证明等着了。"段中后说出自己的判断，在这种时候仍然语气懒散，神情迷离："但事与愿违的是，那天刚好看见了您的编辑，事后就与他进行了交谈，这位您的忠实粉丝，精确地描述了当天收到稿子的时间，正是这个时间提醒了我死亡时间可能有误。"

"不得不说，您是位令人起敬、经验丰富的刑警，这卓越的推理换作是另一个人恐怕要鼓掌了，但您忘了李田自己留下的遗书吗？"

"那东西呐，确实很棘手呢，我最初误以为是您伪造的，但是既然要伪造的话，应该会对死者的精神状态有个细致的描述，自杀动机也会有交代，不会弄个这么模棱两可的小说式的文章，那未免太欲盖弥彰了。"段中后拿捏着他一贯的语调。

林形看起来有所放松，显示对眼前警察的看法感到赞同，却没有说出来。

"所以说那东西本来就是小说里的片段！"警察说出他的判断，却没有再看林形："而且就是您最新连载小说里第四章的桥段。我读了这第四章后，始终感觉其中对死者自杀的描述与整篇风格并不大一致。联想到李田所谓'遗言'跟大作《如果大雪封门》神似的文笔风格，我马上把它拿来放到那不大符合的地方，结果是惊人的通畅。"

"为了删除李田硬盘里的作品怕人知晓，却故意自以为聪明地留下这一段作为'遗言'，真是有点儿弄巧成拙的意味呢，林形老师。"警察没有停下。

林形大惊失色，几乎是叫出来："证据呢？证据呢？没有证据都是胡扯！我看你才适合做推理小说家。"意识到自己失态的小说家用手揉搓着自己的衣角。

"证据呐，当然有。说起来，您确实不适合犯罪，竟然忘了犯罪过后清理现场吗，还是您不敢面对？在李田掉下去的窗框上，上面有李田衣服上刮下的碎屑。对于一个自己主动坠楼的人来说，应该是先爬上窗户，哦，对于您的窗户来说，是不需要爬的，这欧式的窗框，以死者的身高来说，应该可以很轻松地直接登上去。上衣留下的碎屑，显然是尸体被搬运的时候刮到窗框留下的！"段中后手上已经多了一个小袋，里面是红色的纤维碎屑。

"……确实是我"林形瘫在沙发上，瑟缩地叙述着："三年前，我第一次收到李田给我的作品，要我帮他向杂志社推荐，没想到竟然获得了登刊的机会。当时我已经多次发稿被拒，一个年轻没有经验的大学生竟然做得比我好这么多。抱着试试的心理，我便把他的作品以自己名字发表了，此后几篇作品都是如此。我一直瞒着他，告诉他，他经验不足，还需要多努力。我专职写作后，自己也有作品发表，但反响远不如他的，无奈我只能继续使用他的稿子。随着名气变大，终于被他发现，非常注重名声的我，答应向他支付一笔费用，以此'买来'他的稿件和在这件事上的沉默。没想到那家伙产生了摆脱我的心思，试图转向推理小说，我为了保住自己的地位，马上发表了这部小说，也就是《如果大雪封门》，竟然获得了空前的成功。估计李田已经坐不住了，但他没有表现出来，只是向我再次索取了一大笔费用，并继续向我供稿，也就是我正在连载中的这部推理小说。在发表了三章之后，他知道我已经骑虎难下，便又乘机提出了一大笔费用要求，要挟我每个月向他支付，不然便不给我写第四章。我试着自己写推理小说，却被编辑拒绝，我更不想就此被他绑定，成为他的摇钱树。无奈只能约他来我家，试图在拿到这部小说之后的章节后，就——事情大概就是这样了吧！"

段中后不再说话，吩咐手下将其带走，看到桌上的《如果大雪封门》，叹了口气。

"你这小子胆子真是大啊，竟然利用衣服屑，不怕打草惊蛇吗？这并不能成为直接证据，如果他一口咬定与他无关的话，最终也只能无罪释放。"尘埃落定后，上司在办公室里与他的干将段中后交谈着。

"剽窃其他人作品成为推理小说家的人，始终不是真正的推理小说家啊，大概在我说出这一点和做出准确推理的时候，他已经无暇考量证据的可靠性了吧？"段中后不经意地说了一句话，然后翻开了手里的小说《如具大雪封门》。

如果大雪封门

贺一密

满世界弥漫着风雪，这里大雪封门。

这是公元4399年。

这是一个苍白而有序的世界，无数人像他们的先辈一样活着。每个人的大脑中，都被植入了已经设定好的芯片，而芯片决定了不同的分工。工人在流水线上做着工，食物已经被营养剂代替，处于社会最高层的科学家们日复一日地研究着天上厚厚的云层。

人们已经很久没有见过太阳，也不曾在夜晚见过星空和月光。

这是一个已经太久没有太阳的世界。科学家们掌握着最高权威，因为人类生存所需的所有物品，都来源于科学家的技术研发。商人也好，政客也好，都只是代替科学家们维持社会稳定的"下属"罢了。社会已经建立起一套维持现状的绝对秩序，任何试图挑战秩序的人，都将付出高昂的代价。

他在柔和的光线中醒来，一如既往，他对着那个圆圆的发光的东西发了会儿呆——听说那是很久以前科学家们仿照一个叫"太阳"的东西发明出来的玩意儿。"太阳……是什么呢？"

他向窗外望去，一片无垠的白色刺痛了他的眼睛。他不由自主地闭上眼，同时流下泪来。"雪好像更大了啊。"不久，他再次沉入梦境。

他觉得自己遗忘了某些很重要的东西。是某个人吗？还是——某种感觉？

他向来对自己的记忆力引以为豪，但每当他想要回忆起不久前——这场风雪还未如此肆虐的时候——发生了什么事情时，他的记忆却仿佛被按下了暂停键，停在某个地方，再也无法继续播放。

他是一名研究员，在最知名最权威的科研所工作，他的研究课题是最宏大的宇宙，他想要找到记载于历史之中的"太阳"。他为之着迷。

某一天，他在演算的过程中抬头看了窗外一眼，然后看见了她。顿了顿，他重新低下头去。

像是命中注定般。

某一天，她在雪花中伫立，凝视天空良久。收回视线，她发现自己站在某个窗前。她朝窗内看去，觉得那个人好像在哪里见过。

她孤身一人追寻着父亲话语中的"阳光、月亮、星海"已有很多年。可是天空之上永远是厚厚的云层，她摸不到阳光，看不了月亮，照不见星海，她甚至开始动摇自己对父亲的信仰，几近绝望。

她的父亲曾是顶级的研究员，她继承了父亲的衣钵。

父亲说，人类曾经生活在一个有阳光有月亮有星海的世界。"阳光、月亮、星海……那些是什么？""是很温柔的一些东西。"

她是个浪漫主义者，觉得父亲的话很美。

一切才刚刚开始，一切已经结束。

他们在偶然里相遇。他想直视太阳，她想看漫天星光，摸一摸月亮。

漫天风雪中，他们是追梦路上彼此唯一的同伴。

他们一起研究，他曾向她讲述自己的演算过程和结果，她曾向他喋喋不休地讲述她的父亲。

他们一起反抗，在自己的领域反对"权威"，这是很需要勇气的事情。

他们一起追寻，从南到北，不时仰望天空，仿佛一直盯着就可以看透云层。

他们走遍了世界，才找到了一扇破旧的门。他们知道，这里就是他们一直寻找的地方。

他们走到门前，轻声对身后的所有说再见。

"吱呀——"门开了。

他终于看见了太阳，知道阳光既温柔又暴烈，晒在皮肤上会有烧灼的微痛感，直视它，人的眼睛就会流泪；她终于触摸到了月光，知道那个一会儿圆一会儿缺的球体就是月亮，而星海则漂亮得不像话。她想着父亲果然没有骗她，月光和星海都是很温柔的东西呢。他们被眼前所见震撼到静默，谁也没有说话。

但同时他们看到了更多：遗弃的飞船、被重度污染的世界、无数绝望麻木的脸、他们从未见过的会飞的动物渐渐灭绝、人类移居其他星球的录像、第一个大脑被植入芯片的人、忙碌的科学家、另一颗星球的蓝天与森林……

于是他们知道，自己触碰到了这个世界的真相。他们是被遗弃的人，被囚禁在一个没有希望的地方。所有的行为都被芯片控制，就像是某种写好了的程序。

"芯片……"他们同时想到了什么，对视一眼，不出意外地在对方的眼中看到了遗憾与绝望。

他们知道自己会迎来什么样的结局——在刚刚的视频中，他们已经见过。

他们不是第一次到达这里，每隔一段时间，或长或短，他们都会到达这里一次。每一次他们都一样震惊，一样绝望。在短暂地感受过阳光的刺眼和灼热后，他们便被沉入无边的黑暗——被消除记忆，被植入新的芯片，被逐渐与世隔绝，从未停过的风雪更加肆虐，直到大雪封住他们的门。

"如果大雪封门，就牢牢记住被大片大片的白色刺痛眼睛的感觉吧，那是和阳光一样的味道。记住它，也许在某一刻能回忆起我们曾经拥有过一瞬间的真实，回忆起我们已经见过太阳，见过月亮，也见过星光。"

"嗯。我更想记住这漫天星光呢。"

这是他们最后的对话。

重复了千百遍的对话。

他们是这个世界进行自我调整的牺牲品。就像"乐极生悲"一样，世界静止或者说停滞太久是容易发生意外的。所以有一些人被控制着成为意外，为静止的世界增添活力。而当他们——被控制的意外——完成了使命后，更加肆虐的风雪会封住他们的门，维持着这个世界变得更加稳定的秩序。

而当世界需要他们的时候，他们便会再次重逢，再次来到这里，再次离别。

他们产生疑惑，他们追寻答案，他们窥探真相，他们所有的行为和思想，都在控制之中。

没有比自以为追寻到了真相，事实上却一直活在别人的控制之中更悲哀的事情了。

他们知道，离别的时刻到了。

走出门后，就再也不是同伴。

从此相见不相识。

直到下一次重逢。

"吱呀——"门开了。

他们走到门前，轻声对身后的所有说再见。

他们走遍了世界，才找到了一扇破旧的门。他们知道，这里就是他们一直寻找的地方。

他们一起追寻，从南到北，不时仰望天空，仿佛一直盯着就可以看透云层。

他们一起反抗，在自己的领域反对"权威"，这是很需要勇气的事情。

他们一起研究，他曾向她讲述自己的演算过程和结果，她曾向他喋喋不休地讲述她的父亲。

漫天风雪中，他们是追梦路上彼此唯一的同伴。

他们在偶然里相遇。他想直视太阳，她想看漫天星光，摸一摸月亮。

一切才刚刚开始，一切已经结束。

她是个浪漫主义者，觉得父亲的话很美。

父亲说，人类曾经生活在一个有阳光有月亮有星海的世界。"阳光、月亮、星海……那些是什么？""是很温柔的一些东西呢。"

她的父亲曾是顶级的研究员，她继承了父亲的衣钵。

她孤身一人追寻着父亲话语中的"阳光、月亮、星海"已有很多年。可是天空之上永远是厚厚的云层，她摸不到阳光，看不了月亮，照不见星海，她甚至开始动摇自己对父亲的信仰，几近绝望。

某一天，她在雪花中伫立，凝视天空良久。收回视线，她发现自己站在某个窗前。她朝窗内看去，觉得那个人好像在哪里见过。

像是命中注定般。

某一天，他在演算的过程中抬头看了窗外一眼，然后看见了她。顿了顿，他重新低下头去。

他是一名研究员，在最知名最权威的科研所工作，他的研究课题是最宏大的宇宙，他想要找到记载于历史之中的"太阳"。他为之着迷。

他向来对自己的记忆力引以为豪，但每当他想要回忆起不久前——这场风雪还未如此肆虐的时候——发生了什么事情时，他的记忆却仿佛被按下了暂停键，停在某个地方，再也无法继续播放。

他觉得自己遗忘了某些很重要的东西。是某个人吗？还是——某种感觉？

他向窗外望去，一片无垠的白色刺痛了他的眼睛。他不由自主地闭上眼，同时流下泪来。"雪好像更大了啊。"不久，他再次沉入梦境。

他在柔和的光线中醒来，一如既往，他对着那个圆圆的发光的东西发了会儿呆——听说那是很久以前科学家们仿照一个叫"太阳"的东西发明出来的玩意儿。"太阳……是什么呢？"

这是一个已经太久没有太阳的世界。科学家们掌握着最高权威，因为人类生存所需的所有物品，都来源于科学家的技术研发。商人也好，政客也好，都只是代替科学家们维持社会稳定的"下属"罢了。社会已经建立起一套维持现状的绝对秩序，任何试图挑战秩序的人，都将付出高昂的代价。

人们已经很久没有见过太阳，也不曾在夜晚见过星空和月光。

这是一个苍白而有序的世界，无数人像他们的先辈一样活着。每个人的大脑中，都被植入了已经设定好的芯片，而芯片决定了不同的分工。工人在流水线上做着工，食物已经被营养剂代替，处于社会最高层的科学家们日复一日地研究着天上厚厚的云层。

这是公元4399年。

满世界弥漫着风雪，这里大雪封门。

如果大雪封门

钏龙祥

又西三百五十里，曰天帝之山，多棕楠；下多菅蕙。有兽焉，其状如狗，名曰溪边，席其皮者不蛊。有鸟焉，其状如鹑，黑文而赤翁，名曰栎，食之已痔。有草焉，其状如葵，其臭如蘼芜，名曰杜衡，可以走马，食之已瘿。

——《山海经·西山经》

一

漫漫雪夜，皓白澈净。天帝山上，清冷寂寞。
溪边伫立于山峰，他的低吟终于被罡风吹散。

二

数万年前，天帝下凡，恩泽苍生，将一片荒芜的山地点化成葱茏苍翠的山林，是为天帝山。天帝山的棕楠木，能解蛇毒。天帝山的杜衡草，能治疫病。天帝离去之前，命赤羽护卫为守山灵兽，是为栎鸟。栎鸟以其神力维护着天帝山的灵气，从此密林碧浪，万年不衰。每逢春至，栎鸟会张开她赤红的双翼，欢欣地盘旋，喜悦地鸣叫。神的灵气像春风里裹挟的种子，所有生灵为之翩跹。而到了秋天，栎鸟将幻化成人形，她喜欢在百鸟林中安睡。百鸟林位于天帝山峰附近，山高风寒，所以罕有生灵。栎鸟以其赤羽覆盖着身躯，度过每一个冬日。天帝离开以后，山上再也没有下过雪。

溪边是山上少数曾经见证天帝恩泽的野兽，他也不知道他为何能活这么长久。在漫长的荒芜的年代，他靠着与别的禽兽搏杀而生存。他离死亡最接近的一次，是与一只猛虎的对决。他被咬伤了前驱，精疲力竭，四脚朝天，只能等死。同样虚弱的还有那只猛虎，他记得猛虎倔强而又凶残的眼神。猛虎一步步朝他走来，肃杀的气息弥漫在荒野，然后他眼睁睁地看着猛虎被山岩上掉落的巨石砸死。溪边庆幸自己还能活下去。天帝下凡那天，他亲眼看见山坡从灰黄变得翠绿，连他常年栖居的山洞也变得温润，生命的气息使他感觉如春风拂面。更使他惊艳的，是赤羽神兽降临的场景，鲜红而炽烈。不知怎地，那时赤羽的神态竟有些悲伤。他蓦然发现，一双像是藏着许多心事的眼睛在注视着他。那是溪边与栎鸟的第一次相见。

天帝离去之后，栎鸟守护山林。溪边沐浴着灵力的恩泽，也不必再过着血腥与杀戮的日子。他想见栎鸟，想陪着栎鸟。他发现自己竟能嗅到栎鸟的气息。因此，溪边知晓栎鸟常常栖居在百鸟林。但栎鸟毕竟是神兽，像溪边这样的野兽是不能穿过灵力屏障靠近栎鸟的，所以溪边与栎鸟也就没再见过。溪边想知道栎鸟有没有发现自己的存在。

三

日子就这样过了好几万年，人迹终于蔓延至这座灵山。人类凭着被崇尚的智慧，他们发现了棕楠和杜衡的价值。起初，也只是个别的人来这里寻一些药草。到后来，商业兴起，人们为了赚钱，疯狂地采集灵药，卖到神州各地。天帝山的灵气因为砍伐遭到削弱，不再像当初那样翠绿葱茏。

栎鸟与天帝山灵运相连，人们无节制的采伐行为也使栎鸟灵气受损。栎

鸟以为人天性贪婪狡诈，即便失去些灵气也不屑与人类交涉。好在栎鸟毕竟
是神兽，她的灵力岂能为人类所撼动？相比之下，溪边倒显得更加不安，他
在意栎鸟的处境。他清楚以栎鸟的性格不愿与人类争斗，可任凭人类这样开
采下去终究不是办法，于是他便想尽办法阻挠人们的开采。他推下岩石阻断
了人们上山的道路，不死心的人却转而去开辟另一条上山路；他使用他上万
年形成的一点灵力扬起沙尘，也只能耽搁人们有限的时间。

天帝山的绿色终于还是被人类侵蚀了，山上的杜衡与棕楠始终不能满足
人类的需求。如今天帝山的山脚已经丧失灵气，岑寂枯黄，俨然是上古荒芜
的模样。曾经葱翠的天帝山只剩山峰的百鸟林还有灵力环绕，在天帝山生活
的诸多生灵，也大都被人类狩猎，昔日盘旋在山林上空的赤羽也早已不见。
栎鸟似乎甘愿在百鸟林中安眠。除非人类妄图进入百鸟林，否则栎鸟不会去
惩罚人类。

四

无奈的溪边决定向人类村庄的首领提出警告，他消耗着身体的元气幻化
成人形，来到了山脚下的翘石镇。翘石镇本身就是一个以商业兴起的聚落，
翘石镇的首领名叫孰湖，孰湖家族世代经商。

当溪边走进孰湖的房间时，孰湖正玩弄着刚从山上采下的杜衡，正是这
些珍贵的药草，使孰湖家族能够富饶几代，翘石镇也成为神州重要的商业
枢纽。

溪边有意地将自身灵气散发出来，厉声问道："你就是孰湖？你知道我
是谁吗？"

孰湖很沉得住气，"我就是孰湖，看你的样子似乎并非人类，敢问阁下
有何贵干？"

溪边似乎已经不能抑制心中的怒火："我叫溪边，是生活在天帝山的灵
兽。曾经的天帝山一片青青，生意盎然。可自从你们人类在此聚居，开采山
林，我们的生存环境便遭到破坏。我曾经几次阻止过你们的砍伐行为，可谁

知你们却变本加厉，毫无节制。如今天帝山除了山峰还有一丝葱翠，剩下的可尽是一片枯黄啊。己所不欲，勿施于人。你们为了自身的利益，不惜破坏其他生灵的生存环境，难道就不怕遭到惩罚吗？"

孰湖冷笑道："翘石以商业立镇，我们是商人而非圣人。我从来不相信这世上有什么因果报应，有的只是弱肉强食，有的只是发展与利益。当初我的先祖刚发现天帝山的药草时，为了开辟山路，开采山林，不知有多少人被山中野兽吃掉，或被山中风暴吞噬。如今我们人类有了发达的工具，有了锋利的长矛，不再惧怕野兽的袭击。既然我们有能力去开采杜衡与棕楠，这些药材又能使我们获利，何乐而不为呢？再说了，这些药材能救死扶伤，我们无非是从中牟取一些利润而已，可毕竟做的也是善事。至于破坏你们野兽的山林，那只能怪你们不够强大，不能保护自己的家园。"

溪边突然变得异常平静，他似乎想好了对策："你的这番无稽之谈，全是在为你们人类的贪欲辩护。我们野兽虽然凶残，却也只为争得自己的一片生存之地而已，哪像你们人类，恨不得把世上所有金银珠宝藏于家中还不满足。算了，我与你已没什么好谈，既然你说弱肉强食，那我就让你看看什么是真正的力量。"溪边说完就离开了。孰湖忌惮他的灵力，也不敢派人去追，于是继续把玩着杜衡草。

五

这一年，天帝山上罕见地下起了雪，山峰不知不觉已白雪皑皑。溪边望向凄美的百鸟林，他知道下雪意味着栎鸟的灵力几近枯竭，他必须要采取行动了。

没有了灵力屏障，溪边轻松地进入百鸟林，见到了一个憔悴虚弱的女子，正是栎鸟。溪边顾不得太多，赶忙上前扶起栎鸟轻盈的身躯。栎鸟低语道："溪边？"

溪边甚是惊讶："你怎么会认识我？"

栎鸟说道："你真的一点也不记得了吗？也罢，外面已经下起雪了，想来我的时日也不多了。我的灵力快要枯竭了，我是一定会与天帝山同眠的。你快走吧，外面世界那么大，总能找到一处容身之所。"

溪边并不能理解："你早知道会这样是不是？那当初你为何不阻止人类啊？梦影雾花，只要你当初肯施展一次幻术，人类便再也接近不了天帝山，伤害不到你啊。"

栎鸟叹息道："这可能就是天命吧。人类虽然贪婪，可正因为贪婪，才使人类进步，能够战胜灵兽。智慧一旦开启，便将是无止境之物。人类的命运，也只能待人类自己去解读了。你还是不要管我了，快快离去吧。"

溪边不甘心："你说的这些我不太明白。我只知道是人类害你到如此境地，是人类害了我的诸多野兽朋友，是人类破坏了我的家园。我要让他们付出代价。我去去就回，栎鸟，你一定要等我回来。"

栎鸟想唤回溪边，但溪边却径直离开了。

六

溪边离开时已心乱如麻。他总觉得在哪里见过栎鸟，却始终想不起来。眼下，他已顾不得那么多，唯一的办法是在百鸟林中找到天帝水源，引天河之水灌溉已经荒芜的天帝山，利用天河水的灵力滋润栎鸟，看看能否使栎鸟恢复灵力。这样一来，天河水必将淹没山脚的翘石镇，这倒也合溪边的本意。他要让伤害栎鸟的人得到惩罚。

溪边感受到自己的灵力在慢慢增长，因而他轻松地找到了天帝水源。天帝水源是贮藏山地灵气的地方，当年天帝以备不时之需，将自身的一些灵力封印在这里。现在，溪边决定开启天帝水源，让源源不断的天河之水宣泄他对贪婪人类的恨意，让这丰沛的灵力之泉治愈栎鸟的伤痛。

随着溪边的吟唱，天帝水源的封印被解开。起初，天河之水还像潺潺小溪一样徐徐流下，后来便渐渐有了洪流之势。溪边回到百鸟林，发现栎鸟已经陷入昏迷。他往山下望去，看到天河之水正向山脚湍急地流去。远方翘石镇的人们一如往常，在忙着各自的生意，全然不知灾难的来临。

溪边焦急地唤着栎鸟，只见栎鸟缓缓地睁开双眼。"溪……边？"

"我刚刚开启了天帝水源，现在外面被浓郁的灵力笼罩，定能帮你恢复。你一定要撑住，我背你去外面。"

"没用的。我知道我的情况，我已经不行了……溪边，你真的不记得我了吗？我是赤羽啊，在神界时我是你的妻子。"

"赤羽？神界？"溪边觉得赤羽二字尤其熟悉，他想起自己与栎鸟第一次见面的场景，那炽烈而凄美的眼眸，难道他与栎鸟真有前世之缘？

"记得我们第一次相识，你也是这样背着我。那时我在战争中负了伤，你拼了命把我救回来。还宽慰我，说不要怕，家就在前面。"

溪边突然怔住，只觉往事如梦如幻，又如闪电一般刹那穿透了他的记忆。

"溪边画满枝，百鸟带香飞。我之所以将天帝山峰称为百鸟林，就是要缅怀你啊，溪边……你想起我了吗？"

溪边似乎很痛苦，他的意识在一瞬间被记忆充盈，他一度陷入迷惘。短暂的寂静后，溪边终于想起了一切，终于能面对赤羽盈盈的眉眼。

"我想起来了。赤羽，都怪我不好，是我自私做了错事，害你这般相思。可你又是如何能进入人间的呢？"

"我与天帝做了约定，才能下到人间来见你。虽然你已受罚坠入畜生道，形如狗犬，但我仍然能感受到你的气息。相聚乐，离别苦。我想我这一生，是值得的……"

说着，栎鸟的气息渐渐衰弱，竟又陷入昏迷。焦急的溪边大声呼喊"赤羽！赤羽！"，回应他的只有天地间亘古的孤寂。

七

很久以前，溪边和赤羽是神界的两名护卫。远古神魔战争时，神族旗开得胜，乘胜追击时不料遭到魔族的埋伏。赤羽护卫在战斗中受了重伤，适逢女娲从前线逃回来。为了保留自己的灵力，女娲竟见死不救，无视重伤的赤羽。之后赤羽被溪边护卫冒死救出。回到神界时，赤羽尚有意识，背着赤羽的溪边却已精疲力竭，奄奄一息了。后来溪边得救，侥幸捡回一命，与赤羽二人感情甚笃，遂结为夫妇。二人与女娲因此有隙。

是时女娲念凡间寂寞，欲抟土造人。溪边和赤羽都反对造人，溪边曾劝说女娲："尘归尘，土归土。天地尘埃本归于寂寞，何必以此抟黄土，去造那终将逝去的喧哗呢？"

女娲不听："思想最深刻者，热爱生机盎然。世间如此寂静，徒让吾等神族顾影自怜。我今日抟土，是想使世间多一些生机，多一份快乐。"

溪边说道："见素抱朴，绝圣弃智。想造人也就罢了，你为何还要赋予他们智慧？"

女娲回答："智慧并不是什么不可取的东西。世间虫鱼鸟兽，之所以每日浑浑噩噩，只知吃睡，就是因为没有智慧。我将智慧赋予人类，是想让他们的生命有所寄托，去寻找存在的意义。"

溪边冷笑："好一个去寻找存在的意义。天地本是虚无，所谓存在，也不过是虚空。你赋予人类智慧，殊不知是将最深刻的悲哀赋予他们。若人拥有智慧，也是对世间其他生灵的一种不公正。"

女娲不耐烦："你只是区区一个护卫，管这么多做什么。我已决定抟土造人，你是奈何不了我的！"

八

共工战败于祝融后，怒撞不周山，使得大地颤动，天庭几近崩塌，人世因而有一场浩劫。女娲不忍人类受苦，欲炼五色石补天。五色石需要纯正的五行之力，溪边为了阻止人类繁衍，在女娲所用的火灵石中掺杂了邪火石。溪边的计谋最终被女娲发现，女娲上报天帝，请求处罚溪边。

天帝十分愤怒，立即对溪边进行审判："溪边，你可知罪？"

溪边并不辩解："溪边既然敢做此事，便做好了承担后果的准备。只是我实在不能接受让拥有智慧的人类繁衍下去。人类的贪婪狡诈，已超出了神所能控制的范围，是以我才想借不周山之塌落，让人类万劫不复。"

　　天帝严肃道："人类的命运，岂是你这一个小小护卫所能干涉？你又怎能理解智慧的真谛？若真以邪火石炼就五色石，不仅炼石者女娲会受重伤，世间生灵也必将受邪火之浸染，你可曾想过这些后果？"

　　溪边默然不语。天帝叹息道："我身边的护卫中，数你最刚烈直毅，大智若愚，大巧若拙。我本以为你有大智，谁知道你做事竟这般鲁莽。今日你犯此大罪，理应重罚。念你护卫神族有功，尚可留你不死之躯。我令你今后去凡间与野兽生活，永世不得返回神界。"

　　溪边仍然倔强，但应道："谢天帝。"溪边被贬入凡界，入畜生道。

　　溪边离开又过了数万年，赤羽耐不住万年思念溪边的寂寞，请求天帝让她下凡。天帝劝赤羽："情天难补，情海难填。溪边早已没有了神界的记忆，早已不认识你了，你这又是何苦？"

　　赤羽说道："当年溪边拼了性命救下重伤的我，这便是恩；我们结为夫妻，又生活了千万年，这便是爱。当溪边有难落入凡间时，我没能陪伴他身边，这已令我惭愧。赤羽恳请您让我进入凡间，哪怕是罚我，只为陪伴在溪边身边。如果每日能看见他的模样，我也就心安了。"

　　天帝无奈道："也罢，我不拦你，只是凡事都得付出代价。溪边是被神界驱逐的罪人，本来是不能与神界故人见面的。不过他已经失去记忆，落入畜生道，这样的惩罚已经足矣。你不顾天地界的规矩，执意成全心中之感情，则必然要付出生命灵力的代价。正巧我最近要去人间为苍生施与恩泽，你便到人间用你的灵力去守护我所留下的恩泽吧。记住，情深不寿，慧极必伤。你可以见溪边，却不要让溪边见到你，否则他将恢复前世的记忆，而你可能会失去性命，切记切记。"

　　赤羽伏地："谢天帝。"数万年后，天帝下凡，恩泽苍生，将一片荒芜的山地点化成葱茏苍翠的山林，是为天帝山。赤羽护卫为天帝山守山灵兽，是为栎鸟。她终于见到了让她魂牵梦萦的溪边，尽管溪边已状如狗。

九

溪边背着赤羽，正欲离开百鸟林，只听身旁响起严肃的声响。

"溪边，你好大的胆。"

溪边很是惊奇，回头一看，竟是天帝。他冷笑道："原来是你。"

天帝厉声厉色："纵然你引用天河之水，也救不回赤羽的。她命数已尽，也已了遂心愿，甘愿投胎入下一世了。"

"不，我不相信。天河之水，有起死回生之效。你休想骗我。"

"不错，天河之水确有起死回生之效，只不过你打开了天帝水源，所引的却非天河之水。"

"哼，那是为何？"

"你瞧这水流，浩浩荡荡，汹涌澎湃，大有吞噬一切的味道。我知道你意欲引此水将山脚下的村镇毁灭。这样的洪流已是毁灭之流，难道还能有生命之力吗？"

溪边几近绝望。"不，这不可能。"他将背上的赤羽放下，试图将自己的神力传给赤羽。

天帝又道，"世间万物总有其运行的法则，溪边，你性格太过率直，总想逆天而为，这样必将遭受惩罚。想来赤羽虽然优柔，但她却懂得和光同尘、知雄守雌的道理，可惜她终是没能改变你的脾性。如今，你打开了天帝水源，将天帝山万年的灵气都散播出去，这天帝山便断无再绿之可能。你已入畜生道，我无权惩罚你。你好自为之吧。"

说罢，天帝便离去，那汹涌的洪流也尽皆被天帝吸去。山脚下的村庄安然无恙，只是曾经的百鸟林已经枯萎。

溪边抱拥着赤羽，有雪渐渐飘落。

十

溪边最终没能救回赤羽，他将赤羽安葬在绵绵的白雪中。天帝山从此没有了灵力恩泽，终年积雪，再也长不出棕楠木与杜衡草。翘石镇也渐渐没落，那些有野心的商人们踏上旅途，继续寻找新的商机。徒有一些安土重迁的人，在这荒芜的土地上，勉强经营农业，维持着生活。

漫漫雪夜，皓白澈净。天帝山上，清冷寂寞。

溪边伫立于山峰，他的低吟终于被罡风吹散……

如果大雪封门

吴金华

凌晨四点，三娘从冰凉的被褥里爬起来，干枯的手在床头后的墙上摸索着，那个像是快咽气的灯泡在黑暗中嗒的一声晃出暗淡的黄光。

厅堂里那架老式挂钟，十几年了，到四点还是准时地打四下，但谁还听它呢，它早就布满了灰尘，要不是韦德老汉说"留着，它难不成能跟你们抢饭吃"，孙子们早就用那新式安静的挂钟把它换了。

三娘此时就像那架老式挂钟，几十年如一日地四点起来，但她现在只是呆滞地坐在床上。

一年前的凌晨四点，也是在这个房间，她推搡着身边的韦德老汉，两个人在漆黑中窸窸窣窣地起身。三娘打着手电筒走出房间给韦德老汉生火，出门就是"厨房"。农村就是这样，房子里各屋子的间隔没有什么讲究。厨房北面连的一间是他们睡觉的地方，一间是他们的小商店，隔两三天韦德老汉就要早起进城补货。

一个月前的凌晨四点，也是在这个房间，三娘没有再推搡身边的韦德老汉，她一个人安静地下了床，摸索着走出房间，依旧生火做早饭，韦德老汉没有像以前一样咕哝着跟三娘起身，他静静地躺在伸手不见五指的房间里，乖巧得像个孩子。

而现在，三娘坐在空落落的床上，不知道要做什么。她已经不再需要为韦德老汉早起做饭了。窗外肆虐的狂风啃噬着窗户夹层的纸，三娘感觉自己被尖利的叫声包裹着，在暗黄的旋涡里毫无反抗地沉下去。

雪从昨晚开始下，纷纷扬扬，毫无顾忌。三娘摸着厚软却冰凉的被褥，小声嘀咕着，"你今天不用进城了。"

过去韦德老汉常边披上大衣边咕哝着："如果大雪封门，那才真是老天让我好好休息两天，这狗日的，下点小雪堵不了路还得冻死人。"

一

三娘是五十多年前嫁给韦德老汉的。

当时他还不叫韦德老汉。韦德是村里一个年轻漂亮的小伙子，二十岁那年娶了比自己还大三岁的三娘。

韦德白日里在田间干活，和公社里其他年轻力壮的男人一样。

一日，韦德正挖地，锄头当的一声似乎碰到了什么硬物。这声音很脆，不远处一起干活的韦四扔下锄头就跑来。

韦四说，你别锄了，地下有好东西。

说着蹲下身小心翼翼地刨出一个小铁皮筒子，打开，太阳下筒子里闪出刺眼的光，但韦德看见韦四眼里散发的光更亮，带着一种让人恐惧的渴望。

什么东西？

银币，一筒子银币。

这地下有银币？

地主埋的！被批斗还敢藏家里？

韦德心想，这韦四真他妈是个狗鼻子，什么味儿都让他闻到了。

韦四狡黠地对韦德笑笑，压低声音说，咱俩分了。

韦德不说话，像等着分公粮一样老实地站在一旁。

韦四倒出六块银币给韦德，自己把剩下那沉甸甸的铁皮筒子藏进衣袋里去。

韦四向来贪婪狡猾，又长得身高力大，按辈分还算韦德的伯父。

韦德估摸着筒子里至少还有二十块银币，但他没说话。

晚上韦德把银币交给三娘时，三娘先是吓坏了，听说韦四把那剩下的都独吞了，才恨恨地说了句好个贪心的！

三娘回过神来又扯着韦德耳朵问，你就那么傻让他全拿走了？

韦德被扯得疼，边喊边笑，那本来也不是咱们的，再说你现在有钱还有地儿使呀？

三娘无奈地拍了韦德一掌，也笑了，真是嫁了个傻子。

大浪村没有像它的名字一样经历大风大浪，下村哪家丢了一条狗半天里全村都知道了。

田里的稻子一茬又一茬，长了又割，割了又种。田埂上走过的女人，今年还是一个人，过两年就背着孩子一起下地了。大浪村还是穷得丁当响，满田埂赤脚撒欢的孩子却疯了一般多起来。

三娘十几年里生了七个孩子，肚子几乎一年也没闲着。

每多一个孩子，三娘脸上就多一分愁苦；韦德却乐得更欢，整日里扛着自己的心肝到田间干活。

咱们养不起这么多讨债鬼，三娘说。

养得起。韦德给床上的小儿子扇扇，自己汗珠吧嗒吧嗒往下掉。

三娘嫁给韦德的第十五年，村里说不用一起干农活了，各家的地各家种。

分地两年后，韦德却常常坐在田埂上，抽着烟草望着天，不说话。

三娘说再不插秧就过节气了。

韦德掐掉手中的烟，说乡里有人开始做买卖了。

三娘问那怎样。

做买卖挣钱快。老四该上学了。

咱哪来的钱做买卖？

银币。咱有六块银币。

韦德第二天就揣着六块银币上乡里去了。他是一个人去的，只带了一副担子，凌晨四点就出发了。大浪村到乡里来回要走八小时山路，韦德是晚上六点到的家。韦德进门卸下担子，抹了一把额头上的汗，把草鞋一甩，赤着脚蹲地上开始解担子。

三娘给他倒了一碗茶，叫他别急，又盯着担子问带回来什么了。

韦德乐呵呵地摆弄自己的宝贝，豆腐乳、酱油、白糖、五彩缤纷的纸包糖，还有两条活鱼。

你弄两条活鱼干啥？谁吃得起呀？

韦德还是嘿嘿地笑，让三娘把面南的那间小黑屋窗户打开，在里边放上个木架，东西摆上，从外边把黑乎乎的窗户刺啦一推，里面的"货架"看起来还真像那么一回事。

韦德卖货的事一晚上全村都知道了。第二天一早，村里人都趴在那扇黑乎乎的窗户边，想看看里面有什么宝贝。

上村四嫂拿一角钱带走了一个装满黄色小方块的瓶子。晚饭过后，村里人就都知道四嫂在韦德家买了个叫豆腐乳的东西，这东西稀罕。

下村大庆靠在窗边，眼睛直愣愣地盯着那两条鱼，问能买小半条不？

韦德笑嘻嘻地把鱼捞起来放在砧板上，一刀拍下去，再利索地砍了半条递给大庆，三角钱。

三天后，货架上的豆腐乳和白糖都没了，鱼还剩半条。

四岁的小儿子咬着韦德给的纸糖，口水吧唧吧唧地挂到胸前，问韦德鱼好吃吗？

韦德对三娘说，把那半条鱼给他们煮了。

第二天，韦德四点又爬起来了。三娘跟着他一起摸黑出了房门，点上煤油灯，黑暗的地上很快燃起一团明亮的灶火。三娘给韦德煮了三个鸡蛋，泡了一碗油茶。韦德咕噜几口喝完油茶，把嘴一抹，拿起三个鸡蛋，又放下一个，说这个给老七。韦德包上黑乎乎的头巾，扣上草帽，弯身挑起担子，瘦小的身影消失在漆黑里，像是被晨光来临前的世界吞噬了。

远处的天色渐渐发白，韦德渐渐看清了地上的路。脚下的路坑坑洼洼，一不小心还要被路中间凸起的石头绊上一脚。韦德露在草鞋外的大脚趾给磕出了红色的液体。

他妈的！韦德啐了一口唾沫。

路是环山而开，左侧是忽高忽低的土坡，右侧是渐渐清晰起来的梯田和野山林。向右侧望去，梯田和山林都在脚下。橘红的太阳似乎从脚下的山后升起来了，阳光很快铺满了梯田、山林和脚下的山路。韦德忍不住哼起了山歌，脚步加快起来。

韦德在乡里买了更多的货物，除了鱼，还装了五斤猪肉。两个箩筐都更沉了。韦德回来的时候却像个二十岁的小伙子，不，二十岁的小伙子都没他精神——他的步伐简直是跳起来的，两个箩筐却一前一后平稳地跟着他的肩膀。韦德的身影被金色的夕阳包裹着，在这个山头露了出来，又很快淹没在下一个山头。

三娘说老五也想上学，一个女孩子能上几年学，过几年不还是要嫁出去。

韦德说让她去，跟她哥一块去。

明天老六胡闹，你也让她去啊？

去，都去，我的孩子都上学。

你是活该要给这群小鬼给累死。

韦德嘴笑得饭都要掉出来了，夹下半块腐乳放到老五碗里。

韦德货架上的东西越来越多了，底层有小卷鞭炮、香火；中间架子是油盐酱醋和孩子们总眼巴巴望着的糖果；顶层是纸盒装的烟，听说现在乡里城里人都兴这个，不抽烟草，韦德也带了几包；鱼和猪肉则放在大门口，鱼用大脸盆装着，猪肉摆在桌上，来人往堂屋喊声买鱼买肉，三娘就跛着小脚一颠一颠地走出来。

韦德两三天去乡里一次，带回村里人喜爱的新鲜的猪肉活鱼，带回小孩子吃得满嘴臭辣的小零食，带回让女人啧啧称奇的机器织成的花布，带回男人一天要喝上两口的小米酒。不去乡里的日子韦德则在田里埋头干活，家里的那扇窗让三娘看着。

该插早稻的时候，村里都忙活了起来。凌晨四点，韦德骨碌一下爬起来，还在梦里迷糊的三娘对他说，这几天别去乡里了，插秧吧。韦德说货得卖，秧苗我回来再插。韦德晚上七点到的家，往嘴里扒两口饭，屁股还没把凳子坐热拔脚就往田里跑。半夜里回家直愣愣地往床上一倒，打起呼噜来。

五六月田里稻谷绿油油一片，垂下来的谷子在风里摇曳，强壮的稻根拼命地吸收田里的营养，沉醉在阳光的爱抚下。村里人偷得一阵闲，午后聚在村口榕树下打牌。太阳下山时远远地看见韦德挑着货物一晃一摆地走回来。

孩子们笑嘻嘻地扯着箩筐跟着韦德走，女人们围过来问有没有带回来新鲜的东西。

稻谷收割时，家家户户石坪上铺满了金色的谷子，时时要赶撵偷吃的麻雀。韦德笑着说，是个丰收年。他往乡里赶趟越来越频繁，窗口下的小线柜绿色的土色的纸票也越来越多。村里人粮食换钱越多，他们往韦德的窗口跑得也越多。韦德的背不像过去那么直了，三娘说你歇歇，十天半个月再跑一趟不成？韦德挑起担子，黝黑的脸上嘴一咧露出让烟草熏得暗黄的牙，乐呵呵地说老五读书厉害，我看能送她上初中。

三娘盼着有一场雪，最好能将山路都埋没了，给土坡、梯田和山林都盖上分不出差异的厚毯子。但大浪村的冬天永远只有小雪，清晨起来，屋檐下吊着又粗又长的透明的冰条，寒风刺骨，但就是没有一场大雪。韦德凌晨四点披上那件破旧的大衣，让三娘给自己装上一瓶热水裹在大衣里。这他妈冻死人的狗天气！那件破大衣臃肿地挂在韦德身上，风毫无阻挡地卷进去，韦德觉得这时候的这条路比任何一个季节都漫长，刺骨的风夹着雪粒打在他苍白的脸上，他左晃右摆走了快六个小时才到乡里。装了货，韦德跟卖面的老板讨了碗热茶，老板说吃碗面热热身？韦德摆摆手，摸出一个已经干硬的糍粑，两口嚼进去，就着热茶咕咚咽下去，挑起那副担子，踩着冰冷的胶鞋转头就往大浪村走。

后来三娘说，天冷别出去了。

韦德说，嘿嘿，大雪封门再说吧。

二

傍晚，田间劳作的人三五结群地赶着牛回来了，夕阳下随风倾倒的山林发出悦耳的沙沙声。夜色渐渐笼罩在这个平静的村庄上，近处除了一两声吆喝和疲倦的牛叫声，一切都沉浸在安详中。

远处的公路传来货车厚重的鸣笛声，三娘往楼上喊了声接你爸去。

老三从楼上下来，给韦德老汉卸货。

三十年过去了，黑乎乎的小木窗还是没变，在有人来买货时被吱吱呀呀地推开。只是屋子里添了一个冰箱，韦德老汉买来的鱼和肉不用摆在大门口了；货架增大了许多，货物也多了起来，大浪村村民日常所需都能在小黑窗买到；村里修了路，韦德老汉不再到乡里买货，他依旧凌晨四点起来，有时候儿子老三会用摩托车载着他到乡里，但更多时候是韦德老汉孤身上路；韦德老汉在乡里坐汽车进城，他在城里批发商那里拿到更多更便宜的货，下午再等村里的侄子世通到城里拉水泥顺带把货装上，这样他每次带回来的货要更多。

一分两分、一角两角的纸票一张张地存进售货窗下的钱柜，再一沓沓地提出来。身边的老大、老三、老四相继成家，韦德老汉说让建筑工在木楼后头建三栋水泥房；老三嗜赌，输钱后一回回地往小窗口下的钱柜钻；二女儿远嫁他乡，离家时韦德老汉把剩下的两块银币打成银饰，再到城里让裁缝给她好好做了两身衣服；五女儿和小儿子一直读到大专，走出了这小山沟，老五一直在乡里做代课老师，小儿子则在城里混到了中学校长；老六嫁了个游手好闲的，韦德老汉常给回娘家的老六塞纸票。

韦德老汉四点起身，拉亮房间里的灯泡，套上床头外衣，拖上一双解放鞋，三娘说七老八十了你该歇歇了。

韦德老汉说几十年都习惯了。

韦德老汉的头发白了，门牙掉了一颗，背弯了，卸货的时候一晃一摆走两步还得停下来大喘气，过去那个挑着担子在山间穿梭的年轻人不见了。

那年，除了远嫁的女儿，六个儿女都回家过年。饭桌上，韦德老汉举着酒杯接受儿女的祝福。

韦德老汉满面红光，眼角泛泪，说儿女都回来好啊。

韦德老汉转而又一说，上次在城里让街边算命的算了一卦，说我这辈子啊能活七十四岁，七十四岁，也值啦。

老五生气地打断他："爸你大过年的胡说什么！你是要长命百岁的！这骗钱胡扯的事你也信？"

儿女们脸色都难看起来，这韦德老汉是真老糊涂了吧，好好地说这丧气话！

三娘更是直拍他后背骂道：好好的团圆饭都给你闹坏了！

韦德老汉咧嘴一笑，松弛的两颊在灯泡下愈发通红，微微颤抖。

韦德老汉依旧进城去，他进的货越来越多，货架下已经开始囤起货箱。

三娘睡前跟韦德老汉说，老五来电话说转正了。

韦德老汉应了一声，转过头去睡着了。

后来三娘告诉老五，那是她几十年来见过韦德老汉睡得最沉的一次，就在他知道自己最疼爱的老五工作转正之后。

三娘最后一次跟韦德老汉说话是送他出门进城的那个凌晨，三娘说这鬼天气还出去你真是讨骂！是家里没钱了还是你跟自己过不去？

韦德老汉缩在大衣里钻进黑夜，跟三娘挥挥手，说这雪不封门就能走。

货车的鸣笛声比以往来得早，下午就从公路那边传来，但声音却比以往的急促。

老三往公路走去要给韦德老汉卸货，却慌里慌张地跑回来对正在卖货的三娘说，爸在城里装货时突然昏倒，现在医院里躺着！

三娘跟三个儿子踉跄地赶往城里。三娘第一次进医院。韦德老汉瘦小的身躯正乖巧地陷在柔软的白色病床上，他的脸上手上插满了各种小管子。医生说是脑溢血，治不了了，躺几天等身体恢复些就回去吧。

老大和老四垫付了韦德老汉头两天的住院费后给老五和老七打电话；老三媳妇赶进城里一个劲地哭说帮不上忙；老二离得远只是给三娘打了个电话问问情况；老七说学校里工作一时脱不开身托人带来了三千块钱；老五请了假进医院照顾韦德老汉，给韦德老汉付清欠下的治疗费，一再恳求医院让韦德老汉多住些日子，医生说发现得晚了，住多久也清醒不过来了。

韦德老汉在住院两个星期后被抬上车，回大浪村去了。

厅堂的挂钟打了四下，三娘终于是一个人爬起来了。她拉了一下灯泡开关，蜷缩在床内侧的韦德老汉正睡得香，鼻子里发出嘤嘤哼哼的鼾呼声。三娘给他拉了拉被角，扶墙出了房门。韦德老汉终于能休息了，三娘却还是要早起，她先生了灶火，却不是给韦德老汉煮鸡蛋打油茶。她烧了一锅热水，给韦德老汉擦去嘴角流出来的口水，又给他擦了擦身。韦德老汉发出嗯哼一声怪叫来宣示自己醒了，三娘轻拍一下他的胸口怪道：给你擦脸叫什么呢。

货架一个月后便空了，三娘给韦德老汉一边扇扇一边说这下我可轻松了，省得整天打理这个店铺，你呀，躺在这可更会比我偷懒！韦德老汉睁开混浊的双眼，嘴里咿咿哦哦地吐不出字。三娘转过头去抹了把泪。

货车鸣笛声不再从公路那头传来，村里也渐渐没有人往韦德老汉家的小窗户跑了。

老大、老四来看韦德老汉的次数多了。

老大说，爸有清醒过吗。

三娘说没。

老四问，爸说啥妈你听得懂吗？

三娘给韦德老汉喂汤药不理睬他。

老三媳妇来伺候了两天，终于小心翼翼地问三娘，老三说爸有本存折？

三娘骂道，这也轮得上你来问？什么东西！回去告诉老三有空多来给他爸擦擦身！

除了远在外地的老二，老大终于把兄弟姐妹都聚集到了家里，说谈谈爸的事。

老大说，爸有本存折，照顾他老人家那么多年密码却只有他知道，他现在头脑不太清楚了，等哪天他真的什么都不知道了，钱要取就麻烦了，爸这几十年的积蓄不白存了。

老二和老六说自己已经嫁出去，但毕竟是爸的女儿呀。

老四说为了爸住院的事他搭了不少钱，有些人还没给爸一分钱呢！这钱他要多分！

老三说自己欠下了钱，爸的存折他是要一份的。

老七凑近嘴巴半张、口水溢出的韦德老汉，握紧他的手问，爸你记得密码吗？我伸手指头，对了你就哼一声。

韦德老汉的眼角淌下一串浊泪，咿咿哇哇地哭喊起来。

三娘狠狠地把老七推出房去，哭着说混小子！

老五掉眼泪了，说爸的存折要留也是留给妈的，你们急什么？

夜里老五帮三娘给韦德老汉翻身的时候，三娘把枕下的存折交给老五。

三娘说，他们说得也对，等你爸真一走了，这钱还给谁呢？拿上证件明天到乡里银行看看吧。

老五上午走下午就回来了，说爸的存折没设密码。

三娘趴在韦德老汉身上哭了，你们爸哪里想过防着你们啊，这存的不都是给你们的啊……

韦德老汉在床上呻吟了一年后走了，走的时候七十四岁。

那年冬天，大浪村纷纷扬扬下了一场大雪。

凌晨四点，三娘一个人在空落落的床上醒来，窗外狂风肆虐，她知道，今年必定要赶上大雪封门了。

三娘摸着韦德老汉盖过的被褥喃喃自语，你今天不用进城了。

如果大雪封门

王雅涵

"还给你，我走了。"妻子把项链塞到他右手里。项链是他们的定情物，他们一起去选款式，丈夫亲手给她戴上。她每天都戴在脖子上。她那如雪一样白的脖颈，戴上这样一条项链，简直是天作之合。

丈夫拿着项链，直直地盯着她，她竟然把项链还给了丈夫。日后再也看不到她戴着这条项链了吗？怎么能容忍？"外面雪下得很大，别走，把项链再戴上。"他命令道。

"不了，我要回家。"妻子把头一转，朝向门的方向。丈夫只能先把项链放进大衣的右侧口袋里。

"回家，这不就是你的家吗？"丈夫大声呵斥道。

妻子不屑地一笑，抬头看着他说："我们到此结束吧。这里只是囚笼，不再是我的家了。这里所有属于我的东西，我都整理好了，不会再留下些什么。"妻子左手拉动行李箱的拉杆，准备朝门的方向走去。

丈夫抓住她的左手手腕，把行李箱推开。

"你放开我！"妻子厌恶地挣脱他的手，用右手轻抚左手手腕。红色的勒痕犹在。她记得以前每一次争执的开端，都是他紧紧地用手勒住自己的左手手腕。手腕上的红色总是还未褪去又增了新色。直到现在，红色还在。

丈夫有些懊悔，明明知道她不喜欢这样，却控制不了自己。每当自己强烈感觉到将要失去妻子之时，先是心中一紧，仿佛尖刀在心上疯狂地拉口子，然后就想着抓紧她。

丈夫松开她的手，故作镇定地说："雪下得很大，已经晚了，路还远。你不要走。戴上我们的项链留在这里。"

妻子并不理会，打开大门。来的时候还只是雪花在天空稀稀疏疏地飞舞，现在就已经白雪皑皑了。一开门，寒气逼人，她下意识地裹紧大衣。

她执意要走，不想再和这个男人度过多一分钟的时间，只要在一起，以前婚姻的不幸，自己受的折磨就历历在目。

"你怎么回去？"丈夫问她。

"用不着你管。"

"他会来接你，对不对？"嫉妒的火焰在胸中熊熊燃烧，如果不是因为这个男人，可能妻子也不会这么狠心地对待自己。如果不是因为这个男人，妻子现在还乖乖地待在自己身边，待在家里。这个男人抢走了属于他的最心爱的东西，怎能不恨，怎能不怨？而此刻，他要来接走她，这么赤裸裸地从自己身边带走她。

察觉到他的反应，一丝愧疚又在妻子心头闪过，但很快被怨恨所扑杀。她咬了咬嘴唇，很确定地对丈夫说："对！"

"雪很大，你不要走。你不要和他走。"丈夫命令道。

"你什么时候可以改改你说话的语气啊，我不是你的犯人。我今晚留下来了又如何，我们已经结束了。多一晚在一起也只是痛苦的煎熬罢了。"

"戴上我们的项链就不会痛苦了，它见证了我们所有的甜蜜。"丈夫认真地说道。

"求你别再提这条项链了，这只是你套住我的项圈罢了。它只会让我想起和你在一起的痛苦和煎熬，我不会再戴了，永远不会了！"

就在这时，妻子的手机响了。和以前一样，丈夫警觉起来，注意着屏幕上的来电显示，是那个男人。这一次，妻子再也没有遮掩，痛痛快快地接了这个电话。

丈夫依旧竖起耳朵，仔细地听电话里传来的声音："雪太大了，我现在被困在路上了……"

"他来不了了。"丈夫说。

"你什么时候可以不偷听我的电话，不偷看我的信息？"妻子愤怒地说。又想到以前每天丈夫都在她洗澡的时候疯狂地翻阅她的手机，检查她的来电记录、语音信息、聊天记录，还要自己向他交代每一个人和自己的关系。"你恨不得我把生活的每一分每一秒都报告给你。我不是你的犯人！"妻子怒吼道。

丈夫没有因为她的愤怒而有所触动，因为这已经稀松平常了。"你错了，我最希望的，不是你把一切都报告给我，而是把你这只美丽的小鸟折断翅膀，关在金色的笼子里，每一分每一秒都待在我的身边。况且，我的监视不是没有成果，你的确做了对不起我的事情，和那个男人。"

说到这里，妻子先是有些愧疚，的确，丈夫说的是事实。但这一切的源头又是什么呢？他每天监视着我，我在家里就像一个囚犯一样，他自己也承认了，我就该被关起来，锁起来。在这样的家里，谁又待得下去，我已经被压得喘不过气了。这根本不是我的家，而是囚笼。一开始，我尝试着和他沟通，但沟而不通。他始终疑神疑鬼，捕风捉影，怀疑我背叛了他。甚至开始限制我的自由，不让我出门，除非有他陪同。他越是这样压着我，想锁住我，我越想摆脱他，不想屈服于他。难道我要在他的枷锁中度过余生吗？他不能给我正常的家庭生活，有人能给我，那我为什么不投入别人的怀抱呢？他能给我想要的，我没有很强烈的欲望，我不想要遥不可及的日月星辰，也不想要价值连城的奇珍异宝，我只想要一个正常的丈夫，一个正常的家庭，过正常的生活。

妻子本来还想像以前那样长篇大论、面红耳赤地和丈夫争论，不过都要走了，真的也没必要再多费口舌，但也不甘心就这样沉默。所以妻子只是冷冷地说了句："你检验我的忠贞只有两种结果：检验出有问题；检验到有问题。"

丈夫再也忍不住了，抬手就是一耳光。这个女人丝毫没有悔意，反倒责怪自己。她是自己此生挚爱。在他心里，她那样清澈透明，皓洁如玉。这块宝玉，是不能佩戴在外面的，而是要一直揣在贴身的口袋里。在外面，别人会看到，仿佛别人看一眼就是在和他抢夺这块宝玉的美丽。如果有人要夺走，那他宁愿摔碎也不会给别人。而现在，不仅仅别人要夺走它，宝玉自己也想离他而去，如此决绝，如此无情。那我宁愿和她一起摔得粉碎。他这样想。

妻子怒火中烧，他又动手打人了，以前打得还不够多吗？火辣辣的脸颊又让她回忆起了从前的伤痕。我要走，我要离开这里，不管雪有多大，寒风有多凛冽，他能不能如期来接我，我都要离开这里。与风雪做伴，被风雪鞭挞，也好过和他在一起。

丈夫一把抓住她，不让她走，又把大门锁上。我不会让你走的，我也不会让你和他在一起的。一想到别人会占有你，就像有无数尖刀在我的心上拉口子。他再次挽留妻子："不要走，你走不了。来！把项链再戴上。""我永远不会再戴你给我的项链！"妻子厌恶地推开他的手，项链被砸到了地上。妻子起身要开门。

丈夫见项链被砸到了地上，愤怒、嫉妒、怨恨，这所有的情绪到达了极点，猛烈地喷发出来。他一把摁住妻子，先是打了两个巴掌解自己心头之恨，再拿来一根绳子把她捆住，另一根绳子死死地勒住她的脖子。

"永远不再戴我给你的项链？那我就把这条红项链永远留在你的脖颈上，让你永远戴着我给你的项链，让你的身上永远留着我给你的印记。"

过了一会儿，他把绳子从妻子的脖颈上松开，那根"红项链"深深地刻在了妻子的脖颈上。他从地上捡起那根项链，再一次给妻子戴上。

"不是说永远不戴我给你的项链吗？怎么一下还戴了两根？"他看着妻子，得意地笑了。

妻子的手机又响了，丈夫不屑地一笑，对妻子说："这个世界上，不会有人比我更爱你。红项链，我陪你一起戴上。"

手机一直在响，就像门外的风雪一样，呼啸不停。

如果大雪封门

周寒晓

　　她醒的时候大约是下午四点。她醒来的呼吸和熟睡时候一样纤细平稳。她保持平躺的姿态，只是缓慢地睁开眼睛。她醒来的时候，有一种劫后余生的恍惚感，好像经历了一场海难，浪涛把她卷到一处荒芜的沙滩。窗帘有两层，白色薄窗纱拉拢了，不透光的深红色亚麻布只合上了一半。光线滤过窗纱透进屋子，外面很亮，是那种滚烫的、白惨惨的亮。靠近窗口的天花板上有一道细长的裂缝，她的目光跟着那道裂缝攀缘，它伸向衣柜顶，去向又被衣柜顶上的黑色行李箱遮住了。

　　她翻了个身。男人在几秒后也翻身，从身后抱住她。她的背贴着他的胸口。她听见他打哈欠的声音。

　　"几点了？"他问道。

　　"可能是四点半。"她说。

　　房间非常静，他们又睡了一小会儿。她再次醒来的时候屋里的光线柔和了许多。她转过身面朝着他，吻他的眼睛和面颊。男人醒过来，回应她的吻。

　　"我做了一个梦。"她把头埋进他的颈窝。

　　"梦到了什么？"

　　"我在一幢公寓的走廊里。那走廊又深又长，非常阴暗。我面朝着一个公用卫生间的入口，尽头是一面镜子。我在镜子里看到那男人在我身后。他在等他的女友，她住在那儿……我没有见过她，我只知道她的名字，只在他们的合照上见过她的样子。我在镜子里也看到了那女人。她走向他，又从我身后走过来。她对我说'借过'。她和我一样高，肤色比我深，穿的是我的衣服……我才买的那件红色的裙子。她洗过手，面向着我。我问她：'你过得好吗？'她说：'我很好，我和他在一起很好，我们很开心。'她走了出去，他们牵着手准备离开。我哭了，我朝着她的背影喊：'我希望你幸福！'她穿着我的衣服，停下来转过头来看我，她说'你也是'。"

"后来呢？"他问。

"后来梦见开满紫花的凉亭，一群学生模样的人穿着制服从我的身边跑过去。一个人停了下来，喊我的名字：'我们今晚要去跑马拉松，你来吗？'我点了点头。我就醒过来了。"她说。

男人把她揽进怀里。"这些都不是真的。"

他们深深地接吻。

"我从不做梦。"他说。

"从不？"她问。

"从不。"他恢复了平躺的姿态。她侧着身看他，用食指沿着他侧脸的轮廓，从额头划到下巴。那轮廓非常英俊、非常锋利，但隐藏着某种脾气暴躁或者长期沉郁的可能性。

"不做梦很好。免得无中生有的事情胡搅蛮缠。做梦倒是有点儿庸人自扰。"她眼神迷蒙地说。

"偶尔会这么觉得。"他说。

屋里的光线又暗了一些。

"几点了？"她问道。

"不知道。"男人说。

一阵儿童的笑声从窗外传来。他们躺在十八楼的床上。那声音远远的，却清晰、绵长，像是天际间的一线白浪，它愈来愈近，聚势以摧毁岸边的建筑。

男人赤裸地从床上起来，打开衣柜，问："晚饭想吃什么？"

她坐在床头看他的衣橱，衬衣整整齐齐地挂在一侧，另一侧挂着四件女式的衣物。两件丝绸的衬衣，掖进高腰长裤的那种款式，一件是白色，另一件是墨绿色。一件深灰色的长裙，也许是露背的款式，看上去非常昂贵。还有一件没有花纹的睡裙。四件衣物都用干洗店的透明塑料袋罩着。她的手机响了，是母亲。母亲问她周末是怎么过的，她一边打量男人的衣橱，一边说："公司的同事和朋友都到我公寓来一起开派对，给我饯行。"

女人挂了电话，坐在床边穿衣服。她对男人说："我们去白夜吃晚饭。"

男人的公寓临着一条河。他们从公寓出来，沿着河走，去那家叫作"白夜"的餐厅。波光粼粼，夕阳在河道的尽头，那种润泽的、柔和的深红色让人觉得此刻牵手也好、接吻也好，都有种在劫难逃的悲壮。夏天的浓阴下坐着许多老人，他们拿着扇子，喋喋不休。他们从这些老人身边经过，闻到一股很浓的清凉油的味道。

"白夜"是一家越南菜餐厅，离河堤只隔了一条马路。他们坐在露天。男人要了一杯越南咖啡，女人要了一杯薄荷水，男人点了一盘虾头油饭，女人点了一盘春卷和一份例汤。

"你一个人住了多久？"她问他。

"四年。"他说。顿了顿，他问她："你呢？"

"一年零五个月。之前我同那男人住在一起。"

"什么时候决定要离开这个城市的？"他接着问她。

"半年前申请的工作调动。在这里孤独又伤心。"她说，"我下周三就要走了。"

"我知道，你同我说过。"他叫服务生给他倒一杯冰水。

天色渐渐暗了下来，服务生给他斟了水，把桌上的蜡烛点亮了。她的脸非常年轻、非常柔和，但是烛光也把衰老的方向投影在她的脸上。颧骨下那个浅谷，那道不用深色粉底便自然形成的阴影让她引以为傲，而某种少女的烂漫从那谷底开始剥离。眉尖有两道隐隐的皱纹，惆怅、愤怒和极乐将进一步把它刻画。他凝视着她的脸。

"这地方三年前还是荒地，转眼新区就建成了。"她说。

"是，我在这儿住着，也算是目睹了这片荒地的改造。"他说。

"原先我在这河边野餐过，也是像今天这样的夏天的黄昏。记得河边有人在钓鱼，我们周围野草蓬勃。太阳还没有沉下去，就已经可以看到月亮了。月亮升起来的时候，有火车从那座桥上驶过，那些明晃晃的车窗，我到现在都还记得。"她说。

"也许我之前见过你，我下班之后总会在河边散步。"

"我只在周末来过。"她说。

他握住她的手，把手心放在她的手背上。

"如果我早一点遇到你，我也许会留下。"她把桌上的手翻转过来，同他的手十指相扣。

男人笑了笑："我不会让你因为我而留下，你也不应该为任何人留下。"

"我知道你会这样说。"她也笑了笑："风险太大，不是吗？如果有一天我们闹掰了，我折的本得把一份感情和一份新的工作算进去，我会恨你。即使我不恨你，你多少也有些负罪感吧？"

"你觉得自己冷酷吗？"他反问。

"冷酷？我？"她说，"不，不。我痴情、忠诚。我遭遇过背叛。"

"冷酷和痴情、忠诚并不互斥。"他说。

"你希望我留下来吗？"她问。

"你不会因为我而留下来。"他说。

"你希望我留下来吗？"她看着他的眼睛，重复了一遍，"我没有问你'你希望我为你留下来吗'。"

"你不会留下来，也不会为我而留下来。"他温和地看着她的眼睛，他的眼睛里是河堤上连串的路灯的橘红色光芒。他的声音总是比他的年龄显得更老成，语速适中，音色低沉，感情中立，缺乏热情但是让人觉得有亲和力。

她仔细辨析他的声音甚于去理解他的遣词造句。女人把视线移到河堤，有人骑摩托车呼啸而去，那远去的声音像指甲从夏天的竹板凉席上迅速刮过。她忽然问道："你从前抽过烟？"

男人说："是，你从我的嗓音里听出来了。我有十年的烟龄。我从十七岁的时候开始抽烟，我母亲抽烟也很厉害。我一个月前遇到你的时候刚刚戒。"

　　她把手从男人手中抽出来，拢了拢头发。她微笑着说："我羡慕那些在这个城市里有人想挽留的姑娘们。"她把那只手放回到他的手上，手心朝着他的手背。

　　"我不会去机场送你。"他依然温和地看着她，"你走了，你去了新的城市，尽可能少地同我联系。你只会徒增我的难过。"他顿了顿接着说，"你会和别的男人约会，会有新的男朋友，不是吗？"他又停顿了，"别太早结婚，别同那些笨蛋结婚。"他冷冷地添了一句。

　　"我不会联系你。我也知道，你会在这里继续工作，继续生活。在这条河边散步，周末同一个女人去美术馆看展览，像我们这些日子那样。"她说。

　　月亮慢慢地升了起来，果然有列车从河面的铁路桥上驶过，每一扇车窗都非常明亮。他们沉默地听着汽笛的声音，看着水中的倒影。

　　"这是去哪里的乘客？"她问。

　　"去北方，只要坐十个小时，就是边境。"他说。

　　"你去过？"她问。

　　"是的，冬天。"他说。

　　"那边有什么？"她问。

　　"山，全是山。"他说。

　　"下很大的雪？"她问。

　　"是的，下很大的雪，门都打不开。"他回答。

　　"一个人？"她问。

　　"不，两个人。"他说。

　　她忽然想起从前身边的那个男人。他们认识的时候她还在寄宿学校念书，她疯狂地爱他。12月她一连两周都不去上课，跟他去郊外的一座偏僻的、古老的村庄，在那村子里租了一间冷得要命的小屋。那村庄在平原尽头的山脚下，城市里下一丁点儿雨夹雪的时候，那儿已经是漫天的鹅毛大雪。她坐在颠簸的公共汽车上，紧紧地抱着他，她说："要是车翻了，我们都死了，撒的那么多谎言都会被大家戳穿。"男孩说："我愿意在这里跟你一起死掉。"他们抵达的时候，雪停了一小会儿，天空是铅灰色的，黄昏的山峦露出冷蓝色的光泽。她走在田野间，听到北风猎猎作响，坦坦荡荡，清清白白，却有一种乱世的错觉，她觉得她是被人诅咒的异教徒，城墙上贴着大幅的通缉令，那上面用毛笔蘸着黑墨粗暴地描摹着她的面容。因此她要和爱人隐姓埋名，远走高飞。山水迢迢地走了好久，终于抵达这阡陌交通之地，村中人不知魏晋。

那天晚上下了好大的雪，她却觉得整个春天都笼罩着她，她收割了所有的花朵。

第二天早上他们醒来，把门一打开，积雪就拥了进来，她赤身裸体地仰面躺在雪上，雪花洁白，身体干净。她冻得发抖，又哭又笑。她捧着他的脸："我爱你，我爱你，我爱你，我爱你。"在雪的反光里，他是那么好看，那么光彩照人。他们穿上衣服，把门前积雪扫到两边，手挽着手跑出去，大口呼吸着那凛冽清新的空气。他们走到村庄的尽头，河堤上有一座古塔，塔的名字叫作"云海塔"。他们就坐在那塔的下面，看着结冰的河流，长长久久地说话。

他们整夜整夜沉溺于欢愉。窗外都是雪，这两个孩子大汗淋漓地搂着彼此，仿佛下一秒钟一颗小行星就要把地球撞穿。他问她："你要什么样的屋子，以后？"她说："我要一座三层楼的屋子，我要和你住在冬天下雪的地方。我们的房子，第三层楼空空荡荡，我要摆放一架钢琴在那儿，外面下着雪我们就在那儿弹钢琴……还有，还有，我们还要养一只猫，一只黑色的猫，它有姜黄色的眼睛，我要管它叫 Chewy，是《星球大战》里面的一个名字。我们在楼上看它从白得发亮的雪地里跑回来，好不好？""我们在那儿也做爱？""不不不，我们在我们的卧室里，我们的卧室要有一台留声机，我们做爱的时候放古典音乐，放柴可夫斯基的《六月船歌》。"她回答。他平躺着，侧着脸把头枕在她披散的长发上："有时候，在黄昏，自顶楼某个房间传来笛声 / 吹笛者倚着窗牖 / 而窗口大朵郁金香 / 此刻你若不爱我，我也不会在意 / 房间中间，一个瓷砖砌成的炉子 / 每一块瓷砖上画着一幅画：一颗心，一艘帆船，一朵玫瑰 / 而自我们唯一的窗户张望 / 雪，雪，雪……"她静静地听着，然后开始哭泣。"这是谁的诗歌？"她问。那男孩说："茨维塔耶娃。我们会在我们自己的房子里，听着柴可夫斯基的音乐，念着茨维塔耶娃的诗歌。"

"你在想什么？"男人微笑地看着女人。她摇摇头。

她说："你叫我想起一首茨维塔耶娃的诗歌……此刻你若不爱我，我也不会在意……而自我们唯一的窗户张望，雪，雪，雪……"

"《我想和你一起生活》？"他说。

"什么？"她有点吃惊，随后意识到他在谈论诗歌的题目，"也许，也许。"

晚间天气开始转凉，他把服务生叫来结账。他们站起来，男人把外套脱下披在女人肩上。

"你今晚想留在我那儿吗？"他问。

"你今晚想留我在你那儿吗？"她反问道。

"我希望你留下。"他说。

"我留下。"她说，"为你。"

他们沿着河边散步，周日晚上有点冷清，但依旧灯火通明。男人带她买了一瓶葡萄酒。

他们回到十八层楼上的小公寓，只开了一盏台灯，喝酒。他们沉默地看着彼此，晃着手中的酒杯，喝下去，又为彼此斟上。

"星期三什么时候走？"他问。

"早上，六点十五的航班。"她补充道，"这是我们最后一次见面了吗？"

"也许。在这个城市里。我接下来的几天都要工作，你呢？"他问道。

"这周五我已经把工作交接了。明天和后天有些收尾的杂事，再整顿下行李。对了，还要把钥匙退给房东……"她说。

"你会忘了我吗？"她脸颊的颜色像玫瑰花接近花萼位置的浅红，她呷了口酒，问道。

男人放下酒杯，把她手上的酒杯也取下，拥抱她。他说："我永远不会忘了你。"

"我应该相信一个男人喝了酒，在床边说的话吗？"她诚挚地迎接他的嘴唇。

他闭着眼睛深情地吻她的面颊，她半睁开眼睛，偷看他——他因饮酒而面色红润，而他的面容非常悲伤，非常绝望。她闭上眼睛，回应他的吻。他们关了台灯，挪到床上。下午的窗帘保持原状，白色薄窗纱拉拢了，不透光的深红色亚麻布只合上了一半。光线——月光掺杂着城市的人造霓虹——透过窗纱照在他们的躯体上。

"你会很快忘了我。"男人说，"我知道，我知道你会往前走很远。"他抱着她，吻她，"我觉察到你的优越感，你的报复感。这一次，是你来做那个离开的人，由你来说那句'你不用等我了'。你要从我这过渡。"他紧紧地抱住她。

"不，我没有。"她说。

"我包容你的谎言。"他说，"每个人每天都会撒谎。你今天也同你母亲撒过谎。谎言很好。往往是谎言在保护我们，爱和激情只会带来伤害和懊悔。"她亲吻他的脸颊，他在流泪。他的眼睛像一颗遥远的恒星，在黑暗中影影绰绰地闪烁。

"我也是你的过渡……是吗？"她问，"请告诉我……她是什么时候走的？"

"四年前，我们去边境滑雪……"他说。他们缱绻着，两个人都有着比例极美的躯体。

"她走了，我找过很多女人，喝了太多酒。后来我遇到你，我觉得我遇到了，但是你也要离开了。"他说。她突然觉得悲从中来。

她说："或许我们以后还能见面。不是永别，不是永别。"男人的脸贴着女人的乳房，她抚摸着他的头发。"或许我们以后会一起生活，"她说，"谁知道呢？"

"我们是什么？"男人在女人的怀里问她。

她沉默了很久。"我们可耻吗？"她问。

他们都平躺着，没有焦距地望着天花板。"孤独可耻吗？"他说。

"情人。"她说，"情人。"

"情人……'情人'是说没有结婚可能性的、相爱的人。"他说。

"我们可能结婚吗？"她翻身，面朝他的侧脸。

"我不知道。"他说。

"性在你的一段关系或者婚姻里，占了多大的比重？"她问。

"百分之五十。"他说，"或者百分之五十一。我的姐姐同她的恋人住在一起，那男人笨得要命，但他们还是在一起了，那决定性的百分之一的差别，是性……"他侧过脸，吻了吻她。

外面忽然起风了，窗纱轻轻地扬了起来。

"你冷吗？"他问。

"不冷。"她回答。他们在黑暗里一同望着那窗纱和若隐若现的城市的光芒。

"如果下雪就好了。"她说。

"这是夏天。"他说。

"我知道。"她说。

"要是下雪就好了。下大雪，大得连门都打不开，让我们困在这儿。"她说。

他把她揽进怀里，说："我们可住在十八楼。"

"你会做什么？"她呢喃着。

他闭上眼睛，沉默了一小会儿。"烧掉一些旧衣服，生一把火，和你躺在这儿。"

"你会忘了我吗？"他闭着眼睛，面露倦容。

"我永远不会忘了你。"她说。

住在十九楼的房客的小孩子深夜开始练钢琴，是非常生涩、非常生涩的《六月船歌》。楼下有人骂了一句脏话。那孩子还在反反复复地练习不成调的前三个小节。他们没有说话，也都知道彼此没有睡着，只是静静地听着。

2017 年 5 月 15 日至 17 日 于雕刻时光咖啡厅

到世界去

王雅婷

○

一群灵魂在某个维度的宇宙深处推推搡搡、挤来挤去。

"拜托了！到我了，请让我先来！"一个年轻的、残缺的灵魂[1]说。

"真的该我了！我等了很久了！"一个等级很低的、污浊的灵魂说。

"我需要帮助他们。我有任务要做。"一个等级很高的、稀薄的灵魂说。

……像火苗一样窸窸窣窣的声音，就是灵魂们在高声喧哗着。每个灵魂都在向最高意识[2]争取到那个世界去的机会。

蔚为壮观的生命之河在它们面前展开。

灵魂们屏息凝视，看到无数生命的前世、今生的命运，不仅是他们即将投胎的生命，还有孕育这新生命的母亲的生命，它们会选择投胎到哪个生命中。

滚滚流淌的生命之河啊，轮转着，轮转着。灵魂们聚精会神地俯视着交

---

[1] 上一生因自杀而死的灵魂是残缺的。度来美说。

[2] supreme consciousness，我们姑且以"神"来代指它。还是度来美说。

错叠织的生命之河，无论是二十三维宇宙中游荡着的巨鲸形状的意识波，还是三维宇宙中的地球上的古猿、唐朝人、21世纪的小女孩、100亿年前的火星人、茶杯，抑或是一维宇宙中的点，它们的生命统统展开在眼前。

有的灵魂曾经做过坏事，需要一场灾难来赎罪，它们选择了生命中将要经历车祸、地震、绝症的生命；有的灵魂是高灵，它们已经跳出了轮回转世的循环系统，但是为了帮助生命，它们再次奔赴某个维度的宇宙，或是某个星球。

黑洞张开了大口，"旅途愉快！"灵魂之国的其他灵魂们向它们挥手告别。

无数灵魂纵身跳向生命之河。意识与物质相结合。

一

妈妈感到胎儿的小脚踢了她的腹部一下。

"啊！国胜！宝宝动了！刚才踢了我一下，就在这儿！宝宝动了！"

爸爸放下报纸，"是吗？动了？"他把耳朵抵在妻子腹部，"我听听……"

像问候爸爸一样，小胎儿又踢了一下。

"哎呀！真的！第一次啊！有胎动了！"

一家人高兴坏了。

"希望我的孩子能给世界带来美与爱。"妈妈幸福地想着。

小胎儿又踢了一下，答应着。

这是20世纪末的中国。

二

16岁的一个晚上，夏夜的蒸汽氤氲浩荡，度来美（Do Re Mi）和口语老师 Jason 在咖啡馆见面。今日话题：Paranormal Phenomena.

"...Here, Doremi, do you...well, do you ever believe in souls？"Jason 突然变得好严肃。

"Yes. I think so. "度来美想起写作文的时候如果用上"崇高的灵魂""让灵魂丰盈"这种句子，就可以得很高的分数，所以应该是有灵魂这种事了。

"Excuse me, Doremi, do you have any acquintaince who is dead？"

Dead？她与 Jason 小心翼翼地对视，就像棋盘上仅剩白车和黑后对峙。15 岁的时候，度来美最爱的爷爷在车祸中去世了。

"Yes. "度来美说。

"Oh! Isn't that good？ You have a family member as a soul now. Your grandpa's soul will do good deeds for you, and he will protect you all. Have you ever felt his presence after his death? Have you ever noticed any hint that your passed grandpa left for you？ "

第一次听到别人这样说，度来美号啕大哭。我的爷爷变成了幽灵？真不敢相信爷爷变成了灵魂，沉默地陪伴在我们周围。虽然经常把"纯洁的灵魂"这种话挂在嘴边，但要是真的相信世界上飘荡着灵魂的话，恐怕整个大脑都要重组一遍。

"Look, his soul has always known the car crash would occur, and your grandpa was ready for it. Maybe, your grandpa chooses this life because he has a soul of very high level but with a stain in it, so he needs a car crash, sacrificing his life, to start a higher soul level."

"My grandpa is so kind！ He couldn't be..."

度来美双手捂脸，哭了很久。

那是第一次有人跟她讲灵魂。而 Jason，在她半个世纪的漂泊人生中，已经见识过无数"ghosts, zombies and spirits of different level and loads of paranormal phenomena，in Europe, Africa, Middle East, and very few in China"。

我也是有灵魂的人吗？我的灵魂寄寓此生的目的是什么呢？晚上躺在床

上的时候，度来美悄悄地和自己的灵魂以及爷爷的灵魂对话[1]。

"嗨，我的灵魂，第一次跟你讲话，不知道该说什么，拜托你可不可以让爷爷的灵魂碰一下我的发旋儿，就像这样——她用手指轻轻碰了一下头发深处的发旋儿——这样我就知道你们俩都在了。"

然后度来美闭上眼睛，一动不动，深呼吸，非常平静，非常安然，她一点儿也不紧张，静静地等待。

然后，她感到头上……

她咧嘴笑了，由衷地感到温暖。

那天夜里，如果有别的灵魂也好，起夜的爸爸妈妈也好，飞过的麻雀也好，听到怪孩子度来美的话，会发现这个醒着的人彻夜自言自语，暗自窃喜，直到太阳升起。

三

你知道罗美伊吗？就是那个刺杀邻国首相的女刺客。

不知道也不要紧，反正跟你不是在同一个宇宙的人。

那是小度来美想象出的宇宙，那个世界只存在于度来美的脑海中。

意识通过想象创造了现实，这是宇宙的根本法则。

罗美伊就是被想象出来的人物。她在一篇小说的第一页中出场，在结尾处被执行了死刑。她在暗杀邻国首相的任务中失败，落入了魔众们的陷阱中。伪装成国家权力的政客 / 魔众们将她投放到政治监狱中。

在罗美伊所处的世界，社会华丽正常的表皮之下有着丑陋恐怖的结构，但人们却甚少察觉，罗美伊作为隐世许久的思想者，参悟到这个事实，并且

---

[1] Jason 说：我们的想法只要在心里想了，比如，默默地求助，即使在千里之外的游灵也能感知到。这个世界上到处是游灵，脱离了躯体，在人间游荡个几年到几十年再回到那个灵魂的世界去，等待下一次灵魂转世的机会。对游灵而言，距离与时间是不受三维宇宙的限制的，它们能做很多事情。

试图以不为人知的手段扭转这些癌细胞般蔓延固化的结构，这纠缠在一起的藤蔓。

在刺杀完成后的一次逃跑中，罗美伊骑着摩托车风驰电掣地穿行在东京都的下水道里，所以小度来美很喜欢这个罗美伊。虽然她的小说只写了开头和结尾，但是她经常给美伊阿姨写信。美伊阿姨在政治监狱，不能回信，但是他们给她申请了电子邮箱，所以可以源源不断地给美伊阿姨写信。

你应该庆幸，这个政治犯被牢牢封锁在度来美想象出来的世界里，一步都没有跨出来过。

嗨，正在批作业的你，请问，在没有任何途径接触到掌管政治监狱的政客的情况下，你怎么能证明一个被关在政治监狱的人是不存在或存在的呢？

因为无人能证明美伊阿姨不存在，所以小度来美高兴极了，她将美伊阿姨视为不能言语、不能现身，但向世界发出思想信号的人。"世界的变革者都是间接收到美伊阿姨的信号，才知道自己应该做什么的人，他们将会改变世界，并且我是接收到了这一信号的人之一。"

认识到这一点很快乐，它极大地丰富了度来美的生活。度来美没有现实生活，她是一直生活在想象界的人——或者说，度来美是不能够区分"现实"与"想象"的孩子。从小到大，她一直有各种各样的 imaginary friends。很少有现实界的人出现在她的故事里，很少！

请理解她！

度来美有形状好看的眼睛和屁股，嗯，是这样。不好意思，自夸了。

四

度来美去了别的城市读书，在那里她广泛地阅读。可是，层出不穷的人名将度来美的嘴巴封住了，知识的历史是一连串钩心斗角的话语权争夺战，因为历史本身就是建立在紧张关系上的华丽表演。他们是有预谋的，度来美看到了世界背后的骨架结构，哲人也看到了，但是哲人为世界建构话语秩序。可怕的话语秩序建立后，并没有帮助人们对世界增添信心，反而消除了人们的力量感。

突然之间，度来美的生活出现了极大的破洞。度来美感到自己的世界观从根本上出错了，不是我错了，就是世界错了，但是世界没有改变，所以是我改变了。度来美到了别的世界。

度来美丧失了语言的功能，就像一脚踏进了别的宇宙，与以前的生活轨道不辞而别。

"我认为哲学家是刽子手。他们把人类社会放到案板上解剖了。"度来美告诉老师。老师很木然地不动声色。

"你听说过卢梭这句话吗？'人生而自由，却无往不在枷锁之中。'"老师说。

"哦，可是那些枷锁是想象出来的。"少女脱口而出，悄悄地说出来，像宣告一个怕被空气听到的秘密。

"不，并不是。"老师也脱口而出。这就是成年人的坏处，他们总是认为自己在某一领域有极高的发言权。

就在刚刚，老师变成了一个虫洞，因为命运需要度来美觉醒了，所以被挑选了作为传输通道。从这里，度来美不小心进入了另一个世界，重叠在表象世界里的骨架世界。

那个世界是没有天空的。

"无所不在的枷锁不是想象出来的""自由与秩序的关系是每个人都应该面对的""以想象界吞噬象征界和现实界的人格是逃避的""你的世界观是沙上之塔，会坍塌得很快"……老师慈爱地说着。

紧接着，度来美的世界观崩塌了，上楼梯的时候，她看到了银色的栏杆充斥了视野，有生以来第一次，她真的看到了枷锁。她在校园里看到了直立行走的犀牛，看到了黑黝黝的地下峡谷、大河、瀑布，没有天空的地下世界。幻觉很严重。

紧接着，她意识到了这个世界是诡异的，充满了建立在不怀好意的骨架之上的美好假象。乌托邦的本质是反乌托邦的。

紧接着，她幼年的心理疾病爆发了。幻觉席卷而来，那些恐怖的棋盘图形是真的，它们是世界的骨架。

紧接着，度来美语言的功能被剥夺了。由于精神上的刺激和疾病，她没有办法像往常一样阅读了。

人们束手无策。心理医生和精神科医生试图将她定义为"患者"，但是她挣脱了。

"我再也不去看心理医生了，我会愈合的，我会自己救自己！"啪！度来美挂上电话，想着自己必须建构起新的世界观。怎么才能拯救人们呢？让作为个体的人获得力量，创造出无法被哲人拆解的东西，能够抗衡魔众侵蚀的东西。怎么会有这种东西呢？

那就是爱，只有通过美与爱才能帮助人们。度来美小时候总是把它们放在嘴边。

她意识到了。

五

十九年前，在某个维度的宇宙深处的灵魂之国，一群即将迎来投生的灵魂推推搡搡，挤来挤去。

有一个很苍老的灵魂选择了它的新生，那是一条好特别的生命，是女性的生命。

它游荡着，独自黯然神伤："待我重新降生之后，又不会记得我为何而来了。"

"你选择了20世纪末的地球。"神说。

……它没有回答，它做好思想准备了。

"你到那个世界去的目的是什么？"神说。

体验在那个星球上的美好之物，并且将我的天才奉献给他们，为那个世界创造美与爱。它说。

"这是坎坷不平的一趟旅程啊。"神说。

是的，你看到了。很多人类会质疑生命的意义是什么，他们会忘记，但永远在寻找。在旅程的终点，他们体会到获得生命这趟旅程的意义。它黯然神伤，它悄悄希望在来生中能感受到灵魂的存在，时刻记得自己的天才与投生之目的。

六

这就有必要制造一场暗杀了。度来美决定将所有的哲学家、政客、说谎的人和拆解谎言的人都杀死——精神上的。用他们对待很多人的手段对待他们，社会性的谋杀，丝毫不僭越法律一步。以什么为武器呢？无法被拆解的美与爱。

语言的功能被剥夺之后，度来美仍然能够讲话，但是不能用语言来表达自己了，她的语言仍然是有特色的，但是不能讲话了。表达自己思想的办法是作曲与绘画，因为这是像病毒一样可以传播的"语言"。度来美列出了暗杀的名单，在其他罗美伊的信号接受者的帮助下，她开始创作精密到无法被拆解的、像病毒一样传播的音乐，传达她美与爱的讯息。

在很多场合播放，听到这曲子的人恐怕就会深陷其中（enchanted），再没有办法回到以前的生活了。新的生活，有绝对不同于以往视野的东西，他们会看到世界的残酷结构，但是会从中获得活下去的力量。

她仍然给罗美伊写信。谢谢你，美伊阿姨，我是在执行你的信号和旨意。愿我分享到你三分之一的痛苦和思想的深刻。

罗美伊悄悄地从监狱里逃出来，到度来美的那个世界去了。

很多年之后，度来美发现自己活成了罗美伊。"罗美伊是真实存在的，想象出来的人总是存在的，只不过在别的世界中，而我的使命是将她的复像与变体腾挪到这个世界中。"

她想。

七

在她漫长的一生中，经历过很多坎坷，看过很多风景，体验过人们难以体验的很多事情。没有生育，但是创作出很多的 Creations，像孩子一样可以成长和绵延的 Creations。

92岁那年，度来美用所有的钱租了一艘游轮，带上全部家当登上了船。她在世界的每一个码头停泊，最后驶向了南冰洋。

人生已经满足了，可以到此为止了。

所以她将转盘一扳到底，全力撞向冰山。

八

世界上没有她活过的痕迹，她以自己的 Creation 继续存在于这个世界上。

现在要回到那个世界去了，回去后要找到爷爷的灵魂，下次一起转世。

来生又会做什么呢？希望还能再次来到这里。

罗美伊到这个世界来了，度来美到那个世界去了。

到世界去

刘思嘉

一

黑暗中噼里啪啦打着键盘的人听到突如其来的提示音没有被惊动，他抓过手边的饮料吸了一口，发现杯中只剩空气后就一直叼着吸管，同时打开了那个跳动的小窗。

网店名叫"到世界去"，伪装成一个旅游咨询店铺，没有高信用，没有黄钻。上架商品只有一个，价格标注是十分随意的区间，详情简介也只有四个字"私戳详谈"。乍一看是让人摸不着头脑的，业务成绩不突出，也就不会出现在很多人的视野中。

他的顾客都是有心之人，顺着匿名论坛一条信息鬼使神差地找到这个三无店铺。也许是因为样本容量太小，所反映的共性太集中，这个商品总是会在一些客户的购物车中待上几日后，突然在某个深夜时分被下单，因此他也保持着日夜颠倒的作息习惯。

"微信号：×××。我只知道这个，请调查一下，谢谢。"

"急单吗？"

"不急。"

"那有具体结果后我再发货，到时您满意再确认吧。"

"好。"

他关闭小窗，暂时把新单子搁置在一边，因为有一桩旧单子在太阳升起之前就能收尾了。他瞥了一眼电脑时钟的"4：45"，加快了手中打键盘的速度。每到一桩单子接近末尾时他总会燃起比刚开始时多几倍的热情，譬如此时，就像在和日出赛跑一样在黑暗中亢奋地打着键盘，脑子飞快地运转着。

简单而言，他的经营范围是针对社交账号的侦探业务。现今网络世界里，每天，每个人、每个账号都在无意识地向整个世界传达着庞大的信息，这些信息的叠加使得每个在网络社交账号背后的人都变得透明。当然，大多数人并没有把别人的信息高效整合的动机和能力。但他有着这方面的天赋，察觉了这个事实后，他建立了一套调查 SNS（社交网站服务）用户的方法系统，并把它转换成了商机。

然而这的确是个游走在道德和法律灰色地带的买卖，因此他对店铺作了伪装，并只在本市中小学生家长交流升学情报的匿名论坛发宣传信息。

"这已经不是一个打开孩子的书包就能有所发现的时代了。"

"你是否想过打开孩子的手机？"

短短一个问句有着致命的诱惑力。那些不怎么精通社交软件却又迫切想了解低头玩手机的子女真实内心的中年家长们是他最理想的客户。达到他们期望的结果很容易——自我意识膨胀却没有防备意识的青少年们在 SNS 账号上透露的蛛丝马迹足以牵引他找到一个又一个他们的小号，而如他所料，这些小号中的内容总是能使他们的家长产生认知观的巨大颠覆。

另一类客户是年轻人。也许是蝴蝶效应作祟，这类起初未出现在他业务规划中的顾客最近渐渐变成了一种典型。意料之外却情理之中的是，他们要求调查的对象都是最亲近的同龄人——闺蜜、恋人，或两者兼是。这类业务的难度很大，能拿出令人满意的结果也很难。换句话说，若穷尽一切办法还未发现异常，客户便会忽略概率的存在，任性地把他划为"无能"。好在人们对亲近之人的嗅觉是科学无法解释的灵敏，一切疑虑的确不是空穴来风。每当他将一张张截图发给买家时，对方也没有如他期待中那样暴跳如雷，而是淡淡一句"谢谢"，并迅速给他汇了报酬。

他一直在黑暗中从事着这种满足人们窥私的隐性心理的工作。曾亲手揭下了许多人的面具,将他们阴暗而不为人知的一面清清楚楚地展现给他们最亲近的人。在完成这一切后,作为金钱之外的报酬,他还热衷于观察自己的所作所为导致的直接后果。

"劈腿被发现的那个男人删光了自己的微博。"

"哈哈,他的朋友在好友圈中嘲笑他。"

"要不要去把这个情报卖给他呢?"

他从不为造成两败俱伤的后果而抱有罪恶感。有时,也一时兴起二次转卖过手上的情报。

"我不是在介入别人的生活。"

"对,充其量是神话故事中透露天机的神。"

"缔造悲剧的根本原因不会在我,而是那些拙于隐藏和败给好奇的男男女女。"

"这个世界被分成我们熟知的和我们未知的两部分,我所做的不过是引领人们跨过分界线的向导工作而已。"

这是他用于说服自己行为合法的心理暗示,也是他生意的唯一宗旨。

二

凌晨本是人类应该进入深度睡眠的时间段,但现在它渐渐不被常识定义为此了。大概是人类进化千百万年来写进 DNA 的生物钟仍在发挥正常功能,导致深夜机体中排放一种扰乱情绪的激素,又或是夜晚的黑暗本身就是酒精般的精神刺激药物,人们即使在生理上习惯了熬夜,心理上总是无法保持白天的清醒,一到了夜晚更容易变得混乱、脆弱、不安、冲动。

所以深夜的观察总能给他带来许多意外收获。不止一次他蹲守的账号正好在凌晨时分吐露了许多惶恐、忏悔的内容,给他带来有助于调查成功的决定性信息。这些实时动态往往公开时间很短,在第二天太阳升起时很少有未被用户删除的。虽然后来他修改了自己的程序,使得软件能够自动及时捕捉并保留那些被发布后又被删除的 SNS 内容,他还是宁愿亲眼见证这些转瞬即逝的非常规"精神结石"，小心翼翼地亲手把那些瞬间保留下来，保存在他那庞大的数据库中，以备时不时地"把玩欣赏"。

今夜他也是通过这条捷径结束了一桩调查，终于赶在日出之前写完了"报告"。在东方的天空隐隐有些泛白的时候，他打开了方才那个发来一个微信号的非急单小窗，打着哈欠将那串字符复制到社交软件的用户搜索栏中。

……

好像窒息了很久，耳道里是飞机急升空时发出的那种鸣叫。他咽了口口水，耳边瞬时被疯狂的心跳声取代。

那是一个属于他本人的账号。

具体地说，是他那与经营"到世界去"的观察者般超脱次元的"神"所完全不同的另一面——一个普通人的 SNS 账号。

一个用于和远在另一个城市的家人、人生轨迹不再重合的朋友、关系淡漠的身边陌生人们保持着摆设般联系的账号。

一秒钟内无数个想法向他投来，砸得他在屏幕面前一个激灵，胃部毫无征兆地产生一阵因紧张而引起的急性痉挛。

那一瞬间，日光已经映入房间，光线把屏幕照得反光。在一个刁钻的角度里，他的容貌突然如镜像般浮现在屏幕里——眼睛浮肿、皮肤油腻、胡子拉碴的泛黄的脸。自诩为神，很不情愿却不由自主地想起了现实：一个孤僻寡言、独来独往、一事无成的男人，被安排的生活如此单调，所以为了刺激和快感才开始做调查的事。明明是20岁出头的年纪，却因长时间紊乱的作息而显得瘦弱干瘪、毫无生气，那么陌生，那么平凡，那么渺小。

突然明白了自己依然坚持在深夜蹲守别人账号的真正原因——那些看似特指性很强的字句，也是他想说的话；那些寂寞而无助的表达，也是他心情的写照。但他总是居高临下地俯视着那些在深夜歇斯底里的人们，嘲笑着他们的愚蠢。他也曾以为目睹这些能够宽慰无聊，殊不知自己的潜意识中也是如此。这时，他就像自己一直以来的观察对象一样发出了无声的呻吟。

深深地倒吸一口气，随即慌乱平复了些，大脑从突如其来的刺激所带来的麻木中重新启动，迟钝地开始推理摆在眼前的事实。

"究竟是谁想调查我？爸妈？朋友？同事？"

"我有填过什么需要微信的表格吗？"

"那些人要调查我干什么……"

"是我调查过的人？"

"并没有向网络上认识的人透露过这个号啊。"

每一句思考都在脑中嗡嗡作响了好几遍，像回声一样。

"对了，收货地址。"

他又调出那个小窗，寻找买家下单地址那一栏。

……

默认地址。

是啊，这本来就是虚拟业务，大多数买家都不会认真填写的。

在猛烈的心跳声中他咬着嘴唇，竭力控制着握着鼠标的右手，让它不再颤抖。急忙点进买家的主页，翻买家的交易记录，迫切想发现些什么线索。

结果都是一无所获，这是一个新建立的淘宝账号，没有任何信息。

就像是突然而来的刺客，毫无防备地迎面撞上一把不知来源的银剑，他还未死，灵魂却已出窍。

"哈哈哈哈……"他自嘲地笑了，笑声卡在喉咙里，只能发出嘶哑的低吼。睁大眼睛盯着那个无从下手的买家，他强迫着自己不能眨眼，好像这么做就能揪出这个窥探他的人的真身，最后眼眶越来越红，生理性的泪水滑落下来，流入他的嘴角，是苦涩的咸味。

过了良久，太阳已经高挂在天空中的时候，他心中已经没有了最初的慌张，甚至动用起了偏执的乐观主义，有些病态的高兴——不管出于什么目的，终于有人在意起他了。

那一刻他又明白了一个过去未解问题的答案——那些向亲近之人隐瞒自己的人，却为什么公开 SNS 小号发布的信息，把真心吐露给网络上素不相识的人。

就是因为太过孤独吧，既赖于伪装又渴望被理解。

矛盾的世界。

矛盾的人。

矛盾的我。

那么就打破这个矛盾吧。

那么就把灵魂劈开吧。

为了世界不再同时朝两个方向运转，就在此做出选择吧。

那一刹那，他的手指不规则地动弹了一下，好像不受大脑控制一般游弋到了键盘上。

他用最大的力气打出一行字，闭着眼睛重重地敲了回车，随后按下快捷键关机，一连串动作一气呵成。

那句发出去的句子一直在他脑中回荡，键盘上的动作也被回放了无数次，就好像刚经历一场钢琴家的炫技，手指快速移动的重影和凌厉的按键音都挥之不去。

"其实那个账号就是我。"

"其实那个账号就是我。"

"其实那个账号就是我。"

……

静坐了许久，他合上电脑，倒进身后的单人床中。疲惫的双眼中被日光染色的天花板像是一个颠倒旋转的万花筒，一切字符都被吸入另一边，去往他无法触及的另一个世界。他终于瘫软在床上，攥紧的拳头慢慢松开了，整个人泄气般地放松下来。

他仿佛失去了思考的能力，整个人也飘了起来，被卷进眼前那个炫彩的旋涡之中，在那里数字和字母排成花花绿绿的、螺旋式的串，他钻入其中，却被那个结构越勒越紧……

"再醒来就会有更多好玩的事发生了。"

"你带我去吧，那个明天的世界，那个我无法控制的世界。"

这么想着，他双手合十在胸前，嘴角上扬着安心地睡去了。

到世界去

王皓琪

……我们的牧人走了。

我决心等到春暖花开、大地复苏的时候也走这条路。

——杰克·凯鲁亚克《在路上》

楔子

C 走后，我看见一望无垠的荒漠

大概叫"自由"还是什么

上下四方回荡着颂歌般的叹息

没有道路，没有边界，没有时间，没有穷尽

我变得更高大了，也更孤独

世界中心的仙人掌总是半死不活

我们这样也有四年之久

据说 C 的灵魂常在它上方出没

"跨过泥潭，不要绕路。"

想念 C 的时候
我变成路边梧桐水族馆中最笨的一尾鱼
追逐她瞳孔间散落的金色光点

老 E 是不一样的
她也属于"跨过去"的那种
或许在另一个荒漠里她会成为我的 C

故事由我强行结束
我把 C 的一部分融进了水泥天桥第三级阶梯
她曾在那里掷下"地狱一季"这几个音节

或许 C 不该给我讲兰波和魏尔伦的故事
我就不会知道有太阳
也不会发现所有东西都分两类，一个亮一个暗
有的老智者管我这类叫"影子"
我和他打赌我也能找到他的翻版
"都是一样的，年轻人，都一样……"
他的假牙掉在沙子里又长出假牙

我追随 C，我必须如此。

"太阳落山之后，蜡烛无法替代。"
如今在一次次暗影聚会的间隙
我近乎疯狂地回忆 C 的样子
直到他们成群离开
我还在某株仙人掌边徘徊

一

"王妈，该你了。"

前一秒还在谈笑风生的王妈凝固了，她的脸离我很近，我盯着她面部每一个剧烈呼吸的毛孔，有气体从那里扩散出来，是恐惧，每到这时我们都会任由它占据整个房间。

风刮过她那平日里总是阳光灿烂的面部海洋，现在波涛汹涌，所有庞大的细小的肌肉块都在同一时刻完成上万次重组。精彩的华容道表演。不动的只有那两颗越来越大的玻璃球。

"哦，好。哎呀呀，没想到这么快就要和大家说再见啦……我之前说什么来着？世事无常，对，世事无常呀……指不定哪天它就轮到你头上。"

"唉，你看看你看看，这突然一下子把我都搞糊涂了，生老病死，这都很正常的事儿嘛，没什么大不了的，没什么……这不，咱张大姑娘刚生下个小胖墩儿，总得有人给他让位嘛。那什么'长江后浪推前浪'，时候到了，你就得走，没啥可婆婆妈妈的！"

"前几天下去那宋妈，哭得哎哟那叫个稀里哗啦，嘴巴里还呼天喊地的，啧啧，自私不自私呀……大家都明白，咱这屋里就这么多座位，有人生出来了就得有人去死，明摆着的事儿，有啥可磨叽的。看人家隔壁李老头子，二话不说自个儿走墙边跳下去了……"

说到这里，王妈扭头看了一眼那个"墙边"，顿时不说话了，面部华容道再次开演，伴随口腔内舌头以更高频次颤动的胡旋舞。我真担心她咬到自己。

哦，对了，给大家介绍一下我们这个特殊的房间，说它是个房间还有点恭维它了，因为理论上的四面墙它只有三面，朝外的那侧什么也没有，风景甚好，也有利于空气流通……唯一伤脑筋的地方就是我们不知道那外面底下有什么。于是我们在这个房间里出生，长大，花一辈子谈论外面有什么，然后当某个婴儿出生而你又足够大的时候，叮咚，你就会成为神圣的选民，终于有机会亲自体验"外面的世界"了。但出去的人都再也没有回来，于是闲时间里大家也谈论这一切的意义何在。至于出去的方式嘛……确实有些惊悚。

不等王妈发表完她的临别赠言，屁股下的座位自己已经开始移动了，它转出日常的圆圈轨道，沿切线走上那唯一一笔直的路，尽头就是没有墙的"墙边"。

我们纷纷对王妈致以礼节性的祝福，不耐烦地挥挥手，顺便互相交换着嘲讽的眼色。

座椅下的轮子像水银球滑过光洁的大理石表面，愈滑愈快。王妈的面部气候也愈加恶劣，已经不是波涛汹涌可以驾驭得了，而是碱金属和水剧烈作用的现场，五官与肌肉都溶解在皱纹里，眼球正在掉落边缘。

"啊——不！为什么？我才五十岁啊，我不是最老的，为什么？为什么选我？我还没有说完……听着我有个可怕的事实告诉你们！你们都是试验品，里面那墙里头有群人时刻监视着你们……呵，人性的实验……丑陋的人性！什么'让座位制度'都把你们变成丑陋的禽兽！哼……堕落吧，你们这群丑陋、污秽、无知、虚伪……"

王妈产生的噪声突然停止，不过大部分人甚至没有注意到这一点，右道完别后大家都聚在一起为新生儿举行洗礼仪式，众人的欢乐歌声吞没了王妈的疯话。坐在外围的我禁不住回了一下头，正好看见座椅在房间边缘猛地倾斜，像倒垃圾一样，王妈便悄无声息地掉了下去。

那把空座椅不知什么时候又转回到中央，张大姑娘在众人的颂歌中把胖儿子放在那椅子上。

"……我们伟大的族群啊，春去秋来，生生不息。"

鼓掌。微笑。一切继续。

二

叮铃铃铃——
一开始只有刺耳单调的铃声，以及一个念头：要赶不上报到了！

新生体检窗口人满为患，我在一个个乱七八糟的科室之间奔走。肾脏、左肘窝、肚脐、耳鼻喉、锁骨、肋骨、十二指肠……胜利在望了。除了最后一个项目，我找了很久很久，还是没能找到那个牌子。耳鸣加重，一切都像是沉在水底，不幸的是这种介质折射率过大，窗户的光变成荔枝果冻吸进肺里。我很紧张，有不好的预感。

果然，抽血化验结果为阳性。对面的中年男医生（我在他脸上看出癌症痕迹）推了推眼镜，按住我的右胳膊防止逃跑。语重心长地教诲："不要挣扎了……接受治疗吧。不出几天你的手脚就会在不经意间脱落，接着是你的胳膊、你的……痛觉是麻木的，因此你甚至注意不到它的掉落……很多人因此把自己的一只手冲进下水道里。"

我忽然想起很多年前的一次火锅，右手小拇指掉在了桌上。妈妈："干啥呢？"然后用筷子夹起它扔进了锅里。奇怪，它现在还长在我手上，应该是另一个人在吃火锅。

为了恐吓我或是提升他的权威性，他拿起一大袋子肉乎乎的物体，别人掉下的手和脚，全都是。我看见那些截面没有丝毫血迹，像蜡制模型，像早餐时吃的二姨自制的灌肠——我几乎可以触到那凹凸不平的筋络组织。

于是我顺从地登记入院了，之后发现治疗机构和我想象的学校也没什么不同，只是无聊一些，周围的人奇怪一点。渐渐地我忘了为什么来到这个地方。

三年后，那里被外界"解放"。我跟他们说起那位医生和掉落症，没有人相信。

再之后甚至没有人相信那个地方的存在了。

三

"我"以旁观者的视角，看见我留着西瓜头，戴傻乎乎的圆眼镜，一无所知。这是很危险的，在那个监狱一样的地方。

屋子里面叫了我的名字，我应该感到恐惧，但只是一味思忖着怎样死得更痛快些。旁边我刚刚认识的小姐姐捏着我的小臂，她很漂亮，笑起来像个见习修女。我觉得这已经够了，因为除了她我不认识别人。

走进去，屋里叼雪茄的头头儿坐在低板凳上，我忽然发现我只是个帮手而已。行刑开始，我躲在两片巨大白幕布间窥视，紧抓着那亚麻质感的掩体，探出的脸颊在粗布摩挲下趋于麻木。"现在的技术已经很先进了，小子。"头头儿的烟嗓从一片云雾缭绕中刺出："睁大眼睛给我看仔细喽！"

地上有张大卫生纸。断头机是黄色的，我很喜欢的那种黄，像小时候洗澡的大黄鸭。等等，我小时候从来没泡过澡，又是别人的小时候……是的，确实非常先进，整个过程似乎有些太快了……"噗叽"一声（或是"扑哧'？我不敢问头头儿），卫生纸上留下昆虫被碾死后的黄绿汁液。一位 Lady 走进来（20世纪50年代装束，半身裙，细小腿，高跟鞋）："看哪，这片多么美丽！"她从虚空中扯出另一张大卫生纸，上面迷幻的花纹让我想起我的衬衫。而头头儿还盯着黄色断头机压着的那张：黄绿，白色，黄——

镜头转换。同一间屋子，我正给头头儿弹吉他，拼命地，用大鱼际拍打琴弦，或者玩"军鼓奏法"，直到三根手指敲得比木棍还硬。不……不能停……头头儿在叉开双腿癫狂地鼓掌！低板凳摇得咣当咣当，而我只有一个念头：

"这都是些什么垃圾……"

"有些情况还未出现，稍后一点还会有更多的东西——永不停止。经过希林的探索后，他们努力寻找新的乐句。他们扭动身体使劲吹奏。时不时一个清晰和谐的声音让他们联想到有朝一日会成为全世界唯一的、能让人们灵魂得到欢乐的音调。

他们找到了，他们失去了，他们拼命寻找，他们又找到了，他们欢笑，他们呼唤……"

——杰克·凯鲁亚克《在路上》

到世界去

陆　洲

"清川……是个什么地方呢？"李明看着火车票上的目的地，小声嘀咕道。

今天的火车站出奇的空旷。

"人都去哪了呢？今天就我一个人吗？"

一手搭着行李的李明站在月台上，他摇着脑袋，从站台的这一边望向站台的那一边——一个人影都没有。

"真是奇怪。"李明心想。打从进火车站开始李明就担心起来，虽然他在心里早就告诉自己要沉着冷静——这是他第一次去这么远的地方。

低沉的震颤声沿着铁轨传来，打断了李明的胡思乱想。他抬头望向铁轨的另一端，除了两个明亮的圆圈外，只剩下一片白色的浓雾。声音越来越大，那两个圆圈也越来越亮，突然，从浓雾中窜出来一辆"子弹头"。

"还挺与时俱进的嘛。"李明心想。

列车停下，车门缓缓打开。李明拉起自己的行李箱，走进了车厢。

李明是第一次乘坐这趟列车，车厢的左侧是过道，座位统一在右侧，且座位两两相对，座位的中间立着一张固定在地上的小桌。

"11B……11B。"李明边走边小声嘀咕着。从他进入这个车厢开始，车里人的目光都锁在了他身上，所有人都在盯着这个20岁出头的年轻小伙，这让他感到有些不适应，他现在只想赶快找到位置。

目光向前扫过，李明发现不远处有一个空位。快步走过去，李明检查了一下号码牌——这正是11B。空位的对面坐着个女孩子，她身上的学校制服表明了她是一名高中生。女孩一手托腮，呆呆地望着窗外。李明将视线从女孩身上挪开，抬头往架子里看了看——情况比他预想的要好很多，行李架基本上是空的。

利索地将行李放置好以后，李明坐到了他的位置上，对面的女生依然一动不动地望着窗外。列车重新动了起来，车厢里终于有了谈话声，因为新乘客而引起的可怕的安静终于被打破，这让李明松了一口气，只是现在看来，对面的女孩好像不愿意和人交谈——这是经验告诉他的。他爱好旅游，生性开朗的他经常在旅途上和别人交朋友，在他看来，与来自不同地方的人聊天是一件简直不能再酷的事情，可现在这个坐在对面的女孩看起来好像有什么心事，让李明不敢轻易搭讪。

携带的几本小说在行李箱里，把它们拿出来实在是太麻烦，李明不抱希望地从裤兜里掏出手机看了看，果然依旧是无信号状态。没办法，李明只好托着腮帮子，也把目光望向了窗外。

李明不时偷看几眼面前的这位女生——长发披肩，平刘海下眨动着一双灵眸，脸蛋圆滚滚的，皮肤也非常细嫩——她长得可真可爱。李明弄不明白，像她这么可爱的女孩究竟是经历了什么才会坐上这趟列车去到那么远的地方。

"你要去哪？"女孩突然说道，眼睛依旧望着窗外。

"你……你问我吗？"李明确认道。

女孩点了点头，然后把头转过来看着李明。

李明掏出火车票递了过去。

"清川啊……为什么去那儿呢？"

"不知道，他们给我订的票。你去哪儿？"

"北白川。"把火车票还给李明，女孩又把头转向窗外。

正想着说些什么接上话茬，女孩又发话了："那，你说有什么东西是永远不变的吗？"

"啊？"

"我说，有什么东西是永远不变的吗？"

这不着边际的问题把李明难住了，他下意识地回顾了自己所学的知识……

"除了光速以外，大概就没有了吧。"

听到这话，女孩再次转过头来，盯着李明看了一会儿。被这样注视着，李明感到有点不好意思。

"有趣。"说罢，女孩又看向了窗外。

被这女孩搞得有些不知所措，李明也只好望着窗外。电线杆的残影不断向后飞去，四五点的斜阳把不远处的大片农田染上了点点金黄，再往远处看去，连绵不断的山峦缓缓地动着——发呆地望了一会儿，李明感觉眼皮越来越重……

咔嚓！咔嚓！

什么声音？

嘀嘀！咔嚓！

又来了，这是怎么回事？

李明迷糊着睁开了双眼，发现自己的脑袋正挨着右侧的窗户。把身子摆正，他揉了揉有些酸疼的右肩，抬头发现对面的座位空着。

"下车了吗。"李明心想。

咔嚓！那声音又来了。

顺着声音传来的方向，李明朝左边望去——一个男人正半蹲在地上，他双手举着相机，那黑色的镜头正对着自己。

咔嚓！

看到李明正在看着镜头，那人把相机放了下来："醒了？"

"嗯。您是？"

"嗨，别这么客气，我是坐你对面的。"

"你是摄影师？"

"就是个玩相机的。"这么说着，他已经坐回到座位上："你看，刚刚的照片多漂亮！"

李明接过相机，他看到刚才自己倚窗而睡的样子被摄影师记录了下来。

"这夕阳，这逆光，这剪影，多漂亮！"摄影师解说道。

"是挺漂亮，你以前就很喜欢摄影吗？"

摄影师低头看着屏幕上的回放，笑了笑："是啊，我喜欢拍人，你看我前几天在一个高中拍的。"说罢，把相机递给李明——屏幕上的一群学生正围在一起开心地笑着，虽然不知道他们在笑什么，但是李明感觉这张照片就是非常耐看，他开始佩服起眼前的这位摄影师来。

李明不断拨动相机上的摇杆，屏幕上的影像不断变换着，这些照片中有在课堂上睡着的学生，有正在操场上踢球的学生，还有在楼道里巡逻的老师……突然李明停下拨动转盘的手，他被其中的一张照片吸引住了——这张照片是仰拍的，一栋楼房的顶层占据着画面的下部，楼顶的边缘分别从画面的左下角和右下角出发，汇聚在画面的中心，一位穿着学校制服的女生坐在这里，双脚荡在空中，她仰着头，仿佛在看着天上的什么东西。

"这张真好看。"李明不禁赞扬道。

摄影师朝前稍稍伸了一下头。"是啊，这张我找角度找了很久呢！"

"她在那么高的地方干吗？不怕掉下来吗？"

"我也不知道，那天拍完这张照片，我发现她马上起身离开了，应该是看到底下的我了吧。这么巧的照片，恐怕很难再拍到了吧。"

"有趣。"李明将相机还给摄影师，一时不知道说什么，他好像还沉浸在刚刚看到的那张照片里。

列车开始减速。

"乘客朋友们，列车即将到达南川站，请您提前做好下车准备。"喇叭里传来播音员慵懒的声音。"对了，你要去哪儿？"李明趁机打听道。

"就是这一站。"摄影师目不转睛地盯着取景框，这会儿他正在对着窗外拍着什么。

"来，对着镜头看一下。"摄影师突然将镜头对准了李明。

咔嚓！

"谢谢了。你是我到这边来拍摄的第一个人，这将会是一张有意义的照片。"

"说啥呢，不用客气。"李明笑了笑。

列车终于停靠在了站台上。互相道别后，摄影师走下了列车。

"这一次又会是谁呢？"李明不禁开始期待接下来的相遇。

顺着窗口向外望去，李明看到不断有人上车，也不断有人下车。"这一站的人挺多的嘛。"李明心想。

"咕噜咕噜，咕噜咕噜……"车轮与地板摩擦的声音夹杂着说话声和脚步声从车厢一头传来——最后映入李明眼中的，是一位头发花白的老爷爷，他的一只手拉着行李箱，另一只手拿着火车票。

"您坐这儿对吗？"李明关切地问道。

老爷爷为了凑近号码牌，缓缓地向前走——他似乎腿脚不便。"11A，对，就是这儿。"

李明见状立马站了起来。"行李箱我来给您放上去吧。"话还没说完，行李箱已经被李明放在了架上。

"呵呵，小伙子挺利索啊，谢谢你。"老爷爷坐在位置上，慈祥地看着李明。

"不用不用，应该的嘛。"李明摆摆手："您带着行李箱，是打算去旅行？"

"没，打算去看我儿子的，本来都已经到半路了……"

老爷爷突然停下，看着自己交叉在桌上的双手，李明不知道说些什么。

"唉，不过这样也好。"老爷爷苦笑一声，继续说道："我都这么老了，而且他这么忙，我突然过去找他说不定还会惹他不高兴咧，说什么：'怎么突然过来了？''怎么不提前讲一声？''路上出了什么事怎么办？'听起来好像我是儿子他是爸爸一样，估计他现在都不会想到我在这里呢，是吧？"

看着老爷爷温柔的笑容，李明一时不知道说什么，只好以笑回应他。

"小伙儿怎么称呼？"

“我叫李明。”

“多大了？”

“22了。”

“唉，多年轻的小伙儿呀。上哪儿去啊？”

“清川，下一站就到了。”

“为什么上那儿去啊？”

“不知道，他们给我买的票。”

“呵，我也是，真是搞不懂他们呢。”

“您上哪儿？”

“南港，呵呵，第一次来这边，我还有点紧张呢。”

“我也是，虽然平时喜欢旅行，但是到这么远的地方还是第一次呢。”

“噢！喜欢旅行啊，旅行好啊。呵呵。”老爷爷又露出了他慈祥的笑容：“想当年小的时候，我偷偷一个人跑到外省玩，可把我爸妈给气的，回来后直追着我满院子打呢。”

“让你乱跑，你再跑一次试试？”老爷爷一边学着语气，一边学起了动作——他高高举起右手，又猛地挥下——这场景可把李明给逗乐了，他想起了以前调皮被父亲教训打屁股的时候。

快乐的时光总是短暂的，与老爷爷聊了一会儿之后，列车驶进了清川站。李明从行李架上拿下行李箱，回头与老爷爷作别后走下了列车。

“怎么又是我一个人？”站台空旷得有些可怕，没办法，他只好硬着头皮往出站口走去。

出站口站着一位身着制服的工作人员，他看起来像是等了很久。

“文件出示一下。”

接过李明从兜里掏出的文件后，工作人员打量着这个年轻的小伙子。

“我现在跟你确认一下，有什么地方出错你就告诉我。”

“好！”

“李明，男，1995年5月4日出生。2017年5月15日，所乘坐的旅游大巴在 G529国道上侧翻坠入深谷，最后死于严重撞击造成的多器官损伤与失血过多，死亡时年龄为22岁。"

"对，没错。"

"欢迎来到这边的世界。"工作人员点点头，伸手示意李明通过。

"奇怪，今天怎么只有一个人。"李明听到身后的工作人员小声嘀咕道。

"是啊，真奇怪。"这么想着，李明往火车站出口走去……

到世界去

郭兆祺

张东浩站在楼顶的平台上，夜色笼罩了他。

与其说张东浩回想着刚才走过的一级级台阶，不如说他正重新走在三年前回家的路上。他和其他人——其他学生一样，出生六年后被送进小学，在十二年的伏案苦读之后来到这所大学。三年前，他刚上高一，刚懂得"竞争"，懂一点"爱"。张东浩在初中时曾有一段没头没尾的"恋爱"，和许多人一样，他用 QQ 向那个姑娘表白，此后的日子里，他们一见面便会羞红脸。有一次，她十分生气地在 QQ 上要求张东浩和她一起去公园，因为那天放学前张东浩失手打翻了她的水杯，她要张东浩用陪逛公园来补偿。张东浩心儿怦怦跳，可最终还是拒绝了她——自然是赔了无数个不是。

张东浩为什么拒绝她？原因有很多。张东浩成绩很好，在学校里受尽老师表扬，一举一动都会被当作范例。这种荣幸同时也是枷锁，因为张东浩感到自己有义务听从老师的教诲，绝不做出格之事，让老师苦心塑造的好学生形象轰然倒塌。有趣的是，老师从未真的这样要求过他。可他总觉得，只要自己离她更近一些，陪她逛公园，和她坠入情网，如胶似漆，便会被有着鹰眼一般的老师发觉，而同学们更会流言蜚语，让他难堪，无处躲藏。

除此之外，他更怕一个人，那便是他的——母亲，或妈妈。这两个称呼他一个也不喜欢，"母亲"太严肃，太疏离，太沉重，仿佛裹挟着历史与文明向他头顶压来；"妈妈"太亲昵，太露骨，太恶心……他讨厌那样的自己。总之，张东浩只要想起那姑娘，"母亲"便悄悄地跟了过来，好像躲在假山后面，又好像藏在教室门后，好像死死地盯着他，盯向他可怜又可悲的灵魂。他无法想象这份关系一旦存在——与她散步、牵手、接吻、拥抱，应当被如何处置。如果不公开，她一定会质疑自己的真心，同学们也一定会不停地捉弄他。如果公开，就是光明正大地让老师、同学、"母亲"知道，那么……他不敢再想。

可是，难道不是他向她表白，向她吐露心声，难道不是他为了她而在痛苦的夜里辗转难眠，难道不是他开始了这一切，让一切都走上歧途，不再有回转的可能？一切都是他的错，是他没有听从老师的教导，把心思放在学习和读书上，是他没有经受住邪恶的诱惑——五年级时，他点开了一个网站，他的心跳个不停，他满头大汗，右手仿佛黏住……这一切都与他有关。他就这样惴惴不安地熬过了初中。

是他捅了大娄子，他罪有应得。

高一时的一天，太阳西斜，张东浩走在回家的路上，发觉自己不爱她了。他质疑起自己的存在，影子在前方长长地延伸着，好像要拦住他。熟悉的行道树旁，车来车往，张东浩觉得自己无路可走。他反复地思索，问自己为什么那样爱一个姑娘。他没有与她牵手，没有与她亲吻。中考后，大家回到教室，最后一次道别，她走过来，冲他微笑，他问她能不能和他拍一张照片，她羞涩地笑着，摇摇头走了。他知道她的意思，拍照即是留念，留念即是诀别，她不愿诀别，自然不愿留念。她竟想和他在高中时维持恋爱关系。

但张东浩有什么理由这样做呢？他现在明白，当初自己爱她，原来只是因为她有可爱的脸庞，有温柔的举止，仅此而已。他不了解她，甚至除了表白的那一次，他几乎不和她说话。张东浩想起来，他不过是在某一个阳光明媚的午后被她的侧影迷住，或许还有一阵清风让他觉得愉快，他便误以为那是爱情。他没有克制住自己，他向她表白，他说他"喜欢"她，可他原本只是爱那侧影。

他为什么偏偏就没忍住呢？他为什么非要将吸引变成"恋爱"，又为什么说出那些动听那么诚恳的话来？他难道就这么没有骨气，这么缺"爱"，这么不懂得克制的道理？"君子有所为有所不为"，他无所不为，他不是君子，他是个禽兽般的罪人。

现在，他捅了娄子，不知道怎么收场。那姑娘仍然挂念着他，想和他长久，他受不了。三年的初中生活，让他知道了怎么学习、考试，怎么轻易地名列前茅，怎么赢得老师的喜爱和庇护。他是教育体制下的上流人士，是学校社会中的顶层阶级，他要捕获年级里最好看的女生。这些是他近十年刻苦读书学习的硕果，他摸清了门道——的确，他难受过，挣扎过，偷偷哭泣过，甚至想过自杀。真好笑。他曾在无数个夜晚想过自杀，但他是白天的王者。刚上高一，他便用优异的成绩征服了全年级，大家在操场上低声议论，打篮球的男生绕道避让，三五成群的女生在他背后小声说话。他骄傲极了，他的名字在校园里回响，但他从不张狂，他举止有度，谈吐优雅，他不时想起"母亲"曾多次对他说过，她希望自己的儿子成为"君子"，成为"儒雅的君子"。他心里有些堵，但汽车的轰鸣声让他停止了胡思乱想。

一天放学前，他向班里的一个女生表白，他害羞极了，同时幸福无比。两天后，他发 QQ 给他的前女友："对不起，我觉得我喜欢上了另一个人，我很抱歉，实在对不起……"

他觉得自己是个混蛋，是个没有道德的人。他决定好好爱自己的新女友，用一生去爱，这样或许能洗刷他的罪恶。高二，他选择了住校。

白天，张东浩光彩照人如鱼得水；晚自习的空当，他在黑暗无人的楼道里亲吻她的胸脯。他的人生仿佛已经超越了苦难，张东浩觉得自己正活在云中。

一年前的张东浩认为，和她就这样走过一生也还不错。他也爱别人，她们和他精神共通，让他感到惬意，或者，她们很漂亮。但无论如何，张东浩都隐隐觉得自己不应再走老路。这一点其实很清楚。如果张东浩抛弃那女孩，去追求新鲜感，别人说他喜新厌旧，说他是花花公子，说他对待感情太随意。但话说回来，别人真的在意吗？张东浩思前想后，感到厌倦。朦胧中他好像知道了事情的真相：他确实爱她。他不再想了。

住校让张东浩更长时间地与同学和老师待在一起。从某种意义上说，正是对校园生活的依恋让张东浩乐意认真学习，考取好成绩，进而被老师和同学承认，形成良性循环。在校园里，张东浩感觉自由、舒适，甚至——温馨、亲切。他喜欢同学们齐聚一堂，专心聆听老师讲授的那种仪式感、确定感。在学校，他只会因学业下滑而不是其他原因受到老师中肯的批评，人与人之间的距离与尊重让他觉得恰到好处。他可以毫无拘束地向老师提问，和老师保持亲人般的关系，又不会被老师窥探自己的隐秘之处——就像"母亲"带给他的感觉那样。

对于"母亲"，张东浩可以写一本大书来表达他的不满，但他同时也愿意只字不谈。"母亲"真正令他反感之处便是被他在脑海中想起。任何针对"母亲"的斗争都注定失败，问题不在斗争方式，而在斗争本身。张东浩渐渐感到，自己因她而怒不可遏，恰是"母亲"的阴谋，"母亲"以她的方式让他将她死死地刻在心里，如此便完成了对他的最终占有。张东浩感到十分恶心，他不愿在这宁静的夜里再次回想这些。

一阵微风扫去了他皮肤上的热意，夏夜果真是温柔的。张东浩朝下边的水泥路望了一眼，没有行人。楼里先前的喧闹声消失了，室友们大概也已经睡着了吧，他想着，嘴里有一丝甜意。

时至今日，张东浩很清楚，自己迟早要有所举动，复仇在所难免。虽然他已成年——那是几个月前的事——但他从未真正走到世界中去。因为种种原因，他活在幻想之中，活在语言之中，活在一切令他不快的事物之中。他的生活皆有来历可寻，那来历却与他无关。他是一个片段，一个剪影，一个产品，他的生命是一本书，里边的每一个字都由他人写就，他自己却一个字都写不出来。谎言，谎言，谎言，一切都是谎言，这是唯一可信的真相。他曾囚徒般活着，现在他要自由。这听起来幼稚极了，可他拥有可贵的自信。胜利在等待他。

在路上，他的最后一个念头仍是一段回忆——

高考前的那天下午，"母亲"站在教室门后偷看了他与她的接吻。当他走出教室后，"母亲"说："儿子，这个女生看上去不像是咱们家的人。"

想起这件事情，张东浩流出了眼泪。在泪光中，他笑出声来，因为他自由了。

到世界去

汪雪倩

　　妞子眼盲，这是村里面都知道的。

　　芒县下的榆树村是贫困村，我是一个小杂志的编辑，奉领导之命来榆树村做贫困村专题采访调研，也算是体验乡下生活。芒县附近没有修路，之前有个老板还在这里掘过矿，弄得地面坑坑洼洼。车行缓慢，一路颠簸了几十个小时才到。要进到榆树村路更不好走，要坐专门的驴拉车，老汉在前面拼命拽着，驴子上下颠得人屁股疼。春风也不友好，和黄土一起拍在人脸上，手一抹，满脸的尘粒。看惯了大城市的街道，别说，我还真有点不适应。

　　到榆树村的时候是正午，太阳毒，房屋太矮遮不住阳光，晒得人睁不开眼。刚走到村口，我和抽烟的老汉说了说此行的目的，顺便闲聊了几句也算是搜集素材。他介绍自己说是村里的和事佬，七大姑八大姨的家长里短都跟他说，也算是大事小事都知道些，让我有问题就问他。老汉掰着指头一一给我介绍村里人，什么张家的儿子长得俊啊，李家的婶婶勤快啊，说得眉飞色舞，像个活的"村谱"。说到妞子时老汉突然就没了神气劲，摇摇头叹了口气，刘姨家的女儿可惜了，多好的姑娘啊，才15岁，怎么就瞎了呢。说话间他吐出白色的烟圈，被粗砺的风一磨，消失在风里。

　　聊了个把小时，要告别老汉时，我反而没那么急迫地要去工作，只想见见妞子。老汉给我指明了方向，让我不要打扰到她，我心里顿时一沉，内心的浮躁淡了些。一路上没有再唉声叹气，脚步也轻了少许。榆树村的房子都是红砖砌成的，常年裸露在阳光下四仰八叉地躺着，上了年纪的都陈旧了许多，有种灰扑扑的感觉。到妞子家的时候感觉却不同，她家有个小院，有只黄狗趴在门口晒太阳，听见人来了，眼睛眯成缝看了我几秒，呜咽了几声让开道，还摇了摇尾巴。小院打扫得很干净，鸡笼里有几只大母鸡在休息。

家里没别人，只她一个。

我一眼就看见了她，端端正正地坐在院子里的椅子上，扎着两个细细的麻花辫，穿一袭白裙，像朵蒲公英。在这个穷困偏僻的小山村，有这么干净的女孩子，真是春日的一抹亮色。她朝着阳光在专注地看着。我用手轻轻在她眼前晃了晃，她好像察觉到什么，迟疑地说了声，您好，请问……有什么事吗？

我说明了来意，但声明来她家只是想聊聊天，纯属好奇，并不是工作要求，也没有恶意。她指了指门边上的水桶说，这么远过来，口渴了吧，快去接口水喝。我正掏出杯子去接水，她又摸索着要给我去搬屋里的椅子坐，我赶紧扶住她，说站着挺好，不用客气。她没听我的，一步步挪到屋里去搬出个小方凳给我，不让我帮忙，嘴里念叨着说哪有让客人动手的道理，这是规矩，马虎不得。

我坐下来了解妞子的情况，她跟我讲她也不知道自己具体是哪天生的，只记得娘亲跟她说过她出生那天阳光特别好，家里的母鸡还孵出了一窝小鸡。有一阵子她天天盼着明天就是自己的生日，因为她出去瞎玩的时候瞄见村书记的儿子虎子过生日了，有个纸糊的帽子戴在头上，胸前有个小红花，还奖励糖鸡蛋吃。可是家里从来也没人提过，她就自己做了个纸环戴在头上假装过生日，结果跑步的时候纸环掉在了泥地里，让她哭得撕心裂肺。后来她就再也没想过了。

我想安慰她，人不就一天天过吗，生日就是个符号，我也好久没过生日了，可是我张不开口。

我夸妞子又文静又漂亮，有种乡下姑娘的恬静，又有城市姑娘的大气。她扑哧笑出声来，说自己小时候也是野孩子，乡下的孩子都有股上树下地的野劲，什么偷地瓜、上树摘山桃的事都干过。小孩子跟着大孩子，成群结队，搞破坏、吓唬人，大人赶都赶不走。再说了，大人也是由小孩子长成的，便任由了这帮胡作非为的"野猴"。村里的学校只有一所，是个小学，老师是自愿来支教的，隔一年换一次。五六岁的时候家长把这帮野孩子都赶进学校让老师管教，只有个别几个家庭条件太差的帮着家里做农活。学校的教育质量也不高，小学只有5年，上完以后考上县里初中的很少，一年就几个．中途辍学回家的多，毕业考不上的也不少。妞子说从学校回来的孩子好像都变了一个样，像经过了"大改造"，外出打工、回家打理家田、去外县做小买卖，各奔东西，联系都断了。十岁也许就算是他们成熟的年纪了，昨天还嬉笑打闹，今天就严肃起来了。妞子的好朋友小梅十岁后去成都打工，听说回来过一次，时尚得紧，整个人大变样。妞子八岁的时候眼睛就彻底瞎了，回家静养，没了玩伴，也跟小伙伴断了联系。有亲戚来通风报信说一声，她才知道个大概。虽然没出去经历大风大浪，但家里经历的这些变故也让她瞬间成长了不少，没以前爱动了，孤独太久，没个说话的人，自然话也少了许多。

对于眼疾这件事，妞子说一开始的时候她是看得见的，家里的旧茶壶，养的鸡鸭，墙根的草，都看得见。她在院子里玩的时候时常抬起头看天，觉得那云彩像个荷包。慢慢地那荷包就变得模糊了，像是用旧了以后蒙上一层灰；周围的东西也只剩下轮廓，她要估摸着形状才能叫出名字。后来那天就变成了一条线，眨眨眼，那线就溜走了，再也没回来。视力变差她是感受得到的，一开始还以为是眼花没太在意，后来越来越看不清她才恐慌起来，本来想悄悄瞒着不告诉爸妈，后来纸包不住火了才如实跟家里说，但也无济于事。毕竟村里穷，本来能挣的子儿就不多，妞子的父亲又在工厂做事时因事故弄折了腿，重担都压在她娘亲身上。她娘亲编些草鞋卖给村里人，挣得太少，糊口都困难，更没钱给她治病，一直耽搁着，错过了最佳治疗期，她就彻底变成了瞎子。但妞子也不埋怨，命运如此又能怪谁呢，爸妈已经够不容易，这雪上加霜的关头，这么多重担压身，她不能不懂事。她一声不吭，愣是学会了自己照顾自己，每天干干净净的，不了解的还真不相信她是个瞎子。

她说大部分的时候都是她一个人在家，父亲去附近找些工作做，娘亲就在外面帮人编些东西，眼瞎前她经常自己在院子里玩泥巴，有时会和别家的小孩子一起，捏了很多泥塑。图案是从村主任孩子家里的剪贴画里找的，苹果啊，兔子啊，花草啊，还有她喜欢的鸭子。她指了指电视机旁的小柜子，上面有很多歪歪扭扭的小泥塑，时间久了，有些开裂。她又说在她瞎了以后会用一个小收音机听广播，是娘亲怕她在家里闷买给她的，大多讲些村里发生的事，有一次还听到村书记去北京天安门的事。我问她知不知道北京在哪，她很茫然，也不知道天安门是什么。她说，更多的时候，就喜欢静静地坐着感受阳光，什么也不做。阳光有很多种，一年四季的都不一样，春天的时候像毛毛虫，夏天的时候是温热的，有时候又烫得吓人，秋天时有银杏的味道，冬天则是冰冰凉的感觉。下雨的时候太阳收敛些，但一天晴那阳光就有种泥土的芬芳。

这是她那天下午说的最长的一段话。

我清晰地记得有一个瞬间她伸出五指对着太阳微笑，阳光从缝隙里渗过去，正好照在她的眼睑上。真美。

我问妞子最想去的地方是哪儿，她说是村子外面的那条河。小时候她一得空就从家里溜出来，带上一天的干粮，走很远很远去看那条无名小河，要走三四个小时才能到。河结冰的时候、不结冰的时候，漂在河里的柳絮、浮在河边的枯树叶，她都见过。大部分的时候没有人去那里，偶有几个老妇人在那洗洗衣服。河水冷，她们都是缩手缩脚的，一会儿就走了。所以她把那里"划归"为自己的领地，遇到大悲大喜的事情，就在那宣泄一下。她一直记得冬天最后一次去的时候河上的一只有灰色羽毛的鸭子，卡在芦苇丛里半天动弹不得。她还记得路边的几朵野花，大冬天还开着，不简单，她舍不得摘；有几只萤火虫一闪一闪的，会发光。后来眼睛瞎了，就不怎么走动了，只在院子里转转。

但她忘不了那条河。

我问她有没有去过河以外更远的地方，她摇摇头。

别看我写了这么多，她其实很安静，我问她她才轻轻地回答几句，声音软软糯糯的，夹带着乡音的甜。我说话的时候她就安静地听着，大部分的时候都是我一个人在自顾自地讲，但我一停下来，她就微微侧过头，也不说话，好像要听更多。

我也给她讲我住的地方，说那儿有霓虹灯，也有鸭子，但很多被杀了做成烤鸭或切成片摆在餐桌上，好几十元一盘，开餐馆的很多都成了有钱人，她好像愣了一下，但我无法判断她的眼神是惊讶，还是羡慕。我又讲我们那里的河，河面很宽阔，经常有观光船和豪华邮轮驶过，经营成了旅游产业，游客火爆。但河水有些脏，工厂的废水都倒在里面，游客还经常往里扔垃圾袋卫生纸，都浮在水面上，要不是有定期的垃圾打捞，这河估计早就污浊得难以触目。河水边动物也很少，可能是因为夏天垃圾的腐臭味太浓烈，生态保护也做得不到位，平日河里连鱼也看不见。我又说起更远的地方，是工作需要去的，尼泊尔，那是我去过最美的地方。那里有世界上落差最大的峡谷，有乡间村落，还有温泉，人浸入泉水的那一刻只觉得通体舒畅，杂念全无。最享受的时候是我们一行人在田野里行走，背后是连绵的雪山，那感觉真是格外美妙。那儿的人很穷，但活得很幸福，孩子们总是快乐地笑着，有人说"他们有最美的心灵和最富足的精神"。说话间我看到她的眼皮在阳光下轻轻地颤动，极像蝴蝶的羽翼。

　　不知道为什么，跟妞子说话像是找到了归属。在不同的地方打拼久了，我也变得不爱说话了。周围的例子太多，经常有谁说错了什么话得罪了大老板从此被淹没。我还在上升期，没有什么资本，周围小的大的领导成群，我要去察言观色，我要点头哈腰地恭维，好像每天说的话都成了套路。交心的朋友没几个，我也不想总是喝得大醉，撕扯开伤口让别人看到我的脆弱，说我炽；平时和同事聊天也不敢开口，生怕被抓住把柄被别人踩在脚下。而在她面前，我可以安心地打开话匣子，去到心灵的世界走一走。我好像絮絮叨叨了很久，像被灌醉了一样。我说城市里人很多，都戴着一样的面具，交个朋友难，要把内心的世界锁起来。我说大城市钱挣得快，花得也快，常常是左口袋进，右口袋出，很难有几个积蓄。我说我的梦想是环游世界，去到很多像尼泊尔之类的地方。听有钱的老板说比利时、威尼斯、埃及都是有趣的度假胜地，可我不行，我没有钱，除了公司派的出国的公事，我只能被束缚在原地动弹不得。我没有勇气也没有能耐抛下工作，抛下现有的一切浪迹天涯。可悲的是，现在没有，以后也没有。还要结婚，还要生孩子，总有忙不完的事，要承担的责任太多，房价太贵，开销太高，妻子儿女父母到时候都眼巴巴地指着你，你不玩命不行，全世界的人好像都在把你当驴子使。尊严是什么，梦想是什么，太高贵了我要不起。什么高尔夫练习、什么三亚度假、什么法式婚礼，都与我无关。我只能当个低三下四的哈巴狗，梦想着有一天能坐到大办公室给别人甩脸子。这都是命，我是个男人，我得认。

我突然想抱头痛哭。

沉默了良久，我点了根烟开始一个劲地抽，像是要连这胸中的苦闷一起恶狠狠地吐出去。在姑娘面前哭太不爷们，这事我做不出来。我说妞子我憋了太久了，对不起打扰了你，我不该这样。她说没关系，她喜欢听故事。

我问她以后怎么打算，她摇摇头表示没想过这些。我开导她毕竟父母总会老的，不能老靠着他们，以后也得自己谋个活路；或者找个靠谱点的人家嫁了也好，女孩子青春短，要珍惜。这些事要早些考虑，一天天的变数大着呢，假设出个什么事，重担压在女孩子身上可承受不来。她说这么长时间一直靠母亲勉强维持生计，前几年她在家里就像个废人，最严重的时候母亲几乎停下手里所有的活照顾她，父亲又出了事，两个人天天以泪洗面。这几年好多了，好歹学会了自理，不是个拖累，偶尔还帮母亲分担些。她很想多帮上些什么，但她不知道去哪里找活路，再说了，哪里会雇用瞎子呢。说到谈婚论嫁，她长得漂亮，性格好，之前是有很多小伙子爱慕她的，也谈得来。只是她现在又瞎了，家里状况又是这样，男孩子只能望而却步，也有一两个对她不离不弃的，忠厚老实，还天天给她送饭帮她做些家务。但她还没想过结婚，不能把这样的烂摊子丢给人家，她心里的坎过不了。

我叹了口气："你是个好姑娘，老天待你不公，你要自己学会拯救自己。村里大家伙都心疼你，我知道的。可没人能帮得了你，只有你自己。趁年轻结了婚，小两口出去打拼打拼，混得好到个小城市过日子，把爸妈接过去；混得不好就把攒的钱拿回来用，也能过个好日子。"

她点点头，倔强得让人怜惜。

真的，妞子是个好姑娘。

说着说着就到了下午，阳光变得很温暖。我心中一动，想着不要聊这么沉重的话题了，就给她念了首普希金的诗，是《我记得那美妙的一瞬》：

我记得那美妙的一瞬，

在我的面前出现了你，

有如昙花一现的幻影，

有如纯洁至美的精灵。

在无望的忧愁的折磨中，

在喧闹的虚幻的困扰中，

我的耳边长久地响着你温柔的声音，

我还在睡梦中见到你可爱的面容。

……

我的心狂喜地跳跃，

为了它一切又重新苏醒，

有了神往，有了灵感，

有了生命，有了眼泪，也有了爱情。

　　她不太懂这般含蓄的语句，我念完诗很久她才意识到我读完了，轻轻说了句，真好听。我说大城市也不只是有艰辛和苟且，还有诗和远方。诗其实我懂的也不是很多，做编辑好歹需要些专业素养，每天读诗养成了习惯，也能冒充个文人。别看大城市让人纸醉金迷的，但好处也多着呢，文化资源多，眼界也能开阔不少，耳濡目染久了，连底层老百姓也能信手拈来几首诗词歌赋。大城市生活艰辛，这得认，但大城市的好，也不能抹掉，如果让我再选择一次，我还是会义无反顾地向前冲。人不能总在一个井里晃荡，世界这么大，总要多出去走走看看才行，也不算白活。

　　我提议扶她去外面走一走，活动活动筋骨，她迟疑了一下，说就在院子附近吧，她自己可以走的。我想了想说，还是去河边吧，时间充裕，天气也好，就当是实现她的生日愿望。她有些高兴，也不再推辞，说兴许能看到鸭子，还有蒲公英。我又问她以后想不想走出村子去外面的世界看看，她说有点不敢想，想，又怕。我握了握她的小手，软软的，很舒服。

　　她突然念起了童谣："我是蒲公英的一颗种子，没人知道我的快乐和悲伤，爸爸妈妈送我一把小伞，让我在天地间飘荡……"

我想这是我这辈子听过的最美的声音，最美的歌谣。

我扶着她向河边走，那有整个世界的光。

后记：蒲公英，别名黄花地丁、婆婆丁、华花郎等。属菊科，是多年生草本植物，头状花序，种子上有白色冠毛结成的绒球，花开后随风飘到新的地方孕育新生命。

到世界去

张馨元

文森特第一次见到海伦娜是在17岁的夏天。

那个夏天没什么特别，热浪像往常一样，将童话镇包裹得严严实实，镇里的人们都不愿出门，免得被热辣辣的太阳灼伤，这正合文森特的意——没人会撞见他无所事事地游荡。虽说他马上就能毕业了，但逃学总是不好的。是的，逃学，文森特想不到逃学的理由，按理说毕业季总会有一些不舍，可是他还是不愿去上学，就好像不去上学就不用毕业一样。他不知道自己在躲避什么，又或者，在寻找什么。

不过现在，他不想去想这些烦恼事。夏日午后的两点，是一天中最热的时候，街道上空无一人，文森特可以不用躲藏，光明正大地躺在"世界"门口的沙滩椅上。"世界"是童话镇里最大的酒吧，也是装潢最"丰富"的，你可以在里面看到半人高的埃菲尔铁塔，旁边挨着自由女神像，金字塔像一个小土堆一样堆在角落；还有丛林的树叶，据说来自亚马孙雨林，贴着墙垂到地上；在门口旁有个毛里求斯人的山洞，里面塞满了各种零食、汽水、日用百货，在酒吧歇业的白天营业，向来往的人售卖他们需要的各种小玩意儿。这真是个大"世界"，文森特暗叹，低头吸了一大口冰镇樱桃汽水，阳光太刺眼了，他眯起了眼，准备打个盹。就在这时，模模糊糊地，他的视线里出现了一个身影，红红的衬着阳光，好像一颗闪着光的樱桃，新鲜而耀眼，一下子令他清醒过来。还没反应过来，那颗"大樱桃"已经径直到了他面前，看清楚后的文森特顿时呆住了——这是一个怎样的女孩呢？多年以后的文森特仍能清晰地记得她的模样：乌黑浓密的长卷发下是小麦色的皮肤，匀称而高挑的身躯被包裹在一条鲜艳的红裙里，红色的凉鞋、红色的嘴唇、高高的鼻梁，一双大眼睛瞳孔是棕色的，整个人健康、耀眼而夺目。此刻，这双眼睛正直直望着他，"午安"，轻快的声音也像樱桃一样，新鲜又充满活力，甜甜地跳跃进文森特的耳朵。"啊……午、午安。"文森特终于从"樱桃"上回过神来，连忙掩饰自己的失态。"我的车抛锚了，请问这里附近有修车的地方吗？啊对了，还有加油站，车也没油了。"顺着她手指的方向，文森特看到了一辆银灰色的甲壳虫，半旧的在阳光下闪着光。"唔……有的有的，吉尔的修车铺什么都有，不过你可能得等等，现在他肯定在睡午觉。""是呀，天气太热了，不过没关系，你告诉我，我在他那里等他。"文森特便给她指了方向，"大樱桃"谢过后便离开了。看着越来越远的红色背影，文森特突然有些懊悔——他似乎并不想她离开，他想和她再见面。他暗暗祈祷着，期待着。

再次见到"大樱桃"是在当天晚上的"世界"里，而文森特也知道了她的名字——海伦娜。海伦娜来自一个叫作西西里的海岛，在意大利的南面，是地中海最大的岛屿，海伦娜就从那里开始了她的旅途。她走过罗马、巴黎、伦敦、纽约……甚至到过遥远的东方。她竟然在环游世界！文森特暗叹，心中升起了一种异样的感觉，是羡慕吗？他不确定，童话镇很好，镇里有他熟悉的居民，有他的家人朋友，最重要的是，镇里也有"世界"。这里也很好，我不需要羡慕什么，文森特默默地咽下询问海伦娜的冲动，继续看着她和吉尔他们谈笑。夏夜的啤酒和音乐是最好的伙伴，轻易便打发掉漫长的闷热时光，不知道谁讲了什么笑话，逗得海伦娜哈哈大笑，爽朗的笑声落在文森特的耳朵里，又像樱桃汽水一样，噼噼啪啪地炸开，文森特的心里也冒着泡泡。"世界"里的灯光变幻着打着旋，可在文森特眼里，看到的只有海伦娜，大笑的她、喝酒的她、跳舞的她、聊天的她……在七彩的忽明忽暗中，文森特突然觉得，他们间的距离是那么近，但是又那么远。

文森特忘记自己是什么时候回的家，等他有记忆已经是第二天的早上了。她肯定走了吧，文森特想，这里不过是她环球旅途中的一小站，她不会停留，甚至不会记得。失落感涌上心头，文森特甩甩头，不再想这些。眼角扫过，他终于看到了不知什么时候就在那里的母亲，糟糕！文森特暗感大事不妙，生怕母亲知道他逃学游荡的事实。他暗暗观察母亲的神情，好像并没有生气的迹象，这令他更加不安。"有什么事吗，妈妈？"他小心翼翼地打破沉默，一面观察着母亲的神情，没有变化，文森特松了一口气。"哦，也没什么。"母亲顿了顿，问道："你快毕业了，有什么计划吗？"看着沉默的文森特，母亲又说；"你想去大学吗？"文森特低下了头，他的成绩并不是一个让他和妈妈骄傲的存在，他从未想过去大学，可他也不知道自己不去学校又能做什么。文森特不敢看母亲，一声不吭。母亲好像知道他在想什么一样，自顾自说了下去，"吉尔的修车铺最近在招学徒，你去跟着他学点儿什么手艺吧，怎么样？"文森特听到后下意识想拒绝，然而他却犹豫了，不去大学也不学手艺的他能做什么？不得已，他轻轻地，几乎不可闻地点了点头。

文森特来到小溪边，用溪水洗了洗脸，然后脱掉上衣，一个猛子扎进水中。这条小溪在童话镇的边缘，几乎没有什么人来，溪水不深，能看到水底，岸边长着茂密的水草，是个安静的好去处，文森特烦恼时常来这。冰凉的湖水瞬间将他淹没，他用力蹬腿返上水面，闭着眼睛仰泳，或者什么也不敢，只是漂浮在水里。这是他烦恼时的解压方式，冰凉的溪水能让他忘记那些琐事，他忘记了母亲满意离开的样子，忘记了学校里的同学老师，忘记了吉尔的修车铺，忘记了那个叫"世界"的小酒吧，还有，那只新鲜的"大樱桃"海伦娜。文森特闭着眼，安静地仿佛睡去。"啊！您没事吧？"突然，一声略带焦急的询问打破了这片宁静，瞬间将文森特拉回了现实。是谁？文森特望向岸边，看清那人的一瞬间便惊到忘记了呼吸，他慌忙想站起来，但还是被呛到了好几口水。海伦娜看着咳得面红耳赤的文森特，担心地问："啊……是你，你还好吗？"她还记得我！文森特连忙点头，心中有一丝窃喜。"没事，只是这里很少有人来，有什么我可以帮你的吗？"缓过来的文森特问道。"没什么，只是想装点水，洗我那台老伙计。""让我帮你吧。""真的吗，那真是太谢谢你了，还不知道你的名字？""文森特。""文森特？"意识到自己的诧异，海伦娜连忙解释："没有，我只是觉得这个名字很好听。""谢谢。"文森特提着水桶走向那台甲壳虫。"你喜欢梵·高吗？"海伦娜突然问。"什么？""梵·高，那个画家，我去过荷兰，那里都是他的故事。""我知道他，他有什么故事？""嗯……跟那首歌唱的一样。"说着，海伦娜轻轻地哼起来："……那夜繁星点点，鲜花盛放，火一般绚烂，紫幕轻垂，云舒云卷，都逃不过文森特湛蓝的双眼……"舒缓的曲调配上海伦娜的嗓音，像溪水一样沉静，将文森特吸入。"很好听。""谢谢。"海伦娜笑了："我该走了，已经耽误一天了。"她要离开了，文森特企图掩饰自己的失落感："哦……好的，谢谢你的歌，再见。""也谢谢你，文森特，再见！"看着海伦娜上车，发动引擎，冥冥之中，文森特感到有什么东西驱动着他，鬼事神差地，他敲了敲海伦娜的车窗。"我能问你个问题吗？"文森特问摇下车窗的海伦娜。"当然。""'世界'里那些铁塔、女神像，和真的一样吗？"听到这个问题，海伦娜笑了，眨眨眼睛："就像你和梵·高一样，再见啦！"就这样，海伦娜走了，留下没有回过神来的文森特在原地，想不通他和梵·高有什么关系。

文森特再也没有见过海伦娜，有时候，他都在怀疑，这一切究竟是真的还是自己的幻想？那个夏天，究竟有没有一个叫海伦娜的女孩来到童话镇？但每当想到海伦娜对他说的最后一句话，他又无比坚定地认为，她曾真的出现过。

文森特最终明白海伦娜的那句话，是在多年后轰鸣的火车里。海伦娜走后，他没有去做学徒，而是选择了离开，去外面闯荡，周游真正的世界。这些年里，他走过了太多地方，早已见过真正的埃菲尔铁塔和自由女神像，就像海伦娜说的，像梵·高和他一样。

火车还在轰隆隆地前行着，文森特突然感到十分庆幸，他勇敢地对母亲说出了自己的想法，他义无反顾地到真正的世界去，他的世界不再是那个小小的酒吧，他看到了真正的风景。就像海伦娜一样，追随着她，到世界去。文森特闭上了眼，轻轻地哼着那首海伦娜唱过的《文森特》："我终于读懂了，你当时的肺腑之言。独醒于众人间的你是那么痛苦，你多想解开被禁锢者的羁绊。可他们却充耳不闻，对你视若不见。也许，现在听还为时不晚……"

【后记】文森特·威廉·梵·高（Vincent Willem van Gogh，1853—1890），荷兰后印象派画家，曾创作《星夜》《向日葵》与《有乌鸦的麦田》等著名作品。16 岁辍学工作，18 岁离开家，先后在伦敦、巴黎生活，后居所不定，最终因精神病于法国小城奥维尔自杀。

到世界去

周若瑾

依旧是没有什么不同的一天。

如果田沐没有因为心底的一个声音突然吵到她而默默走向三角地熙熙攘攘的人群的话。

三角地，P 大每学期最热闹的地方，著名的"百团大战"的根据地。只是这种热闹从来不属于田沐。这不，她来到园子里已经一年半了，之前的每次社团招新她都是在图书馆度过的。不为别的，她只是一直喜欢这种独自一人的安静。

她至今最喜欢的一首诗仍是三年前高二的一个午后坐在教室里那个靠窗的安静位子上偶然读到的莱蒙托夫的《一只孤独的船》——

> 一只船孤独地航行在海上，
> 它既不寻求幸福，
> 也不逃避幸福，
> 它只是向前航行，
> 底下是沉静碧蓝的大海，
> 而头顶是金色的太阳。

> 将要直面的，
> 与已成过往的，
> 较之深埋于它内心的
> 皆为微沫。

她想，这大概就是自己一直最向往的状态。那时如此，此时亦如此。

只是最近好像有些不同，从那次和林念视频以来。

林念，田沐舅舅的女儿，两人年龄就差了三个月，从小就常在一处，她可以说是田沐唯一真正的朋友了。高中毕业之后，林念就到英国读书了，两个女孩也就只好不时在周末不怕熬夜的自由时光里横跨7个小时和整个亚欧大陆地视频聊聊天了。

田沐和林念，都不算是那种性格鲜明的女孩，只是，一个安静多一些，一个开朗多一些。田沐就是安静多一些的那个。而林念，虽然更开朗些，却从不嘈杂吵闹，懂得分寸，待人又有如初夏的明媚和亲切温和，是田沐为数不多的能敞开心扉的朋友。

上个周六，室友们在外自习的有之，结伴外出的有之，小小的宿舍只剩田沐一人，码完手头的字，靠在椅背上，想想有一两周没和那个一直也是唯一一个唤她"木子"的女孩视频了，倒是要看看喊叫着减肥的她是不是又贪吃胖了呢，田沐打开聊天界面的同时嘴角不自觉地就有了弧度。

还是像往常一样，两个女孩子里通常都是林念以永远也说不完之势绘声绘色地说着，从减肥到最近犯困，又到各种同学老师。田沐就喜欢这么听着，林念问她怎么样的时候她也会随便聊聊学校的各处，偶尔吐槽几句论文多到写不完。只是这次，她们又多了个不太一样的话题——关于一个句子。

"没有人是一座孤岛。"John Donne 如是说。

以前未曾多想，只是读的书越来越多，田沐发现自己的心思也就越来越细腻深重。在图书馆再遇到这个句子时，她蓦然愣住了，然后心里有种说不出的感觉，回过神来默默把它写在日常用的手记本上，在最后加了个不大不小的问号。

"念念，你说，'没有人是一座孤岛'吗？"田沐终于还是理不清思绪，听林念滔滔不绝的恍惚间问了出来。

林念的声音突然像按了静音键，田沐从她清澈的眼神里看到了一些东西，后来，她才明白，那好像是几分讶异再加一种欲言又止的不忍。

那个眼神仿佛一道有力的光束直直投射到她的内心最深处，她一直一直无法忘记这眼神以及林念接下来说的话。

"木子啊……没想到会是你先提起这个话题呢……"静默了很久之后，林念终于收起眼神中的那几分讶异先开了口。

"其实这一年来看着你越来越安静，几次都想跟你聊聊这个话题，但又真的不知道该怎么说，或者说，我觉得自己又真的不忍打扰你一直喜欢的那一份安静……"

现在换作田沐讶异了，她张了张口，没有说话。

林念的声音继续传来："木子啊，其实你会问这句话，大概你也是懂得的，的确，不管从哪种层面来说，没有人是一座孤岛。现实点儿说，我们现在还在学校，遇到的大大小小的事一个人扛会有多困难你都懂得，更不要说以后离开学校的小世界，到更广阔复杂的大世界去了。"

田沐默默地点了点头。林念看着她继续沉默既心疼又不忍，微微皱了皱眉，但还是选择说下去。

"这些好像很有道理但又让人无奈的大道理，我知道你都懂，我知道……我也懂你是真的喜欢安静，我从来不觉得你的安静是因为害怕，我们是一起长大的呀，我怎么会不懂呢，但是亲爱的，大学之后的你逐渐让我觉得，你的越来越安静，不再像以前那样让我感到安心了，甚至觉得，你是在愈发地封闭自我……你的心思那么细腻，你一定也是自知的吧……"

"唉，你看，这些我都感受得到，但我真的不知道该拿你怎么办……我能懂的道理，你一定比我更懂。所以……所以，一切都得靠你自己去想通，去说服自己呀木子……"

田沐看着她的眼睛，看到她的双眸中依然有不忍，但更多的是想要拥抱她的心疼和关怀。田沐下意识地感到温暖，下意识地扯出一个淡淡的笑容好让林念安心，然后开口说让她别担心，她会好好想想的这样的话安慰她。但她没有说的是，她分明感受到，尽管心底的海面平静依然，可海底好像有些思绪和念头在翻涌——应该说是翻涌得更明显了，从在图书馆看到那句诗开始。

又是周六，又是图书馆，田沐的生活轨迹好像还是无甚变化，但只有她自己知道，近来她的心底再也不像之前那样宁静或者说耽于宁静了。

不宁静间她翻开手记本，想翻到最爱的那首诗来读。可偏偏她随手翻到的，是之前怔怔地写下的那句"没有人是一座孤岛……"。

内心比之前几次都用力地抽动了一下，然后她叹了叹气，合上本子，带着满心的"颇不宁静"，默默收拾东西离开了图书馆。

哎，大概是天意，回宿舍的路上，遇上三角地的热闹。心底的声音再次清晰，吵到了她，她第一次没有躲开这份热闹，向人群走了过去。

走在人群里，还是不很习惯，她尽可能地让自己看起来自然，偶尔看看两旁都有哪些社团在争奇斗艳。嗯，她看起来很自然，像往常一样，但她只是自然地笔直地走着，依旧是一副与身旁人格格不入的样子。

大概是她真的看起来太高冷吧，连热情地发宣传单的同学都不怎么招呼她，走过三角地，她手里也就多了两张单子而已，红学社和爱心社。

嗯，这是有一点不同的一天了。

回到寝室，她认真地把刚刚收到的两张宣传单夹在重要的书里，在书架上放好。想了想晚上没有安排，晚饭干脆也省了。田沐最喜欢在这种时候早早洗好澡，换上舒适的睡衣，然后抱着电脑或者书坐到床上去，放下床帘，就好像进入了只有自己的小世界。

今天也是。她觉得自己是时候好好想想了，关于那句诗，关于念念的眼神和她说的话，还有关于自己。

双手抱膝靠墙坐着，在自己的小世界里，她开始整理近来纷杂的思绪，和这一路走来不觉中承载了许多变化的记忆。

其实自己一直都是喜爱安静的，或者直白点说，确实是个内向的女孩啊，她想。

然而无奈，生活总是爱开玩笑的吧。

小时候的田沐，圆脸属性在婴儿肥的协助下暴露无遗，皮肤白白净净嫩得出水，还不知痘痘为何物，身上却很匀称，跟那种干瘦或者白胖的小玥友有着天壤之别——一句话，绝对是最招大人喜欢的那种。当然啦，田沐的父王母后那颗望女成凤的心也每每在看到女儿那张可人儿般的脸的时候一次次膨胀。于是……钢琴、舞蹈、书法，田沐一个也没落下。再于是……她进而成为幼儿园和小学中不断的各类活动的宠儿。

那时候还小，很多事情都不是想得明白或者真的很喜欢才去做的。就好像田沐这样懂事的孩子只是单纯地觉得好像挺有趣的吧，爸爸妈妈说的应该没什么错，好的，那就做吧……久而久之，在她都没明白过来之前，懂事、听话、乖、多才多艺、参加过很多活动等这样的标签就已牢牢贴在她的身上了。等她开始有些自己的想法的时候，她又无法不觉得自己应该就是父母老师同学他们期待的这个样子……

而且更要命的是，田沐从小学起去的就是当地最好的学校，还是那种小学、中学一体化齐全的模式，可以说她身边的同学百分之六七十都没怎么变过。从小学最初被鼓励参加各种表演和比赛，到后来参加得多了，大家都认识她，有什么活动下意识都会想到她，她也就"懂事"地能参加的就参加。也就因此，她在没怎么变过的同学当中也算是很受欢迎的。本来嘛，谁又能不喜欢和优秀又好看的女孩做朋友呢。

然而，我们的田沐同学毕竟不是林念那样开朗的性子啊。她还不自知的时候就更倾向于安静，越长大越细腻如水的心思更是为这种倾向推波助澜。虽然，她从小完备的教育和周到的礼貌让她不会拒人于千里之外，但她本心会很小心，很注重分寸，同学对她友善，她会回以和气。但这有分寸的相处正失了亲昵、活泼，加之她那被塑造出的完美形象天然地令她带了一重距离感，所以她除从小在一处的林念外几无深交，便不足为奇了。

田沐现在回想，天生内向的自己被从小硬拗成活泼烂漫、外向而受人瞩目的样子，最初是因为懵懂无知只晓得听话；后来到了初中，最是叛逆的时候，她开始明白一些自己喜欢什么不太喜欢什么，又开始下意识地想要不那么"听话",但这懂事早已磨去了她的棱角,叛逆都只是自己内心的挣扎,面对不很喜欢的受人瞩目的比赛,面对不很喜欢的旁人,她在一次次无奈的懂事、顺从中,心里却愈发的抵触。她甚至一度觉得那时听话的、努力做出和气的样子的自己太过虚伪,一切都是违心的,是伪装起的,是为内心深处的她所厌恶的……

于是,高中起,她开始一心沉入学习和读书中,这大概是能搪塞父母和老师最好的方式了,高中的同学也都各自渐为学业所累,学校的活动也渐渐与他们无关了——田沐发自内心地觉得如此甚好,相安无事。再后来,一向成绩优异的她可谓是外人眼中"顺理成章"地来到了 P 大。P 大,于她而言,是异乡,是强者如林,是少了许多故人的所在,她开始真正觉得自己成了独立的个体。这一次,她决然转身,走进自己身体中的那份独享的宁静。

然而大学啊,你我都知道,这是个多姿多彩的舞台,但前提是你要自己选择登台。田沐则是像到了避难所般,一直躲在幕后,躲在自己身体里的小世界。身边优秀的人那样多,多数人都在努力着不被湮没,终于不再有人将目光投向她了。有再姣好的容颜又怎样,你自己选择封闭,选择"别扭",便不会有人有工夫去多注意到你。

别人那里残酷的现实,到了从小受人瞩目的田沐这儿却成了足令欣慰的庇护。没错,就是这么戏剧化,无奈的戏剧化。

刚入学时她便觉得,这一次可以真正做自己了,那些因为父母长辈而被或多或少点燃的不真实期待也随之熄灭了。一年多来她一直与内心的自己相安,无心其他,她觉得很满足,她应该觉得很满足。

但事实,但生活,又怎会这么悄无声息地与主人公和解。

事实是,她那连最易冲动的叛逆都无力反抗的"懂事化优质完美教育"早已在她内心深埋下理想化模型的种子。她深刻地明白,不单单是在学校,待到以后离开学校,到未知广阔的大世界去,她应该是那副被培养出来的学习才艺各方面能力优秀、课余活动经历丰富、性格收放自如、人缘好、善于与人相处的样子,这样才是到世界去最全副武装的样子,最"容易"的样子。

她明白,但她为之感到无力。

"没有人是一座孤岛"，她怎会不懂，但她分明觉得一直以来，她的心就宛如一座孤岛，最多也只是林念偶尔来坐坐。

父母也是第一次做父母，望女成凤的心迫切了，看到女儿懂事、优秀了，便天真地以为万事大吉了。想来也就真的只有开朗而善解人意的林念和她算是交心的朋友。而说到朋友，她从不是拒绝朋友，她只是不喜欢无谓的交往。她虽懂得和周围人保持良好而距离感十足的关系，却又在内心深处渴望深层次的相知式的同伴。然而没有走出自我的第一步又如何找寻这样的同伴呢？

可真是个矛盾的存在，好累，她想。感到自己被一种无力感攫住，她抱膝的双臂更加用力了些。

海面已不再宁静，波澜不断，突然再次在脑海中鲜活起来的林念的那个眼神让她心里的平静彻底被打破……

那份不忍，那份心疼，让她无法再安心逃避，逃避她一直懂得的现实。

她理了理散乱的发丝，算是振奋下精神罢，总是该找寻那出路了啊。

她开始觉得自己不得不去承认一些事情了——她虽清楚地知道自己从不是因为什么社交障碍而沉默自我，她只是一直在沉默而倔强地反抗着，追寻着那一种"深埋于内心"的真实感受，其他不过是"微沫"罢了。但时至此时她也必须承认，进大学后她的那份安静已或多或少掺杂了被动的成分了。

是的，她第一次直面自我，她才发现心底的那个女孩的安静细腻之下更有被小心掩藏起来的一份脆弱的自卑。这是从小关注她的父母、老师、同学，甚至她自己都不曾真正意识到的。来到陌生的环境，面对陌生而优秀又意气风发的一群人，她觉得自己无法融入，于是她和自己妥协，和周围人妥协，和外在世界妥协，选择一条看似安静其实名叫封闭的道路，她还曾一度以为相安无事。

从不是相安无事，只是忽视，直到现在也从来只是她一个人的兵荒马乱。

波涛汹涌，她再一次觉得，好累，好累。

何时丢开这拧巴的性子，丢开这深重的心思，那该多好。

抬起头，想望望一无所有的天空，或者空白的天花板也好，然而视线中她只看到自己精心装起来的灰色的床帘内衬，第一次觉得这个床帘包围起来的小世界如此让她喘不过来气……

出去看看吧，这个不安静的念头闯了进来。

由着心绪支配，她重新换了衣服，出了门，毫无目的地走着，只是向北。

不觉到了湖边，已是傍晚，熙熙攘攘的游人大都散去了。走得累了，就着旁边的长椅面向着湖坐着，只是坐着。

看着远处看似平静的湖水，又看看近处被晚风抚皱的湖水，她的倔强忽然想让她勇敢些挣开过去，挣开繁重的心思，至少打开自己身体里的那个小世界的一扇门。

如果真的没有人是一座孤岛，那就让她这只一直"孤独地航行在海上"的船去看看吧。

只求不是随波逐流便好。

——终于安静了些，她的内心。

这是否是又一次失败的妥协，她不知道，也无力再去想了。

回到宿舍，室友柳若萱也在。这个性格最像林念只是比她要更活泼些的女孩，虽然一直知道田沐有个安静温吞的性子，不怎么参与她们宿舍的喧闹，她每每还是会记得和田沐热情地打招呼，又兼她是个藏不住事的人，遇事就喜欢抓着周围的朋友分享，在她眼里只要不讨厌的就都是朋友了。

照往常，她跟田沐打招呼都是以她"啊沐沐你回来啦"而田沐轻轻一句带着温和的微笑的"嗯"就落幕，这一年多来她也早已明白田沐回到宿舍基本就是对着电脑或者上床看书睡觉了，故而除非有什么令她激动到不能自已，诸如她的爱豆发自拍了，男神今天跟她打招呼了，等等的事情，她也不太会去打扰田沐了。今天依旧是往常的开头，结尾却是由田沐改写了。

田沐看她刷手机刷得不亦乐乎，恰也心里空落落的便突然来了兴致问她看什么呢这么来劲，若萱一瞬间有些被吓到但也很快缓过来了，激动地说："哇沐沐你今天心情不错呀！哈哈我在刷微博啦，看看新闻、看看偶像的动态、看看有趣的段子什么的，哈哈哈给你看我这会儿正在刷的段子太好笑了……"

田沐平常对这些都不会很感兴趣的，今天虽然也很想下意识地笑笑带过，但她好久不曾注意到原来若萱的笑容如此的具有感染力，她脑海中冒出"明媚"两个字，应了句"这么有趣嘛……"，便凑了过去也看了看。她其实很想告诉若萱，你的笑容胜过所有那些看似有趣的种种。

她也算是受了若萱的启发，想起如果她还不知道该怎么真正地打开封闭的自我到那"外面的世界"去看看留下自己的足迹，不如权且借着微博这样一扇窗来看看，哪怕关注些自己有兴趣却未曾尝试的新事物也好。虽然是个虚拟世界吧，但毕竟或多或少是这外面的世界的投影了。

下载好了 App，点开完成注册的一系列"工序"，最后一步，界面显示：请选择您感兴趣的话题。她无甚犹豫地选择了阅读、音乐，然后又看到旅行，到世界去的画面仿佛形象地浮现于眼前，食指选择了勾选此项。

注册完成，不是很走心地上下翻动着界面浏览着，同样是在床帘围起来的小空间里她却有种像是坐在公园的椅子上看着来往的行人的感觉。

在主页根据她勾选的兴趣点而智能自动关注人的消息里，她看到了一条令她的手指停止滑动的内容。

那是一张定位于青海茶卡盐湖的摄影作品，满眼毫无瑕疵的白，配以远处高台上当地人标志性的彩旗帐子，看着那白色衬托下鲜亮的颜色，仿佛那色彩随风猎猎而舞之境便在眼前。画面中这位旅游和摄影者没有将自己拍摄进去，只是配文"心中那自由的世界，如此的清澈高远"。田沐想想自己去茶卡盐湖时满目的人群叨扰着那无尽静默的白，耳边《蓝莲花》的旋律不觉响起，"天马行空的生涯，我的心了无牵挂"——她霎时间觉得看到了、听到了、感受到了时间最天然最纯粹的至美，整个人被一种平静而幸福的狂喜笼罩。

彻底平静下来之后，她很庆幸自己还能拥有如此温热的感动，很惊喜原来就算是她曾到过的地方也有被她视若无睹的美好。

点进那人的主页，她的 ID 更是在田沐心上不轻不重地戳了那么一下——"到世界去"。

嗯，很假大空的名字，她都能想象出林念和若萱她们会怎样笑话这个名字。可这名字又是如此地贴近她的心事。

目光下移，个性签名也就是简介一栏，她看到这样一行字：

我想要看到世界的疆界，也想要永远看不到世界的疆界！

这是怎样一种蓬勃的生命姿态啊！它的冲击力太大，以至于田沐又接连在心里默念了许多遍才意识到这于无声中乍起的惊雷早已将她包围。

"我想要看到世界的疆界，也想要永远看不到世界的疆界"，田沐从小最擅长的就是阅读理解，这样简单的句子理解显然难不倒她：永远保持一颗用力跳动的心脏，永远在路上，永远安心于今天又向往着明天；世界之大，想要去看看，去丈量它究竟有多大，更希望永远望得见而到达不了那尽头。

冲击之后，她感受到一种向往。

毕竟，这样蓬勃的极富张力的生命体验是她从来未曾有过的。

看看这个"到世界去"的资料简介，如果所填信息属实，那么她应该是个27岁的北京女孩。只是从她的那些照片来看，这样散发着莫名迷人魅力的女子仿佛有着二十出头的容颜和十八岁永驻般的活力灵魂。

看起来她好像是个旅行作家，尽管好像并没有那么出名，微博也没有认证，但与其说她是为了写作而旅行，不如说是为了灵魂而旅行。这是一个充盈的却又时刻渴望着更加充盈的灵魂，到世界去大概是她找到的自我存在的方式吧，所以她一直在路上。

从国内到国外，从知名的到不知名的，从好友三五成群的旅行到一个人邂逅未知的灵魂……微博定位记录了她的足迹，一张张照片中的景致或笑靥见证了她每一个脚印的深浅。

翻阅着一条条微博文字与图片，有时是所见所闻的故事，有时是感动了她也感动了田沐的三两句感言，有时干脆就是几个感叹号或几个表情。每一个字句，每一张照片，于田沐来说都是外面的世界，也是近乎第一次激起了她的一种冲动般的向往。当然她也不是不曾旅行，小时候爸爸妈妈还是常常带着她游山玩水的，只是那样的支离破碎的记忆与稚嫩的浅浅的感受实在太不成形。而从她懂得自知起，她就选择了一条封闭自我的"向内"的路。

　　不过她真心觉得，能在微博上"遇到"这个"到世界去"，大概是应了那句话吧："有趣的灵魂终会相遇。"只是田沐转念又想，自己算是个有趣的灵魂吗……

　　日子还是一天天似水无痕地过去，但一天天过去，"到世界去"与微博上其他有趣灵魂于田沐的心却早已不再是似水无痕。

　　田沐分明感觉，那生动着、鲜活着的世界，透过微博这扇窗，或者说这面镜子，一天天地在和自己身体里那个小世界一点点地和解。还谈不上"谈笑风生"，但至少是一种令人心安的"相安无事"了。

　　好像一切都在好起来，林念也会欣慰吧，自己也会少些在那种仿佛安心中挣扎纠结了吧。但又好像还有些坎儿要过，还是要越过山丘啊。

　　是真的喜欢安静，但又不纯粹是这样，她的安静中有迟来的叛逆和放纵，有对未知自卑的封闭，有对随波逐流的恐惧。

　　——更多的还是心里的坎儿啊。

　　嗯，真想和"到世界去"聊聊，她想。

　　几天后，她终于发出了一条私信，尽管并不知道她会否注意到。

　　"你好呀。如果有趣的灵魂终会相遇，如果没有人是一座孤岛，那向来安静而孤独的船究竟该怎么扬帆……"

　　这也是她一直在问自己的问题。

　　田沐收到"到世界去"的回复时，是有不小的意外和感动的。她给了她自己的邮箱地址，说愿意听听她的故事，如果她愿意这孤独的船有人同行。

　　那真的是一封很长很长的信呢，田沐想想自己好像还从没有跟一个人一下子讲过这么多的话——她写那封讲述自己的故事的信时感觉就好像在和"到世界去"面对面坐着一般。

　　有趣而丰盈的灵魂大概就是这样的有魅力吧。

　　回信没有过很多天，内容不是很长——

　　"田沐你好。让人心疼的女孩啊，能看得出来你并不拒绝到世界去的，且不论这世界是抽象的、具体的抑或是充满了多重层次与含义的，你需要找寻的只是一座到世界去的桥——很可能需要你自己搭建一座桥，那将是适合你和世界交流的方式。愿你相信和懂得，你的思维决定你的行为，你的行为决定你的经历，而你的经历决定你的价值。想抱抱你，加油。"

又是反复读了很多很多遍，沉默了很久很久。暖流逐渐蔓延至全身每一处神经。许久许久不曾有过的动容和感动。

放开去试试吧，试着走出，试着走入。

层楼终究误少年，丢开些细腻繁重的心思吧，层楼终究误少年。

想开点，其实心里的坎儿最是不难，毕竟只是愿意与否，一念之间。

——她感到恍然的豁然。

是夜安睡无梦。

第二天，早早起来，她认真取出那天夹在书里的两张宣传单，添加了红学社社长的微信。虽然已经过了招新的时间，社长学姐还是愉快地同意了她入社的请求。

她想着，既然本心是渴望着与有趣的一拍即合的灵魂相遇相知的，不如就从志同者起。

从志同者起，结识至少是不同的人，期待结识共同有趣的灵魂——在这良性循环的社交中蒸发安静性格中那些不知不觉掺杂进来的杂质。

红学社第一次的活动恰巧是两天后的迎新会。抽花签、捧书共读、填词游戏、猜谜，活动都很有趣，显然数不清读了多少遍《红楼梦》的人也很多，他们不仅读书沉迷于书，更愿意侃侃而谈，愿意相互交流，这就是所谓的以书会友吧。一个个点染着书香墨香的学子，虽然衣着鲜亮，甚至也引领着一定时尚的潮流，却围坐一桌宛如古时书生"坐而论道"，只差几杯浓茶淡酒。言语间田沐仿佛感受到了一种别样的书生意气。

亦是一群有趣的灵魂啊，因《红楼梦》、因墨香相遇，可谓幸甚。

她也会欣然开口抒一己之见了，从怡红快绿、泻玉沁芳到"珍重芳姿昼掩门"，抑或是"花落人亡两不知"，一吐而大为快之。让她更为欣喜的是，这样大概算得上是深度的有营养交流并没有丝毫地令她不适，自此红学社每一期活动或是简单的读书会她一期不落，人多人少总有她的身影。

　　她把红学社的见闻所感讲给林念，林念更是发自内心地为她高兴，鼓励她尝试去寻找更多让自己舒适的适合自己的社交环境。她还没有给"到世界去"写邮件告诉她这些，她在心底觉得自己会有更多的改变，总会走到更广阔的世界去。她想，再次写信时她能变得更自信与豁达。

　　先是红学社，后来她又加入了爱心社的手语分社，重新感受一种纯粹而坚强的安静的力量。也逐渐有了几个很谈得来的朋友。他们一起聊读书、聊见闻、聊专业方向、聊社会实践、聊未来，甚至会和他们聊起"到世界去"，聊起自己那些爱上层楼般的一个人的波涛汹涌。和室友特别是热情的若萱也有更多结伴的时光了，和林念视频聊天时她的话也明显多了起来。

　　笑容更多了，内心的湖面也没有被掀起波澜啊，很不错的状态。

　　依然有深埋于心底的安静的向往，却不再是一座孤岛了。心底的一扇门打开了，需要安静便关上来独自静谧，过后便大方打开门走出自我封闭的世界，不吝展现自我，不惧遇见未知，在和别人来往的打交道中发现更多彩的自我，在有营养的活动与交流中丰盈自我。她也终于感觉到原本热爱的那份安静愈发纯粹了，她欣然。她终于有一份崭新的面貌来给"到世界去"写一封回信了。

　　这个周末有爱心社的露营活动，若萱回来就开心地报告给了全寝室的姑娘。

　　田沐抬起头来，转头笑着说：我们一起去吧，若萱。

　　出发时间定在了下午，到山下天已经泼了墨。男生们张罗着烧烤，女生们或是凑凑热闹，或是三三两两聊着天感慨着山里夜空中别样明亮繁多的星。

　　若萱挽着田沐四处走着，许久没有回归大自然的她格外兴奋。后来又是她最早喊累，田沐笑着找到了观景绝佳的坐处，两个姑娘满足地坐下开始仰望这更黑也更美的山里的夜空。远处烤肉的香味愈发诱人，微凉的山风吹过，眯起双眼，让人很有幸福的感觉。

　　稍许的安静过后，田沐差点又自然陷入心底的静谧之时，若萱转过身来轻轻抱住她，开口轻轻地说："沐沐你知道嘛，现在的你让周围的人都会很有安全感。"

如果那天你恰巧看到这两个安静坐着的女孩，你一定会发现田沐嘴角的笑容是那么温暖明媚。而只有田沐自己发现，她的心上滴下了一滴喜极的泪。

——她大概是终于走出来了，那一个人的围城。

北京的夏天今年好像来得格外着急些，立夏方至便已见大家都换上了清爽的夏装。借着天气的便宜，田沐取下了当时装得格外精细的床帘，换上了白色纱网的蚊帐。换好之后她感觉看起来轻快了很多。心情也是。

收拾好床铺和衣柜的夏装，闲来无事，她突然很想把这段心路写下来。

她写着，写给自己，也好像是写给世界上一个个或多或少跟她相似的灵魂——

其实真的没有那么难的，只要想得通，只要"转变下思维"。可能不管多么倔强的人都会承认"没有人是一座孤岛"，但你要明白这也可以不是一种无奈的妥协让步。每个人都终要到世界去，越长大越要逐渐到那更广阔的世界去，但最重要的是要去找那一座你的桥。

你要自信，性格中的那份其实弥足珍贵的安静和安定反而更可以成为你自信沉稳的底气。你要去找那座桥，你可以尽可能选择那些令你舒服的社交环境和社交对象。如果时运不巧，面对那些力不从心的社交，至少要慢慢学会把不适感暂时收起来就好。

到世界去，说到底不过是去见更广阔的天地，去遇到更纷繁各异的人。先学着欣然走出自我封闭的小世界，在外面的世界，你很可能会发现一种更舒展的生活状态。还是会很羡慕"到世界去"的生命姿态，虽然至今都不知道她的真名。虽然她的游记作品好像并没有被大小书店列为畅销书，但每每翻看她的微博，无论文字还是那些图片，都会很想很想让你也出去看看。

"世界那么大，我想去看看"，但也许，你可能不知道何时才有那份自由洒脱及无忧的经济基础与时间基础，你可能永远不会像"到世界去"一样真的到过那么多的世界，遇见那么多的各式灵魂，但你此身之外便永远是你可以、也终将到那儿去的"外面的世界"啊。

终于是走出来了，那座自己心铸的围城，虽然当下更多的还只是局限于大学的这一方天地，未来的日子还有更大的世界和天地与你相见，未知一直都会在，尽管没有"到世界去"那样"我要看到世界的疆界"般的潇洒壮志，但我知道你已拥有了真正从容的力量。

越从容，越自信，越发看到"外面的世界"之美好，心上的坎儿过了，剩下的再难也好像没那么难了。最可贵的是，到世界去反而能更好地平衡自我的世界，这才是你该去追寻的生活状态。

继续去寻找自己在这外面的世界的定位吧，虽然这可能不大容易明确，但至少你现在越发欣然往之了，不是吗？

上周视频时，念念激动地跟田沐说她最近会回北京一趟办些事情，终于可以来看她了，两个女孩子的心情瞬间都像是上了色一般。

只是田沐也不确定林念到底哪一天到学校来，林念说要给她个惊喜，田沐便一直一直期待着和这个从小可以说唯一的闺蜜的久别重逢。

林念来了之后两人要去哪里逛，要跟她说些什么，说不完的话她早已在心里想好了无数遍，只觉得还是缺少点什么。再想起那天视频时林念那个她久久难忘的眼神，她突然就决定了，她还想再有些改变，不仅于内，亦要于外，由内而外。

念头说来就来，几下简单装好了随身的包就奔向了周围人都推荐过的那家美发店。洗好头发，理发师是个亲切的小姐姐，笑眯眯地问她真的舍得剪掉留了这么长的头发吗，她亦笑了笑，温婉而坚定地点了点头。

看着镜子里发丝轻盈只及锁骨的那个女孩，仿佛看得到她眼睛里的平静而灵动的从容。

嗯，宛如新生。

她知道自己可以安心地去见亲爱的林念了。
她知道自己可以从容地到无论怎样的世界去了。

这是她的新生。

第六辑

『湖』的幻景

去　伪

朱　也

写在前面的话——

　　足够虚伪的人不惧怕魔鬼，但正义的灵魂犯下一宗罪就会主动拥抱死神，哪怕是因为爱的一宗罪。现实的湖是不会说话的，除非是在梦里——水鸟和湖曾在梦中讨论过"伪人"。尼采曾说："为了生存而需要谎言，这本身是人生的一个可怕又可疑的特征。"这个剧里，有伪善的人，他们的微笑渗透着冰冷的东西；有谄媚的人，他们闭着眼睛满口胡言乱语；有撒谎的人，有人成瘾，有人却想戒毒。毒一旦染上了，要想干净，只有死亡一条出路。

【人物】

水鸟

主角，男。大学毕业刚步入社会的青年，杂志社编辑，懂事规矩，性格内敛、传统但坚韧。是正义原则忠实的践行者，渴望本真、单纯的人际关系，理想主义者，特别鄙夷说谎虚伪的人，因此与杂志社内一帮在社会中已经摸爬滚打很多年的"伪人们"显得格格不入。

愿

男，水鸟同事，悲观主义者，也是一个清醒的说谎者，他说"生活是伪编织的"。擅长说谎，谄媚上司，行尸走肉般赞美对自己有利的人，看不起无用的人。他的眼里，没有对错，只有"对自己有利"和"对自己不利"。向罂粟谄媚，瞧不起瘦子，嘲笑水鸟的坚持。

瘦子

男，水鸟同事，饮食男女，赘满肥肉偏偏名叫"瘦子"。不自知的"伪人"。唯金钱、食物等物质不欢，带无赖气质。在他眼里，水鸟是自视清高，愿是自命不凡。

罂粟

女，杂志社主编。表面是温柔和善的女子，在笑眯眯地要求水鸟放弃正义原则的时候，露出"利"的真面目。就像罂粟，美而危险。

湖

湖水，琥珀般澄澈，忧郁样蓝色，象征纯净与净化。
梦中的湖与水鸟围绕"伪"进行高谈阔论；
现实的湖面对水鸟的喊叫再无回应。

路人（众人）

黑衣人，路人。分为路人甲、路人乙、路人丙、路人丁、路人戊。

【正文】

第一幕　正义

人物：水鸟　愿　瘦子　罂粟

地点：杂志社

（水鸟一个人低头路过愿，瘦子坐到自己的办公桌旁。）

瘦子：他总是独来独往，也不与我们说话。

愿：瞧瞧你那满嘴流油、赘满肥肉的样子，哪个人瞧得起你？

瘦子：人前装人、人后装鬼的人没有资格看不起别人。（故意用肩撞开愿，走到自己的办公桌前。）[罂粟上场]

愿：诶？（刚要生气，看到罂粟）敬爱的主编（瞬间脸上堆满笑容，哈腰做请状），您今天的妆容真是美丽，就像那夜空中最亮的星。

罂粟：哦，绅士，谢谢您的赞美，真甜蜜。

瘦子：（端起一杯咖啡哈腰递给罂粟）咖啡配善良的天使，会更甜蜜。

罂粟：可爱的胖子。（摸瘦子的头，扭着屁股离开，进入自己的办公室。）

瘦子：我叫瘦子！去他妈的胖子！

愿：缺什么，叫什么。我佩服你父母的先见之明。

瘦子：去去去，（拍了拍头发一脸嫌弃）刚洗的头发，沾了一股骚味！

愿：（大拇指指向罂粟方向）一只鸭子走猫步。（偷笑）

瘦子：你真虚伪！

愿：呵！虚伪的人往往假装正义，弱者往往依靠贬低他人来成全自己。虚伪是一种美德，是一种能力，如果睁着眼睛说瞎话能够带来更多利处，比如，让工资往上涨一些，那为什么不那么做呢？最可悲的是，即便我们做的是同样的事情，我清醒着，你睡着。

水鸟：（声音低沉）一种美德？（【暗场】给水鸟一束光）是词汇学出了错还是人心石化了。舌头把白说成黑，面庞不变，心跳不改。正义从来不被邪恶占据，真实的人从来不戴面具。玫瑰的刺露着，看得到它的危险；烙红的铁滋滋响着，听得到它的温度。立场应该坚定，界限应该划清，洁白的羽毛不应该被污泥沾染。一个人虽无力回天，不多一个人却能避免雪上加霜。

【亮场】

（瘦子蹭到水鸟旁边）

瘦子：哥们，最近手头有点紧……你看……

水鸟：你又有老乡来北京了？

瘦子：是是是，水鸟你真是个明白人。乡下人来城里一趟不容易，好歹带人吃顿饭，去天安门看看升旗爱爱国，你知道，那票挺贵的，好几百呢。

水鸟：天安门不收门票。

瘦子：啊？是吗？哟……瞧我这记性，我们去的是故宫，故宫！（赔笑脸）

愿：故宫门票价——旺季60，淡季40，走过路过不要错过！

瘦子：给我闭上你那吐不出"象牙"的狗嘴。（水鸟欲走）哎……水鸟……别走……别走啊……（瘦子跟着下）

【暗场】

第二幕　梦湖

人物：水鸟　湖

地点：水鸟梦中

【亮场】

（水鸟睡着，蓝色在场间荡漾，他已进入梦境。）

水鸟：（看见这抹蓝色）你来了。

湖：是啊，我们总在忧郁的时候相见，忧郁的蓝，我身体的蓝。

水鸟：从来不知道你的名字，你是一片没有名字的湖。

湖：作为一个标识，名字本身并无意义，世界上有无数个莎士比亚，人们却只记住了一个。因为有哈姆雷特，所以有莎士比亚。我只感到一漾一漾的微波，还有通透似琥珀的蓝色。人们记住了这抹蓝，就记住了我。

水鸟：还是那么干净，我一直记得你。我还记得玻璃瓶子。（手捧一个玻璃瓶）我们每一次遇见，我都会把我说的话装进瓶子，让它荡在你的蓝色之上。它们还在！看，这是第一个瓶子——

湖：那时候你还小，五岁。

水鸟：是的，那时候我还小。五岁的我把心爱的小火车送给那个芭比娃娃样子的女孩子，她笑着对我说：真好看，谢谢你。然后转身把我心爱的小火车丢进了垃圾箱里。

湖：那天晚上，你第一次梦到了我。我告诉你说：天使与魔鬼，是一个人。

水鸟：于是我不再与笑着的女孩说话。（拿起另外一个瓶子）后来我上了学，有一天放学路上，我看见一位老爷爷摔倒在地，赶忙去扶他起来。（停顿）他却一把扯住我，说：你把我推倒，你得赔钱。

湖：那是你第二次梦到了我。我告诉你说：坏人会变老，老人会变坏。

水鸟：是啊。

湖：今天是你第三次梦到我。你为何想要见我？

水鸟：你是自己来的，我并没有叫你。

湖：喝醉的人总说自己没醉。

水鸟：好吧，我感到恐惧、失望、无力。

湖：不要害怕，说清楚点，孩子。

水鸟：我在黑夜捧着蜡烛，总会有人故意吹灭，因为他们习惯黑暗。他们面上流淌的涓涓细流，底下却是波涛汹涌。他们的眼睛是闭着的，却还能说出话来，说得好像真的能看见一般。而我只是看见了群盲，在出演一部滑稽剧，一出黑暗剧。人说的话不是用来被相信，而是一副面具，一张脸皮，不撕开看看永远无法知晓里面的面孔是在哭还是在笑。

湖：乌鸦披着白鸽的羽毛，魔鬼戴着天使的光环。

水鸟：花的面庞藏着蛇的心，羔羊皮下是狼的獠牙。

湖：人对人生的观察有多深，他对苦难的观察也就有多深。[1] 你是一棵野榆，立在火的影子照亮的山坡上，你擎着火把，把山沟看得透彻。你所说的是一群"伪人"。

水鸟：何为伪人？

湖：语无为以求名，言无欲以求利。（《六韬·上贤》）

水鸟：（摇头冷笑）这个时代早已没有了远古的简单。

湖：哦？那么还有更为甚者？

水鸟：语为名而以诈求名，言为利而以诡求利。

湖：人无耻，无以立，不知耻者，无所不为。子曰：乡原，德之贼也。

水鸟：时代真的在发展？

湖：物质在前进，精神丢失了方向。

水鸟：古训呢？大人者不失其赤子之心也！

湖：过去的畅想有多快乐，现世的遗憾就有多悠长。思想同思想家一同埋没在土里。

水鸟：（吃惊，后退几步）死去的灵魂还能复生吗？

湖：（摇头）不能。（长时间停顿）或能，这是一个问题。

水鸟：请您不要卖关子了，您知道怎样才能够去伪？

湖：人不了解人，如何来问一片湖？

水鸟：我不知道，因为……因为您的纯净。求您。

湖：洗浴。

水鸟：洗浴？（蓝色逐渐退去）不，不要走……什么是洗浴？

（水鸟下）

---

[1] 尼采：《查拉图斯特拉如是说》。

【暗场】

第三幕 谎言

人物：水鸟　罂粟　愿

地点：杂志社

【亮场】

罂粟：水鸟，过来。（水鸟过去）

瘦子：太阳从西边出来，领导把水鸟叫走。

愿：水鸟沉默了许久终于有了机会开口。剧情的发展需要被直播剧透。（愿起身去偷听）

瘦子：秘密最有滋味，让我们一起"侧耳倾听"。（瘦子也去偷听）

罂粟：（微笑着）水鸟。

水鸟：请您有话直说。

罂粟：（假笑）没有什么重要的事，就是想请你帮个忙，也是公司交给你的……一个小小的任务。

水鸟：您说。

罂粟：集团派人考察咱们的杂志，电子媒介的出现对纸质的报业和杂志业的冲击每个人都有目共睹，杂志销量一路下滑，这个月更是……越过了集团给的红线。大家面临着失业的风险。但是好在上头还未知晓实际的具体情况，只要把考察瞒过去，我们有喘息的机会，就还能翻身。

水鸟：瞒？

罂粟：是的，只要你在向他们作报告的时候，稍微改动一下数字。

水鸟：谎言总有被拆穿的一天。一个谎言下去，更多的谎言将起来。我们大可不必这样，他们会感受到我们的诚意。

罂粟：你这是天真！数字远比言语更能愉悦人们的耳朵。

水鸟：如果沟通是失效的，我可以选择拒绝。

332 / 失乐园 / 复乐园——北京大学"创意写作"课程作品选 2017

罂粟：你不能！他们点名要你去。

水鸟：我？（有些生气）这样的事情愿和瘦子更加擅长，他们活在虚假的世界里。为何要让酸雨腐蚀我清白的羽毛？

罂粟：我想是因为你看起来是天生的老实人，所以有幸得到这个光荣的任务！

水鸟：光荣？正义使我义不容辞，弄虚作假我还没学会。

罂粟：这是关系你我他最要紧的事情，这不叫弄虚作假。我们付出了努力，尽管结果不尽如人意，但罪责与后果不应该由我们承担。我们做的只是为了拿到我们应该得到的东西。

愿和瘦子：（听到这里撞开了门）说得对！（瘦子溜走）

愿：（走进办公室拍拍水鸟的肩）水鸟啊水鸟，不要只顾眷恋你的那片湖，透蓝的湖水只有梦里才有，现实的湖水是污浊的，还散发着腐臭的香气（闻罂粟）。你闻！（伸出自己的袖子让水鸟闻，水鸟后退）生活是"伪"编织的，何必斤斤计较，你只需习惯说谎，呸，习惯……别那么真！（愿奸笑，回到自己的位置）

水鸟：（激动地，双手交叉向下甩）我不习惯！（停顿，双手抱头）我清楚地感觉到一股热血涌上我的头颅，我听到了什么？多么有理有据！多么荒诞！我看到一把枪，鲜花装点的枪，他们叫我拾起鲜花，可那是一把枪啊。（摇头）

罂粟：当你肯定地告诉别人这是花的时候，没有别人会说他们看到的是枪。人类这种生物就是这样，总选择相信除了自己以外的所有人。

水鸟：你错了！

罂粟：你还在坚持什么？玫瑰永远无法代替面包让你啃食！

水鸟：我要辞职。（起身要走）

罂粟：辞职？（冷笑一声）看看你身边的人，看看这些为了杂志社付出日与夜的人！你将是那个剥夺他们生存的罪魁祸首！（水鸟突然停住）还有你母亲，别忘了她在医院需要什么？明天是最后的期限了吧，你手上攥着你母亲的性命！（停顿，转为笑脸）我可以帮助你，只要我们同心协力。

水鸟：母亲……（肢体固定动作静止）

众人（分布场两边）：

（合唱）自古忠孝两难全。

（场左）丢了母亲，就能忠于自己。

（场右）丢了自己，就能孝于母亲。

（场左）为自己而活。

（场右）别忘了你因母亲而生。

（场左）难道你要出卖自己的灵魂？

（场右）难道你要出卖自己的母亲？

（合唱）可怜的人啊，无法选择却又必须抉择。

【暗场】

第四幕　回报

人物：水鸟　罂粟　愿　瘦子
地点：杂志社

【亮场】

（水鸟忙着自己的事情，不抬头。愿和瘦子在一起嘀咕什么。）

罂粟：什么是生活？生活就是前一秒噙满泪水，后一秒破涕为笑。生活的惊喜和惊吓一样繁多。胜利的号角已经吹响，动人的消息理应公诸于众。（走到办公室门口，冲着其他人）Everybody，表彰大会即将召开！

愿和瘦子：表彰大会？

瘦子：真是惊喜，主编终于看到了我的努力。

愿：真是惊吓，总有人什么事都喜爱对号入座。

愿和瘦子：来了，来了。（两人争先恐后你推我搡地过去，水鸟没动）

罂粟：水鸟？哭着的，笑着的，都请聚拢到我的办公室来，剧本缺了主角可没法上演。（冲着愿和瘦子）带他进来。

（水鸟低头不语，不动，愿和瘦子走到水鸟两侧，像押犯人一样带进了主编办公室）

罂粟：来，坐。（把愿和瘦子推开）水鸟，你母亲的手术成功了？

（水鸟点头）

罂粟：看，正确的付出总能得到正确的回报。（转身到自己办公桌旁拿起一个信封，装着一沓钱，面带微笑。瘦子和愿目光一直随信封而动。）现在，我要公布这个世纪最棒的消息，杂志社平稳过渡，我们做到了！（水鸟的身体明显地颤抖了一下）

愿：（一下子站起来）是您做到了！敬爱的主编，您为我们筑起了堤坝，将洪灾隔在了外面。

瘦子：主编，您……您是……就是那转世观音！

愿：能在最英明的领导手下工作，是我们的荣幸。

瘦子：对对对，荣幸！

罂粟：（十分开心地笑）瞧这些诚实的嘴巴。不过，我们还有一位最大的功臣，相信你们上次也已耳闻。水鸟，这个（把厚厚的一叠信封递给水鸟）就是给你的嘉奖。

（水鸟不动，低头不说话。瘦子伸手去接，看了看罂粟，又把手缩回去，做了一个明显的吞咽口水的动作。愿看见了，又表示鄙夷。）

愿：（把水鸟拉到罂粟面前，对着水鸟）水鸟啊水鸟，做了好事不用学雷锋不留名。你拯救了整个杂志社，这就是事情的结果，又何必在意实现的方法和手段，白白浪费主编的惜才之心！（向瘦子使眼色）

瘦子：对对对，水鸟，你是我们的英雄呐！（还是盯着那个信封）

众人：（上台绕圈）英雄。英雄。英雄。水鸟是英雄，水鸟是英雄……

（罂粟继续微笑，把信封递得近了些）

（水鸟身体颤抖，依旧低头，用手推开信封，转身径直离开，出办公室的门，抱头蹲在墙边，作痛苦状。办公室里留下的三人面面相觑。）

罂粟：唉……（转身把信封搁下，嘴角扬起一抹笑）

瘦子：主编……（吞咽口水）我平时也一直挺努力……（盯着信封）

翌粟：（转身）什么努力，长膘的努力？（盯着瘦子，瘦子往后退）

愿：（拉着瘦子，轻声说）走吧。

翌粟：（看愿和瘦子已经离开了办公室，偷笑起来）果然，他拒绝了！

然而，爱心还是得到了散播。这个顺水人情，让善良的角色更加符合人物设定，让故事的结局更加像一个故事的结局。演出很成功，除了……那个当真了的傻胖子！

（水鸟听到再次颤抖。此时，愿和瘦子从主编办公室出来，没有注意到蹲在墙边的水鸟。）

瘦子：没想到，水鸟他——深藏不露。

愿：每个人都有"本我"，无法躲避。

瘦子：他平日里，挂在嘴边的正义都哪去了？现在看，不过是面子工程，假清高罢了。

愿：见怪不怪！没有人不戴着面具生活。

（水鸟听到，第三次明显地抖动了身体。这时候，电话铃响了，水鸟接起电话）

水鸟：喂？（声音颤抖）

电话那端：（画外音）请问是水鸟先生吗？您好，这里是北京市海淀医院，很抱歉地通知您，您的母亲因突发术后不良反应，已于今日十四时二十八分抢救无效逝世……

（扑通一声，水鸟双膝跪地）

【暗场】

第五幕　寻湖

人物：水鸟　路人

地点：郊外

【亮场】

（水鸟踉跄地走在路上）

水鸟：（发出一连串绝望的笑声）瞧瞧我都干了什么，母亲……母亲，您是在用您自己的生命拒绝我那用不正当的行为换来的救命钱吗？您是在嫌弃我，对吗？嫌弃我将那滚滚而来的肮脏的污浊的水往自己的身上泼。数字被改动，歪曲的事实从我口中被清晰明白地说出，我听见他们欢呼雀跃的声音，那熙熙攘攘吵闹着的人群！可是，我呢？像是个刽子手从刑场上走下来，被砍首示众的恰好是我自己！我自己砍了我自己！

还有您，我是想救您！可是我……我……我是不是同时，也……也……也，砍了您！

我的本罪！（跪倒在地，低头，沉默许久）

（突然抬头，仿佛看见阳光）那天晚上，对，湖来的那天晚上，湖曾经告诉过我怎样能得到灵魂的救赎。（又低下头）但他没有说清就走了。（又抬头，精神恍惚）对，我去找他，我去找他！（站了起来）

（水鸟说话的同时黑衣人慢慢上台，以各种姿态分布在场间各地，有人站着，有人坐着，有人蹲着，有人闭着眼睛，有人蜷缩着身体……）

水鸟：（对着一个黑衣人问）您，见过一泊蓝色的清澈的湖吗？

路人甲：我只见过绿色的浑浊的湖。（水鸟摇头走开）

水鸟：（朝着另一个人）请问，您见过一泊蓝色的清澈的湖吗？

路人乙：我的家乡没有水，只有沙子和山峦。

水鸟：（走向另一个人，有些焦急）请您告诉我，您是否见过一泊蓝色的清澈的湖？

路人丙：盲人辨不清颜色与方向。

水鸟：（走向另一个人，焦急地）快告诉我（摇着肩膀），您见过那一泊蓝色的清澈的湖！

路人丁：（摇头，无言）

（水鸟跌倒，趴在路上，挣扎与焦灼。翻过身来躺着。）

众人合唱：

批判和谴责只对善良的人有效。

有人恶贯满盈，但一身轻盈；

有人一身正义，但伛偻前行；

飞鸟见了因而红了眼睛；

犀牛对着坟冢掩面哭泣。

水鸟：（躺着说话）时间变慢了。什么是似水流年？王小波中了邪躺在河底，眼看着潺潺流水，波光粼粼，落叶，浮木，空玻璃瓶，一样一样从身上流去。我一样感到似水流年，只不过流过我身体的，是爬行的蝼蚁、蠕动的蚯蚓、腐臭的泔水……（哭泣，艰难地爬起）

水鸟：（朝着路人戊，两眼噙满泪水）您……

路人戊：是的，我见过，它就在那里。（眼睛看向前方）

【暗场】

第六幕　去伪

人物：水鸟
地点：湖边

【亮场】

（蓝色的纱布铺满场子，也涌动着，就和梦境的场景一样。水鸟在场中站着。）

水鸟：

我找了你好久，我的朋友。（没有回答，只有湖水在涌动。）

338 / 失乐园 / 复乐园——北京大学"创意写作"课程作品选 2017

是你吗？湖。你还是一样的透蓝、干净和澄明，没有什么东西来玷污你。（没有回答，只有湖水在涌动。）

你是不能说话，还是不想回答？（没有回答，只有湖水在涌动。）（停顿）

我为了爱拿起屠刀，亲手屠杀了我的爱。

尼采说抗争痛苦能获得生命本体的快乐。一个人足够虚伪就不会惧怕魔鬼，但那是洁白干净的纸上唯一的黑点啊，刺痛我的抗争，毁灭我的抗争。即便记忆能被抹去，历史却会铭记。

尼采死了。（上空飘下一根羽毛）

看湖面上漂着的是什么？（拿手捧起）羽毛。它从天上来，落到湖上。这是伊卡洛斯的翅膀！是因果的报应！是代达罗斯的恶！嫉妒支配天才的脑袋，谎言将塔洛斯推下高塔。天道有轮回，凶手的不懂事的孩子成为罪恶的牺牲者、谎言的祭祀品。

这是生命不能承受的重量。

湖，这一抹蓝，请你告诉我，如何才能洗去我的本罪。

洗，洗浴！（用手挑起一些湖水，抬起头有些激动。）净水能够洗去肮脏，清风能够掸去尘埃，阳光能够赶走阴霾。

是的，一个人可以被消灭，但不可以被打败。

当不可能骄傲地活着时，就骄傲地死去。[1]

我将躺在湖底，直到世界终结，湖水慢慢渗入我的羽毛，将肮脏与邪恶褪去，与那湖底的细沙融为一体。那是大自然的细沙，原始、纯真，多么干净！（水鸟倒入蓝色的湖水中）

众人合唱：

看——

浮木沉入水底；

终于悄无声息。

净化了？

---

[1] 尼采：《偶像的黄昏》

坠落了？

一只水鸟恋湖；

一只水鸟正义；

一只水鸟干净；

一只水鸟死去。

水 鬼

周若菲

钟青青：钟家的女儿

安瑜：23岁，来支教的青年学生；26岁，乡村教师

钟母：青青的母亲

钟明：青青的哥哥

歌队（甲乙丙丁）：村民 / 舆论

孩子：安瑜的学生

地点：南湖旁

安瑜（26岁）：（感慨地）三年过去，我终于又回到了这里，我曾经支教过一年的地方。有时候我会想，这三年的时光都到哪里去了？这村庄，这南湖都和从前一样……

孩子：安老师，我娘说，不能在湖边玩……（压低声音，仿照大人的口气）那湖里面，有水鬼！

安瑜：（对孩子）嗨，这么久了，你们这儿还闹水鬼呢？不过你娘说得也对，别离湖太近，当心掉进去。（孩子顺从地走到台中央搭起的高台后）

（对观众）你们看，就连南湖里的水鬼传闻都还是一样。

（解说的语调）诸位如果是生在城里，可能跟我当时差不多，不了解水鬼是什么，我刚刚来的时候也不知道。（停顿）这水鬼啊，是落水而死的冤魂化成的精怪，如果没有拉一个人下去做自己的替身，就无法投胎转世。

（歌队从台两侧上，在台四角站定）

歌队：死在水中的人是无法安息的，他们白日像浸在沸水里，晚上像泡在冰水里，如果找不到替身，就无法投胎转世。

安瑜：所以呢，住在水边的人，都十分注意这个。他们同情水中淹死的人，也要万分小心自己被水鬼拉下去做替身。

（青青从台左跑上，钟明追在她身后）

（风浪的音效）

青青：（看台四周）哥哥，今天的浪好像越来越大啦，我们要不要旦点回去呀？

钟明：（安抚地拍了拍她的头）青青放心，哥哥什么时候让你在水里淹着过？走，我们再捞点菱角就回去。

（两人跑到高台附近，风浪的声音加大）

青青：（惊慌地）船，船在晃！

钟明：别怕，别怕！快抓住……

青青：啊——（落水声）

钟明：青青！（跳入水中的声音）

（做划水状靠近青青，一把抓住她的手）没事了，哥哥拉住你了。（艰难地将青青推上高台）快上去……

青青：（趴俯在高台上，向下伸出手去够钟明）哥哥……

钟明：没关系……（往上爬的脚步一顿）我的脚……

（青青使劲地去够钟明的手，但还是差一点没有拉住他，钟明脚下一软从台上摔落，蹲跪在地上。）

（溺水，水泡涌出破裂的音效）

青青：哥哥——

（钟明转到高台后，青青蹲在高台上，双手抱头，歌队围拢过来，站在高台四角）

歌队甲：唉，也是可怜了这个孩子，哥哥为了救自己死了，得有多难受！

歌队乙：可怜了她哥哥，好好的小伙子就这么在南湖里做了水鬼！

歌队丙：可怜了钟家……一个壮劳力没了，只留下，嘿，这么个肩不能挑手不能提的小姑娘。

歌队丁：就这么断了香火咯！

青青：谢谢，谢谢大家帮衬我家……

（歌队开始慢慢绕高台走转）

歌队甲：她哥哥也是傻，费尽心思救这么一个小姑娘干啥？

歌队乙：你这话可不能乱讲啊，人家兄妹俩（阴阳怪气地）关系好咯！

歌队丙：你是说……哎，我就说嘛，那好好的船怎么翻了呢？

歌队丁：肯定有什么不清不楚。

青青：你们，你们怎么能这样乱讲……

歌队甲：不管怎么样，钟家只剩下这么一个赔钱货。

歌队乙：要我说这小姑娘还有点用处。

歌队丙：嫁了人，换一笔彩礼钱，又好看，钟家又不用惦记。

歌队丁：也算是告慰她哥哥在水底的冤魂啦！

青青：……嫁人？

（歌队站定，面向青青）

歌队：是她害死了她哥哥，她应该为此付出代价。

最好就是嫁了人，总不能去给她哥哥做替身！

安瑜（26岁）：听到这些水鬼言论，我估计诸位的第一反应也和当时的我差不多……

歌队：（全部转为面向观众）迷信！

安瑜（23岁）：这些都是什么迷信哪！

（青青缩在高台上啜泣）

安瑜：哎，你，你别哭啊，有什么委屈，你跟我讲讲？（停顿）……你别躲我那么远嘛，我又不会咬你！

（安瑜拉住青青，帮她从高台上下来）

青青：我哥哥为了救我……在湖里做了水鬼。

安瑜：没事没事，那都是他们骗你的，你看，八年都过去了，你哥哥啊，一定已经安息了。

青青：……真的？

安瑜：当然是真的，老师不骗你。

青青：可是他们……他们说，哥哥会死，都是我的错。

安瑜：湖里有风浪掀翻了船怎么能怪你？

青青：他们说，我在家里一点用都没有……还不如赶紧嫁了人换点彩礼钱。

安瑜：……大清都亡了几百年了，怎么还有人说这话！

青青：（破涕为笑）安老师，你说话真是有趣。

安瑜：本来就是嘛，哪有把罪名往你一个小姑娘身上安的？

青青：……可是，安老师，所有人都这样说。

歌队甲：她真是一点都没有良心呀……她的哥哥在水里做了水鬼，她自己倒是过得好！

青青：他们说是我害死了哥哥……

安瑜：不，你没有。

歌队乙：可怜了钟家，只剩下这么一个赔钱货！

青青：也许，他们说的是对的。

安瑜：（一把将青青拉到自己身后）……难道女孩儿就不能活？（面向歌队为青青辩白，声音渐高）

歌队丙：害死了自己的哥哥，现在她连嫁人也不肯，留着她有什么用？

安瑜：偏见。

（青青缩在安瑜身后小心翼翼地看着歌队）

歌队丁：（侧过身对着丙的耳朵做悄声说话状，但声音放得很大）听说……钟家的那个女儿，是和她哥哥做了见不得人的事！不然……为什么她哥哥拼了命也要救她？

安瑜：诬陷！

（青青看看安瑜又看看歌队，似乎明白了什么）

歌队丙：（对乙做悄声说话状）是呀！不然她为什么不肯嫁人？

安瑜：与你何干？

青青：（慢慢从安瑜背后走出）……与你，何干？

歌队乙：（对甲做悄声说话状）还勾搭上了那个大学生呢……她真是个小婊子！

安瑜 & 青青：这是侮辱。

安瑜：你们没有权利说青青不好。

青青：没有人有权利？

安瑜：当然没有人有权利。

青青：（握住安瑜的手）安老师，虽然我仍然很迷茫……但是谢谢你，你是第一个告诉我我没有错的人。

（除安瑜外，所有人定住，只有安瑜一个人脱离了时间的洪流。他将手从青青手里抽出来，慢慢走到她身后。）

安瑜（26岁）：他们用谴责蒙住她的眼睛（站在青青身后，用左手盖住她的眼睛），用道义塞住她的嘴（用右手盖住她的嘴）。他们要她去给水鬼做替身，来粉饰这个村庄的太平安定。

而我告诉她，这一切都是假的，你不要听！（换为双手虚虚捂住青青的耳朵）

（安瑜站定不再动）

青青：（将安瑜堵住自己耳朵的手轻轻拉下来放在胸口，变成安瑜拥抱自己的姿势）安老师，你在的这一年，村里的人对我的指点真少了，又或许，他们只是不在我面前说了。可无论如何，你保护了我，你告诉我，我没有错。

（她将安瑜的双手紧贴在自己胸口，仿佛十分依恋他，可是这个状态只维持了一瞬，下一刻她就推开了安瑜的手，离开了他的怀抱。）

安瑜，我曾想过也许你就是我等待的那个人，可是你却告诉我你要走了！我多么希望你能留下来，或者带着我一起走！至少你留下一个承诺也好啊……

安瑜（23岁）：（站定，不做任何动作）青青，我的支教任务已经结束了，我必须回去完成学业……现在的我还不能承担起照顾你的责任，但是，等我毕业之后，有了稳定的工作，我一定会回来找你的！

　　青青：（小步跑向台前）我不需要你给我（重音）承诺，而是要给那些潜伏在暗处的水鬼一个承诺……告诉他们，你不会一去不复返，告诉他们，我不是一个人！

　　（站定）当然，这些话，你怎么可能会知道呢？你就这样走了……

　　（歌队及钟母上，歌队从台两侧向着青青走过去，包围着她，钟母走到台左前）流言，那些看似偃旗息鼓的流言，在一段时间的安静后，铺天盖地地向着我扑过来、涌过来、砸过来！

　　钟母：青青，你已经这么大了，王叔家的二儿子去城里做生意赚了不少钱，你从小也是认识的。听娘一句话，你就嫁给他吧。

　　青青：娘，我不愿意……您明知道，明知道我对安老师……

　　歌队：孤男寡女私相授受，真是毫无廉耻！

　　钟母：安老师、安老师……你还有脸说！要不是你和他勾勾搭搭人家看着不好看，娘用得着求着你王叔才能说成这门亲事？现在人家安老师倒是走了，光给你落个坏名声！

　　青青：安老师说他会回来找我的！

　　钟母：青青，不是娘说，安老师毕竟只是个普通大学生，还不知道什么时候能回来。你就嫁到王叔家吧，他们刚刚起了五间新瓦房哪！

　　青青：难道亲女儿比不上彩礼钱？

　　歌队：如果不是你害死了你哥哥，你家里怎么需要稀罕这笔彩礼钱？

　　钟母：你对得起你哥哥吗？

　　歌队：死在水中的人是无法安息的，他们白日像浸在沸水里，晚上像泡在冰水里，如果找不到替身，就无法投胎转世。

　　钟母：娘已经和你王叔说定了，过两个月等他儿子回来，你们就把喜事办了。

　　歌队甲＆乙：要么嫁人。（抓住青青向台左拖拽一把，青青做挣扎、扑跌状）

　　歌队丙＆丁：（嫁人）女大当嫁，天经地义。（在青青身后做推她的动作）

　　钟母：（向观众）嫁了人，堵住他们的嘴。

歌队甲 & 乙：要么自愿给水鬼做替身。（再次抓住青青拖拽）

歌队丙 & 丁：（水鬼）还能落个孝悌的好名声。（再次推青青）

钟母：（向青青）反正，你也换不回你哥哥。

（青青被推到台左下）

钟母：（转身跟着歌队及青青下，边走边语重心长地说道）青青，你也听听人家说的话吧！

（灯光逐渐暗了下来，只剩下安瑜一个人孤零零地站在台中央，刚刚发生的一切事情似乎都和他没有关系，事实上，这些发生在他离开之后的事情，也确实无法再和他有什么关系。）

（白色的顶光打下来，给昏暗的舞台带来一道光，却更显得惨白阴郁。）

（风声音效起）

（安瑜仿佛慢慢苏醒一般，环顾台四周，寻找青青的身影。）

安瑜（26岁）：（有些着急地）……青青！青青我回来了，你在哪儿啊！

（青青从台左跑向台中央，脚步跌跌撞撞，她满脸惊慌，不停地回头看。）

歌队：那个丫头跑到哪里去了？

青青：你们，你们别追来！我不要嫁出去！

歌队：她跑到湖边了，赶紧追上去！马上就要进洞房，新娘子跑了怎么成？

青青：湖边……湖边没有路了……

（她在原地转圈，不停地寻找可以脱身的办法，一转头，看到身侧后的高台，仿佛在无尽绝望中看见了一线光明）是船……有船就可以逃走了！

（安瑜一直在寻觅，终于发现了青青的身影，却无法奔到她身旁。）

（青青奔上高台，蹲跪在高台上。）

歌队：在那儿呢！她在湖里！她没地方逃了，赶紧追过去！

（青青缓缓地在高台上站起身来，她的身体颤抖着，仿佛正在被风撕扯。）

青青：（带着哭腔）你们不要过来！你们过来，我就跳进湖里去！

歌队甲：她真是一点都没有良心呀！她的哥哥在水里做了水鬼，她自己倒是从来不想想家人！

青青：（抱住头）我没有，我没有！……

歌队乙：可怜了钟家，只剩下这么一个赔钱货！

青青：……难道女孩儿就不能活？（声音渐高）

歌队丙：害死了自己的哥哥，现在她连嫁人也不肯，留着她有什么月？

青青：（她声音颤抖着反驳人们，不禁想起了安瑜曾经对她说过的话，纵使安瑜不在她身边，想起他对她的维护和支持，青青也觉得内心稍定。）……安老师说，这是偏见。

歌队丁：（侧过身对着丙的耳朵做悄声说话状，但声音放得很大）听说……钟家的那个女儿，是和她哥哥做了见不得人的事！不然……为什么她哥哥拼了命也要救她？

青青：诬陷！

歌队丙：（对乙做悄声说话状）是呀！不然她为什么不肯嫁人？

青青：与你何干？

歌队乙：（对甲做悄声说话状）还勾搭上了那个大学生呢……她真是个小婊子！

青青：这是侮辱。

（安瑜冲上前）

安瑜：你们这群人都闭嘴！你们没看到青青站的地方吗？她会掉进湖里！

（青青向前伸出手，身体前倾，仿佛要抓住什么，安瑜想要冲向前，被歌队交错伸出的手拦住。）

歌队甲：（拖长的、调笑的声音。）别说啦，她不敢跳的！

歌队（除甲）：（失望地，拖长声）唉——

歌队：不想嫁出去就跳到南湖里给水鬼做替身！还站在那里做什么？

歌队甲：当什么烈女？

歌队乙：装什么高尚？

歌队丙：喊什么无辜？

歌队丁：立什么牌坊？

歌队：快跳下去跳下去跳下去跳下去……（声音低，快速念）

青青：（第二个"跳下去"）（越说越激动，越说越大声）我把命还给哥哥，你们能不能停下？你们能不能停下？（声音骤然哑了下来，像是乞求一般地）别说了……

安瑜：……青青！青青你听我说，你把船划回来！

青青：安瑜，如果你没有走，也许现在……我不用自己一个人在这南湖里，听着他们对我的审判。

安瑜：如果，如果我那个时候没有走……

歌队：没有人再护着你了！

青青：可是没有如果，你就是走了。不过，你让我身上缠绕的水鬼离开了，我就绝对不会再让它钻进我的心里。我不想要重新陷入昏聩与混沌，即使要用生命做代价！

歌队：（生命）这样的人就应该送去给水鬼做替身。

（安瑜拼命摇晃着歌队的手臂想要冲出去。）

安瑜：（悲愤地嘶喊）言语杀人，何须水鬼？千夫所指，谁得善终？

青青：（梦呓一般地）安瑜，如果你遵守了你的承诺，回到了这个村子……那就把我的故事讲给孩子们听吧，在你讲课的时候告诉他们……让水鬼离开湖，也离开心。

安瑜：（在你讲课的时候）讲给孩子们，让水鬼离开湖，也离开心。

歌队：（离开湖）下去吧下去吧下去吧下去吧……（重复，声音渐强）

青青 & 歌队：（青青的精神已经恍惚，仍然是梦呓一般的语气，而歌队步步紧逼，语气严厉）还这南湖一个安宁，还那水鬼一个安宁！

青青：也还给我一个安宁吧。（缓缓转过身，双手高举，背对观众跃下高台）

（安瑜甩开歌队冲到台前，茫然地环顾四周。）

（重物落入水中的声音）

（灯光渐暗，追光打安瑜）

安瑜：在我回来的时候，留下的只有波荡的南湖……我不明白，为什么青青会死？难道是因为我把她心里的水鬼抓了出来？难道是因为我告诉她要打破这个铁笼子?

歌队:你叫醒了她,却不能带走她,让她痛苦地死去就是你的罪过。

安瑜:难道我要让她混沌终生?

歌队:混沌终生,好过葬身水底。

安瑜:如果我那时没有站在她身边,她就会被所有人欺辱。

歌队:用自己的价值观去评判别人,原本就是可笑的高傲。

(安瑜缓缓弯下腰,佝偻起来,双手扶住了头。歌队开始围绕安瑜走圈,越说越快。)

歌队甲:你有罪,面对秩序井然,却要执意打破。

歌队甲 & 乙:你有罪,自身远离枷锁,教唆他人挣脱。

歌队甲 & 乙 & 丙:你有罪,不懂保持伪装,粉饰太平安乐。

歌队:你有罪,既然众口一词,何必螳臂当车?

(歌队定住,站在台四角,伸出食指指着安瑜。)

安瑜:对……你们说得对。我天真到愚蠢,无能到罪恶,自知如此,还妄想做个英雄!(猛地站直起来,指着台前的人)可是你们现在都给我闭嘴!看吧,我就在阳光下,我的天真和无能都那样赤裸!(安瑜慢慢放下手,向后退,摇晃了两下又站定)我敢站出来承受戳点,为了有一天能将牢笼打破。你们有什么资格指责我?看那湿冷苍白的手指,在阳光下冒着青烟,你们这些水鬼就蜷缩在黑暗里,用有意无意地言语将人往里拖!尽管嘲讽我的妄想,指摘我的怯懦,可是我至少敢于在这里……为了那一点点希望……而站着。

孩子:安老师,你在说什么?

安瑜:(看到他身边的孩子,从有些疯狂的状态中慢慢恢复)老师在说……老师遇到过一个被水鬼欺负的姐姐,却没能帮助她把水鬼赶走,所以,她被水鬼害死了。

孩子:(在听到"水鬼"两个字的时候害怕地跑到安瑜身边,抓住他的裤腿,小心翼翼地探出头看着自己的老师)那……人多一点,是不是就能赶走水鬼了?

安瑜:(抱起腿边的孩子)老师也不确定,不过多一个人,应该比一个人好吧。

安瑜:(转向观众)这就是我为什么要留在这里,为了补偿我曾经放开的那只手,为了告慰那个南湖下的灵魂,为了……把水鬼从更多的孩子心里抓出来。

这样,当我们要驱赶水鬼的时候,也许还可以多一双手。

第七辑 ＝

冷风景里的思考

冷军——在限制中寻找自由

胡宛若

　　歌德写于1800年的十四行诗《自然和艺术》结尾的两行："在限制中才能显示能力，只有规律能给我们自由。"

　　2012年10月27日，在北京市朝阳区百子湾路32号22院街艺术区美丽道国际艺术机构举办的《限制·自由——冷军油画作品展》表现了冷军[1]在限制中寻找自由，戴着镣铐舞蹈的艺术思想。所谓限制，是要求艺术家用艺术语言去承载自己的寄托，在一个框架内反复磨砺，而不是跳出艺术语言的框架一蹴而就；所谓自由，是通过语言的途径来征服自然，达到相对的而非绝对的自由。而征服能力的强弱取决于艺术家语言的成熟程度。人的判断力、能力、创作的材料都是有局限的，剩下心灵追求的永无止境，心灵拥有勇攀高峰和追求自由的能力。

---

[1]　冷军简介：1963年出生，1984年毕业于武汉师范学院汉口分院艺术系。现任武汉画院院长、国家一级美术师、武汉美术家协会主席、湖北美术家协会副主席。其作品的最大特点就是极端写实。他的作品画面纤毫毕现，形象精致入微。同时，由于对当代题材与内容进行了切入，可以给观者精神上也形成全面的张力，心灵受到震颤。冷军的"写生"被作为保证画面信息来源的生动性、丰富性和可靠性以及激发行动的表现方式，在作画时他往往要逼近对象，扫描式地寻找、体会每个所需要的细节，局部深入，整体观照，力求画面充分，细节与整体效果完美统一。

冷军并不是八大美院出身，也没有众多的展览。他是中国当代著名画家中的一个异数，然而其以独特的构思和高超的技巧在中国当代画家中独树一帜，其逼真地步让观众感觉受到了欺骗。在当代艺术横行、肆意生长的今天，对于冷军，批判声不少。主要分为以下两方面：第一，对其作品意义的怀疑，在摄影，甚至是3D打印如此发达的今天，怀疑其对写实手法的极度追求是否有意义。第二，对其作品独特性的否认，认为只是20世纪六七十年代西方超写实主义的中国式再生长。诚然，没有作品是完美的，也没有艺术家是完美的。但本着对其作品的欣赏和对作者本人技术和态度的崇敬，笔者愿从这两个方面入手，探讨冷军先生的作品在今天的艺术价值，以此肯定冷军在限制中追求自由的智识。

与部分典型的当代画家相比，与摄影技术相比

什么是艺术？从纪元前的柏拉图开始，历经休谟、黑格尔，直到杜威、海德格尔、丹托等哲学大师，都给予了精彩和独到的论述。而在解构主义盛行的今天，这个曾经使许多伟人焦虑过的问题似乎已经不那么重要。当今的艺术早已不是一个艺术自足的实体，艺术本质问题让位于艺术体制问题，艺术关注的焦点转向艺术品所赖以存在和发挥作用的整体社会场域。杜尚以《泉》讽刺传统；安迪·沃霍尔用复制品取代原作，以此表现现代社会的冷漠与疏离；劳森伯格以抽象表现主义风格试验摄影设计与绘画，逐渐发展出个人的独特艺术风格——融合绘画，打破了传统的绘画、雕塑与工艺的界限……先创性就算有些许怪诞，也都是有分量的，它体现着时代转型的面貌和诉求。如今中国的当代艺术门类众多，装置艺术、综合材料艺术、行为艺术、图片艺术、影像艺术层出不穷，并形成了众多的风格和流派，如新生代艺术、玩世现实主义、政治波普艺术、女性艺术、艳俗艺术、观念艺术等。当然，有许多有创造性的好作品，但也有一些作品以拙劣的技法、做作的形式主义、空洞的无内容主义，甚至是损害国家形象的讨好西方倾向赢得赞誉与一夜暴富的机会。当笔者用英文，在互联网上搜索"中国当代艺术"，浏

览几个西方人经营的中国当代艺术画廊网站时发现，很多图片大都只能用"恶俗"两个字来形容：出现频率最高的是各种各样丑化毛主席的画像，其次就是痴傻的艺术家自画头像，再次便是色情、暴力的场面或矫揉造作的卡通人物像。这些作品的统一特征，是用巨大的尺幅来掩盖其意义之渺小、内涵之空虚。而这样的作品会引领西方对中国印象的一个恶性循环。而此时的冷军，像极了一阵清风，他说："在满世界都是那些怪异的、暴力的、色情的画面充斥的今天，人们很少能真正看到一些优雅、健康、深刻而审美的好作品，观赏者现在有一种强烈的愿望，我想画些可读、可看的、具有传统审美价值的作品。"而冷军的作品，可以说是做到或者非常趋向于优雅、健康、深刻而审美的了。艺术品离不开艺术境遇，改革开放后社会生活产生巨大变动，进步伴随着交杂的矛盾。电视剧《渴望》应运而生，平凡人物的一生虽然充满磨难与考验，但是刘慧芳的经历让当时的人们相信"好人一生平安"，唤起了广大青年的共鸣。细致的感动在一个浮躁匆忙的时代是被人需要的，冷军的油画创作同样能给人以细致的感动。

细致程度，体现在冷军画作的方方面面，譬如精准而有层次的灰度。在冷军的作品中，各类灰度的作品都有，只要切割一个灰度区间，他即可将其无限放大与延展，他的艺术表达是在扩展后的区间进行的。在《五角星》中，他对画面结构进行了两层色调的分割，底层"空白"为95%的灰度，有效内容是在69%到90%的灰度区间所进行的色阶推演。画家在这个过程中当然不需要计算，也无法计算，这样的灰度表达完全是下意识的，是基于对内容深入而有效表达的诉求。冷军有着极高的专业标准和美学理想，经过多年的磨炼早已深入内心，在作品中只是释放，释放的过程严密而精准。在油画《五角星》像素化后的灰度色调阶梯中，通过色阶倒推可以看出，锈蚀铁皮的物理属性决定了对它的再现在69%到90%的灰度区间进行挖掘是可行的，对画家而言，这个区间已经足以供他畅快淋漓地"驰骋"，并尽可能通过对灰度信息的高品质表达，实现在大自然的物理属性限制中完成精神层面的穿越而达到自由。

冷军用笔完成了对物像、对矢量级像素的把握。关于"矢量"，专业解释是："可以无限放大且永不变形。"笔者在冷军画中体验到的"矢量级"是指"无限细分"的情态表达，而非物理表述。这样的精确引人思考：摄影机对真实的捕捉超过绘画是一个定论吗？实际上，一个在空间架构、颜色把握上十分出色的画家是不输给一台没有感情的摄影机的。一个画家同样可以达到对物像真实精确的把握。作画时的感动、表现物体的厚度都是摄影机所达不到的。冷军在接受采访时表示，视觉艺术一定跟视觉有关系，不能跟镜头有关系。镜头和人的眼睛是不一样的，比如一个人的脸色不好，但是就算是镜头再好的照相机也反映不出来，因为视觉不是要看清楚。冷军还说：我是近视眼，我看到的虽然很模糊，也是很生动的，为什么生动呢？不是因为精细生动，而是因为层次丰富，也就是我能够看到你的亮部所有的细节，我也能够看到你暗部所有的细节，这个是照相机永远也达不到的。比如表现出来的是光，比如脑门上高光是光，不是一块白色，但是反映在你的胶片或者数码影像上就是一个苍白。再一个就是色彩的问题，一个人的肤色绝对不是照片能够反映的，不管照片怎么处理，它的颜色绝对微妙的冷暖关系的变化和你眼睛看到的绝对是两个概念，在于色彩上、层次上，而不是精度上。

在没有摄影机的年代，莫奈等人连续几天在同一个时刻对着日出写生，只为记录下最真实美丽的瞬间。现在有一种观点，认为追求形似不是艺术的，而是技术的，这种偏执的贬低助长了自由而不规范的艺术风潮。苏格拉底认为艺术不仅模仿美的外形，还能模仿人的性格、精神特质和心理活动。亚里士多德认为艺术起源于对现实的模仿。达·芬奇认为，绘画是自然界可见事物的唯一模仿者，自然是绘画的源泉，绘画的主要方面是表现自然界和人的美，它的任务是艺术地再现自然。抽象如现代主义，画中都是对世界的再现，只是每个人心中的世界是不一样的，绘画便是客观的世界主观化后的反映，因此偏执的贬低是没有意义的。其实每一种艺术都需要有自己的艺术语言去表达，需要扎实的技术作为思想驰骋的根基。庄子谈"技"是为了要阐释"道"，他认为当"技"达到出神入化之时，技就是"近乎道"，这种意义上的技也就是艺术了。西方的哲学家，诸如海德格尔、本雅明等都阐述过对于技术和艺术的看法。以艺术的其他门类为例，譬如舞蹈，一场美妙绝伦的舞蹈，腿往上抬的角度、肩展开的程度不是我们所关注的，但正是因为年复一年的压腿、踢腿、横叉、竖叉、下腰、压肩、踩胯，承载了所有的优美与灵动。在19世纪以后，艺术家多热衷于张扬自我，在艺术领域追求高度的自由，而历史给予艺术家的表现自由的空间也是前所未见的。传统与规范的概念被一次次打破，出现一批批叛逆的艺术家，他们从规范的限制中挣脱出来，追求自我，张扬个性，在懵懂的创新冲动里度过了一个世纪。时过境迁，当我们再一次回眸历史，理性地审视已经发生的这一切，很多艺术家再次认识到"限制"的必要，认识到传统和规范的可贵。而这，一方面是基于一种自发的历史责任，另一方面是基于内在的审美需求。

一些艺术家主动承接起传统与规范的逻辑。在这些中国的艺术家当中，冷军应该说是最重要的人之一。冷军拾起了传统艺术语言的重要性，自然在"群魔乱舞"的当代艺术中给人愿久久伫立欣赏的感动。冷军对物是有执念的，他沉迷于对人眼神洞察的描绘，沉迷于对服饰质地、线条的梳理，对物的细节刻画有着苛刻的自我要求，而这样的习惯是从小养成的。冷军童乍时家住在新华电影院附近，他就向电影海报学习。因为胆小不敢当众画，他看几眼记在心里，然后跑回家画出来，再看几眼，回家继续画，觉得画得不像了再回去看。在学生时代，冷军的素描作品也与同学们不一样，极重视细节，甚至到了匠气的地步，失去不少画意。也基于此，冷军开始有意识地放松。对他而言，超写实绘画的绘制过程非常漫长，而漫长的绘制反而会对"绘画"这个东西产生迟钝的不好影响，为了保持良好的绘画状态必须"画"起来、"快"起来，因此他一直把写生称为"磨刀"，所谓"磨刀不误砍柴工"。高难度的写生调动了他的作画激情，保持了一种兴奋的感觉，为超写实绘画提供精神动力。每年春节期间他与朋友们相聚而画，类似兰亭的流觞曲水，成了汉口一景。在这样的松紧调节、自我反思和沉静修炼中，多年来的功底塑造了类似《小罗》《蒙娜丽莎的微笑再设计》《天光》这样技艺精湛又温情感人的作品。

与超级写实主义画家相比

早期，有一些人定义冷军的写实艺术风格是超级写实主义或照相写实主义，其实不然，超级写实主义是指美国20世纪60年代以来开始的一种写实手法，而这种写实手法是以照片为蓝本，高度精确地临摹，追求精确胜过艺术语言，这与冷军的写实是迥然异趣的。从作画的方式看，冷军用写实兼得照片参考的方法，而超级写实主义画家作画经常是把一张照片分成无数个格子，然后按照每一个格子所分割的图案去画。从作画动机上讲，超级现实主义实质是对抽象表现主义的反抗，抽象表现主义强调的是人的主观意识，而他们则放弃主观意识，完全遵照对象的一切，把它数字化，这可能也是未来艺术的一种方向。正如保罗·格雷厄姆在《黑客与画家》[1]中认为的，过去的艺术家用雕刻刀来雕大理石，用画笔画画，而今天的艺术家实际上在用代码来创作。超级写实主义画家也因为过度注重客观性，以极其科学的手段作画，画中少了画味，也少了人情与感动。一幅好画，在技术的基础上，应当讲视觉感受，讲趣味，讲审美，讲绘画性，强调感觉。中国自古有兴味蕴藉的传统，宗白华先生在《美学散步》中也多处提到感兴二字。何为感兴，那是一种气韵生动和迁想妙得，是景与情的共振。孔子讲，《诗》可以兴，可以观，可以群，可以怨。诗画本一律，画也应该承担起人的情感诉求。海德格尔讲代入，讲此在，认为人的存在必定是与世界中同样存在人、事、物的"共在"和"结缘"，认为人与世界的最高和谐定义为"诗意的栖居"，而这样的达成便需要情感的共振。这也是冷军与超级写实画家不同的地方。杜甫诗《丹青引赠曹将军霸》中有"干惟画肉不画骨，忍使骅骝气凋丧"的句子。好的画要有骨魂，冷军把简单的材料和思想混合，在画布上铺上了他的心意，作品也有了神韵和灵魂。

　　冷军是十分重视画的视觉感受的，他并不想把绘画作为直接传达思想观念的工具，也不愿在限制的框架中长久地沉沦。他说自己不是思想家、公共知识分子，而是手艺人、画家，最后还是要回到绘画本身，这比起如艾未未

---

[1]《黑客与画家：硅谷创业之父 Paul Graham 文集》是硅谷创业之父 Paul Graham 的文集，主要介绍黑客即优秀程序员的爱好和动机，讨论黑客成长、黑客对世界的贡献以及编程语言和黑客工作方法等所有对计算机时代感兴趣的人的一些话题。书中的内容不但有助于了解计算机编程的本质、互联网行业的规则，还会帮助读者了解我们这个时代，迫使读者独立思考。

般的很多当代画家是不同的，"我做这些作品一定要有恰如其分的内涵，一定要艺术化，不能表面，不能看上去很像当代艺术，实际却视觉上不够丰富，没有达到理想的高度"。因此他格外重视作品的视觉性，希望能像委拉士贵支、吴昌硕、黄宾虹等一样，认认真真地绘画，沉淀下一些真正"能够让人停下来欣赏的画"。

一些展望

在笔者阅读冷军的访谈记录时发现，冷军是一位对中国的绘画非常自信的作家，这与他从小养成的国画功底不无关系，他认为如果从油画的艺术高度来讲，西方是更好的。但他认为印象派之前的画家大多是工匠，在作坊里拿订单，让学徒打稿，自己再修补，直到客户满意为止，再精彩都不是个人性情的抒发。而中国的文人山水花鸟，没有订单却真真切切地抒苦闷、咏豪情。他还认为黑格尔的艺术终结论只适用于西方。笔者认为冷军先生的看法是有些倾斜的，但笔者希望冷军先生带着这样的文化自信和对绘画的热爱，和更多杰出的画家一起，把中国当代的绘画推向更高更远的天空。

油画、留白、拼贴：浅评沈继光油画作品

郭兆祺

油画是一个画种，源于西方；留白是一个美学概念，生于中国；拼贴是一种创作手段，也兴于西方。油画诞生数百年来，无数伟大的画家已将其发展得淋漓尽致，丰富的颜色和独特的画法使油画特别能再现真实的光影与形象，甚至可以捕捉物体质感。留白体现在诗文戏曲里，更体现在中国画里。中国画讲究"留白"，是要让观者在自由舒畅的观画过程中尽可能地延伸想象力，于不着一色、不添一笔的"空白"处领会画外之致。拼贴和达达主义分不开，达达主义者们拿生活中的物件进行艺术创作。拼贴艺术家将杂志、报纸、宣传册上的图案剪切下来，在纸上重新摆放、粘贴，稍加修饰，形成新的作品。油画、留白、拼贴，历史与现代、铺陈与想象、严肃与荒诞、东方与西方，看似难以调和，却在沈继光的油画作品中产生了和谐的共鸣。

我们来看《堆着饲草的院门》这幅油画。画面左侧有一堆将被用作饲料的麦草，中部是一个农家院落常见的院门，上方还有少许墙头的杂草，除此之外便是空白（如下图）。

这幅没有画满整张纸的作品看起来为画家省去不少劳力，但画过的部分其实功力深厚，院门、草秆色调虽接近，材质却分明。草堆蓬松杂乱，每一根又令人联想到麦草的光滑与柔软。院门的木条具有朴素的品质，与旁边的泥墙又形成了光影和颗粒细度的对比。这些都来自画家用心的构图和考究的

《堆着饲草的院门》

颜色调配。这样的讨论或许会使我们误以为油画在此不过是一种技法，一种可能的、幸运的被艺术家选中的创作方式。事实上，过去的欣赏经验（如对《蒙娜丽莎》这样的作品的观照）暗示我们期待一个更为"完整"的画面。沈继光在谈这幅画的创作时指出，画面右下角的空白位置原本有一条卧着的狗，但进入画框以后狗便被滤去了。我们或许会思考狗的加入是否能使这幅画看起来更完整一些，如果应该（或不应该）添加狗到画面中去，那么是否要继续添加（或在原有基础上删去）其他元素？添加（或删除）的界限是什么？使用油画的材料、技法进行创作，使这幅作品"敞开"而非"完成"。画家不仅创作了这幅作品（就其在纸面上涂抹颜料而言），而且借助作者的特权选定了某个敞开程度——即保留了草堆和院门，而略去了院墙、地面、卧着的狗，等等。这种敞开度的选定，用"留白"的美学观念最能解释清楚。

　　"留白"不仅是中国画的美学倾向，也是广义上中国艺术的审美诉求。中国人认为汉字于空隙之处见气韵，于无律之处闻风骨。所谓"大音希声""大象无形"，可见"留白"作为技法和审美观念具有深厚的哲学根基。在《堆着饲草的院门》这幅作品中，沈继光有意将表现对象约束为院门和门前的饲草，而对取景地的其他景物、动物、人物不作描述，画面在左上部分具有形象，其余大部则以"空"填满。从留白的观点来看，沈继光对丰富的农家生活撷取一瞥之所见,其余景况则留给观者自行想象,"有所为有所不为",极大地增强了画面的开放性,指涉了更多的面向。前文指出,沈继光在介绍这幅作品的创作过程时特别提到,原取景处卧有一只小狗,但凝练为画作时则略去了小狗。事实上,观者可以通过沈继光的介绍想象小狗的姿势、神态种种,但单从画作本身同样可以想象小狗的存在,而且不仅可以想象一只小狗,还可想象两只、三只,以及麻雀、猫、鸡、鸭等动物的存在,这也恰恰反映了留白的美学深度与无穷魅力。沈继光在自己的作品中熟练而自然地结合了西方油画技法与中国留白传统,功力十分了得。

浅析《欲望号街车》中象征主义的运用及主题内涵

张馨元

　　《欲望号街车》是美国著名戏剧家田纳西·威廉斯的代表作，完成于1947年"二战"后的美国，讲述了一个受过教育、有点神经质的南方淑女Blanche因为家族破产、丈夫自杀和亲人相继去世而堕落到社会底层，只得投靠住在新奥尔良的妹妹Stella的故居的故事。Blanche与Stella粗俗的丈夫Stanley相互厌恶，Stanley认为她威胁到他作为一家之主的地位，最终调查出Blanche的过去，告诉了Blanche的未婚夫Mitch，Mitch便抛弃了Blanche。Blanche在接二连三的打击下最终丧失心智，被Stanley送进了疯人院。

　　该剧反映了当时美国社会的真实面貌，是一部具有高度艺术真实性的现实主义作品。自上演以来，便多次受到高度赞誉，赢得了观众的广泛认可：曾连续上演855场，打破当时美国戏剧票房收入最高纪录，同时获得美匡普利策奖、纽约剧奖及唐纳德森奖三项最重要的戏剧奖，是一部不可多得的佳作。

　　《欲望号街车》能够取得如此高的艺术成就，象征主义的成功运用功不可没。威廉斯本人也认为："象征物，如果能满怀敬意地使用，则是戏剧最纯粹的语言。有时灯光闪亮的舞台上一件物品、一个动作，便能表达清楚一页页冗长想解释说明的东西。"[1]《欲望号街车》中的人名、地名和动作等都具有象征意义，既点出了作者寓意也节省笔墨，使其语言精练而丰满，具有强烈韵律化和联想特征，如意象派诗作一样，让读者和观众可以更直观、更便捷地心领神会，取得情感共鸣。同时，象征手法的成功运用也使人物形象更加丰满，加深了戏剧效果和情节冲突，从而凸显出作品的主题。下面，笔者将选取剧中几个最典型的代表性象征，具体分析其独特的艺术效果和审美体验。

地名、人名及其象征意义

在剧中，Blanche 的家乡"Belle Reve"是法语词汇，意思是"梦幻庄园"，Blanche 在那里度过了她富足快乐的年少时光，然而也像梦一样虚幻易碎，Belle Reve 因为父辈的骄奢淫逸而迅速败落，她一人苦苦支撑却无能为力，最终成为一纸空文。Blanche 投靠 Stella 的路上乘坐的车一辆叫作"Desire（欲望）"，象征着一切悲剧的源头；一辆叫作"Cemeteries（公墓）"，象征她走向毁灭的命运；最后到达"Elysian Fields（极乐世界）"，这预示着 Blanche 的命运——放纵欲望使她追求幸福的希望被葬送。

女主人公的名字 Blanche DuBois 是法语词汇，意为"白色的森林"，Blanche 在剧中也经常以白色服饰的形象出现，这象征她天真无邪的本质和经历复杂的人生后的心态，也暗示她纯洁伪装下的放荡堕落；而妹妹 Stella 的名字意思是"星星"，她在剧中是 Blanche 的救星。Stella 像星星一样，闪烁而摇摆不定。她不相信 Stanley 所说的 Blanche 的不堪过往，也试图协调 Blanche 与 Stanley 的关系，但最后以失败告终。最后，当 Blanche 被逼疯后，她还是选择投入 Stanley 的怀抱。

---

[1] Williams. New Selected Essays: *Where I Live* [M], New York: New Directions，1978.

舞台艺术手段及其象征意义

在《欲望号街车》中，威廉斯运用"诗化的语言"，例如肉、灯光、音乐、动物等艺术手段，生动形象地表现了人物内心的情感变化。

1. 肉

在第一幕中，Stanley 一出场便给 Stella 扔了一包肉，这个动作引得他们的邻居哈哈大笑，Stella 也笑着接住了这包肉，这象征着 Stanley 对 Stella 赤裸裸的占有——肉欲与性。Stella 也心甘情愿臣服于此，就像她对 Blanche 说的："他离开一个晚上我就受不了，要是离开一个星期，我几乎就要发疯！他一回来我就在他怀里哭得像个孩子。"因为肉欲，她忍受 Stanley 酗酒家暴仍不愿离开，到最后也不相信自己的姐姐说的 Stanley 强奸她的事实，而是选择继续与 Stanley 生活下去。她彻底地被肉欲所征服，也甘愿被控制。

2. 动物

Blanche 在第一幕出场时，穿着白色的衣服，威廉斯将其描述为一只飞蛾，而飞蛾是一种脆弱、敏感的动物，容易被火吸引而盲目前行，最终飞蛾扑火，化为灰烬，这象征着 Blanche 的悲剧——痛恨欲望，却又不得不沉沦其中，最终在堕落中走向毁灭。

作者还在 Stanley 和 Stella 的矛盾中多次运用动物的名字，Stella 用"猪"来称呼 Stanley，体现 Stanley 的粗俗且缺乏教养；Stanley 则叫 Blanche "母老虎"，说明在他眼里 Blanche 狂躁且多变，心机深沉又野心勃勃，这加剧了二人的矛盾，推动了剧情的发展。

3. 光与灯罩

Blanche 一直避免站在光亮处，尤其是在她的追求者 Mitch 面前，一方面是不想让 Mitch 发现自己的真实年龄；另一方面，光亮象征着她过去的真实生活——初恋、尊严、上流社会，这些都是她失去的，所以她不愿面对。昏暗的地方给她安全感，让她沉溺在堕落的现实之中，不为失去的美好所自责。

Blanche 用一个中国式的纸灯罩将灯泡罩起来，就是用谎言将自己保护起来。后来第九幕中，Mitch 得知了真相，粗暴地将灯罩扯下，强迫她暴露在直射的灯光之下，象征着强行将她从谎言中唤醒，逼迫她直面残酷的现实。

4. 音乐

波尔卡圆舞曲《瓦索维尔纳》是 Blanche 最后与丈夫 Allen 跳舞时的配乐，以一声枪响戛然而止。Blanche 偶然撞破丈夫 Allen 与一年长男子有同性恋关系，不能接受的她在跳舞时冲进舞池对丈夫大喊："你让我恶心！"羞愧难当的 Allen 便饮弹自杀。在剧中，这支舞曲频繁地响起，第一幕中 Stanley 问到 Blanche 过去的时候，Mitch 询问 Blanche 婚姻的时候，她向 Mitch 讲述 Allen 自杀的时候，Mitch 当面质问她过去的时候……每次响起都以枪声结束，表示 Blanche 回想起丈夫自杀的情景，每想到这都会加重她的内疚和精神的崩溃，也代表着她想要逃避现实却无能为力的心理。

在第七幕中，Blanche 在洗澡时哼着一首歌谣《纸月亮》，讲述了爱情让整个世界变得梦幻而虚假，这正是 Blanche 的真实写照。她在 Mitch 面前装成一个纯洁保守的淑女，隐瞒自己放荡的过往，但她并不认为这是一种欺骗。而就在这时，Stanley 正向 Stella 讲述他调查的 Blanche 的过去，正是一种讽刺与对比，暗示 Blanche 谎言将被揭穿的下场。

第十幕中 Blanche 与 Stanley 激烈争吵时，Blanche 精神开始错乱，远处传来了不和谐的噪声和野兽的嚎叫，这暗示着 Blanche 的精神在 Stanley 的攻击侵犯下完全崩溃，走向彻底的毁灭。

象征手法能够使观念形象化、哲理化，通过人的联想，达到作者的审美目的。威廉斯采用这种手法，有力揭示了人物的内心想法和心理变化，在读者面前呈现出一个客观、真实的世界：幻想与现实的对抗和破灭，两性关系中的矛盾与依赖，面对欲望的诱惑时人的抉择，人性在冷漠社会中走向毁灭……这些引起广泛共鸣的主题内涵，成就了《欲望号街车》独一无二的艺术魅力，就像意象派诗人哈·克兰所说的："玩火者自焚，或许通过这种人物的自我毁灭，我们活着的人才能发掘到我们内心深处的全部真理。"

威廉斯曾总结道："《欲望号街车》的意义在于表现现代社会里各种野蛮的势力强奸了那些温柔、敏感而优雅的人。"[1] 从《欲望号街车》中，我们看到的不仅是个体的悲剧，更折射出社会的无情本质，高贵屈从于卑贱，文雅屈从于野蛮，丰富屈从于荒芜，道德屈从于欲望，良知屈从于自私，理想屈从于现实，个性屈从于环境，理性屈从于蒙昧，美就是这样被毁灭的。[2]《欲望号街车》更深层的意义，在于警示我们：在物质生活愈加丰富的今天，更要警惕精神的荒芜和道德的沦丧。

---

[1] 汪义群. 当代美国戏剧 [M]. 上海：上海外语教育出版社，1992.

[2] 柴俊丽. 欲望中的精神悲剧——试论《欲望号街车》的悲剧性 [J]. 唐山学院学报，2005(1)：59.

评《那次奋不顾身的爱情》

陈晓雪

在傍晚时分走进坐落在长安街一侧的繁星戏剧村，宛如走进了一个隐藏在繁华都市里的自在的小天地。这是一座临街的四合院，主要空间是三个剧场和一个供休憩娱乐之用的咖啡厅兼书屋。院外，是城市的喧嚣和行人的繁忙；院内，是短暂栖息的心灵和撼动人心的悲欢。一墙之隔，两个天地。

攥着《那次奋不顾身的爱情》的票根，我找了一个靠后的位置坐下。这是一部小剧场话剧，舞台很小，甚至都没有一个台阶与观众席相隔，却因此给了我一种从未有过的亲切感。红色的枫叶依稀铺满了台面，装饰着左侧的秋千和右侧的阶梯。这部剧的编导是新锐戏剧女导演黄彦卓，该剧获得了"2016北京戏剧新势力"剧场口碑奖、驻场演出700余场等殊荣。观众用了一句"四人三生两世情，一出喜剧泪如雨"来形容这部有笑有泪的作品。

穿越也能不落俗套

该剧的主人公是一个玩世不恭的大男孩周爱国，他从不相信爱情，并与对爱情笃定不移的奶奶徐淑珍产生了很大的分歧。一次意外的事故使他穿越回了奶奶年轻时的时代，身份变成了爷爷周普元，并遇上了当时与爷爷奶奶同一个研究小组的同学文学和静怡。在这里，每个人都经历了一场奋不顾身的爱情。深爱淑珍却讷于表达的文学为了抢救淑珍的研究数据，最终在日军的空袭里牺牲；静怡不愿意和爱国一起回到现代，而是选择了对自己的时代负责，毅然走上了前线；失去恋人、深受打击的淑珍听力急剧下降，虽然最后与爱国的爷爷走到一起，但心里一生都深藏着对文学的记忆。

穿越的主题在如今的戏剧影视文学里并不罕见，甚至容易被扣以"俗套"的帽子。然而在这部剧里，穿越只是主题表达和情节安排的手段，爱国在奶奶年轻时代的经历正是通过穿越才活生生地展现在我们的眼前。此外，该剧的精神内核，即对那个时代年轻人纯洁的爱情和高尚的信仰的反映，也完全可以使这部剧从众多同类题材的剧目中脱颖而出。

喜剧外壳，感动内核

"一出喜剧泪如雨"是对这部剧观感的最好形容。前半场逗笑，后半场催泪。随着情节的发展，导演显然不再满足于让观众笑，而是通过一个又一个事件的推进，将舞台上人物之间的情感遮蔽用利刃干脆地刺破撕掉。我们看到文学在炮火中牺牲时淑珍的痛哭叫喊；我们看到爱国与静怡在分别前夕的深深拥抱；我们看到老年的淑珍在深夜的摇椅上看着文学的旧照泪水纵横地说道："我和普元在一起了，他那么爱我，我把对你的愧疚变成对普元的感激，可是文学，你怎么办哪，你怎么办哪？"我们更看到，爱国在得知静怡从前线回来后在青海湖边孤独终老的消息时，双手掩面，不断地背向观众也无法遮挡的抽搐和哭泣，因为青海湖是他和静怡约定会带她去看星星的地方……

可以说，这部剧真的能带给人一次久违的感动。我常常想，我已经有多久没有哭过一次了，有时候发现自己最大的欲望其实就是收获一份感动，然后痛痛快快地流一次泪。生活愈发讲究效率而忽略情感，时间往往在我们还没来得及细细体会的时候就倏忽而过。很感谢在繁华都市里还有这么一个小剧场，主创人员以最亲近的空间和心灵距离，把我们未敢说出的话说了出来，就像文学那句"我喜欢你，是我对你唯一保守的秘密"，触动了我们内心最柔软的那根弦，让我们拥有了一次细腻的情感体验。

四大亮点分析

在我看来，这部剧有四个亮点，两个情节编排亮点，两个形式设计亮点。

在情节上，一是关于最终淑珍没有和文学在一起的原因。从一开始我们就知道，淑珍是嫁给了爱国的爷爷普元。爱国穿越回去后发现淑珍和文学是相爱的，只能推测文学是个不负责任、看中淑珍家世而非真正爱她的小人，从而解释为何他最终没能娶淑珍。然而爱国和我们后来才知道，文学是因为淑珍而牺牲了。真相大白，我们重新认识了文学这个人，也不自觉地回想文学与淑珍相处的点点滴滴，那个木讷不善言辞的他，那个始终不愿意说出"我爱你"的他，以及那个时代如此真挚、纯粹、奋不顾身的爱情。感动就是这样产生的。

二是静怡的归宿。爱国从奶奶那儿得知静怡从前线回来后一直生活在青海湖边，并在那儿孤独终老，而青海湖正是爱国与静怡约定会带她去看星星的地方。这个情节的安排也是在人意想之外。在真实的历史上，静怡真的遇到了一个对她说会带她去青海湖看星星的人吗？这充满浪漫主义色彩的编排，给人带来的震撼是巨大的，舞台上是爱国难以抑制的悲痛，舞台下是观众无声的抽泣。

在形式上，一是爱国得知静怡的归宿后一路跑到观众席的后方，一拳一拳地捶打那口让他穿越的钟，痛苦地哭喊着静怡的名字。待他转过头重新看向舞台时，静怡出现在了聚光灯下，他们隔空对望着，一起做着爱国曾经做过的手语，那含义是——"我爱你"！舞台的边际此时已然延伸，演员与观众间的隔断进一步被打破，我们真正参与其中。他们身体的颤动，眼中闪烁的泪光，喉咙里哭泣的声响，都带给我们无与伦比的震撼。

二是全剧结束时，主演之一上台为我们唱了一首该剧的原创歌曲，同时屏幕上播放的是《那次奋不顾身的爱情》的沙画表演艺术。一句句歌词对应着沙画里呈现的一幕幕场景，我们回忆着，也回味着，内心久久不愿放开的，是不舍和感动。

附图

阳春白雪的"下凡"

郑雨琦

2004年，随着白先勇主持改编的青春版《牡丹亭》（下文简称《青牡》）的火爆巡演，沉闷已久的中国昆曲再度走进了大众的视野，这一古老的戏曲艺术迎来了它全新的时代。这一出重新删减、改编的传统剧目，经过全方位的立体包装，散发出自身独特的艺术魅力。

昆曲因其文辞高雅、节奏舒缓绵长、富有表现深度而一度是公众心目中难以靠近的高雅艺术、精英文化，在当下的快节奏生活中似乎很难进行推广。《青牡》因冠以"青春版"之名而独具艺术个性，即在传统艺术美感的基础上，着意于添加新的元素，将传统在保留精华的基础上进行包装，使得这一经典作品能够被年轻群体所接受。

总体而言，《青牡》的台本在尊重、还原汤显祖原作的基础上，将重要的情节提取组合，保留了故事的完整性。从汤显祖对于爱情观的讲述开场，讲述太守之女杜丽娘游园春困，梦见书生柳梦梅并托付终身，醒后相思过度而亡，柳梦梅为其还魂，经历与封建势力的艰难斗争后终成眷属的浪漫爱情故事。

在整体视觉效果上，《青牡》采用精心设计的服装道具，多为符合当代年轻观众审美的淡雅清丽色调。舞台不特意通过灯光营造效果，在大多情况下通过整体偏暗而突出人物部分光照渲染，更好地聚焦了剧情本身，也营造了一种幽深梦幻的氛围，具有较好的代入感，使人仿佛置身于剧中环境之下。这也借鉴了我国古典美学中提倡的"意境"和"简约"思想，能够很好地达成观者对该艺术品的自我解读和想象。剧目中演员的舞蹈和动作融入了一定的西方芭蕾舞技巧，使其拥有更贴近当下审美趋向的优美仪态感。相比而言，《青牡》的听觉效果设计更贴合传统表演形式，年轻演员的水磨调唱腔都经老一辈昆曲艺术家的悉心教导而成，保留了昆曲最精华的地道韵味。

虽然为适当缩减时间成本而对原剧进行了大量的删节，《青牡》的整体节奏把握依旧是舒缓的，与之相呼应的演出步调、身段均柔美化，鲜有大幅度张扬的动作，不同曲目之间的情境过渡也都比较自然。这使得《青牡》戏曲的整体观感有所保障。

就《青牡》的文化意义而言，《青牡》同样尊重了剧本原创作者汤显祖的意思，其主要的情感倾向在于对冲破束缚的情欲的礼赞，颇有几分西方文艺复兴的色彩。当代的我们再度观赏该剧时，除了具有社会历史意义的思考之外，还能够挖掘和拓展出更多的层面，例如对爱情这一文艺作品恒久主题本身的深度解读，性爱是否为爱情必然的前提，爱情与其所处社会环境所必要的关系等更具有现代意识的议题。这些未必是汤显祖在当时的认知视角下能够想到的，却也未必不能是我们在当下通过这种艺术欣赏进行的全新阐释。

由于是改编，同时又由于这一改编的特殊性，对于《青牡》的评价实际上分为了两个密不可分的并行部分：对原作品的艺术赏析和对改编后该剧艺术特性的评价——这两方面既是独立的又是互相联系的。正是原作品的经典所在造就了新版昆曲的成功，而正是新版昆曲的成功重塑又为传统带来了审美热潮和小范围的昆曲文化复兴。反观《青牡》这一戏曲艺术作品本身，是具有多重价值的存在。其中显著的价值主要在于艺术价值和文化价值。

一件艺术品之所以能被称为艺术，首先必定有面向广大欣赏者的厚重的审美性，给人带来饱满而有张力的美的感受。《青牡》的艺术价值依托于昆曲艺术数百年来厚重底蕴的沉淀，又架构在现今公众审美鉴赏能力之上，这一点用王一川教授的"艺术公赏力"理论能够得到很好的阐释。《青牡》能够通过全新的宣传等形式唤起许多人无意识中对这一传统艺术形式的呼应，而社会的审美潮流又是不断变化的,《青牡》则很好地意识到并抓住了这一点,选用符合新生代观众审美诉求的年轻演员、精致淡雅的服饰造型和唯美的整体演出风格等,牢牢牵引着市场的目光。

除却审美价值,《青牡》的艺术价值还表现在其在艺术界的地位上。在当代昆曲界,《青牡》的开创性和代表力可谓毋庸置疑了,即使在世界范围内,这一剧目也足以作为中国的一大传统代表走向更遥远的剧场。这一点通过现代互联网媒体平台不难窥测一二。《青牡》自身坚实的艺术价值基础,奠定了它在艺术界享有的地位。

作为一种特殊的艺术形式,戏曲或者说戏剧的一大特点在于其不可复制性。世界上没有两场完全相同的戏剧表演,一场表演的结束在某种意义上即意味着一件艺术品的终结。戏剧的观众永远只局限于少数,演员也会不断老去。因此在形式上,《青牡》是稍纵即逝、不可留存的,不变的那部分只属于剧本。虽然剧本终究无法等同于艺术本身,但是剧本所包含的重要价值意义却是不可小视的。对于《青牡》这一类改编昆曲的评价,除了欣赏其表现张力以外,同样不能忽视戏剧背后无形的范本——剧本。如果说戏曲的直观艺术价值主要体现在舞台整体的视听觉效果上,那么剧本的存在则在另一方面表露着该艺术的文化价值。

艺术与文学互通,而剧本就是其用以对话的很好的一座桥梁。剧本的内容、结构和语言源于其经典性,都具有很强的文化价值。每一句台词都值得细细品味与揣摩,就像沉下心来慢慢品味一杯香醇清冽的茶水一般,因婉约而美不胜收。就全剧构造而言,详略结合,注重人物心理的细腻刻画表现,很好地传达着作品所希望表达的人文思想,同为爱情的刻画而与当下网络上的少数浮躁文学恰有相反的道路走向。

跳出作品本身,从更大的范围来看,《青牡》的文化价值还表现在对昆曲文化普及宣传的作用之上。作为首部带着"新包装"从高校剧场打开市场的昆曲,《青牡》在巡演期间广受媒体和社会舆论的关注、讨论,这种既有新鲜感又有艺术征服力的辐射引发了许多人对昆曲艺术的热情,这种传统文化的复兴浪潮在我们文化软实力尚在构建的今天是一种可喜的现象,因而从这个层面上来说,《青牡》的文化价值不容置疑。

　　事实上,《青牡》的这种艺术价值和文化价值是相容相携的,它的文化价值得到的认可能够促进甚至引导当今的传统戏曲艺术审美趋向;而它的艺术魅力又足以增进它的审美价值。因此总体来看,《青牡》可以称得上是一部编排精良的优质戏剧作品。

　　当然需要承认的是,《青牡》作为昆曲艺术形式的一种全新尝试,必然存在难以避免的缺憾和尚待解决的问题。例如年轻演员的表演、唱腔功力尚欠深厚,而真正培养出一名优秀的昆曲艺术家后该演员又不可避免地年龄渐长,对于"青春"的要求很难具有连续性的传承;又如删减后必然导致的一些精华内容的流失,改编的连贯性、完整性尚未能达到最自然的状态等;演出时长上虽然相对原作品而言大大减少,但依旧有相当的时长,对于时间成本极高的当下仍是一道无形的门槛;对传统艺术品的尊重,在某种意义上也裹挟了少量旧时代作者固有的封建思想,而表面性的而非内容上深度的改编难以应对和增添符合当下价值观的成分,等等。

　　瑕不掩瑜,不可否认的是《青牡》勇敢迈出的第一步的确已经是一大成功,并且在如上种种角度都具备相当大的优越性,远远超过尚存在的不足与问题。在《青牡》之后又相继出现了一批相似的新改编作品便从侧面证明了这一创新性尝试的成功所在。

　　《青牡》面向大众,同时又引导着社会公众审美,将昆曲这种精英文化与广泛受众相融合,可谓是一次阳春白雪的"下凡",这种带有群众普及性的高雅艺术不仅更好地保存和延续了我们的民族传统文化精髓,还在无形中提高了社会大众的审美素养,使其向着更健康的审美追求方向发展。因比,不论是从历史意义还是社会意义上来说都具有不可替代的重要作用,而能够将这种种价值意义融合于一体,从整体上而言,《青牡》无愧于一部良心佳作,也无愧于其广泛的社会赞誉。

《降临》：我看见了我一生的故事

贺一密

　　十二个巨大的贝壳状的东西从天外降临地球，没有发起攻击，没有进行破坏，安静地停留在降落的地方。人类紧急部署，各国联合起来对这十二个庞然大物进行研究。"七肢桶"（或者称之为"七脚怪"）在屏幕前与人类进行交流，使用了一种非线性文字语言。

　　语言学家露易丝·班克斯在学习这种"外星语言"的过程中逐渐看到一些画面和片段，后来在与"七肢桶"的单独交流中得知那些画面都是未来，露易丝知道自己拥有了看见未来的能力。但事情并非那么简单。露易丝最后打给商将军的那通电话表明时间在她那里成了环形：过去的她与未来的她在逐渐逼近某个点时得到了答案。

　　这是改编自华裔科幻作家姜峰楠《你一生的故事》的科幻电影《降临》。剧情并不复杂，时间线也不难理清，没有壮观的太空战争的场面，也不是传统的孤胆英雄拯救世界的套路，但《降临》仍旧获得了如潮好评（特别是在国外）。这样一部与传统的大片极为不同的更具有文艺气息的科幻片，能探讨的东西其实很多。以下仅以笔者个人理解的影片主题为核心，讨论一些相关话题。

中外票房对比

《降临》在美国本土票房超9500万美元，而在中国单日票房最高仅为2000万元人民币左右。之所以产生这么大差距，与档期、排片等众多因素分不开。

《降临》2016年11月在北美上映，但直到2017年1月下旬才在中国上映，此时中国网络上已有《降临》的盗版视频；此外《降临》在中国的上映时间较短，上映后接着又赶上春节档，被《功夫瑜伽》《西游伏妖篇》等大片包围，《降临》的票房自然不会很高。

但更重要的应该是中外对科幻电影的期待不同。中国人看科幻，大多数还是为了享受所谓的"大片感"，希望看到各种特效、打斗场面；而在美国本土，美国人更希望看到与以往的科幻大片不一样的作品。

以此来看《降临》，外星人、飞船、人类、矛盾，这些元素都有，但是"外星人"并不是来征服地球的，也不想发动战争，他们是来帮助人类的。这在科幻片中简直可以称得上是一股清流。也正因如此，《降临》中几乎找不到战争场面；而"七肢桶"的文字——作为影片最重要的一部分，也是影片中最能引人深思的元素。由环形的水墨状的没有固定线性顺序的各种单独信息组成的"意义团"，充满了东方的哲学美学和禅学意味，人类对这种文字的解读可以有若干种。破译或者说学习这种文字，就是影片的一条重要线索。

在这种情况下，《降临》在中外的票房差异似乎是可以解释的了：客观上的档期排片差异、主观上的期待不同、影片不同以往的对科学和人性的深度思考……这些，都是原因。

萨丕尔—沃尔夫假说（Sapir-Whorf hypothesis）

影片中女主人公之所以能通过学习"七肢桶"的文字获得预知未来的能力，用作支撑的就是片中提到的"萨丕尔—沃尔夫假说"。

"萨丕尔—沃尔夫假说"又被称为"语言相对论"，产生于19世纪。其主要内容是指语言的形态决定人的思维，因为语言影响人对客观世界的感知，影响人的世界观。

而有的学者依据语言哲学家 J. 奥斯汀的"言语行为"理论，从文化平等论和多元论的角度对萨丕尔—沃尔夫假说进行了新的诠释，认为这一假说希望唤起人们对语言之间差异的认识。

值得注意的是，这一假说始终是假说，没有被证实，也没有被证伪。

根据这一假说，当露易丝沉浸到"七肢桶"的文字世界中，思维就开始受"七肢桶"的非线性文字的影响，她的时间也逐渐变得不再是线性。她可以瞥见未来，但她无法改变未来。与其说她可以预见未来，不如说她的时间是与过去、现在、未来同在的，而她能在"现在"想起"未来"。她的一生，实际上已经被写好结局，她的所作所为，只是到达结局的必要的过程，就和"七肢桶"的文字一样。"七肢桶"的文字里没有固定的时序，只是一些表达信息的词的组合，但"七肢桶"在写出文字之前已经知道自己要表达的意思，它按照自己的意思画出了一个又一个环——或者说，写出了一个又一个字。

语言的力量

毫无疑问，《降临》的一大亮点就是，女主通过学习"七肢桶"的语言获得新的能力，并运用这种能力最终让全球联合起来。

这让《降临》看起来像是一部语言学家拯救地球的科幻片。

事实上，《降临》也重点体现了语言文字的力量。

"七肢桶"的文字充满东方禅道意蕴，一个个文字竟然是一个个水墨的圆环，似乎每一个圆环都蕴含着宇宙哲理。不，说圆环只是一个个的文字并不恰当，圆环包含了多个词，更像是一个个句子。其实说"句子"还是不太恰当，因为"句子"是有词的语序的，但"七肢桶"的文字并没有，那一个个圆环就是一团团混沌的"意义团"。

正是因为混沌，所以拥有无限的可能，所以在"七肢桶"的体系里，时间不是线性的，而是包含了所有的可能的过去、现在、未来同在。对"七肢桶"而言，所有的事情都已经发生过，所有的事情也正在发生。混沌是他们的语言文字最有特点也最有力量的地方。

就好像我们在说话之前，所有的词语在脑海中闪现漂浮。

但我们的语言体系是在说话或写作之前，先在脑海中的那些词语中选取组合，当说出口或写下来时，句子中的词语就已经有了固定的语序，句子才有了明确的意义。这些时间的先后客观上制定了语言的线性规范，使人类遵循着时间的规律有序生活而不致混乱。但同时这也扼杀了其他无数种可能。

所以"七肢桶"为人类带来全新的一种语言，或者说，根据"萨丕尔—沃尔夫假说"，给人类提供了另一种看待世界的方式——如果语言回到混沌无序的状态，会发生什么？

人类看到了混沌的语言的力量。时间由线性变成非线性，过去与未来交织。

这种力量在最后露易丝与商将军的那通电话中体现得淋漓尽致。影片中，是那通电话改变了商将军原本要攻打"七肢桶"的决定。笔者更倾向于商将军也拥有了预见未来的能力，所以商将军将自己的私人电话号码和那通电话的内容告诉了未来的露易丝。未来的露易丝在回忆过去的露易丝说了什么，过去的露易丝在等待未来的露易丝听到了什么。实际上，过去的露易丝和未来的露易丝、过去的商将军和未来的商将军在某一刻相遇。

我看见了我一生的故事

影片开头就是露易丝的女儿汉娜的出生和死亡，这是露易丝的回忆，也是露易丝预见的未来。

露易丝的一生其实很简单。因为"七肢桶"的降临，露易丝学会了"七肢桶"的语言文字，获得了预知未来的能力，她看到自己与伙伴伊恩结婚，看到女儿的降生，看到自己给女儿取名汉娜，看到女儿的成长，看到女儿会因为无法阻挡的疾病死去，看到丈夫因为自己告诉他的未来而逃避离开……露易丝看见了自己的一生。

正是因为露易丝看见了自己的一生，所以最后她拥抱伊恩的时候才如此悲伤和幸福。

"我都快忘了抱着你是什么感觉。"这是他们第一次拥抱，但对露易丝来说，这是久违了的拥抱。这也是露易丝对自己的未来做出的选择：什么都不改变。当然，也无法改变。

"我是不可阻挡的吗？""是的，不可阻挡。"这是露易丝在未来与女儿的对话。只有知道露易丝一生的观众了解，这一句"不可阻挡"蕴含了多少悲伤。

我看见了我一生的故事。

我不改变。

我前往已经注定的未来。

《降临》是一部以探讨语言学、科学和人性深度为主核的电影。充满文艺气息的画面，幽深低沉的配乐，多处关于主角的无声的慢镜头刻画，给观众安静思考的空间。关于语言的探讨，关于主人公人生的选择，关于面对未来的态度，《降临》都给观众留下了充分思考的空间，余味悠长。

而作为一部商业电影，《降临》的内容和商业性结合得很好，票房和口碑双收。这给中国的电影界提供了一种新的"大片"的模式：不是简单的爆米花电影，是有着硬科幻和思考深度的"大片"；不一定需要绚丽的打斗场面，精致的画面和细腻的配乐也是吸引票房的亮点之一。学会借鉴，在经典中学习，有了足够的经验才能谈原创。

"我预见了所有悲伤，但我仍旧愿意前往。"

冷淡的温情——《如父如子》

满江红

该给这部电影加上怎样的标签？它可以是"是枝裕和的作品"，可以是"亲情家庭片"，可以是"优秀的影片"。

但《如父如子》大概不足以承载"是枝裕和的优秀的家庭亲情电影"的标签。

当观众在讨论是枝裕和的高超之处时，有一点是无疑的——用温情淡如水的笔触刻画深沉的亲情——当观众在讨论是枝裕和在《如父如子》中的高超之处时，却只能提到"温情"。对于是枝裕和来说，《如父如子》里有一如既往的温情，但却只剩了温情。

是枝裕和有些取巧地选择了一个极具戏剧性的题材，亲子、家庭、伦理、人际、羁绊，诸多要素皆是是枝导演的拿手之处。是枝裕和不负期望地将"抱错孩子"这样看起来俗套到老掉牙的煽情线索不落窠臼地展现出来。

整部电影的情节在一日一日的家庭琐事中慢慢展现，极其激烈的戏剧冲突被水墨画留白般地隐藏。在父亲严厉的苛责和嬉皮笑脸里，在母亲温柔的关怀和厌烦的唠叨里，在日复一日的钢琴声里，在记录美好的摄像机里，在两根被咬瘪的吸管里，在同时写着 TOSHIBA 和 TSUTAYA 字样的寒酸小电器屋里，在家里阳台支起的野营帐篷里，在修不好和被修好的玩具里，在从嘴巴里吐出来的洗澡水里，在"你知道 Spider Man 是蜘蛛吗"的玩笑和疑问里，血缘和陪伴、精英的中产阶级和开杂货店的下等阶层两对尖锐的矛盾潜移默化地爆发、持续、消解——就像风吹过广阔的麦田，轻柔恬淡。是枝裕和导演对于温情的表现甄于炉火纯青，他仿佛盘腿坐定，正持壶冲茶，在茶叶散开的时候，便开口询问：人与人之间的羁绊到底在于什么？他的态度是如此的鲜明，但他不说出口，他只抿嘴轻笑，他知道答案在递给观众的那盏清茶里。

《二十四诗品》里对于"含蓄"如此描述："不著一字，尽得风流。语不涉己，若不堪忧。是有真宰，与之沉浮。如渌满酒，花时反秋。悠悠空尘，忽忽海沤。浅深聚散，万取一收。"把本该烂套的故事用诗的语言讲述出来，充满温情的所在是本片最大的成功，也是是枝裕和最擅长的风格。宗白华先生在总结希腊杰作的特征时用"一种高贵的单纯和一种静穆的伟大，既在姿态上，也在表情里"来形容，本片大抵上摆出了一种单纯和静穆的姿态。

也许本片太在意做出一股子温情的姿态，以至于过度"温情"，给人一种刻意营造这种"温情"的感觉。整个故事透露着一种做作，可以说，它不是不好，但对于是枝裕和来说，理应处理得更好。像野野宫良多这样的中产阶级精英怎么会让妻子在乡下的医院产子？连这么尖刻的问题，电影都没办法回答得令人满意。对于野野宫良多转变的描绘也太过平淡，没有足够的戏剧转折。观众可以看到，年轻的护士有意制造这个事故，这个事故恰好发生在这样差距如此明显的两个家庭，差别如此明显的两个父亲，差异如此明显的两个孩子，无一处不在时刻暗示着这样安排的刻意性，它仿佛是宿命论的胜利一般，一切都已经被决定——实际上，这样的剧情结构和节奏，看起来更像好莱坞式的类型片。另外，在人物的描写上，是枝裕和的表现堪称有失水准。请来福山雅治如此的大明星，塑造的角色野野宫良多却出人意料地扁平。令人无法接受的是，出自是枝裕和之手的作品，竟然会出现人物脸谱化的问题。那些存在于人们印象里的描述全部派上了用场，中产阶级精英男性的严苛、自负、精致、不近人情，下层群体男性的随意、秀逗、大意、贪图便宜，两个家庭妇女亦按照各自的"身份"严格设置，连本该一样天真烂漫的孩子的角色设置都有些不近人情。在这样的角色设定里，演技最值得称赞的却是饰演小男孩庆多的二宫庆多。

　　尽管很难让人相信这是导演加以精心考量后的结果，若果真如此的话，整部电影更引人注目的却是当代日本社会死气沉沉的阶级固化程度，它要向观众展示的是社会的冷淡，不再是是枝裕和导演一心想要的"温情"。如果说是是枝裕和无意之中造成这种情况的话，那么冷淡的不只是一贯以来朴实的"温情"，也是是枝裕和导演对于本片的态度。

　　也许可以从两个家庭的不同来试着阐释。在代表着当代日本中产阶级精英的野野宫家，或者说野野宫良多的家，父亲和丈夫身份的良多基本上处于"统治者"的地位，在家庭里拥有着绝对的权力。而母亲和妻子身份的野野宫绿的弱势一览无余，不仅体现在家庭关系地位中，也体现在发生事件言表现出的无力和软弱。事实上，这样的家庭关系是十分典型的日本传统家庭，却出现在受过良好教育的上流社会野野宫家里。同时，下层社会的斋木家，却与日本传统家庭完全不符，它不仅仅是斋木雄大的家，也是斋木尤加利和孩子的家，一瞬间就让观众感受到温情的所在。然而，"冷淡"的野野宫良多，在处理事件的时候，关注的是孩子的归属，甚至一度想抚养两个孩子，尽显"温情"；"温情"的斋木雄大却对事故赔偿倍感兴趣，露出"冷淡"的一面——实际上，两个人的行为都是各自所代表阶级的典型性表现，精英中产阶级的野野宫不屑于在对他来说不多的金钱上多做纠缠，想要抚养两个孩子也体现出上层社会对于下层社会的蔑视和对于自身的自负；斋木是个来自郊区的下层社会代表，所以他贪图便宜，他"理应"在意对他来说数额不小的赔偿金——正如上面说到的，电影里表现出的阶级固化问题未免有点儿喧宾夺主的意味，但前面所提到的这一点，却也让"温情"和"冷淡"的界限变得更加模糊，它所促成的，不是"温情的冷淡"，而是"冷淡的温情"。

　　总的来说，也许是对影片和导演是枝裕和期待过高的原因，《如父如子》虽然在戛纳拿奖，但它只应当是一部"佳作"，而不能算作"杰作"。

消费一副皮囊
——浅析电影《云图》中的文化标签化现象

王皓琪

2012年沃卓斯基姐弟导演的电影《云图》一出便引起了无数争论，基本上在于以下几方面：影片叙事结构或蒙太奇的使用，想要体现影片的主题究竟是什么，影片对于原小说的极大改编是否合理？事实上撇开原著小说，单看电影呈现出来的六个故事，刻意拼接的嫌疑是很严重的，六个故事单独拎出来都显得没有说服力，影片体现的主题无论是轮回，还是爱的力量，或是对于命运和传统的抗争，都显得老套甚至站不住脚。但作为商业片来说，其中眼花缭乱的丰富感还是得到了不少观众的好评，而那部分观众或许只是在消费一副皮囊。电影的声像、色调满足观者对特定标签化内容的全部想象。

典型年代与类型故事

六个故事中改编最大的可以说是"西德海姆的来信"，影片大胆地将原作中发生在比利时西德海姆的故事全部转移到了英国剑桥，还将两个好友之间的来信中同性恋的暧昧倾向挑明，但产生了一个严重的后果就是省略主人公与老作曲家女儿产生的爱情，导致他后来出走与自杀的原因都难以理解。值得注意的是从影片上映后的反响来看，这个故事却在年轻人尤其是年轻女性群体中广受欢迎。究其原因，无非是"同性凄美爱情"与"英国剑桥"这两个标签发生了作用。

"同性之间的爱恋是柏拉图式的"这个观念或许产生于《会饮篇》，近年来对于同性恋的狂热原因复杂，在这里不作赘述。"剑桥"这个标签尤其耐人寻味，一方面它代表英国式的古典优雅与贵族传统，一方面也隐含着那优雅表面下不能见人的秘密。

剑桥在人们印象中自带复古的棕黄色调，影片中也是如此，剑桥学生也容易让人们联想到艺术气息和一点同性暧昧。《莫里斯》就是一个发生在剑桥的同性恋故事，同类的还有《同窗之爱》，后者更使人联想到"剑桥五杰"，五个为苏联工作多年的共产主义间谍，其中有几个都是同性恋。于是"剑桥"这样同时带有高贵和反叛两种特质的意象显然比"比利时"更容易引起观众的激动和满足，尤其是对于文化空虚的美国市场来说，他们尤其喜欢看到英国人优雅外表下隐藏的那些肮脏小秘密。

在这种疯狂的标签消费中，剑桥变得单薄浮躁了，没有人会真正关心这所名校强大的科研或学术实力，对于观众来说只是喜欢它的外表罢了。

"半衰期：路易莎·雷的第一个谜"这个故事也是如此，将"黑人女性"与"20世纪60年代嬉皮风潮"叠加在了一起，更容易和影片想竭力表述的"反抗传统"的主题相联系。原著中并没有明确点出女主人公路易莎·雷是不是黑人，很多原著读者脑海中想象的应该是一个成熟勇敢的白人女性，那么为什么突然变成了哈利·贝瑞演的黑人了呢？这都与人们对于20世纪60年代席卷整个西方世界的"嬉皮风潮"的怀念有关。

从"二战"之后50年代的"垮掉派"开始，一直持续到后朋克风靡的80年代，这几十年中，西方青年不断地以各种方式与传统作斗争，摇滚乐、波普艺术、无政府主义兴起，伴随着南美洲与非洲广大殖民地的民族独立运动，一切从前视为传统的压迫似乎都要被推翻。其中很著名的事件便有1967年夏天旧金山海特—阿什伯理数千嬉皮士的狂欢，以及马丁·路德·金1963年在华盛顿林肯纪念堂前的演讲。前者波西米亚风格的装束在本·威士肖饰演的唱片店店主身上得到了很好的体现，乱糟糟的长发和花哨的发带、不拘小节的形象很符合观众对于那个时代"嬉皮士"的浪漫想象。而后者以及之后一系列暴力非暴力的黑人民权运动和女权运动都可以通过"黑人女性"这个标签得到完美的展现。

影片改编时将核电站事件的背景以及其中一个华裔女性的情节几乎全部忽略，又把路易莎·雷变成了黑人，似乎在无限扩大"黑人"给人的野性印象和"女权主义者"的帅气果断的刻板印象，于是整个案件显得没头没尾，既没有揭示记者以独有的机智与整个国家机器庞大利益斡旋的过程，也没有突出人性贪婪所造成的惊心动魄的后果，只剩下一个街头武打动作片的包装壳。

综上所述，这两个改编较大的故事为了抓观众眼球，分别只突出了同性恋的类型故事和20世纪70年代黑人女权运动上升的典型事件。

文化标签受用的双重原因

这类文化标签虽说俗套，但在市场上却很受欢迎，其原因可以从观众和改编者两方面来分析。

很多观众其实一开始就是冲着标签去看的，他们希望消费到自己期待的内容。比如一些人喜欢看超级英雄电影，他可能就是喜欢那种超能力的感觉和废柴成长为超人最后大反派死于话多的套路情节，他不在乎看了那么多部电影翻来覆去只是同一个故事，因为他要的只是那种"超级英雄"的风格和热血沸腾的感觉。同性恋耽美文学也是如此，强行划分成主动方和被动方，读者在搜索文章时甚至可以按照一定的关系标签分类阅读。这文化产品甚至不能叫"作品"，只是流水线上千篇一律的罐头食品，而麻木的食客依然吃得津津有味。

从改编者的角度来看，长篇小说改编成电影甚至电视剧损失掉一些内容是不可避免的，而对于商业片来说，故事内涵及创新性都是次要的，最主要考虑的是票房，是庞大的预算开支能不能收获更大的利益。于是在利益的驱动下，他们向市场上占多数的"标签消费型"观众们屈服了，迎合他们的口味，尽量放大文化标签的内涵，将典型年代的所有要素集合在一起，浓墨重彩地渲染年代氛围。《云图》中20世纪30年代的复古棕黄色调，70年代的嬉皮氛围，未来世界神秘的蓝紫色调，仔细想想都毫无理由地充满主观性，但却成功地迎合了观众。

尤其是电影中一人分饰多角，这一点有很多人称赞，说既节省了经费又能体现轮回的感觉，但原作中所说的轮回不是表面上浅显的川剧变脸，而是人类社会乃至宇宙发展与"时间"的深层关系。如此一人分饰多角反而给人以"他们都是同一个人，只是换了一副皮囊"这种诡异而让人出戏的想法。

扁平化标签的弊端

贴标签的坏处是数不胜数的，在这里简单谈以下三方面：主题简陋化、情节程式化、人物形象单薄化。

删减情节是小说改编成电影不可避免的两难，况且《云图》这部大卫·米切尔的史诗性质的小说本来就信息量巨大，无法塞进两三个小时的电影中。例如人造人的故事原作中任海柱表面上帮助星美，其实是为了挑起人们对人造人的敌视，从而利用战争解决统治危机，这样像《1984》一样使人后背发凉的故事被简化成了农民起义型的煽动群众。如果我是大卫·米切尔，我就要起诉他们改名了，不然还会影响小说销量呢。有些东西是无法概括的，毕竟人的一生概括起来还不就是"生死"两个字吗？

有人说电影《云图》只是六个老套的故事拼起来再加上一个玄之又玄的"轮回"哲学思想，此话倒也不错，从这种意义上来讲原著确实太冤枉了。有时候无趣乏味的故事还不如一段音乐或者几句悲壮的台词来得让人印象深刻。

人物性格的多样性正是通过丰富的情节、与其他人物之间的互动体现的，删掉了情节，人物就只剩一具空壳，像一个演员不停地做川剧变脸，看来看去都是一层皮，看不见波澜起伏的内心。《冰与火之歌》改编的《权力的游戏》也是如此，基本上可以看作同人作品，只不过好在电视剧改了名字。

厄里斯魔镜的预言
——《七月与安生》的三重视界

汪雪倩

传说中厄里斯魔镜是高度直达天花板的金色边框镜子，能够让人窥探出内心深处最强烈和最迫切的愿望。两个截然不同的女孩，一个温润似丁香，一个放肆如野玫瑰，却开出对方的花朵。她们纠缠撕扯如藤蔓，向彼此喷射最恶毒的汁液，又给对方最温情的拥抱。她们爱上同一个人，路过同一种风景，共同经历最刺痛的青春——也许是友谊，是对立面，亦是镜子。厄里斯魔镜照出的影子是谁？这个世界上，谁是你的安生？

那喀索斯湖水的一维审视

那喀索斯湖水：希腊神话传说中那喀索斯能够透过湖水看到自己的影子。

厄里斯魔镜隐喻的第一重视界是那喀索斯湖水对于自我的剖析和窥探。全片两位主角在不断地进行着情感追逐中的自我审视，原著作者庆山（安妮宝贝）也借作品探讨着她本人作为一个女性、作为一个人、作为命运决定下的个体的自我定位和欲望。

在情感的自我索求上，安生对于苏家明的情愫某种程度上源于她能够通过他完成自我。如同黑格尔所言，"由于忘我，爱情的主体不是为自己而生存和存活，不是为自己而操心，而是在另一个人身上找到自己存在的根源，同时也只有在另一个人身上才能完全享受自己"，安生戴着苏家明的信物四处流浪，在埋藏爱欲的同时也找寻到渴望的自由和脱离束缚的快感，因此这份爱是建立在安生对自我的爱上的。同样，安生与七月间的相互依赖也可以说是对自我的重塑，七月看到的安生是梦想中的自己，而安生看到的七月则是苦苦追求的憧憬。

对于作者本身，庆山（安妮宝贝）在影片中表达了女性自我定位和反叛的诉求。七月之母在言语中始终传达着"女性原罪"的观念，"女孩子不管走哪条路，都是会辛苦的""女孩子将来要适应很多不习惯的事"，她固守着女性逆来顺受的社会属性，把就业、结婚作为女性的唯一出路，定义了女性较弱的社会地位。但导演显然并不同意这个观点，他在影片中刻意淡化老赵、苏家明的男性形象，张扬女性色彩，甚至透过女主角间的同性恋倾向来强化女性的社会权利。安生始终在情感生活中占据主导地位，并冲破社会的理想范式诠释生活本身，这也体现出自20世纪60年代女权运动发起以来女性所呼唤的性别平等、女权主义理论和自我抗争。

从人的角度来看，萨特存在主义认为"世界是荒谬的，人生是痛苦的"，世界本身的丑恶性使人类生来被荒诞包裹，成为丧失理性的"非人"，而人格则被空间物质和欲望压制。影片中安生与家庭割裂，在情欲的驱使下与不同男人交往，又爱上苏家明触碰了友谊的禁忌，只能通过流浪的外化方式来完成在亲情、爱情、友情上的自我救赎；而七月对于他者的占有欲、优越感和"物质精明"则在内心发酵扭曲，促使她成为砸响警报器的幕后之手，将罪恶内隐于皮囊之下。片中的每个人仿佛都被安放在了错误的位置，错误的情感纠葛，错误的成长背景，错误的选择方式，构成了影片结尾荒诞的家庭关系和人物生活状态。

值得一提的是，影片中还弥漫着隐约的宿命论和生命循环论的色彩。七月首先作为个体存在和发展完成自少女向成人的蜕变，在生命陨灭后则将内心的叛逆在瞳瞳身上延续，这一死一生成为命运自我轮转的结果。在这西西弗斯神话式的圆形叙事中，个人生命之石被推起又落下，自然背后的暗流涌动将天道轮回的宇宙观展现无遗。

双生花的二维纽带

双生花：一蒂两花，在两个不同的时节开放，传说一朵在深秋十月晚上月亮最明亮时绽放，另一朵在六月初夏太阳最柔和时绽放。它们在一枝藤蔓上互相斗争，用最深的伤害倾诉对彼此的爱。但最终只有一朵生长，一朵枯萎。

厄里斯魔镜隐喻的第二重视界是双生花在成长中的互抗互生。"也许每一个男子全都有过这样的两个女人，至少两个。娶了红玫瑰，久而久之，红的变成了墙上的一抹蚊子血，白的还是'床前明月光'；娶了白玫瑰，白的便是衣服上沾的一颗米饭粒，红的却是心口上的一颗朱砂痣。"如同张爱玲在《红玫瑰与白玫瑰》中阐释的男女情长，影片中苏家明的角色被淡化，他像一株连接红白玫瑰的藤蔓，默默地将二人的光彩展现。七月是柔和中透着毒辣的白玫瑰，安生则是不羁中饱含细腻的红玫瑰。白玫瑰渴望自由而固守花房，红玫瑰风吹日晒却贪恋温情。影片值得玩味的地方在于，二人在角色设置上不是绝对的对立面，却是凹凸分明的互补体。在爱情面前，放荡不羁的安生选择退让，温和的七月则步步相逼，伪装着设计试探安生，又宣誓着独占。影片中的内衣象征着二人身份的隔膜，但却又是穿在身体上的羁绊。"我恨过你，但我也只有你"，这就是双生花的花语的最深含义。

将二人纳入成长的命题，七月和安生在变化中逐渐成为最遥远的自我、最相似的彼此。如同拉康所言，人永远无法满足自我成为他者的欲望，伴随性意识成熟的意识觉醒让二人成为彼此的欲望对象。但这种角色互换却不是平行的，在拉康的镜像理论中，如果说七月象征从婴儿向成人的转变，那安生则代表着从独立人向母体的回归，同时她也扮演着七月在意识觉醒中的"他者"。七月内心活动着不安分的因子，她渴望砸破的不仅是警报器，更是生活的牢笼，却需要安生的激发和"诱导"才得以逃婚出走，而安生也在日夜的奔波中贪恋七月的安稳，回归家庭。如同片中所言，"安生仿佛变成了安稳的七月，七月也变成了流浪着的安生"，在机场中二人的对话"七月，你留下来吧""安生，你跟我走吧"直接成为二人身份交错的标志，也象征着成长的完成。

影片在开头和结尾设置了巧妙的呼应和戏剧性的设计。小说开头写到"如果踩住一个人的影子，那个人一辈子不会分开"，庆山（安妮宝贝）故意把悬念埋伏在流浪的七月知道踩着自己影子的人，一定就是那个已经过上幸福生活的安生，但二者身份交换的真实完结却随着安生的产后大出血身亡出现在生命的尽头。军训的开始，27岁的告终，双生花完成了轮回的使命。

拉康的三维世界

拉康三维世界：三维世界理论中包括实在界、想象界、象征界，实在界是未知的根本的现实状态，想象界是想象、情感错觉的状态，象征界是语言存在的世界。

厄里斯魔镜隐喻的第三重视界是拉康三维世界中主体由无意识到觉醒的过程。将他的三个维度一一消解，他在实在界中提出"需要"作为一种生理本能体现在生物的幼体阶段，即只需要完成对幼体的客观需求满足。但与此同时，个体却长期被控制、被束缚，自我意识缺失，在原初的统一体中无法判别主体和客体，这也直接导致了个体语言表达的丧失。影片中七月小时候长期被父母宠爱，在他们的安排下生活而缺乏自我判断力，穿土气的内衣更是突出了这一特点。但随着安生的离席，自我心理的不满足迅速导致她向想象界转变。

在想象界的领域中，婴儿会产生语言表达的要求，当他注视镜中的影像，这种陌生感让他感觉与母体分离，进而萌发自我意识，并试图宣泄他者造成的焦虑，企图回到原初的状态。但同时他无法辨别镜中物质的客体性质而将其理解为"自我"的一部分，形成幻象。影片中七月逐渐实现个体成熟，安生的他者特质让她焦虑和失望，"失望没办法爱安生像爱自己一样多，失望人生不是所有的事都能和人分享"，但正是这种对现有状况的不满足，标志着七月潜意识的自我觉醒萌芽。她在片中所言"可能是因为你走了,我的生活变得很平淡,一眼就能看到一生",代表着她对于人生的理性反思。

而在象征境界中,本体的欲望则表现为要求与需要的割裂,如拉康所言,它"既不是对满足的渴望,也不是对爱的要求,而是来自后者减去前者之后所得的差额,是它们分裂的现象本身"[1]。个体渴望成为他者,但同时无法否认他者的存在。如同婴儿在缠线板游戏中试图用线轴来代替母体的角色,主体开始寻求方式进行欲望与幻象间的融合——用替代物代表想象中虚无的客体。在片中七月迫切希望能像安生一样自在地去生活,成为她渴望的自己。随着主体意识的成熟,七月主动策划逃婚计划,并剪掉长发开始向往的自由生活。"七月曾经赖以生存的稳定的生活,像陆地一样离她越来越远了,她才发现自己其实特别习惯摇晃和漂流",笼中鸟飞出了牢笼,自我价值也最终实现了升华和圆满。

在厄里斯魔镜的三层映射下,人性中对情欲的渴望、对自由和依赖的渴望、对物质的占有欲、对自我价值实现的渴望得到了赤裸的曝光。影片呈现出三重视界,也即七月和安生透过那喀索斯湖水找到了想要成为的自我,双生花在伤害和撕扯后完成了涅槃式的重生,七月也在拉康三维世界中找到了深刻的自我定位,实现了觉知苏醒。遗憾的是,影片最终虽然达成了暂时的妥协和圆满,却以七月的缺席告终,死亡将转机刺穿在十字架上。也许正如莎士比亚所说,真正的悲剧不是失去,而是幸福即将到达的时候失去。《七月与安生》以最青春的方式,诠释了成长之殇。

---

[1] [法]拉康.拉康选集[M].褚孝泉,译.上海:上海三联书店,2001:624.

《八月》：镜头里的时光记忆

李名扬

　　《八月》在近期上映，很快这部电影以近乎绝迹的黑白文艺片气质吸引了大众。《八月》讲述了张小雷一家在八月结束时面临的改变。一边是20世纪90年代国企改革的轰轰烈烈，一边是小雷爸爸的挣扎纠结；一边是小雷渐渐成长的历程，一边是离我们渐行渐远的那个年代的生活……

　　影片朴实的黑白色调，舒缓的叙事风格慢慢地带观众融入其中，无论是小雷的双节棍还是父亲的自行车，导演无疑唤起了我们对那个时代的共同记忆和缅怀。镜头的固定和长时间停驻，演员浓重的生活气息和简短而日常的对话，取代了3D的视觉效果、动作片的刺激和跌宕起伏的情节。然而这种做法，让我们得以面对接近真实的那个八月，导演通过镜头和电影语言吹散了照片上90年代的灰尘，带观众回到那个简单的年代。

　　影片的第一个画面是普普通通的一个街拍。背景是三座不高的楼房，中间斜斜地矗立着一根电线杆，空中横七竖八的电线，墙角处堆积的杂物，边角处来回走动的人们提着大包小包，这可能只是在树下坐着打盹的老人看到的场景。这样随意而真实的场面有一种实在的质感，细腻平和。紧接着我们听到了走街串巷的小商贩雄厚淳朴的嗓音和蹬三轮车的慢节奏沉淀着的属于那个时代的声音。小雷一家吃饭的场景既平常又经典，家具的年代感和摆放位置有着浓郁的生活气息。这些镜头画面和声音的把握体现出了导演对生活化拍摄的执着和对真实观影感受的追求。就这样塑造了一个沉静、朴实、细腻、平和的社区氛围，而这里正上映着八月一场默默发生的家庭改变，而张小雷还懵懵懂懂……

电影剧照

　　一件件生活琐事慢慢地向我们走近：小雷升初中让妈妈烦恼不已，三哥和一群年轻人以桌球为乐，外公一家照顾卧床的太姥姥，还有爸爸带小雷考的游泳证，小雷喜欢的小提琴姐姐，电影院常演的《爷俩开歌厅》。在二三十分钟里，影片以十分简单的镜头切换和人物对话向我们展示了张小雷平凡的暑假生活，也十分成功地将观众引进这个炎热的八月。镜头十分平淡地，可以说是乏味地转向一个又一个的场景，用固定不变的姿态记录下发生的一点一滴。镜头里每个人物的出场都是随意和无比自然的，这种将二十多年前的生活拍成接近生活纪录片似的真实也使电影别具一格。小雷在姥爷家吃饭时，昏暗的吊灯发出柔和的光，后面是开饭前匆忙的身影和嘈杂的呼喊声，浓郁的家庭聚餐氛围在一个短短五秒的静止镜头中体现得淋漓尽致，会不会让你想起小时候一大家子人一起吃饭的热闹，会不会让你感受到现代人吃饭的孤独感和冷漠气息？也许有人认为影片用了太长的时间来讲述一些鸡毛蒜皮的小事，但正是这样的小事构成了平面上的立体空间感，也正是导演对于小贩的吆喝、广播的声音等这样细节事件的专注和把握唤起了我们对于20世纪90年代初盛夏的时代记忆或想象，然后才更利于变化随着八月的流逝而逐渐加深，从而产生一笔一笔的晕染效果。

电影剧照

　　然而，就在这个看似寻常的八月里，却发生了一连串的变化。小雷从姥爷口中听到国企改革，似懂非懂；父亲下岗后从干劲十足到郁郁不得志；英雄象征的三哥被警察绑走；小雷打伤老师，母亲请客求帮忙；电影院历经改革，不能随意进出……这些事情看似纷繁复杂、毫无头绪，就像人们遇到的种种琐事连起来就成了生活。电影的剧情顺其自然地将所有事情都推向了一个变化的前沿，然而这种变化是温和的缓慢的，同时又是不可置疑的。然而如果仅仅是为了反映国企改革带给平常家庭的影响，那么电影不免流于形式。所以《八月》特别之处不仅在于成功接近了当时的生活状态，更在于通过张小雷的眼睛来看待正在他家里发生的变化。这样一来，张小雷作为观察与反映变化的主体，除了让观影者有回到童年的错觉，还有以小说大、从细微处看巨变的力量感和亲切感。那么电影又是如何把这种发生在大人世界的变化，通过十二岁的张小雷传达给我们的呢？通过距离。适当的距离将张小雷与他生活周围的事件联系起来。比如说在门外偷听姥爷大讲国企改革，小雷露出一脸迷茫神情；父亲沉浸于时代改变带来的机遇和挑战之中，小雷却执著于手上的胶片影像；三哥被警察抓获时，小雷站在雨中不知所措。这种明明处在同一空间，但是彼此的思想却相隔好远的距离感给我们以新奇的两重感受，既让我们重温了孩提时代的天真，又不着痕迹地达到了展现家庭变化的效果。

电影剧照

希望大家都能发挥自己的能力
I hope you'll all make good use of your abilities

电影剧照

　　电影的主题并不完全在于形象地表达20世纪90年代的生活和国企改革带给普通家庭的影响，还隐晦地表现了不断向生活低头、不断长大的过程，而正是这种生活不断向前的动力使得电影有所升华。我们看到的是父亲在下岗以后，不断努力想要实现自己的理想，却遭受到嘲笑和困境，最终还是被迫向生活低头。毕竟作为一个有家庭和孩子的中年男人，他是脆弱到不堪一击的。而小雷也开始慢慢长大，初中的开始、学习的榜样、父亲的离开促使他不断成长。最后坐在车后座的小雷独自推起自行车，用自己的双节棍招呼了不顺眼的老师，拿起了梦寐以求的台球杆。连姥爷家也化干戈为玉帛，成功化解家庭矛盾……没有欢天喜地的结尾，激荡中的平淡和真实更让我们感受到了那个时代独特的魅力。

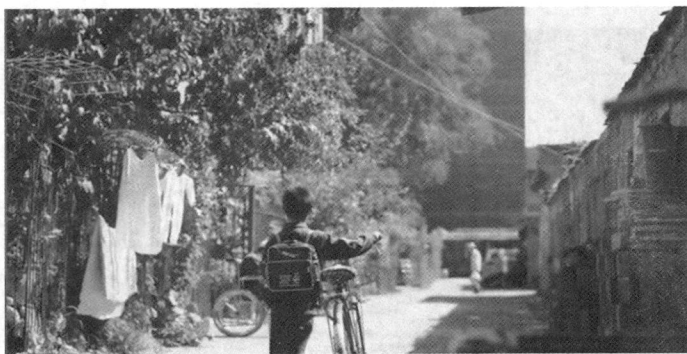

电影剧照

　　这部电影以其对拍摄细节的苛刻追求、生活场景的别致设计和主题的深刻表达，为观众呈现了20世纪90年代初国企改革给一个小家庭带来的不小的波动，带给我们关于那个时代细腻又真实的集体记忆。尽管有些情感戏演员的台词功底不足，容易产生尴尬和做作感，但是仍然不妨碍电影成功将我们带入那个时代、那个八月发生的故事。

如梦如幻月，若即若离花

——电影《胭脂扣》的爱情唏嘘

王雅涵

电影《胭脂扣》讲述了一个凄美而又令人唏嘘的爱情故事。已经死去的妓女如花用来世的阳寿换来返魂人间，只为赴约与爱人十二少再度见面。原来在五十年前，如花和十二少执著相爱，哀怨缠绵。但是十二少家族极力反对，为生计所迫，如花继续在青楼卖笑，十二少则学戏卖唱。最后两人为了永远在一起，双双吞鸦片赴死殉情，并约定来生再见。如花偷偷给十二少下了40颗安眠药，以为这样他就没有偷生的可能。可还魂的如花并不见爱人踪影，她在一对情侣阿楚和永定的帮助下继续寻找十二少。真相却让她心灰意冷，十二少当年并未死去，救活之后按照家族安排娶妻生子，而后把家产挥霍一空。如今已是垂垂老人，苟活于世。"十二少，谢谢你还记得我。这个胭脂盒我挂了53年，现在还给你，我不想再等了。"如花就此离去。

电影《胭脂扣》改编自同名小说，这个故事将人物置于不同的时空背景中，将人间永恒的爱情主题肆意把玩并推至极致，在情感困境中勘探浮生世相，在时空跨越中凸显爱情真相。[1]

电影的叙述起点从如花还魂寻找十二少开始，如花恍若隔世地迷离在80年代的香港街道，远镜头和低灯光的拍摄频频出现。她在时代不断变化的香

---

[1] 张劲松.《胭脂扣》：爱情神话的解构.电影文学，2013（05）.

港街道背景中行走，观众所见，是她孤寂落寞的身影，隐约体会到她无奈的挣扎和执意的坚守。[1] 如花自小为妓女，她像浮萍一样没有依托。如花常常去求签，以求到的签的好坏来预测自己的福祸旦夕，作为自己的精神依托。但是，当如花遇到并和十二少在一起之后，如花做的很重要的一件事情就是烧掉自己以前求的签。"以前有这些签，现在有你，我不枉此生。"

可见，如花的生命是很单薄的，否则又怎会将命运寄托于一张张薄薄的签纸。但是十二少在如花生命里的出现，让如花觉得有人可以依靠，自己的生命有了变化，有了厚度，不再命如草芥、命薄如纸。十二少不同于其他的嫖客，他真心地喜欢如花，并不只是享受寻花问柳、偷香窃玉的快感。自己的内心有了牵挂，有了着落，相应地也有人牵挂着自己。这样的状态，对如花而言，是全新的。如花那颗没有着落的心，也许会因此而变得踏实、安稳。

为了这份期盼已久的踏实，如花愿意亲自登门见十二少父母，希望能让他们接受自己。"我并没有做正室妇人的美梦，我只求埋街食井水，屈居为妾。"但还是遭受无情的拒绝。如花希望自己能用诚意打动十二少的父母，能用自己和十二少真挚纯粹的爱情打动他们，但是封建观念、家门清白的思想岂是如花一个痴情妓女可以动摇的？

十二少和如花毅然搬走，在外面同住。此时，十二少和如花都是异常坚定的，两个人要在一起的决心是日月可鉴的。爱情本身是纯粹的，但是现实的爱情又不得不掺杂很多。两人为生计所迫，如花只能去妓院继续卖笑，而十二少不得不学戏卖唱。相爱容易，相守太难。如花每日对着其他人强颜欢笑，呢喃细语，心中只有十二少的她又何尝不痛？想到十二少一个风度翩翩的富家公子，自小衣食无忧，现在却要屈居人下，被学戏师傅呼来喝去，甘心做舞台戏场的配角，难道他内心就不曾动摇？这些猜疑，这些痛苦，肯定每天在如花的心中反反复复。

为了能永远在一起，他们一起吞鸦片自杀。如花加了安眠药，让十二少不得不死，没有退路。当阿楚和永定问如花：

"你为什么不告诉他你放了安眠药呢？""我害怕。"

---

[1] 张劲松.《胭脂扣》：爱情神话的解构.电影文学，2013（05）.

"你为什么要给他放安眠药？""他害怕。"

对于这场爱情，如花始终是坚定的，因为十二少是如花唯一的依靠。如花就像一叶扁舟无依无靠地随风漂泊，十二少就是如花的码头港湾。十二少是如花的全部，如花可以为了十二少抛弃一切。如花不坚定的代价，是失去港湾，失去一切，继续漂泊。但是对于十二少，不坚定的代价并不沉痛。失去如花，十二少有父母，有家庭；失去如花，十二少可以接受家族的安排，迎娶门当户对的淑贤，生活还能继续。虽然十二少很爱如花，但是那种爱绝对不同于如花对于他的爱，可以不顾一切，可以抛下一切。就好像《孔雀东南飞》的末尾写刘兰芝自尽只有"举身赴清池"，但焦仲卿却有"徘徊庭树下，自挂东南枝"。

对于这场爱情，如花始终是害怕的。她害怕十二少怕死而背叛彼此的誓言，因为这个世界对十二少而言有太多值得留恋的了。因为十二少即使不坚定，也有海阔天空的退路，如花就要鱼死网破，切断十二少的退路，所以才放了40颗安眠药。

爱情，终究是要付出代价的。倘若代价太大，那这阴影就会掩盖住爱情原本的光芒。我为什么要为你放弃锦衣玉食娇妻爱子？我又为什么为你虚度芳华谢绝一切恩客？现实残酷，前去无路，后有追兵，如何过得这一生，倘若不是两人在爱情的巅峰殉情自杀，这段情也终究会走到尽头吧。

电影一面讲述了一个荡气回肠、缠绵悱恻的爱情故事，牵动观众的心。大多数观众，只经历过平淡现实的爱情，看到如花和十二少为情赴死，内心是怎样的澎湃起伏。另一面又在消解这个爱情神话，反复吟唱着爱情是对苍白现实的无力抵抗，或许电影更想表达的是人生的荒凉无奈、真爱的难以寻求。银幕前本来感动万分的观众，又会留下多少凄凉感叹呢！

或许，只是像十二少刚刚喜欢上如花时送她的花牌上所言："如梦如幻月，若即若离花"，一切不过是镜花水月罢了。

《霸王别姬》浅析

叶品汉

《霸王别姬》以五十多年前的中国历史为轴,贯串程蝶衣、段小楼两位戏角之间的情感纠葛,以及程蝶衣陷溺戏中人物而无法平衡现实人生所产生的错乱情感,作为一道横亘于蝶衣心中的关隘的菊仙与新旧文化冲突下自我定位摇摆的小四阡陌其中,两位角儿的师傅更如一道弦外之音,点出了在那个时代身为戏角必须下的功夫、必须要有的觉悟、必须肩负的责任,也是因此,造就了程蝶衣又爱又恨、又喜又悲的坎坷一生。

"假霸王、真虞姬""男儿郎、女娇娥"背后隐含的身份冲突与性别认同

整部电影以历史进展为线索推进故事的发生。通看全片,人物的悲剧性基调建构在程蝶衣陷溺于戏中人物(虞姬)而无法与现实人生进行良好调适所引发的身份冲突上。程蝶衣为了成就旦角而不得不扭转对自我性别的认同。相隔十一年再重逢,程蝶衣最后却为何自刎而死?一句"我本是男儿郎,又不是女娇娥",带着似笑非笑的神情,程蝶衣似乎明白了——眼前的段小楼根本是个不能守护爱人和兵将的"假霸王",伤痕累累的"真虞姬"怎么会

爱上这样的霸王？这几十年的爱终究是错付了。而作为一名真真正正的'男儿郎'，一生却为了旦角所陷溺、所执著、所计较，想起幼年怎样都不肯改口的自己，不禁嘲笑此生的荒唐。

电影生动地刻画出京剧伶人在那个时代中极不受人重视的"下九流"地位，也道尽"要想人前显贵，必得人后受罪"所需吃足的苦头，而这样的磨炼，包含的不只是肉体上的折磨，更大程度上是对精神、意志的摧残。看到程蝶衣"人戏不分，雌雄同在的境界"，享誉盛名的同时，也要思考他为此付出的牺牲，以及观念和心灵因此被迫扭曲、改变的血泪。

所以与其说程蝶衣的悲剧是因为他爱上了一个"假霸王"，毋宁说是从他幼年被断指、踏上欲成为一位成功旦角的路上那一刻便已开始了——他的成功正是他之所以悲剧的原因。陈凯歌说过，程蝶衣是个在精神上被他完全认同的人物，因为蝶衣打从内心认为自己就是个真真正正的女性，自己就是"再世虞姬"。能有这样的境界，正出于京剧对他的训练；而达到了这样的境界，让他整个身心灵都跟着改变。然而，无论是虞姬或是贵妃，程蝶衣那浓妆艳抹的脸谱下，都注定是一颗空荡、空虚、无所凭依的心，唯一能让他感到开心的，或许只有在戏台与段小楼上演《霸王别姬》的时候吧！所以纵横戏台数十载，程蝶衣最后选择扮一回真真正正的虞姬，我想既是他对京剧精神"从一而终"的贯彻，也是他对这多年的红尘梦碎、痴人情散，苍凉又无语的感叹。

在时代洪流下，对人性的思考与领悟

令我印象特别深刻的是段小楼跟菊仙二人。段小楼，从最初的自负、豪气磊落，渐转收敛，终变得懦弱、胆怯，至"文革"爆发，为了菊仙而出卖蝶衣，为了苟活而出卖菊仙，出卖自己的灵魂。而作为小楼妻子的菊仙，对于蝶衣这位爱慕着师兄的师弟，她曾因私心而厌恶他，曾因包庇而陷害他，却也曾因不舍而照顾他，最终因不忍和同情而保护他。

电影以历史时间为轴，推演着这段故事，既可以说是时代推演着这一段故事的发生，打动着这一众人物心性的转变，也可以说是人心、人性在不同环境的淬炼下赋予了这一段故事血泪和情感。段小楼和菊仙的确都是自私的，他们都曾经为了成全自己而牺牲他人，但是，细看那些悲欢离合，何尝不是时代对人性一波又一波的挑战？"七七"事变、日军进城、国民政府离开大陆、解放军进入北平、新旧社会冲突、"文化大革命"……电影虽聚焦在这几位人物身上，但透过他们所呈现的是在那个时代的洪流之下无一幸免的人们——两位著名的京剧伶人尚且如此，何况其他平民百姓、三教九流呢？

每个人在不同的环境条件下理当会做出不同的抉择和立场，无关对错。程蝶衣曾因为得不到段小楼的响应而选择出卖自己的身体，甚至吸烟伤害自己的嗓子；段小楼为了苟全自己，出卖程蝶衣、伤害菊仙；小四在新旧文化冲突下选择顺应时代潮流，却在某一刻惊诧自己竟作践了那些孕育自己的京剧文化。菊仙呢？可以说，她的出现或许便是这一连串悲剧的导火线，但将眼光投入大时代来看，我更认为她所代表的是跳脱于种种身份的框架，体现了作为"人"在不同环境、不同情况下，那种令人动容、内心最真实的情感表现和心性展现——昔日明争暗斗，今朝却将受毒瘾所害的程蝶衣紧拥入怀；昔日为包庇段小楼，不惜供出蝶衣做男妓之事，今朝"文革"动乱，却因同情、因不舍，极力阻止段小楼供出此事。

电影的艺术手法

我很喜欢《霸王别姬》电影一开始所采取的倒叙法。先上演着两人历经磨难后，相隔十一年，为了再一次上演昔日名剧"霸王别姬"而重逢相聚。一个静谧又黑暗的空间，两对生涩的步伐，三种不同心思的对谈，"啊！原来是两位啊，我当年也是你们的粉丝"淡淡地勾勒出昔日的风华绝代，前尘往事似言未言，生离死别都付炊烟。段小楼尴尬、腼腆的响应，起初看并不觉奇怪，但在电影结束后，对比起享誉盛名的昔日，今非昔比之叹不禁油然而生。而只有一束光线照射在两人身上的空间视觉设计，既能使观众不受其他人物和摆设的干扰，将焦点集中在两人身上，又似隐喻着两人昔日的风华光彩、高朋满座，如今徒留空荡萧索，人去楼空，不复往日的心境和难以言喻的心思回荡其中。

电影以灰暗的色彩为基调，没有过多华丽的摆设或场景，对于人物细腻情感的刻画以及聚焦在人物面部的神情和仪态，犹如诉说一段斑驳不堪、伤痕累累的历史与故事。《霸王别姬》高超的艺术性既表现在这个主题背后所富含的人物精神、情感表现以及时代课题，更表现在其中不少的隐喻性电影语言：电影从最初到最后，皆有程蝶衣细腻地为段小楼画上脸谱一幕，那每一笔每一画的特写，表现的正是程蝶衣对段小楼从一而终的情意；《霸王别姬》说的是虞姬感天动地的爱情，《贵妃醉酒》说的是杨玉环对李隆基的一片柔情，《牡丹亭》说的是杜丽娘和柳梦梅真挚动人的爱情，透过这三出戏，仿佛要诉尽程蝶衣内心的情感世界；被段小楼冷落时外头轰隆隆的雷声，程蝶衣戒鸦片时房间混浊的鱼缸和屏纱、破碎一地的合照、断弦的琵琶、燃烧殆尽的戏服、"文革"时期肮脏的脸谱、一把霸王剑……除了演员演绎的功夫，透过这些富含隐喻、象征的电影语言，更能细腻地勾勒出一息情思的流动。

《霸王别姬》是一部沉重的电影，它所诉说的不单纯只是一个时代、一种身份、几个人之间的问题而已，而是将这些元素糅合再撕裂开来，然后血淋淋地摊在我们眼前。它既有对艺术精神传承的敬重，也有对扭曲的艺术人生的叹息；既启发我们对时代和人性的再思考，也道尽了一番大彻大悟之后的苍凉与悲哀。

少女·刺客·侠客：聂隐娘人物分析

王雅婷

聂隐娘作为侯孝贤自20世纪80年代就开始构思的电影形象，作为他的镜像式的自己，在电影中却是下不了手的杀手，隐忍到极限而木讷寡言，全然没有刺客的潇洒、女性的刚烈。晦涩之外的聂隐娘是个怎样的人？于是笔者重读电影，期待接近聂隐娘。

聂隐娘是谁

在我看来，《刺客聂隐娘》讲述的是怪异少女成长记。一个亚斯伯格症少女被道姑掳走，驯养成武功盖世的冷血杀手，在一次执行任务中通过童年的回忆发现了真正的自我，从而摆脱了被工具化的命运，并且完成了从形而下到形而上的转变，变成了慈悲济世又隐世逍遥的侠客。

1. 亚斯伯格症患者

在编剧手记中，谢海盟说编剧与导演一致认为聂隐娘是一个亚斯伯格症患者。亚斯伯格症，通俗地讲，就是高功能自闭症，患者的语言表达没有任何障碍，甚至一张口就是妙语连珠、深中肯綮，但是不爱说话，而且说话时逃避与别人的目光交流，宁可看别的地方。聂隐娘在电影中几乎没有视点镜头和对切镜头，原因之一就是她是亚斯伯格症患者，与人谈话时无法进行目光接触。亚斯伯格症患者对于自己喜爱的事物会倾情投入，所达到的成就也是一般人难以达到的。这一点，在电影中能看出：聂隐娘武功盖世，幼时恋上田季安，能够盯上三天三夜，以及听闻元氏与田季安定亲，不惜孤身一人袭进元家庭院。这种单纯的执拗，这种爱憎分明的性格，让人赞叹：好一个亚斯伯格症人，够烈！

2. 聂隐娘与安提戈涅

《安提戈涅》是古希腊戏剧家索福克勒斯的作品，该剧在剧情上是忒拜三部曲中的最后一部。剧中描写了公主安提戈涅不顾国王克瑞翁的禁令，将自己的兄长、反叛城邦的波吕尼刻斯安葬而被处死。安提戈涅更是被塑造成维护自然法，不向世俗法低头的伟大女英雄形象。她激发了后世思想家如黑格尔、克尔凯郭尔、德里达的哲思。

安提戈涅，一个女子，有自己对亲情与政治的判断力，忤逆世俗权势，大踏步地向已知悲剧的结局走去，她有真正强大的人格。

聂隐娘也具备安提戈涅的性格元素，电影中隐忍的、难以接近的隐娘，也有自己对人伦、剑道（铁血政治）的判断，她是具有强大人格的。

3. 聂隐娘的现代性：龙文身的女孩与杰森·伯恩

电影《龙文身的女孩》的主人公莎兰德是一个从小失去双亲又被监护人强暴的瑞典顶级黑客。与聂隐娘一样，她性格孤僻怪异，是边缘化的、不被主流社会理解与认可的人物，与聂隐娘从小被双亲送给道姑又被道姑豢养成杀手的故事很相像。杰森·伯恩则是电影《谍影重重》的主人公，他失忆后，在替 CIA 执行任务时意外发现了自己的真实身份，从而走上起底大老板 CIA 之路。在《刺客聂隐娘》中，体现为聂隐娘童年记忆的空缺、为道姑执行刺杀田季安的任务时，她由他人口中一串串童年往事而发现真实自己，从而"背叛"了道姑。

由此可提炼出聂隐娘形象的关键词：边缘化、高功能、失忆、自我身份的重拾、叛变主人。

那么，隐娘如何重拾自我身份呢？关键人物就是磨镜少年这面镜子。

青鸾舞镜是关键词

1. 青鸾

虽然侯导坦言不喜欢象征，但是青鸾与镜的意象多次在电影中出现。青鸾、凤凰本是同类。电影中最早出现鸟的意象，是隐娘重返魏博后，回忆中嘉诚公主抚琴时讲述的青鸾舞镜的故事："青鸾见类则鸣……今悬镜照之，鸾终宵奋舞，而绝。"暗示了青鸾与嘉诚公主的联系。第二次，聂田氏给女儿聂窈授予嘉诚公主的玉玦，并讲述嘉诚公主的去世。聂田氏的镜头中并不见隐娘，她所面对的，是身后壁画上一只树林间的凤凰，这只凤凰鸟喙对着她，仿佛在听她讲话，暗示青鸾与隐娘。第三次，田季安与瑚姬交代隐娘与自己的童年："窈七那时，总是在树林子上，像凤凰。"第四次，在田季安召见聂锋这一场戏，田季安嘱咐聂锋务必护送田兴安全抵达临清，三年前丘绛被发配惨遭活埋一事不可再有。此时镜头中反复出现的是田季安身后的屏风：悬崖上一只猛兽虎视眈眈，峭壁上一棵怪树，一只凤凰高踞其上。田季安语重心长的嘱咐完姑丈聂锋，镜头平移，正好凤凰与田季安、聂锋同时入画，提示观众隐娘知悉此事，会参与进来。接下来，我们看到连环追杀的好戏，元家派杀手追杀田兴，聂锋在前，隐娘黄雀在后。果然，隐娘来救人了。第五次，茅屋中，磨镜少年为隐娘疗伤，隐娘悲戚道："娘娘（嘉诚公主）一个人由京师嫁到魏博，没有同类，娘娘就是那青鸾啊！"

而聂隐娘，又何尝不是那青鸾？

她高高地盘踞在世俗纷争之上，悲悯地看着这一切苟且与残酷。公主为了保障京师与魏博之间的和平，在异乡之土上操持起两代魏博藩镇主。公主为了确保田季安顺利继位，屈叛了她最喜欢的窈七。隐娘只好承受这命运。隐娘看着宫廷中以元家为首的藩镇派打压以舅舅田兴为首的朝廷派，看着她幼时深爱的人（请记住亚斯伯格症人的执拗与挚爱）与别的女人的孩子都长大了。每个人都可能沦落为他人的工具，每个人都胆战心惊地活着，每个人都在身心疲惫地与周遭辗转作战。

隐娘悲悯地看着这一切，如同高栖在树梢的凤凰一样。

电影中的场景无不是隐娘所见，克制而隐忍的长镜头，是隐娘冷漠、疏离的凝视。

侯孝贤说，等待，是刺客的成本。那么，这些冷静克制的远景，也是一个刺客等待杀机的观测。如第一场议事厅的戏中，三位老臣向田季安进谏是否与朝廷作对，是采用水平机位的远景。末了，才给高踞房梁之上的隐娘一个仰拍镜头。这场戏没有用刺客的视角来俯拍，因为俯拍意味着掌控着镜头，掌控着画面中事态的发展，然而隐娘是道姑的杀人工具，她是政治纷争中的一枚棋子，没有权力，什么也不掌控，因此隐娘鲜少掌控视点镜头。此外，要表现出隐娘的隐，不被人发现，要的就是最后一亮相的惊讶：哟，隐娘也在，她藏在这儿！

没有同类、孤身一人的隐娘，掌控不了历史车辙的轨迹，但是，她可以选择杀还是不杀。

2. 镜

磨镜少年在这部影片中，是一个纯真善良，置身于这场纷争之外的异域来客。他并非强者，但是在树林中见到有人遭活埋，便"下定决心说什么也要出手相救"（妻夫木聪语）。若聂隐娘是青鸾，则磨镜少年是镜子。不过，他们的邂逅，翻转了嘉诚公主的原剧本。磨镜少年照映出聂隐娘心中的美好与温存，是聂隐娘性格转折的关键。

重回魏博之前的隐娘，是一个冷血杀手，苦闷、委屈统统吞下肚去。重返魏博后的隐娘，扑面迎来的就是童年的种种回忆：聂田氏讲述嘉诚公主之死，听得隐娘掩面恸哭是第一波；田季安动情回忆小女孩窈七，隐娘在帘外动容伫立是第二波。前两波往事在她内心中泛起温情的涟漪，直到第三波掀起高潮。到丛林追杀，倭国少年出手相救，隐娘与精精儿交手负伤，这是第三波。第三波，父亲与舅舅险遭元家暗杀，藩镇中朝廷派与藩镇派剑拔弩张的矛盾暴露无遗。隐娘这才理解了当年嘉诚公主处于怎样的政治环境。她，站在藩镇与朝廷之间，一个人就是一条护城河，绝不容许魏博跨越黄河一步。第三波，也是将隐娘隐忍已久的感情推向高潮，所以她在疗伤时，几乎哭泣地说，娘娘就是青鸾，一个人，没有同类。若说前面一次隐娘不忍心下手，那么，遇见了磨镜少年之后，隐娘更坚定了，田季安不能杀——一个倭国少年尚且敢于出面营救，为何隐娘不敢为天下苍生做事？少年的纯真与勇敢唤起了她童年时的嘉诚公主，以及一切美好。

维护生的权利，是最大的悲悯。心头坚冰融化，隐娘开始由刺客转变为侠客。侠客，是有更大情怀、更大格局的人，能自主地决定什么人该杀，什么人不该杀。在这之后，她救了瑚姬，没杀田季安。

聂隐娘的三个母亲

1. 生母·聂田氏

隐娘对于母亲聂田氏的态度，始终是疏离的，因为在精神上，聂田氏是传统家庭妇女，而隐娘是个反传统的女孩子（骑马、击鞠、爬树，这些都不是大家闺秀的项目）。在聂田氏授予隐娘玉玦这场戏中，本是母女二人的谈话，却没有使用对切镜头，也没有视点镜头。全程是聂田氏肖像画般的单人中景。镜头切换时，二人从未同框过。

2. 精神母亲·嘉诚公主

嘉诚公主是聂隐娘的精神母亲。嘉诚与嘉信是互为相反的双生花。嘉诚公主是温和派、现实主义者，相信能用怀柔的方式，维护魏博与京师之间的和平。她所携带的白牡丹，也是和平的象征。白牡丹的枯萎，象征着魏博与京师之间和平关系的断裂。童年时代的聂隐娘，谁也不跟，就是整天黏着嘉诚公主。13年后返回魏博的聂隐娘，也最为嘉诚公主之死而动容，因为是嘉诚公主给了她失而复得的美好与光明。

3. 豢养主人·嘉信公主（道姑）

嘉信公主是铁腕派、理想主义者，与姐姐嘉诚公主一样维护着唐帝国的安定。但与嘉诚的羁縻政策不同，她头脑单纯、手段粗暴，寄希望于杀尽天下大僚来解决藩镇问题。道姑豢养了一批冷血杀手，其中最厉害者是聂隐娘。道姑与隐娘的关系，类似养成类游戏中杀手与主人的关系。田季安是嘉诚的政治傀儡，隐娘是道姑的杀人工具，田、聂二者都丧失了自由与独立人格。但道姑与隐娘主仆之间一直有种对抗关系，起初体现在隐娘的黑衣与道姑的白袍。后来，我们发现隐娘尚且怀有仁慈之心，这也是道姑所不愿看到的。在第二次刺杀中，隐娘见小儿可爱，不忍下手，连隐娘自己也感到愧疚，怎会下不了手？因此她会认真执行第三次刺杀任务，如终日待在田季安的居所勘察情况。那是职业刺客漫长的等待，但是在这漫长的等待中，隐娘睹物思人，她在回忆中成长。隐娘意识到杀人不能解决藩镇问题。她选择了不杀田季安，由此获得人格独立。意识到这些的隐娘已经不属于师父了，而魏博对她而言已是陌土，隐娘只好归隐。

文化语境的感染

1. 新新人类的残缺与困境

如克罗齐所言，一切历史都是当代史，刺客聂隐娘也是当下社会无意识的映照。侯孝贤电影中的主角总是不完美的，如《悲情城市》中林文清的聋哑,《刺客聂隐娘》中聂隐娘的亚斯伯格症。为何要将女主角设定为心理障碍者?笔者认为,在这个"大家都有病"的时代,残缺(生理 / 心理)或障碍,成为当代人类的镜像。同时,聂隐娘的原型也极具现代感:龙文身的女孩、CIA 特工杰森·伯恩。聂隐娘是古代的外衣和现代的心。假如生活在今天,她可以是一个台北街头看似普通的少女。而怪异少女最终成长为隐世游侠,这也是侯孝贤的美好愿想:一个不完美的少女也可以成为有大情怀的"圣母"。

2. 亚细亚孤儿的寻母之旅

从生母到嘉诚公主,到道姑,到重逢嘉诚公主(价值观念上的认同),隐娘是在不停地寻母;从刺客到侠客,隐娘是在蜕变与担当。刺客聂隐娘,可看作是台湾——亚细亚孤儿的寻母之旅,是台湾悲情主义的历史书写。电影借用唐代的故事,讲述了寻根情结、寻母情结。如戴锦华所言,港台电影是通过影像来建构对文化中国的想象。电影通过聂隐娘对童年的回忆来重拾身份,台湾电影也在通过回忆唐朝来重塑身份认同,以不至于对历史失忆。

永恒的行旅

——简评电影《第七封印》中永恒的思想之光

周若瑾

英格玛·伯格曼，被誉为世界现代艺术电影"圣三位一体"之一的智者，在其有限的坎坷一生中，他以梦幻般的电影语言，对关涉生命意义的独特主题展开惊心动魄的阐释；以质疑和审视的目光，不动声色地提出艰深而严峻的问题来敲响世人心中的警钟；以自己富于创造性的方式，为故事片的思想性表达开拓出一条虽然可能令人迷惘但仍充满希望的血路。或许纪念他的最好方式，不只是赞美，而是更好地理解他的作品，领会他的作品中的灵魂之思。

《第七封印》可谓是英格玛·伯格曼的巅峰之作，一如伯格曼自己所说："这是我最后一部讲信仰的电影。"[1]伯格曼为影片披上宗教的华服，在战争与瘟疫肆虐的背景下营造出如梦似幻的影像世界；在复线叙事所表现的众人的行旅中，在充满寓意的情景间，伯格曼一如影片中迷惘着的、被信仰纠缠着的骑士一样，不断发出形而上的追问。

《第七封印》所彰显的，其实是一场关于人类生命中永恒命题的永恒行旅。他不只是在讲故事，而更多的是在描绘人灵魂的状态，深刻而沉郁的思想在影像间流淌。

---

[1] 伯格曼.伯格曼论电影.桂林：广西师范大学出版社，2003：145.

《圣经》：光辉的浸润

首先，影片深沉而深邃的底蕴之所在正在于暗合着《圣经》的架构，内涵中流淌着的是欧洲千年来的信仰源流。

着眼于本片那有着深刻隐喻意味的序幕是有必要的：最初银幕上是黑沉沉的背景，伴随死一般的寂静。片名"第七封印"出现的同时，一声轰鸣响起，余音绵长，随后又是空虚混沌的黑暗。接着是以字幕的形式交代故事发生的背景，继而恢复黑暗。黑暗中，一个沉闷而骇人的声音逐渐迫近，继而愈发高亢，终于如冲破暗夜般地，伴随着雄壮的合唱声响起，曙光乍现，一只雄鹰振翅盘旋，俯视着大地万物。

不难看出，这短短一分多钟的序幕中有三个重要的元素——黑暗、光、雄鹰。其中，沉沉的黑暗在看似死寂中暗潮汹涌，呼唤着"光"的降临，正是黑暗中的蓄势下，光明重现，翱翔的苍鹰则是进一步宣誓着光的威仪。联系全片的浓郁的宗教色彩，不难联想到这一幕中暗合着的实际是创世记的图景：混沌初开，光照万物。

00:01:55 片头序幕中的盘旋的雄鹰

00:01:45 片头序幕中的曙光乍现

再联系片尾的部分，骑士一行人回到家中，骑士的妻子卡琳为众人诵读《启示录》中末日审判的章节："当拉姆揭开第七封印的时候，天堂寂静约有二刻，七位天使即将吹响他们手中的号角……"也就在这时他们迎来了死神，末日审判降临，众人在死神的带领下跳着庄严的死神之舞，走向永恒的黑暗。

综合起来看,《圣经》以"创世记"开篇,以"启示录"的末日审判收尾;而《第七封印》以富有"创世记"意味的序幕开片,以死神的末日审判与死亡之舞收尾——这正昭示着影片所浸润的是《圣经》的艺术灵魂,蕴含着的更是欧洲数千年的文明。

00:35:29 片尾的死亡之舞

行旅:追问,向死而生

其次,在电影的叙事语言上,伯格曼打破了单一线性叙事的传统,采用多线索、多声部的复杂结构作为发展剧情的主要手段,以复线的叙述展现了对生与死、对信仰的不同侧面的探索与追问。

00:21:18 布洛克向死神假扮的教士"忏悔"

《第七封印》同《野草莓》一脉相承,都以行旅作为叙事长线。骑士和仆从返回家园的行旅是主线,约瑟夫和米娅的小剧团的巡回演出、忏悔者行列的行进、铁匠寻妻、斯凯特与铁匠妻子的私奔等为副线。各条线索由互不相关到相互交织,另有死神形象贯穿始终。其中,关于"行旅",这一行为本身就被广为用作一种人在人生路途中求索的象征意义,一如苏轼所言"人生如逆旅,我亦是行人";且行旅更可理解为如信徒一步三叩首一般的漫长而坚定的朝圣之旅,这象征着追寻心中心心念念的信仰的过程。在《第七封印》中,骑士经历了"十字军东征"的残酷惨烈,信仰支柱几近腐蚀、岌岌可危,他与死神对弈以求生还,从而继续去追寻生命的意义,去解开他关于信仰、关于上帝的诘问,所以与其说骑士是在回乡,不如说是在一条探寻信仰与生之意义的路上行旅。正如骑士忏悔中说的:"没有人可以活着

当我们缺乏信仰的时候
又如何守信呢？

00:20:41 镜头切换下充满苦楚的耶稣塑像的脸

面对死神，在了解一切都是虚空之后。"他一遍遍诘问："为什么上帝总藏在半真半假的承诺和从未实现过的奇迹背后呢？……我希望上帝能伸出他的手，露出他的脸，和我说话，但是他仍然沉默……"教堂庄严的钟声一直在敲响，镜头切换，画面中是耶稣塑像充满苦楚与哀伤的脸，一如被漫无边际的虚空侵蚀着的骑士的内心。他不断困扰，被信仰纠缠，也就不断追问，不断行旅。伯格曼在谈到《第七封印》的创作时说道："在我的电影《第七封印》中，就存在着一种残余的但不神经质、诚实而童稚的信仰……天真地相信有奇迹似的救赎存在。"[1]

从另一个层面来说，其实影片开头响起的《启示录》中的话就预示着末日审判的必然降临，也正因此，在众人的行旅过程当中，死神近乎如影随形。骑士是唯一从一开始就直面死神的人，他用对弈拖延生存的时日，其实却清醒地认识到死神的存在，即了解死的必然性："总有一天，在他们生命的最后一刻，他们不得不站起来，注视着黑暗。"依海德格尔之语，骑士实际是在清醒地"向死而生"，有着带有悲壮的清醒和纠缠着自我的不妥协。而正如片中死神所说的"大多数人从不考虑死"，这正是片中那些其他看似也在行旅过程当中的人的写照；反观现实，现代人又何尝不是在强烈的算计和盈利的欲求的驱使下压榨掉了对死亡与生命的沉思呢？

伯格曼正是要通过影片传达这样一种追问生与死的态度：在深切地考虑死亡之后，人会恐惧，会怀疑生的价值，感到意义和方向的失落，会去苦苦追寻那个于恐惧和虚空中制造出的偶像，即上帝，即信仰。人类的死亡意识是人的生命的本质特征所在，"遗忘了死的向度，也就削弱了生的厚度"。所以尽管骑士内心充满了失落、迷茫与焦虑，尽管他并不是伯格曼想要完全肯

---

[1] 伯格曼. 伯格曼论电影. 桂林：广西师范大学出版社，2003：165.

定的那一种人，但他至少因为清醒而展现着另一种生的意义和真谛，他其实正是伯格曼的一个侧影。

答案：爱与温情

就像捧着满满一碗牛奶一般小心

00:56:46 **布洛克发出愉快的感慨**

在树林中，骑士与死神再续之前的对弈，约瑟夫一家在骑士的掩护和帮助下成功逃过死神魔掌，穿越疾风骤雨，劫后余生，迎来黎明。当死神问骑士在多活的日子里是否有收获之时，看到约瑟夫一家成功逃走的骑士如释重负地微笑了，发自内心地答道："是的。"其实，早在向死神假扮的教士忏悔之时就表露出了他已明了上帝只是人类构筑的一个对抗恐惧的偶像，他只是还执着地想追寻生命的真谛，"想在仅剩的时间里做一些有意义的事"，因为他感到无意义生命的无尽的荒诞和可怕，一如尼采高呼"上帝死了"之后引发的困顿和迷惘。然而正是平凡普通的约瑟夫一家给了他心中的迷茫一种答案。

全片中仅有的几段温暖明亮的情节与场景皆是约瑟夫一家出现的时候，尤以著名的分享野草莓与牛奶的片段为最典型，这个片段是诗意与哲理、纪实性与绘画性完美结合的优秀范例。约瑟夫虽然是地位卑微、事业并不顺利，甚至会遭人欺凌的杂耍演员，生活在贫穷与饥饿中，但他们一家却安贫乐道，自在满足，且充满着对他人慷慨的爱与关怀。在长满野草莓的山坡上，骑士与约瑟夫一家相遇，在这一段的情景中，画面以自身巨大的力量昭示着温馨与祥和：黑白片中的天空亦感受得到晴空万里，山坡上好似能看到阳光的跳跃，

我是老板了
我是老板

00:54:14 **骑士与约瑟夫一家共享美好黄昏**

伴以全片中难得出现的轻快的鸟鸣声，风吹动他们的头发温柔得让人仿佛听得见风的低语。柔和明朗的阳光下，他们分享着野草莓和牛奶，约瑟夫弹着鲁特琴，沉醉在《春天之歌》的歌声中，米卡尔在安睡，时光静好如静水流深，并选择了与这安谧美好相合的长镜头来表现。布洛克不禁由衷感慨："我会记住这一切，这祥和的黄昏，还有野草莓和牛奶。我会竭力记住我们所说的每句话，我会小心地珍藏这段记忆，就像捧着满满一碗牛奶一般小心，这会是我生命中闪光的一刻。"这之后，随着背景音乐陡然转换的镜头里出现死神苍白阴森的面容，骑士和死神继续对弈，骑士嘴角依旧带着美好的微笑："我掌控了局势。"这一情节正是在暗示着，骑士从与约瑟夫一家的相处中获得了一种令内心安静祥和而愉悦的力量，是这样的力量使他与死神的博弈中能暂得上风，也是约瑟夫一家的系列情节彰显着影片难得的充满希望的亮色。

尽管骑士最终没能得到救赎，依旧经受了死神之舞的末日审判，但他所探寻的生命的意义、所追求的上帝圣迹已然被昭示。所有战争、瘟疫的罪恶与苦难，所有内心中关于信仰腐蚀的迷茫失落，都在同约瑟夫一家共度的短暂的欢乐祥和中消弭了。骑士找到了答案：在"上帝已死"的时代情境中，人的目光必须从对天国的神往中收回来，注视人间，用热爱与专注对待尘世的平凡和美好，只有坚实的大地才是人永远的归宿——真正坚实的信仰不是寄托外物，而是观照内在的本质。正如约瑟夫一家，他们沉迷于现世的生活，不是陷入琐碎的平庸，而是享受着心灵上获得的平凡的美好与满足。

《第七封印》浸润着《圣经》中光辉的宗教哲思，更超越宗教，以亦真亦假的故事提炼着生活的真谛：它强调向死而生的根本清醒，更告诫我们于充满爱与温暖的生活深处找寻生的意义，用爱填补灵魂中传统信仰的缺憾与脆弱。

伯格曼终其一生都在电影中质疑和审视生命的各种命题，也正因他坚持不懈地做一个"提艰深问题的人"，始终关注那些生命中永恒的困惑，故而他的电影中有着永恒的价值。他的发问与思辨，拓展了电影艺术于思想文化上的广袤的发展天地，更启发和指引着世人踏上关于死亡、关于信仰、关于生活真谛的永恒探索的行旅。

幽灵、情人与灵魂伴侣

周寒晓

在推荐电影列表里随意挑了《薇罗妮卡的双重生活》来看，发现多年前曾经看过。那时候我念中学，一周回一次家，刚刚注册了豆瓣网，"猜你喜欢"的栏目下有一个电影叫作《两生花》，觉得名字好听就去看。一转眼，八年过去了，我已经记不得电影讲的是什么了。唯一记得的画面是一场布偶戏——讲一个舞者死亡，仙女为她盖上白布，再次揭开的时候，舞者变成了一只蝴蝶。我记得舞者的陶瓷般的手，苍白又纤细，她曾在痛苦的时候做了一个绝望的手势，让我想起《天鹅之死》。还是重看了这部电影，同两个薇罗妮卡久别重逢，同那场布偶戏久别重逢。

电影本身所讲述的故事非常简单——生活在波兰的薇罗妮卡和生活在法国的薇罗妮卡彼此不知对方的存在，却冥冥之中感觉自己并不"孤独"。两人名字相同，都是性格乐天的人，都热爱音乐（波兰的薇罗妮卡在合唱团担任领唱；法国的薇罗妮卡在小学做音乐教师）。波兰的薇罗妮卡在一场音乐会中因心脏病死去，法国的薇罗妮卡莫名感到忧愁。电影对发生在波兰的故事的描写是简略的，把重点放在了对法国的薇罗妮卡的刻画上——她爱上了一名童书作者兼布偶戏表演者亚历山大，这段感情帮助她发现了波兰的薇罗妮卡的存在，而当她知晓"灵魂伴侣"真实存在的同时，也感知到了"灵魂伴侣已死"，为之悲恸。

从最感性的层面讲起，我喜欢电影的色泽，时时刻刻都是阴天，都是黄昏，房间也是古旧又阴郁的调子。譬如，波兰的那条长走廊，薇罗妮卡曾在那里天真烂漫地一边走，一边弹球；譬如，薇罗妮卡死去的那场音乐会，昏昏沉沉的大厅，指挥台上竟有怪异的绿光；譬如，法国的居家里，薇罗妮卡小憩的午后，镜子的反光引着她在米黄色的室内摸索，柜橱、摇椅都是暮色的。《薇罗妮卡的双重生活》的色泽引人沉溺于记忆，看完电影之后也忍不住回头。

我也非常喜欢"薇罗妮卡"这个女子的形象。"薇罗妮卡"的形象在一定程度上体现出了导演克日什托夫·基耶斯洛夫斯基的电影美学——他在《薇罗妮卡的双重生活》所传达的"灵犀相通"是构建在神秘主义倾向和"非理性"上的，那么能"灵犀相通"的人应该具备怎样一种形象？"薇罗妮卡"回答了这个问题。她必须是一个有灵气，灵气得有些神经质的女性——在开往克拉科夫的火车上，她会着迷地看着玻璃球中的教堂倒影，在东欧剧变时期骚乱的广场上自顾自地、兴致勃勃地奔跑；她会在睡梦中惊醒，为某些无可名状的感受悲从中来；她会在深夜接听一个陌生人的电话，为一盘录音带前往一座陌生的城市——她也是这样的浪漫！同时，她必须是美丽的。一种结合了小女孩的纯真和女人的性感，且并不自知的美丽。我印象非常深刻的一幕是波兰的薇罗妮卡在音乐会之前的整装——她穿着白色的内衣在室内走动，身体瘦削而修长，一只脚踩着高跟鞋，而另一只脚赤裸着，她倚在窗户边对楼下的老妇喊："您需要我来帮忙吗？"——这样一种烂漫不带一点肉欲。我亦极喜欢波兰的薇罗妮卡在大街上追逐安东的摩托车那一幕——她不修边幅地一路狂奔，松垮垮的外套被风吹得滑到了肩膀下，完完全全是个幸福和疯狂的孩童，她热情洋溢地专注在自己的小世界中，丝毫没有察觉自己是多么的自然美好。而这样一个"孩童"，也会在雨后的阴暗楼道里，同一个陌生的金发男子热吻和交欢。她在那狭窄的床上舒展肢体，又让人忽然意识到，这是一具充满了欲望的、性感的胴体。恐怕只有这样一个灵性、浪漫、天真又性感的女性形象，才能诠释导演克日什托夫的"灵魂对话"。

下面想谈一谈我对《薇罗妮卡的双重生活》的理解，把重心放在对"幽灵、情人与灵魂伴侣"的讨论上。

关于"灵魂"

有人提到，导演克日什托夫·基耶斯洛夫斯基曾在一次谈话中说《薇罗妮卡的双重生活》曾让一个15岁的巴黎女孩相信了灵魂的存在，这是对他的工作的最大的回报。诚然，在《薇罗妮卡的双重生活》中导演多次隐晦而有意识地在表现某种超自然的存在——这也是和导演的神秘主义、非理性的风格相吻合的。我以为，克日什托夫对"灵魂"的表达充分地体现在他对镜头视角的把控上。波兰的薇罗妮卡在音乐会上晕厥的一幕，视角是从平视转向了俯视，那或许正是薇罗妮卡在观众席上盘旋的幽灵，恍恍惚惚地看着舞台上自己已经褪去生机的肉身；薇罗妮卡的葬礼上，镜头又变成了仰角，这个"幽灵"仰起脸，看着牧师与送行的人一抔又一抔填土掩盖棺木。

电影的诸多隐喻也带着浓重的宿命感和无可挽回的流逝感。诸如波兰的薇罗妮卡第一次觉察到心脏有问题的时候，她坐在落叶尽头的一张长椅上，镜头随着她的晕眩而倾倒，一个体面的男子从远处走近，又离开，在唯美的、诡秘的场景中仔细一看，那男子竟是一个露阴癖。我以为这是一种对生命中的"不幸""不完满"与"恶"的暗示，绝对的美好并不存在，绝对的和谐与对仗并不存在。两个薇罗妮卡中，或许总有一个要遭遇英年早逝的不幸。又如法国的薇罗妮卡受到镜子反光的指引而在居室里寻找某种线索，舞镜的邻居已经关上了窗户，而无故出现的光斑还在房间的墙壁上游移——那是一个多么脆弱的、带着执念的、美丽而无害的灵魂啊。

我对电影中关于"灵魂""幽灵"的种种暗示和比喻很有共鸣。我不是一个无神论者。我相信冥冥之中，某些超自然的事物也在同我对话。我曾经在瑞典做交换生，临别的一个晚上在一个朋友家中做客，聊天到了凌晨才走回公寓，有一段长长的夜路沿着隆德墓园的外围，6月初的风轻轻地吹动树叶，星星非常明亮。当晚做了一个梦，梦境里我在中心广场面朝一面镜子剪头发，一对夫妇从我身边走过，停下了，我们相互注视着。我不太清楚我是否曾经见过他们，但是那两张脸仿佛凝聚了我认识的多人的面部特征。他们是苍白的，衣服却异常鲜艳。我们站在中心广场上交谈，我已经忘记交谈的内容，唯独记得那位女士说了一句："They are irrelevant.（他们是无关的）"我醒来的时候窗外有人练习弹吉他，一遍又一遍地重复相同的旋律。我那时候躺在床上忽然无法分辨自己是否还在梦境中。那日早晨我摔坏了我的梳子——我心里在想："也许是因为那些昨晚擦肩而过，心事重重试图大声说些什么，柔弱而无害的鬼魂罢。"我在看《薇罗妮卡的双重生活》的时候，想到了我曾经的梦，欧陆上方游荡的灵魂中，也有波兰的薇罗妮卡。

关于"情人"

《薇罗妮卡的双重生活》不是在说"爱情"——波兰的薇罗妮卡与安东，法国的薇罗妮卡与亚历山大。法国的薇罗妮卡到底深爱着谁？不是亚历山大，她追寻着冥冥之中存在的波兰的薇罗妮卡，热恋着第二重的自己。安东和亚历山大，我以为，他们连"伴侣"都算不上，至多只能叫作"情人"。"情人"是甜蜜、短暂、可替代的。

我非常喜欢电影中的女性主义和女性视角。波兰的薇罗妮卡前往克拉科夫之前，绝情地说："我要离开安东了。"安东在此后的相遇中告诉她，他爱她，薇罗妮卡也只是追上他的摩托车说了句"请你送我回家"——女性是克制的、独立的。波兰的薇罗妮卡死去的时候，法国的薇罗妮卡在同一个男子欢爱，她忽然觉得莫名忧愁，男子起身穿上衬衣，问："好点没？我可以多留一会儿吗？"薇罗妮卡回答："不行。"——女性自私、无情，专注于自我，情人轻易离别也无妨。法国的薇罗妮卡在宾馆里找到旧照片上的波兰的薇罗妮卡时，已经觉察到了她的离世，伏在宾馆的床上痛哭，亚历山大亲吻她，我怎么看她都是心不在焉——"情人"的慰藉仅仅是停留在基本的、肉体的层面上，而女性的精神世界总是孤芳自赏的，总是精巧复杂的，难以被人理解，也不指望被人理解。

我想，在"情人"的陪伴下，电影中的两个薇罗妮卡倒是显得更孤独，更心心相印了。

关于"灵魂伴侣"

说到底，波兰的薇罗妮卡和法国的薇罗妮卡是一对"灵魂伴侣"，在精神上对话，相互感知，相互关照。两个孤独的灵魂在冥冥之中紧紧相拥着。

电影中对两人的通融有自然流畅的刻画——波兰的薇罗妮卡习惯性地用戒指按压下眼睫毛，法国的薇罗妮卡躺在宾馆的床上用戒指按压下眼睫毛的时候忽然若有所思；波兰的薇罗妮卡和法国的薇罗妮卡都有一枚玻璃弹球；法国的薇罗妮卡将背包里的东西抖在床单上，有乐谱，一如在广场上把乐谱撒了一地的波兰的薇罗妮卡。电影中的那场近乎《天鹅之死》的布偶戏也是对波兰的薇罗妮卡之死的重放——舞者摔断腿死于舞台，薇罗妮卡死于歌唱的天赋；舞者死后化作了蝴蝶，波兰的薇罗妮卡也似乎以另一种方式存在于法国的薇罗妮卡的生命中。

我在《薇罗妮卡的双重生活》中看到了三行让我震颤的潜台词：

①法国的薇罗妮卡在布偶戏中目睹了另一重自己的死亡。

②诱使法国的薇罗妮卡去追寻的，不是亚历山大的苦心孤诣，而是她同波兰的薇罗妮卡的"亲密"。

③法国的薇罗妮卡最终追寻到的，不是同亚历山大的爱情，而是对"灵魂伴侣"存在的印证，以及"灵魂伴侣已死"的事实，那份男女之爱只是这段曲折幽长的历险中的副产品，那更多的是一份无法弥补精神创伤的肉体之爱。

我觉得电影中"双重的薇罗妮卡"以及"两个薇罗妮卡的精神交流"或多或少地体现出女性主义电影中无可回避的"自恋"与"女同"的某种端倪，当然，这种感受是个体的，是因人而异的。当我在定义两个薇罗妮卡互为"灵魂伴侣"的时候，忽然想到《伦敦谍影》（*London Spy*）中的一段关于"灵魂伴侣"的对白，一对男性情侣的对白。[1]

---

[1] *London Spy*, Season 1, Episode 4.

"你相信灵魂伴侣吗？"

"不，我不但不相信，甚至觉得那不是一个好的概念。"

"怎么讲？"

"'世间只有一个人为你而存在'……那么这个人同你生活在同一个国家的概率是多少？同一个城市的概率呢？他们的道路将会交汇吗？如果是这样的话，那么世界上的所有人几乎都陪伴着一个错误的人。与其说'我们很般配'，不如说'我们在一起很好'，从字面上来讲……"

"那你觉得这个世界上为你存在着更好的伴侣？"

"也许……对你我都是。但是介于我们都不知道他们，他们只在理论上存在着。"

在《薇罗妮卡的双重生活》中，所有人都陪伴着一个错误的、但是"在一起很好"的人，一个"非灵魂伴侣"。从电影的开始到最后，世界在大动荡、大狂欢，许多清晨、午后与黄昏，小学生练习提琴，合唱团放歌，信件从1990年寄往1993年，男欢女爱，感知又失去"灵魂伴侣"——孤独，孤独，孤独。

2017 年 5 月 21 日星期日 23：24

附录

附录一："创意写作" 课外沙龙纪要

《寻常百姓家》：个体记忆与家族史书写
——北大 "创意写作" 沙龙第一期暨 "批评家周末" 文艺沙龙第二十三期

叶　馨

2017年3月18日下午，由北京大学艺术学院、北大影视戏剧研究中心主办的首期 "创意写作" 沙龙暨第23期 "批评家周末" 文艺沙龙 "时代转换下的寻常百姓——《寻常百姓家》研讨会" 在北大静园二院208室举行。本次沙龙由北京大学艺术学院副院长、北大影视戏剧研究中心主任陈旭光教授与北京大学艺术学院陈均副教授共同策划、主持，由中国社科院文学所研究员、《寻常百姓家》一书作者么书仪主讲，北大中文系贺桂梅教授、中国社科院文学所周瓒研究员、《南方周末》记者石岩、《中国青年报》记者燕舞、首都师范大学文学院袁一丹副教授、北大人文社会科学研究院孟繁之研究员、《文艺报》新闻部副主任李云雷、《十月》杂志编辑季亚娅、海航《云端》杂志编辑朱续等嘉宾与修读 "创意写作" 课程的同学共同进行了研讨与交流。

陈旭光教授首先介绍了此次读书研讨沙龙的由来，既是为了响应北京大学课程改革，配合 "创意写作" 课程的学习，也是为了继承 "批评家周末" 沙龙的传统。此后，陈旭光教授简要评价了《寻常百姓家》一书的写作特点与艺术价值。他指出，非虚构写作远离商业化、游戏化、娱乐化写作，是具有人文深度的严肃文学。而么书仪先生的《寻常百姓家》不仅秉持 "不虚美、不隐恶"的信条，展现出一代北大知识分子的心灵历程，亦能够让我们思考历史，关照当下。在国家话语、宏大叙事塑造大众记忆的今天，这种独立的个人化记忆与个体心灵史更加宝贵。

随后，么书仪先生深情回忆了写作《寻常百姓家》一书的心路历程。她谈到，在1994年母亲去世后，自己深深体会到了女儿对父母血肉相连、难以分割的感情与依恋。于是，在1996年，她便请父亲详尽讲述么家上一辈人的生活经历，并收录在36盘录音带中。在2005年父亲离世之后，么书仪开始计划写作一本书纪念父母，既为记录下他们这一辈子的艰辛与不易，也希望以此让后人了解20世纪50年代至70年代寻常百姓在政治运动的缝隙中如何生活，以使这段历史不被轻易淹没或改写。么书仪先生自陈，她始终是以"较真"的态度来审视、组织与叙述谈话录音、各类文件、合同、捐款收据、工分手册、父母遗物中的信件等资料的。

针对么书仪先生的发言，个人化记忆与家族史写作成为本次沙龙的焦点，与会嘉宾学者围绕这一话题各抒己见，展开热烈讨论。

周瓒研究员率先发言，他指出《寻常百姓家》在材料运用与视点设定方面十分独特。一方面，作者从谈话录音、书信日记、交代报告等材料中仔细取舍，在反思与自省之后，将质朴平和的人生感悟流露于笔端。另一方面，作者以"我"为视点，串联起父母亲的家族故事，又将兄长与三妹曲折的人生命运编织其中。全书侧重于家族品质与精神的承继，折射出中国文化的变迁史。

贺桂梅教授首先回忆了自己与师母么书仪的往事，继而从当代文学史、思想史的角度指出，当今学界对非虚构写作的重视，在于我们有着对重新界定真实的需求。而个体性的介入，是非虚构写作非常重要的特点之一。么书仪先生向死而生的精神使得她拥有一种超脱历史、超越个人的视角，她对于当代史的叙述，摆脱了施害人与受害人的二元叙述框架，以个体叙事见证宏大时代。这就为读者提供了一种感性而丰富的体认。

燕舞则从口述史的角度出发，肯定了本书超前的史料抢救与保真意识。他指出，《寻常百姓家》作为一本回忆录，具有多元而丰厚的史料价值。同时，么书仪先生执着地追求着"真实"，因而得以呈现出诚挚可感、可信的文字。

而书中泪中带笑的幽默感，更是沉重的政治斗争与死亡阴影下的一束光亮。

李云雷认为《寻常百姓家》的上编聚焦么家上一代人的生活，因而具有较为深沉的历史感。而通过阅读么家三代人价值观、伦理观的变化和传承，能够让我们思考如何在时代变迁中连接过去与现在的自我，建立相对稳定的内在自我，由此或许可以找寻到一种安身立命的方式。

石岩撷取了书中"父亲的信""哥哥吹口琴""36盘录音带"等多个文学性的细节，深赞其字里行间所蕴含的深情。石岩强调，本书与我们惯常所见秉笔直书的口述史的最大区别，就在于这些"细节"，而只有怀着真切情感的作家，才能将平凡的生活琐细描摹得如此感人。

鲁太光直言读毕《寻常百姓家》，心情非常沉重。他指出，本书首先是么书仪对自己家族跌宕起伏数十载的回忆录，记录了父亲的坚忍与母亲的智慧。在情感上的沉重之外，本书亦带给读者历史沉重之感。他继而提出疑问，所谓的"错误"是否可以全部归咎于历史、时代与他人？我们每个人是否真的无辜？最后，他认为么书仪的写作是节制而富有张力的。

朱续提炼出"统摄"与"召唤"两个关键词，指出作者试图在书中统摄个人经历与时代记忆，以此召唤读者。他表示，虽然家族史的写作常常是个体的、非官方的，甚至对抗官方的，但是也难以回避民俗史、制度史、经济史对其的影响。在大时代中书写个人历史，能够更好地召唤读者。

袁一丹认为，当下大多数人的阅读状态是异化的、功利性的，若要纯粹的阅读，文学作品的代入感就尤为重要，而《寻常百姓家》一书常常能引发她的共感。另外，袁一丹还谈到了本书对于沦陷区的股票市场研究与华北民间宗教、民间慈善研究的参考意义。

季亚娅从莫言的作品谈开，分享了自己对于文人面对历史的主体态度的思考。她认为，写作主体如何处理意识真实和个人真实的问题对于文学创作至关重要，而么书仪先生在自我身份认同的焦虑之中写作，却没有被时代洪流所裹挟，体现出了清晰的自身主体定位。

孟繁之则就本书的出版提出两个问题：其一是，么书仪先生在开始写作时，有没有想过公开出版；其二是，在写作过程中，怎么处理家庭内部的一些反对的声音，最后又为什么决定出版。么书仪先生一一回答了与会嘉宾的提问。此外，修读"创意写作"课程的多位同学也参与了讨论。郭兆琪同学谈及这本书在他这个阶段特别重要，因为这本非虚构作品很好地传达了过去那个时代的体验，使他对历史有了更深的感受。硕士生李忆衾则引用卡夫卡的名句来表达对《寻常百姓家》的理解与称赞。

最后，陈均老师作了总结发言，认为么书仪先生的《寻常百姓家》是一部非虚构写作的佳作，她搜集材料的方法、书写历史的态度以及在作品中显露的承担人生的精神，都值得仔细去考查与学习，也可以作为"创意写作"课程中写作家族史与非虚构作品的参照。本次沙龙取得了圆满的成功。

"底层" 的诗性、诗情与影像的开阔空间

——北大 "批评家周末" 暨 "创意写作" 课外沙龙研讨《我的诗篇》

曾伟力

　　2017年5月12日下午，北京大学 "创意写作" 课外沙龙第二期暨北京大学 "批评家周末" 文艺沙龙第二十五期 "'底层' 的诗性、诗情与影像的开阔空间——纪录电影《我的诗篇》研讨会" 在北京大学理科五号楼438多功能厅举办。

　　本次沙龙由北京大学艺术学院副院长、北大影视戏剧研究中心主任陈旭光教授主持，由《我的诗篇》导演、诗人秦晓宇主讲，其他出席嘉宾包括北京大学艺术学院影视系主任李道新教授、荷兰莱顿大学著名汉学家柯雷教授、导演宁敬武、山东艺术学院影视学系主任刘强副教授、中国艺术研究院影视所副研究员张慧瑜、诗人陈家坪、打工诗人小海等。本次研讨会分为影片放映、嘉宾研讨和互动交流三个部分。

　　影片放映结束后，陈旭光教授请出了今天的到场嘉宾，介绍他们都和诗歌或电影有关，或兼而有之，从而引出接下来的研讨将围绕作品中诗意诗情和电影媒介的结合进行。他给予了《我的诗篇》高度评价，并指出影片对于在 "高精尖" 院墙之内生活的北大学子而言，展现了世界的另一面，具有相当的教育意义和思考价值，鼓励同学们能在稍后的互动交流环节中像电影里的诗人一样朗诵自己写的微影评。

　　秦晓宇导演在热烈的掌声中开始了发言。对于工人诗歌，他认为有着三个方面的重要意义：第一是文学价值，把工业时代的经验代入写作当中，能

带来新的活力，产生新的类型；第二是启蒙价值，底层民众的发声事关社会正义和历史的真相；第三是艺术价值，用立言转化为影像的拍摄实践来讨论纪录片的影像权力。接下来，导演又提供了三个关键词作为解读影片的钥匙。首先是"真相"，在满目表演假象的时代中观众渴望的真实，往往伴随着拍摄过程中的诸多挑战。然后是"形象"，影片中出现的每个人物都有打工者和诗人两个面相。再有是"意象"，用诗歌的手法拍摄纪录片，即用意象进行表达。最后，导演以"大象无形"概括纪录片的创作。

打工诗人小海作为本次研讨会的打工诗人代表，从切身经历出发谈诗歌写作。他分享了初次观看《我的诗篇》时的激动心情，坦言自己多年来一直处于一种"撕裂"的创作状态中，一方面想要呈现自己，一方面想要去做真的自己。他感谢导演对工人诗歌的关注，更期待这个群体能真正迎来"自己为自己发声，自己为自己代言"的日子。

陈旭光教授补充道，"工人"一词属于传统思维习惯，意识形态较强，不符合阶层已经分化的现状，而《我的诗篇》的一个重要价值，是带着感情去塑造鲜活的形象，强调"我"而非"工人"。

张慧瑜则从中国形象的角度出发，着重分析了影片中出现的两首许立志的诗歌作品：《铁月亮》用传统的意象写出了当下工人的工业经验和工业生产的状况，是现代文明的文学表达；《流水线上的兵马俑》则用平等、正面的意象准确地描述了我们这个时代，表现普遍的现代人类的命运。两首诗都有着非常准确和恰当的表达。

陈家坪认为，《我的诗篇》存在一个边界的模糊性，这与创作者诗人和批评人的双重身份有关。他用"微妙感"描述一种自然的发生和接近状态的发生，帮助进一步理解作品的奥妙。在他看来，影片的重要意义在于能够真正反映底层的人权。

柯雷教授从国外汉学界对国内打工诗人、工人诗歌的不同看法展开讨论，选集版本的不同，收录篇目的差异，体现的是底层写作所存在的一种社会价值与美学价值之间的张力。"贴标签"是不可回避的，遗憾的是现在从所谓纯粹的人文学科视角出发的分析文章数量较少，对基本资料的把握也不够。

宁敬武导演肯定了《我的诗篇》影像表达的美学创造性，从中看到、想到自己80年代和诗歌的一些关系，从创办诗刊的例子反映当时社会阶层划分并不那么明显，诗歌本身更受关注，因此在今天谈论打工诗人的时候，要警惕不能从精英阶层出发居高临下地看。在他看来，当下有一种诗性的需要，会有更多诗歌作品或者是有诗性的艺术品进入人们的主流消费视野。

陈旭光教授补充道，2016年涌现出许多和诗歌有关的电影，比如《长江图》《路边野餐》中的主角都是诗人，这是中国大众文化的消费沉静下来开始关注深度和内涵的结果。

李道新教授提炼出"尊严"和"尊重"两个关键词，对底层的生命体验、诗人的生命尊严，以及影者的自我拯救进行归结。在表达诗人困境的时候，没有选择控诉和愤怒，而是走向一种真实。他赞扬这部作品既具备关注底层的人文主义色彩，同时在结构以及在文字和影像的结合上达到相当高度，诗歌真正获得了穿透荧幕的力量。

刘强副教授从思想意蕴和艺术手法两方面出发，对影片进行了洋细的解读：聚焦六个诗人以及他们的作品，从字里行间透露出的不只是生存困境，更是诗意精神。频繁使用的蒙太奇，加上有意为之的色彩和音乐使用，这些摒弃传统纪录片的做法丰富了作品的诗意魅力。他评价《我的诗篇》为纪录片的创作提供了更多的可能，对于丰富整个纪录片电影语言和电影语法做了很多探索和尝试。

在接下来的互动环节中，有十位同学参与了交流，分享了他们的微影评。秦晓宇导演被问及为何用精美的画面来表现疾苦的生活，他回应道：粗砺是他们生活本身的质感和真实性，唯美是生活之外的、诗性的、尊严的表达。

在沙龙结束之际，每位嘉宾应要求为本次活动留下了一句话。小海引用了陈年喜的诗句"再卑微的骨头里也有江河"。陈家坪肯定了影片"无比沉静的精神世界"。张慧瑜在活动中感受到"我们的生活还是有诗意的"。秦晓宇再次点出影片的中心"以血肉有情之诗，为中国当代立言"。李道新表示"诗歌是从异己世界里获取尊严的方式"。柯雷感叹"任何人都不可能有诗歌的拥有权"。刘强期待看到更多"天地立心，为民生立命，能够在这样电影里见自己见天地见众生"的作品。陈旭光最后总结道："从被遮蔽的群体到'我'的独立个体，然后从独立的个体到更开阔的群体，诗性精神跨界飞翔。"

本次沙龙到此圆满结束。

互联网时代的微影评写作与
大学教育课外网络空间的拓展
——北京大学"创意写作"课外沙龙第 3 期
暨北大"批评家周末"文艺沙龙第 27 期

李忆衾

2017年6月9日下午2点，"互联网时代的微影评写作与大学教育课外网络空间的拓展"研讨会在北京大学艺术学院举办，此次会议为北京大学"创意写作"课外沙龙第3期暨北大"批评家周末"文艺沙龙第27期，由北京大学艺术学院与北京大学影视戏剧研究中心主办，艺术学院陈均副教授主持，副院长陈旭光教授主讲，参与嘉宾有中国人民大学文学院陈阳教授、《文艺报》编审高小立，以及北京大学艺术学院李道新、李洋、顾春芳、陈宇等教授，北京大学教务部副部长裴坚教授也应邀参加。此外还有"创意写作""影视鉴赏"等课程的选课学生及艺术学院的硕士、博士、博士后等，共六十余人参与了沙龙。

陈旭光教授首先对这次会议的主题进行了陈述。他谈及互联网时代的四点巨变：由数字技术与互联网引发的媒介文化革命、网络社区的重构、电影外部媒介因素的变化、电影内部媒介因素的变化，进而对电影批评的格局、功能形态等新的变化进行了分析，指出网络微影评在这一格局中的位置与特点，而且特别提到："网络批评尤其是微影评的重要性并没有降低，反而形成了一个新的公共文化空间。我们，尤其是北大的师生，要在这个互联网时代的新型公共文化空间发出声音，只要发出声音，总是会有人听到的，虽然不一定一呼百应。"

接着陈旭光陈述了自己在"电影概论"和"影视鉴赏""创意写作"课上提倡并要求学生写微影评，致力于师生微博、微信上互动点评争鸣的教学理念，他认为"这种字数有限制，既见思想也需要专业修养，更考量语言文笔表达功力"的微影评写作，是一场试图拓展大学教育课外网络空间，建构新型学术性公共文化空间的努力，也是一次"师生共同探索、发现和创造之旅"。他还点评了若干优秀微影评，并向大家展示了北大学生微影评写作的成果——已经正式出版的《最佳微影评2016》。

陈均副教授认为陈旭光教授对于"微影评"的提倡与热情，在于他找到了将时代与生活的变化、电影与电影批评的变化以及影视教育结合在一起的最佳载体，也就是微影评。

陈阳教授提出微影评对于普及电影文化作用很大，而且带领学生进行微影评的写作，从通识教育的角度出发，也具有很大的启发性。

顾春芳教授指出互联网时代影评的五种变化，如评论模式发生变化、评论方式更加多样化和更加自由、评论的传播方式发生改变、评论的权力话语的改变、网络评论的消费导向作用等。她认为，大众评论和专业评论并非对立关系。学者的不愿和不屑介入，给了商业左右和绑架大众媒体的机会。因此要发挥在校大学生、在校研究生的力量，将理性力量注入其中，继续发挥艺术批评的影响力。

李道新教授讲述了自己多年来的教学经验，他提到在2010年前后课堂状况的变化，2010年之后，也就是大约进入互联网时代之后，学生在课上都低头看手机看电脑，教师上课的压力越来越大，陈旭光老师的这个新型教学方式给了我们很好的启示。李道新教授认为，微影评和专业影评枉互对照。是否为微影评，不在于篇幅长短，而在于学术性与专业性。

李洋教授提到，首先是微影评写什么的问题，选择评论的角度很重要。其次他认为我们可以更多地谈论电影本身，而不是谈论电影要跟我们谈论的问题，比如电影的视觉、构图、摄影。再次是意识形态的干扰和精英主义的困扰。所以李洋老师认为应该创造一个独立于学者、媒体、大众三者的另外一个空间，在其中有另外一种匿名的大众的声音。

高小立编审肯定了微影评的功能与影响，但她认为微影评只是一个辅助手段，专业性的学术影评与研究才是目标。因此她希望快捷性的网络微影评应该向专业影评发展，大学教育应该加大对学生专业性、系统化、逻辑性的训练，如电影史、电影表演体系、导演、制片、编剧等相关专业知识的教育，培养学生的专业精神和专业能力，培养互联网时代的影评新力量，增强艺术评论的社会功能。

裴坚教授回忆30年前听戴锦华电影课时的感受，认为现在的教学方式和以前的教学方式完全不同了，现在网络时代的教学应该以学生为本位，充分、积极地调动学生的学习兴趣，微影评写作的方式就是一种有益的尝试，是课堂教学的一种延伸。

陈宇教授分析了影评与产业之间的关系，认为影评与产业本来是共同生长的，但是现在有了无形的壁垒。微影评则有助于两者的弥合，而且能够避免长篇大论，更能切中实质。

艺术学院胡玉敏老师也谈了自己对微影评的看法和写作心得。参加沙龙的同学也提出了自己的问题与困惑，如双学位生周寒晓提出自己在写亚文化影评时的传播上的困扰，艺术学院2016级硕士生李忆衾，本科生周若菲、汪雪倩等同学就微影评对自己的影响、如何写作微影评等话题与嘉宾进行了探讨。

沙龙的讨论一直持续到下午五点，仍意犹未尽。关于网络时代的微影评写作，以及微影评在影视教育中的作用，不仅是对于电影批评方式的变化的讨论，而且是一场互联网时代大学教育如何拓展课外网络空间，如何发挥学生学习的积极性和个体主体性等的有益探讨，对于北京大学"创意写作""影视鉴赏""电影概论"等课程的教学实践来说，也因之获得了一次宝贵的经验总结与阐发。

"创意写作"课外兴趣小组访问皮村，
调研"底层写作"与打工文化

李忆衾

2017年5月22日晚，艺术学院本科生专业核心课程"创意写作"课的小说组和非虚构写作组的同学在任课老师陈均的带领下，来到北京朝阳区的皮村进行课外学习，参观打工文化艺术博物馆，感受"底层写作"，调研打工文化。

前不久，《我是范雨素》一文在网络上引起广泛关注。范雨素为"皮村文学小组"的成员。"创意写作"课程与时俱进，关注热点，很快就邀请到"皮村文学小组"的指导老师张慧瑜来讲授"新工人文化与创意写作"。之后，又进一步联系"皮村文学小组"的负责人，促成了这次难得的课外实践活动。

5月22日晚六点半，"创意写作"课小说组和非虚构写作组的成员来到位于朝阳区皮村的"打工文化艺术博物馆"。打工文化艺术博物馆是由北京工友之家发起创办的一家民间非营利性公益博物馆，于2008年5月1日正式成立，目前博物馆共收藏有两千余件展品，日常面向社会公众免费开放。博物馆的宗旨是记录打工群体的历史变迁，倡导劳动价值并且尊重认可。整个博物馆分为八个展厅，分别为：打工群体历史变迁专题展厅、女工专题展厅、儿童专题展厅、劳工NGO团体专题展厅、工人居住状况专题展厅、工友影院、新工人剧场、工友图书馆。由来自北师大的皮村志愿者冯睿进行解说。

参观完博物馆后，同学们又参加了皮村文学小组的活动。每周日晚上七点半，皮村文学小组都会邀请来自各大高校、出版社、文学杂志的教师、主编、编辑等来上课。课程的时间一般为两小时，主题以小说或诗歌为主。这一次的授课教师为《北京文学》副主编师力斌。师力斌老师以"诗歌中的空间"为主题，将杜甫的诗歌与几位打工诗人的诗歌进行比较，从而表达他对诗歌的看法，引导打工诗人创作出更好的诗歌。

在课程开始半个小时后，范雨素出乎意料地来到课堂上，选择在倒数第二排靠边的位置坐下，在膝盖上摊开一个很厚的笔记本，认真地聆听起老师讲课，时不时地在笔记本上记录些什么。全场在座的学生几乎都没有发觉她的到来。九点半下课，范雨素很快地起身离开。

回程的路上，同学们感受颇深，在车上深入思考并热烈讨论。从校园"象牙塔"之地到京郊"打工村"，此次深入社会的课外调研学习活动让同学们感想深刻，收获良多，并因之对理想、现实、写作的意义都有了更加鲜活而深刻的理解。

附录二："创意写作" 课程感想略选

觉得受益匪浅，最重要的收获是思路在很大程度上被打开了。

老师在微信群中分享的阅读材料非常精彩，虽然是一门严肃的、需要考核的课程，但是这些材料也为我的闲暇时光增添了许多乐趣。

觉得课程沙龙的设计非常有益，认识了许多热爱文学的朋友。

这是我在毕业之际最后几门艺术学双学位的课程，想到课程完结毕业在即了，也觉得非常伤感。

希望自己能在今后一如既往坚持写作，永远保持一颗敏感、激情、赤诚之心。（周寒晓）

在学习了一个学期的 "创意写作" 课程后，终于发现自己对写作这方面还是没有什么天赋，写出来的东西总是无法很好地表达出心中构想，想的东西也总是太过于普通、庸俗。

但我很开心的是，通过对各种写作讲座的参与，自己也懂了一点写作的皮毛。其中我比较有兴趣的就是网络文学一节课，平日里总认为这是一种消遣娱乐的文学，很难将其学术化，但听了老师的课之后，对其有所改观。

写作是一件看天赋的事情，但这也是一件挺让人快乐的事。比较遗憾的是报名的小组项目那天因为中暑了没有去皮村，否则又可以多一项体验。

这学期的 "创意写作" 课程是我最喜欢的一门课程，准备在课下继续对写作进行自主的学习。虽然不会将写作当成自己以后的工作，但平日里用它作为抒发心声的工具是非常好的选择。

这16次课程可以说是节节精彩，大家云集，不仅选课角度新颖，我也从中学到了很多有用的知识。其中校内的陈旭光老师为创意写作作了开篇引入课程，陈均老师讲了新诗写作开拓思路的一些小技巧，陈宇老师讲述了剧本创作重点，邵燕君老师为网络文学写作进行了简要的概述和介绍，拓璐老师讲述了戏剧剧本的写作方法，彭锋老师对文艺批评、艺术品鉴赏给出了自己的体悟，李道新老师讲述了电影批评的相关问题。校外则有徐则臣老师讲述长篇、短篇小说的写法，沈继光老师讲摄影、绘画、人生的体悟，宁敬武导演讲剧本创作，张慧瑜老师讲述新工人文化文学，夏可臣老师讲艺术策展。涉及内容包括新诗、戏剧、短篇长篇小说、剧本、网络文学、文艺影视批评、影像文集、艺术策展等，门类众多。一言以蔽之，内容丰富，名师荟萃。

每一个学生都会在这个过程中对所有的写作领域有所了解，也会通过老师的讲解发现自己的喜好、擅长之处，既拓宽了知识面，又找准了自我定位。课堂在人生理解、写作技巧、创作思路、文学走向方面都有所涉及，干货满满，受益终生。（汪雪倩）

这门课给我带来的收获还是很大的。首先是锻炼了自己的写作思维和构思能力，在没有上这门课之前，我认为写小说、写剧本就是随便编个故事，尽量让故事精彩点就行，但是徐则臣等名家给我们上课之后，我知道在构思故事时应该调动自己的生活经验、具有独特意义的生活思考，故事中的人物和情节应该是自己熟知的，是自己有能力和信心完整描绘和呈现的，只有这样故事才会富有真实感，才能更好地寄托自己的思考。同时，故事的架构是需要设计的，例如讲故事要从故事的中间讲起，在讲述的过程中一次次地追溯到开头，这样才引人入胜，也就是所谓的闭锁式结构。

其次，我明白了各种文体的差别，明白了小说、诗歌、剧本、非虚构写作之间的不同，例如诗歌注重意象和感性，而小说注重描写，非虚构注重细节和情感的深挖。让我记忆犹新的是老师在课堂上进行的诗歌训练，奇葩的词却能组成富有新意的诗歌，而且读起来颇有意思，这让我很惊讶，原来每个人都可能是一位大诗人。

最后，这门课程激发了我创作的兴趣和激情，犹记得自己在写《如果大雪封门》和《到世界去》时写不出来不罢休的创作精神，看着人物在我的笔下丰满起来，看着一句句话在纸上连贯成段成文，我欣喜若狂，仿佛他们是自己的孩子，我呕心沥血、苦思冥想只为他们的顺利降临。

感谢老师和助教，希望这样的好课能一直开下去，让更多的学生领悟到创意写作的迷人之处。（陈璐涵）

本学期"创意写作"课程即将结束，丰富的课程内容给我留下了深刻的印象。经过一个学期的学习，认为本课程具有以下特点：

首先，课程内容丰富。基本上每节课都会提供各具特色的写作内容，对于拓宽知识面很有帮助。记得陈宇老师用照片带领大家探寻符号与真实的关系，记得邵老师在网络文学写作的时候讲大神猫腻，记得大家讨论热度很高的皮村范雨素……当然，印象最深刻的还是第一节课。那天，北京飘着雪，开学第二天，躁动的心将我拉到二教。大家发着自己写过的诗，饶有兴致地学写新诗——有个叫高露洁的女孩，未名湖底有辆潜水艇，飘逸的长发，还有一棵梧桐树……

其次，作业设置合理，学习收获大。各种类型的作业都有所涉及，非虚构、小说、文学批评等，通过实在的写作过程，体验到了各种不同体裁的文学写作，学习收获很大。

最后，课下交流活动多，利于进一步学习。课下组织了不同的沙龙活动，听到作者本人对作品的解读和讨论，对于理解作品更加有帮助。我非常期待9号的沙龙。

总之，通过一个学期的学习，我了解到了很多不同类型的写作体裁，也亲身体验了不同类型的写作。就像曹文轩老师说的那样，写作是一种生活方式。我相信，就算课程结束，我还是会坚持用文字记录生活，表达感情。（陈小琪）

如果用两个字来概括这一学期的创意写作课程，那绝对是"丰富"了。

陈宇老师为我们比较了小说和剧本的写作，中文系老师为我们讲解了网络时代的文学引渡，宁敬武导演为我们讲述了电影故事的构成与形态，作家徐则臣为我们分别讲解了长篇小说和短篇小说的写作，沈继光老师引导我们要以审美的生活方式过一生，张慧瑜老师将新工人文化带进了我们的视野里，李道新老师为我们讲解了电影观念的转变和电影批评的重建，等等。

回过头来看，我们竟然见到了这么多在各自不同领域有所建树的名家，每一次课都是对其中一个领域的一次短暂而记忆深刻的探索。如果问创意写作课程真正带给了我什么，我想不是实际的写作方法，而是视界的极大扩展和随之而来的写作思路的开放。每一次课最吸引我的地方就是各位名家对于自己领域的独特理解，不同名家的观点隔空碰撞，真正演绎了"丰富"二字。

课外我参加了两次活动，一次是随艺术学院的同学们参访了曹雪芹故居，一次是参加了由陈旭光老师主持的针对电影《我的诗篇》的批评家周末沙龙。两次活动都带给我不同的感受，尤其是批评家周末沙龙，让我真正领会到了什么叫思想的对话。

不得不说，通过这次创意写作课程，我的生活体验丰富了许多。为了写作《二十年家庭记》（非虚构写作），我真正静下心来把这么多年来的深刻记忆梳理了一遍；为了写作剧评，我也过了一把小剧场的瘾，并且发现了北京繁星戏剧村这样一个看剧的好去处，我的爱好也得到了扩展；写作小说《如果大雪封门》的时候，我发现小说虽然写的是别人的故事，但是在深层次上依然是对自己内心的剖解。

感谢创意写作课程，以及各位老师们和助教们的付出。这是一段难忘的回忆。希望创意写作课程越办越好。（陈晓雪）

这是我第一次接触创意写作课。在这门课程上，我不仅学到了很多实用的写作经验，还体验了创作的乐趣。第一篇小说、非虚构写作和艺术批评都是在这门课上诞生的。徐则臣老师的创作经验很实用，让我对写作小说有了一个很具体的概念，然后写了《如果大雪封门》这篇命题小说，虽然不是很好，但是让我初次破了戒，创作也慢慢变得真实可触了起来。非虚构写作也通过《寻常百姓家》有了初步的认识，甚至在我写作母亲的家族史后，对写一部自己家庭完整的家族史有了很大的兴趣，因为我发现家里的每个人都有一段不同寻常的往事，既传奇又真实。然而，在艺术批评的写作上却有些困难，因为对艺术批评了解很少，也不会利用丰富的艺术理论。虽然彭锋老师介绍自己的文章时，我觉得非常的专业和有理有据，可是一到自己这里就不知道应该怎么办。通过反思，我深感自己的眼界太窄，无法顺利地写作艺术批评。十几节课下来，有很多经验丰富的老师来授课，因此增加了各个方面的见识，还收获了自己的三篇创作，实在是受益匪浅。希望这门课程能一直办下去，当然，也很希望能由这门课程衍生出更专业的创意写作课。（李名扬）

　　这学期的创意写作课程十分有意思，在课上也学到了很多很有意思的东西。以前写作的时候大多数都是埋头一股脑儿地写，也不讲究方法，所以写出来的文章也就觉得少了些东西。以前文章总是喜欢用一些风花雪月的美好事物，经过这一学期的写作，自己好像对那些文绉绉的东西放下了不少，也算是接了几分地气。这门课程很棒，有三次课外沙龙，自己报名参加了两次，每一次的收获都不少。我记得第一次邀请的是《寻常百姓家》的作者么书仪老师，老师很质朴，她的人就像是她的书一样，沉静如水却又积蓄着力量，平常的语言，却能记录出生活百味，十分让人感动。从么老师这里，我好像得到了一些灵感，写作也许就是写生活的一种，心底的情感无须用多么精致的辞藻来描绘，只需表达出自己的情感即可。这学期这门课程给我们介绍了许多领域的写作，无论是小说还是艺术批评，无疑都丰富和拓展了我们的视野。（潘洁馨）

　　通过这一学期的创意写作课程，我得到了很多写作方面的训练，也以此为契机完成了许多作品，如一些现代诗歌，家族史《厚土与飞尘》，以自己的成长环境和家庭为背景的小说《到世界去》，电影评论《真实的名义》，等等。我认为这门课程对我最大的作用，应该不在于一些具体的写作技法的传授，而在于它给了我一个写作的动机，一个强大的原推动力，让我在这繁忙的大学阶段能够重拾高中阶段对笔墨单纯的热爱，动笔写下自己的所思所想。经过这一学期，我对写作本身也有了更深入的思考。我觉得写作是一种充满激情的创造过程，是如鲠在喉时的宣泄口，是平静中的深层爆裂，我欣慰自己重新找回了那种感觉。

同时，我通过这门课程接触到了许多著名的作家，如《如果大雪封门》的作者徐则臣、皮村文学小组的教师张慧瑜等，他们所带来的经验、人生与故事都令我获益良多。我开始渐渐了解一个创作者需要哪些前期准备，他的生活状态是怎样的，他以一个什么样的视角来打量世界，以一种什么样的角度和力度剖开切面，让血流出来。我希望在课程结束以后，写作不会结束，创造创意的过程也不会结束。（崔铭航）

不知不觉，一个学期的创意写作课程即将走到尾声。在这一个学期的学习过程中，我收获了很多。关于对本课程的感想，最大的感想可能就是"丰富"吧。

首先，本课程教授的内容很丰富。从新诗说起，到小说、剧本、非虚构写作、艺术批评、网络文学、打工文化等，本课程的教学内容丰富到令我惊叹。不同老师的风格区别也很明显，每个老师都很喜欢，但印象最深的还是讲网络文学的邵老师——课程有干货，讲课很风趣。当然这可能跟我自己对网络文学的偏好有关。

其次，同学们的想法很丰富。每到互动时间，同学们总会积极发言。从同学们的发言中，我感受到了同学们丰富的思想（特别是新诗主题的课）。能和这样一群有想法的人一起学习，是我的幸运。

最后，祝本课越办越好。（贺一密）

致力于艺术批评、剧本、小说、诗歌、非虚构作品创作的大师们能来给我们讲课，真的收获颇丰，感觉能够近距离地体验到创作者的真实心境和创作过程，对"艺术的世界"有了更加具体实际的感知。

首先，我意识到关于文学，有太多技巧需要学习。有了老师们的教导以及自己的创作经验，我逐渐感受到读者和作者的区别，在阅读时会暂时脱离读者的视角，放弃浸没式的阅读，而从一个作者的角度对文章的布局、论证的逻辑或冲突的设置、人物的出场去评价，并得到了一种截然不同的快感。

在这个过程里，我发现无论是深刻的艺术批评还是精彩的小说故事，优秀的文学作品必然要经过辛苦的琢磨和推敲，这就证明了技巧和形式对于文学的重要性。而关于这一点，前人其实已经替我们总结了太多经验，只等我们去学习、研究。

其次，我更意识到，文学创作是传授不了的。作者作品的创造是基于个人的生活体验以及灵感，这种感性和天才是无法复制和学习的，甚至作者本人都无法控制。真挚的情感和精妙的点子需要我们自己从生活中寻找，对生活进行细致的观察和深刻的体验，才能形成只属于自己的天才和灵感。

最后，我很感谢这门课。在各种文学体裁的创作中，我感受到了作者作为"上帝"的快感，创造一个属于自己的世界是抒发情绪、表达态度甚至改造世界的绝佳方式。我希望我能够一直、一直地做一个作者。（黄竞萱）

光阴荏苒，期末将至。临别之际，有感于斯，故作此篇。

一学期的学习，各样的文体：陈均老师的新诗、陈旭光老师的导论、徐则臣老师的小说、彭锋老师的美学批评、李道新老师的电影评论。从剧本到小说再到批评，这一年来，创意写作的学习丰富而充实。在写作的路上，我写过剧本，写过小说，写过自己家族的故事，也评论过电影的幻梦。

在创意写作的道路上兜兜转转，终是能遇到最好的自己和他们，最好的属于我们的文字和记忆——沈继光老师的印、陈均老师的书，一丝一点，是老师们在写作路上的鼓励。如何写小说，如何读剧本，如何在文学的道路上杀出自己的一条血路，创意写作的老师们给了我们最好的启示。

关于创作的点点滴滴，学会并且喜欢。"知之者不如乐之者，乐之者不如好之者。"在这个创意为王的时代，逼着自己开开脑洞，去曹雪芹故居学会赏赏春花，到卧佛寺与朋友开一个 offer 的玩笑，确是件乐事。大概我眼中的创意写作的真谛就是"一花一世界，一叶一菩提"的简单映像吧。

没有《出师表》的感激涕零，也没有行文到最后的不知所云，不过还是表白这一路陪伴我们的所有老师，文学路上，师生相随，不孤单、不孤寂。（贾志超）

忽然发现一个学期就过去了……有点没有现实感。

一个学期以来听到了各方名家的写作经历，对于各种文体的写作都有了更深入的了解。这种经历的分享很有趣，可以了解老师们写作时的心路历程，包括一些灵感的来源等。邵燕君老师、沈继光老师等人的讲述我都很喜欢，对于不同文体的发掘、读书的方法、对新事物的尝试，都让人受益匪浅。几次沙龙也给我们提供了交流的平台。

通过课程实践做了很多写作的练习，对各种文体都有了一定的写作尝试，也更加明确了自己擅长的方面，感觉果然还是最擅长（也最喜欢）虚构作品的写作啊，在写自己喜欢又擅长的东西时能感到下笔如有神。当然可能是因为虚构性的作品可以在某种程度上弥补个人经验的不足，而非虚构类的作品就不能这样取巧了，也许在我经历更为深沉的积淀后可以尝试去写作吧。

感觉创意写作这门课最重要的一点是培养了人"写作"的习惯，让人在实践中明确自己想要选择写作的方向，明了自己的优势和不足。（周若菲）

时间飞逝，犹记得第一节创意写作课，陈均老师让我们用大家即兴提出的词汇作一首诗，后来大家的成果真的是生动有趣。也是由新诗开始喜欢上了创意写作这门课程。

"创意写作"四个字如果要以前的我来解释，那便是文由心生。不要拘泥于传统的范式，不论地点时间，只要有笔和本，便可以尽情地创作，随时随地将自己内心中独有的情感记录下来。

但上了一学期的课程后我发现，不是任何文体都可以随心而写。如果让我用几个词来概括这堂课，我想我会写下"精练、厚度、特有视角"，即不论写什么文体，语言一定要精练，与此同时，还要保证文章的厚度即文章中要蕴含丰富的思想内涵；在此基础上，如果想要被大众所关注和喜爱，那么文章一定要有独特的视角。这就要求作者一定要是一个会观察生活的人。

但为写出有厚度的作品，随心而写也是必不可少的练习之一。

感谢陈均老师、陈旭光老师开这门课，并请来很多优秀的作家和老师，还举办了很多次沙龙和交流会。同时，感谢助教老师们一学期的辛苦。

通过这门课重新认识了写作，虽然因懒惰未能多多练笔，但真的学到了很多关于写作的方法。再次感谢！（李美娜）

一学期的创意写作课程下来，却一时想不出什么好说的。课程请的各位专业水平高的老师、丰富多彩的课程内容和几次课外活动，都让我十分感动，但最令人记忆深刻的，应该是几次课程作业吧。

因要写与家族史有关的作业，第一次如此亲近地与长辈们长谈，第一次对外祖母、祖母说的每个词语都如此上心，第一次对家庭的过去感到如此上心……这都是这门课程曾经带给我的感动，我大概会把这份感动一直保存在心里。因要写非虚构作品，在对自己创作能力的极度怀疑中第一次开始创作，小心翼翼地加入自己最爱的推理小说元素，每一个词都希望能向阿加莎·克里斯蒂、埃勒里·奎因、松本清张、岛田庄司、绫辻行人、东野圭吾、西泽保彦等自己崇敬的推理作家致敬，写完后自己再读却忍不住要嘲笑自己的幼稚。因要写艺术批评，尝试向自己从未踏足的音乐领域入手，却浅尝辄止，不得不转向更加熟练的电影领域。这一切，都是创意写作课程带给我的，我衷心地感谢这门课程，也希望它越办越好。（满江红）

结束这一学期的创意写作课程，我很感谢老师们给我提供了一个大开脑洞的机会。对我而言，这是尝鲜与开阔视野的旅程。在短时间内接触各领域的专家，教给了我多维度思考；而短时间内学习到剧本写作、分镜剧本写作、小说写作、艺术批评写作，则让我体验遍了各种新鲜感。

最让我印象深刻的是夏可君老师的讲座。记得夏可君老师讲课那天，我本来很抵触策展人对艺术家二次阐释的行为，对我而言这是权力的凌驾，但是一见到夏老师，立刻被他率性、童真的性格打动了。老师把干货都告诉我们了，细节之详细让我十分感动，也意识到了自己对成为艺术家这个梦想的热爱。他教给我如何从策展人的角度看待艺术作品。末了，我跟夏老师说，我觉得你作为强势策展人，倒挺像个艺术家的！夏老师哈哈大笑，说"对"。在邮件中我说，要做 creator，不做 curator。夏老师非常有同感，策展是以艺术品为材料的二次创作。认识到这样的老师，我很开心。（王雅婷）

　　我对创意写作这门课有非常深刻的印象。这是我人生中第一次写非虚构和虚构作品，写的过程中需要考虑怎么描述情况、自己的情感等，这让我感到新鲜，还提高了自己写作的能力。创意写作课结束了，有很多好的记忆，也有很多遗憾的记忆，这些都是非常珍贵的经验。（徐现在）

　　本学期的创意写作这门课程在我看来，是一门设置新颖且能带给我别样收获的课程。在一个学期的时间里，这门课程邀请了擅长不同写作体裁、有着不同经历的老师们来和我们分享他们的写作经验和独到的理论见解，这让我拥有了更广阔的视野，也对写作产生了新的认识。

　　首先，这门课程涉及的写作体裁和题材非常广泛，同时紧扣时代脉搏：彭锋老师带来了对先锋美术作品的分析与思考，邵燕君老师生动活泼地为我们剖析了当红的网络文学，张慧瑜老师领我们走进皮村工人的写作世界，夏可君老师向我们打开了策展人职业的大门……在这些课程中，我得以探知生活在同一个世界上不同角落的写作者的状态，从写作和接受两个角度理解了当下的写作环境。我想这是极为有益的体验，它帮助我从写作的角度进一步认识世界，并定位自己的兴趣。由于课程容量有限，很多内容未及尽兴便已结束，算是小小的遗憾。

　　另外，本门课程的老师们分享的创意作品及写作过程对于我自己的写作也有一定的启发。如宁敬武老师讲到的精读拆解剧作的编剧自我训练方法，还有贺奕老师分享的以贴吧、微博等网络形式写成的作品和小说《树未成年》中人称的特殊用法达到的效果等。这些优秀前辈在自己的写作生涯中的灵感和创作过程对于我来说既是一种既成的"知识"，也是激发自身创意的一个起点。

　　总之，我认为创意写作本身也是一门充满活力与创意的课程。它为我带来了许多收获，也愿它能继续开设下去并越办越好。（徐雪然）

　　经过一个学期的学习，我收获良多，主要体现在系统地接触到了非虚构写作和虚构写作的具体操作。从第一堂课趣味横生的诗歌写作开始，我开始系统地在互动性训练中接触到创意写作，在与老师同学的沟通中不断打磨自己的想法，最终落笔转化为现实，这个过程是非常有意义的。

最令我印象深刻的是邀请到小说家进入课堂来为我们讲解中篇小说、短篇小说的创意构思和详细写作方法，让我在比较中体会不同作品从酝酿、构思到写作的具体过程，从而从中得出最一般的本质和最普遍的规律，总结出创意写作的基本规律。

此外，沙龙的举办也给我们提供了一个与创作者面对面沟通交流的机会，让我们更能理解其创作手法和创作意图，为自己作品的表达方式提供了有益借鉴。作为剧本组的成员，我还欣赏了北大剧社同学排演的话剧《亲密》，同学精湛而富有感染力的表演给予我巨大的情感冲击。总之，创意写作这门课鼓励我在实践中不断学习、锻炼，令我获益匪浅。（张馨元）

写作是旷野，每个人都能在这片广袤的天地间书写人生；创意写作是草原，每个艺术学院的学子在这里汲取精华的养料。课程一周一次邀请文艺界各个领域的大家为我们带来一场场心灵的碰撞与交流。难忘宁敬武导演和我们真诚地探讨现实题材电影的改变，难忘张慧瑜教授充满底层关怀的目光，难忘邵燕君老师讲起最喜欢的网络小说时宛如一个粉丝一般滔滔不绝地向我们推荐，难忘徐则臣作家教导我们要紧紧把握时代的主题创作，留下自己的精彩……

更难忘的是两次沙龙带给我的震撼与感动。么书仪教授头发花白但仍矍铄有神地向我们细细讲述她心中的家庭印象，并且欢迎我们去她家聊聊；《我的诗篇》导演和打工诗人小海向我们展示了底层群众的诗意空间，让文学艺术的魅力久久延宕在心头、在生活中。

还有数不胜数的课堂讨论和剧作研读、欣赏，都让我愈来愈爱上写作，爱上这门课程。每一次作业在精心构思、斟酌中完成，尽管并未有多大的成就，但却有心满意足的快慰和与大师进行文本对话的满足。

愿创意写作课，使我的生活、使更多人的生活因创意而美丽，因文艺而美丽！（张艺璇）

　　创意写作的课堂带给我很多的收获，有自足，有突破。一直喜欢非虚构的写作，喜爱踏实的文字，而对需要想象力多些的虚构类型的写作，一直内心挺忌惮。这一次也借着做作业的由头，写出了人生中的第一个剧本。创作的过程挺坎坷，但觉得只要完成了剧本，就突破了自己，结果如何也就不在意。老师的授课涵盖各个领域，就我自己而言，特别受用的两次课是彭锋老师讲的艺术批评。彭锋老师将自己的一篇艺术批评文章完整的创作过程向我们展现，让我对怎样去理解一个艺术作品有了新的启发。还有一次课是夏可君老师讲的关于艺术策展的课。因为成为一名策展人一直是自己的梦想，但是一直不知道应该怎样进去，因此一直徘徊在这之外，这一节课，可以说是我真正接触这个领域的第一步。在课堂外，参与了好几次沙龙，也跟随着非虚构小组的活动去了皮村听了一次课，见到了范雨素，她质疑了老师的一个观点，我很受触动，也希望自己能有她这样的自信与自持。总的来说，真心觉得创意写作课堂的胸怀与格局是大气的，容纳了很多，教授了许多，感激每一次辛苦授课的老师以及助教。（朱也）

　　在本学期的创意写作课程的学习中，我觉得自己收获颇丰。不仅在课程讲授和课堂讨论中得到了许多有关新诗、虚构性写作、非虚构性写作、艺术批评乃至剧本创作的课程建议和专业指导，还在每节课邀请不同老师讲解不同的写作部分的时候，更加广泛地感受到了不一样的教学风格和写作思路，有效地拓宽了我的视野，丰富了我对不同体裁的文学的认识和感悟。

　　首先，本课程最有特点的即是采取多个老师和专家以一节课或者两节课为单位进行专题的讲解形式。这样做不仅能够邀请各个文学体裁方面的泰斗级人物为学生进行更为专业和细致的讲解，他们对各自研究领域的精通让我们深刻地理解了文学的内涵和本质；更能够从不同老师的视角和观点进行切入，带领我们开拓不一样的视阈，展现出同一种或者不同种文学的不同侧面，从而构建出一个更为立体的文学。

　　其次，本课程的写作训练也是非常有效的。三次不同文学体裁的尝试让我对写作跃跃欲试，对自己的创作过程和感悟记忆犹新。平常有了新的创意点子通常因为各种原因被搁置，而在这门课上，老师的要求让我不得不对写作报以认真甚至虔诚的态度，将之前的许多想法付诸笔端。通过三次的写作锻炼，我也清晰地了解到自己的兴趣和长短处所在，这也是对自己专业素养的一次绝佳训练。

此外，本课润物于无形的教育理念也深得我心。老师的专题讲座与写作训练相匹配，很好地锻炼了同学对知识的吸收能力和将之转化为自身写作素养的能力。同时，本课不同于其他课程，没有设置所谓的期中与期末测试，极大地减轻了学生的压力。但是我们也应该了解到，真正的好作品是需要时间的历练和打磨的，需要作者不断地思考和修改方成传世名作。

如果要说对本课程提一些相关意见的话，我认为可以多举办一些和读书有关的沙龙。毕竟写作来源于大量的阅读，读书相关的活动自然是必不可少的。（朱钰）

后 记

陈 均

全然未想到，在阅读这学期的创意写作作品时，也随手开始了选编，大约是见猎心喜的缘故吧。——既然要选，何不在印象、感触最深切的时刻将其汇聚呢？于是乎，便动手开始了这项工作。

本学期的"创意写作"课程，已是第三年了。因为前两年的经验教训，做出了如下的改变：其一，增加课下的沙龙与兴趣小组活动；其二，课堂上强调互动与作品创作过程的解析；其三，增加微信课程群里的互动与讨论。

课程共十六次，安排是：

2月22日 陈均（新诗及写作的开始）

3月1日 陈旭光（"创意写作"导论）

3月8日 陈宇（影视编剧）

3月15日 彭锋（美术批评）

3月22日 邵燕君（网络文学）

3月29日 宁敬武（影视编剧）

4月5日 拓璐（戏剧编剧）

4月12日 徐则臣（长篇小说写作）

4月19日 徐则臣（短篇小说写作）

4月26日 沈继光（非虚构写作）

5月3日 张慧瑜（新工人文化与创意写作）

5月10日 李道新（电影批评）

5月17日 夏可君（美术批评）

5月24日 陈均（新诗作业评讲）

5月31日 贺奕（小说写作）

6月7日 陈旭光、陈均（非虚构及小说作业评讲）

沙龙举办了三次，分别是对非虚构作品《寻常百姓家》（么书仪著）、纪录电影《我的诗篇》（秦晓宇导演）、微影评与大学课外教育（陈旭光主讲）的讨论。详情见本书附录一。

小组活动也有三次，分别是参访曹雪芹故居、参加皮村文学小组活动及观看北大剧社话剧。

学生的作品则包括三种类型：

一是非虚构作品：家族史、老物件或北大边缘人，3000字左右，可超过。

二是虚构作品：小说或剧本选一，3000字左右，可超过。

小说：《如果大雪封门》，或《到世界去》。

剧本：写一个以湖为主题或场景的短剧本；或将自己写的非虚构作品里的一个情节改编成剧本。

三是艺术批评：影评、画评或剧评，主题不限，2000字左右，可超过。

此外还有可选做的附加作业：根据《星空日记》《男生日记》《女生日记》这三部陈宇教授导演的北大校园电影还原剧本。

如此数月下来，作品数量便很可观了。其意义或许有：

1. 通过"家族史"的非虚构写作，同学们（大多数是大一新生）与自己的家庭、家族又获得了一层联系与纽带，起到了弥合与增强情感的功能。

2. 通过三种主要类型的写作，同学们开始发掘自己的写作才能与天赋，并意识到写作的"秘密"。

3. 通过名家的讲授，开阔了眼界，获得了启发。

4.许多同学写下了自己的作品，不仅通过写作记录了自己的想法，而且第一次或更深地"发现"了自己。这种创作体验，将会在未来的日子里"醒来"。

……

于我而言，一直认为作品应是以"家族史"的非虚构写作为最佳，因写来有材料、有感情。但细细读来，小说却很有看头，虽是同题小说，但各不相同，有科幻、有玄幻、有家庭剧，亦有心理悬疑。记得在课堂上选评了一篇同学的作品，有讨论说像希区柯克的电影，那位同学便说写时并未想到希区柯克，而是她多年来一直在想的，终于借这篇小说"赋形"。

课堂上来讲授的老师，都是各领域的名家，留给同学的记忆不一，具体可参见本书附录二。我在辑录时，也深切感受到，对于写作的启示，对于未来的道路，真正起作用的或许也只是课堂上瞬间的电光石火吧。

末了，还要交代一下。这门课程是由陈旭光老师与我主持，硕士生李忆衾、叶馨、曾伟力担任助教，他们都是创作者——李忆衾写小说，叶馨与曾伟力都是校园话剧活动的倡导者与参与者，给创意写作课的同学不少具体辅导。本课程还得到北京大学艺术学院领导与老师的支持，也收获了校内外许多朋友的友情与关注。在此一并谢过！来年再见！

陈均　丁酉五月十九日于红三楼